SAMOZWANIEC

fabryka słów
www.fabryka.pl

JACEK

KOMUDA

SAMOZWANIEC

TOM I

ORŁY NA KREMLU

Ilustracje
Krzysztof Brojek

fabryka słów

Lublin 2011

Cykl Orły na Kremlu

1. **Samozwaniec** – tom 1
2. Samozwaniec – tom 2
3. Samozwaniec – tom 3
4. Moskiewska ladacznica
5. Car z żelaza

Rozdział I

Polskie drogi

O drogach polskich, a raczej ich braku • Spotkanie przy brodzie • Nieboszczyk w aksamicie • Podejrzana kompania • Genealogia panów Bolestraszyckich • Podejrzenia Świrskiego • Ranny koń • Rozmowa pana i chamów • Gniew stolnikowica • Pogoń • Zwada w kuźni • Co było w trumnie? • Pan i Moskal • Opowieść o cudownym ocaleniu carewicza Dymitra

Die 3 julii, Anno Domini 1604
Trakt pod Denowem
Godzina piąta po południu

Zryty i pobrużdżony koleinami przejazd przez Cygański Potok zastawiał chłopski wasąg zaprzężony w dwójkę kasztanowych woźników. Rzecz jasna, nie było w tym nic nadzwyczajnego – zarówno w błocie, w którym grzązł wóz, jak i w nikczemnej szerokości traktu. Drogi bowiem nie tylko w Ziemi Przemyskiej, ale w całej Koronie Polskiej prezentują się niczym w dzikim kraju. Sterczą z nich kamienie niczym guzy na łbie sejmikowego krzykacza, korzenie w poprzek i wzdłuż przechodzą trakt, a piasek i błoto pozostają na swoich miejscach podobno od czasów potopu, a na pewno od ostatniej powodzi. Jadąc gościńcem, podróżny w każdym lesie bije pokłony nieobcinanym od wieków gałęziom drzew, a kiedy wiatr wywróci sosnę, musi wędrowiec drapać się po krzakach, potykając o zmurszałe pnie.

O mosty lepiej nie pytać. Wiadomo: polski most, niemiecki post i cygańskie nabożeństwo – wszystko to błazeństwo. W województwie ruskim czasem zdarzy się kilka pni rzuconych w strumień albo głazy spiętrzone na dnie rzeki. W Ziemi Przemyskiej jest jeden most w Przemyślu. Drugi, najbliższy, stoi w Krakowie. Trzeci pojawia się czasem w Warszawie, ale tylko wówczas, gdy Wisła tego roku jest nad wyraz łaskawa.

Na Cygańskim Potoku, uchodzącym do Sanu pod Bachorzkiem, nie tylko nie było mostka, ale nie uświadczyłeś nawet paru palików czy gałęzi wskazujących, w którym miejscu przekroczyć można wezbrany strumień. Nie brakowało jedynie błota zaprawionego obficie końskim i krowim łajnem. W takiej to właśnie brei, zanurzony wyżej osi, tkwił nieszczęsny wasąg z dwójką nieszczególnych powozowych koni; tak kościstych i wychudzonych, jakby połknęły obręcze starej beczki.

Jacek Dydyński, stolnikowic sanocki, wracający z pocztem z wojny inflanckiej, podniósł rękę. Nie przeprawiłby tędy swojego skarbnika i kolasy, nie usuwając najpierw zawalidrogi, który rozkraczył się na brodzie niby pijany Mazur na karczemnej ławie.

– Stawaj! – zakrzyknął Herakliusz Świrski, czarny jak żuk i chudy niczym smolna szczapa pocztowy. Był to znany w wojsku statysta i człowiek, który nie pijał wody – chyba że po pijanemu wpadł do kałuży. W towarzystwie znano go jako moczygębę wytrawionego ze szczętem przez małmazję i wino alikant, człeka, co z różnych pieców chleb jadał, a i w niejednej babskiej duchówce pozostawił bękarta. Świrski żywił się plotkami jak koń sianem.

– Nie ma przejazdu!

– Stóóóój!

Gdyby w błocie utknęła kolasa pięknej panny, Dydyński na własnych rękach wyniósłby nadobną łanię z pułapki; mając – jak każdy szlachcic – nadzieję, że w zamian za to da mu uszczknąć ze smacznego kąska, który każda niewiasta nosi pod sercem, jak i w miejscu wiadomym każdemu człowiekowi, który nie składał ślubów zakonnych. Gdyby zaś przejazd zastawił zwykły chłop albo Żyd, pan stolnikowic sięgnąłby po nahaja i otworzył sobie drogę sposobem najpewniejszym. Wszak poganianie woźnicy sprawdzało się o wiele lepiej niż smaganie koni.

Niestety, przy wasągu uwijało się pięciu chłopa, których niełatwo było skropić batem. Nie wyglądali na kmieci ani miejskich łyczków, a już w najmniejszym stopniu nie przypominali gładkich białogłów. Nie byli to także pachołkowie w barwach Stadnickich czy Krasickich; prędzej swawolna kompania albo – jeśli kto woli – kupa z gościńca. Ostatecznie mogli być zbrojnym pocztem zubożałego podgórskiego szlachcica, pana na pięciu kapuścianych głowach i czterech krowich ogonach.

Mówiąc krótko – zbieranina.

Prowodyrem tego – szumnie mówiąc – towarzystwa był szlachcic niegolony bodaj od Wielkiejnocy, z długimi posiwiałymi włosami wymykającymi się spod kołpaka. Jego oczy były niczym dwie ciemne szparki, a na pokiereszowanym obliczu można było wyczytać tyle, co na czystej karcie papieru – po prostu jedno wielkie nic.

Siedział w kulbace na podsobnym, czyli lewym dyszlowym koniu, podczas gdy umorusani aż po pachy kompani, zziajani i zdyszani jak brytany po biegu za niedźwiedziem, napierali na wóz, próbując wypchnąć go z trzęsawiska. Ci też nie wyglądali jak drużbowie od pary. Jeden w baranicy, z czarną brodą, dwóch kozaczków w hajdawerach jak parciane worki. Obok nich przycupnął w błocie hajduk w magierce i błękitnym, dziurawym żupanie. Kompania nie do różańca i tym bardziej nie do tańca, bo każdy miał przy boku szabelkę. Wiadomo – czasy były niespokojne. Jak bodaj od stu lat na Rusi Czerwonej.

– Służba! – zakrzyknął pan Jacek, bo choć z postawy nie brał ich za szlachtę, to jednak bardziej wyglądali mu na żołnierzy niż pielgrzymów albo zagonowych kmieci. Dlatego nawet nie podniósł ręki do wilczego kołpaka ozdobionego złotą szkofią. Jego śmigła klacz zwana Hetmanką nie chciała wejść w błoto – boczyła się i szarpnęła łbem w górę, okazując wielkie nieukontentowanie, dopóki pan nie dopomógł jej w podjęciu właściwej decyzji ostrogami. – Usuńcie się z drogi! Przejazd zastawiacie!

Szlachetka na koniu podniósł głowę, opuścił bat, powoli i niechętnie zsunął kosmatą czapę na lewe ucho.

– Dopraszamy się łaski, mości panie – rzekł uniżenie. – Oś diabeł kusiem strzelił. Ni wstecz, ni na wprost iść nie chce; pewnie zejdzie nam się do nocy. Chyba że nas ktoś wspomoże po chrześcijańsku.

Do wieczora nie było daleko; słońce zniżało się ku lesistym pagórom na drugim brzegu Sanu. Schodziło nad wzgórza przetykane kolorowymi łatami pól, gdzie na jednych niwach żółciło się dojrzewające zboże, inne zaś

zdobione były na przemian – białawymi rojami kwiatów gryki lub niskim owsem – jak haftem utkanym z zielonych i żółtych plam. Rozlany potok nie dawał sposobności, aby wyminąć wasąg; prędzej oferował wątpliwą przyjemność kąpieli w błocku, trzcinach i tataraku, w objęciach zdradliwych białych nenufarów i sitowia. Dydyński także wody nie lubił, więc skrzywił się.

– Borek! Mykoła! Zaprząc nasze woźniki do wasągu, a jak nie wyciągną, to własnym grzbietem burty podeprzeć!

– Znaczy sje wyprzęgać?! – zagderał niski, pleczysty Borek wiodący dwukonny skarbny wóz pana Dydyńskiego. – Znaczy sje po błociech mamy brodzić? My?

– Co, może ja mam zejść?! Korona wam ze łba nie spadnie!

Woźnice niechętnie zeskoczyli na ziemię. Borek popluł w garście, złapał szory, odczepił je od orczyków, a potem poprowadził gniadosze ku brodowi, burcząc i gderając coś pod nosem. Mrukliwy i pobożny Mykoła nawet się nie odezwał – bez namysłu wszedł w głębokie, sięgające powyżej kolan błocko. Dwaj pachołkowie różnili się na tyle, że gdyby gadanina była srebrem, a milczenie złotem, Borek poszedłby z torbami, Mykoła zaś chadzałby w karmazynowych szatach.

Borek jak zwykle zamarudził na brzegu. Stękał i przestępował z nogi na nogę, jakby chadzał w satynowych ciżemkach krakowskiej ladacznicy, a nie prostych kowanych butach z bielskiej juchty, to jest wolej skóry. Dopiero kiedy Dydyński stuknął go rękojeścią nahaja w ramię, wykazując, że co pan każe, sługa musi, rad nierad wszedł w grząskie bajoro.

Oporów nie mieli pocztowi – Świrski i Damian Nieborski, zacny i wierny młodzian na służbie stolnikowica. Wpadli w bagienko na dobrych husarskich podjezdkach, podjechali do nieszczęsnego wozu.

– A skądże to Bóg prowadzi? – Świrski jak zwykle nie mógł utrzymać języka za zębami.

– Z daleka jedziecie? – Nieborski kręcił się przy wozie, zerkając do środka. Niewiele zobaczył, bo wasąg, choć pozbawiony pałuby, zakryty był z wierzchu płachtą szarego płótna.

Zarośnięty szlachcic uniósł głowę. Dydyński zaś dopiero teraz ujrzał, że przy jego boku nie wisiała szabla, ale długi, wąski rapier o czterograniastej głowni, z cebulowatą głowicą. Ozdobiony obłękami zwieszającymi się poniżej jelca niczym długie, niby dziegciowane kozackie wąsy.

– Z bardzo daleka.

– A bliżej?

– Z Wenecji.

– Cóż tam wieziecie? – Nieborskiemu nie wystarczyła widać ta krótka odpowiedź. Wrodzona ciekawość, która niejeden raz doprowadziła pocztowego do awantury, a jego pana do szewskiej pasji, znów wzięła górę nad rozsądkiem. Pachołek, nie pytając, odrzucił skraj płótna. – Olaboga! – zakrzyknął, widząc, co wyłoniło się spod materii. – Nieboszczyk, jak pana ojca miłuję!

I w rzeczy samej, na wozie spoczywała podłużna skrzynia okryta czerwonym aksamitem. Prosta, zbita z czterech desek, jak cztery przymioty i ideały szlachcica, z których najpierwszym była ostra szabelka, drugim rączy rumak, trzecim węgierskie wino, a czwartym rubaszny czerep utkany z honoru podbitego niczym ferezja polską fantazją i swawolą.

Jacek Dydyński prawie jęknął, bo młody Damian Nieborski był jak rozbrykany źrebak, a stolnikowic dość już miał wypłacania za niego basarunków, świecenia oczami po sądach lub wyciągania pacholika za łeb z wież starościńskich. Wiadomo – kto się o sługę nie ujmie, ten się o żonę nie ujmie. Ale po pierwsze, pan Jacek żony nie miał, a po drugie, ciekawość pana Nieborskiego przynajmniej o kilka razy za dużo okazała się pierwszym stopniem do piekła.

– Trumna, trumna – zarośnięty szlachcic zachował absolutny i niczym niezmącony spokój. Jednak jeden z kozaków złapał róg płóciennej płachty, po czym narzucił go na drewniany sarkofag, wygładził i przyklepał. – Waszmościowie nie dziwcie się, jedziemy z konduktem żałobnym. Z Wenecji do Korony Polskiej.

– A kogóż to – zapytał Świrski, jak zwykle spragniony nowin, plotek i doniesień z całego świata – pani małodobra w tany pochwyciła? Waszego patrona?

– Pana Janusza Bolestraszyckiego. Zszedł z tego świata imć nieboszczyk; w podróży zabity w pojedynku. Wieziemy ciało do ojców franciszkanów w Przemyślu, aby je pogrzebać u Świętej Marii Magdaleny.

– Pokój nad grzeszną duszą – mruknął Świrski, żegnając się leniwie. – Nic dziwnego, że o nim nie słyszałem, skoro dokonał żywota w pludrackim kraju. No tak, Wenecja, przeklęta Wenecja; łyki pieniężne, a harde i podłe, jakoby kije połknęli, a na przedmieściach same tylko murwy, narożnice francowate, kupcy i banditti jakoby szczury się mnożą. Miejsce równie zacne dla uczciwego szlachcica, co zamtuz dla siostry klaryski. Darujcie, bo zapomniałem, z której linii nieboszczyk ród wiódł? Z Irządza czy też z Bolestraszyc?

– Z Bolestraszyc – rzekł rapierzysty pan. – Po cóż inaczej wieźlibyśmy nieboszczyka do Przemyśla?

– A mnie się zdawało, że z Bolestraszyckiej gałęzi wywodzi się tylko pięciu braci: Jan, Samuel i Krzysztof, a także Erazm i Piotr. Gdzie tedy Janusz między nimi?

– Bo to jest najmłodszy syn Jana, naszego pana. Jegomość wysłał nas do Wenecji po ciało. Tak i przywieźliśmy na jego nieszczęście.

– A nie zepsuł się nieboszczyk? – koniecznie chciał wiedzieć Nieborski. – Przecie z Wenecji siła drogi. Ze dwie niedziele jazdy się zejdzie. Konno i koleśno.

– Dość tego – uciął Dydyński dalsze wywody swoich ludzi, a zwłaszcza zbliżającą się dłuższą tyradę pana Świrskiego, iż Bolestraszyccy pieczętują się herbem Lis, przy czym ci z Irządza używają odmiany, gdzie na tarczy jest strzała srebrna dwa razy przekrzyżowana, ci zaś z Bolestraszyc takiej, gdzie strzała krzyżyk ma tylko jeden, ale w zamian za to w klejnocie nad tarczą sterczą trzy pióra strusie zamiast czerwonego lisa. – Imajcie się szorów!

Woźnice zaprzęgli woźniki do kolasy. Borek stanął przy pysku lewego, wiodąc go za uzdę, a Mykoła podparł tył wasągu plecami.

– Ruszajcie! Razeeeem! Już!

Skrzypnęły osie, zatrzeszczały szory i powrozy. Zarówno ludzie zarośniętego, jak i słudzy stolnikowica dobyli wszystkich sił. Wsparli się w burty wozu, stękając, klnąc i dysząc.

Jacek, trzeba przyznać, pomógł im całkiem uczciwie, porzuciwszy swój szlachecki stan i wojskową rangę towarzysza husarskiego. To znaczy żgnął parę razy Mykołę w łeb i plecy sarnią nóżką, w którą oprawiona była rękojeść nahaja.

– Dalej! Ruszajcie się! – zagrzewał wszystkich pan Nieborski. – Zapada się! Uważajcie!

Konie rżały, baty trzaskały, wasąg zaś nie miał ochoty, by opuścić błoto.

– Mospanowie, źle czynicie – Świrski postanowił udzielić utrudzonym ludziom kilku zbawiennych rad. – Nie przed się pchajcie, ale do góry podnoście! Uuuu... Mówiłem, że nie pójdzie! Bo to najpierw podważyć trzeba kłonicą!

Nie wiadomo, co poskutkowało bardziej – zbawienne fortele pana Świrskiego czy dodatkowe konie zaprzęgnięte do orczyków. Nagle bowiem wóz drgnął, a potem ruszył naprzód. Droga do brzegu dłużyła się nieznośnie, bo pęknięta i wyłamana oś stercząca z boku zahaczała o korzenie, przesuwała się z chrzęstem po kamieniach, póki wasąg nie znalazł się na twardym gruncie.

Mykoła i Borek wyprzęgli konie, odprowadzili je do wozów. Szlachcic z rapierem zeskoczył na ziemię, podszedł do Dydyńskiego, skłonił się dwornie i zdjął czapkę.

– Jesteśmy dłużnikami waszmości – rzekł zmęczonym głosem. – Racz przyjąć podziękowania. Nasz pan, jegomość Jan z Bolestraszyc, będzie się umiał odwdzięczyć za przysługę. A waszmości już dziś w jego imieniu na pogrzeb i stypę zapraszamy.

– Bywajcie zdrowi!

– Żegnajcie!

– Ruszaj! – krzyknął Świrski. – Ostrożnie zajeżdżaj! Drugi brzeg powitał ich wonią świeżego siana i wieczornymi cieniami gęstniejącymi pod koronami rozłożystych lip. Wjechali na łąkę ścielącą się pod kopytami zwierząt, miękką i delikatną jak perski kobierzec. Dalej, w bok od drogi, ciągnęły się nadsańskie lasy, przeplatane bezdrzewnymi polanami dochodzącymi aż do samej rzeki. Tu rozłożyste jesiony i olsze kłaniały się w pas strzelistym topolom, a rosochate wierzby kuliły się po brzegach traktu jak podróżni odpoczywający po męczącym dniu.

Minęli łany żółcącej się pszenicy, z rzadka przeplatane wąskimi smugami gryki, poletkami owsa i długimi zakosami pastwisk, nad którymi gdzieniegdzie unosiły się wątłe strużki dymu, niekiedy śmiech, innym zaś razem dźwięczny głos pasterskiej fujarki. Przejechali obok Bachorzka zasłoniętego drzewami, nad którymi sterczała dzwonnica i krzyż na dachu kościoła Świętej Katarzyny.

– Widzieliście – rzekł do towarzyszy pan Świrski. – Wieźli nieboszczyka w trumnie okrytej czerwoną materią jak bohatera, co krew za Rzeczpospolitą przelewał. Nie ma dziś granic pańska fanaberia. Lada szaraczek chowa się w murowanym sklepie w kapciach i w czerwonym atłasie, jak pułkownik. Pachołek skręci kark na schodach do zamtuza, a zaraz z niego na pogrzebie defensor patriae*, rotmistrz albo pułkownik. Lada hołota z wiejskiej baby na łeb spadnie, a zaraz ma pogrzeb jak hetman – z castrum doloris** i kruszeniem kopii nad

* łac. – obrońca ojczyzny

** łac. – zamek bólu – patrz przypisy końcowe

trumną. Ten tutaj w zwadzie zwykłej zginął, a pochowają go pewnie jak bohatera, w trumnie obitej czerwoną materią, jakby krew przelał za ojczyznę.

– Bolestraszyccy możni panowie. Stać ich nie tylko na aksamit.

– Tacy to byli słudzy Bolestraszyckich jak ze mnie minister luterski! Tych drapichrustów trzeba było kijami obadać, a tego czarniawego nahajem na ziemię sprowadzić.

– Niby dlaczego?

– Konfabulowali, aż zęby bolały. Primo, jak oni wieźli nieboszczyka, syna Jana, do ojców franciszkanów, kiedy cały ród Bolestraszyckich od lat pozostaje przy luterskiej wierze?

– Może starego rzymski krzyż oświecił? I rewokował?

– Jak miał rewokować, skoro ojciec i bracia to wszystko zajadli wrogowie jezuitów i Ojca Świętego? Wszak pomnę jeszcze, że pan Samuel z Bolestraszyckiej linii przełożył na polski i wydał drukiem w Dobromilu, u pana Herburta, paskwilus na naszą wiarę katolicką. *Nowości papieżnickie przeciwstawione pierwotnemu chrześcijaństwu* – tak się tłumaczy tytuł dzieła Piotra de Moulins, któremu księża dominikanie z Przemyśla przeciwstawili sądy grodzkie z takim skutkiem, że pan Bolestraszycki musiał odpokutować pół roku w wieży i zapłacić dwieście grzywien kary. Spalili nawet na przemyskim rynku...

– Kogo?! – prychnął Dydyński. – Chyba nie Bolestraszyckiego, bo wtedy szlachta by księżulkom skrzydła dorobiła obuszkiem, a męczeńską koronę ukręciła z batożków.

– Toć mówię, że jeno księgę spalili. To primo. A secundo...

– Nie chcę ani secundo, ani tertio. Ucisz się, waść – rzekł Dydyński zmęczonym głosem, bo pan Świrski oblatany był nie tylko w pijaństwie i genealogii, ale także, a może nade wszystko, słynął jako niezwykły wprost gaduła. Jednak tym razem pan Herakliusz nie dał się tak łatwo zbić z pantałyku.

– Secundo, że u pana Jana nie ma żadnego syna na przychówku. Wszyscy wiedzą, że z małżonki jego ichmości Anny Pstrokońskiej przyszły na świat tylko trzy córki: Elżbieta, Zofia i Felicjana. Chyba że rzekomy Janusz jest z nieprawego związku. Ale po cóż wtedy ciało do Polski sprowadzać? Dość bękarta w polu pogrzebać. Jak powiadają: *Tu leży NN, więc nad jego grobem westchnij tyłem, zapłacz przodem.* A w ogóle to nie wiem, czy wam mówiłem, że Bolestraszyckich z Bolestraszyc to wszystkich pięciu jest. Jan, Samuel, Krzysztof, Erazm i Piotr. O żonie Jana już mówiliśmy, tenże zaś Krzysztof żonaty jest z Joanną, z domu Wilam, Piotr zaś z Anną Krasicką, która...

– Dość! – uciął krótko Dydyński. – To nie nasza sprawa.

– Bo wy, waszmościowie, nie wiecie, że był jeszcze niejaki Bolestraszycki, to jest Marcin, chłopski syn spod Miechowa. Ten miał za żonę zwykłą chłopównę z Szydłowa, handlował winem i przekupywał bławatami. Pisał się zaś z Bolestraszyc, co jest falsum*, bo ojciec jego był zwykłym chamem, a zwali go Grodkiem. Tego pewnego razu we Lwowie spotkał pan Krzysztof Bolestraszycki

* łac. – fałsz

i razem z czeladzią zaszedł do niego w odwiedziny – niby do krewniaka. Tam w domu jego wszystko wino wypił, za kilkaset złotych, i nie zapłacił, mówiąc: *Żeś ty Bolestraszycki, tedy nie godzi się od krewnego za to częstowanie płacić, u szlachty tak nie bywa.* A potem na ostatku kazał kijem po łbie mu dać i srogo przykazał, by się Bolestraszyckim nie zwał, bo z braćmi wróci i nie kij będzie w robocie, ale powróz konopny!

– I mnie się nie podobali ci podróżni – dorzucił Nieborski, sprowadzając pana Herakliusza na właściwą drogę. – Niby czeladź, a nie byli w jednej barwie, jak hajducy, sabaci czy kozacy po dworach.

– Kupa swawolna, panie bracie, a nie pocztowi.

– Kiedy się wóz na kamieniach trząsł – uzupełnił Nieborski – to w środku coś grzechotało. Musi złota ma na sobie dużo pan nieboszczyk.

– Może oni sami Bolestraszyckiego zabili?

– Dość! – Dydyński wsparł się na szabli. – To nie moja sprawa! Nie jedziemy na przechadzkę do zamtuza, mości panowie, że w każdej chwili możemy zawrócić, jak nam towarzystwo nie odpowiada. Mój ojciec dobywa ostatniego ducha. Musimy stanąć w Dydni jak najszybciej, aby i na mnie nie czekała tam kolejna trumna obita aksamitem. Uszanujcie moją wolę i nieszczęście. Poza tym, do krocset, nie będę prowadził o tym dyskursu, bo ja tu pan, a wy słudzy. Jedziemy do Dydni i koniec!

Pocztowi pokiwali głowami, a Dydyński ruszył rysią. Nie chciał mówić o tym przy kompanach, ale powinni jechać, jakby się paliło, aby stanąć w wiosce szybciej niż drapieżny brat Przecław, który na wieść o chorobie pana rodzica na pewno wyruszył już ze szkół z Krakowa i pędził co koń wyskoczy, aby zabezpieczyć swoją część ojcowizny.

A zatem w konie!

Godzina szósta, może siódma po południu
Tenże sam trakt

A jednak nie dane im było dotrzeć bezpiecznie do Denowa.

Kiedy na tle czerwonej łuny zachodzącego słońca zarysował się przed podróżnymi skraj lasu, doszedł ich kwik konia, a potem łoskot i szelest liści.

– Konia wilki dorwały! – zakrzyknął Nieborski.

– Dajcie guldynkę, będzie wilczur na podszewki!

– To ogary za dropiami szaleją po krzakach! Widzicie: konie stoją spokojnie.

Rzeczywiście, ani husarska Hetmanka pana Jacka, ani oba podjezdki nie zdradzały niepokoju, nie prychały, nie podnosiły głów ani nie naprężały grzbietów. Zastrzygły tylko uszami, łowiąc niedalekie rżenie.

Kwik zabrzmiał znowu.

– Podskoczę i sprawdzę – zaoferował się Nieborski.

– Nie! – uciął Jacek. – Bo znowu trzeba będzie kogoś z bagna za uszy wyciągać. A ja wyświadczyłem dzisiaj aż za dużo dobrych uczynków.

W krzakach coś załomotało, trzasnęły łamane gałęzie, a potem rozległ się żałosny, rozpaczliwy wrzask.

– Diabli na ludzi napadli – wykrztusił pocztowy.

Jeśli stolnikowic sądził, że przejadą obok tajemniczego miejsca, to mylił się równie wielce jak zagrodnik, który myślał, że przeczeka pohański czambuł, ukrywając się w chałupie postawionej na środku tatarskiego szlaku. Nagle z gałęzi leszczyny i wysokich traw wychynął łeb konia. Wierzchowiec jednym skokiem wydostał się na świeżo skoszoną łąkę. Przebiegł obok taboru, wzbudzając wśród koni wyraźną chęć pobrykania na swobodzie, która zamanifestowała się od razu tumultem i podskokami wśród rumaków z pocztu, a rżeniem i biciem kopytami w ziemię u woźników.

Siwek nie odbiegł daleko. Zwolnił do kłusa, zatoczył koło, przeskoczył przez niewysoki chruściany płot, lądując zgrabnie, jak tancerka, na niwie obsianej owsem. Obejrzał się na swoich pobratymców i zamarł; mokry, kołysząc porwanymi, postrzępionymi wodzami, zwieszającymi się żałośnie z czanek munsztuka u pyska.

Piękny to był koń. Po małej, kształtnej główce i jeleniej szyi Dydyński poznał polskiego wierzchowca. A po skocznych ruchach, zajęczej lekkości tylnych pęcin, a także płaskim krzyżu oraz ulanym i gibkim zadzie – potomka tureckich natolijczyków i perskich agramaków zdobywanych na polach bitew i odkarmianych na łąkach Małej Polski. Krzyżowanych także z miejscowymi konikami o rodowodach równie starych, co korona Królestwa Polskiego.

Jacek ledwie spojrzał, a już wiedział, że wierzchowiec idzie galopem równie wdzięcznie i łagodnie co łania pędząca po soczystej wiosennej trawie, i to niemal nie wybijając jeźdźca z kulbaki. Dydyński znał się na koniach; który zresztą szlachcic na nich się nie znał? Wszak koń i szlachectwo polskie były to rzeczy dogłębnie ze sobą związane, jak niewiasta i mężczyzna albo dwie połówki owocu. Jak świat światem nie było bowiem Polaków bez koni, koni bez Polaków. Szlachcic był głową wierzchowca, a rączy rumak – koroną tejże szlacheckiej głowy. Lach bez konia był jak ciało bez duszy, Żyd bez kozy, diak bez psałterki, a gospodarstwo bez kota na zapiecku.

Oczy wierzchowca byłyby ciemne, głębokie jak jezioro i pewnie gdyby wystawiono go na końskim targu, utonęłaby w nich niejedna szlachecka sakiewka. Byłyby, bo pozostało mu tylko lewe. Zamiast prawego na kształtnym łbie widniał pusty, pokryty czarną krwią oczodół. Zresztą w ogóle koń wyglądał, jakby uszedł z pola walki; jego zad i bok pokryte były zakrzepłą krwią, terlica, czyli siodło, była przekrzywiona, a aksamitny czołdar, to jest czaprak, tkany srebrną nicią, był postrzępiony i obszarpany. Bogata tranzelka i reszta ekwipunku świadczyły, że koń nie należał do hołysza i zaściankowego gołoty. Taki bowiem szaraczek chadzał pieszo, a zamiast w kulbace i z szablą popisywał się na pospolitym ruszeniu ze strzelbą na przepiórki i okutym kijem do przepłaszania wiejskich kundli.

W ślad za koniem z krzaków wypadły trzy pokraczne postacie potrząsające kijami i kosturami. Nie byli to, uchowaj Panie Boże, szlachcice, ani nawet kmiecie czy zagrodnicy siedzący na spłachetku ziemi. Ich ogorzałe gęby, smród dziegciu i łajna, a nade wszystko nogi krzywe jak pałąki od cebra zdradzałyby przynależność do pospolitego plebejskiego rodzaju, nawet gdyby przebrali się w jedwabie. Wyglądali na osadczyków albo borowych ludzi – smolarzy lub budników z pobliskich lasów. Na widok zbrojnego pocztu zamarli w pół drogi, ale ich gęby nie stały się przez to ani odrobinę mniej zuchwałe.

– Co tu się dzieje?! – zagrzmiał Dydyński. – Dokąd to? Na pielgrzymkę?

Najbliższy i najbardziej zarośnięty chłop w baranicy rozpiętej na piersiach i ukazującej tors pokryty tak gęstym czarnym włosem, jak gdyby powiła go wilczyca, spojrzał niepewnie na swą dębową lagę, a potem zmieszany opuścił chłopską szabelkę.

– Prostyte, panoczku – wymamrotał, popatrując to na Dydyńskiego, to na pokrwawionego wierzchowca w owsie. – My za kiniem priszli...

– Czapkę ze łba, jak z jaśnie wielmożnym gadasz! – warknął Świrski, który nie cierpiał chłopów, wójtów oraz chamów wszelakiej maści równie mocno, co fałszowanego wina. Zajechał plebeja od tyłu i jednym kopnięciem strącił baranicę ze łba.

Dopiero teraz chłop skłonił się uniżenie, a jego kompani, niemal jak na wojskową komendę, opuścili kłonice i skulili się, z wilków zmieniając się w kierdel wystraszonych owiec.

– Pomiłujcie, pane... My kinia uwidzieliśmy... Posoka na nim, tak my chcieli go łapać...

– Czyj to koń?

– My ne znajem!

– A to nie wy ubiliście właściciela? – spytał Nieborski.

– Panie Świrski, weź ich, waść, pod straż! – zagrzmiał Dydyński, bo nie podobało mu się to wszystko. Skoro koń był poraniony, to znaczyło, że jego pan musiał paść ofiarą napadu albo zbójeckich porachunków. – Mykoła, Borek, dawajcie tu z rusznicami. Obstawić ich, w łeb mierzyć, wzroku nie spuszczać! A wy, kozojeby, rzucić mi te lagi! I to zaraz!

Słudzy gnali już od wozów z nabitą bronią. Świrski i Nieborski warowali wokół chłopów konno. A na brodatych, ogorzałych obliczach hultajów Dydyński dostrzegł prawdziwy, a nie udawany strach. I tak powinno być.

– Pomiłujcie, pane! – jęknął najmłodszy, w brudnej siermiędze, porwanych postołach z lipowego łyka, o przebiegłej gębie wiejskiego mądrali. Padł na kolana i wzniósł ręce ku niebu, jak gdyby szlachcic był ruskim świętym. – My nie winowaci. My nikogo nie ubili, jeno konia chwytaliśmy.

Pozostali stali niepewnie. Ten trzeci miął w palcach słomiany kapelusz.

– Panie Nieborski, sprawdź, waść, tamte zarośla, czy ciał nie ma! – rozkazał Dydyński.

– My ludzie pana ekonoma Charbickiego... Z folwarku. Sprawdzić możecie, pane. My nie winowaci...

Nieborski pomknął, a potem wrócił takim galopem, aż ziemia zadudniła jak pod chorągwią jazdy. Pokręcił głową.

– Nic nie znalazłem. Jeno matki i siostry tych rezunów ryją w dębinie za żołędziami. To naprawdę świniopasy.

– Prawdu każe – jęknął zarośnięty. – My nie ubijce.

– Łapmy konia – rzucił Świrski. – Bo nam w pola ujdzie.

– Panie Świrski, pilnuj ich! Jakby który uciekał – kula w łeb!

Dydyński i Nieborski ruszyli w stronę zakrwawionego siwka. Stolnikowic podjechał doń wolno. Bezoki wierzchowiec parsknął, cofnął łeb.

– Zdrów, zdrów – powiedział szlachcic łagodnie i wyciągnął rękę, chcąc złapać uzdę.

Nie zdążył. Poraniony koń zerwał się do galopu, przemknął między Hetmanką a cisawym podjezdkiem Nieborskiego, przeskoczył przez chruściany płot, a potem zatrzymał się na drodze.

Tym razem zaszli go szerszym łukiem, podjeżdżali stępa, przemawiając do siwka łagodnymi słowami, jakie rzadko słyszeli z ust szlachciców chłopi i komornicy na folwarkach.

I znów ich wysiłki spaliły jak mokry proch na panewce rusznicy. Koń puścił się galopem w stronę kolejnej nadsańskiej dąbrowy. A pan Dydyński wyraźnie ujrzał teraz, że zakrwawiony zwierzak był klaczą albo młodą kobyłą.

Puścili się skokiem, niemal jak wilki za umykającą łanią. Klacz wyczekała, aż zbliżą się do niej, a potem uciekła do lasu. Dydyński zaklął. Klucząc wśród dębczaków, oddalali się od traktu i zbliżali do Sanu. Umykający koń mignął między drzewami, zarżał głośno i jakby żałośnie, a Jacek zboczył w lewo, nad sam San, popędził Hetmankę łydkami, a potem wyjechał na niewielką polankę w miejscu, gdzie skraj lasu opadał stromo aż do samej wody.

Nieborski jak zwykle był pierwszy. Zeskoczył z konia, przywiązywał właśnie wodze do omszałego pniaka wynurzającego się spomiędzy mchów i włochatych paproci. Ruszył powoli, z rozłożonymi rękoma, do miejsca, w którym stała siwa klacz.

Rumak zarżał przenikliwie, cofał się, bił kopytami w ziemię obok stosu gałęzi obsypanych grubą warstwą podłużnych, postrzępionych dębowych liści. Zniżył pokryty zakrzepłą posoką łeb i parsknął gniewnie.

Dydyński zeskoczył z kulbaki, przywiązał uzdę Hetmanki obok cisawego podjezdka pocztowego. Ruszył przez polanę pomału, nie chcąc spłoszyć klaczy. Do stu fur czarcich pyt, dla tej siwej dzierlatki nawet on, towarzysz husarski, gotów był na chwilę zmienić się w pieszego hajduka.

Nieborski uprzedził go; pierwszy podszedł do konia, powoli sięgnął ręką do uździenicy, ujął pasek policzkowy, przytrzymał, chwycił chrapiącego konia za postrzępioną uzdę, poklepał, uspokajał, przemawiał do klaczy niczym do wylęknionej dziewki.

A potem wypuścił cugle z rąk i krzyknął, złapał za zygmuntówkę u lewego boku; spłoszony koń kwiknął, szarpnął łbem, odskoczył w bok, szamocząc się wśród zarośli. Zamiast łapać wierzchowca, pocztowy pochylił się nad kupą chrustu, rozrzucił gałęzie i cicho jęknął.

– Panie Jacku, tutaj! Do diabła...

Co ten Nieborski tam zobaczył? Chyba skrzynię ze skarbem wielkiego wezyra, skoro wypuścił dla niej cugle konia wartego ze dwieście czerwonych złotych!

Ale kiedy stolnikowic stanął przy drzewie, sam ściągnął z głowy kołpak.

Pod gałęziami leżały nagie ciała. Trzy albo cztery trupy pokryte zakrzepłą krwią; klacz należała widać do któregoś z nich i przyszła do martwego pana jak wierny towarzysz broni.

W rodzinnych stronach powitał pana Dydyńskiego najpierw nieboszczyk na wasągu, teraz zaś okrwawione zwłoki. Był głupcem, jeśli myślał, że blade mary i sztywne ciała zostawił tam, w Inflantach, pod Kokenhuzą i Białym Kamieniem. Pod Kiesią i w Wenden, gdzie towarzysze z chorągwi Szczęsnego Niewiarowskiego rabowali mieszczan, a wielu, zbyt wielu Inflantczyków pozostało na śniegu z krwawymi szramami od polskich szabel.

– Zapłacę tym kozim synom! – warknął do Nieborskiego. – Ciała pod chrustem ukryli, a łupy w jamie. Na szczęście koń im uciekł i naprowadził na trop zbrodni!

– Wasza mość, tego nie uczynili chłopi. Patrz, tu są rany zadane żelazem. Skąd szable i pałasze w rękach chamów?

Nieborski miał rację. Ledwie Dydyński pochylił się nad pierwszym z nieboszczyków, jego fachowe oko dojrzało linię cięcia, która przeorała gardło nieszczęśnika równie prosto i głęboko, co lemiesz koleśnego pługa ziemię. Kilka innych krwawych nacięć zdobiło prawą rękę i ramię.

Prawda była prosta jak w gębę strzelił – to uczyniły szable, a nie siekiery i kłonice świniarzy napotkanych pod Bachorzkiem.

Zabitych porąbano w krwawe strzępy. Trupy odarto do gaci i koszul, porzucono pod dębem i nakryto gałęziami. To świadczyłoby, że ubito ich dla pieniędzy, szat i moderunku. Z drugiej jednak strony zabójcy śpieszyli się. Kiedy Dydyński i jego pocztowy odsłonili resztę gałęzi, między liśćmi błysnęły złote i srebrne monety. Grzebiąc w ziemi, znaleźli kilka poczerniałych gdańskich ortów, kilkanaście trojaków i szóstaków, a nawet czerwonego złotego i dwa półkopki. Jeden z trupów miał oberżnięte dwa palce – pewnie dla kosztownych pierścieni. Drugiemu z kolei pozostawiono srebrne rapcie i szablę, warte ładne parę złotych, a przy nich nienaruszoną sakiewkę. To wszystko świadczyło, że albo mordercy zrabowali coś wartego znacznie więcej niż pas, albo też ktoś zaskoczył ich przy mokrej robocie.

Trzeci z zabitych był bez wątpienia szlachcicem. Młode oblicze ozdobione wydatnym, orlim nosem i jasne włosy, podgolone rycerskim obyczajem po bokach głowy, przecięte miał krwawą krechą. Młodzieńcze wąsy ledwie rysowały się nad górną wargą złotawym puchem...

Znał tę twarz!

Dydyński podniósł się chmurny i wstrząśnięty. Poznawał zabitego. Młody pan Jaksmanicki. Syn znanego swawolnika. Trzy lata młodszy od stolnikowica; towarzysz jego młodzieńczych szaleństw i porywów, kompan z twardej szkolnej ławy.

Wojciech Jaksmanicki zwany Wojcieszkiem. Po jezuickim kolegium i akademii rakowskiej ich losy rozłączyły się. Dydyński dostał od ojca poczet i poszedł służyć na wojnie inflanckiej, w chorągwi husarskiej, a Wojcieszek wstąpił na służbę do wojewody sandomierskiego Mniszcha. Różne losy, ale zapłata ta sama. Dydyński wysłużył sobie długi, krew i wyroki sądowe za grabieże i rekwizycje w Inflantach. A Jaksmanicki leśny grób pod konarami dębu, gdzie zawleczono go nagiego i obdartego, takiego, jakim przyszedł na świat.

Nie mógł otrząsnąć się ze wspomnień.

Wyprawa do Sanoka, gdzie pierwszy raz upili się w karczmie u Żyda Moszka. I po sprawiedliwości dostali za to od ojców po dwadzieścia bizunów. Uczciwie, przez plecy i na karmazynowym kobiercu – wszak byli szlachtą, więc nie uchodziło, aby karać ich na wiązce słomy. Dobrze, że nie wygadali się, iż przy okazji odwiedzili miejski zamtuz, gdzie dwie młode skortezanki skutecznie zapoznały ich z najtajniejszymi arkanami ars amandi*, bo wtedy ojcowski gniew podniósłby taksę do czterdziestu batów.

Stare, dobre czasy... Cóż porabiałeś, Wojcieszku? Jakie wichry gnały cię po przemyskich gościńcach? Dlaczego leżysz przede mną sprawiony jak wieprzek? Zimny niczym głaz, nieczuły jak skalne berda Bieszczadu?

Położył dłoń na lodowatym czole trupa i wtedy dostrzegł ranę na piersi. Dokładnie między żebrami, na wysokości serca. Dydyński szarpnął za porwaną koszulę, rozdarł lniany materiał na dwoje, odsłonił blady tors Wojcieszka i dotarł do samego sedna przyczyny śmierci. Do wąskiej czworokątnej szpary, nabrzmiałej po bokach krwawą wybroczyną.

Pchnięcie. Prosto pod serce.

To nie była rana od szabli; nawet koncerz nie zostawiłby tak dziwnego, graniastego śladu. Nie pałasz, nie szabla, a więc co?

Chyba tylko jedno: włoski, graniasty rapier pojedynkowy.

Wspomnienia jak rącze konie puściły się cwałem do brodu przez Cygański Potok. A pośród różnych facjat i głów zamajaczyła zimna jak lód, nieodgadniona i zarośnięta gęba człowieka z rapierem u pasa.

– To ta czereda wisielców znad brodu! Zamordowali Wojcieszka i jego ludzi! Minęliśmy się z nimi! Ja nawet nie podejrzewałem... Patrz tutaj! – Ścisnął ramię Niborskiego jak w kleszczach. – To ślad po rapierze, jak tamten, u tego drapichrusta na koniu... On miał taką broń!

---

* łac. – sztuka kochania

Damian strzyknął śliną przez zęby.

– Bierz tę siwą klacz i zbieraj dupę w troki! – ryknął Dydyński. – Dopadniemy psich synów w Dubiecku albo na gościńcu. Miałeś węch jak dobry pies gończy. Opadli ich jak ogary niedźwiedzia, zarąbali, a co pobrali, to pewnie ukryli w trumnie. I wymyślili bajeczkę o nieboszczyku Bolestraszyckim, na którą dałem się złapać jak pijany żak na przechwałki starej murwy! Jedziemy! Zaraz! Natychmiast!

– Powoli, mospanie – zaoponował pocztowy. – Co nagle, to po diable. Po co mamy jechać do Dubiecka? Ja na ich miejscu nie podążałbym przez miasto, nie lazłbym w oczy ludziom. Skoro mieli łupy na wozie ze strzaskaną osią, tedy pewnie szukali kowala albo kołodzieja.

– Racja. Co proponujesz?

– Ja na ich miejscu szukałbym wioski, gdzie nikt nie zapyta, co wiozą i do kogo. A najbliższy kowal jest w Kosztowej, ćwierć mili od Dubiecka, za wzgórzami. Daję głowę, że tam właśnie pojechali szukać pomocy.

Wojcieszek patrzył na nich martwym wzrokiem spod półprzymkniętych powiek. Dydyński dumał przez chwilę.

– Zbierzemy cały poczet, a Mykoła z wozami niech tu czeka! – zakomenderował. – Walimy do Kosztowej, po drodze zabierzemy Świrskiego i resztę sług! Naprzód!

Kosztowa
Jakiś czas później, wieczór

Kuźnia była pode wsią, kawałek drogi od gościńca. Z daleka między łanami pszenicy poprzerastanej ostami i kąkolem, mokrej od wieczornej rosy, widzieli pełgający czerwony ognik – odblask dalekiego paleniska, czerwieńszy od wieczornej zorzy. Kiedy na chwilę przystanęli, doszedł do nich niosący się daleko po łąkach i polach dźwięk kowalskiego młota.

– Są – rzekł Nieborski, który wzrok miał jak sokół, a słuch jak nietoperz. – Widzę jakiś wóz pod karczmą. Stary wasąg i starzy znajomi.

– Brać pistolety! – zakomenderował Dydyński. – Panie Nieborski, przekłułeś zapał? – Zerknął na skałkowy pistolet pocztowego. – Bo albo słaby proch masz, albo dziurkę wąską, jak u wiecznej dziewicy, przy panewce tego dziwadła.

– Przechędożyłem szpilą!

– Ruszamy!

Pomknęli przez pola, rozdzielili się na dwie części, a potem wpadli na plac przed budowlą niczym tatarski zagon. Stolnikowic i Świrski od strony polnej dróżki, Nieborski i Borek od zagonów, zmuszając konie do skoku nad żerdziami i chruścianym płotem.

Zakotłowało się na podwórzu; w tętent kopyt wdarło się rżenie wierzchowców, krzyk ludzi, gdakanie spłoszonych kur. Trzeba przyznać, że widząc nadciągających zbrojnych, rzekomi słudzy Bolestraszyckich nie wpadli w panikę. Skoczyli do wozu, zbili się w grupę najeżoną ostrzami szabel, popatrując spode łbów na konnych mierzących do nich z pistoletów.

– Napad? – zapytał ochryple dowódca. – Nieboszczyka chcecie ograbić?! On już swoje wycierpiał!

Dydyński podjechał bliżej, stanął o krok z szablą dobytą z pochwy.

– Dziwny to nieboszczyk, co złotem brząka po śmierci. A jeszcze dziwniejszy syn ojca, który się samych córek dochował. Piękną piosnkę zaśpiewaliście pod Bachorzkiem; prawie w nią uwierzyłem. Szkoda, że rymy ubogie, a w koligacjach błądziliście jak pijanica w borze. Zabiliście i ograbiliście Wojcieszka Jaksmanickiego, mego sąsiada i kompana! Chcieliście ciała zgubić, ale koń wam uciekł, a potem do pana wrócił. Dość już gadaniny! Kładę na was areszt, jako schwytanych in recenti* na mężobójstwie!

– Jakie ciała? Jakie mężobójstwo? – Zarośnięty strzyknął śliną w piach, taktownie odwracając głowę. – Nas, mospanie, nie obchodzą żadne koligacje ani jakieś tam perturbacje. Wynajął nas pan Bolestraszycki, abyśmy przywieźli ciało nieboszczyka z Wenecji, a nie dla załatwiania prywatnych porachunków. Schowajcie broń, bo nie chcemy żadnej zwady ani nikogo nie zabiliśmy. Gdzie są dowody? Gdzie protestacja wniesiona przez rodziny zabitych?

– Dowody są w trumnie. Pokażcie, co tam macie!

– Chcesz waszmość upewnić się, że naprawdę wieziemy nieboszczyka?

– Chcę się przekonać, że rana zadana waścinym rapierem, którą widziałem na piersi Wojcieszka, to tylko sen.

– Moim rapierem? – Czarny wzrok zarośniętego był nieodgadniony, ale postać tchnęła spokojem. – Albożto ja tylko jeden na ziemi ruskiej rapier noszę?

– Jeśli się mylę, przeproszę waszmości za podejrzenie.

---

* łac. – na gorącym uczynku

– Dobrze. Ja tylko apeluję o rozwagę. Nie chcemy żadnej zwady, prawda, mości panowie?

– Otwierajcie!

Zarośnięty uniósł w górę otwarte dłonie, jakby pokazując wszem wobec, że jedyną bronią, którą szermuje, jest prawda. Wskoczył na wasąg, aż wóz, który stał bez jednego koła i wciąż nie był naprawiony, zakołysał się. Chwycił za róg płóciennej płachty zakrywającej wnętrze, odrzucił ją, odsłaniając podłużny kształt okryty wypłowiałym aksamitem.

I wtedy rozpętała się burza.

Dydyński nagle zmrużył oczy i ścisnął mocniej rękojeść szabli. Przytrzymał uzdę i w jednej chwili obrócił konia wokół przedniej prawej nogi, dał ostróg, aż Hetmanka skoczyła, a raczej pofrunęła do przodu, jakby przyprawiono jej skrzydła. Już wcześniej przeczuł, co się święci. Kątem oka wychwycił ruch ręki krępego brodacza w futrzanej czapie i porwanej huni. Widział, jak tamten wyrywa z zanadrza pistolet, zawadza kurkiem o lewą połę opończy, szarpie się z opornym materiałem, podnosi broń do strzału...

Nie zdążył pociągnąć za spust! Koń wpadł na niego z impetem, a jeździec chlasnął szablą z góry, na odlew – po ręku, nieco powyżej łokcia. Brodacz ryknął, cisnął broń w piasek, zręcznie umknął spod kopyt klaczy. Mając za sobą jeźdźca na koniu, nie wdawał się w przepychanki – śmignął jak zając prosto pod wasąg, wygramolił się po drugiej stronie, już z szablą w ręku.

Dwa suche odgłosy wystrzałów zabrzmiały niemal jednocześnie. Świrski wypalił z półhaka do grubawego Niżowca. Impet wystrzału obalił Kozaka wstecz, na burtę wozu; ranny chciał jeszcze chwycić się jej lewą ręką – nie zdołał, osunął się na bok, szorując głową po łozowej plecionce i zostawiając na niej wąski ślad krwi.

Borek wygarnął z bandoletu do drugiego mołojca. Trafił w lewy bark, aż impet kuli szarpnął przeciwnika w tył. Starszy sługa odrzucił za plecy broń uczepioną do bandoliera, porwał za szablę, by dobić rannego. Nieborski miał mniej szczęścia. Ostatni z grasantów skoczył nań z chłopskimi, drewnianymi widłami w ręku, szarżował od strony wozu w desperackiej furii, zapewne chcąc przebić się poza krąg pocztowych bigosujących jego kompanów aż wióry leciały.

Nieborski porwał za pistolet, strzelił w lewo, przekładając rękę przez przedni łęk kulbaki. Kurek z krzemieniem spadł na panewkę, skrzesał iskry, zapalił proch i... wystrzał nie padł.

Hajduk krzyknął w furii, wbił widły w bok jeźdźca, przytrzymał. Nieborski był bez zbroi, w samym przeszywanym żupanie; zawył z bólu, jego koń szarpnął się, postąpił w bok. Pocztowy chciał porwać za szablę, ale wróg miał go jak na widelcu: drewniane zęby przeszyły ciało szlachcica, przechodząc między jelcem a kabłąkiem i przyszpilając rękojeść zygmuntówki do ciała!

Przeciwnik popchnął z całej siły, zwalił jeźdźca z kulbaki. Cisnął widły i skoczył w stronę uchodzącego podjezdka, chcąc pewnie na jego grzbiecie wydostać się z matni. Świrski wyrósł na jego drodze jak spod ziemi, ciął szablą raz, drugi, trzeci...

Szlachcic na wozie nie przyszedł z pomocą kompanom. Pochwycił lejce w lewą rękę, a prawą dobył wąskiego graniastego rapiera. Nie bawił się w popędzanie woźników – po prostu chlasnął ostrzem po zadzie lewego dyszlowego. Koń zakwiczał, rzucił się w przód, pociągając za sobą prawego kompana, poniósł na dróżkę wiodącą w stronę gościńca.

Dydyński pomknął za wozem, pozostawiając pocztowym rozprawienie się z resztą swawolników. Wasąg popędził z turkotem, przechylony na prawą stronę. Zawadził osią o drewnianą barierkę ogrodzenia kuźni, oderwał ją z trzaskiem od pionowych bali, powlókł za sobą...

Stolnikowic zrównał się z wozem, ciął z prawej, w pierś, poprawił wbrew – z góry, z zamachu. Przeciwnik zasłonił się, chlasnął płasko, ale ostrze przeszyło tylko puste powietrze.

– Naści! Za Wojcieszka! – zakrzyknął Dydyński, podjeżdżając do samej burty wasągu. Ciął z góry, w całym pędzie – zarośnięty ledwie dał radę zasłonić się ostrzem; nie mógł trzymać lejców i jednocześnie walczyć, skulił się więc za burtą, zasłonił rapierem z góry, byle tylko przetrwać furię konnego przeciwnika.

Nie uszedł daleko.

Rozpędzony, pozbawiony tylnego koła wóz wpadł w pędzie w płytkie trzęsawisko, w miejscu, gdzie mały strumyk przedzierał się leniwie przez łany bujnie rozrośniętej pszenicy. Wasąg, zahaczając prawą tylną osią o kamienie, pochylił się na lewo, a potem wywrócił. Dyszel pękł w jednej chwili, woźniki pociągnęły go za sobą, żłobiąc tylnym końcem szeroką bruzdę w wyjeżdżonym trakcie.

Trumna spadła na bok, wprost na wysoką miedzę, przetoczyła się z łoskotem i znieruchomiała, wplątana w żyto i wysokie trawy.

Dydyński podjechał tam, gdzie spod przewróconego wasągu wypełzł tyłem zarośnięty szlachcic, zabłocony i umorusany jak swawolna dziewka wywieziona ze wsi na wozie pełnym gnoju. Na wpół siedząc, odpychał się w tył i wlókł za sobą bezwładną, pewnie przetrąconą nogę. Nagi rapier trzymał w prawym ręku, a jego oblicze wykrzywiał grymas bólu.

– Stój! – krzyknął donośnie stolnikowic. – Rzuć broń i zdaj się po dobroci!

Kędzierzawy cofał się, żłobiąc własnym siedzeniem głęboki rów w wyschniętym błocie. Hetmanka parsknęła cicho, wyrywała do przodu, wstrzymywana na munsztuku.

– Rzuć broń, a gardło będziesz miał całe!

Zarośnięty szlachetka jęknął. Splunął w stronę pana Jacka.

– Chodź tu, psi synu! – wycharczał. – Kończ ze mną! Oszczędź męki.

– Kat z tobą skończy! Rzuć rapier!

Powoli, nie spuszczając wzroku ze stolnikowica, czarniawy odłożył broń.

– Rzuć dalej! W pole!

– Nie mogę...

– Wyrzuć albo kopyta dodadzą ci skrzydeł!

Krzywiąc się z bólu i jęcząc, zabójca Wojcieszka spełnił polecenie. Odrzucił rapier o dobre dwie stopy od siebie.

– Teraz wstawaj!

– Nie wydolę, panie.

– Nie wydolisz, to zginiesz!

– Pomóżcie... Błagam, panie. Łaski!

Te słowa nie pasowały do człeka, którego miał przed sobą. Nikt o tak zwinnych ruchach i oczach zmienionych w wąskie szparki nie zdobyłby się na żałosne skomlenie o litość.

– Wyjmij kindżał z rękawa i odrzuć precz! Albo zobaczysz, jak chadza się z dziurą we łbie. – Dydyński porwał lewą ręką za rękojeść kołowego puffera.

Czarniawy skoczył. W jednej chwili zerwał się na nogi jak dziki zwierz. Lewą ręką cisnął w oblicze stolnikowica garść piachu, prawa w mgnieniu oka dobyła z rękawa żupana krótki sztylet.

Pan Jacek wrzasnął; strzelił oślepiony – niecelnie, wypuścił więc pistolet, zawrócił konia w miejscu, na zadzie, osłonił się lewą ręką, czując, jak ostrze chlasta go po przedramieniu, a stal brzęczy, natrafiwszy na grubą blachę karwasza.

A potem ciął szablą, zamachnął się odruchowo, zawadził końcem pióra o kołpak wroga, poprawił... Rozrąbał mu głowę, tnąc z boku, nad samym uchem.

Przeciwnik zwalił się jak rażony piorunem. Padł na twarz, leżał wśród stratowanej pszenicy pokryty krwią, dygoczący. Dydyński zeskoczył z konia. Zbliżył się wolno, trzymając w lewej ręce uzdę Hetmanki.

Ostrożnie trącił kędzierzawego końcem podkutego buta. W ferworze walki czapka spadła z głowy tamtego, odsłaniając posiwiałe, długie kosmyki włosów, a między nimi głęboką krwawą szramę po cięciu szablą.

Odwrócił go na wznak i przeżegnał się, widząc pokryte bielmem oczy tamtego.

Za Wojcieszka. Za krwawą ranę na piersi dawnego kompana.

Nie miał tu już nic do roboty.

Zanim odszedł, zapobiegliwie obszukał nieboszczyka. Zabrał chudą sakiewkę, odnalazł na polu rapier i wyszarpnął kindżał z martwej ręki. Nawet po śmierci czarniawy nie puszczał broni, Dydyński musiał nieźle się namęczyć, aby wyciągnąć ją z zaciśniętych kurczowo palców.

Na szyi nieznajomego wisiał prosty drewniany krzyżyk. Zbadawszy, że nie był ze złota, stolnikowic nie poświęcił mu zrazu zbyt wiele uwagi. Kiedy jednak zerknął raz jeszcze, zaciekawił się i podniósł w górę, na ile pozwalał rzemień.

Krzyż jak krzyż; zwykły, o zaokrąglonych krańcach ramion. Jednak zamiast oblicza Chrystusa w samym środku miał tarczkę, z której szczerzył zęby... niedźwiedzi łeb.

A cóż to znowu za osobliwość?

Pierwszy raz widział coś takiego. Pobożny szlachcic pewnie uznałby to za znak heretyków albo dziwactwo, ale Dydyński nie lubił wycierać hajdawerów, klęcząc po kościelnych kruchtach. Zerwał zatem niedźwiedzi krzyżyk z szyi zabitego i schował do sakiewki jako osobliwość.

Podniósł puffera, wrócił do rozbitego wasągu i trumny – przekrzywionej, leżącej na boku w zbożu. Zerwał z niej atłasowe obszycie, pochwycił za róg i przewrócił na płasko. Zdawało mu się, że z drewnianego pudła doszedł głuchy łoskot.

Szarpnął za wieko, ale było mocno przybite gwoździami. Minęła długa chwila, zanim zdołał podważyć je kindżałem. Do diabła, gdzie się podziała czeladź? Tak to już było, że pocztowi i rękodajni pierwsi byli do zajmowania miejsca przy pełnej misce, a ostatni do wspierania pana, gdy była ku temu potrzeba.

Wreszcie zrobił szczelinę, podważył ją rękojeścią i obłękami zdobycznego rapiera, potem zaparł się i oderwał wieko, odrzucił na bok, na zdeptane, powalone kłosy.

We wnętrzu prostej czworobocznej trumny leżało monstrum.

Stolnikowic zdębiał. Przeżegnał się, choć po tym, co widział w Inflantach, nie należał do bojaźliwych ludzi. Wewnątrz pudła spoczywało na plecach ciało człowieka, a jego ręce i nogi wykręcone były do tyłu – zapewne związane rzemieniami. Nieboszczyk nie miał głowy – z jego ramion wyrastał brunatny niedźwiedzi pysk z wyszczerzonymi zębami.

To ci dopiero historia. Znajduje na trakcie trupy swego dawnego kompana i jego sług, a w trumnie, w której spodziewał się znaleźć łupy zagrabione nieboszczykom... leży wilkołek albo wołoski brukołak?

Jezus Maria! O co w tym wszystkim chodzi?

Czyżby historia z Januszem Bolestraszyckim była prawdziwa? A może... on był odmieńcem, człekiem przeklętym, zmieniającym się w księżycowe noce w wilkołaka?

Znał takie przypadki z własnych doświadczeń. Nie dalej wszak jak dwa lata temu w Niewistce kmieć Chwistek odmienił się po śmierci w upiora, bo wstał z mar i ruszył przez wieś na pohybel żywym. Dopiero kiedy obcięto mu łeb toporem, umarł po raz drugi i żywy więcej już nie podniósł się z grobu.

Nagle zamarł, bo skonstatował, że człowiek w trumnie jeszcze żyje. Najpierw spostrzegł unoszącą się pierś, potem – że nieznajomy próbował poruszyć nogami. Wreszcie zauważył, że materiał żupana niknął pod niedźwiedzią sierścią. Wtedy zrozumiał, że tamten nie miał niedźwiedziego pyska, ale na głowę włożono mu maskę zrobioną ze skóry ściągniętej z łba zwierzęcia. Kiedy to stało się jasne, Dydyński przyklęknął, szarpnął nieszczęsnego za ramię, posadził, a potem zerwał z głowy futrzaną maskę.

Pod spodem ukazało się śniade, okrągłe oblicze młodziana lat około dwudziestu, no, może dwudziestu pięciu. Człek ów miał usta zatkane drewnianą gruszką, a szczękę owiniętą szmatami. Dydyński wyrwał knebel z ust nieznajomego. Więzień spojrzał na niego półprzytomnym wzrokiem, zacharczał, rozkaszlał się.

Młodzieniec nie wyglądał na ważną personę. Nie był potężniejszy niż stolnikowic, a przecież Jacek nie należał do wielkoludów. Wzrostu był mniej niż średniego, ale barczysty; miał gębę okrągłą i śniadą, rysy zaś wielce pospolite. Nad szerokim czołem sterczały, jak łan równego żyta, krótkie rude włosy. Na obliczu miał dwie pokaźne brodawki – jedną pod nosem, a drugą, mniejszą, u prawego oka. Brody ani wąsów nie nosił.

Na chłopa nie wyglądał; gdyby nie strój, można by go wziąć za sługę albo syna kucharki. A jednak odziany był w dostatni karmazynowy żupan z falendyszu, co pozwalało sądzić, że pewnie sługiwał gdzieś na zamku – może u Fredrów albo u Stadnickich. Choć prawdę powiedziawszy, równie dobrze mógłby być zwykłym, może nieco bogatszym kramarzem z targowiska w Denowie czy Sanoku.

– Kto ty jesteś?

Nieznajomy wycharczał coś, czego szlachcic nie zrozumiał. A potem poruszył związanymi z tyłu rękoma.

– Rozetnijcie – wychrypiał. – Dłoni nie czuję.

Dydyński zawahał się, ale przeciął rzemienie. Młodzieniec jęknął, prostując ręce. Więzy głęboko wżarły się w ciało; po tak długim pobycie w trumnie rozprostowanie ramion musiało być co najmniej tak samo bolesne, jak podciąganie na linie u małodobrego mistrza.

Wstał, kiedy szlachcic uwolnił z więzów jego nogi, a potem jęknął z bólu, zatoczył się, aż Dydyński musiał ująć go pod ramię, czym – zdaje się – zadał nowy ból i torturę nieszczęśnikowi.

– Cóżeś przeskrobał, że żywcem zamknęli cię w trumnie, w niedźwiedziej masce?

– Jestem Dymitr z rodu Ruryka, carewicz moskiewski – wycharczał nieznajomy. – Najjaśniejszy, przesławny i niezwyciężony z Bożej miłości Wielikij Kniaź Dymitr Iwanowicz. Wsieja Rusi samodzierżca... Wołodomierski, moskiewski, nowogrodzki, car kazański, astrachański, hospodar pskowski. Tudzież innych mnogich ziem obładitiel*.

– Aha – rzekł Dydyński. – To taka z tobą sprawa. Chyba rozumiem, dlaczego cię w więzach trzymali. Choć myślę, że zamiast niedźwiedziej pasowałaby ci bardziej błazeńska maska.

– Nie chcecie, to nie wierzcie! – rzucił gniewnie młodzieniec. – Moim ojcem był Iwan Wasylewicz, car moskiewski, którego jestem jedynym prawdziwym nasled-

* rus. – władca

nikiem*. Wolno ci wątpić, bo widzisz mnie bez czapki Monomacha i bez szat carskich, ale zaprawdę powiadam ci, mości panie, że przyjdą jeszcze czasy, iż będziesz bić mi pokłony.

– Nie do wiary – rzekł pan Jacek – kogo dzisiaj można spotkać na pagórach sanockich. Bo jeśli ty jesteś carewicz, tedy mnie znają pod imieniem chana tatarskiego Ghazi Gereja, potomka gromowładnego Czyngisa, samowładcy jerozolimskiego, kołodzieja babilońskiego, świniarza Małego i Wielkiego Egiptu, a na dokładkę – chana wszystkich ord, od Krakowa do Kitaju.

– Wielce dziękuję waszej chańskiej mości za wybawienie z niewoli – odburknął młodzian. – A kiedy zasiądę w Granitowej Pałacie, bądź pewny, że nie omieszkam się odwdzięczyć.

Gdyby śmiech Dydyńskiego mógł zabijać, rudy pachołek byłby już na łonie Abrahama.

– Niechaj Wasza Carska Mość zaspokoi moją ciekawość – zawołał szlachcic – i wyjaśni, jakim to dziwnym sposobem podróżował nie w carskich saniach, a na chłopskim wozie, mając na głowie niedźwiedzi łeb zamiast czapki Monomacha? I cóż w ogóle taka persona robi w Ziemi Przemyskiej, która wszak równie odległa jest od granic Moskwy, jak Sanok od końca świata?

– Zostałem porwany. Zapewne przez sługi mego wroga, nieprawego cara Borysa Godunowa. Gdzie my w ogóle jesteśmy? Co to za wioska?

– Kosztowa. Pół mili od Dubiecka.

---

* rus. – następcą

– Napadli nas za miasteczkiem zwącym się... Dynów?

– Denów. To niedaleko.

– Moi ludzie! Wojciech Jaksmanicki, dwóch pachołków... Widziałeś ich?

– Znalazłem ciała. – Dydyński skonstatował, że przynajmniej ta część opowieści nieznajomego była prawdziwa. – Wojcieszek był moim kompanem ze szkolnych lat. Pomściłem go krwawo. Śmierć za śmierć.

Dymitr przeżegnał się szeroko, po prawosławnemu, to znaczy z prawa w lewo, a nie na odwrót.

– Chodźmy do mojej czeladzi – zakomenderował Dydyński. – Pewnie sprawili się z waścinymi porywaczami i czekają na nas.

Dosiadł Hetmanki, nie oferując jednak miejsca w kulbace Dymitrowi. Rzekomy carewicz, a prędzej czyjś służka – jak podejrzewał stolnikowic – łypnął na niego niechętnie, widać, że złość gotowała się w jego rudawym łbie, nic jednak nie powiedział.

Dydyński jechał i pogwizdywał.

– Łgarz z ciebie jak jezuita Skarga na królewskim kazaniu – rzekł wesoło. – Przyznaj się, jesteś pacholik albo sługa rękodajny, co? Od Stadnickich? Od Ligęzów?

– Może najpierw wy, panie szlachcic, powiecie, kim jesteście?

– Jacek Dydyński, herbu Gozdawa, do usług. Stolnikowic sanocki, towarzysz roty husarskiej mości imć Szczęsnego Niewiarowskiego.

– Zapamiętam was, panie towarzyszu.

– I ja was zachowam w pamięci, bo takowi franci rzadko w tych lasach się rodzą. Wstąp do mnie na służbę, młodzieńcze! Szablę będziesz za mną nosił i nad czeladzią miał dozór. A okażesz się wierny i pomocny, to na Święty Marcin dam ci co roku dwadzieścia dukatów i przyodziewek. A na sejmiku będziesz jechał przed czeladzią na wronym koniku, z niedźwiedziem chowanym na łańcuchu.

– Waść się zapominasz!

– Ma imć pan Fredro – ciągnął Dydyński – Murzyna w stroju polskim, czarnego jak sam diabeł, a pan Zamoyski koników siwych sześć przy karocy – choć powiadają, że jeden farbowany – będę i ja trzymał w Dydni carzyka moskiewskiego. A będziesz ucieszne facecje o Moskwie opowiadał, znajdę ci żonę robotną i poczciwą, a na starość w dożywocie zapiszę spłacheć ziemi, albo i całą rolę, do tego zaś ze trzech kmieciów razem z rodzinami. Zgodzisz się?

– Waści słowa równie harde jako kark u roboczego wołu. A przecież gdy chłop go w jarzmo weźmie, i on zgiąć się musi, aby pług swój w pocie czoła ciągnąć. Bacz, by waszej głowy ku ziemi nie przygięto i by nie znalazł się kij sękaty i poganiacz nielitościwy.

– Cały już mój ród taki twardy i niepokorny – odparł wesoło Dydyński. – Nikomu się kłaniać nie będziemy, a rękę to mogę tylko Ojcu Świętemu i Jego Królewskiej Mości ucałować. Wolnym człowiekiem jestem i póki u mnie szabla ostra przy boku, wolności zażywał będę. A w to, żeś jest carzykiem moskiewskim, trudno mi uwierzyć. A może nawet i lepiej, że nie wierzę. Wszak rzekomy ojciec twój, car Iwan, zwany u nas Tchórzliwym, a w Moskwie Groźnym, wielkim był nieprzyjacielem Rzeczypospolitej. Inflanty nam zdobył, ludzi rzezał, a między nimi zabił mego stryja, Michała Dydyńskiego, w Połocku. Myślisz zatem, że my, Polacy, będziemy mieć wielką korzyść ze wspierania moskiewskiego carzyka? Nie lepiej staroście w Przemyślu cię oddać, jako kpa i szelmę? A potem w wieży osadzić in fundo*?

Dymitr milczał urażony.

– Mów lepiej prawdę. Bo podejrzewam, wzięli cię w pęta za amory i ars amandi na magnackim dworze. Twe porwanie przypomina historię niejakiego Smólskiego, co był poteszytelem – jak na Litwie gadają – księżnej pani małżonki Radziwiłła, kasztelana wileńskiego. I którego porwano w podobny sposób, a po smacznym kąsku dano się napić aż za wiele wody. Przypomina mi się też przygoda, lecz wcale nie wojenna, mego druha, pana Samuela Maskiewicza, której doświadczył w Brahimiu, na dworze Aleksandry Wiśniowieckiej. Miał on tam ledwo w niebie lepiej... Do czasu, kiedy o jego amorach zwiedział się brat księżnej – Aleksander Chodkiewicz. Wtedy to narobiono mu piwa, że ledwie go zbył. Ale cóż – kto piwo warzy, to je potem wypić musi.

– Milcz, waść! – syknął zimno Dymitr. – Za mniejsze obelgi mój ojciec kazał wyrwać język bojarowi Atanazemu Buturlinowi. A za uchybienia w tytulaturze bił do krwi posochem. Na kolana przed naszym carskim majestatem! W milczeniu pokłony oddawaj!

– To ty się ucisz, pachołku – odparł zimno Dydyński. – Bo ja nie jestem żadnym moskiewskim niewolnikiem, ale szlachcicem! I nawet jasnemu księciu nie pozwolę tak krzyczeć na siebie! A nie posłuchasz mnie po dobroci, tedy przemówi do ciebie mój nahaj albo szabla!

* łac. – na dnie

– Ach, prawda, jesteś moim wybawcą. – Gniew ulotnił się z oblicza Dymitra tak niespodziewanie, jak gdyby nieznajomy zdjął jedną maskę, a założył drugą. Teraz mówił spokojnie, bez gniewu i wściekłości. – Winienem ci zdrowie, a kto wie, może życie. Dlatego za grzechy moje przyjmuję twe obelgi, mości panie. Chcesz mnie chłostać – chłoszcz biczem nienawiści i złym słowem, bo ja nikczemny robak, rab boży, chołopiszka czarny. Za grzechy moje i mego ojca to przyjmuję. – Rozerwał żupan na piersi, padł na kolana, przeżegnał się i niespodziewanie oddał pokłon Panu, bijąc o ziemię czołem. – Cariu Niebiesnyj, Utieszytielu, Dusze istiny, iże wiezdie syj i wsia ispołniajaj – wymamrotał cicho. – Sokrowiszcze błahich i żyzni Podatielu, priidi i wsielisia w ny, i oczisti ny ot wsiakija skwierny, i spasi, Błaże, duszy nasza*.

– Modlisz się? Bijesz pokłon Panu? – zdziwił się Dydyński. – Zdaje się, że naprawdę jesteś Moskalem, bo Polacy i Rusini – jeśli nawet prawosławnej wiary – przemawiają do Boga jak wolni ludzie do swego ojca, najwyżej na kolanach, a tylko wy oddajecie mu cześć jak niewolnicy! Wstańże z ziemi, człecze, bo żal na ciebie spoglądać!

– Raduję się każdą raną, którą mi zadasz, zły, nikczemny człowieku. Cieszy mnie każdy mój ból i cierpienie, albowiem, jak mówił święty Izaak Syryjczyk, Jezus będzie nas sądził wedle miłości bliźniego. To moja skrucha i pokuta, a kiedy odpokutuję za grzechy, Spasitiel przywróci me dziedzictwo... – mamrotał Dymitr, wstając wolno z kolan. – Jam jurodiwy, głupi w Chrystusie,

* patrz przypisy końcowe

rab bożyj, wiem o tym dobrze od dnia, kiedy przejrzałem na oczy. On będzie nas chłostał za grzechy biczem miłości, lecz modlę się, człeku małej wiary, abyś nie musiał się przekonać, jak bardzo twój żywot jest igraszką w Jego ręku. Oby Spasitiel nie wychłostał cię biczem za twój cierniowy język.

Przed kuźnię zjechało bodaj ze dwadzieścia koni kozaków albo czeladzi dworskiej, gdyż wszyscy zbrojni mieli przy sobie spisy i szable. Dymitr przyśpieszył kroku. Na jego cześć rozległy się krzyki, wiwaty; kozacy jak jeden mąż zeskoczyli z koni, poczęli padać na kolana, zdjąwszy czapki i kapuzy. Niektórzy bili przed nim czołem, niczym przed ruskim świętym, a Dydyński bodaj pierwszy raz obserwował aż taką czołobitność u służby. Owszem, w Koronie i na Litwie czeladź zwykle kłaniała się w pas i całowała pana w rękę, czasem jakiś szlachcic gołota padał plackiem przed możnym panem – zwłaszcza kiedy chciał oddać syna na służbę lub prosić o łaskę. Ale nikt nigdy nie walił czołem o posadzkę. Zwłaszcza pan Dydyński, który niechętnie skłaniał podgolony łeb nawet przed Ojcem Niebieskim. A pewnego razu po pijanemu we Lwowie, dobywszy szabli przed katedrą miejską, zawołał: *Jeśliś Bóg, bij się ze mną!* A kiedy ów nie stanął, chełpił się jeszcze przed kompanią, że nie starczyło wtedy fantazji królowi żydowskiemu.

W głębi duszy pana stolnikowica tkwiło przekonanie, iż szlachcic polski, jeśli tylko chce mówić do równego sobie, powinien mówić w kościele z samym Synem Bożym i Duchem Świętym.

Dymitr wyprostował się, widząc oznaki uwielbienia, szedł sztywny, jakby nagle przybyło mu ze trzy cale wzrostu. Zerknął nawet z ukosa na swego wybawcę, jakby spodziewając się, że szlachcic spuści z tonu, jednak temperament i usposobienie pana Jacka były rogate i nieokiełznane jak u samego diabła. Stolnikowic więc bynajmniej z konia nie zsiadł ani nie oddał pokłonów. Podobnie zresztą jak jeden z nowo przybyłych, który pokłonił się Dymitrowi w kulbace, uchyliwszy czapki.

– Miłościwy carewiczu nasz! – zakrzyknął. – Jesteście zdrowi?

– Napadli nas za Denowem, ubili pana Jaksmanickiego i dwóch czeladników. A mnie wsadzili szmatę w gębę i położyli do trumny, abym udawał nieboszczyka.

– Chwała Bogu, że Wasza Carska Mość żyje!

– Uwolnił mnie ten szlachcic... Pan Dydyński. Który choć hardy w słowach i nieposkromiony w języku, przecie jednak uczynił lepszy użytek ze swojej szabli niż ze zjadliwej gęby.

– Ja tego Dydyńskiego znam – odparł jeździec. – Za dobrze. I za długo.

Stolnikowic westchnął. Teraz już był pewien, kim jest jego rozmówca. W mroku poznał od razu chrapliwy, zmęczony głos Adama Dworyckiego, z którym... Ech, szkoda było gadać.

Zacnie witała go rodzinna Ziemia Sanocka po powrocie z Inflant. Zaczęło się od grasantów na trakcie i martwego oblicza dawnego kompana. A teraz jeszcze Dworycki, z którym szlachcic miał rankor od czasu, gdy obaj służyli w Inflantach. Kto następny zastąpi mu drogę? Znienawidzony Jerzy Krasicki? A może sam diabeł i pani śmierć?

– Konia!

Jeden z kozaków posłusznie zeskoczył z kulbaki i oddał wodze Dymitrowi. Rzekomy carewicz zwinnie wskoczył na terlicę.

– Pragnę ci podziękować, mości panie Dydyński – rzekł władczym głosem. – I nawet pomimo twej niewyparzonej gęby ofiarować moją łaskę. Gdybyś chciał pomóc odzyskać mi tron, ofiarowałbym ci carskie zmiłowanie i przebaczenie...

Stolnikowic roześmiał się wesoło.

– Majętności w Moskwie, czyli gruszki na wierzbie – parsknął. – Albo asygnatę na skórę niedźwiedzia, co żywy po lesie chodzi. Tak samo ja mogę dać Waszej Carskiej Mości Niderlandy. A na dokładkę Jedysan i Oczaków ze wszystkimi ordami. Jeno że wejść w jego progi będziesz musiał nie w towarzystwie Adama Dworyckiego i kilku nędznych semenów, ale w asyście dwudziestu tysięcy szlachty polskiej!

– Niechaj Wasza Carska Mość plunie na tego człowieka – ozwał się Dworycki. – Znam go nie od dziś i zgoła ze złej strony. Pan Dydyński należy do przeciwnej nam partii, do ludzi Zamoyskiego i Ostrogskich, którzy nie sprzyjają twym zamiarom.

– Nie należę do nikogo innego poza sobą samym! – zaoponował stolnikowic. – Wolno mi nie wierzyć w waszą sprawę, bo jestem szlachcicem, o czym waszmość chyba zapomniałeś!

– Jestem wdzięczny za uratowanie życia – rzekł Dymitr ze zmarszczonymi brwiami. – Mów sobie, co chcesz, o naszym spotkaniu, ale nie posuwaj się dalej, bo może dosięgnąć cię mój gniew. Bo ja jestem Dymitr Iwanowicz, kość z kości Rurykowiczów ruskich, a w moich żyłach płynie krew samego Ruryka i Monomacha, Aleksandra Newskiego i Iwana Kality. Bo kiedy Jezus Chrystus w dobroci swej i miłości do człowieka ześle pokój swemu słudze, rozkaże moim wrogom zaniechać walki, gdy sprawi, by stali się łagodni jak owieczki, i zetrze ich na proch, który rozniesie wiatr, ja zasiądę na tronie mych przodków w czapce Monomacha. I wtedy jedno moje słowo sprawi, że ujrzysz piekło, a Pan moją ręką rozgniecie cię jak nikczemnego robaka!

Gadał zdrów! Na razie to Dydyński nie poświęcił Dymitrowi uwagi większej niż najdorodniejszej pluskwie wyciągniętej ze ściany.

– W co ty się wpakowałeś, mości panie Adamie? – rzucił do Dworyckiego. – Co tu się w ogóle dzieje? Co to za komedia? Komu służysz? Szaleńcowi, co się podaje za syna moskiewskiego cara? I gotów jest wywołać wojnę? Był już na Ukrainie taki, co się zwał Bajdą z rodu Wiśniowieckich, starosta kaniowski. On zamiarował sobie zostać hospodarem wołoskim i na Stambuł poszedł w tysiąc koni. A wiesz jak skończył? Na haku. Tak samo wy razem z tym durnym carzykiem na palach ostatniego tchu dobędziecie. Ku wielkiemu ukontentowaniu cara Borysa Godunowa, moskiewskiego kata!

– Po tym, co ty uczyniłeś w Inflantach dwa lata temu, nie mam gdzie zdobywać zasług – odparł głucho Dworycki. – Chyba nie zapomniałeś o tej gardłowej sprawie? – dorzucił zjadliwie.

– A ty nie uważasz, że dzięki mnie w ogóle żyjesz?

– Żyję i coś znaczę wyłącznie dzięki Jego Carskiej Mości. A ty... Myślisz jeszcze o niej?

Dydyński milczał.

– Życzyłbym sobie, abyś dumał o niej bezustannie. Chodząc, robiąc, śpiąc, w łaźni, w kościele, u dziewki, w karczmie i przy pacierzu!

Dydyński zapatrzył się w zmęczone oblicze Dworyckiego, w gębę ozdobioną głębokimi bruzdami ciągnącymi się od krańców warg przez oba policzki.

– Abyś wciąż widział, we śnie i na jawie, jak modli się zamknięta w celi. Sypia w trumnie. Pogrzebana żywcem, tak jak wasze szczęście. Niech cię te myśli gryzą jak wilki, kąsają jak wściekłe szczury. Niech nie dają ci zapomnienia...

– Wart jesteś w łeb, panie Dworycki – warknął Dydyński. – Jedź swoją drogą i nie pokazuj mi się na oczy. Bo zapomnę, że kiedyś byłeś mi druhem i najmilszym kompanem.

– Wedle woli waszej mości.

Dydyński patrzył, jak Dworycki dołączył do Dymitra, a potem ruszył na czele kozaków, roztopił się w mroku wraz z czarnymi semenami przypominającymi okryty kirem kondukt żałobny.

Trakt do Denowa
Nieco później, noc

– To jakieś theatrum z tym Dymitrem – rzekł Dydyński, kiedy jechali po nocy z Kosztowej na Bachorzek, gdzie został Mykoła na straży wyładowanych wozów. – Po prostu Plauta albo Terencjuszowa komedia! Sam królewski błazen Stańczyk lepiej by tej historii nie wymyślił, a Sebastian Klonowic w *Worku Judaszów* nie opisał!

– Pan hetman Zamoyski mówi to samo – wymamrotał Świrski z ustami pełnymi suchej kiełbasy, którą jego długi nochal wywęszył w jukach grasantów. – Że dla prywaty hospodarczyk Dymitrij zaciąga swawoleństwo w Rzeczypospolitej i chce Koronę i Litwę wciągnąć w nową wojnę, łamiąc traktaty zawarte z carem Borysem Godunowem.

– Dymitr czyni zaciągi? To znaczy chce wyprawić się na Moskwę i zbrojnie odbić tron na Kremlu?

Pęto kiełbasy znikło bez śladu w przepaścistej gardzieli Świrskiego. Aż dziw, gdzie się to wszystko podziewało, pocztowy był bowiem chudy jak chmielowa tyka. Dydyński przypomniał sobie, że przecież jeszcze w Przemyślu posilali się w karczmie – dosyć skromnie, bo na stół zażyczył sobie tylko gęś, ćwiartkę skopowiny, parę chudych kapłonów, pieczeń wołową, pięć sztuk sera, ze trzy bochenki chleba i pół beczki piwa, a na dodatek garniec bigosu hultajskiego z kapustą. Jednak byli przecież niedaleko od domu, gdzie na pewno czekał na nich suto zastawiony stół.

– Cała historia zaczęła się w zeszłym roku, mospanie. – Świrski pociągnął łyk gorzałki z bukłaka. – Na dworze księcia jaśnie pana Adama Korybuta Wiśniowieckiego w Brahimiu. W łaźni.

– E, nie tak... – jęknął blady Nieborski, który jechał na wozie obok nich. – Przed śmiercią Dymitr wszystko wyjawił... Na spowiedzi... Do kroćset!

– Te, lepiej leż i się kuruj, panie bracie – mruknął Dydyński. – Nie gadaj za wiele, bo ci się rany rozejdą!

– Jak na spowiedzi, skoro widzieliśmy go żywego? – zaoponował Świrski. – Mnie ludzie powiadali, że pewnego razu, kiedy książę Jadam wybrał się do łaźni, jakiś sługa, brzydkie i szpetne chłopczysko, coś mu przewinił. I za to pan dał pachołkowi w gębę. *Gdybyś wasza miłość wiedział, kim jestem, nie biłbyś mnie i nie przezywał w ten sposób* – odparł rękodajny. *Ale skoro jestem twoim sługą, i to z pokorą znieść muszę. A kto ty znowu taki jesteś?* – spytał kniaź i oczywiście na takie dictum* dał mu zaraz w gębę z drugiej strony. A wtedy młodzian przyznał, że jest Dymitrem Iwanowiczem, synem cara moskiewskiego Iwana Groźnego, którego tyrannus i car teraźniejszy, tfu, jaki tam car – wielki książę moskiewski Borys Godunow, kazał zarezać w Ugliczu, gdzie przebywał z matką, księżną Nagoj. Dymitr dowodził, że został cudownie ocalony przez Simona, Niemca z Kilonii, który wyprowadził go skrycie z miasta, a zamiast jego ciała podłożył trupa wiejskiego chłopca.

– No proszę – skwitował Nieborski, który chociaż ranny, był ciekaw historii Dymitra jak wdzięków nadobnej kurtyzany. – Pierwszy to chyba przypadek w historii, że szlachcic, brat nasz, bił po gębie carewicza i następcę tronu.

– I bodaj nie ostatni – mruknął Dydyński – bo całe to plemię moskiewskie grube i sprośne jest, i w ogóle nie warte, aby na nich plunąć. Znam ja moskiewską grubianitas, powiadał mi ojciec, jak wojował za Stefana i Augusta o Inflanty. Niewart moskiewski kniaź choćby naszego psiarczyka, bo każdy z nich szelma, wor i śmierdzące bydlę. W polu do walki nie stanie, na powitanie czołem bije, a kamień za pazuchą nosi i miecz w plecy wrazi,

* łac. – powiedzenie

gdy się odwrócisz – taki to naród zdradliwy. Moskale by i diabłu przysięgali wierność, byle im majętności pomnożył.

– Całej historii początek był taki – ciągnął pocztowy – iż car dawniejszy Moskwy, Iwan zwany Groźnym, którego pobił pan nasz Stefan Batory, był dla Moskwy srogim tyranem, co w tamtych stronach nie dziwota, bo to naród sprośny, plugawy i skurwysyński, a bez kija ani przystąp. Ten Iwan miał żon sześć, albo nawet siedem, z których potomstwa doczekał się tylko z pierwszą, to jest z Anastazją Romanową – Iwana i Fiodora. A z ostatnią – Marią Nagoj – miał tego właśnie Dymitra. Iwan jak to Iwan, figliki różne czynił połowicom. Marię Dołgoruką utopił w jeziorze, bo prawicą nie była, inną – Annę Kołtowską – posłał do klasztoru. Zalecał się, powiadali, nawet do sióstr naszego pana Augusta Anno 1560, jednak żadna mu w smak nie przypadła, bo za chude były, a baba – onym moskiewskim grubym obyczajem – musi być sążnista jak stara kobyła. Tak więc miał Iwan summa summarum* trzech synów. Z czego jeden – Fiodor, słaby był na umyśle, a drugiego – Iwana, sam ojciec własną ręką zabił. Fiodor po śmierci Groźnego na tron wstąpił, ale rządził jak pijany woźnica. Bez przerwy kazał bić we dzwony na Kremlu i przysłuchiwał się, czy mu we łbie zadźwięczą. Sprowadzał też sobie opętanych i szaleńców, których oni w Moskwie zwą jurodiwymi, modlił się z nimi i wzdychał do Boga. Nic dziwnego zatem, że rządy przejął możny bojar Borys Godunow, zięć Maluty Skuratowa, najwierniejszego sługi starego diabła Iwana.

---

* łac. – suma sum, czyli podsumowując

Widząc, że Fiodor nie ma dzieci, postanowił zasiąść na tronie, w czym wadził mu ostatni, najmłodszy syn Groźnego – Dymitr Iwanowicz, który przebywał wraz z matką w Ugliczu. Miał ten Godunow dzieci: Fiodora Borysowicza i Ksenię, która ma teraz lat około...

– Dość, dość! Ty nam powiadaj o Dymitrze, a nie o Borysie!

– A więc Borys Godunow postanowił małego Dymitra zarzezać. I Anno 1591, lat temu trzynaście, ułożył sprzysiężenie. Zawołał dwóch synów bojarskich, zwanych Mikita Koczałow i Daniłka Bitiagowski, którzy byli clientes* Borysowi. Rzekł zatem do nich Borys, że jest wola hospodarska, aby jechali do Uglicza, ubili małego carewicza Dymitra, gdyż różni ludzie chcą wszcząć bunt i usadowić go na tronie. A kiedy bojarzynowie nie chcieli o tym słyszeć, powiedział im Borys: *Przywiodę was do hospodara, to sami usłyszycie z jego ust*. I wprowadził ich do pokoju carskiego, a kiedy bili czołem Fiodorowi, powiedział coś po cichu wielkiemu księciu na ucho – podobnym fortelem, jak Messalina onus terrae** oszukała Klaudiusza, swego męża, cesarza rzymskiego. Tych przykładów, rzecz jasna, Borys nie znał, bo ani czytać, ni pisać nie umie, chociaż szczwane bydlę. Potem kazał wyjść obu bojarom, a do Fiodora odezwał się: *Nie chcą mi wierzyć, co im twoim imieniem hospodarskim rozkazałem, powiedz im sam, że to jest wola twoja*. Car Fiodor, rozumiejąc, iż idzie o to, o czym z nim mówił po cichu, a nie o gardło jego brata, przywołał bojarów i rzekł im:

* łac. – klienci, czyli słudzy
** łac. – ciężar ziemi

Uczyńcie, jako wam Borys rozkazywał. Jakoż pojechali do Uglicza i zarżnęli małego carewicza. A przynajmniej tak potem powiedzieli Borysowi. Bo oto nagle po dwunastu latach pojawił się w Rzeczypospolitej, w Brahimiu, cudownie uratowany Dymitriaszka. I pokornie prosił o posłuchanie.

– A co dalej? Bo na razie wszystko pasuje do siebie akuratnie.

– Akuratnie jak młody kuś do starej piczy – podsumował Dydyński. – Bujdy i bajania z tym zabójstwem w Ugliczu. Powiadał mi kupiec jeden moskiewski – Semen Wołkowski-Owsiany, iż od dawna wszem wobec było wiadomo, że kniaź Dymitr sam się zabił w Ugliczu, kiedy grał w pikuty. Pytał o to nawet pan Sapieha, kiedy do Moskwy posłował. I taką samą dostał od Moskali odpowiedź.

– A cóż na to Wiśniowiecki? – dopytywał się Niborski. – Kazał Dymitra oćwiczyć czy uwierzył?

– Dał mu karocę z poszóstnym cugiem i sześciu hajduków. A potem wyprawił po znajomych dworach i zamkach, aby wieść poszła w Polskę. I wnet poczęli zjawiać się ludzie, którzy chcieli Dymitra obejrzeć. Najpierw przyjechał do Brahimia jegomość Lew Sapieha, kanclerz Wielkiego Księstwa, a co więcej, przywiózł ze sobą chłopa, co był niegdyś powinnym carewicza Dymitra. Ujrzy chłopisko carewicza i buch na kolana! Aż zaniemówił z wrażenia. A to dlatego, że kiedy w Moskwie służył, Dymitr zwał go Pietruchą, gdy zaś do naszej Rzeczypospolitej uciekł, to on już nie był Pietrucha, ale Jurij Pietrowski. Głowę dałbym, że jego synowie zwać się będą Piotrowskimi. I pewnie wiarę odmienią, a potem osiądą gdzieś w Małopolsce. Tak to każdy cham, co się śrubuje na szlachectwo w Małopolsce, pisze się z Mazowsza albo z Ukrainy, a na Mazowszu z Małej Polski.

– Rozpoznał Dymitra?

– Carewicz sam go powitał. A wtedy Pietrucha stwierdził, że poznaje swego pana i przyszłego wielkiego księcia po nierównych rękach i brodawkach.

– Też go poznałem po brodawkach – wtrącił z przekąsem Dydyński. – Co za wzrost, co za poza, co za majestat. Prawdziwy imperator rzymski! Ale, co tu dużo gadać, każda nacja ma takiego Juliusza Cezara, na jakiego zasługuje.

– Wystarczyło świadectwo jednego chłopa, aby zdobyć pańską łaskę?

– Ważniejsze niż świadectwo Pietruchy było to, że sam car Borys Godunow, skoro się o tym dowiedział, zaniepokoił się i zaczął wysyłać poselstwa. Pierwsze do Konstantego Ostrogskiego – z Atanazym Palczykowem na czele. Drugie do Wiśniowieckiego. Co więcej, obiecał nawet, że odda książętom Przyłuki i Sniatyń na samej granicy, o który była między nimi wieczna wojna, bo tam limes* nie został dokładnie wyznaczony, jeśli wydadzą mu Dymitra. A te grody to prawie stolica Wiśniowieczczyzny zadnieprzańskiej.

– I co dalej?

– Kiedy Wiśniowiecki odmówił, car kazał wojewodzie czernihowskiemu zburzyć gródki, wyrżnąć ludność i kozaków. I tak dał powód do wielkiej nienawiści do sie-

* łac. – granica

bie, bo teraz wiadomo już, że Wiśniowieccy ziemię i niebo poruszą, aby poszukać zemsty na carze.

– Trochę daleko z Brahimia do Moskwy.

– Cóż z tego, skoro Wiśniowieccy mają w ręku Dymitra, którego zaczęto zwać samozwańcem, carzykiem czy rostrygą? Albo słoneczkiem naszym, umiłowanym carewiczem, najjaśniejszym, przesławnym świętej Rusi obładitielem – zależy, której strony posłuchamy. Wnet ruszyli w Ruś i w Polskę wichrzyciele, podżegacze i dalejże agitować za Dymitrem – że biedny, nieszczęsny prawowity następca tronu. Że z rąk siepaczy cara Godunowa uszedł. Że trzeba Moskwę uwolnić od Borysa, to wtedy w sojuszu z Rzeczpospolitą rozkwitnie. A pod koniec zeszłego roku Konstanty, brat Adama, wziął sprawy w swoje ręce i najpierw przedstawił Dymitra naszemu najjaśniejszemu panu, a potem nuncjuszowi Rangoniemu. A w lutym, o, w lutym sprawy Dymitra tak wysoko stały jako wieże zamku krakowskiego na Wawelu. Pokazał bowiem Konstanty Wiśniowiecki swego carzyka Jerzemu Mniszchowi, wojewodzie sandomierskiemu w Samborze.

– I co Mniszech? Nagle został partyzantem sprawy carewicza?

– Nie tylko go poparł, ale również zgodził się dać za niego swoją córkę, Marynę. Tę młodszą, czwartą w kolejności, bo córek, proszę waszmości, u Mniszchów chowa się cały kierdel. I to zarówno w Samborze, jak i u braci pana wojewody. Policzmy zresztą – Herakliusz zginał palce: najstarsza, Anna, poszła za Piotra Szyszkowskiego, kasztelana wojnickiego. Urszula za Konstantego Wiśniowieckiego. Wesele było roku Pańskiego tysiąc sześćset trzeciego, dziewiętnastego januariusa, wesołe, aż dwóch gości umarło z przepicia – pan Apolinary Suchorzewski i Jakub Pełka z naszego powiatu. A Eufrozyna ma iść – jak słyszałem – za Jordana z Zakliczyna.

– Też niezła partia.

– A najmłodsza Maryna będzie carową moskiewską.

– Niezły frant z wojewody – mruknął Dydyński. – Zgaduję, że biorąc wzgląd na swój mizerny majątek, nie oddał córki pro publico bono* i z wielkiej przyjaźni do Dymitra?

– Dymitr spadł panu staroście jakoby święty wybawiciel z nieba, bo jegomość wojewoda Mniszech jest w wielkich kłopotach. Po tym jak dostał Anno 1588 ekonomię samborską, wyproszoną u króla przez biskupa krakowskiego Maciejowskiego, nie płacił rat dzierżawnych i kwarty nie tylko z Sambora, ale i z żup ruskich. A kiedy miał z tego sprawę zdać na sejmie, dowodził, że sama tylko nędza i mizeria, że sąsiedzi źli, Tatarzy sprośni tudzież konfederaci wojskowi, szelmy i wydziercy, wniwecz wszystko obrócili. I z tego miał długów, jak powiadali, na ponad czterdzieści tysięcy złotych!

– To wszystko falsum, a wywodami jaśnie oświeconego wojewody można sobie tyłek podetrzeć – mruknął Dydyński. – Byłem ja w Samborze i widziałem, na co poszły te sumy. Na opatrzenie zamku i Luxurię**, w której pan wojewoda kocha się mocniej niż stary dziad w młodej dziewicy. Na okna ze szkła weneckiego, na drzwi fladrem sadzone, na piece malowane i posadzki dębowe, stolarskiej roboty. Na kominy ciosowe, rzeźbione,

* łac. – dla dobra publicznego

** łac. – bogini rozpusty i pychy

na podniebienia sufitowe z kasetonami, na marmurowe odrzwia, na komnaty i izby obite brytami adamaszku i atłasu. Na brokatele, suknie, żupany, delie, szuby, dołomany, ferezje i szpalery! Na sześć koni u karocy i hajduków we srebrze. To wszystko kosztowało fortunę. A powiem waszmościom, że kiedy Dymitr jedną bramą do Sambora wjeżdżał, drugą przyjechała królewska komisja, bo na trybunale roku Pańskiego 1603 wzięli staroście w sekwestr całą ekonomię. Obiecywali sobie komisarze, że pana Mniszcha puszczą w samych batystowych gaciach, które sprowadzał z Gdańska. A przecież szelma wojewoda lat temu ze czterdzieści wziął z braćmi trzysta tysięcy, zagrabił po królu Zygmuncie Auguście srebra i klejnoty koronne, więc pieniędzy miał jak lodu na Wiśle. Pytanie, gdzie to wszystko poszło?!

– Od najważniejszych długów wojewoda ledwie się wykupił – wtrącił Nieborski – sprzedając majętności dziedziczne i płacąc królowi dwadzieścia osiem tysięcy złotych.

– Dlatego też Dymitr trafił się Mniszchowi jak ślepej kurze ziarno. I wojewoda chętnie swadźbił mu córeczkę, która, jak powiadają, równie hardej jest natury, co jej ojciec.

– Znam Marynę – skwitował krótko Dydyński. – Bywałem w Samborze i rączkę jej całowałem. Miła to rączka, miła i twarzyczka, ale partia nietęga dla tych, co lubią żony w domu trzymać. Nie jest to dzieweczka, co w cichości dworku będzie ci kwiatuszki wyszywać. Ale opowiadajże dalej o Dymitrze!

– Za ślub z Maryną i poparcie swojej sprawy dał wojewodzie carewicz czternaście zamków siewierskich i –

jak powiadają – milion złotych polskich na podróż jego córy do Moskwy.

– A Maryna? Wziął ją na piękne oczy?

– Gdzież tam. Jako wiano poszedł Psków i Nowogród – ten sam, który ojcu jego się rebelizował. Ponadto przyobiecał jej klejnotów i złota ze skarbu carskiego na kolejny milion złotych.

– Buuuu, cha, cha – roześmiał się Dydyński. – Tak samo ja mogę darować waszmości karzełka, co w brokatach na zamku w Łańcucie chodzi. Jedź teraz i odbierz go sobie od Stanisława Diabła Stadnickiego. Czy wojewoda myśli, iż car Borys odda mu Siewierszczyznę, kiedy się go grzecznie poprosi?

– Aż tak głupi nie jest. A jego czyny dowodzą, że ma łeb na karku. Primo zatem: w marcu tego roku ukazał Dymitra królowi Zygmuntowi w Krakowie i o wsparcie poprosił.

– Znaczy musiał mu Dymitr coś obiecać. A cóż by Szweda uradowało? Przywrócenie utraconej korony i unia z Moskwą, jak zgaduję?

– Trafnieś wpadł, panie bracie. Aż mnie dziw, że żaden Dydyński w senatory nie poszedł.

– Bywali! – rzekł z przekąsem pan Jacek. – I jeszcze będą niejedni.

– Chyba tacy – wtrącił Nieborski – co usługiwali senatorom. Jeno tym drążkowym, słomianym...

– Ciebie, panie pocztowy, jak kiedyś w łeb palnę, to aż ci rozum w pięty pójdzie. I może wreszcie urośnie tobie coś, co chłopu potrzebne! Czego, jak wnioskuję po słowach, wielki masz niedostatek! Leż lepiej i milcz, bo drugi raz nie będę wołał cyrulika.

– Panowie przyjmowali Dymitra w Krakowie jak udzielnego księcia – ciągnął Świrski. – Szóstego martiusa na uczcie pisarz wielki litewski Maciej Wojna rozpoznał go jako carewicza, a trzeba pamiętać, że ichmość pan widywał małego księcia dzieckiem.

– A potem – mogę się tylko domyślać – coraz to ktoś nowy rozpoznawał Dymitra?

– W rzeczy samej. Kto tylko frant i łeb ma na karku, ten zaraz gnał do Sambora bić Dymitrowi czołem i dziwować się – że taki podobny do ojca, że majestat ma prawdziwy, carski, że będą go wspierać, że wreszcie pójdą z nim na Moskwę.

Wszelako Dymitr nic nie uzyskał od króla. Chciał przekonać naszego pana do wojny z Godunowem, jednak Zygmunt przyjął go chłodno i tyle carewicz dostał, że Waza pozwolił Mniszchowi obrócić zaległe sumy z Sambora na przygotowanie moskiewskiej wyprawy.

– Skoro się nuncjusz przy nim kręcił, więc chyba Dymitr musiał rewokować na naszą wiarę?

– Nic pewnego nie wiem, ale ponoć obiecał Rangoniemu i Ojcu Świętemu, że nawróci Moskali. Za to król dał mu medal i ze czterdzieści tysięcy rocznego jurgieltu.

– Alchemik Waza darował tyle intraty fałszywemu carzykowi?

– Dymitr przyobiecał, że zawrze z Rzeczpospolitą przymierze przeciwko Szwecji, a nade wszystko odda Ziemię Smoleńską, a do Moskwy sprowadzi jezuitów.

– Mnożą się jak te pluskwy! Tak więc poza nimi jedynie Mniszchowie i Wiśniowieccy wspierają Dymitra?

– Nikt z panów koronnych nie wierzy Samozwańcowi. Bo prawdę powiedziawszy, trochę to ryzykowna impreza. Ale wojewoda i Wiśniowieccy rozpisali zaciągi.

– Ryzykowna? Prościej chyba Tatarów wykurzyć z Budziaku albo chana z Bachczysaraju!

– Kozacy już się zbierają. A z nimi ochotnicy z Polski – w Samborze i pod Glinianami. Ataman Koreła i Mierżakow znad Donu uznali carewicza prawdziwym następcą tronu i nie chcą dłużej służyć Godunowowi. Tak samo Zaporożcy chcą iść na Moskwę. Przystał też do Mniszcha Adam Dworycki, po tym... – zająknął się Świrski – sam wiesz waszmość po czym.

– Wiem. Niechaj idą wszyscy z Bogiem. Mniej będzie kpów w Rzeczypospolitej, kiedy ich carzyk wyprowadzi za granicę.

– Bogactwa są do zdobycia w Moskwie – rozmarzył się Nieborski. – Zamki wielkie, cerkwie złote, ikony diamentami sadzone, skarbce kremlowskie i bojarskie. Panny cudne, sobole i futra! Tylko iść i brać, bo cóż znaczy Moskwa przy naszej jeździe? Ot, plewy na wietrze. – Dmuchnął w otwartą dłoń.

– A zapał przekłułeś i oczyściłeś, panie Nieborski? – zapytał grobowym głosem Dydyński. – Czy znów strzał na panewce spali? A przecie prosiłem jak przyjaciel – przekłuj zapał, bo mistrz Sztolc przy tym pistolecie fuszerkę odstawił, że wart, aby go kijami dobrej roboty nauczyć!

– Ja zaraz poprawię, podsypię, proszę waszmości – zajęczał Nieborski.

– Teraz to leż. Za późno. Po co w ogóle były ci takie nowomodne pistolety? Nie starczyłyby ci kołowe półhaki albo puffery?

– Gadali, że te celniejsze.

– Kto gadał? Pludracy we Lwowie? Na trzy razy, co je z olstra dobyłeś, czy chociaż raz wypaliły? Nie chce ci się, panie zapominalski, kółka nakręcać i sprawiłeś sobie pistolety z flintą, bo gadają, że z Niderlandów nowe idzie. O małoś przez to nowe nie zginął, inni musieli za ciebie karku nadstawiać. I ty chcesz iść na Moskwę? Z bokiem przebitym? Boli?

– Boli, jegomość. Jak diabli.

– Tedy leż w spokoju, bo do Denowa jeszcze pół mili. A ty, panie Świrski, milcz już, bo mi łeb pęka od waścinego gadania.

– Wedle rozkazu!

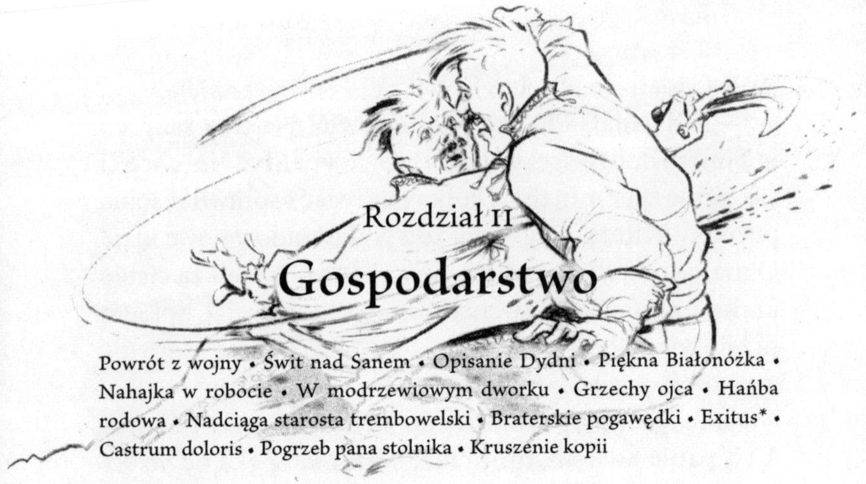

Rozdział II

Gospodarstwo

Powrót z wojny • Świt nad Sanem • Opisanie Dydni • Piękna Białonóżka • Nahajka w robocie • W modrzewiowym dworku • Grzechy ojca • Hańba rodowa • Nadciąga starosta trembowelski • Braterskie pogawędki • Exitus* • Castrum doloris • Pogrzeb pana stolnika • Kruszenie kopii

Die 5 julii, Anno Domini 1604
Dydnia, o świcie

Do wsi zjechali z pierwszym brzaskiem, gdy nad dębowymi borami błysnął świt piękny jak oblicze panny młodej – jedyny w swoim rodzaju, słoneczny i ciepły. Poranek, który napełnia serce świeżością, może zdarzyć się jedynie w lipcu, w lecie. Taki świt można zobaczyć tylko w Polsce.

Pierwszy brzask w Ziemi Sanockiej zaczyna się spokojnie: najpierw niebo nad górami staje się błękitne. Potem z mroków wyłaniają się drzewa, a wcześniej splątana grzywa konia, który rześko i dumnie stąpa po trakcie i łące, wypoczęty po trudach poprzedniego dnia. Niemal czujesz, jak pręży smukłe pęciny, stawia nogi raz za razem, niosąc jeźdźca przez opary. Ślad jego drobnych

---

* łac. – zgon

kopyt znaczy zielonymi kresami rosistą, pobielałą od wilgoci trawę. Powietrze przepojone jest świeżą goryczą piołunu, miodem gryki i koniczyny. W dali na szczytach wzgórz błyszczą lasy niczym ściany warownego zamku. Za Temeszowem słychać wycie wilków.

Nadciąga dzień. Biała kurniawa schodzi ze wzgórz – płynie nad spienionym po deszczach Sanem. Przez opary przedziera się wielka okrągła tarcza słońca sunąca nad wierzchołkami jodeł i modrzewi niczym okręt na spokojnym morzu. Jeszcze chwila i skowronki zaczynają swoje trele. Od nadrzecznych szuwarów odzywają się czaple, krzyczą derkacze, do lotu wzbija się wodne ptactwo z miękkim szumem i trzepotem.

Odzywa się dzwon w Dydni. Spiżowy głos bije na jutrznię, a jego echo kona wśród łąk i lasów. Wieś już nie śpi. Z daleka na pół mili niesie się szczekanie psów, słychać skrzyp żurawi studziennych, łoskot otwieranych okien, beczenie owiec, pomruki bydła. Poranny wietrzyk rozpędza mgłę, niesie ludzkie głosy daleko.

Dydyński wstrzymał konia, obejrzał się na pocztowych.

– Dwa lata z dala od domu. Nie do wiary, waszmościowie...

– Jak Odys – mruknął Nieborski. – Penelopa już by z żalu sczezła, gdyby na waszmości czekała.

– Oby nas powitali dobrym obiadem – westchnął Świrski. – I piciem.

– Jedźmy!

Opary znad rzeki znikały jak senne mary w Zaduszki odpędzane kropidłem w ręku księdza. Minęli krzyż, skręcili w prawo, do rozłożystej doliny zwieńczonej poszarpaną linią lasów. Pociętej poprzecznymi łanami, odchodzącymi w bok od drogi, podzielonymi na niwy porośnięte na przemian mokrym żytem, które gdzieniegdzie zaczynało się już pochylać ku ziemi, gruboziarnistymi kiściami pszenicy, poletkami owsa, jęczmienia i gryki. Na południu rysował się ciemnozieloną krechą las dębowy zwany Dąbkami, ustępując dalej miejsca borom z buków, grabów, jaworów i olch. Na północy strzelały w niebo masztowe jodły i modrzewie, jedynie nieco niżej, na zapadliskach, utaiło się trochę podłych chrustów z sośniny i świerku.

– Pomału – zakomenderował Dydyński, bo droga, rozjeżdżona przez chłopskie wozy, pokryta była kamieniami i korzeniami.

– Ostrożnie zajeżdżaj!

– Przystawaaaj!

Wjechali między zagrody Dydni – długie, wąskie, zwrócone bokiem do traktu, pogrodzone chruścianymi płotami, ocienione wiązami, lipami i dębami, które wyrastały z korzenia, to jest bez wiedzy i starania gospodarza. Dymne chaty bielone były wapnem od podwaliny po strzechę, inaczej niż u Koroliwców i Hyrniaków nad Osławą i Bieszczadem. Każda miała wnękę i małe podcienia, tak że z czarnej izby można było przejść na boisko suchą nogą. Z boku rosły sady pełne przysadzistych, splątanych grusz, śliw i jabłoni; na gałęziach pojawiały się pierwsze zielone owoce.

Ruch był we wsi, jakby się paliło. Przemknęli przez spienioną Dydniankę, płosząc stado kaczek i kilka starych bab okutanych w burki i fartuchy, tłukących płaskimi kijankami zmoczone wodą chusty i koszule. Zwolnili między chałupami, bo tłum przystrojony w czemery, hunie i siermięgi wyroił się spomiędzy chałup jak z mrowiska. Karbowy Smoliwąs prowadził gromadę dziewuch i chłopów zbrojnych w kosy i grabie na dworskie łąki nad rzeczką. Był czas drugich sianokosów, trawy powyrastały wyżej końskich pęcin, soczyste, zielone, mokre od rosy. Widząc nadciągających panów, chłopi sięgnęli do słomianych kapeluszy, baranich kołpaków i magierek, ściągali je poczerniałymi rękoma. Starzy, czerstwi, poczerniali od słońca i dymu wieśniacy schylali się przed młodym panem dziedzicem aż do ziemi, młodzi ledwie odkłaniali czapki; dziewki i chłopówny zerkały na Jacka zaciekawione, zalotne. A młody Dydyński nie omieszkał otaksować najbliższych, widząc, że kilka powyrastało jak młode topole przy studni. Dobrze byłoby wziąć je do posług na dworze, no i wiadomo – poobracać w łożnicy, nim za mąż pójdą. Każda przecież dziewka chętna za posag i wiano, za suknie i przyodziewek; a z panem nie grzech, wszak jego prawo. Nie miał za wiele wspólnego z własnymi poddankami, stary pan ojciec nie pozwalał, straszył rózgą. Zmienią się wkrótce te zwyczaje, oj, zmienią... Czas rozweselić zacne służki, nim powychodzą za mąż, a po paru latach zwiędną jak stare chwasty, zgrubieją, wykoślawią się w biodrach od częstych porodów, póki nie przeminie ich dzika i nieposkromiona wiejska uroda. Nim nie zmienią się po trzydziestej wiośnie życia w stare jędze i ropuchy, inaczej niż jasne panny z dworów. Co było niezbitym dowodem, że tylko rodzaj szlachecki obdarzył Pan Bóg nieskończoną łaską.

– Na bok, na bok! Dajcie przejazd! – krzyczał Smoliwąs, waląc w harde karki i wygięte plecy trzonkiem od korbacza. Czując wzrok dziedzica, zgiął się kornie wpół, mnąc w rękach postrzępiony kołpak. Ponure to jednak było i złowieszcze bydlę. Choć – trzeba przyznać – umiał krótko trzymać chłopstwo, i to nie tylko komorników i zagrodników, ale także możnych kmieci. Ej, nawet dziewki dworskie bijał. Popędzę go ze dwora za moich rządów, pomyślał pan Jacek.

Dzień wstawał nasycony błękitem zwiastującym upał, ale wśród słomianych strzech nie rozlegał się ryk bydła, bo o tej porze roku przez całe dnie i noce pozostawało na pastwiskach. Nie słychać było chrząkania i kwiku szczeciniastych świń, które wypasano w okolicznych dąbrowach, jedynie na przyzbach chałup piały koguty.

– Dobra wieś, mospanie! – zagadał Świrski. – Warta grzechu i zacnych pieniędzy!

– Święta racja! – odrzekł stolnikowic. Za samą Dydnię wezmę w gotowiźnie z piętnaście tysięcy, dodał w myślach. A za resztę, ile Bóg da, co tam komu przypadnie w udziale. Ale pewnie mi więcej, bom w końcu starszy z braci. Sprzedać to trzeba jak najszybciej, póki są urodzaje na zboże.

Dwór stał niemal taki sam, jakim zostawił go, wyjeżdżając na inflancką wojnę. Cichy, stary i poczerniały, niby dziad pana stolnikowica siadujący przy piecu w świetlicy z wnukami. Obwarowany okopem głębokim na trzy łokcie, szerokim na cztery, wzmocnionym wałem i częstokołem – wiekowym, lecz jeszcze nie spróchniałym. Od strony wioski była brama i zwodzony mostek z dwojgiem wrót nabijanych ćwiekami.

– Pomagaj Bóg! – zawołał Dydyński. – Oto wróciłem!

– Otwierajcie wrota! – zawtórował Świrski.

Zbudzony hajduk trzymający straż nad bramą wyjrzał spoza parapetu, przecierając zaspane oczy. Patrzył, patrzył i nie dowierzał. A potem obrócił się, krzyknął coś w ciemną czeluść izby strażniczej. Minęła jedna chwila, druga, a kiedy Dydyński szarpnął za rękojeść puffera, aby wypalić nad częstokołem z pistoletu, znienacka nad bramą zamajaczyła wielka, okrągła jak dynia głowa obramowana wieńcem siwych, podgolonych włosów. Stolnikowic dojrzał czerstwe oblicze pełne zmarszczek, z wąsami, które nad wydatnymi wargami rozchodziły się na dwie grube kiście.

– Pan stolnikowic wrócił! – zagrzmiał tamten basem, od którego, zda się, zadrżała w posadach brama. – W samą porę, w sam czas! Otwierajcie wierzeje!

Kołowrót drgnął, na wpół uniesiony most opadł w dół, rozwarły się wrota i poczet pana Jacka wjechał na podwórze. Stanęli przed dworem, z gankiem i podsieniami wspartymi na solidnych słupach, zrobionych ciesielską robotą z jodłowych bali. Po obu stronach błyszczały trzy weneckie okna, po bokach zaś rozpościerały się wielkie alkierze, każdy z miedzianą banią zwieńczoną powietrznikiem – grotem z gałką i strzałkami wyznaczającymi kierunek wiatrów.

Na prawo była długa chruściana stajnia, obok niej modrzewiowy lamus pełniący zarazem rolę obronnej wieży. Na jego piętro wiodły szerokie, zadaszone dębowe schody.

Pan Damazy Stocki czekał na nich przed gankiem, w towarzystwie starszego sługi i hajduków w krasnych barwach Dydyńskich. Był to ekonom ustanowiony przez Jacka przed odjazdem na wojnę w Inflantach, człek okrągły i wypasiony jak brytan, którego na dwa dni zamknięto w spiżarni pełnej mięs. Klasnął w pulchne ręce, podkręcił wąsa i wybiegł naprzeciw.

– Moja służba, panie stolnikowicu! – rzekł wylewnie. – Pomagaj Bóg!

– Służba, służba – odrzekł Dydyński, a potem zeskoczył z konia i zanim wpadł w ramiona swego sługi, ucałował ziemię na dziedzińcu i przeżegnał się.

A potem czekały go wylewne uściski pana Damazego, przyjmowanie uniżonych ukłonów hajduków i ochmistrza ze dworu.

– Dobrze, że wasza miłość wrócił – zajęczał Stocki i porwał się za łeb, jakby chciał wyrwać z niego resztki siwych włosów. – Dziada tu tylko z babą brak, a największy szelma i złodziej to Tobołka, który na dziedzictwo waszej mości zawzięty jest jakoby kot na szperkę! Już mi sił nie starcza bronić przed nim skrzyń i dobytku!

Tobołka był drugim ekonomem na folwarku. Wyjeżdżając bowiem na wojnę, nie mogli się z bratem zgodzić, kto zarządzał będzie Dydnią i innymi wioskami w imieniu ich chorego ojca. I tak zamiast jednego powołali dwóch ekonomów. Dydyński wybrał starego Stockiego, jego brat Przecław zaś – młodszego, ale bezwzględnego Tobołkę. Nie było niczym niezwyczajnym, że po odjeździe braci obaj ekonomowie żyli tu jak pies z kotem, pilnie bacząc sobie na ręce i wyrywając dostatki, skrzynie i procenty; wszak każdy z nich wiernie trzymał stronę swego pana.

– Brat jest? – zapytał bez ogródek Dydyński.

– Niestety – pokiwał głową Stocki. – Wczoraj przyjechał. Z metresą – dorzucił jadowicie – z tą Skotnicką, co ją był kupił za kwartę gorzałki i dziesięć złotych od Chyliczka – kuśnierza, łupikota z Krakowa. Z małym bękartem przybył, a jakże. I z jeszcze większą złością! Już mi tu niejeden raz kłodą groził i dybami, chociaż ja szlachcic! A teraz, mospanie, jego rękodajny rządzi się tutaj jak władyka! Patrz! Właśnie mienie twoje rabuje, niewdzięczny szarpacz, złodziejski wydzierka, psi syn pohański, bodaj go diabli rozdarli!

W rzeczy samej, ze stajni wychodził właśnie we własnej osobie – chudy jak pogrzebacz – Tobołka, ciągnąc za sobą opierającą się siwą natolijską klaczkę Białonóżkę, najcenniejszą perełkę ze stajni ojca Jacka. Konik był z niej nieco mniejszy od husarskich wierzchowców, lecz tak subtelny jak śmigła charcica z wygiętą, łabędzią szyją, niedużym łebkiem i czarnymi, wiecznie wystraszonymi oczyma – niczym u nieśmiałej dziewicy, co pierwszy raz spogląda w oczy pięknemu książęciu.

Tego było o wiele za dużo. Raz, że Tobołka rządził się w Dydni jak w udzielnym księstwie. Dwa, że wyprowadzał właśnie najpiękniejszą klaczkę z dworskiej stajni.

Dydyński porwał za nahaj i szybkim krokiem podszedł do ekonoma.

Tobołka stropił się, widząc bojowy nastrój pana. Uchylił niemrawo czapki, dygnął sztywno. Lecz nie wypuścił z ręki uzdy.

– Dokąd to, panie Tobołka? Co chcesz zrobić z moim koniem?

– Za posfoleniem wasmosci – od kiedy w zwadzie wybito mu czekanem przednie zęby, ekonom seplenił jak zasmarkany bachor, co nie robiło złego wrażenia, bo i tak reszta jego manier była godna podpitego Mazura. – Pan Psecław kasał sabrać tę kureską kobyłę do Wydnej.

– Nie tylko ją! – zagrzmiał z tyłu pan Damazy. – Wzięli, psie syny, sobaki krwiopijcze, dwa woźniki od kolasy i podjezdka wołoskiego do dworu młodego pana Przecława!

– Czy mi się tylko zdaje, panie Tobołka, że stary pan stolnik jeszcze dycha? Czyje tu rządy – Przecława czy pana ojca? A może mego rodzica też cichcem wyprowadziliście? Nogami do przodu, na cmentarz?

Tobołka nic nie odrzekł, ale nie wypuścił cugli z ręki.

– Poniechaj tego konia, dobrze ci radzę!

Ekonom pociągnął za sobą opierającą się Białonóżkę.

– Słyszałeś, co do ciebie mówiłem?! Zostaw!

– Pan Psesław kasał – wystękał Tobołka. – So pan kase, sługa musi...

– Puszczaj! – Damazy porwał za wodze i chciał wyrwać je z rąk Przecławowego ekonoma. – Do dytka jasnego! Oddawaj, szelmo!

Szarpnął za rzemienie, ale nie wyrwał ich z rąk wroga. Tobołka rozejrzał się jak zaszczute zwierzę, a potem krzyknął z rozpaczą:

– Do mnie! Bywaj!

Na majdanie nie było chyba nikogo z czeladzi Przecława, bo obaj hajducy, którzy witali Dydyńskiego, nie kwapili się, by pomóc znienawidzonemu ekonomowi. Wściekły i zapędzony w kozi róg Tobołka szarpał się z Damazym. Pojmując, że prędzej ruszy z posad Bieszczad, niż wyrwie cugle z rąk Stockiego, pchnął go oburącz w pierś, aż opasły ekonom zatoczył się i mało nie padł.

A wtedy Jacek Dydyński smagnął Tobołkę z całych sił nahajem w łeb, pozostawiając na gębie szeroką czerwonawą bliznę, zawinął raz jeszcze, poprawił sarnią nóżką na rękojeści bicza.

Tobołka zaryczał, zawył jak ranny tur, zasłonił rozciętą, krwawiącą gębę rękawem, skoczył na stolnikowica, nie bacząc, że to szlachcic i de nomine* jego pan; chciał zaprawić go bykiem w żołądek, ale Dydyński uskoczył w bok, chlasnął ekonoma po plecach, a Damazy z zadziwiającą jak na człeka takiej postury szybkością kopnął zapiekłego wroga w kolano, aż ten się potknął. A kiedy nahaj Dydyńskiego zawinął się wokół jego ramienia, padł w zryty końskimi kopytami piach.

– Zarąbcie skurwego syna! – wrzasnął stolnikowic. – Bij, kto w Boga wierzy!

Damazemu nie trzeba było tego powtarzać. Pan dał przykład, zresztą płacił sowite basarunki za wszelakie ekscesy czeladzi, więc kiedy Jacek chlastał bez litości plecy nieszczęśnika, kopnął Tobołkę w łeb i doprawił w lewy bok.

– Jesssuuuu! – zajęczał pobity, smagany nahajem nieszczęśnik. Bicz przeciął sukno jego żupana i koszulę, rozcinał skórę na plecach, zaznaczał krwawe wybroczyny na ramionach. Ekonom chciał odpełznąć, ale Dydyński stanął butem na pole sukni i siekł, zapamiętał się, za Białonóżkę, za panoszenie się na folwarku, za chorobę ojca i za gniew brata! I za całą beczkę żółci, która z powodu waśni o majątek gniotła jego młodą, a już tęgo zaprawioną w pijackich bojach wątrobę niby katowskie cęgi.

---

* łac. – z imienia, pozornie, tytularnie, nominalnie

Tobołka już nie krzyczał, nie próbował uciekać. Leżał we krwi dygoczący, a z jego przegryzionych warg dobywał się cichy jęk, zagłuszany zresztą przez świst skórzanego nahaja.

Wystrzał z pistoletu zabrzmiał jak trzask padającego dębu. Spłoszona Białonóżka rzuciła się w bok, a kwaśna woń spalonej saletry uderzyła w nozdrza razem z gorącem i prochowym dymem. Na ganku stał Przecław z dymiącym pistoletem. Patrzyli na siebie: dwaj bracia. Jacek nieco wyższy, ciemnowłosy, starszy o cztery lata; Przecław, jeszcze gołowąs, choć już nie młodzieniaszek. Zaledwie puch nosił pod wydatnym nosem, ale oblicze miał tak zuchwałe jak ktoś, kto gotów jest w biały dzień osmalić brodę sułtana tureckiego albo pójść w las, aby gołymi rękoma wybierać młode z legowiska wściekłej niedźwiedzicy.

Byli z jednego ojca, lecz z dwóch różnych matek, a co za tym idzie, innej fantazji i charakterów. Jacek narodził się z pierwszej żony Aleksandera Dydyńskiego – Anny Bełzeckiej, a Przecław z drugiej – Eufrozyny Pamiętowskiej, primo voto Bolestraszyckiej, secundo – Dydyńskiej. Może dlatego, choć byli uczynieni z tej samej gliny, to jednak ich postępki bywały tak różne jak dwie strony medalu. Żaden nigdy nie ustąpił drugiemu choćby na piędź, a gdyby mieli chadzać w jednym zaprzęgu jak konie, nie zrobiliby ani kroku do przodu, bo każdy podążyłby zawsze w przeciwną stronę – choćby tylko po to, aby zrobić na złość bratu.

Z tych wszystkich względów, a przede wszystkim z powodu jęczącego na piasku i dającego słabe oznaki życia Tobołki, na obliczu Przecława nie było widać wielkiej radości z przybycia Jacka. Przeciwnie – wyczytać można było na nim bez trudu jakże ludzką złość. Wszyscy we dworze wiedzieli, że młodszy Dydyński uważał się wiecznie za pokrzywdzonego. W odpowiedzi zaś starszy zazdrościł młodszemu faworów u rodzica.

– Wreszcie zjechałeś do domu, brat – wycedził przez zaciśnięte zęby Przecław. – Ojciec jeszcze dycha, a ty już burdy i zajazdy wszczynasz. Sługi me znieważasz, na honor i cześć godzisz!

– Nie ja jak beskidnik konie rabuję ani sobie cudze przywłaszczam!

– Skąd wiesz, że to twój koń – warknął Przecław, idąc z dobytą szablą w stronę brata. – To jest rodzinne gniazdo, które wedle obyczaju zawsze najmłodszemu przypada! Razem z całym dobytkiem i poddanymi!

– Widziałeś już testament, braciszku? Bo jak ci pilno do czytania, to mogę jego treść tobie szabelką na łbie, a sługom nahajem na plecach wypisać!

– Już wypisałeś – Przecław wskazał piórem szabli na wpół żywego Tobołkę – gotowy wyrok na siebie. Zapłacisz za to, brat! Zapłacisz tu i teraz!

Jacek dobył ze świstem lekko zakrzywionej, węgierskiej szabli oprawionej w czarną rękojeść z szerokim kabłąkiem. Stanęli nad zakrwawionym ciałem sługi niczym dwa rozwścieczone odyńce. Hajducy Przecława skupili się za plecami pana, pocztowi i ekonom Stocki stanęli ramię w ramię za starszym Dydyńskim.

Ktoś krzyknął; dworska dziewka niosąca dwa wiadra od studni rzuciła jarzmo i z piskiem pognała na ganek. Jakiś koń zarżał głośno w stajni, inny rzucił się niespokojnie, uderzył kopytami o ścianę.

Zapadła cisza tak absolutna, że można było usłyszeć brzęczenie much smalących do siebie koperczaki nad kupami końskiego nawozu.

– Pax*, pax, chrześcijanie! – zabrzmiał jakiś głos. Między żupanami i deliami pochylonych, gotowych do zwady braci i ich czeladników zamigotał brunatny franciszkański habit przewiązany grubym sznurem. Zakonnik wpadł między zbrojnych, nie bacząc na nagie ostrza i pistolety z opuszczonymi kurkami, zamachał prostym drewnianym krzyżem. – Co robicie, szaleńcy! Rzućcie broń! Módlcie się za duszę rodzica!

Jacek wyprostował się, Przecław opuścił szablę. Ojciec Mikołaj z Miechowa, zwany w klasztorze franciszkanów Miechowitą, od lat powiernik i spowiednik Aleksandra Dydyńskiego, stał między nimi z gołą głową i uniesionym krzyżem. W jego oczach nie było gniewu, ale cierpienie, jakby uczynki braci sprawiały większy ból niż rzymskie bretnale przybijające do krzyża ciało Jezusa Chrystusa.

– Wasz ojciec – rzekł donośnym, dźwięcznym głosem, który sprawiał, że prosty lud szlochał i klękał na mszy w kościele Znalezienia Krzyża Świętego w Sanoku wcale nie z nakazu wiary, ale z żaru serca – jeszcze żyje, jeszcze nie dobył z siebie ducha. A wy? Co czynicie, bezbożni ludzie, wyrodni synowie? Ad instar Tartororum** szczerzycie do siebie zęby niby wilcy luterscy na Przenajświętszą Panienkę! Krew chcecie przelewać przy jego łożu boleści?

* łac. – pokój

** łac. – na sposób Tatarów

Uderzył Przecława krzyżem po ręku, a szlachcic – bardziej z wrażenia niż z bólu – wypuścił z rąk szablę. Jacek schował żelazo od razu, cofnął się przed gniewem zakonnika i przeżegnał. Ale Miechowicie to nie wystarczyło.

– Do wszystkich grzechów, które czyniliście – rzekł – dodać chcieliście zamiar bratobójstwa! Wiedzcie zatem, że nie zostanie on wam odpuszczony przy niedzielnej spowiedzi, a pokutę czynić będziecie przez długie lata.

Zamilkł i przez chwilę dyszał.

– Ojciec wzywa was, bo chce ostatni raz nacieszyć oczy widokiem dzieci. A ja chciałbym przyprowadzić mu godnych następców rodu, a nie bratobójców!

Schylił się, przyłożył dłoń do zakrwawionego łba Tobołki, podniósł jego lewe ramię, zarzucił je sobie na kark, a potem, stęknąwszy, dźwignął bezwładne, skatowane ciało z ziemi. I wtedy jakby piorun uderzył w braci i ich ludzi. Pocztowi i hajducy skoczyli franciszkaninowi na pomoc, razem podźwignęli bezwładne ciało, ponieśli do dworu, do czeladnej. Przecław nie schylił się po szablę, a Jacek wyszarpnął przewieszoną przez pas końcówkę rapci, odpiął hak, zdjął broń razem z pasem i oddał w ręce pana Damazego.

– Idźcie do alkierza – powtórzył słabym głosem zakonnik. – Ojciec chce was widzieć.

Die 5 julii
Dwór w Dydni, południe

Ojcowski dwór nie pachniał już jabłkami i lawendą jak wówczas, kiedy Jacek wyruszał do Inflant bić się ze Szwedami w chorągwi Szczęsnego Niewiarowskiego. Wtedy wydawał się mały i ciasny, pełen szlachty i czeladzi, gwaru i śmiechów. Dziś był pusty i pomimo iż słońce zaglądało w kominy, przejmował chłodem, jakby z każdego kąta szczerzyła zęby przyczajona śmierć.

Dydyński przekroczył dwoiste, potężne drzwi do sieni, od dworu dębowe, a wewnątrz lipowe, osadzone na trzech zawiasach i przenitowane ćwiekami na wskroś. Zamek u tych drzwi był z żelazną antabą i klamką, z węgierskimi sztabami wzmocnionymi kunami zawijanymi we framugach.

Sień była wielka i przestronna, sposobna do odprawiania sejmików, zwieńczona w głębi drugimi drzwiami wiodącymi do sadu. Oświetlała ją żelazna latarnia ze szkła weneckiego – niegdyś dająca ciepły, żółtawy blask oliwy; dziś pusta i zakurzona, ze stłuczoną jedną szybką niczym wyłupione oko cyklopa.

Na lewo półokrągłe drzwi wykończone stolarską robotą, to jest gładkie i nabijane listwami, wiodły do świetlicy, w której przesiadywał Jacek, będąc dzieckiem, i – póki nie dorósł do swego pierwszego podjezdka – ujeżdżał konie na biegunach, tłukąc trzcinową laską służbę i preceptorów.

Świetlica była obszerna, o trzech oknach z weneckimi szybami oprawionymi w ołów. Dokoła ścian stały ławy, w kącie kaflowy piec malowany w błękitne wzory, na środku zaś rozpierały się dumnie trzy stoły lipowe i dziesięć zydlików misternej roboty, a dla szacownych gości stało kilka krzeseł obitych kurdybanową skórą. Wszystkie zdobione Gozdawą – herbowym znakiem Dydyńskich: podwójną lilią spiętą złotym pierścieniem.

Świetlica nie zmieniła się nic a nic. Ściany wciąż obite były aksamitnymi brytami, tylko materia pociemniała nieco. Na wprost okien nadal widniało malowidło ukazujące upadek Troi.

– Panie Damazy, gdzie ojciec leży? – zapytał Jacek.

– Na drugiej połowie.

– Pokażcie mi najpierw dwór – wychrypiał stolnikowic. – Potem prowadźcie do chorego.

Ze świetlicy było przejście do bocznego, gościnnego alkierza o czterech oknach i dębowych okiennicach, gdzie w łożu z kotarami z altembasu i tabunu oraz na ławach spoczywały pod grubymi kobiercami puchate poduszki, pierzyny i biernaty. Na nich leżały giermaki do łoża, a urynały od małej i dużej potrzeby wsunięte były pod ławy. Kolejne zaś drzwi wiodły na drugą połowę dworu, do izby obitej aksamitem i suknem. Stały tu dwa wąskie łoża dla czeladzi, szafy, skrzynie i ławy. A na tych sprzętach, skrzyniach i ścianach widniały kobierce adziamskie, kilimowe i słupiaste.

Obok była komora, którą wydzielono przez przegrodzenie pomieszczenia drewnianą ścianką. Była to apteczka powstała wówczas, gdy ojciec zaczął niedomagać, aby driakiew i lecznicze wódki zawsze leżały pod ręką. Wiodły do niej rzezane drzwi z floresami snycerskiej roboty. Stały tu ławy rzeźbione, szafa apteczna z rzeźbami i kilka skrzynek. Kolejne drzwi otwierały się na powrót do sieni.

Po jej drugiej stronie, na wprost, była czeladna, a w niej gliniany, malowany piec, za nią komora i spiżarnia, pod nią zaś zimna i ciemna piwniczka z winami węgierskimi, alikantem, rywułem i małmazją, a także prochem i innymi zapasami. Z czeladnej boczne drzwi wiodły do alkierza dworskiego, gdzie sypiali pachołkowie.

– Wszystko jak dawniej – westchnął Jacek. – Panu Bogu dziękować, że nie bywało tu Tatarów.

– Byli konfederaci brzescy – mruknął pan Damazy. – Nie wiem, czy nie gorsi. Aleśmy ich pogonili z powiatowymi chorągwiami.

Kolejna izba była czerwona, obita dywańską sztuką i karmazynowym suknem. To było najpiękniejsze pomieszczenie starego dworu. Wisiało tu ze dwadzieścia obrazów – ukazujących Dydyńskich oraz rozmaite persony z Ziemi Sanockiej i Przemyskiej. Byli między nimi zarówno Mikołaj, praojciec i całego rodu założyciel, jak i jego synowie: Paweł i Mikołaj wtóry, dziwnym trafem podobny do stryja Szczepana – jeszcze zanim ten stracił pół ucha na sejmiku w Sanoku, kiedy gardłował przeciw Zborowskim, a za kanclerzem Janem Zamoyskim – bynajmniej przez szlachtę sanocką nie lubianym. Był i Stanisław Dydyński, co nie powrócił z wyprawy do Wołoch za króla Olbrachta, za którego – jak powiadano nie bez racji – wyginęła szlachta. A także jeszcze starszy przodek – Jan, który zginął, walcząc z Turkami na Wołoszczyźnie, jeszcze przed upadkiem Konstantynopola. Od tamtych czasów wziął się zwyczaj rycerskiego podgalania głowy, bowiem zdrajcy Wołosi wieszali polskich rycerzy na przydrożnych drzewach za długie włosy.

Przez całą długość czerwonej izby stały dwa zielone stoły, a pod ścianą służba, to jest kredens, nad którym błyszczała złocista gwiazda. Przechowywano tam naczynia i zastawę stołową, a więc cynowe misy i puchary, srebrne półmiski, talerze, noże, łyżki, a nawet złocone grabki, to jest widełki, których jednak żaden z biesiadników nie miał w poszanowaniu. Były też wielkie wiwatowe szklanice i puchary, rysowane i złocone. A także tace i misy, w tym dwanaście augsburskich z figurami, a nawet wielka złocista wanna, w której stał skrzydlaty gryf, z baryłką na grzbiecie, na której siedział Bachus trzymający w jednym ręku złociste grono, przyczynę długów i kłopotów niejednego szlachcica. Były też ulubione naczynia Polaków, to jest konwie, panwie, czary i nalewaki do wina, którego szlachta wypijała co roku więcej, niż rodziło się w węgierskich i włoskich winnicach. Co znaczyło samo przez się, że różnicę w beczkach fałszowali żydowscy i wołoscy pachciarze, zaprawiając cienkusza siarką i żółtkami z jajek.

Obok służby w skrzyniach i kufrach nagromadzone było prawdziwe bogactwo dworu Dydyńskich. W skarbczyku zamykanym na klucz leżały ozdoby – srebrna panna, sztuka wielka z szafirem i diamentem... Właśnie – leżała albo nie leżała, wszelako Dydyński był dobrej myśli. Pochylił się do ucha ekonoma.

– Skarbczyk Przecław tykał?

– Nie śmiał. Jeszcze tu starego pana władza.

– To dobrze. Dziękuję waszmości.

Dydyński odetchnął, wszak w skrzyni poza panną był, jak dobrze pamiętał, łańcuch perłowy we troje robiony, z karbunkułami w złotych klatach. I jeszcze szkofie, pasy srebrzone i złocone, zapony diamentowe, parciane i skórzane mieszki ze złotymi i srebrnymi talarami, groszami i dukatami. Obok stał mały ołtarzyk pięknej roboty, ze szczerozłotą pasją i dwoma posążkami Matki Boskiej i świętego Jana, postawiony na znak, aby Pan Bóg zawsze otaczał opieką swoje zacne sługi szlacheckiego stanu, którzy – w pocie czoła poddanych – pomnażali pieniążki ku Bożej, a przede wszystkim swojej chwale.

A na ścianach były rzeczy orężne i rycerskie, wyniesione – jak mawiał Aleksander Dydyński, kiedy jeszcze kroczył po domu w karmazynowej czamarze – z bitewnych potrzeb i okazji, a tak naprawdę połupione w czasie licznych zajazdów w Sanockiem lub wydarte Żydom, Ormianom i lichwiarzom, zdobyte w czasie bitew w Inflantach i za króla Stefana. Niewesoło byłoby zapraszać w gościnę kasztelana czechowskiego Mikołaja Spytka Ligęzę, bo od razu poznałby kilka sztuk zrabowanych mu w czasie bitwy o roczki przeworskie, w której Dydyńscy wzięli udział po stronie jego synowca Andrzeja. Udział mało znaczny, bo wynieśli z niej guzy i sińce; na szczęście, nie wracali z pustymi kieszeniami, a z chwały pana rzeszowskiego urwali tyle, ile zostało z garści.

Na ścianach wisiały zatem dwa złocone pancerze sadzone kamieniami, cztery szyszaki, zbroja husarska cudnej roboty bastardowa, tureckie szable sadzone jaspisami i turkusami, osiem szabel polskich – zarówno czarnych węgierek, jak i zygmuntówek. Dwie batorówki, jedna szabla w złoto oprawna, na której krzyżu i skuwce były różyczki z diamentów, po ośmiu w koło, a dziewiąty pośrodku, łubie z kołczanem na czarnym juchcie wokoło perłami sadzone. A jakby tego jeszcze było mało, na łubiu była sztuka rubinowa, w której rubinów było piętnaście, a wokół tej sztuki większej czternaście sztuczek małych z czterdziestoma dwoma rubinami. Całość obrazu izby czerwonej uzupełniały pstrozłociste ławy do siedzenia i kilka skórzanych krzeseł.

Przy tej izbie był alkierz przestronny, z łożem z kotarą, gdzie niegdyś sypiali Przecław i Jacek. Obok stały czarne krzesełka dywanowe, sekretarz z szufladami od góry do dołu, gdzie zawinięte w skórę i pergamin leżały wedle porządku wszystkie papiery, przywileje i księgi folwarczne.

Jacek zobaczył wszystko, co chciał. Nadszedł czas na spotkanie z ojcem.

Pan Aleksander Dydyński, stolnik sanocki, dogorywał w alkierzu po lewej stronie dworu. Niedomagał kolejny rok. Cztery lata temu został rażony apopleksją po raz pierwszy – kiedy koń pod nim upadł na łowach tak niefortunnie, że oba łęki złamały się na grzbiecie szlachcica. Pozostał mu po tym uraz w lewej ręce, którą nie mógł nic chwytać, tudzież ból wyniosłego czoła szlacheckiego. Pan stolnik nie przejął się tym zbytnio. Na dłoń machnął ręką, bo wodze i tak zaczepiał na przednim łęku lub owijał wokół przedramienia, ból łba zaś leczył zgodnie ze staropolską recepturą – osuszaniem do dna półgarncowych pucharów w dobrym towarzystwie sąsiadów, rzecz jasna, tych, których nie miał jeszcze okazji zajechać ani wyzwać na szable.

Niestety – przyszła znowu kryska na Matyska. Trzy lata temu do dworu przedarł się – mimo licznych straży – woźny z pozwem od pana Janusza Zgłobickiego, pozywającego starego Dydyńskiego o wieżę na trybunał za znieważenie sługi i porąbanie samego pana szablą na uczcie u Marcina Stadnickiego, kasztelana sanockiego. Co było wyjątkową potwarzą, bo po pierwsze: pan stolnik powody do zwady miał pewne jak amen w pacierzu, gdyż to sam Zgłobicki dopraszał się kija, przepiwszy do Dydyńskiego toast nie tym samym winem i ująwszy kielich lewą, a nie prawą ręką. A po drugie: wszystko stało się po pijanemu i zostało zaraz zajednane przez pana kasztelana. Plotka zaś, którą nad kuflem opowiadali złośliwi – iż pan Dydyński, póki był jeszcze w młodych latach, chędożył ustawicznie żonę Zgłobickiego, kiedy ów jeździł za interesami do trybunału ruskiego w Lublinie – nie znajdowała potwierdzenia w żadnych pozwach ani protestacjach. Jak również to, że Mateusz, najmłodszy syn Zgłobickiego, był ipso facto* bękartem poczętym z lędźwi Dydyńskiego, bo przecież nie z nawiedzenia Ducha Świętego.

Jak było w łożnicy u Zgłobickich – nikt tego nie wiedział poza kotarami w alkierzu, jednak pozew miał ten przykry skutek, że pan Dydyński w latach sześćdziesięciu swego życia padł rażony apopleksją. I odtąd nie tylko nie władał zupełnie nogami i lewą ręką, ale dzień w dzień coraz bardziej zapadał na zdrowiu. I nie pomogły nie tylko ratunek i opieka medyka Kamlera ze Lwowa, zwanego Cameriariusem, na którego poszło złotych polskich czterdzieści, puszczanie krwi ani ustawiczna lewatywa, upuszczanie żółci, flegmy tudzież olejki, senes, menes, alakabryna i cudowny kamień od głowy bolenia. Nie pomogły też modlitwy franciszkanów z Sanoka ani stara ruska wiedźma Majbutnia, która opluła sowicie podłogę wokół chorego, odczyniła urok i złe czary, a potem dwakroć przegoniła upiry i złe duchy, w tym najgorszego i najstraszniejszego biesa siedzącego w kącie za piecem, zwanego Węsadem.

Najbardziej dopomagała jedynie lecznicza wódka z toruńskimi piernikami, po której pan stolnik spał sobie długo i smacznie na białej pościeli w stanie bardziej

* łac. – tym samym

błogosławionym niż święty Jan w czasie widzenia babilońskiej ladacznicy. Niestety, nie przywróciła władzy w ciele ani chęci do życia.

I dlatego Aleksander Dydyński leżał teraz – siwy i pomarszczony, z długimi, białymi włosami, wsparty na stosie puchowych poduszek, oświetlony rzędem pełgających leniwie płomyków świec, wychudzony, blady, podobny bardziej do cienia niż żywego człowieka.

Tuż obok niego zasiadała służebna – młoda jeszcze dziewka z przepysznym warkoczem opadającym aż za siedzenie, a cyckami kształtnymi niczym stogi pełne świeżo zgrabionego siana. Miała na sobie marszczoną spódnicę i kabat tudzież czerwone buty, nie była zatem taką pierwszą lepszą służebną od krów, a jej wysokie czoło, szerokie i skośne brwi tudzież migdałowe oczy sprawiły, że serce Jacka Dydyńskiego od razu zabiło żywiej. Pomyślał, że wcale nie tak znowu źle miał pan ojciec w łożu boleści, obsługiwany przez ową wiejską Afrodytę. Ciekawe, czy gdyby on dostał w łeb albo po boku w jakimś pojedynku, to owa dziewka litowałaby się nad swoim paniczem, przynosząc do łoża lecznicze wódki i pierniczki? Ha, może nawet dałaby się przekonać do obdarowania najsłodszym piernikiem, który nosiła na podołku. Stolnikowic chciał już podsunąć się do tej dzierlatki; niestety, obok niej stanął ekonom Damazy Stocki, międląc między grubymi paluchami paciorki różańca.

Zbliżyli się zatem z Przecławem do łoża, przeżegnali, a potem padli na kolana i ucałowali kolejno chłodną, pomarszczoną jak pergamin prawicę stolnika.

Przez chwilę panowała cisza; Jacek zwątpił nawet, czy jego rodzic jest w pełni zmysłów. Jednak mylił się.

Jacek i Przecław zostali sam na sam z chorym, w ciemnym pokoju pełnym zapachu olejków i zimnego oddechu śmierci. Ojciec rozkasłał się, strużka śliny pociekła mu z kącika ust.

– Zaprawdę słusznie powiadają: uczynki swoje jako poduszki ze sobą weźmiesz, na których tak się wyśpisz, jako zgotujesz sobie pościel. Marne życie, gorsza dola, piekielna niemoc! Toż ja nawet Jadwini za tyłek schwycić nie mogę – narzekał stolnik. – Patrzcie! – Ujął prawą ręką lewicę, podniósł ją i zbliżył do świecy. Choć przejechał palcami i wnętrzem dłoni po płomieniu, na jego twarzy nie zaznaczył się żaden grymas. – Nic nie czuję. A ona, szelmutka, kiedy mi ze szczętem czucie odjęło, zaczęła jak na złość po lewej stronie łoża przysiadać! Wiedziała dobrze, że na lewicy rękę mam słabą!

– Nie desperujcie, ojciec – rzekł Jacek. – Może kazać cię na kolasę włożyć i do samej Ostrej Bramy powieźć?

– Powieźcie mnie lepiej w kapciach na cmentarz. I daj Bóg, aby obyło się bez zwady – westchnął stolnik. – Słyszałem krzyki na podwórzu. Co się stało?

– A, nic.

– Jak to... nic?

– Konie się pokopały – rzekł szybko Przecław, popatrując na brata. – I czeladź troszkę powadziła. Ale już spokój.

– Zdaje się, żem słyszał świst szabel – mruknął stary rębajło. – Ale może mam już omamy. To wasza sprawa, jak sobie życie ułożycie. Apeluję wszakże, aby poczciwe a stateczne było, bo nie chcę spoglądać z nieba na synów banitów i wywołańców.

– Będziemy stateczni i uczciwi – obiecał Jacek, aczkolwiek nie mógł przysiąc, że ślubuje także za brata.

– Zbliżcie się i posłuchajcie – wycharczał ojciec. – Chcę bowiem rzec wam coś ważnego. Nie, nie o testamencie. – Machnął ręką, ucinając wszelakie wątpliwości braci szybciej niż cięciem szabli. – Ten sporządzę niebawem i nikogo nie ukrzywdzę. Podzielę wszystko uczciwie, na pół. Nikogo nie pominę.

Rozkaszlał się i przez chwilę stękał. Przecław znowu był pierwszy – uprzedzając Jacka, poprawił ojcu poduszkę pod głową.

– To, co wam rzeknę – wydyszał z wielkim trudem – jest jakoby wyznaniem mej wiary. Będę mówił długo. I o strasznych rzeczach, których nawet nie podejrzewacie. O grzechu, który obciąża cały nasz ród i dwie jego gałęzie, które biorą swój początek od was.

Mowa, pomyślał Jacek. Będzie gadał o tych paru zwadach i zajazdach, których się dopuścił. O zajechaniu spichrzy w Sandomierzu panu Michałowskiemu. O bękartach nałożnicy Kuśmidrowej. I o oćwiczeniu mieszczanina Czeczotki, co się był pisał Dydyński z Dydni. Frant był z niego niezły, bo kiedyśmy go schwytali w Krakowie, a pan ojciec kazał kije moczyć i sznury dziegciem smarować, chciał się wykpić, że on nie Dydyński, ale Dynowski. A inni ludzie tak nieszczęśliwie jego nazwisko przekręcili na nasze. Ale i tak wziął na łeb basarunek i podziękowania, że do sądnego dnia na rzyci nie usiądzie!

A zajazdy na Zaderewiec i zbrojna intromisja, czyli wwiedzenie do Temeszowa... No, trudno, siądziem z bratem na koń i jakoś to będzie. Zabitych się zapłaci, porąbanych zajedna.

– Mój ojciec Mikołaj, a wasz dziad – wycharczał stolnik – miał dwóch synów. Mnie – Aleksandra, i jeszcze jednego – Michała, prócz trzech córek.

I jeszcze większej liczby bękartów, dodał w myślach Jacek. Wszak taki był z dziada birbant i jebaka, że żadnej dziewce nie przepuścił, choćby była kulawa i zezowata. Chromej zwłaszcza, bo uciec nie mogła.

– Pomnicie, kto to był Michał Dydyński?

– To nasz stryj, zginął dawno temu śmiercią bohatera. Pod... Smoleńskiem? – zapytał Przecław.

Słyszeliśmy tę historię setki razy, uzupełnił w myślach Jacek. A na głos powiedział:

– Twój brat, ojcze, zginął ubity przez Moskali przy zdobywaniu Połocka. Roku Pańskiego 1563, jeszcze za panowania króla Augusta Jagiellona. Nie pierwsza to krew, jaką Dydyńscy przelali dla ojczyzny.

– Opowiadaliście nam o tym wiele razy – mruknął Przecław. – I prawdę rzekłszy, znamy na pamięć każdy szczegół tej historii, nie wyłączając twego cudownego ocalenia i okrucieństwa Moskali.

– Opowiadałem, jak było – przerwał mu dyszący jak kowalski miech ojciec – i powtarzałem dziesiątki razy wszystko, co się wydarzyło w Połocku. Po to, abym sam uwierzył w te bajędy. Albowiem konfabulowałem w kwestii zakończenia, które wisi niby katowski miecz nie tylko nade mną, ale nad całym naszym rodem.

Zapadła cisza. Słyszeli tylko trzeszczenie knotów u świec i ćwierkanie wróbli za oknem. Jacek pomodlił się w duchu do świętego Szczepana o cierpliwość. Że też ojcu zebrało się na wspominanie rodowych historii, zamiast polecać duszę Panu. Akurat teraz, gdy Jacek miał zamiar przejrzeć księgę powinności poddanych Dydni, aby przekonać się, czy Przecław i Tobołka, przy niewątpliwym udziale Smoliwąsa, nie zarwali przypadkiem nieco więcej pieniędzy niż należne im sumy, na przykład zmuszając chłopków do pracy w niedziele i święta.

– Prawda kole mnie jak cierń. To nie Moskale zabili mego brata. Ja go im... wydałem. Zgubiłem Michała Dydyńskiego! – jęknął ojciec tak rozdzierająco, że Przecław i Jacek poderwali głowy jak dwa spłoszone źrebaki. – Wydałem Moskalom podstępnie jak pies, syn najgorszej matki, szelma i swawolnik. Było nas dwóch do podziału. Całkiem jak was. Zrobiłem to, aby... pozostał jeden. Zagarnąłem cały majątek mego ojca, a waszego dziada.

– Rozum wam się pomieszał – rzekł zadziwiony Przecław. – Dziesięć... Nie! Sto i jeden raz powiadaliście nam, że Moskale usiekli Michała na wałach. Nie gadajcie nam teraz byle czego, panie ojcze, bo krew w was się burzy, a przecie jesteście nam jeszcze potrzebni. Dość tego, dosyć, ojczulku, starczy już...

– Kiedy Moskale weszli do miasta – stolnik jęczał dalej swoje i nie zważał na słowa młodszego syna – i utopili w Dźwinie Żydów, przebraliśmy się z bratem za czeladników, ukryliśmy w domu Wołkowa, bojarzyna, który był wierny królowi Zygmuntowi Augustowi, razem z kilkoma towarzyszami z naszej chorągwi – Jędrzejem Uspieńskim, który był jeszcze młodszy ode mnie i Marcinem Haraburdą. Michał i inni posłali mnie, na przeszpiegi, miałem zagadać z kupcami na targu, aby wywieźli nas z miasta. Ale fortuna mi nie sprzyjała. – Zakrztusił się i zacharczał, przez dłuższą chwilę rzęził, jakby właśnie przyszła na niego ostatnia chwila.

– Powoli, panie ojcze. Nie gorączkujcie się, bo wam jeszcze żyłka pęknie – rzekł Jacek, całkiem nieprzejęty tą historią. – Co było, a nie jest, nie pisze się w rejestr. Odpocznijcie.

– To ja wam mówię, pieskie syny, że zdradziłem brata, a waszego wuja, a wy mi każecie zażywać wywczasów?! – wycharczał z furią stolnik. – Wiedzcie, że idzie tu o honor naszego całego rodu. Nie mnie, ale was wytykać będą palcami jak ladacznice na świętej procesji! To, co uczyniłem, ściągnęło hańbę na cały nasz ród!

Jacek otwarł usta, chcąc coś rzec, ale zamilkł w pół słowa, jak gdyby właśnie teraz poczuł wagę słów starego stolnika.

– Na targu dojrzał mnie zdrajca, Fiodor Hynczewskij, ruski bojar, co przeszedł na stronę moskiewską. Chciał powlec do carskiego wojewody. Prosiłem i groziłem, by mnie puścił... Żądał pieniędzy. Wtedy powiedziałem mu, gdzie ukrywa się brat. Mógłbym wypierać się i płakać, że mnie zmusili, wzięli na męki. Nie, syneczkowie. Ja go wydałem świadomie, wiedząc, że po jego śmierci odziedziczę Dydnię i inne wioski. Moskal puścił mnie w zamian, wyprowadził za bramy, kiedy już Michał Dydyński był w łańcuchach; bo Haraburda i Uspieński nie dali się wziąć żywcem!

Przecław bezskutecznie starał się poprawić słomianą poduszkę pod głową ojca. Starzec charczał i dygotał, szarpał głową i osuwał się coraz niżej w morze pościeli.

– Dostał się do niewoli – rzekł Jacek – ale cóż z tego? Nie mogłeś go wykupić?

– Mojego brata przykuli do armaty... Powlekli do Smoleńska i dalej – do Moskwy. Bóg jeden wie co się z nim stało. Szukałem go potem, chciałem pomóc. Ale strach mi było jechać do Moskwy, gdzie Michał przepadł jak igła w stogu siana. Nigdy nie wrócił. Ja przejąłem wszystko. Wioski i przysiółki, role i młyny; majętności, dzięki którym stałem się możnym panem, a wy będziecie posesjonatami. Dzięki tej zbrodni dzisiaj trudno policzyć nas między zagonowych szaraczków albo jednowioskową szlachtę, bo za szerocy jesteśmy, synaczkowie. I za wysocy. Wszystko to dzięki zdradzie!

Stolnik zaszlochał. Płakał w łożu, a grube łzy spływały po pomarszczonych policzkach. To były dwie pierwsze łzy, które Jacek ujrzał na ojcowskim obliczu od czasu pogrzebu ostatniej żony stolnika, a swojej macochy.

– Ja nie pociągnę długo – biadał starzec. – Miałem sen... Niewiasta w szacie czerwonej wraziła mi nóż tak głęboko w piersi, że mi się zdało, żem sam na własne oczy widział ranę otwartą. I zdało mi się, że jej oblicze to łeb obmierzły hydry szaleństwa i zdrady – choć pierwej zdała mi się podobna do starej murwy przemyskiej – Katuszy. Hydry, której złożyłem w ofierze Michała.

Bracia milczeli, bo po prostu nie wiedzieli, co myśleć o niezwykłym wyznaniu ojca.

– Módlcie się za duszę stryja. Odmawiajcie godzinki w jego intencji, bym kiedy stanę przed nim nagi i bezbronny, miał choć wasze słowa za wsparcie.

– Uczynimy, jak każesz – rzekł Jacek. – Wspomnimy Michała dobrymi egzekwiami, aż jego skołatana dusza znajdzie wiekuisty odpoczynek.

– To dooo...brze... – wycharczał starzec. – Zbliżcie się.

Podeszli bliżej i padli na kolana, gdy wyciągnął jedyną zdrową rękę i po kolei dotykał ich głów.

– Panie konający, przez Twoje i Matki Twojej skonanie daj, abym w łasce i opatrzony Najświętszym Sakramentem z tego świata zszedł. A wam, synowie mili, daj wieczne zdrowie i wsparcie na tym nędznym świecie. Abyście mieli siły modlić się za mną, gdyż moja dusza potrzebuje waszego wsparcia.

– Módlmy się zatem – zaczął Przecław – w intencji odkupienia winy. Tak długo musiałeś żyć z brzemieniem na sercu, lecz uwierz mi, że widząc czystość twych intencji, a zwłaszcza nasze ofiary i datki za spokój twej duszy, brat Michał odpuści ci wszystkie dawne winy i nie będzie pozywał do takiego sądu, gdzie sędzią, starostą, a nade wszystko katem... jest Lucyfer.

– Lepiej módl się, zamiast krakać, bracie – uzupełnił Jacek.

Modlili się długo i żarliwie na kolanach. Modlili się i wówczas, gdy ktoś zastukał do drzwi, a kiedy stolnik odpowiedział słabo, że można wejść, do alkierza wśliznął się Damazy z marsową miną. Pokłonił się i rzekł:

– Przyjechał jegomość pan Ożga, starosta trembowelski.

Ojciec poruszył się w łożu i wyraźnie ożywił. A bracia, słysząc to nazwisko, wymienili między sobą krótkie, ale wyraziste spojrzenia, które mówiły o wiele więcej niż słowa.

Azaliż to nie Piotr z Ossy Ożga, starosta trembowelski i stryjski?

Tenże sam to! Nie może być inaczej!

A po cóż on tu?

Miejmy nadzieję, że jeno na pogrzeb przyjechał.

– Jegomość starosta, mój wierny kompan i przyjaciel – jęknął Aleksander Dydyński. – Niechaj wejdzie, niechaj przestąpi me progi. A wy, synkowie, powstańcie z kolan i oddalcie się, bo muszę pogawędzić ze starym druhem.

Oczy braci były teraz okrągłe nie jak spodki, ale niczym złote talerze gdańskie, warte dwa i pół złotego za sztukę.

– Mianowałem imć pana starostę trembowelskiego wykonawcą i egzekutorem mojej ostatniej woli, synoczkowie – bąknął stolnik. – A to z zapobiegliwości, aby nie doszło między wami do jakichś scysji, których moja skołatana dusza pragnie równie mocno, co nowego ataku podagry.

Bracia ponownie porozumieli się bez słów.

To ten! Jezusie, tenże sam.

Ów statysta z Trembowli! Bicz na wywołańców i warchołów!

On Annie Chodkiewiczównie-Koreckiej Borek i Skałat odjął na Rusi!

Polickich wygolił z majętności!

Sałatę zbójcę pojmał i do Lwowa dostawił!

Gorze nam, bracie!

– Udajcie się do świetlicy, moi synoczkowie, a nas ostawcie z panem starostą. Muszę spisać z nim ostatnią wolę. A o was sławetny Tobołka będzie miał staranie.

– Imć Tobołka słabuje – rzekł cichym głosem Jacek.

– Jakże to? Przecież był u mnie dziś rano?

– Sami o siebie zadbamy, panie ojcze – mruknął Przecław. – I pomodlimy się za was.

A potem ukłonili się zamaszyście i wycofali z alkierza.

I kiedy siedli już w świetlicy, wspominając ojca, hajducy otwierający bramę i most przed ludźmi starosty trembowelskiego podśpiewywali sobie pod wąsem, zerkając na dwór, w którym dogorywał pan Dydyński, starą, lecz jakże wesołą piosnkę czeladzi:

Łajał, bił obuchem
A teraz leży do góry brzuchem.

Dydnia, wieczór tego samego dnia
Czerwona izba we dworze

Osoba pana starosty Piotra z Ossy Ożgi pogodziła braci o wiele skuteczniej niż wszystkie trybunały, rękojmie i królewskie zastawy – bodaj nawet na milion złotych. Jeszcze tego samego wieczora zasiedli w czerwonej izbie przy pucharach węgrzyna, utoczonego świeżo przez dworskiego podczaszego i podanego przez, było nie było, cudowną Jadwinię. Jednak nawet jej niewinne lica nie rozchmurzyły młodych Dydyńskich. Postać pana trembowelskiego kładła się takim cieniem na ich obliczach, jakby nagle zaczęło się zaćmienie słońca wróżące wojny i zarazy, a dodatkowo wszystkie świece w izbie zgasły. Fakt, iż ojciec wyznaczył Ożgę na egzekutora testamentu (który zresztą spisywał właśnie w jego obecności i za zamkniętymi drzwiami), znaczył, iż widoki na ewentualną rewizję jakichś jego postanowień były równie pomyślne jak przyszłość skazańca oddanego w ręce małodobrego mistrza na miejskim szafocie.

Piotr z Ossy Ożga – to była stanowczo nietuzinkowa postać, nawet wśród tak mało tuzinkowych obywateli województwa ruskiego. Otóż spróbujmy, drogi Czytelniku, wyobrazić sobie szlachcica wyjadacza, jowialistę, do różańca i do tańca, mocnego w gębie i pięści oraz słynnego na całe województwo ruskie z wyjątkowo tęgiego łba. Dodać należy także, że był to zawołany orator i statysta sejmikowy, pierwszej ligi gracz na szable, nie ostatni też gospodarz, nawigator – słowem, człek, który zawsze dobrze czuł się w swojej roli. Czy to na hulaszczym bankiecie, czy w lwowskim zamtuzie; zarówno marszałkując na sejmiku, zasiadając w sądach, a nawet odprawiając poselstwa do Wielkiej Porty.

Ożga umiał gadać z każdym. Z kmieciem czy z miejskim synkiem, ze szlachcicem i gołotą. A poza tym: z królem, z sułtanem, z magnatem i prostym Żydem. Sławny był także nie tylko z niezwykłych przymiotów fantazji i charakteru, ale także z tego, że posiadał całą flotyllę statków wożących zboże do Gdańska, a na pospolitym ruszeniu rozpinał namiot wart w Stambule coś koło ośmiuset złotych. Miał dwie stadniny, a w nich same czworonożne cudeńka, ale jeździł na starym wałachu, dożywotniku, który był zresztą jego ulubieńcem. Miał także, jak powiadano, w domu dwieście ksiąg dużych i sto małych, co mu jednało reputację niepospolitego człowieka, a jakby tego było mało, trzymał w Trembowli papugi, z których jedna, zwana Magnusem, przepowiadała przyszłość, a druga, na którą wołano Kraft, potrafiła miotać z dzioba najohydniejsze przekleństwa i kalumnie.

To jednak nie były jeszcze przymioty, które wyróżniałyby pana starostę spośród innych opojów, warchołów i krzykaczy, to jest obywateli województwa ruskiego. Była to przecież taka prowincja Rzeczypospolitej, gdzie pan Fredro trzymał za sługę i kompana Murzyna, który nauczył się polskiej mowy i obyczajów. I przebrawszy się w żupan oraz czamarę, wzniecał bójki i zwady w karczmach, a ponadto podawał się nieprawnie za szlachcica polskiego. Z kolei pan Jan Golski łapał i więził w Kobyłowłokach każdego podróżnego do czasu, aż ten szczegółowo i barwnie opowiedział mu wszystko, co wiedział i co widział, kto się urodził, a kto umarł, kto co sprzedał czy kupił, kto się ożenił i kto kogo pozywa do sądów. Nic zatem dziwnego, że po takiej gościnie każdy, komu udało się wyrwać z kobyłowłockiego dworu, biegł prosto do grodu w Trembowli i tam zwierzał się ze swoich wrażeń w sążnistych protestacjach i pozwach. Obywatele Ziemi Przemyskiej i Sanockiej to byli, w rzeczy samej, oryginałowie i ludzie zgoła mało tuzinkowi. Jeden w drugiego awanturnik, rębajło i zawalidroga. Albo wichrzyciel i sejmikowy krzykacz; jeśli nie krzykacz, to polityczny statysta. A jak nie statysta, to przynajmniej pijanica. Jeśli zaś ktoś nie pił, a zapewniam, że czasem i takowi się zdarzali, tedy najpewniej musiał być z niego albo ksiądz, albo – znacznie częściej – melancholik.

W tej całej szlacheckiej rzeszy Piotr Ożga wyróżniał się jednak czymś, co doprowadzało do rozpaczy młodych Dydyńskich. Otóż umiał wybornie przeprowadzać egzekucje sądowe. Sam jeden dokonał ich tyle, co wszyscy współcześni mu starostowie razem wzięci. A na dodatek zawsze przeprowadzał je tak gładko i skutecznie, że nikt do tej pory nie pozywał go na trybunał. Być może dlatego, że zabierał się do dzieła po sąsiedzku, po ludzku, w familiarny poniekąd sposób. Zamiast od razu wysyłać na dwory i zameczki kupy swawolnego hultajstwa, które tylko na papierze zwały się milicją starościńską, a w księgach grodzkich rabusiami, hultajstwem i bandami wisielców, najpierw napominał pozwanego jak dobrotliwy dziad albo ojciec. Czekał też zwykle na powtórne mandaty królewskie i nakazy trybunalskie, aby czasem nie padł na niego nawet cień oskarżenia o samowolę.

I właśnie dlatego Przecław i Jacek jednego mogli być pewni: jeśli starosta trembowelski wyznaczony został na egzekutora testamentu ich ojca, tedy jego postanowienia wypełni we wszystkich szczegółach, choćby nawet jutro miał nadejść potop.

Nic więc dziwnego, że bracia mieli miny raczej nietęgie, całkiem jak chudopachołkowie, którzy właśnie dowiedzieli się, że przypadkiem zbrzuchacili ukochaną córeczkę Radziwiłła albo Chodkiewicza. Bo co będzie, jeśli ojciec podzieli majątek inaczej, niż sobie życzyli? Albo ustanowi – dajmy na to – kuratora? Na starostę trembowelskiego nie było mocnych.

Burcząc i burząc się na ojcowską wolę, zalewali zatem robaka winem tak zacnie, że czerwonego trunku przepadającego w ich gardłach starczyłoby na utopienie wszystkich pluskiew gnieżdżących się w chłopskich chałupach w Dydni.

– Chyba nas ojciec nie wydziedziczy – jęknął w końcu Przecław. – Przecie my kość z jego kości.

– To po co wezwał starostę?

– Abyś mej krwi nie przelewał, brat. Albo to pan stolnik nie wie, jaki z ciebie gwałtownik? Starosta to rękojmia, że nie zamachniesz się na moją część!

– Nie moja wina, że cię ojciec zawsze wywyższał. Co, nie pamiętasz, że zanim cię wysłał do szkół do Krakowa, puścił ci w dzierżawę Temeszów, podczas kiedy ja musiałem zadowolić się garścią dukatów z jego skrzyni!

– Ale sprawił ci poczet husarski, brat. Nie pamiętasz? Wyprawił cię jak wojewodzica do chorągwi. Cztery konie ci ufundował, zbroje nowe i tabory. Co kosztowało bez mała tysiąc złotych! Kto w husarii od razu idzie służyć, brat? Gdzie byś zasługi zdobywał, gdyby nie ojca pieniądze? U wolontarzy? Albo i jako pachołek! A teraz pewnie jeszcze chciałbyś dostać Dydnię ze wszystkimi rolami!

– A pewnie, że chciałbym, bo jestem starszy! Nie bój nic – ustąpię ci pół na pół z wiosek. Zostawię ci Falejówkę, Temeszów i Niewistkę. A sobie wezmę jeszcze Jabłonicę i Krzemienną!

– Jam jest młodszy, więc wedle prawa gniazdo rodowe mi przynależy! – zagrzmiał Przecław, uderzając zaciśniętą w kułak dłonią w otwartą rękę. – Ja zabieram Dydnię i Krzemienną. Sam się kontentuj Temeszowem i Falejówką! Jestem pewien, że pan ojciec podzieli nas sprawiedliwie, co nie znaczy, że po równo. Bo jedna wioska drugiej nie dostanie. W Dydni i Krzemiennej są takie role, że i co roku obsiewać możesz je pszenicą, cebula zaś na byle zagonie urośnie wielka jak dynia! A w Temeszowie byle rzepa pognije na błocie!

– Zobaczymy, co ojciec postanowi – mruknął Jacek, wskazując kciukiem drzwi do sąsiedniej komory. – Póki co żniwa za pasem, a nie widzę, żebyś gromadę zbierał z kosami. Zmarnieje żyto na polach, to cię po sprawiedliwości bizunem oćwiczę, bo o gospodarstwo nie dbasz!

– Jak ty na mnie bizuna podniesiesz, to ja ci w łeb z pistoletu wypalę! Nie licząc, że za oćwiczenie Tobołki pójdziesz pod sąd, brat! Miałeś jedną sprawę z Zawiszanką, gdzie ci pomógł Dworycki, aż ojciec świecił za ciebie oczami po sądach! Dojdzie ci teraz znieważenie sługi brata!

Jacek machnął ręką w powietrzu, chcąc dać młodszemu w gębę. Chybił, bo Przecław się uchylił; po latach nabrał kociej zwinności i umiał bez szwanku wywinąć się spod karcącej ręki starszego brata.

– Lepiej zbieraj na palestrantów! – syknął. – Bo może ojciec tylko jednemu z nas wioski i role zapisał, a drugiemu zaledwie nieco gotowizny. Nie uważasz, że dlatego właśnie starostę wezwał, aby imć Ożga powstrzymał któregoś z nas od gwałtów, kiedy już się testament otworzy? I okaże się, że nasze działy są nierówne?

– Gdyby ojciec wiedział, co ty chcesz uczynić z naszym rodowym gniazdem, toby ci nie tylko Dydni, ale nawet spłachetka z chrustem nie zapisał!

– Skąd ty wiesz, co ja chcę uczynić?

– Chcesz to wszystko sprzedać, brat! Dydnię, Niewistkę! I kupić sobie klucz hen na Ukrainie!

– Kto ci tych głupot naopowiadał?! – zapytał Jacek, a jego oczy zwęziły się jak szparki.

– Twój pocztowy! Dość pana Jędrzeja Herakliusza winem uczęstować, a śpiewa jak kurant z zegarowej wieży. Wszystko mi przekazał, coś w obozie mówił.

– Pan Świrski wart jest w gębę – prychnął Jacek. – I tak mi się widzi, że chyba powiemy sobie z nim wkrótce do widzenia! A to, co zrobię z moją częścią, to już nie twoja sprawa!

– Gdyby to ojciec wiedział, trupem by padł na miejscu! Że ty jego ukochaną, umiłowaną ziemię chcesz sprzedać, pozbyć się rodzinnej wioski... Łajno by ci zapisał i dwóch starych dziadów zamiast Niewistki! Ładnie odwdzięczyłeś się za poczet i lata starań, abyś został możnym panem. Zamiast się modlić o uzdrowienie pana ojca, ty wyprzedajesz jego substytucję!

– Zamilcz! – Jacek porwał się zza stołu. Sięgnął do lewego boku, ale nie miał tam szabli ani korda. – Modlę się o jego zdrowie każdej nocy, którą ty spędzasz na pijaństwie i łajdaczeniu się z dziewkami! Z tą swoją ladacznicą ze świńskiego barłogu! A teraz, po ostatniej rozmowie, wznoszę modły o odpuszczenie grzechów naszego ojca, o których sam nam dzisiaj powiedział! Za duszę Michała Dydyńskiego.

– Lepsza ladacznica niż panna banitka Zawiszanka! – warknął Przecław. – Policzymy się jeszcze!

– O, na pewno! Jak tylko starosta odjedzie!

Zapadła cisza. Bracia spoglądali na siebie z nienawiścią.

– Kto by się spodziewał, że nasz pan ojciec brata własnego Moskalom sprzedał. O ile oczywiście nie słabuje na głowę – mruknął Przecław.

– Ja myślę, że majaczy, bo chory – podsumował Jacek. – Jeśli rzecz się rozejdzie w Sanockiem, psi zjedzą naszą reputację.

– Phi. Jakbyś ty kiedyś w ogóle miał reputację, co, brat?

– Dlatego proponuję, abyśmy wystawili w kościele kaplicę albo ołtarzyk z intencją spokoju duszy stryja Michała. Dodamy do tego ze dwieście złotych dla ojców franciszkanów z Sanoka na modły za odpuszczenie tego grzechu i mszę zamówimy. U naszego proboszcza.

– A może pogrzeb byśmy urządzili stryjowi?

– Kiedy ciała nie ma.

– Można i z pustą trumną. Jak panu Wawrzyńcowi Wesslowi, którego porąbali na sztuki bracia Rytarowscy i zagubili głowę.

– Co pogrzeb, to wydatek – rzekł zapobiegliwie Jacek. – Do diabła, nie jesteśmy przecież winni tej zdradzie! Msza, datek i kaplica. I będzie dość. Resztę niechaj tam już pan ojciec ze stryjem w niebie załatwiają.

Drzwi otwarły się z trzaskiem tak niespodziewanie, że Jacek chwycił się za bok i zaraz opuścił rękę, bo przecież nie miał tam szabli. Na progu stanął człowiek w kołpaku i delii, szeroki w barach jak góra i podobnie wyniosłej postawy. Oblicze jednak miał poczciwe i dobroduszne, ogorzałe od wiatru i wina, a broda dodawała mu powagi i dostojeństwa. Wypisz, wymaluj, postać wyjęta z księgi *De optimo senatore* Wawrzyńca Goślickiego.

Bracia zerwali się na nogi. Pokłonili człowiekowi, w którego rękach spoczywał ich przyszły los.

– Panowie Dydyńscy, mili barankowie i rybeńki moje! – zagrzmiał Piotr Ożga tak familiarnym basem, że prawie poruszyły się wąsate portrety na ścianach. – Wasz ojciec kona... Tak, dobrze mówię! Wydaje ostatnie tchnienie, leży jak niebożątko boże. A jego dusza już prawie w rękach Pana.

– Tes... – odważył się pisnąć Przecław. Źle zrobił, bo bystre oko starosty od razu spoczęło na jego postaci.

– Toć ja ci prawię, rybeńko, że pan rodzic świata tego nie widzi, już oczy mu się bielmem powlekają, a ty, panie kochaneńku, zamiast do ręki się cisnąć i modlitwy wznosić, pytasz mnie o papiery i ostatnią wolę? Nie za wcześnie aby, rybeńko? Wiesz, jak się to nazywa, rybeńko? Nie wiesz? Naprawdę nie wiesz? Dobrze! W takim razie powiem ci, jak się to nazywa: czarna niewdzięczność. Za ojcowskie przywiązanie i serce, które ci, kochaneńku, przez tyle lat okazywał. A teraz biegiem mi, rybeńki, do alkierza, panu ojcu się pokłonić i paciorek zmówić. Póki jeszcze dyszy!

Ze starostą trudno było dyskutować. Zwłaszcza że miał rację. Skarceni jak żacy na pierwszej lekcji, młodzi Dydyńscy pognali do alkierza. Tu wokół łoża starego stolnika zgromadzili się wszyscy, którzy mieli coś do powiedzenia we dworze: brat Miechowita, pan Damazy, dwóch pachołków i trzy służebne – Jadwinia, Hetka i Mironowa.

A Aleksander Dydyński leżał nieruchomo jak anioł z obciętymi skrzydłami w białej pościeli. Przecław rzucił się do jego prawej ręki, Jacek do lewej. Myśleli, że ojciec skonał, ale mylili się. Stary stolnik oddychał z trudem, ale nie wyglądało na to, aby władał rękoma ani był świadomy tego, co rozgrywało się w alkierzu. Spod półprzymkniętych powiek płynęły łzy.

– Co się stało!? – wybuchnął Przecław. – Mości panie starosto... Jeszcze parę godzin temu mówił z nami, a teraz... Leży jak kłoda!

– Zabiły go grzechy młodości – rzekł starosta i przeżegnał się zamaszyście. – Dobrze mówię! Występki sumienia szarpały go jak wilki. I rozszarpały na strzępy. Taki już jego los. Taki los każdego człowieka. Pomódlcie się za niego, póki jeszcze dycha.

Jacek padł na kolana i złożył ręce. A kiedy obejrzał się na Przecława, dostrzegł, że z jego oczu sączą się łzy.

Brat płakał jak małe dziecko. Szlochał bezradnie.

Jacek nie mógł pójść w jego ślady. Nie czuł nic.

Die 12 julii, Dydnia

Jednak pan ojciec nie umarł ani tego, ani następnego dnia. Leżał, nie wzywając nikogo, nie wiedząc o bożym świecie, nie znając, czy dzień to, czy noc albo świt. Jakby po wyznaniu swojej największej winy nie miał już nic do dodania i powiedzenia. Miechowita modlił się u jego wezgłowia, panny służebne zmieniały się o każdej porze; Jacek i Przecław zaś sypiali równie mało – pilnowali przecież nie tylko łoża boleści rodzica, ale przede wszystkim tego, aby jeden nie wydarł drugiemu jakiejś części spadku po niedoszłym nieboszczyku.

A tymczasem Aleksander Dydyński gasł jak ogarek świecy – może i dlatego, iż nie mógł pogodzić się ze swym upadkiem. Wczoraj pan stolnik sanocki, który pił zdrowie sąsiadów, sądził się, jeździł konno z podniesioną głową, dzisiaj leżał jak spróchniały pień, jutro zaś miał stać się sługą nieboszczykiem, a jedynie stele nagrobne i figury świadczyć mogły o jego powadze i znaczeniu. Hic transit gloria mundi*.

Najtragiczniejsza była w tym wszystkim nagła pustka, która zamieszkała we dworze w Dydni wraz z chorobą starego. Zarówno Jacek, jak i Przecław pamiętali ojca jeszcze żywego, surowego, wyniosłego pana, karcącego ich na czerwonym kilimie, utrzymującego żelaznym kułakiem mir i porządek między czeladzią i chłopami, czasem nadmiernie szafującego kłodą i gąsiorem. Buntowali się przeciwko niemu – Przecław skrycie, jako młodszy, Jacek otwarcie, bo starszy. I prawdę powiedziawszy,

---

* łac. – Tak przemija sława tego świata.

to przez ten bunt i nieposłuszeństwo przeciwko świętej władzy rodzicielskiej jeden poszedł do szkół w Krakowie, a drugi do wojska – choć za ojcowskie pieniądze i starania. Jacek pamiętał, że wiele razy rodzic mimo całej zachowywanej przez niego powagi i dostojeństwa wydawał mu się śmieszny. Ot, zwykły podstarzały dziadyga, który trzymał się sanockich wiosek jak rzep psiego ogona, albo plebejusz rękawa pańskiej delii. I ani myślał, że gdyby je spieniężył, to we wschodnich województwach Korony albo Litwy kupiłby znaczny klucz wsi i uchodził za karmazyna, a nie jedynie posesjonata, jakich w całej Rzeczypospolitej było na pęczki i tuziny.

Pierworodnego syna dręczyło to, że rodzic tracił czas i siły na jałowe spory i procesy z sąsiadami o jakieś marne i niewarte zachodu drobiazgi. Ot, ktoś mu urwał spłacheć gruntu, kiedy indziej przepędził przez jego pole kozy czy barany, raz strzelił w okno, innym razem pobili się chłopi w karczmie na granicy z cudzymi poddanymi. A za to wszystko były od razu pozwy i protestacje, zwady i procesy... Po co to wszystko? Dla paru zagonów? Jacek rozumiał – że jak procesować się, to niczym magnaci ukrainni, z których każdy miał przynajmniej paręnaście wiosek i ze dwa miasteczka. Przy ich zajazdach ojcowe zatargi wyglądały wszak jak polowanie z psami na zające.

Zmarnował się stary. Pozdzierał głos i fantazję w małych sąsiedzkich sporach, pilnując włości, które nie były warte jego życia. Bo i na cóż to wszystko przyszło? Teraz pan stolnik leżał jak dziecko w betach w alkierzu. I nie to, żeby Jackowi było go żal z jakiejś niezmiernej synowskiej miłości, której, prawdę powiedziawszy, mało było między nim a rodzicem. Żal było samej pustki, jaka ziała teraz w każdym kącie dworu w Dydni. Dawno temu był sobie taki mały, biedny szlachetka. Wymachiwał szabelką na krewnych i znajomych, ćwiczył czeladź i służbę. A teraz, kiedy go nie stało, nagle tak zrobiło się cicho... Tak pusto i tak strasznie w Dydni.

Jacek jednak świadomie pomniejszał zasługi i znaczenie rodzica. Nazywał go małym, ale przecież pan stolnik miał poważanie u szlachty sanockiej. A chociaż nieraz zajeżdżał i przeprowadzał egzekucje, to nigdy bez jawnego wyroku sądowego i pozwolenia starosty. Lecz Jacek chciał widzieć go mniejszym z jeszcze jednej przyczyny: on prawie wcale ojca nie znał. Pan Aleksander Dydyński, zajęty polityką rodową i powiatową (na wojewódzką i koronną już nie starczało sił ani środków), odległy był dla niego równie wielce co owe przysłowiowe słupy Herkulesa od granic polskiej Korony. To prawda, zapłacił za poczet, dawał na jego zachcianki, ale zawsze był czymś zajęty. Najpierw, po śmierci matki Jacka, drugą żoną, a potem pozwami, wyrokami, zasiadaniem w trybunale, wreszcie kolejnymi zachciankami, miłostkami i sprawami domowymi. Częściej bywał na sejmikach i w zamtuzach niż w synowskim sercu.

I jakie plony zasiał, taką teraz zbierał zapłatę.

Stolnik sanocki zgasł przed południem. W pogodny, cichy poranek, kiedy żółte słońce podniosło się nad pagórami, rozpalając łany dojrzałych zbóż, a rosa opadała grubymi kroplami ze zwieszających się ciężkich kłosów. Synowie nie byli przy jego odejściu. Po prostu w pewnej chwili czuwająca przy nim Mironowa ujrzała, że jego pierś przestała się poruszać.

Jacek i Przecław przyszli do nieboszczyka. Przecław zamknął mu oczy, starszy brat pomodlił się. Nie mówili nic. Bo i o czym tu było mówić? Był człowiek - nie ma człowieka.

Wkrótce zabiły głucho dzwony odbudowywanego po pożarze kościoła w Dydni. Ich dźwięk skonał w błękitnym bezmiarze niebios; na próżno poszukiwał zagubionej duszy Aleksandra Dydyńskiego.

A potem przyszły kolejne, zwykłe sprawy idące trybem odmierzonym i ustalonym przez polski obyczaj. To znaczy miały przyjść, bo wkrótce okazało się, że nic nie będzie takie, jak spodziewali się bracia.

Najpierw pan starosta trembowelski otworzył list od ojca, w którym ten dawał swoim synom jasne i wyraźne nauki odnośnie do przyszłego pogrzebu, castrum doloris i wszystkich ceremonii. I tu już wyszły na jaw pewne rzeczy, które dziwnie różniły się od wystawnego trybu życia pana stolnika.

– *Upraszam pilnie synów moich Jacka i Przecława, aby pogrzeb mój jak najuboższy odprawiony był* – dźwięczały w uszach braci słowa ojca, który łajał ich jakoby prostych pacholików. – *Bez żadnych okazałości, bez obiadu, ubogich tylko jak najwięcej wezwawszy, a także księży franciszkanów z Sanoka dla procesji, którym tak jak ubogim oddajcie jałmużnę za duszę moją. Ciało moje nie na wozie prowadzić, ale nędzarzy sześciu zaciągnąć i każdemu po parze twardych talarów dać. Przy moim pogrzebie kazania aby nie było, pilnie proszę. Castrum doloris upraszam nie budować, na zbytki i czarne materie grosza nie marnować, ale ubogim i dziadom proszalnym rozdać złotych sto pięćdziesiąt. W kościele brewerii nie czynić, kopii i pałaszy nie kruszyć, w aksamity, bławaty, rysie i wilczury nie stroić się. Schować moje ciało nie w kryp-cie, ani w sklepie u ojców franciszkanów, jeno w pobliżu kościoła w Dydni, w zwykłym grobie ziemnym, bez żadnych ceremonii, bez trumny, tylko w delurce i w kapciach, w kilim owinąwszy biały. Pana starostę trembowelskiego upraszam, aby baczenie dawał na moich synów, aby gest pański ich fantazji i honoru nie przeniósł i zbytnich ekspensów na ceremonię nie ponieśli. A na grobie moim proszę wysoką usypać mogiłę, nie dla ambicji, ale dla symbolu pychy, co ze śmiercią jak sen przeminęła. O jedno to proszę, aby w kościele dać nad epitafium moim z kitajki dubli czerwonej dwa ogony rycerskie, po brzegach tę kitajkę pozłocić i na rohatynie czapkę z piórem przewlec i tak zawiesić. Wywijasów nie potrzeba i onych fartuchów białogłowskich wzbraniam wieszać, bo jeszcze kto pomyśli, żem był za życia niewieściuch albo francuski sodomita.*

Jak to? Nie może być! – cisnęło się na usta Jacka i Przecława. Pogrzebać ojca bez pompy? Bez koni i kirysów? Bez husarzy na grobie? Jak proszalnego dziada? Za jakie grzechy i jak bardzo żałował stolnik, skoro po śmierci zrezygnował ze splendorów i honorów przysługujących mu jako posesjonatowi? Przeżywał na nowo śmierć albo okrutną niewolę Michała Dydyńskiego? Ale to przecież było pół wieku temu, dawno już okupił tę zdradę swoją krwią za czasów wojen króla Stefana, a jego syn Jacek – własnym trudem w Inflantach.

W tym samym czasie stare służące obmyły ciało ze śmiertelnego potu, nałożyły luźne szarawary, aksamitny żupan na koszulę białą jak śnieg, na to ferezję podbitą sobolim futrem – tylko po to, aby przystojnie wyglądał ojciec nieboszczyk przed oczami kompanów i przyjaciół.

Przecław wypisał i rozesłał po znajomych listy i kartusze zawiadamiające o śmierci stolnika sanockiego. I już następnego dnia poczęli zjeżdżać panowie i hajducy; a potem nie było dnia ani godziny, aby ktoś nie przybywał. Zatrzęsła się zatem cała Dydnia od koni, kolas i brożków – to jest krytych powozów, delii i kołpaków, soboli i pióropuszy, szkofii, tudzież czaplich piór i kit, którymi zamiatali podłogę lepiej niż stara Mironowa i dziewki służebne coraz to nowi statyści i persony, drobni szaraczkowie i posesjonaci, a nawet karmazyni. Wbrew bowiem zdaniu Jacka kto tylko żyw z okolicy ruszył na pogrzeb stolnika. Nie zjawili się tylko sędziwi starcy, małe dzieci i ci, którzy pokutowali sromotnie w wieżach i basztach albo z powodu banicji i infamii nie śmieli się pokazać tak blisko grodu sanockiego.

Przyjechali zatem kolejno: podczaszy halicki Jerzy Dydyński, z dalszej rodziny, ale tego samego herbu. Potem przybył z pocztem kilku kozaków i maleńkim synem – Łukaszem, Stanisław Dydyński, podstoli sanocki. Po nim zjawił się Andrzej Ligęza, już pogodzony ze stryjem, potężnym Mikołajem Spytkiem z Rzeszowa, którego Jacek pospołu z ojcem obłuskali z dóbr i widendy na roczkach przeworskich. Po nim przyjechał w imieniu starosty Mniszcha podstarości sanocki Chamiec, a razem z nim wicesregent Stanisław Kamodziński. Nie przybył, lecz przysłał starszego sługę kasztelan przemyski Stanisław Stadnicki z Leska, który poza imieniem, nazwiskiem i pokrewieństwem nie miał wiele wspólnego z osławionym Diabłem Łańcuckim. Za nimi nadciągnęła cała rzesza małej i dużej szlachty – Korytkowie, Ostrowscy, Łączcy, Grochowscy, Dembiccy, Leszczyńscy i Stanowie. Przyjechał też sam we własnej osobie Jan Szczęsny Herburt, starosta wiszeński, zwany w okolicy Herkulesem z Dobromila, albowiem tak nazwał się we własnej autobiografii. I jak łatwo można było się przekonać po tytule, wśród wielu cnót i przymiotów, którymi słynął pan starosta, skromność nie należała do tych, które najżarliwiej pielęgnował w swoim sercu.

Z tym zresztą Herburtem był znaczniejszy ambaras, albowiem poza nim na pogrzeb przybyli jego najznaczniejsi wrogowie – Prudeńscy oraz pan Stanisław Korytko z Dymitrowic, którego hajducy Herburtowi napadli we dworze, oblegli jak nieprzyjaciela koronnego i zdobyli, łupiąc obronne fortalicjum do gołych ścian, a gospodarza obdzierając aż do takiejże samej gołej rzyci. W dodatku osiemnastego lipca przyjechał jeszcze jeden nieprzyjaciel Herburta – pan Stanisław Wapowski, któremu uczony warchoł urwał gwałtem parę mil Wołostkowa. Na szczęście, zbrojna asysta i obecność starościńskiej milicji pana starosty trembowelskiego pohamowały wzburzone szlacheckie honory i poukrywały w pochwach szabelki, które w tych stronach i owych czasach wyskakiwały z pochew równie łatwo co swawolne panie ze skąpych sukien.

Gdy przybył Piotr Bal, podkomorzy sanocki z gór, namioty nowo przybyłych tworzyły już prawdziwy labirynt, a Jacek zastanawiał się, czyby wojskowym obyczajem nie odmierzyć stancji. Tymczasem jednak nadszedł dzień dwudziesty drugi lipca, a sprowadzony z Sanoka malarz imaginował już portret trumienny pana Aleksandra Dydyńskiego tak trafnie, że można by pomyśleć, że żywy pan stolnik łypie okiem z portretu na szlachtę, a zwłaszcza na tych, z którymi wiódł za życia tasiemcowe sprawy sądowe.

Przez cały czas Jacek i Przecław byli jakby w amoku, a prawdę rzekłszy, to i nieźle pijani. Bo co ktoś przyjeżdżał i stawał we wrotach, trzeba go było witać na progu, a w tamtych zacnych czasach ludzką szczerość mierzyło się kwarcianymi szklanicami i ostrością szabli, a nie pustymi frazesami.

Za to pan Herakliusz Świrski czuł się wśród zgromadzonych niczym ryba w wodzie. Zjazd szlachecki był bowiem jego żywiołem, a plotki i obmowy sąsiedzkie chlebem powszednim. Wreszcie miał z kim pić, o czym pogadać i dowiedzieć się wieści: kto umarł, kto się narodził, co kto zrobił i kupił, co dzieje się w okolicy, czyli w Sanoku i Przemyślu, a także w szerokim świecie, to jest we Lwowie, Krakowie i Zamościu. A zatem: że panią Kostecką, wdowę niezamożną, pojął karczmarz ze wsi pod Wiśniczem, ona zaś przymusiła, by kupił jej kolasę i parę koni, sama nimi do kościoła jeździła, męża chłopa się wstydząc; szedł zatem biedny karczmarczysko piechotą koło żoniego powozu. Że imć Piaseckiego znaleźli słudzy pana Czyża pod łóżkiem małżonki, gdzie się zakradł po nadobny i przyobiecany kąsek, za co ich pan kazał go potem przywiązać golusieńkiego do konia, a potem pognać rumaka poprzez chrusty i chaszcze. Że Ramułt porwał synowicę panu Trojeckiemu, a potem był tak zuchwały, iż kiedy się spostrzegł, że zapomniał posagu, wrócił w biały dzień i złupił Trojczynę ze szczętem. A to, że Sulatycki stary pojął za żonę młodą Ceranowską, przechodkę przemyską; pewnie go teraz wokół palca okręci.

A dzieci w płacz, zajeżdżać chcą macochę, co dwadzieścia lat młodsza od nich. I także że Bełdowski Daniel zalecał się córce pana Pszonki, chcąc ją brać bez posagu; dowiedziawszy się, że bękart, odgromiono go z kretesem. A nawet że w awanturze w zamtuzie krakowskim przy murwach pobito tęgo Jerzego Krasickiego, nielubianego w całym powiecie i przezywanego grandżażą.

Czas jednak pędził i poganiał niby karbowy – panowały upały i ciało poczynało się psuć; nie można było odkładać pogrzebu w nieskończoność. Zwłaszcza że zgodnie z wolą zmarłego testament, będący na przechowaniu u Piotra Ożgi, miał być otwarty dopiero po ceremonii pogrzebowej.

Die 23 julii
Dydnia, pogrzeb stolnika sanockiego

Dzień był upalny i gorący, bo przypadał w samym środku żniw, kiedy słońce zsyła na ziemię żar niczym z diabelskiego pieca. Niebo od rana olśniewało błękitem, jak nowy żupan z kitajskiego jedwabiu, a jednak im wyżej wędrowało słońce w swej podniebnej podróży, tym więcej krzaczastych, kędzierzawych obłoków wypływało spoza wzgórz. Wznosiły się powoli – dołem pobłękitniałe, przechodzące w ołów, górą lśniące niczym perski szyszak wyczyszczony popiołem i wypolerowany przez zapobiegliwego pachołka. I już od rana zapowiadały nadciągający skwar, a może nawałnicę.

Kondukt ruszył na dźwięk pierwszych dzwonów w kościele w Dydni. I nie był to zgoła taki pochód, jakiego zażyczył sobie zmarły. Bo choć starosta trembowelski dał braciom z ojcowej szkatuły jedynie dwieście złotych na koszty pogrzebu, każdy dołożył od siebie w dwójnasób tyle, aby tylko nie wyjść przed panami braćmi na dziadów i nędzarzy.

Pochód otwierał poczet husarski Jacka, w pełnej barwie i zbroi. Najpierw kroczyła wdzięczna Hetmanka, przybrana w nabijane złotem tręzle, w naczółku i nachrapniku z pozłacanych blach zdobionych rubinami. Z forgą ze strusich, farbowanych piór na łbie i podpiersieniu – z trzech pozłocistych pasów spiętych mosiężnym pierścieniem na końskiej piersi – na którego blachach takież same rubiny układały się wokół herbu Gozdawa. A na Hetmance jechał Jacek w husarskiej zbroi ze skrzydłami, z pysznym futrem lamparta przerzuconym przez lewe ramię. Za nim na podjezdkach Świrski i Nieborski, w zbrojach, nakryci wilczurami, z takimi samymi skrzydłami i kopiami w tulejach przy prawym strzemieniu. Konie, choć przybrane w kosztowne rzędy, miały czarne płachty aksamitu narzucone na czapraki, jak pogrzebowe wojsko odprowadzające do grobu hetmana.

Potem podążał Przecław w czarnym żupanie, dalej zaś jego hajducy w czerni i srebrze.

Następnie postępowała na podjezdkach i sekielach, czyli siedmiogrodzkich koniach, czeladź dworska w zielonych i karmazynowych żupanach, nakrytych opończami z czarnego aksamitu, na który poszło prawie osiemdziesiąt złotych. Za nimi szedł ksiądz proboszcz Fabrycy i ludzie kościelni z chorągwiami, bractwo modlitewne z Sanoka w żałobnych kapturach jak podczas zarazy, z gromnicami w dłoniach, śpiewając pieśni pogrzebowe i napełniając okolicę smutkiem. Dalej podążali franciszkanie, zgodnym chórem odmawiający litanię do Najświętszej Marii Panny, a potem piesi hajducy z dworu ze spuszczonymi lufami rusznic, w wilczych kapuzach i granatowych żupanach. Na plecy następował im lamentujący tłum żebraków i proszalnych dziadów, frantów i oberwańców połapanych przez ludzi Przecława pod kościołem w Sanoku i w okolicznych wioskach. Następnie szedł Miechowita z krzyżem, za nim zaś prowadzono koni dwanaście, bardzo kosztownie przebranych w czapraki aksamitne i altembasowe, przy każdym zaś było po pachołku w lampartach, szyszakach żołnierskich, misiurkach i kolczugach.

– Dalibóg, mości panowie – zagrzmiał Atanazy Łącki do braci Grochowskich. – Czy mnie stare oczy mylą, czy altembasy prawdziwe leżą na tych dzianetach?

– Jakie to altembasy, panie bracie! – odrzekł starszy Grochowski. – Zwykłe to falendysze niderlandzkie żółtą i białą nicią przetykane. Toż nie wojewodzica chowamy, ale stolnika! Fałszują takie materie Olędry pod Gdańskiem, a potem sprzedają – głupcom na śmiech – jako materie z Turcji i Persji, po trzy złote za postaw!

– Siła teraz pewnie – uzupełnił młodszy – karmazynów i posesjonatów po zaściankach się rozmnoży, a do fałszywego złotogłowiu nosić będą łapcie i lipowe łyczaki!

Za końmi jechał starosta trembowelski uosabiający zmarłego, w żupanie atłasowym karmazynowej barwy, w ferezji podbitej sobolami, zarzuconej – dla upału i fantazji – jedynie na lewe ramię, zdobionej pętlicami diamentowymi, z kitą za kołpakiem i buławą sadzoną turkusami w ręku. Buława owa, ma się rozumieć, nie była własnością nieboszczyka stolnika, który nigdy żadną chorągwią nie komenderował, ale należała do skarbczyka pana kasztelana czechowskiego Ligęzy. Ten, prawdę powiedziawszy, także niewojennym był człowiekiem – pomijając awanturę o jarmarki rzeszowskie, kiedy starł się ze Stanisławem Stadnickim z Łańcuta. Kto wtedy wygrał – nie było wiadomo, bo w protestacjach jeden adwersarz żalił się na drugiego: Ligęza, że go Stadnicki pobił, a Stadnicki, że mu sprał tyłek kasztelan czechowski. Dlatego buławę trzymał pan Mikołaj Spytek Ligęza jedynie na okazywania pospolitego ruszenia, aby pomachać nią przed szlachtą i poudawać choć przez chwilę pułkownika, a da Bóg – przyszłego hetmana.

Następnie sześciu ubogich dziadów niosło spowite w biały całun ciało pana stolnika. Na tym bowiem zasadzał się sprytny plan braci – chciał ojciec mieć skromny pogrzeb, niech mu będzie! Zatem do kościoła nieśli go żebracy bez trumny i w kapciach. Jednak tuż za ubogimi jechał wóz obity czarnym suknem, na którym spoczywała pusta dębowa trumna okryta czerwonym adamaszkiem. Pojazd ciągnęły woźniki w poszóstnym cugu, maściste i sprzęgłe, to jest nieróżniące się ani maścią, ani wielkością – wszystkie jeden w drugiego gniade. Za wozem zaś posuwał się pieszo liczny tłum szlachty i czeladzi, który otwierał pan Piotr Bal i Jan Szczęsny Herburt.

– A jakie koniki wdzięczne – rozmarzył się pan Piotr Bal do swego totumfackiego i rękodajnego Aleksandra Strubicza. – Gdzie oni ich dostali? Bo przecież nie na jarmarku w Sanoku! Muszę spytać, czyby nie sprzedali!

– Patrzcie, woźniki jak malowane! I nawet nie farbą, a gliną paloną ozdobione! – zauważył paręset stóp dalej

Andrzej Ligęza, kiedy wóz z trudem pokonał bystrą Dydniankę, a konie wzburzyły kopytami deszcz srebrnych kropel. – Waszmościowie, nie od pary one – jeden dropiaty, a drugi wilczaty! Oj, pokpili panowie Dydyńscy powagę pogrzebu. Pomalowali konie, frantowie!

Szli przez dolinę w słonecznej spiekocie, prosto do kościoła. Poprzez Dydnię, obok chłopskich chałup i płotów oblepionych dzieciarnią. Weszli między zagony i pola, minęli poczerniały krzyż przy wyjeździe ze wsi, znaleźli się w samym środku spłachetków i poletek, gdzie na jednych żółciło się jeszcze niesprzątnięte zboże, na innych zaś sterczały krótko ścięte rżyska przetykane plamami trawy i kamieniami. Z polskich pól nadciągał zapach dzikiego głogu i rozmarynu, woń leśnych kwiatów i przydrożnych ziół, które pracowitym i uczciwym kmieciom starczyć musiały za szlachecki szafran, pieprz, paprykę i goździki.

Chłopi, którzy trudzili się pod prażącym, nielitościwym słońcem, rzucali sierpy i widły, ciągnęli do drogi, by choć z daleka popatrzeć na niezwykły pochód. Próżno Smoliwąs strzelał korbaczem, chlasnął jakąś dziewczyninę po łydkach, popchnął starego dziada, który nie dość szybko usunął mu się z drogi.

– Pożynaj! Nie postawaj! – darł się, jakby go gotowali we wrzącym oleju. – Jeszcze nie południe!

Nie pomagały ani krzyki, ani razy korbacza. Żeńcy ciągnęli do traktu, żegnali się niespiesznie, spoglądali ciekawie na szlachtę postępującą pieszo za wozem. Umarł stary pan; jaki był, taki był, ale kto nastąpi po nim? Młodszy brat czy starszy? Który weźmie Dydnię? Czy ulży w robocie? Ujmie sprzężaju i pieszej pańszczyzny, zmniejszy daniny, stróżę i przewozy? A może przeciwnie – znajdą się nagle w księgach powinności, o których najstarsi ludzie nie pamiętali, i giąć będziemy grzbiety od ranka do wieczora, zdychać jako te woły czy konie? Jedno pewne – pan tu będzie dziedziczny, żaden arendarz ani starosta, nie każe siać na wszystkich niwach pszenicy przez trzy lata z rzędu... Jak będzie? Pan Bóg to jeno wie. Albo prędzej sam diabeł.

Ciężko jest ścinać dorodne jak kiście kłosy pszenicy, pełne złotawych, mącznych ziaren, a jeszcze ciężej zbierać z pola wysmukłe kłosy żyta. Za każdym razem schylaj się, tnij oporne łodygi zębatym sierpem przy samej ziemi. Wyciągaj pokos, zostawiaj na ściernisku, aż zbierze je niewiasta i zwiąże w snopek słomianym powrósłem, a potem podźwignie i złoży w mendle po dwanaście sztuk każdy. Ściernisko kłuje w bose stopy, pot spływa po grzbiecie. Słońce praży jak w czartowskim piecu, ale na szczęście ono wędruje po niebie swoim własnym trybem, nie jest obyczajów pana starosty, to jest włodarza. Wstaje, kiedy jego czas, a nie jak chciałby ekonom – o północy, aby można było poprowadzić gromadę do pracy, jeszcze zanim ptaki poderwą się z gniazd.

Miechowita pobłogosławił wieśniaków krzyżem; schylili przed nim głowy.

– Ruszać się! – ryczał Smoliwąs, waląc bez opamiętania korbaczem i nie dając najbliższym chłopom nawet się przeżegnać. – Zażynać śpieszno!

Kościół był blisko, dotarli już pod dzwonnicę wznoszącą się ku szafirowym obłokom, zza których strzelały smugi słonecznego blasku. Od murów świątyni bił przyjemny chłód.

Ostrożnie wnieśli ciało i trumnę do wnętrza. Na progu dziady przekazały ją hajdukom dworskim, którzy ponieśli pana stolnika w jego ostatnią drogę, przed ołtarz. Aleksander Dydyński zakazał, aby złożono go na ozdobnym podniesieniu, ale to nie znaczyło, że go nie zbudowano w świątyni. Bo cóż to byłby za pogrzeb polski bez castrum doloris, czyli ozdobnego podwyższenia? Dlatego przed ołtarzem stał czterostopniowy katafalk obity czerwonym aksamitem. Złożono na nim pustą trumnę, ciało zaś na mniejszym podniesieniu, by zmarły zgodnie ze swą ostatnią wolą nie leżał na katafalku.

A dokoła chwiało się łagodnymi płomykami tysiące lanych świec i lamp...

To było jak sen albo theatrum. Jacek i Przecław stanęli w pierwszych rzędach, obok starosty trembowelskiego, Piotra Bala i pana Wapowskiego z Radochoniec. A zaraz za nimi na ławy zwalił się tłum szlachty. Nie obyło się bez potrąceń, ktoś obalił świecę, ktoś się poparzył, łajał, krzyczał na czeladź. Dopiero cichy, stateczny głos księdza Fabrycego przywołał wszystkich do porządku. I wtedy padli panowie bracia na kolana, na ziemię, korząc się przed jedynym majestatem, przed którym zniżał głowę szlachcic polski. Jacek Dydyński uczynił to niechętnie i klęknął jako jeden z ostatnich.

Uczyniło się niezwykle cicho i odświętnie, gdy proboszcz Fabrycy, stanąwszy u ołtarza, wypowiedział swoje zwykłe *In nomine Patris**... Przeżegnał się i ruszył z modlitwami jak husarz z kopyta na Szweda. Chór zacnych chłopiąt zaśpiewał antyfonę wejścia.

* łac. – W imię Ojca

A potem wszystko poszło tak, jak chciał nieboszczyk ojciec. Prosto, skromnie przeszedł confiteor i kolekta, aby na koniec nadciągnęło credo i ofiarowanie. Kazania nie było. Lecz nie znaczyło to, że na pogrzebie zabraknie pożegnalnych mów.

Jako pierwszy wystąpił pan Wapowski, który w imieniu zmarłego pożegnał wylewnymi, aczkolwiek nieco przydługimi słowy najbliższą rodzinę i szlachtę. Po nim pan starosta halicki Dydyński perorował krótko, ale smaczno, rozwodząc się zwłaszcza nad biednymi osieroconymi dziatkami i zapominając, że nieszczęsne ubożuchne sierotki po pierwsze: mają po dwadzieścia tudzież więcej lat, a po drugie: najlepszym pocieszeniem będą dla nich majętności po zmarłym.

Na koniec zaś wystąpił pan Szczęsny Herburt, dziękując w imieniu rodziny za udział w pogrzebie. I trzeba przyznać, że mowę miał potoczystą i dźwięczną, jak stal szabli albo piorun bijący w szczyt góry, kiedy mówił:

– Wrzucimy cię zaraz, zacny towarzyszu nasz i kompanie, w dół ciemny, do ziemi marnej, gdzie czeka cię podróż ostatnia do twych i naszych przodków. Jednak przyjaźni i dawnej uprzejmości w trumnę wrzucać nie chcemy, bowiem cnoty owe immortales* wiecznie będą. Żeście tedy waszmościowie tę ostatnią posługę i powinność chrześcijańską oświadczyć raczyli, pozostałe potomstwo jegomości przeze mnie mości panom dziękuje!

I to był koniec, prawie ostatni akt dramatu. Bo zaraz hajducy rzucali na trumnę szablę i pałasz, buławę i łuk ze strzałą.

---

* łac. – nieśmiertelne

Wówczas odezwał się łoskot kopyt. I do kościoła wjechało dwóch jeźdźców po husarsku – Świrski i Nieborski. Wśród krzyków i wiwatów ruszyli skokiem po posadzce, dopadli w jednej chwili castrum doloris, pochylając dobyte z toków kopie w pół końskiego ucha. Łomot podków rozbrzmiał grobowym echem pod wyniosłym sklepieniem kościoła, zabrzmiał jak bicie gromów, straszny, potężniejący, nieokiełznany.

Wpadli na katafalk i uderzyli kopiami. Wydrążone drzewca pękły z suchym trzaskiem na pół, a obaj husarze pochylili się wstecz, przerzucając nogi nad przednimi łękami kulbak, wylecieli z siodeł wedle starego polskiego obyczaju. Uczynili to ochoczo, bo byli dobrze pijani. Nieborski padł z brzękiem na bok, gubiąc kilka piór; gruba zbroja ochroniła go od skutków uderzenia o kamienne płyty. A Dydyński odetchnął z ulgą, bo jego pocztowy miał doprawdy zadziwiającą skłonność do popadania we wszelakie kłopoty, a przy ceremonii owej łatwo było o wypadek. Krusząc bowiem kopię nad grobem jednego nieboszczyka, można było łatwo zostać drugim, kończąc z potrzaskanym czerepem albo przetrąconym karkiem.

Do diaska, tym razem szczęścia nie miał Świrski! Padając z siodła, nie wyrzucił lewej nogi ze strzemienia, a jego podjezdek spłoszył się, skoczył w bok, pociągnął pocztowego prosto w tłum!

Natychmiast podniosły się krzyki i wrzaski, nad którymi zdecydowanie górował ryk pana Herakliusza wleczonego na krótkim husarskim bucie po chropowatych płytach posadzki. Szalejący koń obalił kolumnę podtrzymującą rzeźbę archanioła Michała, potrącił jakiegoś szlachcica, roztrącił pachołków, którzy chcieli chwycić go za uzdę, a potem pomknął do bocznej nawy, zatrzymał się jak wryty, bijąc kopytami w ziemię, przed zbitym tłumem szlachty. Wreszcie zawrócił i pomknął do wyjścia.

– Łapać! Trzymać!

– Gwałtuuuu! Ratujcieeee! – darł się pan Świrski ciągnięty za lewą nogę, gdy raz czy dwa miał okazję zapoznać się z kopytami swojego podjezdka. A potem zahaczył łbem o kamienną kolumnę podtrzymującą strop, zwalił ramieniem ławkę...

Ktoś chwycił wierzchowca za uzdę, ale koń okręcił się w bok, wyszarpnął wodze z ręki. To wystarczyło, by but zsunął się z nogi szlachcica, który potoczył się z brzękiem aż pod główne wrota świątyni. Natychmiast wyciągnęło się po niego kilka pomocnych ramion.

– Jestem cały! – krzyknął, kuśtykając po posadzce, obmacując z niedowierzaniem osłonięty zbroją tors i nogi. – Żyję! Moje nogi takoż! Ale... Dajcie się napić, waszmościowie!

Rozhukanego konia schwytano na zewnątrz, osadzono, uspokojono.

Ceremonia była skończona.

Przecław dał znak hajdukom, którzy podjęli z katafalku ciało zmarłego. Nie chowając do trumny, wynieśli go na zewnątrz na marach. Dzwon rozdzwonił się brzękliwie, aż zadygotał kościelny mur, a echa odezwały się spod samego szczytu świątyni.

Szli, raczej brnęli przez podwórze, dotarli na cmentarz, gdzie wąskie i małe bezimienne nagrobki chłopów kuliły się w cieniu wyniosłych mogił dworskich i folwarcznych sług. Na niebie pociemniało; przeleciał wiatr – gorący, nagły podmuch załopotał sztandarami i kościelnymi chorągwiami, przemknął nad morzem podgolonych łbów, które wylewało się z kościoła, pognał w pola, ku rysującym się czarnymi kresami ścianom lasów.

Dół był prawie gotów. Wiejski grabarz wyrzucił brązową ziemię, tworząc dwa stożki przetykane kawałkami skał i kamieniami. Z tyłu, za plecami obecnych, rosły chmury, wyciągały się jak rękaw. A nisko, poniżej wydętych bulwiasto obłoków, zamigotały pierwsze błyskawice.

Jacek poczuł, że wilgotnieją mu oczy. Kiedy ojciec leżał w domu we wspaniałych szatach, kiedy nieśli go do kościoła, ciągle czuł jego obecność, jak gdyby stolnik tylko zasnął albo niedomagał. Teraz to koniec – prawda brała go na rogi jak dorodny byk – musieli rozstać się na wieki, powierzyć wilgotnej ziemi, żmijom i robakom. Teraz naprawdę Jacek czuł, że oto został sam.

Spuścili ciało do grobu owinięte w biały zawój. Już po raz ostatni. Wrzucili po skibce ziemi.

A kiedy ksiądz odczytał ostatnie egzekwie, grabarz i jego pomocnicy wzięli się do rydli. Cicho i niemal bezgłośnie padała ziemia na martwe ciało pana stolnika sanockiego owinięte w całun. Nie było dudnienia jak o wieko trumny, które niczym bębny i tarabany odprowadzało polską i ruską szlachtę w tę ostatnią drogę.

Zamiast niego z tyłu huczały grzmoty, niebo było szare jak ołów i pobłękitniałe. Ogromna chmura, wypiętrzona niby wyspa na morzu, sunęła wprost na Dydnię, jak diabelski wir porywający dusze grzeszników.

A kiedy Dydyński powiódł wzrokiem po tych wszystkich poszarzałych postaciach z pogrzebowego konduktu, dostrzegł nagle kogoś w czerni, kto stał z boku zadumany i smutny, z czapką w ręku. Szlachcice i czeladź odsuwali się od niego z respektem, niektórzy czołobitnie się kłaniali i pozdrawiali. Człowiek ten stał sam, a wiatr rozwiewał jego siwe włosy. To był Matiasz Jaksmanicki, ojciec Wojcieszka. Jego obecność uświadomiła Jackowi, że w Dydni i Jaksmanicach były w ostatnich dniach dwa pogrzeby. Ojca i Wojcieszka.

Rozdział III

Braterska zwada

Wstrzymujemy oddech, czyli odczytanie testamentu • Wszystkie wioski stolnika • O stogach, brogach, kopach żyta i hreczce • Tudzież ile pan ojciec zostawił owiec, kapłonów, świń i wołów • Podział spadku • Fantazja Aleksandra Dydyńskiego • Zaskakujący warunek • Desperacja Dydyńskich • Jedźcie do Moskwy! • Brat przeciw bratu • Fatalne cięcie • Białe niedźwiedzie, to jest krótka charakterystyka królestwa Moscovii • Trudna decyzja • Konie husarskie • Pożegnanie z Dydnią

Die 25 julii, Anno Domini 1604
Czerwona izba we dworze w Dydni, popołudnie

Wreszcie bracia doczekali się chwili, w której starosta trembowelski zasiadł na krześle obitym kurdybanową skórą, u szczytu stołu w czerwonej izbie, wolno i dostojnie, niczym Ojciec Święty na papieskim stolcu. Niestety, dla Przecława i Jacka pan Ożga mógł równie dobrze okazać się dobrotliwym ojczulkiem, co i herodem. Od testamentu, który krzepko dzierżył w swym ręku, zależało, czy będą zasiadać w sejmikowych ławach w karmazynach, czy też otwierać drzwi do karety posesjonatom i do późnej starości czapkować możniejszym od siebie panom braciom. *Tak, panie... W rzeczy samej, panie. Sługa uniżony jaśnie oświeconego. Jak wasza miłość każe. Padam do nóżek, całuję rękę...*

Tfu, do stu biesów! Wszystko, tylko nie to, pomyślał Dydyński. Lepiej uciec na Sicz, jeśli ojciec nas wydziedziczy, niż do końca życia wysługiwać się tym psubratom – karmazynom, wojewodom i kniaziom.

Starosta chyba wyczuwał ich niepokój, bo specjalnie długo mościł się na krześle, odrzucił w tył rękawy ferezji, pociągnął przedniej małmazji z pucharu, a potem przyglądał się zgromadzonym w izbie i sieni ludziom.

Na odczytanie testamentu przyszli oczywiście wszyscy, którzy spodziewali się coś zyskać lub przynajmniej wyszarpać jakiś kęs z łaski pana stolnika sanockiego. Był zatem Andrzej Ligęza, wicesregent Kamodziński zastępujący starostę sanockiego, Jerzy i Stanisław Dydyńscy, podstarości Zygmunt Chamiec, paru Korytków, Łąckich i Dembickich. Został też Herburt, który zasiadał na ławie z takim majestatem i powagą, jakby znudziła mu się sława Herkulesa Ziemi Przemyskiej i teraz pozazdrościł jej gromowładnemu Zeusowi. Siedział też – oczywiście po przeciwnej stronie stołu – jego nieprzyjaciel Stanisław Wapowski tudzież liczne grono krewnych i kompanów Dydyńskich, na których spisanie nie starczyłoby wołowej skóry. Z tyłu na plecy stojącej i nieutytułowanej szlachty napierała czeladź i hajducy, a w ich liczbie Damazy Stocki i blady Tobołka, ledwie wykurowany baranim sadłem z masażu, jaki sprawił mu Jacek Dydyński nahajką. Był też Balicki – dworski podczaszy, i Wilczek – ochmistrz z Dydni. W kącie przycupnął Smoliwąs, choć do izby nie wpuszczano nieszlachciców, a na uboczu stał Hańcza, koniuszy i kawalkator pana Aleksandra Dydyńskiego.

Wszyscy czekali. Jedni – pijąc, inni – drzemiąc w ławach albo żartując. A jednak kiedy starosta trembowelski wziął w ręce testament, cichy trzask przełamywanej pieczęci przywołał wszystkich do porządku.

– *Wielmożni, uprzejmi i wielce mnie mili mości panowie bracia, krewni i synowie moi, ze służbą i czeladką całą, tak w Dydni, jako i w innych moich majętnościach* – zaczął Ożga. – *Przyszedł na mnie, szlachetnego Aleksandra Jana Dydyńskiego, herbu Gozdawa, stolnika sanockiego, pana na Dydni, Falejówce, Temeszowie, Niewistce ze wszystkimi rolami, Krzemiennej i Jabłonicy, kres śmiertelnej choroby z wielu ustawicznych prac i kłopotów, a po części z niezmiernej ludzkości polskiej, z niepomiernego życia mego. Tak tedy ostatnią wolą moją rozporządzam, czyniąc egzekutorem i opiekunem mych majętności Ichmość Pana starostę trembowelskiego i stryjskiego, szlachetnego Piotra z Ossy Ożgę, a wolę mą ostatnią spisując w obecności rzeczonego starosty tudzież urodzonego Damazego Stockiego, ekonoma dydnieńskiego...*

– To już wiemy – mruknął półgłosem Przecław. – Czytajże dalej, mości starosto. Grzecznie cię upraszamy.

Dobra, teraz będzie prawda, jakoby w pysk strzelił, pomyślał Jacek. Albo Dydnia moja, albo brata!

Starosta odchrząknął, upił trunku z kielicha. I nie zaczął czytać dalej, dopóki sługa nie dolał mu małmazji aż po same brzegi.

Tychże mości panów biorąc na świadków i pamiętając, że najwięcej bywało kontrowersji o dobrach pozostałych po umarłym – tedy wzywam na świadectwo Boga mego i w Nim się świadczę, że mam wiosek wszystkich w dziedzicznym posiadaniu wieczystym sześć, na wstępie tego pisma wymienionych...

– Komu je rozdzielisz, ojcze? – wyszeptał Przecław. – Spraw, aby Dydnia była moja, a co dzień na twoim grobie modlił się będę...

Ale stary pan stolnik jakby to usłyszał, bo wielce zakpił sobie z syna po śmierci.

Prócz tego zaś pozostawiam w majętnościach moich 230 stogów rozmaitego zboża, każdy szacowany na 40 lub nawet 100 złotych, jarego żyta kóp 900, pszenicy starej kóp 500, jęczmienia 600, owsa coś koło tysiąca, hreczki 400, prosa 200, krów dojnych i jałówek...

Przecław aż pacnął się dłonią w otwarte usta, aby nie rzec czegoś, co ubliżyłoby pamięci martwego i jego gospodarskim troskom.

...sztuk 140, wołów 134, owiec 206, wieprzów i prosiąt 356, miodu gotowego beczek 20, słoniny połci 310, sadeł 200, skór jałowiczych, baranich i owczych 225, masła fasek 61, krup rozmaitych półbeczków 63, słodów jęczmiennych 15...

Jezus Maria! – jęknął Jacek w głębi duszy. Czy ja będę w tych słodach zażywał kąpieli?

...jagieł 30, zapasów siemienia, maku i koniczyny pełne beczki i brogi. Ponadto pozostawiam gotowizny...

Jacek i Przecław niemal zastrzygli uszami jak młode ogiery na łące, bo to zabrzmiało bardzo zacnie.

...5 tysięcy złotych polskich w monecie różnej. A także 507 dukatów w jednym trzosie, zaś 324 w drugim, mniejszym. Pieniądze te rozdzielić między moich dwóch synów przykazuję, po równo...

– To rozumiem – uśmiechnął się Przecław. – Zaiste królewski gest!

...wszelako po opłaceniu czeladzi, służby, a nade wszystko po oddaniu długów, których zostało niemało.

Synów moich zaklinam dla Miłosierdzia Bożego, aby wszystkich uczciwie spłacili, a kto by się ważył temu postanowieniu in toto lub in quavis minima parte** zaprzeczać i kontradykować, takiego powołuję na straszliwy Sąd Boży, choćby to mój syn był rodzony. Dlatego rozporządzam, co następuje: młodemu panu Rafałowi Grochowskiemu, z którym się zajednałem o banicję i zajechanie Temeszowa, dać złotych 1500 gotowizną...*

– Jaki zajazd? Jaka banicja! – zakrzyknął Przecław. – Nasze to było! Prawem odzyskane!

– Chyba lewem! – pisnął ktoś z tyłu. – Bezprawny zajazd, bez nijakiej intromisji!

– A ja panu Grochowskiemu – perorował dalej Przecław. – dam figę, a nie tysiąc pięćset złotych. Ot co! – zakrzyknął, pokazując wszystkim kciuk wetknięty między palec wskazujący i środkowy. – Bo to on pierwszy Temeszów zajechał! Nasz Temeszów!

– A ja – krzyknął pan Grochowski, który pojednawszy się z panem stolnikiem, przyjechał na pogrzeb dawnego wroga i tkwił teraz wciśnięty w ciżbę drobniejszej braci szlacheckiej – nic nie chcę! Oddajcie wioskę całą i nietkniętą, panowie Dydyńscy!

Piotr Ożga podniósł znad testamentu oczy ciężkie jak gradowa chmura i spiorunował ich wzrokiem.

– Ty – wskazał wyciągniętym paluchem Przecława – dasz! A ty – paluch powędrował ku sinej z gniewu gębie Grochowskiego – weźmiesz! I nie będzie inaczej, choćby się niebo zapaść miało. Inaczej nie dostaniecie z ma-

* łac. – w całości
** łac. – w najmniejszej części

jątków nieboszczyka ani szeląga, jakem Ożga, starosta trembowelski! Co to za burda, waszmościowie?! Tak, dobrze mówię: burda! Zwykła karczemna zwada! Alboż to jesteśmy na sejmiku, aby sobie do gardeł skakać? Milczeć, bo na majdan wyrzucić każę! Tak, dobrze gadam: milczeć, jęzor za zębami chowając! Ja tu powagę pana stolnika reprezentuję i ja nad wszystkim będę czuwał.

Po tych słowach zapadła cisza jak makiem zasiał. Przecław ukłonił się i uśmiechnął przepraszająco, a Grochowski cofnął w tył.

– *...inne me długi też jak najszybciej popłacić* – podjął starosta urwany wątek z testamentu. – *Albowiem od Żydów arendarzy mikulinieckich wziąłem półszóstaset złotych, doktorowi ze Lwowa winien jestem za potrzeby i strawę 170, aptekarzowi sanockiemu 12 złotych, a Dylągowi, medykowi z Rzeszowa, ani złamanego szeląga nie dawajcie, bo mnie jego dryjakwie o szybszy zgon przyprawiły, a może i o francę. Panu Seceminowi Mikołajowi złotych 800. Ponadto ojcom franciszkanom w Sanoku darowuję dukatów 500, czyniąc fundację na żołnierzy starych, którzy w bitwach i potrzebach szwanki i okaleczenia ponieśli, mizernie, z nędzy, z niedostatku, tułając się, umierają. Darowuję takoż czeladzi i powinnym, tak z Dydni, jako i z innych wiosek, Jadwini mojej 200 czerwonych złotych, a dla Miłosierdzia Bożego nie bierzcie jej nic, zaklinam was. Ponadto dwa woźniki dropiate, konia wołoskiego karego, kolasę i rolę w Niewistce, na której jej ojciec siedzi, w dożywocie puszczam, bez żadnych posług ani pańszczyzny.*

– Jadwinia?! Co to za Jadwinia?! – syknęła do ucha Przecława jego metresa Halszka zwąca się Skotnicką, chociaż Jacek przysiągłby, że jej ojcowie zwali się po prostu Skotnikami. – Coś było między nimi, że ją tak obdarował? Dziecię może albo inny bękart, który chciałby nasze dziedzictwo rozdrapać!

– Jakie nasze? – zapytał chmurnie Przecław. – Chyba moje!

...panu ekonomowi, urodzonemu Damazemu Stockiemu, zapisuję 150 złotych, szablę paradną i konika wilczatego, sekiela. Sławetnemu Tobołce Erazmowi nic, bo podłe i śmierdzące bydlę. Sługom dawniejszym wszystkim złotych 150, sługom nowotniejszym 70. Hajdukom dworskim podwójną lafę wypłacić i dać złotych 50 na przepicie. Smoliwąsowi złotych 40. Ponadto zapisuję podczaszemu mojemu...

– Dalibóg! – złapał się za głowę Jacek. – To mi dopiero spadek! Nie tylko ojcowa gotowizna wyjdzie na te darowizny, ale i do swojego trzosa sięgnąć trzeba będzie!

...darowuję panu Andrzejowi Ligęzie konia tureckiego od Ormian, wałacha, pałaszyk mój złocisty i kałkanów dwa. Panu Wapowskiemu koncerz i terlicę srebrem przetykaną. Panu staroście trembowelskiemu dropiastego konia polskiego z nagłówkiem złocistym, szablę turecką, sajdak i czaprak adamaszkowy tudzież buławę moją. Temuż daję też trzy klacze stadne i wóz skarbny. Panu Herburtowi Janowi po starej znajomości kolasę dawną i koni cztery woźniki do niej.

Księdzu proboszczowi Fabrycemu darowuję wołów 5 i owiec 100, nadto 400 zł na dzwonnicę nową...

– Oby mu z niej było bliżej do nieba – mruknął Przecław. – Opowiadajcie wreszcie o synach, błagam!

...synowi pana Zgłobickiego – tu Jacek i Przecław popatrzyli na siebie uważnie – *szablę i pancerzyk szmelco-*

wany, tudzież konia andaluza ze stajni mojej. Ormianinowi Balcerowi ze Lwowa, co się domaga zwrotu złotych 700, nic nie dawać, opłacić Cygana Wyżgę, by mu do tańca na dudach zagrał, bo jego pretensja tyle właśnie warta. Gdyby do dworu przylazł, kijami obić i psami poszczuć. Wannę złotą, w której stoi skrzydlaty gryf, na jego grzbiecie baryłka, a na baryłce Bachus, darowuję panu Nowosielskiemu ze Sturzycy, bo z jego dworu dziwnym figlem w me ręce trafiła.

– Jakim figlem? – mruknął pan Wapowski. – Chyba takim, że zajechali Dydyńscy Sturzycę...

...kończąc zaś zapisy, nie mogę nie wspomnieć o moich synach dwóch – Przecławie i Jacku, którym przykazuję ojcowskim słowem ostatnim, aby cnotliwie i pobożnie żyli, z sąsiadami zatargów nie czynili, a nade wszystko – by majętności, które ich przodkowie rycerską krwią swą okupili, nie sprzedawali, ale poczciwie i spokojnie gospodarowali. Wsie moje i pozostałą resztę gotowizny rozdzielam wedle nich w porządku jak idzie:

Przecław westchnął, a Jacek poczuł się tak, jakby go oblazły mrówki.

Synowi memu Przecławowi, jako młodszemu, zapisuję Dydnię z przyległymi rolami. Ponadto zaś Jabłonicę ze wszystkimi gruntami, stawami, browarem i poddanymi wieczystymi. Starszemu zaś Jackowi darowuję w wieczyste władanie: Niewistkę, Falejówkę, Temeszów i Krzemienną, razem z lasem, gruntem i borem, a także gorzelnią i budami smołowymi w lesie. Co czyniąc, dział nierówny mam na uwadze, że Dydnia, jako największa, za dwie dobre wioski stanie, w Temeszowie ziemie słabe, a w Krzemiennej lasy jeszcze niewykarczowane...

Przecław westchnął z ulgą. Jacek skrzywił się, ale nieznacznie, bo w sumie odziedziczył więcej wiosek niż jego brat. Obejrzał się na Ligęzę, ale ten niespodziewanie położył palec na ustach, bo... o dziwo, starosta trembowelski czytał coś dalej!

...wsie owe darowuję w wieczyste posiadanie synom moim, jednak tylko wówczas, jeśli brat mój Michał Dydyński, którego ukrzywdziłem Anno Domini 1563 przy wzięciu Połocka, wydając go Moskalom, zszedł już z tego świata i nie ma potomstwa. Jeśli bowiem pozostały po nim synowie i córki, tedy nakazuję, co następuje: synowicom moim po bracie Michale dać każdej po 2 tysiące złotych posagu, co ma nie być później niż do lat 25 wieku ich, z gotowizny, albo majętności część sprzedając. Pozostałe wioski, co zostanie, rozdzielić między Michała Dydyńskiego – o ile ten żyje jeszcze – synowców i synów moich po równo, dając im wioski całe, a w razie konieczności – podzielić je na cząstki i kolokację. Wszakże z zachowaniem tego, aby Przecław jako młodszy Dydnię lub jej część otrzymał, a Jacek w taki sam sposób Niewistkę lub jej kolokację. Do czasu zaś, kiedy wiadome będzie, czy Michał żyje i czy żywe jest potomstwo jego, opiekę nad rzeczonymi włościami powierzam panu staroście trembowelskiemu Piotrowi Ożdze...

– Jezusie Nazareński... – jęknął Przecław.

– ...Królu Żydowski – dokończył za niego Jacek.

Starosta nie skończył jeszcze czytać, a już w izbie wstał huczek, grzmot słów, gwar. Jak to? Dzieciom Michała? To Michał żyje? Co to ma znaczyć? Takich rzeczy nie bywało! Synów wydziedziczył?!

A jacy to Dydyńscy wymienieni? Synowie Michała? Z bocznej linii? Nie bękarty czasem? Którzy to? Gdzie ich szukać?

Gwar i hałasy przerwał sam Piotr Ożga. Wstał i uderzył kułakiem w stół.

To wystarczyło.

– Nieboszczyk pan stolnik sanocki nosił w sercu śmiertelny grzech – rzekł tonem nieznoszącym sprzeciwu. – Wyznał go mi na łożu, w ostatniej godzinie. Oto kiedy będąc młodzieńcem lat około siedemnastu, wojował z Moskalami na Litwie, tak po zdobyciu Połocka wydał im brata Michała w wieczystą niewolę.

– Nie może być! – jęknął Wapowski.

– Iwaszko, notuj! – syknął Jan Herburt do sługi. – To ci dopiero historia!

– Dwóch było Dydyńskich do schedy po ojcu Mikołaju. A kiedy młodszy wydał starszego, pozostał sam jedynym dziedzicem do niemałej substytucji. Dlatego teraz, chcąc zadośćuczynić bratu okrutne cierpienia, podzielił majętność między swoich i jego synów.

A więc to była prawda. Dlatego, przemknęło przez głowę Dydyńskiego, tak rzadko ojciec wspominał Michała. Wiedzieli o nim tyle, co nic!

– Aleksander Dydyński wydał brata wrogom! – zakrzyknął Wapowski. – To hańba! Hańba na cały ród! Lepiej by było, gdyby go zabił, niż sprzedawał Moskalom, nieprzyjaciołom koronnym!

– Dlatego tak łatwo do fortuny przyszedł!

– Ale cóż synowie winni?

– Niepięknie postąpił, ale zacnie odszedł...

– Miał gest, panowie bracia! Synom nic, a synowcom majętności porozdzielał. Po tym poznać prawego szlachcica!

– Co Jacek i Przecław poczną? Co z nimi?

Właśnie, co z nami? – zapytał Jacek sam siebie, stojąc w tłumie przekrzykującej się, rozgorączkowanej i rozentuzjazmowanej szlachty.

Stało się. O grzechu ojca wiedzieli już wszyscy. Nie wątpił, że wieść obejdzie lotem błyskawicy całą Ziemię Sanocką, Przemyską, Chełmską, Ruś Czerwoną, aby odbić się echem hen na borach dalekiej Ukrainy i powrócić do nich niczym głos gromu. Zerknął na brata, ale Przecław stał z rozłożonymi rękoma, bezradny jak dziecko. Jacek spojrzał zatem na portrety przodków, między którymi nie było jeszcze obrazu stolnika. I bodaj pierwszy raz w życiu poczuł gniew do swych pradawnych antenatów.

Co było robić z tym wszystkim? Co czynić?

Nic nie wiedział. Był bez ojcowizny, bez pieniędzy, bez sławy i znaczenia.

A wszystko przez jeden przeklęty postępek ojca! Dlaczego starzec nie zabrał go do grobu? Jaki diabeł przypomniał mu o tym w godzinie śmierci?!

I co teraz będzie?

Wieczór tego samego dnia
Alkierz we dworze

– To proste, rybeńki – mówił, a raczej grzmiał Piotr z Ossy Ożga. – Tak, dobrze mówię! Proste, że łatwiejsze już być nie może. I dziwię się, że muszę wam to do łbów jakoby cepem przekładać. Odnajdziecie waszego stryja albo jego potomków. A potem podzielę majętności nieboszczyka stolnika między was wszystkich tak, aby nikomu nie stała się krzywda! Zapamiętajcie: nie stała krzywda! O czymże mam jeszcze z wami gadać?

– Skąd masz waszmość pewność, że Michał żyje? – zareplikował niespeszony Przecław. – Stryj był starszy od ojca o dziesięć lat jak w mordę strzelił. A mówiąc prawdę między oczy, to nikt tak naprawdę nie wie o ile. Bo nie ma zapisów w księgach we dworze ani w parafii.

Były zapisy, pomyślał Jacek, ale nie przyznał tego na głos. Były, bo niejedna karta z datami została wydarta albo zagubiona. Ksiądz Fabrycy nie wiedział z jakiego powodu. Teraz powód był znany aż za dobrze, podobnie jak to, dlaczego nie mieli żadnego portretu stryja. I ani jednego listu czy wzmianki. Ta przeszłość, te papiery i konterfekty zanadto bolały starego ojca.

– Tak więc nie ma pewności, czy stryj żyje. A już w ogóle czy miał jakichś potomków. Nie licząc może paru bęsiów zostawionych na przychówek w chłopskich chatach. Ale – Przecław podniósł na starostę złe i mściwe oczy – któż ich nie ma, a od posagów i spadków odpadają wedle konstytucji Anno 1578: *Illegitima proles non heredidat**, foliał 189 alias 334. Nasze prawo z poddankami swawolić, a ich dni w polu odrabiać.

– To, o czym mówisz, mości Przecławie, to zwykła ruja, grzech i porubstwo. Tak, dobrze mówię: porubstwo! Czy oddajesz się waszmość bez przerwy chędożeniu, że nie możesz się powstrzymać, aby nie wspominać o nim

* łac. – Nielegalne potomstwo nie dziedziczy.

w obecności starszych i godniejszych osób? Ba, osób? Dygnitarzy! I starostów? Powtórz: nie możesz?

– Nie mogę. – Tym razem Przecław uciekł spojrzeniem na bok. Może wpatrywał się w rząd portretów panów Dydyńskich, których wzrok wydawał się tego wieczora dziwnie szyderczy.

– Jeśli wasz stryj nie żyje, winniście dostarczyć mi dowody na to, rybeńki. Tak: dowody to rzecz najważniejsza. I nie musisz, kochaneńki, rozumieć tego dosłownie. Nie trzeba mi głowy waszego stryja. Starczy świadectwo, ekstrakt z ksiąg grodzkich albo inny dokument, w którym stoi, że nobilis* Michał Dydyński mortuus est**. Albo świadectwo sześciu świadków.

– Sześciu... świadków? – jęknął Przecław. – Przecie to nie jest sprawa o naganę szlachectwa. Dlaczego sześciu?

– Bo jednego albo dwóch zbyt łatwo jest przekupić, rybeńko. A musisz wiedzieć, kochaneńki, że ja nie będę prowadził z wami dysputy w kancelarii ziemskiej w Sanoku. Tak: nie będę gadał o aktach sądowych, ale o testamencie. Albo zatem, kochanku, przedstawicie mi Michała Dydyńskiego lub jego dzieci, względnie dowód, że nie żyje i potomstwa nie miał, albo... – Cień jego palca zawisł nad Przecławem jak katowski miecz.

– Albo co, mości panie starosto?

– Albo nie wcielę w życie postanowień testamentu. Tak jest: nie podzielę włości między was, dopóki ostatnia wola nieboszczyka nie zostanie wykonana.

– Absolutnie?

---

* łac. – szlachetny

** łac. – umarł

– Absolutnie i nieodwołalnie, rybeńko.

– Jednak wola naszego ojca jest niewykonalna – rzekł Jacek powoli i spokojnie, aby przypadkiem nie rozdrażnić starosty. – Miłościwy panie, zlitujże się nad nami nieszczęsnymi! Nam nie idzie o to, aby łamać ojcowskie postanowienia. Sam bym chętnie zaraz ruszył szukać stryja i stryjowskich braci, wszelako jest pewien szkopuł, wielki jak góry Bieszczadu. Jak same Tatry zapewne... Otóż nie wiemy, gdzie ich szukać.

– Jak to gdzie, rybeńko? W Moskwie.

– Tośmy się właśnie dowiedzieli. Ale powiedzcie mi jeszcze, mości panie Piotrze, jak ich znaleźć tam na miejscu?

– Znaczy w Moskwie?

– Tak.

– Aaaa – powiedział jedno krótkie słowo starosta. I sam pokręcił głową, popukał się w czoło. Otworzył gębę, ale zaraz ją zamknął.

– Moskwa, proszę waszmości, to nie jest Gdańsk, Wiedeń czy Norymberga albo Wrocław, gdzie mogę jechać zaraz, choćby jutro. Kto tam pojedzie, ten już nie wraca. Bo jeśli bez carskiego przyzwolenia przekroczy granicę, tam zaraz pachołkowie biorą go w dyby, a potem knutom, knutom i dawaj w tiurmu! A jeśli przeżyje, gnają go w łańcuchach na kraj świata, tam gdzie terra incognita*. I gdzie się kończy mapa.

– A więc nie chcecie, rybeńki, zmazać winy ojca? Nie chcecie pozbyć się odium, które obciąża wasz ród? Wolicie, aby do końca życia mawiano o was w karczmach:

* łac. – ziemia nieznana

Dydyńscy, krwią stryja splamieni? Patrzcie – dobrze mówię! – jak wydumali, jak wyśrubowali się do góry za wioski, co ich rodzic, pan stolnik, przejął zdradą od własnego brata! Naprawdę chcecie, aby tak o was powiadano, rybeńki? Wiecie, kto wy jesteście? Wyrodni synowie! Powtórzcie: wyrodni synowie! No, słucham?

– Wyrodni synowie... – mruknął stropiony Jacek.

– Ha, dokładnie! Prosto w sedno żem utrafił. Nie chcecie wypełnić woli mego przyjaciela... Zaprawdę nie takiej się po was spodziewałem odpowiedzi.

– Nie to, że nie chcemy, ale nie potrafimy! – odparł Przecław. – Jak mamy znaleźć stryja Michała? Toż łatwiej by nam było wykupić go z tatarskiej albo tureckiej niewoli. Są bracia minoryci w Stambule, są karaimowie w Czufut-Kale. Od nas Lipki listy piszą, na Krym jeżdżą – można wywiedzieć się, albo i samemu pojechać. A jak znaleźć kogoś w Moskwie? Pocztą słać zapytania? Ale poczta jeno do Krakowa, Lwowa i Wilna dochodzi, a dalej: pisz, waść, na Berdyczów. A tu nie do Berdyczowa trzeba by pisma posłać, tylko do... Hiperborei, czyli Moskwy. Mówisz, mości starosto, nam bardzo poetycznie o hańbie rodowej. Godne to pióra Klonowica, no, może Jurkowskiego, ale w moskiewskim księstwie kajdany za poezję, tiurma za prawo, a knut carski za pastorał służą. Jak mamy tam jechać i stryja szukać? Ba, może dopiero wtedy go znajdziemy, kiedy nas razem do jednego łańcucha przykują?

– A może mamy wysłać suplikę do tego niedźwiedzia, co na Kremlu w Moskwie panuje? Tego, jak mu tam, Borysa Hodunowa? – zakpił Dydyński. – I co mu napiszemy? Ty sosied? Tyranie hiperborejski, morderco dusz niewinnych, rozbójniku srogi, wydaj nam stryja i dziatki jego, bo... No właśnie: bo co? Co mu zrobimy? Pójdziemy z Tatarami krymskimi na Moskwę?

– Wiem! – Przecław aż klasnął w ręce. – Wpiszmy do ksiąg grodzkich protestację! I wynajmijmy woźnego, aby mu pozew doręczył! Na Kremlu!

– A za asystę przydajmy mu zamiast paru szlachetków, sarniej torby i kagańca nasze wojska kwarciane!

– Był już tam u nas w halickiej ziemi – ozwał się starosta – żartowniś jeden... Dobrze mówię! – pan Marchocki, co pół powiatu pozwami zasypał. Pozwał był także cara o nieoddanie Nikiszyna, majętności, która leży jakoby w Ziemi Siewierskiej.

– I co się stało?

– Sprawa jest od roku, rybeńki, za każdym razem, kiedy przed ławą staje, sędzia dylację ogłasza, bo jednej strony brakuje – tegoż właśnie cara.

– Niech płaci niestanne!

– Nie zapłaci, rybeńki.

– Zaocznie go sądzić! Na wieczną infamię!

– Ja tam się z tego cieszę, rybeńki. Bo wolę już tę sprawę odkładać ad acta, niż żeby ciągle śniło mi się po nocach, że oto niespodziewanie car się zjawia w naszej trembowelskiej ziemi. Bo jak się zjawi, to niechybnie w licznym towarzystwie. A jak już zjedzie, to nieprędko nas opuści. A wtedy będzie niewesoło, rybeńko kochaneńki.

– Sami widzicie – uzupełnił Przecław. – Z carem nie można prawem, a żeby lewem poczynać, potrzebowalibyśmy armii. Uznajcie tedy polubownie, że stryj nie żyje albo nie sposób go znaleźć, i wykonajcie postanowienia testamentu.

– Nie mogę, kochaneńki. Nie mogę złamać woli mego dobrego kompana. Rzekłem: odnajdźcie stryja albo stryjecznych braci. I nic więcej nie powiem. Tak jest: nic nie powiem.

– Waszmość nie stoisz po naszej stronie. A wiesz dlaczego? – zapytał Jacek. – Właśnie, powtórz, mości panie starosto: dlaczego nie stoisz po naszej stronie?

– Dlaczego... Co? – powtórzył zdumiony starosta.

– Dlatego, że jako opiekun masz prawo do zarządzania naszym majątkiem i wybierania wszystkich zysków. Będziesz przeciągał rzecz do samej swojej śmierci, a nawet jeśli przywieźlibyśmy ci żywego i zdrowego stryja, znajdziesz jakiś sposób, aby uznać, że to nie ten!

– To, co mówisz, rybeńko, to straszne, okrutne i bluźniercze kłamstwo! – zagrzmiał starosta. – Powtórzcie mi zaraz albo nie będę z wami więcej gadał: kłamstwo!

– Tak jest, kłamstwo – rzekł zrezygnowany Przecław.

– I zapamiętajcie sobie: starosta trembowelski nigdy nie gwałci prawa. Gwałcić to wy sobie możecie dziewki na wojnie. Ale nie prawo, którym – razem z obyczajem – stoi nasza Rzeczpospolita.

– To co mamy robić?

– Jedźcie razem do Moskwy. Dobrze mówię: razem! Bo tu nie macie czego szukać. A w dodatku ten, który zostanie, mógłby nabrać chęci, by zająć zbrojnie fortunę drugiego. I takiego musiałbym zamknąć do wieży! Dobrze mówię: do loży obywatelskiej w Sanoku albo w Przemyślu. Która to loża jest dla takich obywateli i panów braci, którzy prawo pospolite jak postaw sukna rąbią.

– Jechać do Moskwy? Szukać igły w stogu siana i konopnego powroza?

– Nie jest tak, jak się wam wydaje. Możecie przyłączyć się do... poselstwa. Albo kupców. Wejść w układy z Kozakami, co jeżdżą do Moskwy. Nie wykręcajcie się sianem, że to niemożliwe.

– Mnie się wydaje, że nie ma innego wyjścia – mruknął Przecław. – Mości panie starosto, już chyba nic nie wymyślimy. Ostawcie nas, proszę, z bratem, bo musimy rozważyć całą rzecz na osobności. A was prosimy na wieczerzę.

– Ha, najwyższy czas – mruknął starosta. – Pokornie dziękuję i już spieszę.

Wstał i ruszył do drzwi, które rozwarł przed nim dworski ochmistrz. Przecław odprowadził Ożgę, gnąc się w ukłonach. Zasunął drzwi na rygiel, przeszedł do drugich – tych prowadzących do czeladnej, i także sprawdził, czy są zamknięte od środka.

– Radź coś, brat – mruknął, kiedy zasiadł przy stole. – Albo czekamy do usranej śmierci na cud i nie mamy więcej władzy we włościach niż stary mąż nad młodą żoną, albo bierzemy sprawy we własne ręce.

– Jakie sprawy chcesz brać i w czyje ręce? Bo na ile cię znam, to na pewno nie w swoje.

– Nie chcę krakać, ale... Może naprawdę jedźmy do Moskwy? Co, brat?

– Żeby nas Moskale wzięli na postronki?

– Może zdobędziemy glejt?

– Pojadę nawet do Stambułu. Ale nie tam. W Carogrodzie żaden obcy przybysz nie będzie wadził sułtanowi, a co najwyżej pospólstwu. W Moskwie nikt, kto wjedzie w jej mury, nie może opuścić gościnnego dworu. Tak mi mówili kupcy bracławscy, którzy jeżdżą nad granicę.

– Znalazłem inny sposób, brat.

– Jaki?

– Jest w Koronie Dymitr Iwanowicz. Samozwaniec, carzyk, jak mówią jedni. Prawdziwy carewicz – jak gardłują drudzy. Powiadają, że to syn Iwana, tyrana i okrutnika, co spustoszył pół Moskwy. Przyłączmy się do niego.

– Ja tam nie wiem, do kogo chcesz się przyłączać, bracie. Do szalbierza i awanturnika, który zbiera w Koronie hultajstwo i swawolników na swoją prywatną wojenkę gdzieś na pograniczu? Taki z niego carewicz jak ze mnie cesarz grecki!

– Ale ty go przecież znasz.

– Jak to znam?

– Spotkałeś się z nim pod Bachorzkiem. I uwolniłeś z więzów...

– Skąd wiesz o tym?! – zakrzyknął Jacek. – Świrski ci znowu powiedział?

– Nie tylko. Cała Ziemia Sanocka o tym gada. Ludzie cara Borysa chcieli go porwać. A ty ubiłeś ich wszystkich.

– A tak. Tą ręką – Dydyński rozczapierzył palce – sześciu ściąłem. Co mówię, sześciu – dwunastu ich było!

– Za ten ratunek Dymitr powinien obdarzyć cię łaską, brat. Jedźmy więc i przyłączmy się do niego. Za jedno mi, czy to carewicz, czy czart, bylebyśmy dzięki niemu dostali się do Moskwy.

– Głupiś, bracie. Nigdy z Dymitrem nie ruszę. Chcesz, to jedź – wolna droga. Jeno nie podawaj się przy nim za Dydyńskiego, bo mieliśmy pewne – uśmiechnął się pod wąsem – scysje na drodze. W dodatku służy u niego Adam Dworycki.

– Twój serdeczny przyjaciel!

– Teraz już wróg.

– Bracie... – Jacek nie wiedział, co takiego chciał powiedzieć Przecław, bo nagle szabla młodszego z Dydyńskich mignęła mu przed oczyma. Tamten... Oszalał. Rzucił się na niego z bronią w ręku!

Jacek skoczył z krzesła jak szczupak uciekający z rybackiej sieci. Przecław nie żartował – ciął z łokcia, wręcz, chlasnął szablą płasko, tuż nad stołem. Starszy brat przetoczył się na posadzkę, zerwał szybko jak ryś, a jego ręka zupełnie sama chwyciła za szablę. Kciuk wśliznął się w paluch, palce zwarły na wygiętej rękojeści.

– Schowaj broń, głupcze!

Przecław nie posłuchał. Wywijał prostą zygmuntówką zgrabnie i szybko. Widać, że przez ostatni rok bijał się z żakami na palcaty. Niestety, przy towarzyszu husarskim nie miał szans, bo szybkość i zwinność postawione przeciwko żołnierskiej wprawie nie wystarczyły do zwycięstwa. Jacek rąbnął wręcz, poprawił na odlew, chcąc bardziej odtrącić brata siłą ciosu, niż zranić.

A wtedy, zupełnie niespodziewanie, Przecław zdjął zastawę... Po prostu opuścił szablę wyprowadzoną w przód, powyżej oczu i skośnie. Jacek wrzasnął, ale nie zdołał wstrzymać ramienia. Ciął wręcz, przez czubek głowy, czoło i prawą brew, a Przecław wrzasnął, zatoczył się, poleciał na zydel, potrącił go i padł, ściągając ze stołu aksamitny obrus, a razem z nim dzban z winem i cynowe kubki...

Jak to zwykle przy ranach w łeb, trysnęła cała fontanna krwi, na stół, portrety, na posrebrzaną husarską zbroję, zmieniając izbę w bitewne pobojowisko. Na ścianach obitych czerwoną materią nie bardzo ją było widać, ale Przecław wił się na podłodze umazany posoką jak wieprzek.

I krzyczał, wył przerażająco, przytykając obie ręce do krwawiącej blizny.

Jacek stanął nad bratem z szablą w ręku, nie bardzo wiedząc, co począć. Usłyszał, jak w głębi dworu budzi się ryk, jak z sieni i czeladnej słychać łomotanie butów, we drzwi sypią się uderzenia, a starosta nakazuje otwierać w imię prawa pospolitego...

Nie poruszył się. Nie drgnął i wtedy, gdy coś ciężkiego uderzało w drzwi raz za razem, kiedy z brzękiem puścił skobel i do czerwonej izby wpadli z szablami oraz półhakami kozacy starosty.

Po prostu nie mógł uwierzyć w to, co się stało.

– Zabił mnie! – jęczał Przecław, dźwigany z ziemi przez ekonoma Damazego i dwóch hajduków. – Wyjął szablę! Ciął... Nie mogłem się bronić.

– Cisza, do stu piorunów! Powiedziałem: cisza! – ryczał starosta jak tur. – Zagnieść chleba z pajęczyną! Łatać! Opatrzyć!

– Chciał mnie ubić! Jacek! Mnie – jęczał spazmatycznie Przecław. – Jak ojciec, pozbyć się brata... Zająć wszystko... Zabrać ojcowiznę! Zupełnie jak stary... Jak ojciec Michała...

– Milcz, waszmość, wreszcie, do paralusza! – rozdarł się Piotr Ożga, nie dodając tym razem żadnego z rybeńków ani kochaneńków, ani nie każąc powtarzać swych słów. – Co z nim?

– Mózg nie wyprysł, przepony nie widzę – odparł składnie ekonom, który z racji swej funkcji przyzwyczaił się już do opatrywania szlacheckich łbów porozbijanych

w zwadach, sejmikach i zajazdach. – Goło, ale wesoło. Gorączka go chwyci i będzie leżał ze dwie niedziele.

– Opatrzcie go i do alkierza. A temu... Zabierzcie szablę!

Jacek nie bronił się. Sam oddał panią węgierkę w ręce najbliższego ze sług.

– Ja nic nie winien – rzekł powoli. – Brat podstawił się pod cios. Ja...

– Pana Jacka brać pod straż! – zarządził starosta. – I do drugiego alkierza. A teraz cisza i spokój.

Die 27 julii
Alkierz we dworze w Dydni, wieczór

Dwa dni później starosta przyszedł do alkierza, w którym przebywał Jacek, niezamknięty wprawdzie pod strażą, ale zobowiązany nobile verbum, iż miejsca tego nie opuści, nawet gdyby się paliło albo przyszli Tatarzy. Tym razem Piotr z Ossy Ożga nie był pochmurny i nie gderał.

– Polepszyło mu się, rybeńko – rzekł. – Tak, dobrze gadam, polepszyło się waścinemu bratu. Już nie ma gorączki. Będzie blizna, ale przecie szlachecki łeb jest jak pergamin, na którym notuje się zarówno znaczne wiktorie, jak i mężne porażki. A ty wiesz, waszmość, coś uczynił? Powiedz, proszę?

– Co mam powiedzieć?

– Coś bratu uczynił?

– W łeb go ciąłem.

– Tu mi nie idzie o łeb i cięcie, ale o sam fakt, żeś na niego rękę podniósł. To nie była żadna zwada, rybeńko.

Wiesz, coś uczynił? Powiedzieć ci? Uczyniłeś bratobójstwo. Omal bratobójstwo, za które Bóg słusznie by cię skarał. Powtórz!

– Uczyniłem bratobójstwo – rzekł stropiony Jacek. I od razu pomyślał, że jest w takiej desperacji, po tym jak Przecław podłożył mu się pod szablę, iż naprawdę gotów był dokończyć to, co przypadkiem zaczął.

– Tak, właśnie! Otóż to! Bratobójstwo. Do którego na szczęście nie doszło. Chodź za mną, kochaneńki.

Jacek podniósł się ociężale jak niedźwiedź i ruszył za starostą. Przeszli przez czerwoną izbę i świetlicę do alkierza, w którym na stosie pierzyn i poduszek, niczym turecki święty, spoczywał Przecław z głową owiniętą szarpiami. Oblicze miał blade, spocone. Czuwała przy nim metresa Halszka Skotnicka, która zmieniała mu opatrunek i przemywała lica zmoczoną w czystej wodzie gąbką. Starszy brat mógłby wszakże przysiąc, że chwilę wcześniej oboje zabawiali się cokolwiek niesfornie, bowiem szamerowanie jej sukni na fortugale było niedopięte, a koronkowy kołnierzyk w nieładzie.

Sprzedajna wywłoka – bo przecież Jacek nawet w najpiękniejszych snach nie mógłby nazwać tej plebejskiej narożnicy bratową – nawet nie podniosła się na jego widok. Spuściła za to skromnie wzrok i skryła oczy pod rzęsami, długimi jak lista gachów, którzy ujeżdżali ją w bramach i zamtuzach niczym starą kobyłę, zanim otoczył ją opieką Przecław. Od którego – nomen omen – starsza była o cztery lata. Tfu! Obraza boska! Po co on ją tu przywlókł?

– To mówcie, rybeńki – zagaił starosta. – O co poszło, a?

– Rzucił się na mnie z szablą – zaczął Jacek.

– Ubić mnie chciał – powiedział w tym samym czasie Przecław.

– Zaraz! – zaoponował starosta. – Po kolei. Najpierw starszy, potem młodszy.

– Brat wyciągnął żelazo. A kiedy odbiłem cięcie i rąbnąłem w łeb, podstawił mi się pod ostrze. Nie zdołałem wstrzymać ręki. I stało się. – Wskazał Przecława w płóciennym turbanie.

– A ty, rybeńko? Cóż nam powiesz?

– Rozprawialiśmy o podróży do Moskwy – powiedział młodszy z Dydyńskich słabym głosem. – Pan brat nie chciał jechać. A kiedy zamierzałem go przekonać, że powinniśmy wyruszyć tam razem, jakoby diabeł go opętał. Dobył szabli i zanim zdołałem się zastawić, dostałem w łeb, aż mnie odwinęło na drugi koniec izby.

– Łżesz jak pies! – syknął Jacek. – Sam mnie sprowokowałeś. Nie chciałem zrobić ci krzywdy. Uderzyłem w zastawę, a wtedy ty cofnąłeś rękę!

– Jak Przecław szabli dobył, mości panie – syknęła Halszka niczym stara kocica broniąca młodych – skoro ją w pochwie u niego znaleźli? W czerwonej izbie... Sama widzia...

– Co ty widziałaś, kokocico przez całe województwo przejechana?! – wybuchnął Jacek, bo miał już tej baby powyżej uszu. – Coś mogła widzieć, skoro ci ślipia ciągiem tylko za pieniędzmi latają, co je nasz rodzic w skrzyni zostawił?! Myślisz sobie, przechodko krakowska, że weźmiesz mego brata za męża? Spodziewasz się, że skoro go obłapiłaś za kusia i dogodziłaś jak żadna inna, to zostaniesz żoną szlachcica?! Ty bikso przechodzona przez dwudziestu fajfusów, małpo, jebicho, bestyjo! Toż gdyby żył nasz pan rodzic, toby cię psami z Dydni wyszczuł jak śmierdzącą klępę!

– Dość! – przerwał starosta. – Teraz mówię: milcz, rybeńko. A ty, panna – odwrócił się do pociemniałej z gniewu Halszki i obejmującego ją Przecława, który poderwał się ze stosu poduszek, słysząc obelgi brata – idź i zostaw nas samych. Musimy pomówić. Tak, dobrze powiedziałem: pomówić na poważnie. I o ważniejszych sprawach niż rodzinne waśnie.

Skotnicka wstała rozdygotana, z rumieńcem na policzkach, skłoniła się przed Ożgą i wycofała, nie spuszczając wściekłego wzroku z Jacka. Dydyńskiemu zrobiło się trochę straszno – wszak wszyscy wiedzieli dobrze, że jej matka, stara Kleszyna, była srogą i zawistną czarownicą, a wąsy goliła całkiem jak rotmistrz hajduków.

Zostali sami. Starosta siadł na zydlu i popatrzył na braci, kiwając głową.

– I co ja mam z wami począć, kochaneńkowie? Myślałem, że pojedziecie do Moskwy szukać stryja, ale teraz widzę, że nie można zostawić was razem bodaj na chwilę, bo zaraz rzucacie się sobie do gardeł jak dwa wściekłe wilki. Jedna jest rada na waszą invidię*. Jeden z was winien zostać, a drugi – pojechać. Tak, dobrze mówię! Zostaniecie rozdzieleni. Jeden w Moskwie. Drugi w Dydni. Oto co postanowiłem.

– Mam jechać do Moskwy – rzekł Przecław żałośnie – z dziurą we łbie zostawioną na zadatek przyszłej

* łac. – nienawiść

braterskiej przyjaźni? Poza tym to Jacek pierwszy porwał się do szabli...

– Nie jest ważne, kto się porwał, ale kto jest w stanie opuścić Dydnię – przerwał mu Ożga.

– Skoro Przecław był na tyle sprytny – rzucił Jacek – żeby zwalić całą winę na mnie, niechaj sam wsiada na konia, kiedy wyzdrowieje. Dam mu choćby własnego i niechaj spróbuje swoich forteli na Moskalach! Obaczymy, czy się pomiarkują, kiedy nadstawi łeb pod ostrze.

– Był sprytniejszy, to prawda. Dobrze mówię, rybeńko – zauważył starosta – że nadstawił drugi policzek. A ty, panie bracie, nie chciałeś go usiec, ale pomimo zacnych intencji i tak wyszło na to, żeś gwałtownik i paliwoda. Nie było samemu dać się porąbać? Fantazję by ci psi zjedli, ale miałbyś dach nad głową!

– Nie bardzo wiem, gdzie i po co mam jechać do Moskwy. Ani czego tam szukać.

– Bratu będzie łatwiej – zauważył Przecław. – On uwolnił na trakcie z rąk zbójów Dymitra, carzyka moskiewskiego, który przebywa w Samborze, u Mniszchów w gościnie. Za taką łaskę czekają Jacka fawory, a da Bóg, Dymitr odzyska władzę, niechybnie każe poszukiwać w całej Moskwie potomków Michała, choćby zapadli się pod ziemię.

Jacek utkwił w Przecławie złe spojrzenie. I po raz kolejny przeklął moskiewskiego carzyka i całe spotkanie z oberwaną czeredą na trakcie pod Bachorzkiem.

Przymknął oczy, bo dopiero teraz pojął perfidną grę brata. Zobaczył jak w lustrze swój postępek i konsekwencje. Zaiste – pan Ożga mówił prawdę, lepiej byłoby nadstawić drugi policzek. Może miałby wówczas uszczerbek na honorze i głowę w kawałkach, ale zachowałby życie i mógłby zażywać wywczasów pod ojcowskim dachem z Jadwinią opiekującą się nim jak maleńkim otrokiem.

Do jasnej murwy babilońskiej ladacznicy! Przecław zastawił na niego pułapkę. Schwytał go w paść... On po prostu i nieodwołalnie chciał go wysłać na Moskwę.

– Kto to jest Dymitr? – mruknął. – Wor i rostryga, jak powiadają? Carzyk nieprawy? Samozwaniec? Kto za nim stoi? Król? Sejm? Senat? Hetman? Sam słyszałem, że pan Żółkiewski chce ściągnąć kwarcianych z Ukrainy, aby tę hałastrę Dymitra rozpirzyć na cztery wiatry! Z kim tedy na Moskwę pójdzie? Z kijem dębowym? Wyprawa z Dymitrem to pewna śmierć, a ty wiesz o tym dobrze... brat!

Przez chwilę panowała cisza.

– Nigdzie nie pojadę, mości panie starosto – rzekł, starając się, aby jego głos nawet nie zadrżał. – Możecie pasy ze mnie drzeć, ale nie opuszczę tego dworu.

– Jeśli nie pojedziesz, pozwę cię do sądów, brat – mruknął zimno Przecław. Mówił takim samym tonem jak jego matka, Jackowa macocha, kiedy złapała starszego Dydyńskiego w alkierzu po stłuczeniu słoja z pomadami na odmłodzenie tyłka. Które i tak – prawdę rzekłszy – wcale nie pomogły jej w odzyskaniu powabu młodości.

– Ja nie chcę nic suponować, rybeńko – rzekł spokojnie starosta. – Jednak schwytano cię in recenti. Zaraz po napaści na brata. Gardłowej sprawy z tego nie będzie, jednak mogę, a właściwie powinienem odstawić się do grodu. Zgodnie z prawem i wszystkimi konstytucjami.

– A więc to szantaż? Albo pojadę do Moskwy, albo pójdę do wieży? A Przecław będzie tu gospodarował?

– Nie, rybeńko. Na razie i do chwili wypełnienia warunków testamentu w Dydni rządzę ja! – zagrzmiał Ożga. – I nic się nie zmieni, dopóki nie zobaczę albo żywych stryjecznych braci waszmości, albo dowodów, że nie ma ich na tym świecie! To nie jest szantaż. To konieczność. Nie będę robił za rozjemcę między wami, bo prawdę powiedziawszy, nie mam ku temu czasu ani chęci. Dlatego stawiam sprawę jasno: jedź do Moskwy jak najszybciej. Odnajdź swoich krewnych żywych lub martwych. Chciałem wysłać was tam obu, ale wyszło, jak wyszło, rybeńko. Jeden z was musi jechać, a pani Fortuna zdecydowała za mnie z woli niebios. Albo zatem pojedziesz, albo czeka cię sanocka wieża. Jest tam od miasta zacna izdebka, a pan Chamiec rad powita cię na zamku.

Dydyński przymknął oczy.

Wieża? Do krocset, przecież nie skażą go na gardło. Tu, na pograniczu polsko-węgierskim, uchodziły szlachcie płazem znacznie większe przewinienia; jak rozpędzenie sejmiku, zbrojny zajazd na Rzeszów albo oćwiczenie woźnego rózgami. Zresztą, do diabła, był towarzyszem husarskim pod hetmańskim prawem. Czyżby starosta o tym zapomniał?

Co robić? Zostać z Przecławem? Znosić jego wybuchy furii? Jego podstępy i pułapki? Jego narastającą nienawiść, spadającą w dół jak powodziowa fala, potężniejącą, coraz większą i nieubłagalną? Która kiedyś uderzy w jego piersi ze zdwojoną siłą?

– Jedź do Moskwy, rybeńko – powtórzył starosta, jakby czytając w jego myślach. – Co tutaj będziesz robił?

Toż każda chwila oddala czas, w którym majątek zostanie podzielony. Chcecie zostać jak zwykłe sieroty pod moją kuratelą przez całe lata?

Mówił prawdę. Jacek i Przecław nie byli niewiastami i nie obejmowały ich konstytucje stanowiące, że po osiągnięciu dwudziestu pięciu lat opiekunowie musieli wydać je za mąż pod groźbą konfiskaty połowy posiadłości!

Co robić? Wojna z Przecławem? Na to miałby jeszcze siłę. Ale ze starostą?

Chyba żeby postąpił jak Jan Tomasz Drohojowski – zaciągnął kompanię swawolników i banitów, po czym sam został wywołańcem kryjącym się w Bieszczadzie i po tatarsku podchodzącym wrogów.

– Dajcie mi czas na przemyślenia.

– Oczywiście. – Starosta rozłożył ręce. – Ile tylko zechcesz, rybeńko.

Jakiś czas później
Czerwona izba

Jacek nie mógł usiedzieć spokojnie. Przemierzał czerwoną izbę w wysokich, husarskich, kowanych butach, zaglądał w oblicza portretów, spoglądał przez okna na dziedziniec.

I pił węgrzyna. Strasznie i na umór, jakby to opisał jakiś cudak z Francji albo Hiszpanii, czyli zwyczajnie – polską miarą.

Jechać do Moskwy...

Jechać do Dymitra, którego znieważył, wyśmiał i skonfundował. Błagać o łaskę małego samozwańczego carzyka, który ulągł się gdzieś w zapadłym Brahimiu na Ukrainie, dostał w gębę od Jego Książęcej Mości i aby wznieść się w dworskich zaszczytach, opowiedział Wiśniowieckim bajeczkę o swym carskim rodowodzie.

Iść z nim na Moskwę? Zmierzyć się z carem Godunowem? Z jego wojskami, puszkami i twierdzami?

Co to jest Moskwa?

Co o niej można powiedzieć?

Kraina za granicą Rzeczypospolitej, za Dnieprem i Dźwiną. Przestrzeń wielka jak ocean, stepowa i śnieżna. Terra incognita, niezaznaczona na mapach, nieopisana w diariuszach ani uczonych dziełach. A za nią, za białą plamą wiecznego lodu i śniegu, były jeszcze dalsze kraje i krainy – niczym z baśni i bajek. Kitaj. Kataj. Cipang, Siny, Cesarstwo Serów. A w Moskwie... Tu nagle napłynęły do jego duszy wieści opowiadane przez wędrownych histrionów, ślepców, gawędziarzy, starych żołnierzy goszczących w progach tego dworu, dawnych towarzyszy króla Stefana i Jana Zamoyskiego spod Wielkich Łuk, Pskowa, Smoleńska, Czernihowa. Moskwa... Kraina bogatych ikonostasów, klejnotów z carskich skarbców, złotych i srebrnych cerkwi, soboli, futer i dróg do krajów, gdzie wszystko jest z najcenniejszego kruszcu. Perły, niedźwiedzie, warowne monastyry, a w nich nieprzeliczone skarbce, dzikie zwierzęta, drewniane grody i miasta pełne towarów z Persji, z Kitaju, dziwnych, nieznanych, przebogatych.

Chodził po izbie jak błędny, czasem łapał się za głowę.

Co jeszcze wiedział o Moskwie?

Mówiąc najprawdziwszą prawdę, wiedział dokładnie to wszystko, co w chłonne głowy żaków, uczniów i szlachciców wpajali sejmikowi statyści na usługach dworu, królewscy poeci oddający swoje pióra starym i młodym Zygmuntom tudzież wielkim, choć srogim Stefanom. Słudzy i rękodajni władców Polski i Litwy, królów dbających, aby nigdy nie zabrakło ochotników walczących z moskiewskimi tyranami, despotami i barbarzyńcami na limes romana*, w którą zamieniła się wschodnia granica Rzeczypospolitej. A ponieważ jakoś w Moskwie rodziło się o wiele mniej poetów i gawędziarzy niż białych i brunatnych niedźwiedzi, Jacek i Przecław nie mogli poznać opinii drugiej strony ani dowiedzieć się więcej z ksiąg moskiewskich. Albowiem nie było takowych w Rzeczypospolitej, a bardzo mało w samej Moskwie.

A więc po kolei. Moskale, lud srogi. Żadni tam pradawni Sarmaci z kronik Długosza, Kromera i Macieja z Miechowa, ale chytrzy i sprośni Moskwicinowie, złe plemię zamieszkujące grubą północną ziemię. Chowani z niedźwiedziami, pohańscy, brodaci, brudni i chytrzy. Rządzeni przez wielkich książąt, którzy jakoby w jasełki kazali nazywać się carami – cesarzami. Czyimi? Cesarstwa greckiego, które padło wieki temu pod naporem tureckich szabel i koncerzy?

Ludzie twardzi, lecz zdradliwi. Żyjący w krainie wiecznego lodu, równie wolni co rząd koni żujących przy żłobie. Poddani rozbójniczej władzy carów, którzy knut, dyby i katowskie topory mieli za lepsze narzędzia do zjednywania ludzi niż retorykę i politykę razem wzięte. Zresztą jak można było inaczej rządzić tak nikczem-

* łac. – granica rzymska

nym narodem – Jacek pamiętał jeszcze dokładnie zacne strofy pana Mikołaja Reja piszącego o Moskalach:

Chłopi są z głupia chytrzy, ale tam prawego
Rozumu barzo mało, k'rzeczy przystojnego.

I masz tu i jedź do tej Moskwy!

Inna rzecz, że teraz, dopiero teraz, do podgolonego łba pana Dydyńskiego dotarło, co tak naprawdę uczynił jego ojciec, wydając rodzonego brata w niewolę dzikiego, barbarzyńskiego ludu, którego grubianitas znana była nie tylko w Rzeczypospolitej, ale też poza jej granicami. Na Boga żywego! I to w czasach, gdy Moskwą rządził car tyran, okrutnik i despota, nazywany mianem następcy chromego Timura i przebiegłego Czyngisa oraz wielu innych diabłów ze Wschodu, których impet rozbijał się zawsze na piersiach polskich, węgierskich i litewskich rycerzy. Jednak nazwy te nie oddawały prawdy, gdyż pomimo swego okrucieństwa car Iwan był w głębi duszy tchórzem. Nie stanął do walki jak dzielny mąż, a kiedy jego syn pytał, czemu nie wyrusza w pole przeciwko Polakom, zabił go żelaznym kosturem, którym rachował żebra i kości swoich sług oraz doradców bardziej skrupulatnie niż wiejski ekonom worki z ziarnem.

A kto teraz rządził Moskwą? Borys Godunow, który był wiernym i posłusznym psem łańcuchowym Groźnego. Iwana, co z dziką rozkoszą wbijał ludzi na pal, wieszał, obdzierał ze skóry, mordował wsie i miasta, jak choćby nieszczęsny Nowogród Wielki, który chciał się poddać władzy króla polskiego. Wydanie w takie ręce choćby najnikczemniejszego szlachcica, wolnego człowieka nawykłego do swobód i konstytucji, wedle których nikogo nie można było więzić bez wyroku sądowego, było jak gwałt zadany anielskiej duszy. Co porabiał Michał Dydyński w niewoli? Czy odkuli go od armaty? Bili? Chłostali? Zsyłali do tiurmy? A może zabili, wbili na pal, świdrami wiercili oczy? Albo pognali na zesłanie, w dalekie kraje?

Jeśli tak było, jego krew spadała na głowy całego rodu. Nie tylko na łeb zdrajcy – Aleksandra Dydyńskiego.

Jacek wiedział już, że pojedzie. Zobaczy Moskwę. Zanurzy się w głąb pradawnych kniei, przemierzy lodowate, zamarznięte przestrzenie, gdzie jedynym głosem było wycie wichru i brzęk łańcuchów carskich niewolników. Cóż mu innego zostawało? Sądzenie się ze starostą? Obalanie testamentu? To by zajęło dobre dwa, trzy lata. Rachunek był prosty: podróż do granicy Rzeczypospolitej trwałaby miesiąc, dwa, a poszukiwania w Moskwie? Rok albo całą wieczność. Ale gdyby dopisało mu szczęście, wróciłby już po roku, sprzedał majętności, przeniósł się na Ukrainę. I był wielkim panem.

I tylko ten Dymitr! Do diaska, po com go obraził? Po com naśmiewał się z niego?! – myślał w takiej desperacji, że gotów był dosłownie tłuc głową o ściany, czuł bowiem, że jeszcze chwila, a będzie musiał zgryźć swą wybujałą dumę jak twardego orzecha. Przeklęty moskiewski carzyk, samozwaniec, szelma, wor!

Jednak bez pomocy Dymitra nie mógł nawet marzyć o wyprawie. W uszach wciąż dźwięczały mu słowa starego kozaka, który przy szklenicach opowiadał w Kijowie, a może w Bracławiu – o skutej lodem Moskwie.

– Tak wejście, jak i wyjście poza granice moskiewskiej dziedziny jest trudne, bo skoro kto do miasteczka którego przyjedzie, zaraz go pytają, po co i kto by był, a spostrzegłszy coś podejrzanego, zaraz zmiennikiem – zdrajcą, go osądziwszy, na pytki go dają (bo tak tortury zowią), a potem wielką męczarnią albo długim i ciężkim więzieniem karzą. Tam wielkiemu kniaziowi nikt się nie sprzeciwi. Powiadają Moskale: *Wolien Boh, da hosudar car, Wieliki Kniaź Wsieja Rusi.*

Dydyński spojrzał na portrety przodków. Teraz już nie patrzyli na niego szyderczo. Tak... Zawsze ja. Błędny rycerz. Choć, prawdę powiedziawszy, sami tylko tacy rodzili się w Królestwie Polskim. Być szlachcicem, być Polakiem znaczyło być zarazem szaleńcem; tudzież pijanicą. I był to bodaj największy powód do dumy.

Wyszedł z izby, przemierzył sień i pchnął drzwi do alkierza Przecława. Spojrzał w oczy staroście i swemu bratu.

– Pojadę.

Ożga przymknął oczy i westchnął z ulgą.

– Pojadę zaraz, bo nie mam co tu robić. Potrzebuję moderunku, koni i zaopatrzenia.

– Dam wszystko – rzekł starosta. – Także pieniądze.

– Nie wszystko! Nie wiem, co zrobić z moją służbą. Jestem pod hetmańską inkwizycją i nie mogę odjechać bez pozwolenia od chorągwi dalej niż do domu.

– Napisz waść list z wypowiedzeniem. A ja zadbam o znalezienie następcy na twoje miejsce. I wszystko załatwię tak z rotmistrzem, jak i z hetmanem, jeśli przyjdzie taka potrzeba.

– Dobrze.

Jacek spoglądał na Przecława, który leżał rozwalony, tryumfujący na łożu. Jednak gdy starszy brat podszedł bliżej, drgnął i odsunął się od niego.

– Wygrałeś – mruknął Dydyński. – Czterdzieści i jeden lat temu nasz ojciec wysłał swojego starszego brata na śmierć i zatracenie do Moskwy. Tak samo dziś młodszy Dydyński wysyła starszego na wyprawę, z której nie ma powrotu. Za grzechy moje przyjmuję to na swoje barki. Ale ty będziesz pokutował, jeśli zginę. Tak jak my pokutujemy za winy naszego ojca.

Przecław zbladł.

A Jacek wyszedł, nie odzywając się ani jednym słowem.

Die 29 julii
Dydnia

Do wyjazdu Jacek nie spotkał się już z Przecławem. Od chwili gdy podjął ostateczną decyzję o wyjeździe, żył tylko moskiewskim Marsem i ze szczętem pochłonęły go przygotowania. Najpierw zabrał z folwarku wozy – te same zresztą, które wróciły z nim z wojny. Jeśli bowiem skarbnik i dwie kolasy wytrzymały już trakty inflanckie, litewskie i podlaskie, pewne było jak amen w pacierzu, że nie tak prędko rozsypią się na moskiewskich.

Potem szła rekrutacja zbrojnej służby do wozów. A zatem Borek i Mykoła – to raz. Z czeladzi dworskiej wziął Mikłusza i małego Jaśka, jako chłopca do pomocy przy zbroi – to dwa. A na dawnych pocztowych spod chorągwi mógł liczyć tak czy owak – to trzy.

Później stanęła sprawa zapasów, które każdy polski szlachcic musiał na wojnie mieć własne, bo towarzysze z chorągwi husarskich i kozackich sami zaopatrywali się w żywność. A więc najpierw zabrał pan Jacek z folwarku mąki, krup i grochu korcy dwadzieścia miary sandomierskiej, w beczkach i półbeczkach, dziesięć beczek owsa, pięć pszenicy, dziesięć połci słoniny, dwa półbeczki soli na potrzebę. A nadto jeszcze: trzy beczki słodu, dwie małmazji, jedną węgrzyna i jedną rywułu, to jest wina włoskiego na uczęstowanie panów braci towarzyszy. Uwiózł też drugie sześć beczek piwa lwowskiego tudzież osiem garnców sucharów.

A w dalszej kolejności szły wojenne sprzęty i aparaty, bez których trudno byłoby wyruszać na wojnę. A więc zbroja husarska zwykła. Zbroja husarska bastardowa. Kirys paradny, cztery szyszaki, karwasze. Pancerz zdobiony i stary juszman, to jest kolczuga wzmocniona dodatkowymi żelaznymi płytkami. Namiot dla czeladzi. Namiot towarzyski, rondle, puste beczki na wodę, kosy, ośniki i inne sprzęty gospodarskie.

Do tego doszły jeszcze dwa kirysy, naramienniki i karwasze dla pocztowych, cztery skrzydła husarskie, pięć szabel węgierskich oraz oczywiście części konnego moderunku, czyli ekwipunku żołnierskiego. A więc na wozach lądowały kolejno: trzy kulbaki tureckie, z wysokim przednim łękiem i szeroką ławką zamiast tylnego, terlica i jarczaki – tureckie twarde siodła do koni powodowych pod czeladź i pachołków. Uździenica na łeb koński, o pasach zdobionych pozłacanymi guzami i płytkami na naczółku i nachrapniku, wykańczanych karneolami, w której Jacek chciał wjechać do Moskwy, a także trzy zwykłe uździenice skórzane, choć z mosiężnymi blachami, i jeszcze jedna bez ozdób. Do wszystkich, ma się rozumieć, munsztuki z czankami, czyli kiełzna, dzięki którym jednym ruchem lewej ręki można było z ognistego ogiera uczynić łagodnego baranka.

I wreszcie konie.

Potrzeba sporo wierzchowców na wyprawę do Moskwy, gdzie gościńce są jeszcze gorsze niż w Sanockiem, a zanim wjedzie się do świętego miasta carów, czeka człowieka włóczęga po rozdrożach i ostępach. Do tego właśnie najlepsze są polskie konie, które wiatr z pól i stepów zaklinał za młodu w wierzchowce lotne jak ptaki, tak prędkie, że prawie nietykające kopytami ziemi i piasku. Nieustępliwe jak powracający orkan, siadłe – żywiące się lada badylami spod śniegu, a tak wytrzymałe, że można było na nich przejechać siedem mil polskich w pięć godzin, co się przelicza na więcej jak pół drogi z Warszawy do Radomia.

Na takim właśnie koniu bliżej było królowi Henrykowi Walezjuszowi z Krakowa do Paryża niźli z własnej komnaty do leciwych wdzięków królowej Anny Jagiellonki. Na takim wierzchowcu ze stolicy do Drezna jechało się trzy dni. A z Krakowa do Wiednia jeden dzień i jedną noc bez wytchnienia, o ile nie odpadło siedzenie i nogi. Ile zaś mil i stajań zrobiły te konie w wojsku, w Inflantach, w Multanach, w czasie wojny kozackiej Nalewajki, to tylko sam pan Bóg i aniołowie jedni porachowali.

Koń jaki jest, każdy widzi. Ale nie każdy dostrzeże to, co w jego postaci się kryje. A więc że na polskim wierzchowcu, większym niż natolijczyk, mniejszym zaś niż ociężałe szwedzkie hestry i niemieckie fryzy (którym nogi wrażliwi na piękno Polacy skrobali szkłem, były bowiem kosmate jak najstarsza ladacznica), siedzi się pewnie i wygodnie, a nie jak na beczce piwa na wzburzonym morzu. Husarski wierzchowiec czy zwykły podjezdek jest zaś z natury swojej wielce bystry i pojętny; prawdziwy turek, ale z Polski, co po matkach branych od pohańców wziął szybkość i szlachetną linię, a po polskich ogierach siłę i wytrzymałość, która mu pozwala gnać bez wytchnienia. Taki koń odpuszczony na wędzidle rwie, jakby ścigać chciał się z wichrem, zaś wstrzymany na munsztuku i mocnych nogach pozwala prowadzić się strzemię w strzemię w szyku wojskowym.

A nade wszystko koń polski był na zagrodzie szlacheckiej podmiotem, nie zaś przedmiotem życia. Z cnót kardynalnych polskich i ziemiańskich – szabli, mocnej głowy i rączego wierzchowca – ta ostatnia była równie ważna, co dwie pozostałe. Co też, niestety, rodziło pytanie, cóż pozostanie z Rzeczypospolitej i Polaków wtedy, kiedy ich konie i szable przestaną bić wrogów na bitewnych polach? Chyba tylko picie i wspominanie dawnych zwycięstw...

Takich właśnie koni potrzebował pan stolnikowic.

I takie właśnie stały w stajni w Dydni. Do wyboru, do koloru, a choć sporo rozdał pan Aleksander najbliższym sąsiadom i kompanom, to jednak zostało ich dość, aby wystawić nie jeden, ale przynajmniej trzy poczty husarskie.

I tak jako pierwszą Jacek kazał wyprowadzić ze stajni tarantowatą Hetmankę przyozdobioną złotawą uździenicą, z jarczakiem, czyli twardą kulbaką, na grzbiecie i dodatkowo karmazynowym czołdarem – tkaniną turecką okrywającą siodło aż po zad konia. Pachołek kawalkatora Hańczy przegonił konia w jedną stronę, potem w drugą. Dydyński nawet nie patrzył. Hetmanka była jego ulubioną kobyłą; dobry koń, wprawiony w bitwach, wyjeżdżony po polach, lasach i bezdrożach. Bez narowów, bez wad i odmian, co wedle niektórych wróżyło nieszczęście; jednak na razie przeżył na niej dwie bitwy, nie mówiąc już o potyczkach ze Szwedami, pościgach i rabunkach. Chód miała lekki, jak tancerka fenicka, może trochę bywała twarda w galopie; łeb mały, lecz między uszami szeroki, jak zwykle u polskich koni; szyję może odrobinę za grubą, ale stojąc w folwarcznej stajni, zaokrągliła się trochę na owsie i sianie. Było jasne jak słońce, że jeśli któryś z koników z Dydni pójdzie pod panem Jackiem na Moskwę, to Hetmanka pójść musi.

Potem Hańcza wyprowadził na oględziny konie pocztowych. Tu też niewiele było do zastanowienia. Oba podjezdki sprawdzone w bojach: pierwszy cisawy Nieborskiego, drugi bułany, z ciemną pręgą na grzbiecie i odrąbanym lewym uchem – Świrskiego. Mocne i zdrowe, choć nie tak śmigłe jak Hetmanka.

A dalej... I tu właśnie był kłopot. Wyruszenie na wyprawę, z którą mogły równać się chyba tylko wojaże Kolumba i Magellana, bez zapasowych koni było jak wybranie się bez dobrych butów na pielgrzymkę. I nie szło o to, że najgorszy chmyz z husarskich wierzchowców (który i tak wyglądał przy takich szwedzkich hestrach niby szlachcianka przy szpetnych plebejach) kosztował najmniej dwieście złotych, bo i tak nie starczyłoby na niego nawet kilka kwartałów żołdu, ale o to, iż konie te były ujeżdżone przy ziemi. A więc specjalnie ćwiczone do zawracania, obrotów i szarży. Wojując w granicach Rzeczypospolitej, łatwo było sprowadzić sobie takiego wierzchowca z rodzinnego domu, gdzie cierpliwy ojciec uczył je do lat siedmiu trudnej sztuki stawania w polu, dostać rumaka jako zapomogę od hetmana czy króla albo nawet kupić. Ale gdzie zaopatrzyć się w husarskiego konia w Moskwie? W krainie lodów i niedźwiedzi, gdzie łatwiej pewnie można było spotkać upiora albo wilkołaka niż dobrego podjezdka?

Dlatego na taką wyprawę musiał wziąć dużo więcej koni, niż miał ludzi w poczcie.

– Panie Hańcza. Dawaj, waść, Kapera!

To był nowy nabytek nieboszczyka ojca. Wrony wałach ze strzałką na czole i odmianą na wyskocznej, to jest prawej przedniej nodze. Dydyński polubił go od razu. Wyprowadzony przed stajnię, przegoniony kilka razy wokół szlachcica, szedł z cofniętym łbem przybranym kitą ze strusich piór. Wstrzymany na munsztuku nie wyrywał się i nie szarpał głową jak lada chmyz czy sekiel. Stał dumnie wyprostowany, jak polski szlachcic, a potem zagrzebał nogą, uderzył podkutym kopytem w ziemię raz, drugi i trzeci, nie mogąc się widać doczekać, kiedy wypuszczą go w skok po miękkiej trawie. A kiedy szlachcic nakazał pacholikowi przegalopować po majdanie, poszedł lekkim, zajęczym skokiem, prężąc szyję, ganaszując głowę i z sarnią lekkością prężąc krępy, ale bynajmniej nie gruby zad. Parskał i dyszał, gdy zatrzymał się o krok od stolnikowica. Wyciągał łeb ku pozostałym koniom, spoglądając na nie żałośnie tęsknymi, wilgotnymi oczyma...

Nie sposób było odmówić tej prośbie.

– Do wozu! – rozkazał Dydyński. – Biorę go!

Ze stajni wyprowadzano następne. Dydyński spojrzał krzywo na płowego, kościstego sekiela z Siedmiogrodu, odrzucił skarogniadego szłapaka, to jest konia, który w kłusie stawiał tylną nogę nieco wcześniej niż odpowiadającą mu przednią, bo nie bardzo potrafił wyobrazić sobie, jak na czymś tak dziwacznym będzie wjeżdżał do Moskwy. Prawda, lubiły takie koniki niewiasty, ale to przecież nie była wina pana stolnikowica, że miały na spodzie nie necessaria im vita adiumenta*, ale uspretulum**, nie do kłusa stworzone, a wprost do galopu. A swoją drogą, to mógłby wreszcie jeden z drugim królewski koniuszy, masztalerz albo kawalkator, co brał za kwartał służby po dwieście i więcej złotych, wymyślić jakiś sposób dosiadania wierzchowca, aby na koniu i w kulbace zęby nie dzwoniły w kłusie niczym kastaniety.

A potem Hańcza wyprowadził ze stajni siwą Białonóżkę, mniejszą nieco od husarskich wierzchowców, lecz prezentującą się przy nich zwinnie, niczym gładka łania przy niedoścignionych, zaprawionych w boju chartach. Jednak gdyby doszło między nimi do wyścigu, przewaga po stronie polskich wierzchowców nie byłaby taka jednoznaczna, bowiem Białonóżka szłaby dzielnie na swych wysmukłych kopytkach, szybko niczym polny wiatr. Wpadłszy w ogień, nie zdążyłaby spłonąć; biegając po zbożu, nie zdołałaby nawet dotknąć kłosów. Dydyński miał jeszcze w pamięci jej drobny galop, delikatny cwał, dziarski kłus i kołyszący stęp. W złoconym nachrapniku i naczolniku zdobionym rubinami wyglądała obok innych koni jak mała królewna przy książętach – szlachetnych, lecz niedziedziczących tronu. A, oczywiście, była tym piękniejsza, że w przeciwieństwie do księżniczki stała przed Dydyńskim naga i łatwo było naocznie się

* łac. – konieczne do życia środki

** łac. – żeńskie organa płciowe

przekonać o jej smukłej linii. Polskie konie stworzone były do walki, do szarży, ona do tego, by niczym motyl przemykać nad hufcami wrogów.

– Zaprowadźcie ją do stajni – rzekł ponuro Dydyński. Nie mógł uczynić nic więcej, jak tylko pozostawić dzielną klaczkę w domu, licząc na to, że nie zajeździ jej Przecław i nie okulawi niedbały stajenny. Białonóżka była natolijczykiem z dalekich pustyń i jako taka nie wytrzymałaby trudów wyprawy. Przecież jego konie nie miały jechać na Moskwę po to, aby paść się na zielonych łąkach, ale przelewać krew na bezkresnych, okrytych lodem przestrzeniach, gdzie hulał wicher, brakło trawy, owsa i jęczmienia. To nie była wyprawa dla takiego wierzchowca.

A potem przywiedziono mu Myszatego – poczciwego kasztanowego wołoszynka, na którym stolnikowic jeździł jeszcze jako dziecko. Konik był niezbyt smukły, z łanią zaś miał tyle wspólnego, że ścigany przez dworskie kundle przesadził kiedyś częstokół wysoki na trzy stopy. Z łabędzia wziął chyba tylko to, że choćby zżarł stóg koniczyny i opił się wody jak bąk, nie imała się go żadna kolka. A w ogóle był rezolutnej natury, postawiony z Białonóżką u jednego żłobu potrafił w pół pacierza wyjeść cały owies szlachetnej księżniczce, bo jego kosmatego łba nie dawało się oderwać od jedzenia nawet parą wołów. Z wyglądu przypominał nieco puszystą kulkę. I wcale łba nie unosił ani nie grzebał kopytami, a już zupełnie nie wynosił się nad inne rumaki.

Jacek wziął go, bo cóż miał robić? Potrzebował małego mierzyna pod pachołka albo jakiegoś wałacha jako konia podwodowego, względnie luzaka, gdyby przyszło do końskiej apokalipsy. A Bogiem a prawdą, żal mu było zostawiać w domu tego wierzchowca. Co go czekało tutaj za parę lat? Sprzedaż Żydowi na skóry?

Wziął jeszcze dwa luźne wałachy pod pocztowych. I kościstego sekiela tak na wszelki wypadek.

I oto poczet był gotowy. Dydyński odwrócił się ku wozom, przeliczył konie i... coś mu się nie zgadzało. Poza Hetmanką, dwoma podjezdkami, Kaperem i Myszatym, przy burcie wozu – skarbnika, stał siwy koń o ciemnym, głębokim jak jezioro, ale tylko jednym oku. Stolnikowic zamarł. Poznał tego wierzchowca. Sam złapał go w dębinie nad Sanem, przy mogile, w której leżał...

Pan Matiasz Jaksmanicki podszedł do nich szybko i cicho, z czapką w lewym ręku, a z prawą dłonią opartą na rękojeści szabli. Wiatr rozwiewał jego długie, podgolone włosy. Oczy miał nieprzeniknione jak noc.

– Czołem, panie stolnikowicu – rzucił niedbale.

– Witam i rad jestem całym sercem, widząc waszmości w Dydni.

– Nie jesteś rad. – Zimny uśmiech Jaksmanickiego sprowadził Dydyńskiego na ziemię równie szybko i skutecznie co diabeł Twardowskiego z księżyca. – Przynajmniej nie aż tak bardzo, jak byłbyś, gdyby mnie tu nie było. Nie zaprzeczaj; wiem, że nie bardzo jest mi rad twój brat, a już na pewno nie mości pan starosta trembowelski. Nic to, nie przyszedłem rozmawiać tutaj z chmyzami, ale z tobą.

Jackowi nie pozostało nic innego, jak tylko rozłożyć ręce.

– Z czym waść przychodzisz?

– Wiem, że wyjeżdżasz, panie Jacku. To pierwszy, ale nie jedyny powód.

– Taki już mój los... żołnierski.

– Nie, nie twój. Przecież nie jedziesz do Inflant, ale do Moskwy.

– To pokuta za grzechy ojca.

– Znaczy wysyła cię tam zła wola starosty i braterska zawiść. Przybyłem, aby rzec ci, że wcale nie musi tak to się skończyć. Wszystkie sprawy związane z testamentem rozwiązać można w zupełnie inny, prostszy sposób, jak ów gordyjski węzeł Aleksandra.

– To znaczy nastręczasz mi waszmość swoje usługi?

– Niczego nie stręczę, bo nie zwykłem kupczyć moją szablą jak gach ladacznicą. Ja tylko widzę, że cię ukrzywdzono.

– Panie Jaksmanicki. Jak by tu rzec waszmości... Jeśli zostanę... zabiję Przecława. Zarąbię go na amen, na śmierć. Chyba że wcześniej naśle na mnie zabójcę albo otruje mnie jego metresa. A ja wolę być pachołkiem fałszywego carzyka niż bratobójcą.

– Nie będziesz tylko pachołkiem u Dymitra. Dlatego przyprowadziłem ci konia. Poznajesz, prawda?

– To klacz... Wojcieszka? Doprowadziła nas do jego grobu.

– Pomściłeś mego syna jak prawdziwy mąż. Niewielka to wszakże pociecha dla ojca, który stracił jedynego dziedzica. Weź Sonkę na wyprawę do Moskwy. Ona cię nie zawiedzie... Jak nie zawiodła mojego synoczka.

– To... królewski dar. Nie mogę go przyjąć, panie bracie!

– Możesz i pragniesz. Masz ją wziąć, bo nie mam co zrobić z tym koniem. Za bardzo mój syn był z nim związany, abym mógł go sprzedać. Lecz jeśli będzie stał w mojej stajni, zbyt mocno będzie przypominał mi o tym, co straciłem. Nie mogę zatem uczynić niczego więcej, niż podarować go najlepszemu kompanowi Wojcieszka.

– Dziękuję.

– Kiedy już wrócisz, panie Dydyński, a przyjedziesz odmieniony, to rzecz pewna, powinieneś przyjść do mnie. I przejąć moją szablę.

– Chcesz, abym został zajezdnikiem? Wynajmował się do zajazdów i egzekucji? Ależ ja jestem towarzyszem, i to nie lekkiego, ale poważnego znaku. Nie mogę... Nie chcę.

– Być może zechcesz. Po tym, co zobaczysz w Moskwie.

– Po co te słowa? Przecież wiesz waść dobrze, że nie wrócę. Mój ojciec wydał starszego brata na śmierć, tak jak Przecław mnie. Widać tak musi być, aby dopełnił się los.

– Nikomu nic nie jest pisane – pokręcił głową Jaksmanicki. – A choćby było, tedy my, wolni obywatele Rzeczypospolitej, powinniśmy owinąć kule, którymi wystrzelimy w łeb Fortuny, w papier, na którym spisano boskie wyroki. Wrócisz. I nie proś nikogo o łaskę. I tyle chciałem powiedzieć.

A potem ów człowiek, dla którego ludzkie żywoty były niczym więcej niż tylko supełkami na rapciach od szabli, oddał Jackowi wodze Sonki, przystąpił do stolnikowica i nakreślił na jego czole krzyż.

Odwrócił się i odszedł do konia, nie mówiąc ani słowa.

Jacek nie wiedział, co rzec. Obrócił się do siwej klaczy, zajrzał w jej piękne oko i złowieszczą ranę po drugiej stronie kształtnego łba.

– Mospanie Hańcza – rzekł – doszyjcie na tranzelce kawał skóry. Zakryjcie jej to.

– Tak jest. Zaraz każę wołać rymarza.

A potem był już ostatni akt dramatu: pożegnanie we dworze.

Nie było łez, nie było zawodzących niewiast, długich błogosławieństw i i innych błazeństw dobrych dla czułych opowieści o rycerzach spod kresowych stanic. Po prostu stanął przed bratem i starostą, długo patrzył im w oczy. Przecław nie mówił nic, przymknął powieki. Starosta ściągnął kołpak.

– Szczęść ci Boże, mości stolnikowicu – powiedział żałośnie. – Tak, dobrze gadam: niech ci sprzyja Bóg Ojciec Wszechmogący i aniołowie święci. Wracaj do nas cało i zdrowo, panie Jacku, a bądź pewien, że ani twoje poświęcenie, ani pokuta za grzechy ojca nie zostaną pozostawione bez nagrody. Jeśli nie na tym, to już na pewno na tamtym świecie...

– Mówcie mi lepiej wprost: dymaj ze dworu, kpie! Hajda na koń i nie powracaj do nas... Do Dydni, gdzie rozsiądę się jak wojewoda, bo już mi na moich trembowelskich włościach za ciasno – rzekł Dydyński tak zimnym i złym tonem, jak gdyby przez jego usta przemawiał sam Belzebub albo Matiasz Jaksmanicki. – Przecież wiecie dobrze, że nie wrócę! Krew moja spadnie na wasze głowy, jak na mego ojca spadła przelana posoka stryja Michała.

– Ja jednak – rzekł cicho starosta – będę się modlił za twój powrót.

– Szczęśliwy z waści człek – mruknął Dydyński. – Masz się za kogo modlić.

Szybkim krokiem odszedł. I tyle go widziano w Dydni.

Gościniec za Dydnią
Kilka chwil później

Jechał ponury jak gradowa chmura. Jechał wyniosły i niedostępny. Nie oglądał się za siebie.

Coś jednak kazało mu się odwrócić, spojrzeć po raz ostatni na ojcowską dolinę. Na lasy, pola, szare strzechy chałup. Na obraz wyrzucony z serca na podobieństwo starego kościelnego płótna pełnego wiekowych bohomazów namalowanych za króla Jagiełły albo Bolesława, które zapobiegliwy ksiądz albo kanonik zastępuje nowym płótnem, powstałym wedle reguł i prawideł italskich, skreślonych pędzlem oraz piórem Michała Anioła, Tintoretta i Caravaggia.

Jacek wiedział, że już nie wróci do tej doliny. Nigdy nie zobaczy Dydni; jak jego stryj pognany gdzieś na wschód, do miejsca, w którym wieczny lód skuwa ziemię, a wicher wyśpiewuje pieśń śmierci.

A potem od strony wioski rozległo się tęskne rżenie i łoskot drobnych kopyt.

Przez pola i ruczaje pędziła za nimi Białonóżka, przesadzając płoty, z rozwianą grzywą, z przerażeniem w smagłych oczach, na podobieństwo łani zagubionej w ciemnym lesie.

Musiała uciec ze stajni lub z pastwiska, bo na jej łebku widniał sznurowy kantar, pod którym kołysał się kawałek urwanego uwiązu.

Dydyński zawrócił po nią, wstrzymał Hetmankę i czekał.

Spłoszona Białonóżka przyszła sama do jego ręki. Zarżała, zatrzymała się na skraju traktu. Nie uciekała, kiedy

Borek wyciągnął rękę do jej pyska, nie protestowała, kiedy prowadził ją do najbliższej kolasy.

A Jacek uśmiechnął się.

– Pojedziesz z nami, mała – szepnął. – Na Moskwę. Na skraj świata!

Dydnia
Alkierz we dworze

– Pojechał – syknęła Halszka do ucha bladego Przecława. – Poszedł na zatracenie. Bodaj mu czarci duszę rozdarli!

Młodszy Dydyński nic nie odpowiedział.

– Musisz przekonać starostę, aby oddał nam wszystko! Drążyć tę sprawę dzień po dniu, jak kropla wody opadająca na skałę!

Przecław spoglądał na nią jak człowiek wyrwany z głębokiego snu. A potem bez namysłu uderzył otwartą dłonią w gębę niewiasty. Krzyknęła, zaszlochała rozpaczliwie.

A wiarołomny brat poderwał się ze stosu poduszek, rzucił jak ryba pod lodem, szarpnął za płócienne zwoje okrywające głowę.

– Boże, com ja uczynił! – zakrzyknął. – Coś ty wymyśliła, murwo jedna!

A potem, czując, jak spod bandaży zaczyna ściekać mu krew, zajęczał głośno i rozpaczliwie:

– Halszka... Halszka... Ratuj! Zabiłem Jacka.

Rozdział IV

Na Moskwę!

Peregrynacja do Sambora • Zemsta Dworyckiego • Nocleg w szczerym polu • Wieczorne knowania • Opowieści starego mnicha • Kto trzyma stronę Dymitra? • Chytry plan stolnikowica • Koniokrad • Carewicz rzuca gromy • Zagadka carskiego syna • Słodkie oczęta Maryny Mniszchówny • Męka Borysa • Tajemnica dwunastu apostołów • Kwit na Waarłama • Sługa panny wojewodzianki

Die 30 julii, Anno Domini 1604
Trakt pod Przemyślem, poranek

Polskę i Ruś najlepiej oglądać z końskiego grzbietu, gdy wypoczęty wierzchowiec idzie dziarskim stępem, wysuwając przy każdym kroku łeb do przodu, stawiając kształtne nogi niczym mały książę. Gościniec zaś przecina wielobarwną mozaikę pól. Jedne niwy żółcą się łanami żyta pochylającego długie kłosy ku ziemi, na innych kołyszą się ciężkie kiście pszenicy, a wielkie ziarna sterczą niby guzy na żupanie szlachcica posesjonata. Tam, gdzie zboża sprzątnięte, jarzy się żółta szczecina rżyska na brunatnej ziemi, stoją mendle złożone z dorodnych snopów przewiązanych słomianymi powrósłami, rozparte jak przekupki na krakowskim Rynku.

Spojrzysz dalej, za rzeczkę, na pagórek, gdzie grunt bardziej piaszczysty. Tam marszczy się od wiatru gąszcz na wiosnę przetykany białymi kwiatami, teraz już brązowiejący, przy którym słychać brzęk pszczół i os. I wiesz już, że widzisz grykę zwaną tatarką, za którą majaczą splątane złote kłosy owsa. I niskie poletka jarego jęczmienia.

Kończą się żniwa. Na jednym zagonie niewiasty dożynają resztę zbóż pod czujnym okiem karbowego. Na dalszy zajeżdża już chłop drabiniastym, skrępowanym wiciami brzozowymi wasągiem; bosym – to znaczy o nieokutych kołach, bez raf, czyli bocznych obręczy – i niesmarowanym, który skrzypi żałośnie niby ruska kolasa. Gromada bosych dzieciaków w koszulinach goni go z krzykiem i wrzawą, wołając:

– Przedaj woły, kup se smoły!

Na uboczu dziewki i parobkowie kładą na wóz dojrzałe snopy pszenicy. W pobliżu kręci się ekonom w baraniej czapie zawieszonej na jednym uchu, każdy snopek obejrzy, zmaca, czy nie mokry, choć dawno nie padało. Ogląda się trochę za pannami i mężatkami, bardziej pociągają go krągłości poddanek niż praca. Cóż, kiedy to pańskie prawo; nie dla psa kiełbasa, nie dla kota szperka. A dziewki jak na złość, prężą się przed nim niby młode trzciny; podając pszenicę na wóz, śmieją się złośliwie, żartują i piszczą.

Jewka to tam między ludem? – pomyślał pan Dydyński, bo gdzieś w tłumie mignęła mu krągła twarzyczka o jasnych jak len włosach, wymykających się spod czepca i chusty otulających kolistą chomełkę noszoną przez mężatki. Gadali w Dydni, że za kowalowego syna poszła, z Bolestraszyc, będzie już rok. Dziecko urodziła po Świętym Janie Anno 1603. Moje czy Bełzeckiego? Razem do niej zjeżdżaliśmy. Tyle że tylko ja bykowe zapłaciłem dla honoru. I dwie krowy dałem po sprawiedliwości.

Zaiste miło w taki dzień powszedniej wiejskiej krzątaniny jechać sobie polem i lasem, w karmazynowym żupanie z przedniego falendyszu, aksamitu albo jedwabiu, w wilczym albo rysim kołpaku ze szczerozłotą szkofią czy czaplimi piórami. A jeśli dzień chłodny, w ferezji podbitej sobolim futrem. W podkutych safianowych butach długich za kolana i w hajdawerach z dobrego lnu, które nie cisną w siedzenie jak pludrackie fatałaszki. Chociaż uważać trzeba przy siadaniu w nich na terlicę z wysokim tylnym łękiem jak na klejnoty rodowe – aby potem nie świecić gołym zadkiem przed panami braćmi; wszak nie przystoi to powadze towarzysza husarskiego albo kozackiego.

A kiedy jedzie się polską drogą w czas żniw na dzielnym koniku, mając z tyłu poczet zbrojnych i trzy wozy, przy boku szablę węgierkę albo wysłużoną zygmuntówkę, rozpiera człowieka jakaś błogość, fantazja, duma i wtedy doprawdy czuje się Polakiem i szlachcicem, które to rzeczy są ze sobą równie mocno związane jak Orzeł i Pogoń w herbie Rzeczypospolitej. A choćby nawet poddani na polach, zboże, brogi, woły, owce, konie były cudze, to przecież i tak miło wiedzieć, że wszystko należy do wielkiej rodziny herbowych braci – stryja, brata, sąsiada, towarzysza wojskowego, kasztelana czy starosty, no, niechaj będzie i plebana czy też – Panie Boże odpuść – wójta.

– Pochwalony Jezus Chrystus – rzekł Dydyński, zdejmując kołpak, kiedy minął się na trakcie ze spoconym i czerwonym księdzem wiozącym przed sobą brzuszysko dostojne jak półbeczek wareckiego piwa i chybotliwe niby wór sadła na drągu. Pleban wracał widać z pola po zebraniu dziesięciny od chłopków; przeżegnał Jacka leniwie krzyżem i pojechał dalej z Panem Bogiem, osłaniany przed słońcem przez dwóch pachołków kroczących po obu stronach konia i dźwigających płachtę rozpiętą na kijach. Z tyłu podążał wóz ciągnięty przez krępego, leniwego wołu, wyładowany snopami z pobliskich pól.

Trakt wiódł w stronę Lwowa. Błotnisty, pełen dziur i korzeni, rozjeżdżony kopytami koni, bez których nie sposób było wyobrazić sobie Korony Polskiej. Gdziekolwiek spojrzeć w Polsce, gdzie tylko widoczny był bodaj najmarniejszy dwór lub fortalicjum, tam zaraz na łączce, pod lasem albo zagajnikiem pasło się stadko koników. Nie było wioski, szopy, a czasem i zwykłej chałupy, by u jej płotu nie machał ogonem i rzucał głową wierzchowiec – czasem nawet byle chmyz lub mierzyn podobniejszy do wyrośniętego kundla niż bojowego rumaka. Ale zawsze koń kuty na cztery kopyta. Przez gwarne Dubiecko i dostojny Przemyśl, przez ludne Mościska i zapadłe wioski jechał pan Jacek do drewnianego Sambora. Skręcił na południe, oddalając się od traktu, którym postępowały na zachód ogromne, nieprzeliczone stada bydła. W wąskich miejscach i przejazdach przez wsie zagony wołów rozciągały się niczym ława tatarska, a na otwartych stepach rozpraszały na wielkie gromady aż po skraj widnokręgu. Jeden za drugim szły w stadach ryczące byki, chłostane przez wolarzy i chajdajów, płowe lub szare krowy i jałówki, z rogami rozgałęzionymi niczym ramiona liry. Pędzono je przez całą Ruś i Koronę z Ukrainy. Bez przerwy, bez ustanku, w zimie i w lecie, na przegonach liczących po tysiące mil. Z jarmarków w Białej Cerkwi, Łubniach, Czerkasach i Kaniowie szły poprzez stepy, jary, pustkowia i zdziczałe pola na Cudnów, Lubar, Berdyczów, Słobodyszcze. Na Lwów, Jarosław, Rzeszów, Lublin. A potem dalej – do Frankfurtu, Wrocławia, Brzegu, Gdańska. Później zaś na Paryż, Wiedeń, Norymbergę...

Nadciągał wieczór, kiedy Dydyński dotarł do miasteczka. Dzwony biły na kompletę w klasztorze bernardyńskim, odbudowanym na nowo przez starostę przeszło dziewiętnaście lat temu, oraz u ojców dominikanów, za Samborem. Stolnikowic nie wjechał do grodu. Ominął miasto, kierując się wprost do zamku starościńskiego, przejechał nieopodal przedmieścia żydowskiego zwanego Blechem i wkrótce dotarł do siedziby starosty.

Zamek położony był pod miastem, jako osobny przygródek – podobnie jak w Przemyślu, gdzie do fortalicjum wjeżdżało się po przejechaniu przez cały gród. Tyle że tam forteca stała na górze, tu zaś – na dniestrowej równinie, blisko rzeki. Dzięki ogniom, maźnicom i kwaczom płonącym na blankach widział dwie linie murów. Niższą stanowił zwykły płot między dębowymi kołami oraz parkan zaopatrzony w kilka niewielkich baszt i dwie bramy wyjazdowe zwieńczone gankami. Zamiast dachów nakryte były baniami obitymi białą blachą, z pozłacanymi gałkami na szczytach.

Dopiero zza tego podgrodzia wyglądały szczyty drewnianych domostw, kuźni i stajni. Za nimi zaś wznosił się zamek właściwy – otoczony kolejnym murem, wyższym na dwa łokcie od parkanu. Tam stały kamienne i ceglane domy – Wielki króla jegomości, mieszkanie królowej, Dom Wysoki i kilka innych zabudowań.

Wieść o tym, iż w Samborze przebywa carewicz zbierający wojsko do wyprawy na Moskwę, rozniosła się echem po całej Koronie. Przed murami kłębił się nieprzeliczony tłum, bowiem progi zamku Mniszchów okazywały się zbyt wysokie dla lipowych łyczaków chłopów i czarnych butów drobnej szlachty. Mrowie ludzi oblegało zamek, dopraszając się bezskutecznie o audiencję u Dymitra, i wybiegało przed bramę, kiedy tylko uchylano furty – w nadziei pozyskania carskiej łaski lub dopuszczenia do pańskiej ręki. Inni założyli obozy na polach, gdzie płonęły ogniska, przy których pito, śpiewano, kłócono się i rozprawiano, a czasem bito, podczas gdy pod zasłoną kotar, szałasów i namiotów kwitło złodziejstwo tudzież wszeteczna ars amandi – dwie nieodrodne i bliźniacze krosty na francowatej gębie występku.

Jaki to był tłum i jak go opisać? Dość chyba stwierdzić, iż na spoczynek pod zamkiem rozkładał się ten rodzaj ludzki, bez którego drogi i trakty Rzeczypospolitej przypominałyby postaw szarego, nijakiego płótna. Ludzie luźni, zwani pospolicie swawolnymi, wagabundami, hultajami, włóczęgami, wałęsami, wagusami, bandosami, szelmami, obieżyświatami i łowcami fortuny. Byli wśród nich flisowie i oryle ciągnący nad San i Wisłę, gdzie na dniach zaczynał się spław zboża do Gdańska i Elbląga. Nieposłuszni kozacy i chłopi – pewnie zbiegli spod bata starosty albo ekonoma. Wolarze i chajdaje pędzący stada do Sambora, świniarze i gęsiarze, których chudoba wylegiwała się w błocie i zaroślach. Wędrowni tracze od cięcia desek i cieśle podróżujący za okazją do zarobku. A z boku rozłożyli się taborem polscy i ruscy furmani, a przy nich kozaccy czumacy z Ukrainy strzegący pilnie soli, płócien i wiśni na wyładowanych aż po samo niebo kolasach, skarbnikach i wozach okrytych pałubami. Nieopodal przycupnęli wędrowni Szoci – kramarze, którzy nader chętnie zamieniali tobołki na szable i muszkiety, a teraz przekrzykiwali się z domokrążnymi sprzedawcami zwanymi na Rusi Węgrzynami. Ci zaś przybyli z koszami i workami pełnymi wstążek, bławatów, szpilek, igieł, książek, medalików i fałszywych korali. A dalej rozłożyli się oberwańcy, dziady i franci. Wąskimi uliczkami między wozami i namiotami krążyli obraźnicy zachwalający ikony, na których widnieli pokraczni święci: Jan Chrzciciel, Jan Nepomucen, Piotr, Chrystus, Maryja; wciskali chłopom do rąk cudowne i błogosławione, jak powiadali, a tak naprawdę niewarte funta kłaków szkaplerzyki, krzyżyki i medaliki.

Dalej stały kramy i kotary wędrownych garncarzy, koszykarzy, bednarzy, szewców, cebularzy. Przy stadkach koni i bydła kręcili się konowałowie i kastratorzy zwani mięsiarzami – w tym miejscu i tego czasu zwykle Cyganie lub Wołosi.

A zaraz obok grała muzyka i pląsały Cyganki. Tu niedźwiednicy bili w bębny, grali na piszczałkach, na których głos brunatne misie z litewskich puszcz – wykształcone w przesławnej niedźwiedziej akademii smorgońskiej – rytmicznie przestępowały z nogi na nogę. Dalej bawili tłum igrcowie, linoskoki, komedianci, kuglarze i wesołkowie, potrafiący udawać głosy kaczek, dudek, kur, muczeć jak krowa, rżeć jak koń, wyć jak wilk.

Nieopodal przycupnęło także kilku szlacheckich szaraczków. W płóciennych portkach, szarawarach, w lipowych butach i świerkowych łubiach zamiast kołpaków i szyszaków z piórami. Zaś bliżej wrót tłoczyli się dziady, fałszywi tułacze, żebracy i żebraczki, uwolnieni z tureckiej niewoli, pątnicy i pokutujący za zabójstwo brata, szelmy, chromi, kalecy, szalbierze, wydrwigrosze, baby, guślarki i znachorzy, łazęgi, nieroby.

Dydyński i jego ludzie przebili się przez tłum plebsu; napierając końmi, rozdając razy nahajem i szturchańce częściej niż datki, podjechali pod bramę podzamcza. Jacek załomotał pięścią w nabijane bretnalami wrota. Po chwili okrzyknięto ich z wysoka.

– Czego?

– Jacek Dydyński, stolnikowic sanocki! – zakrzyknął, czując, jak mimo wszystko żołądek podchodzi mu do gardła. – Towarzysz chorągwi husarskiej jegomości Szczęsnego Niewiarowskiego, salvator* carewicza Dymitra, prosi o gościnę.

Stało się. Nie było odwrotu. Dydyński przypomniał sobie słowa Dymitra wypowiedziane przy ostatnim spotkaniu: *Módl się, abyś nie musiał się przekonać, jak bardzo twój żywot jest igraszką w ręku Pana.*

Swoją drogą, szkoda, że nie dodał do swego oznajmienia słów: *pokornie* oraz *najjaśniejszego carewicza*. Ale taki już Jacek był – krnąbrny i buntowniczy, nawet jak na szlachcica polskiego.

– Poczekajcie, wasza miłość! – odkrzyknął z góry hajduk wcale nie tak pewnym siebie i wyniosłym tonem jak poprzednio. Dobrze, niech ćwiczy się w uniżonych ukłonach, może dojdzie kiedyś do ekonomii albo wójtostwa. – Zaraz jegomość rotmistrz do was wyjdzie.

---

* łac. – wybawca

Drzwi drgnęły i zatrzeszczały. Rozwarła się w nich wąska furta, w którą nie sposób było wjechać konno. Jacek zeskoczył z Hetmanki, wszedł we wrota, aby napotkać po drugiej stronie bramy... pysk karego wierzchowca, na którym siedział człowiek w czarnym żupanie, z gębą ozdobioną bruzdami ciągnącymi się od krańców warg przez oba policzki i nadającymi obliczu paskudnego wyrazu.

Dworycki! Szlag jasny i paralusz by to wszystko trafił!

– Służba – rzekł pan Jacek, unosząc rękę do kołpaka.

– Pomagaj Bóg – odparł spokojnie Adam. Wyglądał na nieco zadziwionego.

– Jestem w podróży i ośmie... Proszę o gościnę u jegomości pana wojewody sandomierskiego. Tudzież o posłuchanie u jego gościa Dymitra – jednak słowo *carewicz* nie mogło przejść przez gardło stolnikowica.

– W karczmie albo we dworze gościny szukajcie – rzekł Dworycki.

– Chciałbym się jednak zobaczyć z gościem ichmość pana wojewody. Mam sprawę niecierpiącą zwłoki. Czy Dymitr... carewicz... mógłby mnie przyjąć?

I po chwili dodał, już znacznie ciszej:

– Bardzo o to proszę.

– Prośba waszej mości zostanie przedstawiona Jego Carskiej Wysokości – wypalił jak z rusznicy Dworycki. – Czekajcie pod zamkiem na wezwanie Dymitra Iwanowicza. Sam do was zejdę i powiadomię, kiedy udzieli wam posłuchania.

No, to mnie masz, pomyślał Dydyński. Wreszcie odpłacisz za wszystkie krzywdy, jak Abel, gdyby mógł zemścić się na Kainie. Jak Pan Bóg odpłacił Judaszowi. Choć nie uczyniłem nic, co wymagałoby takiej zapłaty.

Ciesz się, panie bracie, póki możesz. Ta chwila jest twoja. Jak ladacznica, której zapłaciłeś za noc. A potem zobaczymy. Fortuna kołem się toczy.

– Nie można załatwić tego szybciej?

– Jak to: szybciej? Myślałby kto, że waść prosisz o posłuchanie u psiarczyka albo u rejenta, a nie u carewicza, wsiej Rusi obładitiela. Myślisz, że tylko ty chciałbyś się z nim widzieć? Więcej tu jest takich, którzy skomlą o posłuchanie. – Dworycki wskazał niewidoczny stąd tłum pospólstwa kłębiący się za bramą. – Nie mnie decydować, kiedy i gdzie łaska carska zostanie udzielona. Dlatego doradzam waszmości cierpliwość i pokorę.

– Mam czekać za bramą? Ja – szlachcic, posesjonat?

– Nie ty jeden, mospanie. To nie roczki ziemskie czy sesja sądu ziemskiego, tylko...

– ...tylko Moskwa – dokończył składnie Dydyński. – Teraz rozumiem wszystko dobrze.

– Na zamku gości dwór carski, na który trudniej się dostać jak na nasz królewski, jako że car równy jest cesarzowi rzymskiemu.

– Ciekaw jestem, czy cesarz wie o tym i także traktuje Dymitra jak równego sobie? – Dydyński nie potrafił utrzymać języka za zębami. – A może liczycie, że też przybędzie składać carzykowi pokłony?

– Nadejdzie czas.

– Chętnie to zobaczę – skwitował Jacek dalsze wywody Dworyckiego. – Ale nie licz, że odstąpię. Jutro czy pojutrze carewicz musi dać mi posłuchanie. Czy już waść zapomniałeś, że jestem jego wybawcą?

– Oby zachował cię w łaskawej pamięci. Idź. I czekaj. Twoje prawo.

Die 30 julii, wieczór
Obozowisko pod zamkiem w Samborze

Nietrudno się domyślić, że mina pana stolnikowica była nietęga, kiedy rozkładał się na noc pod zamkiem. Co gorsza, z siedziby wojewody co chwila dochodziły wiwaty i armatnie wystrzały świadczące o tym, że Dymitr wcale nie spędzał nocy na bogobojnych rozważaniach. Carewicz cieszył się życiem i ucztował, podczas gdy jego wybawiciel musiał nocować w polu jak zbity pies.

Nieborski i Świrski z trudem znaleźli miejsce na stancję, stłoczyli wozy obok siebie, a potem poczęli rozbijać okrągły namiot i kotarę dla pana. Gdy wkopywali w ziemię główny drąg i montowali poprzeczne żerdzie, wtykając je w drewniane koło na maszcie, a potem napinali odciągi, Dydyński popijał wino z bukłaka i rozmyślał.

To było pewne jak śmierć, że jeśli posłuchanie u carzyka zależeć będzie tylko i wyłącznie od humorów Dworyckiego, to Dydyński będzie czekał pod murami zamku ad mortuum defecatum*. Stolnikowic nie robił sobie nadziei, że jego wróg kiedykolwiek zezwoli mu na spotkanie z Dymitrem. Raczej będzie piętrzył trudności jak góry, zza których nigdy nie wyjrzy letnie słońce.

Co czynić, na Boga? Jak dostać się do Dymitra?

Pytanie było równie dobre jak to, kiedy nastąpi koniec świata. I równie prosta wydawała się odpowiedź: być może jutro, skoro nie nastąpił w roku 1600, jak przepowiadali alchemiści i planetnicy – albo wcale.

---

* łac. – do usranej śmierci

Ponury nastrój Jacka nie udzielił się czeladzi. Nieborski i Świrski prosili o dyspensę na resztę nocy, na co Dydyński niechętnie zezwolił. Reszta poukładała się do snu na wozach i w namiotach. Jacek został sam pod rozgwieżdżonym niebem.

Lecz nawet tam, w niebiosach, nie znajdował rady i pomocy. Spoglądał zatem na spadające gwiazdy, jakby spodziewając się, że wybawienie zleci wraz z nimi z nieba. Dokoła obóz wrzał i huczał śmiechami, śpiewem, pijackim krzykiem, rżeniem koni i ryczeniem wołów.

Jak zdobyć posłuchanie u Dymitra? Nie znał wojewody Mniszcha, nie spotkał go podczas bytności w Samborze. Raz czy dwa na dworskim balu zetknął się z Maryną, pamiętał ją jako jeszcze niedorosłą, ale już wodzącą maślanymi oczyma za młodymi szlachcicami pannę. Chyba nawet doszło między nimi do kilku pocałunków, ale to były dawne sprawy, o których zapomniał. Zwłaszcza zważywszy na miłosne kłopoty, jakie miał później z okazji panny Zawiszanki. Pokłonić się wojewodzie? Marynie? Kto poza Dworyckim mógłby pomóc mu dostać się do cara?

Najgorsze z tego wszystkiego było zaś to, że pan Jacek był po prostu i zwyczajnie w gorącej wodzie kąpany. Mając przed sobą drogę do Moskwy i wyznaczony cel – chciał działać. Oddany najpierw do ariańskiej akademii w Rakowie, a potem do wojska, przyzwyczajony był do kół chorągiewnych, bankietów i generalnie – obyczajów, w których pułkownik, czy nawet hetman, nie unikał podania ręki prostemu towarzyszowi. Tymczasem na dworach karmazynów i książąt rzecz się miała inaczej. Jacek tyle wiedział o dworskiej hierarchii, co pospolita krowa o konstytucjach sejmowych. Nie wiedział, gdzie iść, do kogo się udać i w ogóle jak rozegrać tę partię szachów, w której konik Dworycki zagradzał mu dostęp do króla.

Los jednak w postaci Herakliusza Świrskiego czuwał nad nim. Pocztowy zbliżył się bowiem nagle, pokłonił i rzekł:

– Wasza miłość, znalazłem człowieka, który może nam pomóc.

– Kto to?

– Chodź ze mną.

Jacek poderwał się z ziemi i ruszył za Jędrzejem. Doprawdy poza pijaństwem, co wszelako w owych czasach i w tych stronach nie bywało żadną wadą, Świrski miał niezwykłego nosa do podchwytywania wieści i plotek, a także napotykania ludzi, którzy okazywali się przydatni lub sprawowali władzę. Fakt, iż sam zwykle nie potrafił tego wykorzystać, nie znaczył, że nie umiał tego Dydyński. I dlatego mimo iż jego pocztowy i kompan siał plotki jak zboże z dziurawego worka, pomimo awantur i zatargów trzymał sługę przy sobie przez całą inflancką wojnę.

Świrski poprowadził Jacka do obozowiska, przy którym płonęło wielkie ognisko. Zgromadzili się przy nim przyszli statyści, wojownicy i jeźdźcy Fortuny, którzy czekali tylko sposobności, aby ucapić się z całych sił szuby Dymitra, a jeśli nawet odpaść, to przynajmniej z kawałkiem futra w garści. Nie było to towarzystwo, którego Jacek szukałby zwykłym trybem w karczmie: stary kozak, para Żydów zachwalających kocie skórki jako najprzedniejsze sobole i pospolity szlachetka, o którym rzec można było tyle: pan Wiechciński, syn Wiechcia. Był też jakiś kleryk, paru mieszczanków w kabatach, wędrowny Szot i grupa oberwańców trzymających się na uboczu.

– Ten człek – rzucił półgłosem Świrski – to czerniec Waarłam Jaickij, zaufany człowiek cara i jego prawa ręka. Przynajmniej takim się parszywiec oznajmuje.

– Zaraz z nim zagadam.

– A po co gadać z parszywcem? To Moskal czystej krwi, siła dla niego boskim i jedynym prawem. Za łeb go radzę, na koń i do lasu. Pięty mu przypiec, a zaraz powie, jak dostać się do Dymitra.

– Poczekamy, zobaczymy. Dzięki, że miałeś czujne oko. Naści talara na przepicie.

Przy ogniu na dębowym pniaku siedział gruby mnich w czarnej mantii, podobny z wyglądu do oklapłego bobra. Pałaszował z zapałem świńską nogę, nie bacząc na tłuszcz spływający w gęste siwe kłaki długiej po pas brody. A w przerwach między jedzeniem opowiadał coś z zajęciem, mamląc pełną gębą i mając za nic obyczaje nakazujące, by najpierw przełknąć, a gadać dopiero potem. Jego małe, głęboko osadzone oczy wędrowały od jednego oblicza do drugiego, jak gdyby sprawdzając, czy któryś ze słuchających nie myśli czasem o niebieskich migdałach, względnie złotych kopułach Moskwy.

Mnich był bez wątpienia Moskalem i prawosławnym, bo gadał po polsku, ale z zaśpiewem, jaki spotykało się wśród ukrainnej szlachty, czasami wtrącając całe zdania po rusku. Dydyński poznał w nim przybysza, ale bynajmniej nie po mowie i stroju; wszak w Sanockiem i Przemyskiem było tyle samo unickich cerkwi, co kościołów, a czerńców spotykało się w święta i na traktach; był to równie powszedni widok, co bociany brodzące po łąkach.

Ten mnich jednak wywodził się bez wątpienia z prawosławnej cerkwi, bowiem pierwszym, co poczuł Jacek na jego widok, był niepokój. Stolnikowic jako katolik nie bardzo wiedziałby w pierwszej chwili, czego ma oczekiwać od takiej persony: pociechy duchowej, czy raczej wzgardy, którą cerkiew moskiewska darzyła wszystkie inne konfesje, uważając, iż tylko ona wielbi prawdziwego Jezusa Chrystusa. Tak, miły Czytelniku... To czuło się już na pierwszy rzut oka, że przy ogniu nie zasiadał zacny i łagodny franciszkanin z Sanoka, poczciwy pop z Jawornika czy Hulucza ani jowialny bazylianin z Pociejowa, tylko mnich moskiewski, przebiegły, inny. Obcy. Przez cały czas gadał, a obecni słuchali go niczym pohańcy nawoływania sprośnego muezzina.

– Wyszliśmy z Moskwy, kiedy srożył się hołomor, roku sto dziewiątego, we czterech: Dymitr Iwanowicz, ja, Misaił Powadin i jeszcze jeden mnich z Czudowskiego monasteru. Ale nie głód wypędził nas na Litwę. Uchodziliśmy przed gniewem nieprawego cara Borysa, diabelskiego odszczepieńca, który polował na carewicza jak Herod na niewinne dziatki. Doszliśmy do Bołchowa i Karaczewa w strojach pątników...

Urwał na chwilę, otarł zatłuszczoną brodę rękawem mantii i z uszanowaniem przyjął drewniany kubek z winem od grubej żony koszykarza. Osuszył go jednym haustem i nabrał powietrza.

– Głód był na świętej Rusi, jakiego najstarsi chrześcijanie nie pamiętali. Już nie Samojedzi, Ostiacy i Permiaki, ale chrześcijanie dzieci swoje jedli i trupy z grobów dobywali. Ciała ich puchły, umierali wśród najsroższych męczarni. Po drogach leżały trupy, które pożerały wilki, lisy, psy i dzikie zwierzęta. Strach było podróżować, bo zdziczali chłopi grasowali w lasach. Szczęściem sam Bóg natchnął nas nadzieją i pokazał drogę.

– Nie może być – mruknął chudy szlachetka. – Toż pamiętam dobrze, jak dziś, trzy lata temu deszcze u nas padały, plony zmarniały na polach. Ale żeby się ludzie zabijali i jedli? Musi głód normalna rzecz w moskiewskiej ziemi.

– Dzierżawcy kabaków zabijali podróżnych. Mięso ludzkie, drobno posiekane i ugotowane w pierogach, sprzedawano na targach, bo w wielu siołach i miastach nie ostało się ni bydlę, ni świnia, ni kot i pies nawet. Słusznie powiadali starcy, że nadszedł dzień, kiedy będzie wielu zabitych przez Pana, od krańca do krańca świata. Nikt nie będzie ich opłakiwał ani zbierał, ani grzebał; pozostaną jako nawóz na powierzchni ziemi. Podnieście lament pasterze i krzyczcie! Tak dotarliśmy aż do Briańska, gdzie odpoczywaliśmy siedem dni w klasztorze Troickim, zbierając siły na dalszą wędrówkę. Poszliśmy potem w dół Desny, do Nowogrodu, gdzie siedzieliśmy aż do Wielkiejnocy. Ojciec archimandryta dał nam konie do Putywla, skąd w Wielki Poniedziałek ruszyliśmy – odesławszy przewodnika – do Staroduba i Lubecza.

Zamilkł i z błogosławieństwem przyjął kolejną czarkę wina.

– Tak doprowadziłem carewicza do Kijowa, gdzie znaleźliśmy się w klasztorze Przeczystej Bogurodzicy w Ławrze Pieczerskiej. Dymitra, który używał imienia zakonnego Grigorij, przyjął archimandryta Jelisej Pletniecki. Tam też carewicz uleczony został z choroby, a kiedy wyznał przeorowi Leonidowi, kim jest, przyjęto nas z honorami...

– A jam słyszał – wykrzyknął chudy szlachcic gołota, przerywając Waarłamowi z brakiem szacunku typowym dla polskiej nacji – że gdy Pletniecki usłyszał, że ma w celi rzekomego carzyka moskiewskiego, to was kijami wygnał poza bramę, mówiąc: *Czterech was przyszło, we czterech pójdziecie sobie. Oby jak najdalej!*

– Łeż to zwyczajna! Wrogów carewicza potwarz i obmowa! Potwarców Borysa Godunowa szczekanie! Sam byłem i pamiętam, jak archimandryta błogosławił Dymitra w dalszą drogę, modląc się, by odzyskał carski prestoł* z pomocą Zbawiciela.

– Ja łżę?! – zaperzył się chudy. – Cóż to, popie, mnie, szlachcicowi, kłamstwo zadajesz?

Nie trzeba chyba dodawać, że słowo *szlachcicowi* wymówił jakoby złotymi zgłoskami i podkreślił podkręceniem wąsa tudzież położeniem dłoni na starej szabli, tak zardzewiałej, jak gdyby wyciągnięto ją z trumny pradziada.

– Nie przerywaj opowieści przed końcem... panie bracie – wtrącił się Dydyński, domawiając ostatnie słowo z takim przekąsem, aby nikt z obecnych nie pomyślał czasem, że są nie tylko rodzonymi, ale nawet stryjecznymi braćmi. – A wy, ojcze Waarłamie, opowiadajcie dalej!

– Poszliśmy tedy gościńcami do kniazia Konstantego Ostrogskiego, naszej wiary dobroczyńcy i cerkwi świętej przyjaciela. Ten łaskami Dymitra obsypał.

– Z początku tak – wtrącił cicho i spokojnie drugi szlachetka, stary, łysy i z przeogromnym kałdunem; bowiem tak już bywało w Rzeczypospolitej, że wraz z wie-

* rus. – tron

kiem mądrość i fantazja szlachecka, która nie mieściła się we łbie, osadzać się musiała w żywocie. – Ale potem tak samo postąpił jak Pletniecki. Zamiast łaski figę pokazał. I drzwi przed nosem Griszce zatrzasnął.

– Może tak było, może i nie. Pan nie oświecił wielikowo kniazia do sprawy Dymitra, ale przecie to wszystko może się odmienić.

– Pewnie, że może – tokował gruby. – Na gorsze. Słyszeliśmy już nieraz, jak kniaź obwieszczał, że Dymitriaszkową hałastrę rozpirzy w drobny mak na Ukrainie, aby z niej nie wynikła pograniczna awantura, wojna i zwada!

– Bóg poprowadzi prawowitego naslednika szlakami wolnymi od niewiernych – zamruczał z pełną gębą Warłam. – Ale może zadacie kłam moim następnym słowom: że Dymitr Iwanowicz udał się najprzód do pana Gabriela Chojskiego, gdzie w szkole w Huszczy pobierał nauki. A może i to nieprawda, że wkrótce Kozacy zaporoscy rozpoznali go jako prawego Rurykowicza, dziedzica tronu, i przyobiecali pomoc. Na Siczy przyjmował Dymitra ataman Gierasim Ewangelik, przybyli tam też posłowie od dońskich mołojców, donosząc, że wszyscy gotowi są, by ruszać z nim na Moskwę! A carewicz posłał im w zamian własną chorągiew – czerwoną z czarnym orłem. Co, może to też nieprawda?

– Prawda, prawda – przytaknął chudzielec. – Niechaj i cała Sicz się ruszy na cara Borysa. Bodaj tam carscy wojewodowie podgolili hultajstwo jak czupryną, to Kijowszczyzna odetchnie, nie będą szynki pękać w szwach od Niżowców. I spokój zapanuje na parę lat na Ukrainie, niczym po niesławnym buncie Nalewajki. A niechaj ich wszystkich carewicz ze sobą zabierze, bodajby i jednego Kozaka nie zostało – tak na włości, jak i na Dzikich Polach!

– Ale carewicz nie ufał w siłę Kozaków – zagrzmiał Waarłam. – Dlatego poprosił o pomoc książąt Wiśniowieckich. A ci przyjęli go z otwartymi ramionami i dzięki ich staraniom wielu panów popiera dziś w Koronie i na Litwie sprawę Dymitra.

– Na przykład kto? – nie wytrzymał Dydyński.

– Na przykład pan wojewoda sandomierski z rodziną. – Waarłam cisnął ogryzioną kość do ognia, wytarł ręce o opończę i chwycił czarę, do której usłużny koszykarz dolał nową porcję wina. – Książęta Wiśniowieccy. Jan Fredro. Tarłowie, Ustrzyccy i Balowie z Ziemi Sanockiej, Stanisław Borsza, starosta radomski, i Jakub Struś, starosta bracławski i winnicki, Stanisław Stadnicki z Leska, kasztelan przemyski, Jan i Stanisław Buczyńscy. Mało wam jeszcze, jaśni panowie?

– Już wystarczy – mruknął spokojnie opasły szlachcic. – Poczet liczny jak pchły na grzebieniu. Ale czy dużo tam bród senatorskich, czy raczej więcej gołowąsów i dziurawych pluder? Kto jeszcze stoi za Dymitrem? Słomiani kasztelanowie i starostowie bez jurydyk. Poza Wiśniowieckimi panowie koronni jak jeden mąż odkazywajutsa* od tej awantury.

– Kto nie chce popierać Dymitra? – beknął Waarłam. – Teraz ja słucham!

– Na przykład Jan Zamoyski i senatorowie ruscy. Tak samo pan hetman polny Stanisław Żółkiewski i hetman

* rus. – odcinają się

litewski Chodkiewicz, który boi się złamania paktów z Moskwą.

– Że Żółkiewski stoi przeciwko carowi, to rzecz mało dziwna – wtrącił Dydyński – bo przecież to wierny klient pana kanclerza i prędzej morze z brzegów wystąpi, niż będzie miał inne zdanie!

– Ale są jeszcze inni panowie – zaoponował opasły szlachetka. – Jak choćby kasztelan poznański Jan Ostroróg, który kazał Dymitriaszkę odesłać do domu. Jak biskup poznański Wawrzyniec Goślicki, co wszem wobec głosi, że carskie pochodzenie Dymitra niepewne i raczej zmyślone od osób creditu* równie niewielkiego co kuśka świętego Stanisława ze Skałki w Krakowie. A nie muszę przypominać, co gada w tej sprawie jegomość pan wojewoda sieradzki.

– Ichmość pan wojewoda płocki Stanisław Krasiński radzi Dymitra ukryć i poczekać do sejmu.

– Ukryć, znaczy w wieży przytrzymać, aby nie rozhulał się Dymitriaszka na Dzikich Polach. Żelazny munsztuk w gębę włożyć.

– Wszelako pan wojewoda krakowski jest jego zwolennikiem.

– Pan wojewoda Zebrzydowski pod królem doły wilcze kopie, dla niego każdy powód dobry, by w Rzeczypospolitej burzę rozniecić. I lepiej by uważał, aby sam od pioruna nie zginął!

– Lew Sapieha Dymitrowi sprzyja.

– Bo chce odzyskać wioski: Opaków i Jelną! Którą jego ojcom i dziadom zabrali Moskale po szturmie Smo-

* łac. – zaufania

leńska Anno 1514! Z tego to względu unię z Moskwą szykował, ale spraktykował na swoim poselstwie hetkę z pętelką, jak to mówią na Litwie, czyli tyle co nic.

– A ja sam słyszałem, dobrzy ludzie, jak gadał: *Powadzi nas pan wojewoda sandomierski przed czasem z moskiewskim, lub mu się poszczęści, lub nie, jednak źle ojczyźnie i nam uczyni.*

– Gdzie żeś to słyszał?

– Na sejmiku!

– Alboś ty szlachcic, że na sejmiki jeździsz? Bodaj cię zabito!

– Ty złej matki synu!

– Uciszcie się! Cisza, spokój!

– Sejmiki wszystkie jak jeden mąż contra* Dymitriaszkowi! Piszą: *Ze strony Dymitra Moskwicina, postrzegać mają tego panowie posłowie, aby pacta** z Moskwą inviolabiter*** były zachowane.* Sam w kancelarii grodzkiej czytałem!

– Wszystko to jezuicka intryga. W stolicy krzyczą, że wojnę tę pierwej w Rzymie niż w Warszawie uchwalono!

Waarłam nie czekał na rozstrzygnięcie sporów polsko-polskich. Zwłaszcza że zakończenie takich dyskursów bywało czasami dość nieoczekiwane, gordyjskie węzły argumentów nie do odparcia szlachcice przecinali ostrzami szabel, nie troszcząc się zbytnio, że pod ich ostrza może nawinąć się nieszczęsny czerniec, chłop albo sługa.

---

* łac. – przeciwko

** łac. – układy

*** łac. – niepogwałcone

Dlatego mnich wymknął się po cichu, potoczył tam, gdzie poza głównym obozowiskiem stały kolasy i bryki, a także namioty rozstawione przez Majchra z Przemyśla, który nie opuścił nigdy okazji, aby nie rozpuścić wśród okolicznej szlachty i mieszczan swoich swawolnych klaczek i kobyłek. Był to zamtuz na kołach; gdzie tylko zeszło się kilku panów braci, a to na sejmiku, zjeździe, okazywaniu szlacheckim, roczkach ziemskich sądowych, tam zaraz wyrastały jak grzyby po deszczu malinowe namioty, spod których podmalowane barwiczkami inamoraty zapraszały panów braci na krótką przejażdżkę.

Dziś w nocy jednak Majcher przygotował dla Waarłama specjalną niespodziankę. Jaickij bowiem razem z wiekiem zmieniał swoje upodobania i podobnie jak biblijny król Salomon spragniony był, aby coraz młodsze ciałka ogrzewały jego sterane kości.

Rajfur czekał w obozie cichy, skryty, uniżony. Bez żadnych wstępów, bez tracenia czasu, ojczulek wcisnął mu w dłoń chudy mieszek.

– Ona już czeka!

– Boże wam pobłogosław, Stanisławie Iwanowiczu!

Posapujący, ale szczęśliwy Waarłam ruszył do namiotu. Wejście było od strony zamku, więc musiał obejść go z boku, uważając na zdradliwe linki odciągów. Pochylił łeb, gdy zobaczył podwiniętą kotarę i...

Prawie zderzył się ze szlachcicem polskim, który czekał w przejściu.

Waarłam zamarł, a jego ręka szybko wniknęła w zanadrze mantii. Ale nieznajomy nie zdradzał złych zamiarów, więc przez głowę Jaickiego przemknęła myśl, iż może Majcher pomylił się. I, do rogatego czorta, wziął

Waarłama za partyzanta tureckiej miłości, która kwitła jak rozmaryn na drzewie dobrego i złego po niektórych polskich dworach i zagrodach. Osobliwie folgowali jej książęta Zbarascy. Jednak fakt, że podobnie jak Turcy przedkładali chłopięce wdzięki nad piękne łączki i wyniosłe wzgórki niewieściego ciała, większość szlachty uważała za jeszcze jedną pańską fanaberię, nie czyniąc wokół tego zbyt wielkiego rozgłosu.

Waarłam odetchnął z ulgą, kiedy dojrzał, że człowiek, który czekał na niego, był przyodziany w karmazynowy żupan i ferezję tudzież w kołpak z czaplimi piórami. Nie wyglądał zatem na sługę czy chudopachołka przysłanego przez Majchra dla uciechy Waarłama, bo kilka nędznych, oberżniętych ortów, które wcisnął rajfurowi w sparciałej sakiewce, z pewnością nie wystarczyłoby, aby opłacić noc w towarzystwie takiego junaka.

– Jesteście Waarłam Jaickij? – to było raczej stwierdzenie niż zapytanie. – Chcę z wami pomówić.

– Pomówicie, jak skończę. – Waarłam chciał przedrzeć się do namiotu, ale nieznajomy szlachcic, choć wcale nie wielkolud, stał na jego drodze niewzruszony jak głaz.

– Pogawędzimy, zanim zaczniesz. Nie będę tu sterczał do rana!

– Czego chcecie, panie szlachcic? – wysyczał Waarłam tak wściekły, jakby w namiocie czekała nań gorąca i spragniona namiętności perska księżniczka.

– Abyście załatwili mi posłuchanie u Dymitra.

– Jeszcze jeden – warknął Waarłam. – Kołatajcie do zamkowej furty. Jeśliście szlachetnie urodzony, nie powinno być z tym kłopotu, bo nasz pan potrzebuje odważnych ludzi.

– Rzecz w tym, że furta jest dla mnie za wąska i zastawiona przez Dworyckiego, który żywi rankor do mej osoby. Moje nazwisko może okazać się równie nieprzyjemne dla carewicza, co imię Lucyfera. Szukam więc kogoś, kto szepnie o mnie dobrą radę Dymitrowi. Zapłacę!

Waarłam przestał się przepychać. To jedno jedyne ostatnie słowo wstrzymało go równie sprawnie co mocne wędzidło rozpędzonego ogiera.

– Rozmawiacie z odpowiednią osobą. Dwadzieścia dukatów pruskich! W dobrej monecie.

– Zgoda.

– Płaćcie zaraz! Tutaj! Natychmiast.

Nieznajomy z uśmiechem sięgnął po wypchany trzos, rozsupłał go i wyliczył prosto w dygoczące dłonie Waarłama dwadzieścia ciężkich krążków, nieco chropawych od wybitego na nich dostojnego portretu króla Zygmunta Wazy.

Mnich nie dał się zrobić na plebejską przewałkę. Zażądał światła, po czym długo i wnikliwie badał każdego dukata. Spróbował nawet na ząb, czy złoto. Zadowolony sapnął z utrudzenia.

– Jak się nazywacie, panie?

– Jacek Dydyński, stolnikowic sanocki.

– Dydyński? – Waarłam zesztywniał. – To nazwisko akurat warte jest o pię... siedem dukatów więcej.

Jacek drgnął. A więc jednak Dymitr nie zapomniał o zniewadze.

– Masz, ile chcesz – wyliczył kolejne siedem dukatów.

– Świetnie. Jutro rano, panie, poszukam cię w obozowisku. Bądź pewien carskiej łaski. Powiedział Izaak Syryjczyk: *Jezus będzie nas sądził wedle miłości bliźniego.* Nie sądź zatem, że Dymitr postąpi inaczej.

– Piękne dzięki. Bywajcie, ojcze.

Zakonnik odsunął go dygoczącą ręką, przeżegnał się po prawosławnemu, a potem wpadł do wnętrza namiotu jak ogier, który zwietrzył klacz.

– I nie rozerwijcie tej dzierlatki – mruknął Dydyński.

Noc z 30 na 31 julii
Obozowisko pod zamkiem w Samborze

Pan stolnikowic wracał do swojej stancji cały w skowronkach. Udało się! Miał nadzieję, że Waarłam nie łgał i był w stanie wpłynąć na Dymitra, aby ten jutro rano udzielił posłuchania. Zresztą, do diaska, Dydyński znał zbyt wielu ludzi, którzy za dwadzieścia siedem dukatów pruskich gotowi byli nie tylko zgrzeszyć przeciwko szóstemu przykazaniu, ale nawet zarąbać własną matkę. A Waarłam Jaickij zdawał się nie tylko należeć do tej wilczej zgrai, ale i być jej przewodnikiem. Dobrego nastroju stolnikowica nie popsuł nawet fakt, iż kilka kroków dalej, przy jednym z wozów siedział pan Nieborski w towarzystwie dwóch młodych niewiast. Rozprawiał z nimi swobodnie i ze śmiałością, która zwiastowała, że może już wkrótce zrobi się tam gorąco jak w łaźni.

I właśnie dlatego Dydyński przywołał pocztowego.

– Panie Nieborski – rzekł bez gniewu – ja nie sumuję, ale wyciągałem cię dwa razy z zamtuzów. Raz w Rydze, gdzie cię zabić i ograbić chcieli, a drugi raz w Wilnie, gdzie się zmówili dwaj bracia mieszczankowie, chcąc siostrę z bękartem w brzuchu wydać za szlachcica. Dlatego najpierw ci ją swadźbili, aby potem oskarżyć przed sądem o gwałt. I tam, i tutaj musiałem dobywać szabli, temu w łeb, a owemu w bok dać. Co mnie trochę zmęczyło. Ja wiem, że krew w tobie gorąca, ale te dwie dziewki to wypisz, wymaluj murwy z Sambora albo Lwowa. Uważaj, waść, i pomiarkuj się, abyś nie został bez portek i sakiewki.

– Żadne murwy, panie! – odgryzł się pocztowy. – Za pozwoleniem, dwie mężatki, jedna Olszówka, a druga Kostusia – furmanów czumaków żony. Mężowie z dawna w podróży, więc przykro im w domu siedzieć. Porządne niewiasty, a nie ladacznice, proszę waszmości.

– Skoro porządne, to po co z nimi gawędzisz? Od porządnych dostaniesz w łeb warząchwią albo kułakiem po krzyżu, nie mówiąc o awanturze, która pewna jak amen w pacierzu, kiedy mąż was przydybie.

– Mężowie daleko. Pojechali do Inflant wozić leguminy za wojskiem. A niewiasty gorące i ochotne. Sam waść się przysiądź do nas.

– Tak mi się widzi, że je znam. I bynajmniej nie z dobrej strony. Sprawdź, panie bracie, czy nie francowate, zanim do czegoś dojdzie. Abyś przed wojskiem nie musiał się wstydzić.

– Co też waszmość... Ja tylko pogawędzić chciałem.

– Znam to waszmości gawędzenie. Od guziczka do gaiczka.

Odesławszy Nieborskiego, stolnikowic ruszył w stronę obozowiska. Na wozach i w namiocie dla czeladzi wszyscy już spali. Jedynie Borek trzymał wartę koło ogniska i popatrując co jakiś czas na stancję, polerował lufę kołowego arkebuza błyszczącą od czerwonawych odblasków płomieni. Czasem w zamyśleniu przesuwał ręką po ściętej skośnie kolbie, czując wyraźnie każdy z pięciu karbów wyciętych w drewnie. Po jednym za zabitego wroga. Pierwszy – szwedzki rajtar ustrzelony z konia pod Białym Kamieniem, drugi i trzeci – muszkieter i pikinier spod Dorpatu: jeden na wałach, drugi w czasie wycieczki. I jeszcze inflancki chłop z zasadzki w lasach pod Parnawą, a potem pacholik pana Borzęckiego – kiedy pokłócili się o to, kto ma wybierać chleby, bodaj pod Saalis albo inną wioską.

Dydyński zatrzymał się przy kotarze. Już chciał budzić Jaśka, aby pomógł mu rozebrać się do snu, kiedy usłyszał dalekie rżenie.

To była Białonóżka. Tak tęskny, żałosny i wysoki głos mógł dobywać się tylko z jej pyska. Do licha, co tam się działo? Wszystkie konie za wyjątkiem dwóch woźników wygnali wieczorem na pastwisko nad Dniestrem, razem z końmi pozostałych szlachciców obozujących pod zamkiem. Stada pilnowało kilku pastuchów, więc stolnikowic nie martwił się o wierzchowce.

Od razu pomyślał o koniokradach, których schwytanych in recenti, to jest na gorącym uczynku, wieszano zwykle bez sądu i dalszych ceregieli na najbliższej suchej gałęzi. Dlatego nie wkładając zrzuconej z pleców ferezji, w samym żupanie i z szablą przy boku, popędził szybkim krokiem na pobliskie łęgi.

Rżenie ucichło jak nożem uciął. Dydyński wiedział dobrze, że opowieści o końskiej dozgonnej wierności można włożyć między bajki i czasem nawet najlepsze husarskie wierzchowce, co z niejednej stajni owies jadały, złapane na arkan lub kantar pójdą za koniokradem równie łatwo, co niewiasty na skraj świata za bogatym gachem. Jednak z Białonóżką była trudniejsza sprawa. To akurat był konik, który zapamiętywał dobrze swoich panów i kiedy próbował dosiąść go obcy, potrafił boczyć się, rżeć i sprawiać kłopoty.

Kiedy wychynął zza kępy rokity i wyjrzał na łąkę, na której pasły się wierzchowce, od razu wyczuł, że coś jest nie w porządku. A to dlatego, że na samym środku pustej przestrzeni jakiś człek w kapuzie ciągnął za sobą opierającą się i wyciągającą długą szyję Białonóżkę. Ktoś chciał sprzątnąć sprzed szlacheckiego nosa jego najpiękniejszego wierzchowca!

Dydyński porwał się do szabli. Wbiegł między zaniepokojone, strzygące uszami konie. Kilka spłoszyło się, pociągając za sobą cały tabunik – pomknęły w stronę rzeki, ledwie widoczne w ciemności, rozbiegły się na dwie strony na krawędzi obrywu, za którą zaczynało się kamieniste koryto Dniestru.

– Stój szelmo! Złodzieju! – zakrzyknął Dydyński, dopadając do Białonóżki. – Zdaj broń!

Koniokrad nie bawił się w próżne gadki. Nie wypuszczając z lewej ręki wodzy, ciął na odlew. Ostrze szabli świsnęło, zderzyło się z brzękiem z zastawą pani Dydyńskiej – zawsze gotowej do przelania krwi.

Starli się w mroku, zdyszani, wściekli. Dydyński złożył górną zasłonę, obrócił szablę w ręku i jak błyskawica zripostował w pierś, lekko, z łokcia.

– Bywaj tu! – zakrzyknął głośno. – Gozdawaaaa! Bywaj tu!

Koniokrad nie czekał, aż cały obóz zerwie się na nogi. Obrócił się przez prawe ramię zwinnie jak łasica, wymknął spod gradu uderzeń, jakimi zasypywał go szlachcic, szarpnął za uzdę nałożoną na łeb Białonóżki, przyłożył koniowi płazem szabli przez zad.

Dydyński pomknął za nim, chcąc przebiec przed pyskiem konia. Źle zrobił! Wystraszona Białonóżka skoczyła przed siebie, uderzyła go łbem i lewą piersią, przemknęła obok, prawie tratując kopytami. Jacek poleciał w trawę, zatrzymał się na kolanach, omal nie wypuścił z ręki szabli.

A podły szelma rzucił cugle, wychynął zza zadu umykającego konia, dopadł klęczącego szlachcica, rąbnął wbrew, wrąb, potem płasko – w pierś, z zamachu, wkładając w uderzenie całą siłę ramienia!

Dydyński zastawił się w ostatniej chwili. Nim zdołał poderwać się z ziemi, napastnik zbił jego szablę w bok, poprawił wrąb – aby zakończyć walkę jednym ciosem; tak szybko, że Jacek nie zdołał zasłonić się po poprzednim cięciu. Stolnikowic rozciągnął się jak długi, padł na bok, bratając się z trawą i końskim łajnem na pastwisku, co lepsze było niż mocny i głęboki pocałunek szabli. Przetoczył się na bok, chcąc podkurczyć nogi, a potem zerwać się jednym szybkim ruchem!

Dojrzał błysk uniesionej klingi i...

Ktoś osłonił go zakrzywionym ostrzem, przyjął cios na zastawę! A potem poprawił krótko w kiść, zasypał koniokrada gradem uderzeń. Nieborski! Przybiegł w hajdawerach, bez koszuli, jakby pożar zastał go na samym środku zamtuza, co zresztą poniekąd zdawało się prawdą.

Pocztowy chlasnął z podlewu, zbił przeciwtempo, dając czas swemu panu na poderwanie się z ziemi. Widząc przed sobą dwóch rozsierdzonych ludzi, koniokrad nie ryzykował dalszej walki. Skoczył za Białonóżką, która pomknęła w stronę Dniestru, ale zatrzymała się na chwilę, nim znowu poszła galopem, kiwając do taktu łbem. Koniokrad dopadł klaczkę w trzech krokach. Porwał wodze, chwycił natolijkę za grzywę i jednym susem wskoczył na grzbiet, na oklep.

– Psi syn! – jęknął Dydyński. Złodziej uderzył konia łydkami, pomknął jak strzała, zostawiając z tyłu przeciwników. Jacek rozejrzał się w poszukiwaniu jakiegoś konia, co i tak nie miało większego sensu, bo wszystkie wierzchowce były zarówno bez tręzli, jak i kantarów; prędzej złapaliby za ogon szczygła niż któregoś ze spłoszonych rumaków. Spoglądał w przerażeniu, jak jego najpiękniejszy koń znika w mroku, krzyczał, wrzeszczał, budząc na nogi cały obóz, a pewnie i straże na zamku.

I nagle stał się cud. Kiedy koniokrad dojechał do najbliższego pasma rokity i łoziny, zza chaszczy i chrustów wypadł tuzin jeźdźców – krzyczących, hałłakujących i gnających wprost na uciekającego. Nieznajomy prędzej spodziewałby się gromu z nieba niż takiego powitania. Wstrzymał Białonóżkę, zawrócił w lewo, prawie w miejscu, ale czasu już nie było... Zanim znów poszedł skokiem, konni dopadli go, otoczyli, ściągnęli z siodła, rzucili na ziemię wśród krzyków i przekleństw, otoczyli korowodem.

– Co tu się dzieje?! – zagrzmiał jakiś głos. A nadbiegający razem z Nieborskim Dydyński ku swemu zaskoczeniu rozpoznał zamkowych semenów, czyli konnych kozaków na służbie wojewody sandomierskiego.

– Wiążcie go w kij! – zakrzyknął zdyszany. – Łapcie, trzymajcie psiego syna, zanim go nie zeunuszę!

– Kto to?! – zakrzyknął stary kozak z natłuszczonymi wąsami zarzuconymi aż za uszy. – Pane szlachcic, co to za zwada?

– Zdybaliśmy na pastwisku koniokrada!

– Narobiliście wrzasku na całą okolicę! Na zamku było słychać.

– Mieliśmy się może modlić po kryjomu?

– Spasi Chryste. Winniście nam przysługę, pane – mruknął kozak. – Gdyby nie to, że akurat byliśmy w siodłach, pozbyłbyś się zacnego konika.

– To prawda – wydyszał Dydyński. – Masz rację.

Jednak słowo *dziękuję* nie przeszło mu przez gardło, przecież nie miał do czynienia ze szlachcicem.

– Zrobimy wymianę. Dostaniesz waszmość swego konia, a w zamian za to nie będziesz się sprzeciwiał, abyśmy tego marcowego gaszka wzięli do zamku. Na spytki. Za dużo tu się ostatnio kręci nieznajomych. Zgoda, pane szlachcic?

– Nie będę się sprzeciwiał – mruknął Dydyński, spoglądając na Białonóżkę, której wodze trzymał jeden z semenów. – Może to i lepiej, bo ja bym tego kurwego syna na paliku posadził!

– To i dobrze. Wasylko, oddaj konia panu Dydyńskiemu.

– Skąd mnie znasz?

– Całe województwo o tym gada. O waszmości ojcu, jego bracie...

Dydyński przymknął oczy i nic już nie powiedział.

Wracali wolno, zdyszani, razem z Nieborskim, pozostawiwszy Białonóżkę na pastwisku, aczkolwiek Jacek poprzysiągł sobie, że zaraz pobudzi czeladź i każe przygnać konie z powrotem do obozu.

– Jasna krew piczę ruchawicy zalała! – zakrzyknął nagle Nieborski i pognał gdzieś w mrok. Dopadł dogasającego ogniska i rozglądał się dokoła, a jego oblicze miało wyraz nadzwyczaj lichy i durnowaty.

– Co się stało, mospanie?

– Nie ma!

– Czego nie ma?

– Nie ma... Moich rzeczy! Nie ma Olszówki i Kostusi! Poszły sobie.

– To co, że poszły. Znajdziesz sobie inne.

– Poszły sobie... Moje buty kowane z juchty! – rozdarł się pocztowy. – Pochwa i rapcie od szabli pozłociste! Żupan falendyszowy żółty! Sakiewka z ortami i talarami! Czapka wilcza z trzęsieniem i piórami! O wy kurwy! Wy stare narożnice na trzeci bok kusiem diabelskim wyszturgane! Wy bachantki końską pytą rąbane! Jebichy, małpy, prukwy tatarskim kpem batożone! Złodziejki, szelmy, bestyje kurewskie!

Miał rację. W miejscu obozowiska, w którym przed chwilą gził się z Olszówką i Kostusią, hulałby wiatr, gdyby nie to, że noc była cicha i spokojna. Obie niewiasty, rzekome żony furmanów, którzy zabradziażyli gdzieś w dalekich Inflantach, ulotniły się równie lekko i cicho jak dwie turkaweczki, zabierając dobytek pocztowego.

– Słyszałem: pan z pastwiska woła – darł sobie włosy ze łba Nieborski. – Szablę złapałem i jak stałem, poleciałem – na ratunek! A one ukradły! Trzymaj je, łapaj! Szukaj!

– To chyba wiatru w polu – rzekł przytomnie Dydyński. – Co tu dużo gadać, orżnęły waści dzierlatki jak pijanego żaka, co pierwszy raz do Smoczej Jamy zawitał. Ale nie desperuj, waszmość, boś przecie z dobrego serca to uczynił, a nie z głupoty. Uratowałeś mnie na pastwisku, gdyby nie twa szabla, pewnie bym teraz wszystkie kości ze łba wybierał. Za co wdzięczny ci będę dozgonnie i krzywdę naprawię z własnej kiesy.

Podszedł bliżej i uścisnął prawicę pocztowego.

– A temu wszystkiemu – zatoczył ręką koło, ukazując miejsce, w którym jeszcze ze trzy kwatery temu obozowały dwie złodziejskie przechodki – dobrze się przyjrzyj i wyciągnij naukę. Primo – nie wierz nigdy niewieście, choćby cuda głosiła. Secundo – dobrych rad słuchaj, aby nie mówili potem w powiecie: mądry pan Nieborski jak każdy Polak – dopiero po szkodzie.

Die 31 julii, godzina dziewiąta z rana
Zamek w Samborze

Waarłam Jaickij dotrzymał obietnicy wspartej twardym jak żelazo mieszkiem pełnym dukatów. Wczesnym rankiem, ledwie Borek i Mykoła przypędzili konie od wodopoju, do obozowiska Dydyńskiego przyjechał kozak i oznajmił, że Dymitr oczekuje na stolnikowica na zamku.

Fortuna tym razem uśmiechnęła się do Jacka. Kazał zatem osiodłać Hetmankę, a potem, przyodziany w karmazynowy żupan husarski i najstrojniejszą ferezję, ruszył za sługą do Dymitra.

Wkrótce otwarły się przed nimi wrota na podzamcze; a tym, co wróżyło dobrze na przyszłość, był fakt, iż nie czaił się za nimi zawalidroga Dworycki. Przebyli podgrodzie, na którym wznosiło się pięć drewnianych domostw dla czeladzi i służby oraz drewniany dworek dla oficjalisty, taras z przegrodami dla trzymania więźniów starościńskich, a także Tatarnia, gdzie jeńcy z ordy krymskiej odpracowywali w pocie czoła liczne gwałty i grabieże poczynione w dobrach Korony Polskiej.

W miarę jak jechali do wysokiego zamku, coraz bardziej uwidaczniał się przepych i dostatek, którym otaczał się za życia jaśnie oświecony wojewoda sandomierski, i jasne stawało się, dlaczego nie płacił królowi rat dzierżawnych i kwarty. Dydyński już rachował, na co poszły owe sumy samborskie, które szlachta nazywała tak z przekory, nawiązując do sum neapolitańskich wywiezionych z Rzeczypospolitej przez królową Bonę, herod-babę i wściekłą wilczycę, a potem pożyczonych hiszpańskiemu monarsze Filipowi.

Mur zamkowy miał bowiem balasy z pobiciem gontowym, farbowanym na czerwono. Na dziedziniec zaś prowadziła brama z gankiem obitym tarcicami, ozdobionym banią, to jest kopułą z powietrznikiem i pozłocistą gałką.

A na dziedzińcu wybrukowanym porządnie kamieniami kłuł w oczy splendor rodu Mniszchów, do których rąk dukaty i talary leciały jak pszczoły do miodu. Wszystkie zabudowania – a więc zarówno Dom Wielki Jego Królewskiej Mości, mieszkanie Jej Królewskiej Mości, a także Dom Wysoki, zawierający tylko izbę stołową królewską i wzniesiony na kopcu oblanym wodą, połączony z resztą zamku mostem na palach – były świeżo tynkowane, a w oknach błyszczały przejrzyste jak lód weneckie szyby. U wejścia do izb zamkowych pobudowano ganki pokryte baniami i banieczkami zaopatrzonymi w gałki – wszystkie, ma się rozumieć, suto pozłacane. Nawet drewniany kościółek z wieżyczką miał baniasty dach obity blachą. A kiedy Dydyński zsiadł z konia i ruszył za sługą do wnętrza domu królewskiego, przekonał się, że ściany sieni obite były brytami aksamitu, a piece z gdańskich i toruńskich kafli – malowane na czerwono i błękitno. Wszędzie cieszyły oczy mozaiki, marmury, a wszystkie podłogi – jeśli nie kamienne – były drewniane i stolarskiej roboty, to jest kolorami zdobione i bejcowane.

Dymitr czekał na Dydyńskiego w małej salce o ścianach wykładanych kobiercami. Wyglądał niczym siedem nieszczęść albo topielec wyciągnięty świeżo spod koła młyńskiego. Jego owalna i mięsista twarz była czerwona, a zielone oczy przekrwione i podsiniałe po ostatniej nocy spędzonej – jak świadczyły armatnie saluty i wiwaty – na hucznej uczcie. Rudy włos miał w nieładzie, czamarę wymiętą i poplamioną. Zasiadał na zydlu obitym kobiercem, ale nie był sam – przy jego boku warował niczym wierny pies Waarłam Jaickij.

Dydyński podszedł do Dymitra tak ostrożnie i cicho, jak gdyby stąpał boso po rozżarzonej blasze. Czekała go rozprawa niczym krwawa bitwa w polu, jeden niepotrzebny gest mógł wszystko zrujnować. I przeciwnie – jeden szczery uśmiech zbudowałby most tak długi i szeroki, że dałoby się po nim przejechać aż do Moskwy karetą, do której zaprzężono sześć koni.

– Oto szlachcic, o którym mówiłem Waszej Carskiej Mości – rzekł Waarłam, wskazując stolnikowica długim i pulchnym paluchem. Dydyński nie lubił, gdy gawiedź wskazywała go łapskami, ale zniewagę ścierpiał, bo cóż miał robić? Odrąbać szablą rękę paskudnemu mnichowi? Ha, gdyby był carem, Waarłam pewnie jeszcze by mu za to podziękował. I złożył dłoń jako wotum w monastyrze czy innej cerkwi nakrytej złotymi baniami. Tak samo jak ofiary Iwana Groźnego, które wdzięczne były za srogie kary i tortury. Ot, choćby Dymitr Szewyrew, który wbity na pal przez trzy dni śpiewał pieśni sławiące krwawego tyrana.

– Jaki szlachcic? – zapytał Dymitr chrapliwym głosem. – Skąd? O nikim takim nie wspominałeś!

Stolnikowic łypnął złym okiem na Waarłama, skłonił się, zdjąwszy kołpak. Nie za mocno, w miarę – ot, żeby okazać szacunek gościowi pana wojewody. Nic więcej.

Jaickij pochylił się do ucha carewicza, składając swoje tłuste cielsko omalże na pół, co musiało go kosztować wiele wysiłku, bo na nalanym obliczu pojawiły się krople potu. Za to jego szept słychać było w drugim kącie sali.

– To jest pan Dydyński. Uratował życie Waszemu Carskiemu Wieliczestwu na gościńcu pod Dubieckiem.

– Czy chcesz mi wmówić, że moja pamięć jest dziurawa? – prychnął Dymitr. – Podejdź bliżej, mości panie.

Dydyński stanął wprost przed carewiczem.

– Czego oczekujesz od naszego majestatu, człowieku małej wiary? Zgaduję, że przychodzisz w pilnej potrzebie. Gdyby było inaczej, nie wracałbyś tu, po tym jak obraziłeś nasz carski majestat niczym bezbożny Judasz, a raczej bezrozumny chołopiszka, który – kiedy nawiedził go Ojciec Niebieski w żebraczym odzieniu – odpędził Jezusa kijem.

– Gdybym był prawdziwym Judaszem – ozwał się spokojnie Dydyński – nie wyciągałbym cię, mości carewiczu, ze skrzyni, w której dobywałeś ostatniego ducha. A nagrody za uwolnienie zażądałbym od razu i w złocie. Ja jednak wiem, że są rzeczy, których za złoto nie dostanie się nawet na jarmarku w Moskwie.

– Jakież to rzeczy?

– Honor i ludzka wdzięczność za uratowanie życia.

– Nie zapomniałem o twej pomocy – prychnął Dymitr. – Jednak ty bez powodu znieważyłeś carski majestat. A wiedz, że sprzeciwiać się nam to jakby sprzeciwiać się samemu Najwyższemu. Ja jestem synem władcy – który jest jak Bóg Ojciec – więc postąpiłeś tak, jakbyś wystąpił przeciwko woli samego Jezusa Chrystusa Pantokratora. A przecież nawet dla was, Polaków, winno być jasne, że ten, który łamie wolę Bożą, przygotowuje dla siebie ogień piekieł!

– Nie wiem, jak jest z Moskalami – odrzekł Dydyński, bo diabli zaczynali go brać po tym wszystkim, co doszło do jego uszu – ale ja nie mam zamiaru słuchać tak mocnych słów. Jestem szlachcicem, wolnym człowiekiem, który wybiera królów i obala tyranów. A jako obywatel mający głos na elekcji mam prawo oczekiwać, aby nasz król był ojcem, a nie tyranem. A już najmniej przypominał despotę i złotego cielca, któremu biją czołem niewolnicy.

– Skoro nie jesteś niewolnikiem ani głupcem, to chyba nie spodziewałeś się innego powitania?! – zagrzmiał Dymitr i poderwał się z zydla. Dydyński przez chwilę miał wrażenie, że carewicz rzuci mu się do gardła. Dalibóg, jeśli tak srożył się syn, tedy zaiste słusznie jego ojca zwano Groźnym. – Nędzny człecze, jak śmiesz wstępować w te progi po tym, kiedy śmiertelnie mnie obraziłeś?! Na kolana! Proś o przebaczenie! Czy nie rozumiesz tego, co wiek temu ujął w słowa Iwan Preswietow, wielki i znamienity doradca mego drogiego rodzica – że car nie może rządzić bez wzbudzania strachu? Jak koń pod carem bez wędzidła, tak państwo nie może być bez grozy!

– Si non iurabis, non regnabis* – odparował Dydyński, nie bojąc się wykrzywionej wściekłością gęby Dymitra. – Tak nasz polski Preswietow, czyli pan Zborowski, odparł królowi Henrykowi Walezemu, kiedy ten nie chciał zaprzysiąc naszych wolności. Nie rządem tyrańskim Polska stoi, lecz prawem i obyczajem!

– Wiesz, co by ci uczynił car moskiewski za takie słowa?! – zakrzyknął Dymitr i ruszył w stronę stolnikowica, unosząc obie ręce, jakby naprawdę chciał spełnić swoją groźbę.

Dydyński uniósł dłoń ku rękojeści szabli.

– Nie zniosę takiego traktowania od Waszej Carskiej Mości! Nie jestem Moskalem, kniaziem czy bojarem, abyś śmiał grozić mi katem i żelaznym posochem. A jeśli nawet liczysz na przewagę liczebną, tedy wiedz, carewiczu, że mam tu krewnych i przyjaciół w okolicy! Wilcy twoją reputację zjedzą, kiedy panowie szlachta dowiedzą się, że wojewoda sandomierski śrubuje na tron kremlowski tyrana, co godzi na życie człowieka, który własną ręką wyciągnął go z opresji?! I wtedy carskiej sprawy nie poprze nawet pies z kulawą nogą, a nie tylko żaden koronny szlachcic.

---

* łac. – Jeśli nie zaprzysiężesz, nie będziesz panował.

Dymitr zatrzymał się z uniesionymi rękoma, z obliczem wykrzywionym gniewem i wściekłą furią.

I nagle na jego obliczu pojawił się uśmiech. Burza minęła tak niespodziewanie, że sam Dydyński był zaskoczony zmianą jego nastrojów. No cóż, biegłe odgadywanie humorów i fluksji panującego nie było umiejętnością, którą ćwiczyłby od dziecka.

Carewicz cofnął się, przysiadł na zydlu. Skinął na Waarłama, a ten potoczył się ku sekretarzykowi, dobył z niego flaszę wina, nalał do kielicha.

– Czego sobie od nas życzysz, mości panie Dydyński? – zapytał Dymitr. – Mienisz się być naszym zbawcą. Nie zapieramy się, że my, grzeszni, skorzystaliśmy z twej pomocy. Przyjechałeś po nagrodę? Bo przecież prędzej uwierzę, że mój największy wróg, car Borys Godunow, da się postrzyc w mnichy, niż w to, że nagle przekonałeś się, iż jestem prawowitym następcą moskiewskiego stolca. A może przyśniła ci się Moskwa z tysiącem złotych cerkwi? I postanowiłeś uszczknąć trochę z jej bogactw? Mów śmiało. Nie bój się!

– Przede wszystkim nie przyszedłem, aby błagać Waszą Carską Mość o łaskę jak niewolnik. Gdybym był Moskalem, tarzałbym się teraz u twoich stóp, krzycząc, jakże to omyliłem się na trakcie pod Bachorzkiem, że nie poznałem carskiego sokoła i wschodzącego słońca domu Rurykowiczów. Ja jednak jestem wolnym człowiekiem i niedowiarkiem, zatem daruję sobie komedię z rozpoznawaniem w tobie moskiewskiego następcy.

– A więc wedle twych słów jestem samozwańcem? Dymitriaszką? Carzykiem? Ros-try-gą? – carewicz wymawiał te słowa wolno, przymknąwszy oczy, jakby sprawiały mu one niezwykłą rozkosz i smakowały lepiej niż wykwintne marcepany. – Czyż nie tak nazywają mnie przeciwnicy?

– Nie mnie wyrokować o koligacjach, mości carewiczu. Nie byłem w Ugliczu, kiedy zabójcy Godunowa chcieli poderżnąć ci gardło, ani też nie grywałem z tobą w pikuty. Jestem prostym żołnierzem, więc zapytany o to, czy jesteś synem Iwana Groźnego, odpowiadam w zgodzie z mym sumieniem: nie wiem. Wróciłem jednak nie po to, aby cofać moje słowa, choć przyznaję – były wypowiedziane z gorącej głowy i zbyt pochopnie – ale ponieważ wydarzyły się rzeczy, które zmuszają mnie do udania się do Moskwy.

Dydyński przerwał na chwilę i oblizał wargi. Wyglądało na to, że wypływali na szerokie wody. Oby teraz fantazja stolnikowica nie utonęła w nich jak dziurawa balia!

– Przyszedłem, ponieważ łączy nas, miłościwy carewiczu, wspólnota celów. Jeśli wspomożesz mnie w tym, co chcę osiągnąć, oddam szablę i poczet na twe usługi. I będę służył ci nie z przymusu – jako samodzierżcy wsiej Rusi, świętemu carowi, wielkiemu księciu i innych mnogich ziem obładitielowi – ale z taką wiernością i oddaniem, z jakim służyłbym każdemu panu, któremu złożyłbym przysięgę. Dokładnie tak, jak byłem wierny Rzeczypospolitej i jej hetmanom – Chodkiewiczowi i Zamoyskiemu.

Dymitr spojrzał mu prosto w oczy. Dydyński jednak wytrzymał jego wzrok.

– Wiem, że me słowa mogą wydać się wam zuchwalstwem, bo nie zwykłem jak rab zginać karku i bić pokłonów nikomu, włączywszy w to króla Zygmunta i Ojca Niebieskiego. Zważcie jednak, że mówię szczerze, a nie co ślina na język przyniesie. I tak jak jestem szczery i otwarty w słowach, tak będę i w uczynkach. Jeśli teraz mam odwagę, aby mówić to, co myślę, będę miał ją także wówczas, aby pozostać przy was, w chwili kiedy będziecie w potrzebie. Zważ, carze, że ci, którzy są prostolinijni, ale szczerzy, pozostają wierni do końca. A ci, którym łatwo przychodzi zginanie karków, mogą bić pokłony przed każdym. Dziś przed tobą, jutro – przed twoim największym wrogiem.

– Czego szukasz w Moskwie, mości panie Dydyński? Sławy? Bogactwa? Szczęścia?! Nie – Dymitr osuszył puchar prawie do dna – nie fatygowałbyś się po to. Ty masz szczęście, po tobie to widać. Zatem – niech zgadnę – wydarzyło się coś, co sprawiło, że musisz uciekać przed prawem? Zajazd? Zwada? A może miłosna historia? To takie banalne, że aż polskie.

– Szukam w Moskwie zadośćuczynienia za grzechy ojca...

Dymitr aż uniósł brwi ze zdumienia.

– Grzechy... ojca? Opowiedz mi o wszystkim dokładnie.

– Całe województwo ruskie zna tę historię lepiej ode mnie.

– To tylko plotki. Chcę usłyszeć prawdę z twoich ust.

Stolnikowic streścił całą rzecz w kilku słowach.

Dymitr milczał długo.

– Więcej nas łączy, niż dzieli, mości panie Dydyński – rzekł w końcu carewicz. – I ty, i ja utraciliśmy dziedzictwo z winy tych, co nas spłodzili. Ja – przez nieopatrzność rodzica, który zostawił Godunowa przy życiu. Ty zaś – z powodu zbrodni, której dokonał. Obaj cierpimy za grzechy ojców. Obaj walczymy o odzyskanie tego, co z woli Zbawiciela należy tylko i wyłącznie do nas. To pocieszające znaleźć kogoś, kto popadł w podobne tarapaty. Zgoda. Przyjmę twe usługi, mości panie. A wiesz z jakiego powodu?

– Nie wiem.

– Przyjmę je nie dlatego, żeś mnie uwolnił i mam dług u ciebie. Bo kiedy chciałem ci okazać łaskę, wzgardziłeś nią – więc drugiej nie dostaniesz. Przyjmę cię nie przez to, iż brakuje mi szabel, bo wolę mieć ludzi mniej hardych niż ty, a także nie ze względu na twe nagłe nawrócenie ani że obaj chcemy odzyskać nasze dziedzictwo. Przyjmę cię dlatego, że jesteś wybrańcem Fortuny.

Dydyński drgnął zaskoczony.

– Ocaliłeś mi życie, kiedy związany jak baran w rzeźni wieziony byłem ku zagładzie. Uratowałeś moją głowę wczoraj wieczorem, kiedy złapałeś koniokrada i wszcząłeś zamęt na pastwisku pod zamkiem. I za to jestem ci wdzięczny po raz wtóry.

O czym on mówił? Jaki zamęt? Jakie ocalenie głowy?

– Człowiek, którego dojrzałeś na pastwisku, był mordercą wysłanym przez moich wrogów – cierpliwie tłumaczył Dymitr, uderzając kantem dłoni w drugą. – Jednym z dwóch worów, którzy mieli porwać mnie w trakcie uczty.

Ciekawe...

– Jeden z nich przekradł się do zamku i zaczaił w komnacie, a drugi poszedł schwytać konie, aby zabezpieczyć kompanowi drogę ucieczki. Traf i palec boży chciał, że na pastwisku spotkał ciebie. Kiedy został schwytany i kat go oświecił – ale bynajmniej nie kagankiem cnoty – wydał wspólnika, który czekał cierpliwie z dobytym sztyletem w mojej komnacie. Gdyby nie ty, byłbym już martwy albo trząsłbym się na końskim grzbiecie jak wór, podczas gdy owi hultaje wieźliby mnie ku moskiewskiej albo węgierskiej granicy.

A to dopiero historia...

– Pomogę ci znaleźć w Moskwie stryjecznych braci, kiedy tylko obejmę władzę. Wydam gramotę, aby szukano ich po całym kraju, od lodowych pustyń północy aż po tatarskie stepy na południu. Od Smoleńska i Siewierszczyzny po Sybir.

Po co ich szukać? – zabrzmiał w głowie Jacka robaczywy szept Przecława. Starczy potwierdzenie, że nie żyją! I podzielimy majętności na pół!

– To wszystko obiecuję i daję carskie słowo, że będzie zrobione i uczynione. O ile pójdziesz do mnie na służbę i pomożesz w pokonaniu Borysa Godunowa!

– Nic innego nie będę miał na uwadze – rzekł Dydyński – jak tylko to, aby Wasza Carska Mość jak najrychlej zasiadł na Kremlu.

– Powoli, powoli! – mruknął Dymitr. – Mówiłeś już długo i namiętnie, czego oczekujesz po mnie. Zgoda. Spełnię to. Jednak to nie wszystko. Albowiem mam dla ciebie zadanie. Trudne, niewdzięczne, tak jak nasze życie, ale niezmiernie ważne dla naszego carskiego majestatu.

Zadanie? O czym on mówił? To nie wystarczał już sam udział w wyprawie?

Tak to już jest z możnymi, pomyślał Dydyński, nic nie ma za darmo. Królowie, książęta, nawet karmazyni trzymają nas w garści i nie popuszczą. A jeśli nawet piją nasze zdrowie i obłapiają, to tylko po to, aby już za chwilę zaświecić w oczy diabelskim cyrografem.

I kto mi go wystawia! Żeby to był bodaj kasztelan albo wojewoda, nie wspomnę już o kniaziach Ostrogskich albo Koreckich. Takim nie szkoda byłoby choćby duszy zaprzedać. A to jest zwykły carzyk, pretendent nie wiadomo – z prawego czy lewego łoża, z nałożnicy albo siódmej żony cara Iwana. I służ mu wiernie jak pies.

A wszystko przez sprzedajnego brata i jego murwę!

– Od czasu, kiedy w Rzeczypospolitej zrobiło się o mnie głośno – rzekł cicho Dymitr – doczekałem się kilku prób zamachów na me zdrowie i życie. Pierwszy raz in octobre minionego roku, kiedy napadnięto na przygraniczny Śniatyń i Pryłuki, spodziewając się, że tam przebywam. Potem w marcu, gdy przyjechałem do Sambora, chcieli skrócić mnie o głowę dwaj słudzy kupca-bojara Semena Wołkowskiego-Owsianego, podłego szpiega i sługusa cara Borysa. Tych kazałem ściąć. Potem w maju, kiedy zatrzymałem się w Sanoku u syna mego dobrodzieja, pana wojewody Stanisława Bonifacego, sanockiego starosty, i na roczkach sądów grodzkich występowałem jako świadek w sprawie Zygmunta Chamca przeciwko Aleksandrowi Teofilowi Krylińskiemu, wrogowie zaatakowali znowu – bez skutku. Aż wreszcie, kiedy pojechałem miesiąc temu do Rzeszowa na rozmowy z panem Mikołajem Spytkiem Ligęzą, znów próbowano mnie pochwycić. Wtedy pomogła mi twoja szabla i gorąca krew. Wczoraj znów o włos wywinąłem się napastnikom. Te ostatnie próby miały zaś na celu nie tyle zabicie mnie, co uprowadzenie w niewiadomym kierunku. Opowiadam ci o tym wszystkim, bo chciałbym dowiedzieć się, kto na mnie poluje? Kto chce wziąć mnie żywcem? Odnajdź go, a ja odszukam twoich krewnych.

– Wróg Waszej Carskiej Mości jest tylko jeden – wzruszył ramionami Jacek. – To Borys Godunow, car moskiewski zasiadający w Granitowej Pałacie. Komu jak komu, ale jemu najbardziej zależy na waszej śmierci.

– Tego wroga znam lepiej niż własnego ojca – odparł Dymitr. – Ale po cóż fałszywemu carowi byłbym potrzebny w całości? Do jego dobrego samopoczucia wystarczyłaby moja głowa podana na wety na złotym półmisku. Tymczasem we wszystkich tych zamachach, wyjąwszy atak na Śniatyń i Pryłuki i pierwszy zamach w Samborze – będący dziełem szpiegów Borysa – napastnikom nie chodziło o moją głowę. Chcieli porwać mnie i uprowadzić z Rzeczypospolitej do Moskwy. W sobie tylko wiadomym celu.

– Krew jest tańsza od wina, mości carewiczu. Tymczasem żywy jesteś wart dla Godunowa co najmniej tyle złota, ile sam ważysz.

– To nie jest takie proste. Ktoś, kto chciałby mnie porwać, ryzykuje zbyt wiele. Po pierwsze, musi wieźć jeńca przez wiele mil wrogim krajem, dbać o niego. A przecież prościej dać puginałem pod żebro i wrzucić ciało do byle rzeki. I już spokój, cisza. Kim są ludzie, którzy chcą schwytać mnie żywego i zdrowego? Wydaje się, że nie należą do stronników Borysa, bo temu zależy tylko na mojej śmierci.

– Nie powiedzieli na pytkach?

– Ci, którzy byli wysłannikami cara, wyznali wszystko.

– A ci drudzy?

– Nie było kogo wieszać na linie. A jeśli nawet – nie usłyszałem od nich niczego nowego. Ot, zbiry z gościńca wynajęci do mokrej i fachowej roboty. Nie było ich wielu, bo tylko dwóch. Nie przyznali się, choć mamy dobrego kata – Niemca – bo wy, Polacy, jesteście zbyt nieporadni do takiej roboty. Jeden skonał, a drugi milczy jak grób.

– Zadziwiające...

– I straszne. Pomóż mi, a ja pomogę tobie. Nie jak car poddanemu, ale niczym człowiek człowiekowi. Moskal – Lachowi. Jak brat bratu...

Dydyński drgnął.

– Odnajdź tego, który chce schwytać mnie żywcem, i przywiedź przed carski majestat albo wskaż drogę do niego. Pokaż mi jego oblicze, bo chcę znać wszystkich moich wrogów. Ja w zamian za to odnajdę twego stryja lub jego potomstwo.

Dydyński nie wiedział, co rzec. Intryga była dziwna, wprost nie do uwierzenia. Cóż było czynić? Co robić? Ojcze, radź mi z nieba! Wesprzyj w godzinie zwątpienia.

Ojciec i niebo milczeli. Był sam, zupełnie sam. I pierwszy raz poczuł ciężar swej decyzji. Oto weźmie krzyż i będzie go niósł. Być może padnie pod jego ciężarem i nigdy nie powróci do Rzeczypospolitej. Nie obejmie Niewistki i innych wsi, nie sprzeda ich i nie przeniesie się na Ukrainę, gdzie byłby równy królewiętom.

Jak ciężko było zdecydować! Do tej pory ojciec wybierał za niego. On posłał go do akademii w Rakowie, a potem do wojska. Zawsze ten ojciec. Jak bardzo go teraz brakowało.

– Zgódź się, panie Dydyński. Liczę na ciebie.

Pokiwał głową, bo w gardle zabrakło mu słów.

– Niechaj Wasza Carska Mość każe mu przysięgać – zasyczał nagle Waarłam. – To nie nowina, że w co rano Lachy wierzą, temu na wieczór zaprzeczają!

Dydyński posłał mu nienawistne spojrzenie.

– Ucałuj mój chrest i przysięgnij dochować nie tylko wierności, ale i tajemnicy – rzekł groźnie Dymitr, po czym wyciągnął krzyż, który miał uwiązany na łańcuszku pod szyją.

– Powtarzaj za mną, Jacku Aleksandrowiczu. Ja, urodzony Jacek Dydyński...

– Jacek Dydyński...

– Ślubuję z całej swej duszy, fantazji i serca...

– Z serca...

– Być wiernym sługą.

– Wiernym... Sługą...

– Dymitra Iwanowicza, z bożej łaski carewicza moskiewskiego, gosudara, pana, wielkiego księcia moskiewskiego, pskowskiego, siewierskiego, smoleńskiego i innych...

– ...i innych.

– ...że nigdy i nikomu nie wyjawię tajemnicy...

– ...jaką poznałem z jego ust. Tak mi dopomóż Bóg i Trójca Święta.

– Ucałuj chrest – ponaglił Dymitr. – Złóż pocałunek na znak prawdziwości twych słów.

Dydyński skinął głową. Ale nie opadł na kolana – stał z wysuniętą głową, czekając, aż Dymitr podniesie krzyż i przysunie do jego oblicza. Dopiero wówczas pocałował stopy Chrystusa.

I odetchnął z ulgą.

– Byłem na ciebie zły i gniewny, nie ukrywam tego – mruknął Dymitr. – Pamiętaj wszakże, że nie jestem tyranem, a ktoś, kto pomawia mnie, że postępuję jak Borys Godunow, niechaj zapyta, na kogo się gniewam. Na tych, którzy przeciwko mnie występują – odpowiem. Kto zaś jest dobry, nie będę mu żałował niczego, oddam mu – z siebie zdjąwszy – ten łańcuch i suknie.

A potem Dymitr naprawdę zdjął z siebie złoty krzyż i włożył go na szyję Jacka. Szlachcic nie skłonił się, nie ucałował w rękę carewicza. Obejrzał błyskotkę, po chwili podniósł głowę.

– Witaj w mych szeregach – roześmiał się Dymitr i rozłożył ramiona. Padli sobie w objęcia jak wolni bracia. Być może ten jeden jedyny raz przyszły car obłapiał polskiego szlachcica; bo znacznie później robiły to za niego skuteczniej i przez całe wieki kajdany oraz drewno moskiewskiej szubienicy. – Znajdź tego, co chce mnie porwać, a ja nie pożałuję złota i godności. U siebie w Rzeczypospolitej zostałbyś najwyżej starostą. U mnie będziesz bojarem, kniaziem, albo przynajmniej koniuszym.

Dydyński spojrzał nań, pytając wzrokiem, czy kpi albo może jest pijany, bo rządcą od stajni nie zostałby nawet u samego Radziwiłła.

– Całowałeś chrest, więc szukaj moich wrogów. Śledź ich choćby dzisiaj.

– Czy Wasza Carska Mość może wskazać mi jakiś ślad?

– Jest Moskal – mruknął carewicz chmurnie. – Zwie się Borys i na razie pokutuje w lochu. To ten sam, który zaczaił się na zamku, chcąc mnie ogłuszyć i chyłkiem wywieźć z Sambora. Schwytano go dzięki temu, że zdołałeś dopaść jego kompana na pastwisku. Ten wskazał miejsce, w którym miał czekać wspólnik.

– Skąd wiesz, mości carewiczu, że chciał cię pojmać, a nie zabić?

– Bo chociaż milczy na mękach, miał przy sobie to. – Dymitr sięgnął do sekretery, wydobył worek, a potem wytrząsnął z niego na stół... włochatą niedźwiedzią maskę szczerzącą białe kły.

Dydyński drgnął; maska była podobna do tej, którą zerwał z głowy związanego i zakneblowanego Dymitra na trakcie pod Bachorzkiem.

– Poznajesz? Teraz już wierzysz, że chcieli mnie porwać ci sami ludzie, co wtedy?

– Gdzie znajdę tego Moskala?

– W loszku pod tarasem zamkowym. Był już na mękach, ale nie złamało go ani przypiekanie, ani hiszpańskie trzewiczki, ani śrubowanie kciuków. I tak Borys będzie przysądzony drzewu, więc jeśli chcesz, możesz zawołać kata Friedricha i jeszcze raz spróbować coś z niego wydobyć. Pójdź tam, zobacz się z nim i niechaj Bóg cię prowadzi.

Die 31 julii, godzina druga w południe
Zamek w Samborze

– Mości panie stolnikowicu, witamy w naszych skromnych progach.

Czekała w zamkowym krużganku, w miejscu, przez które musiał przejść, wychodząc od Dymitra. Czyżby widziała, kiedy wstępował w carskie komnaty?

Maryna Mniszchówna, jejmość panna wojewodzianka sandomierska. Mała wzrostem, lecz gładka, choć teraz jej wdzięki ukryte były pod hiszpańską suknią na fortugałach, z podwójnymi rękawami i szeroką kryzą pod szyją. Suknią wciętą do granic szaleństwa; Dydyński od razu wyobraził sobie te wszystkie służebne, które mocowały się ze sznurami, czasem pomagając sobie kolanami, aby zapiąć swoją panią w ciasnych więzach gorsetu. Wszystko po to, aby przy rozszerzającej się jak kielich kwiatu sukni jej właścicielka pozostała w talii podobna do osy.

– Waszmość mnie nie poznajesz?! – zapytała, zanim w ogóle zdołał się odezwać.

– Czołem waćpannie biję – odparł, a potem zrzucił z ramienia ferezję, ścieląc ją pod jej stopy, ukląkł, zdjął kołpak i zaczekał, aż poda mu rękę do ucałowania. Ferezja warta była dobre pięćdziesiąt złotych; do diabła, może gdyby niewiasty dowiedziały się wreszcie, ile naprawdę kosztowało bezustanne im nadskakiwanie, przestałyby się mizdrzyć, opierać i stawiać, a zaczęłyby od razu przystępować do rzeczy. – Widziałem waćpannę na weselu siostry, Urszuli, która szła... przepomniałem...

– Za księcia Konstantego Wiśniowieckiego. A ślub był w styczniu zeszłego roku.

Maryna, przyrzeczona już od roku Dymitrowi, miała niski i nieco chropawy głos. Jak ladacznica, pomyślał w głębi ducha Dydyński. Ale taki kontrast u jaśnie oświeconej panny tylko dodawał jej uroku. I czynił ją nie tylko bogatą, ale także bardziej ponętną partią.

Wojewodzianka nie była wysoka. Sięgała Dydyńskiemu poniżej ramienia, całkiem jak – wstyd przyznać –

chłopówna, a nie panna szlachetnego rodu. Kurduplica – stwierdziłby zapewne pan Świrski, który lubił harde i wysokie niewiasty.

Jej uroda nie zachwycałaby kogoś, kto oglądałby ją na portrecie. A to dlatego, że prawdziwego jej uroku nie oddałby pędzel samego Caravaggia. Aby w pełni zachwycać się wojewodzianką, trzeba było znać i widzieć Marynę żywą, a nade wszystko słyszeć jej głos, doprawiony uwodzicielskim gestem. Ta niewiasta, z wyglądu krucha i niewinna jak mała dziewczynka, mówiła niczym najbieglejsza dama dworu, zachowując przy tym niezwykły urok dziewczęcia. Rzekłbyś: diablica zamknięta w ciele biednej służki. I trzeba było przyznać, że jeśli chciała, wybornie odgrywała skrzywdzoną owieczkę.

Dydyński pamiętał o tym i dlatego postanowił mieć się na baczności.

– Widziałam cię z daleka, jak jechałeś do zamku – westchnęła cichutko Maryna. – Na koniu, na którym cię pamiętam jeszcze z wesela mej siostry.

– To Hetmanka, zacna i dzielna klaczka. Rzeknij słowo, mościa wojewodzianko, a będzie twoja razem z całym rzędem.

– Zapomniałeś, że nie jeżdżę na klaczach, mospanie – odrzekła frywolnie. – Nie czas wszakże mówić o rumakach, kiedy cała drżę z niepokoju – przymknęła na chwilę oczy i wstrząsnęła śliczną główką – i aż się boję spytać, czy przybyłeś waszmość tylko w odwiedziny, czy też może... Nie, nie śmiem o tym mówić.

– Śmiało, mościa panno. Ty jesteś od zadawania pytań, a ja od odpowiadania.

– Czy także od spełniania życzeń, mości panie Jacku?

– Mów, czego pragniesz, panno wojewodzianko, a twe życzenie stanie się najmilszym rozkazem, jaki przyjdzie mi wypełnić.

– Życzyłabym sobie... Ach, kiedy boję się wspomnieć.

– Ale ja zamieniam się w słuch. Będę czekał na twe słowo, aż uschnę z głodu i pragnienia. Nie chciałabyś chyba mej śmierci, mościa panno wojewodzianko?

– Chciałabym... Ach! Wszystkiego, tylko nie zgonu! Życzyłabym sobie, abyś poparł mego ojca i Dymitra w jego staraniach o tron carski. Brakuje nam ludzi, prochów, wsparcia. Gdyby ichmość pan stolnikowic, jako najlepsza szabla województwa, stanął po naszej stronie, czułabym się... bezpieczniejsza.

– Skąd waćpanna wiesz, że jestem pierwszy w szabli na Rusi? Pierwszy do wydobycia żelaza to być może, a w szrankach zaledwie nie ostatni. Ale to wszystko tylko słowa.

– Opowiadał mi o tobie pan Andrzej Ligęza z Piotraszówki. Wiem też, żeś uratował mego Dymitra przed porwaniem na gościńcu przemyskim. Jak ja ci się za to odwdzięczę?

– Będziesz miała niejedną okazję, mościa panno.

– Przecież niedługo odjedziesz.

– Odjadę z Dymitrem do Moskwy! Zdobywać tron dla ciebie. Moja szabla jest na wasze usługi.

– Nie może to być?! Panie Jacku – zakrzyknęła z zachwytem, chyba jednak szczerym – popierasz Dymitra? To doprawdy wspaniała nowina!

– Nie będę wygłaszał długich mów i rozwodził się, dlaczego tak się stało. Dość, że idę z wami na Moskwę.

Maryna dygnęła przed nim, ujmując w smukłe dłonie skraj obfitej sukni, podciągając ją lekko do góry i stając się skromną dwórką. Ale już w chwilę później odezwała się jak prawdziwa wojewodzianka:

– Jaki urząd przeznaczył dla waszej mości carewicz? Mówiłeś już o tym z Dymitrem? Z twoją eksperiencją możesz szybko zostać rotmistrzem – jeśli weźmiesz list przypowiedni. Ale jeśli cię to nie bawi, może będziesz łowczym albo udzielnym księciem?

– Nie dzielmy skóry na moskiewskim niedźwiedziu, panno kasztelanko. Jeszcze car Borys żywo po Kremlu chodzi. Jeśli – jak twierdzisz – znasz mnie i pamiętasz, powinnaś wiedzieć, że nade wszystko miłuję prostotę. Dlatego będę zwykłym towarzyszem w chorągwi husarskiej cara Dymitra. Przysłużę się carewiczowi tym, na czym znam się najlepiej. – Uderzył dłonią po szabli.

– Chyba jednak cieszysz się jego zaufaniem. Nie może to być, że nie powierzył ci jakiejś szczególnej misji? – spytała szybko, jednym tchem. – Przy mnie możesz wszystko mówić, bo ja i Dymitr jesteśmy sobie przyrzeczeni i nie mamy między sobą żadnych tajemnic.

Tu cię boli, pomyślał. To chciałabyś wiedzieć.

– Zaciągnąłem się na służbę. I tyle. Jego Carska Mość pytał o moje boje w Inflantach. Mam nadzieję, że jest ze mnie rad.

– Mogłabym wstawić się za tobą do Dymitra – szepnęła. – Na pewno dałby ci buławę rotmistrzowską. Znając twą eksperiencję wojskową, przydałby mu się ktoś, kto umie odróżnić kopię od drąga, a starą kobyłę... od ogiera.

Specjalnie tak powiedziała. Cóż za plebejskie porównanie! Ale z jakim wdziękiem wypowiadały je usta wojewodzianki. Dydyński był ciekaw, czy Maryna znała może przekleństwa. Te wojskowe, najgorsze; za każde z nich ksiądz dawał cały różaniec do odmówienia na pokucie.

– Dymitr ma dość doradców i mędrków, z których każdy jest pierwszy, by wskazać drogę na Moskwę, ale zapewne ostatni, kiedy przyjdzie rąbać się z ludźmi cara Borysa. Teraz Dymitrowi potrzeba nade wszystko śmiałych i wyćwiczonych żołnierzy, bo czeka nas ciężka przeprawa. Jest przy nim twój ojciec, są panowie Buczyńscy i Waarłam.

Maryna zmarszczyła brwi i skrzywiła się, słysząc imię moskiewskiego mnicha.

Widzę, pomyślał Jacek, przepadasz za starym czerńcem jak kot za psem.

– Nie wszyscy są godni zaufania – szepnęła. – A już najgorzej Moskale. Przysięgali kolejno: Iwanowi, Fiodorowi i Godunowowi. Teraz biją czołem przed Dymitrem, a każdego poprzedniego cara zdradzili!

– Jest jeszcze twój rodzic. Różnie o nim powiadają, ale zmysłu politycznego ichmość panu wojewodzie odmówić nie można. Nie popierałby Dymitra, gdyby sądził, że impreza z góry skazana jest na niepowodzenie.

– Mój ojciec to zupełnie inna sprawa. – Opuściła ramiona, pochyliła głowę, a jej oczy zasnuł smutek. Swoją drogą, maniery dworskie znała wspaniale. Tej wdzięcznej gry słów i gestów mogłaby pozazdrościć jej niejedna księżniczka. A już na pewno obie królewskie Habsburżanki – zarówno nieszczęsna garbata nieboszczka Anna, jak i jej siostra Konstancja, gburowata i wyniosła jak każda rakuska dziewica, która – jak chodziły wieści – miała stać się kolejną oblubienicą króla Polski i Litwy. – Miecz wisi nad jego głową, nóż ma na gardle. To na początek. Dalej musisz pamiętać, że mój rodzic to nie taki zwykły poczciwy pan ojciec, co całe życie siedzi w domu na zagrodzie i procesuje się z sąsiadami. Oto wojewoda, statysta, senator, do którego przemawia tylko język splendorów, a każde słowo ma wartość karmazynu. Sto tysięcy rubli. Czternaście zamków siewierskich. Ten język najlepiej rozpoznaje. Klejnoty, stroje, konie, husarze, parady, mowy, wielkość rodu. Kiedy na bankiet pojedzie, nie zrozumie, kiedy go spytasz, czy smacznie jeść dali, ale czy była to uczta za tysiąc, czy może dwadzieścia tysięcy. I czy na złotych, czy srebrnych półmiskach podali pieczyste. Z takich właśnie powodów popiera Dymitra; bogactwo jest jego ułudą. A najważniejsze, że choć popiera carewicza nie całkiem za darmo, to cena, której zażąda Dymitr, nie jest wygórowana.

– Przecież ryzykuje całym waszym majątkiem rodowym, aby wynieść cię na tron carski?

– Ryzykuje tylko tym, że nie spłaci długów. A także zdrowiem swej czwartej i najmniej lubianej córki. Ale moje życie, nawet przeliczone na dukaty, nie jest dużo warte.

– Będziesz carową.

– Jeśli tron Groźnego wywalczy dla mnie waszmości szabla – będę. Ale co z tego? Pan ojciec wojewoda zabierze z Moskwy złoto i klejnoty. Sprzeda zamki i wotcziny. I wróci tutaj, do Rzeczypospolitej, aby chadzać w karmazynach, jeździć na sejmy poszóstną karetą. A ja – zostanę tam, w obcym kraju.

– Będziesz miała władzę, jakiej nie dostała żadna królowa polska.

– Będę tam sama – wyszeptała, zbliżając się do Jacka. – Boję się smutku na carskim dworze, w złotych szatach, wśród ikon i brodatych mnichów. I dlatego potrzebuję przyjaciół. Wiernych towarzyszy, którzy ostrzegą mnie przed wrogiem. Potrzebuję... ciebie, mości stolnikowicu. Gdybyś mnie nie odtrącał, wstawiłabym się za tobą do Dymitra, abyś mógł przebywać jak najbliżej Jego Carskiej Dostojności.

– Abym zajął miejsce Waarłama? Chcesz jego zguby?

– To twoje słowa, mości kawalerze.

– A może sama wolałabyś stanąć przy Dymitrze zamiast tego śmierdzącego capa?

Nic nie odpowiedziała. Wyglądała na załamaną i zagubioną, ale Jacek wolał zachować ostrożność. Tak wysoko postawiona i tak dostojna panna mogła być równie niebezpieczna, co granat z tlącym się lontem, który – kiedy wybuchał – to bynajmniej nie od żaru miłości. Maryna snuła już swoją intrygę. Cokolwiek by mówić – wyglądało na to, że dobrze wczuwała się w rolę przyszłej carowej.

– Czy tak... byłoby źle? Panie Jacku, odpowiedz, proszę. – Przymknęła oczy, rozchyliła usta, jakby czekała na jego pocałunek.

Prawdę powiedziawszy, w tej właśnie chwili pan Dydyński prędzej pocałowałby żmiję niż wojewodziankę. Nie dlatego, że miała serce gadziny, ale ponieważ wydarzenia toczyły się zbyt szybko. Ledwie odzyskał zaufanie Dymitra, ledwie dostał do wypełnienia ważną misję, a już Maryna zastawiała na niego sidła, wabiąc miłostką, która mogła okazać się równie ponętna, co niebezpieczna.

Przyklęknął zatem i pocałował ją w rękę. Zaskoczona otwarła oczy.

– Masz we mnie wiernego przyjaciela, mościa panno. A co do reszty... Resztę załatwimy szabelkami!

Die 31 julii, godzina czwarta w południe
Lochy pod tarasem zamku w Sanoku

Moskal, którego przyprowadzili hajducy do izdebki w podziemiach tarasu, nie wyglądał na człowieka, z którym można czytywać sielanki sławetnego Szymona Szymonowica przy kielichu dobrego wina. Oczywiście, Dydyński nie spodziewał się, iż człowiek, który wynajęty został do porwania carewicza, będzie równie gładki co przemowa dworaka. Pierwszy raz jednak ujrzał Moskala, który budził w nim nie tylko pogardę, ale także, a może przede wszystkim – respekt. To nie był ciemny i gruby brodacz w szubie pamiętającej czasy Aleksandra Newskiego, podobny z obyczajów do niedźwiedzia, pijący gorzałkę szklenicami i bijący czołem na sam dźwięk carskiego imienia, człek głupi, sprośny i podstępny. Krępy i potężny, z wygolonym łbem, przypominał nie tyle tresowanego misia, co dębowy pniak, którego ani łopatą, ani nawet parą koni wykarczować nie sposób. Pierwsze, co uderzało w wyglądzie, to jakaś toporna, brutalna, zwierzęca siła. Zbudowany był niezgrabnie, ale tryskał żelaznym zdrowiem. A jego niedźwiedziowata postać nie była pozbawiona swoistego wdzięku, tym bardziej iż nie nosił przed sobą sążnistego kałduna, jak większość moskiewskich bojarów i podstarzałych Polaków. A jeśli idzie o wiek, nad wyraz trudno było go określić. Choć nosił brodę jak ruski święty, wyglądał zbyt młodo na Sokratesa, a nieco za staro na świętego Jana. Swoją drogą, Moskalowi nie sposób było odmówić dumy. Choć obdarty prawie do naga, stał z uniesioną głową, w łańcuchach na rękach i nogach, pilnowany przez hajduków, którzy nie spuszczali z niego wzroku, jak z dzikiego zwierza, który lada chwila mógł wyrwać się z klatki i przyczynić poważnych zniszczeń. Jacek jakoś się im nie dziwił. Widać było na pierwszy rzut oka, że czuli lęk przed tym człowiekiem, gdyż zalazł za skórę nadzorcom więzienia bardziej niż najdłuższa drzazga. Pewnie we czterech daliby mu radę, ale nie od razu i nie bez dłuższej szamotaniny.

– Jak się zwiesz?! – zapytał Dydyński, starając się nadać głosowi groźne brzmienie. Niestety, butna mina wcale mu nie wyszła, a Moskal nawet się nie poruszył.

– Odpowiadaj, hultaju! – krzyknął rosły hajduk stojący po lewej.

Borys wzruszył ramionami i sterczał nieruchomo jak głaz z granitu.

Dydyński nie wiedział, co rzec. Straszyć czy grozić? Obiecywać łaskę? Wołać kata?

Zanim zdołał wybrać, wyręczyli go hajducy. Najwyższy podrzucił w górę czekan, chwycił go za głowicę i z zamachem rąbnął jeńca w plecy. Moskal zadygotał, szarpnął łańcuchami – wówczas runęli nań pozostali. Bili krzepko – pięściami, rękojeściami siekierek. Rozzłoszczeni milczeniem i hardością.

Jeniec wytrzymał kilka razów. Wreszcie dostał obuchem w łeb, padł na ziemię, zwalił się niczym dąb podcięty toporami drwali, którzy przy jego posturze wyglądali jak mrówki.

– Dość już! Starczy! – Jacek przestraszył się, że hajducy zatłuką Moskala w zawziętej furii. – Powiedziałem: dość!

Nie zaprzestali, więc zerwał się zza stołu, przyskoczył do nich, odepchnął najbardziej krewkiego, zdzielił w plecy drugiego, powstrzymał krzykiem trzeciego.

Moskal siedział na podłodze; nie padł na kolana. Oddychał spazmatycznie, a strużka krwi przecinała jego oblicze.

– Wystarczy ci tego, psi synu? – warknął jeden z hajduków.

– Przymało – wycharczał Moskal. – Płocho bijecie.

– Podnieście go.

Powoli i niechętnie hajducy wypełnili rozkaz. Więzień zachwiał się na nogach, ale wstał, wstrząsnął głową jak wilk po długim biegu, zamrugał oczyma.

– Jak się nazywasz?

– Przecież wiecie – wymamrotał. – Podstarości wszystko spisał na bumadze. To po co język strzępić? Kończ, co masz kończyć, i nie rób wertiepu*!

– Nie jestem sługą podstarościego – zabrzmiało to tak, jak gdyby Dydyński tłumaczył się przed Moskalem, a to nie wróżyło dużych sukcesów jego interrogacji. – Przyszedłem z tobą porozmawiać jak równy z równym.

* rus. – przedstawienia

– Kto ci powiedział, że jesteś mi równy?! – prychnął więzień. – Czart swoje, pop swoje! Rzekłem, co miałem rzec, i szkoda strzępić języka. I tak mnie powiesicie, dytcze syny.

Najwyższy z hajduków zdzielił go obuchem siekierki przez łeb. Moskal zgarbił się od ciosu.

– Stać! – powstrzymał Dydyński hajduków. – Zostawcie go.

Słudzy zamarli. A wówczas stało się coś, czego szlachcic nie przewidziałby nawet w najgorszych snach. Nagle, zupełnie niespodziewanie, zbity i pokrwawiony Moskal rzucił się niby szczupak na najbliższego ze strażników. Ręce miał skute na krótko do pierścienia na szyi, więc kłapnął zębami, chcąc złapać za żupan na piersi hajduka!

– Matko! – zawył zaatakowany. – Gwałtu! Ratujcie!

Dydyński poderwał się na nogi. Na szczęście słudzy byli szybsi; zapewne niejeden raz zapoznali się z zębami, łbem, a może i kułakami Borysa, bo w mig oderwali go od niedoszłej ofiary. Szarpali się z więźniem, który nie robił sobie nic z razów i uderzeń spadających na jego wygolony łeb i barki niczym egipskie plagi. Borys nie wydał dźwięku. Nawet gdy obalili go na posadzkę, a jeden ze strażników podkutym butem poczęstował go kopniakiem w ucho. Wówczas zadygotał i opadł z sił, omdlał na zakrwawionej posadzce.

Dydyński załamał ręce. Wszystko poszło nie tak, jak się tego spodziewał.

– Wołajcie mistrza! Ruszać się!

Kat już czekał w drugiej izbie. Barczysty, wygolony Niemiec w kapturze i skórzanym kubraku; przyszedł w towarzystwie dwóch pomocników. Zamek miał własnego oprawcę – zapewne z powodu bliskości gór, którymi chadzali beskidnicy i tołhaje, a szlaki ich aż nazbyt często zahaczały o wioski i szlacheckie dwory Ziemi Lwowskiej i Halickiej. Samborska tortornia była sowicie zaopatrzona; widać pan wojewoda nie poskąpił grosza nie tylko na weneckie szyby, ale i na narzędzia do przywracania prawa. Zupełnie inaczej niż w Sanoku, gdzie dyby i hiszpańskie trzewiczki pogniły i pordzewiały, leżąc zapomniane od czasów króla Kazimierza, a do wyświecania z miasta swawolnych dziewek magistrat miejski wypożyczać musiał oprawcę z Krakowa lub sławnego Biecza. Tutaj, w Samborze, sędziowie szermowali równie dobrze łaciną, co niemiecką caroliną, to jest prawem cesarza Karola, i biada było wyraźnikom, szelmom tudzież hultajstwu, którzy ośmielili się przeskrobać coś na targu czy jarmarku. Sąd był za to szybki jak błysk szabli, a wyrok krótki: miecz, koło i szubienica.

– Ocućcie go!

Dwa wiadra wody ochłodziły rozgorączkowany umysł Moskala. Zamrugał oczyma, wstrząsnął okrwawioną głową i spojrzał wrogo na Dydyńskiego.

– Od czego zacząć, wielmożny pan Polak? – zapytał mistrz. – Die Line?

– Lina? To znaczy co? – zapytał stropiony Dydyński, który nagle uświadomił sobie, że nigdy jeszcze nikogo nie posłał na męki. W Polsce nie uchodziło wszak płazem torturowanie szlachty, a chłopów szkoda było skazywać na okaleczenie. Wszystkie męczarnie, których był świadkiem, to chłosta kilku ladacznic na sanockim rynku oraz powieszenie złodziejaszka koniokrada. Przy którym zresztą urwał się stary sznur i trzeba było szelmę wypuścić. Była jeszcze w Sanoku egzekucja Kunicy, którego chciała uratować Powidajowa, najstarsza ladacznica w mieście, narzucając mu chustę na głowę wedle starego polskiego obyczaju. Wszelako gdy rzeczony Kunica wejrzał w jej podstarzałe i ospowate oblicze, odwrócił się ponoć do kata, mówiąc: *Wieszaj, panie Jakubie*!

– Die gute Marter*. – Niemiec ukazał sznur zwieszający się z krążka pod sufitem. – Die polnische Schnur... Italienische strappado**.

– Brzmi groźnie. Może być – pokiwał głową Dydyński, bo w tych sprawach jego eksperiencja była dokładnie przeciwna niż w koniach, szablach i rzeczach przynależnych do alkowy.

Hajducy powlekli Moskala na środek sklepionej izby. Wykręcili mu ręce do tyłu, związali grubą liną zwieszającą się ze sklepienia. Kat złapał za korbę, podciągnął więźnia do góry, wyłamując mu ręce z tyłu i zmuszając do podźwignięcia się na drżące nogi.

– Tego jeszcze panowie nie próbowały z Borys – rzekł kat, wskazując ruchem głowy strappado. – Był spanischer Stiefel und die Bastonade***. Ale on nic nie mówicz...

Dydyński podszedł do więźnia i spojrzał mu w twarz.

– Posłuchaj, Borysie, czy jak cię tam zwą po moskiewsku. Jesteś hardy i niepokorny, jak młody wół. Kazałem cię tu przywiązać, abyś nie myślał, że to są jakieś jasełki. Szutki się skończyły. Jesteś już martwym kawałem moskiewskiego ścierwa. Dymitr skazał cię na śmierć.

---

* niem. – dobra tortura

** niem. – włoskie wahadło

*** niem. – hiszpański but i bicie w pięty

Dzień, dwa i powieszą cię za rogatkami, na rozstajnych drogach.

Borys milczał.

– Ale to nie musi nastąpić tak szybko. Jeśli będziesz gadał, mogę wpłynąć na Dymitra, aby darował ci karę. A nawet puścił wolno.

Moskal uśmiechnął się okrutnym grymasem porąbanych, zakrwawionych warg.

– Jesteś uparty i nie chcesz gadać, kto kazał ci porwać carewicza. Dam jednak głowę, że ci, którzy męczyli cię wcześniej na polecenie Dymitra, chcieli znać całą prawdę. Mnie w przeciwieństwie do nich wystarczy jej cząstka. Uczyń jakiś znak, podpowiedź, jedno słowo, które doprowadzi mnie na ślad, a daję nobile verbum, że nie zostaniesz powieszony. A przy okazji oszczędzisz sobie dalszej męki, a mnie zbytniej fatygi. Jak sam widzisz, jestem szlachcicem i doprawdy nie będzie to miły widok, gdy kat podciągnie cię na linie do góry, wyłamując kości.

– Głupiś jak sobaka, pachołku – warknął Moskal nieprzyjaźnie – albo ja zdurniałem ze szczętem. Nie jesteś w mocy obiecać mi łaski, bo wyrok już dawno zapadł. Nie przychodzisz pierwszy z taką obietnicą. Dalej, niechaj zgadnę – rostryga przyjął cię na służbę, więc aby zasłużyć się już na samym wstępie, obiecałeś, że wyciśniesz mnie jak onucę? Ile obiecał ci Samozwaniec? Ostatniemu, który przyszedł mamić mnie obietnicami, chciał dać sto złotych. Teraz pewnie cena wzrosła do stu pięćdziesięciu. Ostrzegam tylko, Lasze, żebyś nie żądał pieniędzy za zmuszenie mnie do mówienia z góry, bo poprzedniego zbytnika Dymitr kazał wychłostać. Nie tędy droga, bladin synu! Tak jak nic nie możesz mi obiecać, tak ja nie rozewrę gęby, choćbyś kazał drzeć ze mnie pasy.

– Chcę tylko wiedzieć, kto stoi za tym wszystkim. Car Godunow?

– A chuj jemu w żopu w miesto ukropu! – podsumował Borys i był to pierwszy znany Jackowi przypadek, aby jakiś Moskal wyrażał się o swoim władcy inaczej niż jako o ukochanym batiuszce i srogim gosudarze. – I tiebia tоże! Chcesz coś wiedzieć, to podejdź bliżej, Laszku!

Dydyński odruchowo skłonił głowę, pochylił się nad Moskalem.

A wówczas Borys splunął śliną zmieszaną z krwią prosto na karmazynowy żupan, pokazując aż nadto wyraźnie, gdzie Jacek może wsadzić sobie cały szlachecki stan, razem z jego piórami od kołpaków, szablami i perskimi pasami.

– Poszoł w pizdu, Lach durak!

Oblicze pana Jacka pociemniało z gniewu. Uderzył Moskala zaciśniętą pięścią w gębę, raz, drugi, trzeci, czując z rozpaczą, że z równym skutkiem mógłby bić skałę. Porwał za szablę, ale opanował się. Zamiast żelazem rąbnął Borysa łokciem w żołądek, zyskując tylko przekonanie, że jego zakrzywiona i żelazna pani Dydyńska ukąsiłaby Moskala z o wiele lepszym skutkiem.

– Płocho bijesz! – wycharczał Borys. – Na kułaczym boju pokazałbym, jak pięści hartować. Jajca by w kołokoł zwonili...

– Pieski synu, moskiewski kpie końskim flokiem chędożony! – rozdarł się pan stolnikowic. – Wieprzu diabelski, ślepia ci wydłubię! Łeb utnę, ty...

– Nawet po ciemku gardło ci przegryzę! – zripostował Borys tak wesoło, jakby właśnie prowadzili go do ślubu.

Szlachcic złapał za szablę, widząc, że biciem ani groźbą nie uczyni dużego uszczerbku Moskalowi. Na szczęście kat pociągnął za linę. Konopny sznur powlókł Borysa w górę, wyłamał mu ręce w tył. Więzień zawisł pochylony w przód, rozdygotany, nadaremnie szukający skutymi łańcuchem stopami jakiegoś punktu oparcia, całkiem jak grecki Archimedes usiłujący dźwignąć ziemię; tyle tylko, że Moskal pewnie nigdy o nim nie słyszał.

Dydyński otarł rękawem plwocinę, puścił rękojeść szabli, oklapł, cofnął się nieco.

Borys cierpiał... Szlachcic widział, jak jego wykręcone w tył ramiona powoli, ale nieubłaganie dokonują obrotu, ustawiając się równolegle do tułowia.

Zanim to nastąpiło, dał znak katu. Niemiec zwolnił linę, a Borys gruchnął na posadzkę tak mocno, że Dydyński skrzywił się, bo pomyślał, że po takim upadku ma zgruchotane wszystkie kości.

I dobrze! Po tym, co się stało, nie żywił do Moskala innych uczuć jak złość. Było w gruncie rzeczy wszystko jedno, czy mistrz Friedrich połamie mu gnaty na linie i kole aż do zgonu, czy też więzień złamany i okaleczony na postrach dla innych zamachowców zostanie powieszony za bramami Sambora. Dydyński chciał tylko wyciągnąć od niego wiadomość o tym, kto i dlaczego zlecił porwanie Dymitra. A prawdę powiedziawszy, wystarczyłby mu tylko jeden mały ślad.

Borys leżał, nie ruszał się, ale żył, bo jego pierś unosiła się spazmatycznie.

– Gdzie są jego rzeczy? – zapytał szlachcic. – Co miał na sobie, kiedy go tu przyprowadzono?

Mistrz odwrócił się do jednego z czeladników.

– Johann, komm hier!*

Wezwany pachołek skłonił się i zbliżył, a jego gęba miała wyraz, jaki widuje się czasem u baranów prowadzonych na rzeź.

– Gdzie sakwy i moderunek Borysa? – zagrzmiał stolnikowic. – Dawajcie je zaraz!

– Nic nie miał, panie – rzucił pomocnik. – Goły był, za przeproszeniem, jako ta picza bisurmańska.

– Na pewno? – zagrzmiał Dydyński i spojrzał badawczo na mistrza. – Bo ja słyszałem, że podstarości zapisał wszystko w księdze grodzkiej. Mam pójść i sprawdzić, czy te rzeczy się znajdą?

– Pomiłujcie, panie! – jęknął czeladnik. – My nie winowaci... Było trochę moderunku, przepomniałem, żeśmy go wzięli na... na...

– Na przechowanie! – uzupełnił drugi.

– Właśnie! Żeby hajducy zamkowi nie pobrali.

– A to dobrze – roześmiał się szyderczo Jacek – bo skoro wzięliście rzeczy w depozyt, tedy rozumiem, że strzegliście ich jak skarbu i wszystko jest w absolutnym porządku!

– Wszystko, a jakże... Myśmy je dobrze ukryli...

– Ja wcale nie twierdzę, że je ukradliście. Bo przecież nie chcielibyście zamienić się – wskazał Borysa – z tym tu na miejsca, prawda?

– Oj, prawda najprawdziwsza! – zajęczał subtortor.

---

* niem. – Janie, chodź tutaj!

– Ja nie chcę ich wam zabierać – uspokoił stolnikowic pachołków. – Przechowujcie je sobie dalej, ale przynieście je do obejrzenia. Dawajcie te rzeczy. – Stuknął palcem w stół. – I to zaraz.

Pachołkowie kopnęli się do drugiej izby. I po chwili przylecieli, przynosząc sakwę, krótki terlik, to jest pikowany i wyszywany kaftan moskiewski, kaletę, opończę, bandolier, czyli pas z gotowymi ładunkami do przewieszenia przez pierś. A także skałkowy pistolet zdobiony srebrem i moskiewską szablę z rękojeścią przypominającą drapieżną głowę ptaka.

Terlik i broń nie pasowały do zwykłego moskiewskiego zbója z traktów. Albo zatem Moskal Borys obłupił kogoś możnego na gościńcu, albo też – wniosek był całkiem prosty – wcale nie był grasantem albo pospolitym zbiegiem z Moskwy.

Dydyński obejrzał pistolet. Wyciągnął pobojczyk, włożył do lufy i przekonał się, że broń była nabita, ale panewka niepodsypana prochem.

Zajrzał do kalety, lecz nie znalazł tam ani złamanego grosza. Nawet nie chciało mu się pytać o to pachołków. Sprawdził kaftan, obmacał każdy skrawek materiału, szukając zaszytego listu. Nic nie znalazł. Sięgnął po opończę, ale ta była postrzępiona, porwana i poszarpana.

– Podnieście go!

Kat i pachołkowie podeszli do ledwie dychającego Borysa. Pierwszy z nich trącił go nogą, a mistrz szarpnął za sznur idący od związanych na plecach dłoni.

I wtedy Borys zerwał się na nogi jak zraniony dzik, kiedy podejdzie doń nieostrożny myśliwy. Nie do wiary! Nie do uwierzenia!

On po prostu podskoczył, przerzucił z jękiem związane ręce pod zakrwawionymi stopami... odtrącił barkiem najbliższego czeladnika, chwycił mistrza Friedricha za szyję, zdusił go w ogromnych łapskach jak szmacianą kukłę! Kat, choć krzepki jak młody wół, zacharczał, rzucił się w uścisku Moskala, podobny musze w uściskach pająka.

– Puskaj! Do dytka! – rozdarł się drugi z czeladników.

Dydyński wyskoczył zza stołu. Jednym ruchem lewej dłoni odwiódł kurek pistoletu. Dopadł do Borysa, wbił mu lufę pod żebra.

– Puszczaj, psi synu!

– Meiiiinnnn Gottt – wycharczał kat. – Hilfeeeeeee...

Czeladnicy szarpnęli Borysa za ręce. Bili, odrywali go siłą od preceptora, ale z równym skutkiem mogliby próbować dźwignąć z posad zamek starościński w Samborze.

Dydyński nacisnął na spust. Kurek opadł z głośnym trzaskiem, odrzucił krzesiwo niderlandzkiego zamka, skrzesał iskry...

Strzał nie padł! Dydyński nie podsypał prochu na panewkę! Diabeł by przeklął te sodomickie nowości; wszystko w tych zamkach robiło się inaczej niż przy poczciwych pufferach stolnikowica wyposażonych w krzoski, to jest w zamki kołowe.

Siny, roztrzęsiony kat zacharczał, zadygotał. A wtedy Dydyński chcąc nie chcąc zdzielił Borysa w potylicę rękojeścią pistoletu, aż echo poszło po izbie. Raz, drugi, z całej siły, z zamachu!

Poskutkowało za trzecim razem. Zamroczony Moskal opadł na posadzkę, rozluźnił uścisk na szyi mistrza Friedricha. Reszty dopełniły kopniaki i pięści pachołków.

Kat charczał, dusił się, rzęził, trzymając się za gardło i spazmatycznie wdychając powietrze. I prawdę powiedziawszy, wyglądał na znacznie bardziej zmaltretowanego tą jedną sztuczką niż zakrwawiony Borys, który przeszedł przez wszystkie stopnie wtajemniczenia katowskiego rzemiosła.

– Podnieście go w górę! – rozkazał Jacek pachołkom. Posłusznie chwycili za korbę, podciągnęli strappado wyżej. Lina, bezlitosna jak moskiewska sprawiedliwość, powlokła Borysa, zawiesiła na wyciągniętych jak struna rękach, które subtortorzy zapomnieli w pośpiechu wykręcić na powrót do tyłu.

Tak czy owak, nawet wiszący na linie Moskal nie wymagał większej opieki niż katowski mistrz. Podduszony Friedrich miotał się po posadzce, tocząc pianę z ust, chwytał się za gardło i rzęził. Jeden z pachołków wybiegł po wodę, drugi podtrzymywał preceptora.

Pan Jacek wrócił do stołu. Obejrzał bandolier, z którego zwisało dwanaście apostołów, to jest dwanaście tulei na kule do pistoletu. A kiedy Dydyński odsunął nasadkę pierwszej z nich, okazało się, że tkwił tam gotowy ładunek zawinięty w papier.

Wyciągnął pocisk razem z porcją prochu, aby sprawdzić, czy w tulei jest coś ukryte. Nic. Pusto jak w kabzie po wyjściu z szynku.

Zdesperowany chciał rozerwać papier, aby wysypać proch i sprawdzić, czy nie schowano czegoś w ładunku. Powstrzymał się jednak i aż palnął w łeb. To było więcej niż nierozważne, bo tuż obok skwierczał kaganek, nieopodal na palenisku płonął ogień, a pod ścianą stał kosz z węglami, gdzie rozgrzewało się katowskie instrumentarium służące do czynienia krzywdy bliźnim. Naderwał papier, odciągnął kurek, podsypał trochę prochu na panewkę pistoletu, zamknął ją i wręczył broń pachołkowi.

– Miej oko na Moskala – rzekł. – Gdyby zrobiło się gorąco, strzelaj w łeb! Ja za chwilę wrócę. Czekajcie na mnie z badaniem.

Zabrał ze stołu bandolier, a potem przeszedł do sąsiedniej izby. Usiadł na ławie i raz jeszcze wyciągnął kulę z tulei. Rozwinął zgnieciony papier, wysypał proch na ławę, położył obok pocisk.

Nic tam nie było ukryte. Sprawdził następny ładunek. Osiem kul, osiem gotowych do odpalenia porcji. Wyciągał je po kolei, rozwijał papier, wysypywał proch.

Nic nie znalazł. Popsuł ładunki, a proch z nich utworzył czarną, sypką piramidkę u jego stóp.

I wtedy spojrzał na zwitki, w które owinięte były kule. Strzępki zapisane były koślawymi ruskimi literami i wyglądały jak... kawałki jakiegoś pisma! Machinalnie przysuwał je do siebie, rozprostowywał, układał. Czyżby Borys owinął kule w strzępy własnego listu? W sumie był to doskonały sposób na zniszczenie śladów, pod warunkiem, oczywiście, że zdołałby zużyć wszystkie ładunki.

Co tam było napisane?

Układał, dopasowywał do siebie brudne, poplamione strzępy, starając się odczytać, a w niektórych miejscach wręcz odgadnąć tekst. A wraz z nimi w jego głowie pojawiały się strzępy zdań i słów.

...zjawi się człek nasz. On okaże ci znak – Niedźwiedzi Chrest. Tak ty, Borys, temu człowiekowi czołem bij, jakoby carowi niebiesnemu, poteszytielowi naszemu.

Kiedy by on chciał, byś z nim o milę szedł, idź i dwie. Kiedy by po grzbiecie twym na koń siadać chciał, nadstaw mu kark. Kiedy by w opasnosti był, nie wahaj się, ...niego oddać.

Tu była większa dziura.

...inny człowiek zjawił i rozkazywać tobie chciał, lecz Chrestu nie okazał, tedy go ubij jak sobakę i w cztery strony świata... członki jego...

Znów przerwa. Dalej było coś ciekawego:

Jest zaś przy Dymitrze zdrajca, który wiesza się przy nim, nieprawością nasączając uszy Samozwańca. Był on kiedyś u nas pisarczykiem i nie wiadomo jak wywyższył się spośród ludzi służebnych. My zaś przed laty wzięliśmy go z gnoju i zrównaliśmy z wielmożami, spodziewając się wiernej służby. A on do Samozwańca przystał i przeciw nam czynem i słowem świadczy. Tak ty się tego człeka strzeż, a pomnij, że zowie się...

Jacek Dydyński wciągnął ze świstem powietrze. List był pokręcony jak rogi moskiewskiego diabła, ale zawierał w sobie dwa konkrety. Pierwszy, że na drodze Borysa miał znaleźć się człek, który pokazałby mu Niedźwiedzi Chrest. A drugi, że w otoczeniu Samozwańca był ktoś, kto niegdyś służył wiernie jego prześladowcom, a potem zdradził ich.

Co to był ten Niedźwiedzi Chrest? Chrest, czyli moskiewski krzyż, jaki większość bojarów i kniaziów nosiła na szyi. Ale dlaczego niedźwiedzi? Cóż to mogło znaczyć?

I kto był zdrajcą? Gdyby Dydyński miał dalszą część listu, być może zdołałby odczytać imię i nazwisko wiarołomcy.

Dalszą część listu? Jacek poczuł, jak ziemia zakołysała mu się pod stopami, a przecież wcale nie był pijany. Pistolet! Pistolet był przecież załadowany kulą owiniętą... Zapewne w papier, być może w pierwszy albo ostatni kawałek listu!

Zimny pot wystąpił mu na czoło. Na Boga, zostawił naładowaną i nabitą broń w rękach pachołków katowskich!

Jak burza wpadł do tortorni. Mistrz przyszedł już do siebie, słudzy byli w komplecie. Nabity i podsypany pistolet leżał na stole... Na szczęście!

Dydyński porwał go i zniknął w sąsiedniej sali ścigany zdumionymi spojrzeniami katów. Szybko wytrząsnął proch z panewki, ostrożnie zwolnił kurek, porwał grajcar, nakręcił go na obojczyk, a potem włożył w lufę i wkręcił w ołowianą kulę. Po kilku niebezpiecznych chwilach – robił wszystko szybko; gdyby proch w lufie wybuchł, pożegnałby się z ręką – wyciągnął kulę zawiniętą w wymięty strzęp papieru. Rozłożył go ostrożnie, przyłożył do pozostałych. I przeczytał:

...że zowie się Waarłam Jaickij. Jeślibyś w opałach się znalazł od ludzi Dymitrowych, to mu przypomnij, że Nam kiedyś wiernie służył i jak pies był posłuszny.

Podpisu nie było.

Wszystko stawało się proste, jasne i zrozumiałe. Dydyński czuł się tak, jakby jakiś złotousty, przebiegły jezuita szeptał mu do ucha rozwiązanie tej sprawy. A więc Jaickij, przebiegły mnich, który pod maską skromnego czerńca ukrywał oczy rozbiegające się niby sarenki na widok dukatów, służył niegdyś ludziom, co chcieli porwać Dymitra. Zaiste wiedza godna Machiavellego. Tylko jak ją wykorzystać? Powiedzieć Dymitrowi? A może Marynie?

Tak zajął się patronami i kulami, że całkiem zapomniał o reszcie rzeczy. A gdy obracał w rękach pas Borysa, jego wzrok padł na blachę osłaniającą hak. Był tam herb: szlachecki polski Nałęcz.

Skąd taki pas u Moskala? Może go kupił albo zdobył? Przecież ujęto go w Rzeczypospolitej. A jak wyglądała reszta rzeczy?

Złożył kawałki listu i wetknął je w zanadrze. A potem wrócił do sąsiedniej izby. Kat i pomocnicy, choć nie nadwyrężyli zdrowia Borysa, zdołali już przełożyć mu skrępowane ręce za plecy i nieco podciągnąć na strappado.

Podszedł do stołu i zerknął na kaletę – także zdobioną Nałęczem. Chwycił róg z prochem – także z herbem. Bez wątpienia wszystko to należało do jednego kompletu. A może i do jednej osoby?

Podszedł z pasem w ręku do Borysa, który zdołał już oprzytomnieć, i podetknął mu blachę pod nos.

– Tu jest szlachecki herb – rzekł ponuro. – Chcę wiedzieć, skąd to masz? Kupiłeś? Ukradłeś? A może ktoś ci to podarował?

– Zabiłem Lacha w Suzdalu – wycharczał Borys z pogardą. – To jego rzeczy.

Dydyński poczuł się tak, jakby oblano go ukropem. W Suzdalu? To znaczy w Moskwie!

– Daję słowo szlacheckie, nobile verbum, że nie będziesz więcej podciągany. O ile tylko wyznasz jak na spowiedzi, gdzie w Moskwie spotkałeś Polaków albo Litwę, którzy zostali osadzeni w waszej barbarii jako niewolnicy.

– Poznałem wielu twoich pobratymców – wycharczał Borys, tocząc pianę z ust. Miał błędny, rozgorączkowany wzrok. – Osadzonych za Wołgą... Po wojnach inflanckich, kiedy wzięli ich w plen* nasi bojcy**.

– Spotkałeś kogoś, kto się nazywał Dydyński? I miał w herbie Gozdawę?! – wykrzyknął Jacek. – Srebrną lilię! W czerwonym polu. Gadaj, psi synu!

– Widziałem, a jakże – zaskrzypiał Borys. – W żopu u pizdiuka!

– Hej, mistrzu! Podciągnijcie go! – zakrzyknął Dydyński.

– Dałeś słowo – wycharczał Moskal z wyrzutem. – Mam się spowiadać wiarołomcy? Idź do dytka!

– Słowo dane Moskalowi warte tyle, co plewy na wietrze!! – ryknął doprowadzony do lwiej furii i szewskiej pasji Jacek. – Podciągać go! Ruszać się!

Mistrzowi Friedrichowi nie trzeba było tego dwa razy powtarzać. Szarpnął wraz z pomocnikami za liny tak gwałtownie, że Borys pojechał trzy stopy w górę. Moskal zacisnął zęby, zadygotał, gdy naprężona lina podźwignęła go i uniosła nad kamienną posadzkę. Ramiona Borysa

* rus. – niewolę
** rus. – żołnierze

naprężyły się, podniosły do góry; Dydyński niemal usłyszał chrzęst wyłamywanych ścięgien.

Borys dygotał, toczył pianę z ust pochylony do przodu. Strumyk krwi pociekł z przegryzionej wargi.

– Gdzie napotkałeś Polaków?! Mów, psi synu! – zaryczał Dydyński i przypadł do Borysa.

Moskal milczał, przymknął oczy. Dygotał i rzęził.

– Wyżej! Jeszcze! Niech poczuje ból!

Moskal krzyknął krótko, urywanie. Zawisł bezwładny na wykręconych, wyłamanych ze stawów ramionach. Strużka krwi ciekła mu z ust, powoli skapywała na kamienną posadzkę...

– Ciągnąć! – krzyknął rozwścieczony Dydyński.

– Panie, on nic nie powie – zakrzyknął katowski czeladnik. – Nic nie czuje. Cyrulika, bo nam skapieje!

Dydyński spojrzał w blade, brodate oblicze Moskala. Theatrum było skończone, a główny aktor schodził właśnie ze sceny.

– Biegnijcie po medyka! – warknął szlachcic. – On nie może zdechnąć!

Die 1 augusti
Podziemia zamku w Samborze

– Ten list – rzekł Dydyński do wojewodzianki – pogrąży Waarłama Jaickiego w bagnie bardziej niż wór pełen skarbów wrzucony na barki skąpca spacerującego po trzęsawisku.

Maryna ujęła list złożony z brudnych i poczerniałych skrawków papieru naklejonych na papierową kartę.

– Dzięki temu pismu odsuniesz Waarłama od Dymitra – wyszeptał Dydyński nad ramieniem wojewodzianki. – Sama zajmiesz jego miejsce, okręcisz carewicza sobie wokół palca. O czym marzysz po całych dniach... i nocach!

– Samo niebo zesłało nam tak grzecznego, miłego i gładkiego kawalera jak waszmość pan – westchnęła Maryna i opuściła list. – Mości Dydyński, kiedy waszmość otaczasz mnie ramieniem, czuję się bezpieczna jak za murami największego zamku. A gdy cię widzę przy moim boku, myślę, że niestraszna mi cała moskiewska armia.

– Słowa waszmość panny jako miód na mnie spływają – rzekł ostrożnie Dydyński, który na razie wolałby raczej spoufalić się z tygrysicą niż z wojewodzianką. – Niestety, chudopachołek ze mnie, niegodny trzewiczków twoich całować. Dlatego za list ten chciałbym od was, mościa panno – co tu dużo gadać – drobnego faworu.

– A cóż to za fawor? Chętnie posłucham, aczkolwiek boję się... Bardzo – wydyszała, przymknąwszy oczy. – Dalejże, mości panie stolnikowicu. Husarzem jesteś, więc szarżuj... Jeno nie przebij mnie swą kopią.

– Dopraszam się łaski i zmiłowania dla Moskala Borysa. Tego, co chciał porwać carewicza i lada dzień będzie powieszony, łamany kołem, czy co tam twój ojciec i Dymitr wymyślą dla niego.

– Dlaczego chcesz go uratować? Ani ci on swat, ani brat, a już na pewno nie z rodu Dydyńskich.

– Chciałbym go zabrać do Moskwy. Jako sługę. I niewolnika.

– Większy to błazen niż królewski trefniś: człowiek, który mając niedźwiedzia w skrzyni, puszcza go na swobodę. Po cóż ci Borys? To niebezpieczny człek. Łatwiej uczynisz sługę z wilka niż z tego zapiekłego Moskala.

– Myślałem, mościa panno wojewodzianko, że lubisz tajemnice.

– Powiedz lepiej, że ma to jakiś związek z misją, którą zlecił ci Dymitr.

– Jaką misją? – Dydyńskiemu nie drgnęła nawet brew, w tej chwili wyglądał jak pomnik kamiennego spokoju albo kolumna rzymskiego cesarza Trajana. – Pomiędzy mną a carewiczem nie ma żadnych sekretów. Ot, okazuje mi wdzięczność za uratowanie zdrowia, a może i życia pod Bachorzkiem.

– Pomogę ci, mości panie Dydyński – zdecydowała i potrząsnęła twierdząco kształtną główką. – Jakżebym mogła odmówić prośbie tak układnego kawalera, naszego sługi i przyjaciela. Wstawię się u Dymitra, aby darował życie Borysowi Moskalowi. Ale dopiero wtedy, mości panie stolnikowicu, kiedy okażesz się... prawdziwym mężczyzną.

Kapryśnym i wykwintnym ruchem cisnęła list na podłogę pod nogi Dydyńskiego.

– Przestańmy prawić sobie dusery i przyjemności, mości panie, i zajrzyjmy prawdzie w oczy. To pismo nie sprawi, że carewicz odsunie Waarłama. Napal nim w kominku, będzie z niego znacznie większy pożytek, niż gdybyś chciał wykorzystać list jako broń. Może ogrzeje zacne serce waszmości. Jesteś dobrym i prostym człowiekiem, całkiem jak pies świętego Bernarda; widać, żeś nie bywał ani na królewskim, ani na wielkopańskim dworze, ale arkana polityki poznawałeś w karczmach i na sejmikach.

Dydyński schylił się po list. Podniósł go i ścisnął w ręku.

– To pismo nie otworzy przede mną drogi do Dymitra – rzekła posępnie. – Nie ma tu ani podpisu, ani adresata. Nie wiemy, co to za tajemniczy ludzie, którzy wywyższyli Waarłama ponad moskiewski plebs. Nie wiem, kim był u nich ani dlaczego zdradził. Takich intryg było już całe mnóstwo i Dymitr nie dawał im posłuchu. W końcu Jaickij wyprowadził go z Moskwy, zabrał ze służby u Romanowych, był jego opiekunem i przewodnikiem. Dymitr darzy go niemal synowskim uczuciem. Zwłaszcza że swego prawdziwego ojca – cara Iwana – znał mniej niż waszmość króla Zygmunta. Bywały tu już i namowy, i plotki, a nawet doniesienia przeciwko Waarłamowi. Żadne nie spowodowały więcej niż wzruszenie ramion Jego Carskiej Wysokości. Idź z tym do Dymitra, a osiągniesz tyle, że jeno go rozzłościsz, utracisz carską łaskę, a może i zaufanie. Po co ci to?

– Jeśli, mościa panno wojewodzianko, jesteś mędrsza niż Katon i przebieglejsza niźli Messalina, poradź, co czynić. A ja wypełnię, co każesz. Przecież jestem dobry. I posłuszny jak pies świętego Bernarda.

– Idź z tym listem nie do Dymitra, ale do Waarłama. Zaszantażuj go, zastrasz, duś jak limona, dój jak krowę. Może wygada się z czymś, co warto by szepnąć mi na uszko, a ja już zadbam, aby odpowiednie słowo trafiło do carewicza.

– To podłe. I przebiegłe.

– Tu jest carski dwór, a nie koło rycerskie. Tu władza, polityka i siła splatają się w powróz, na którym obwiesimy fałszywego cara Borysa! Oto jest początek nowej władzy i siły. Od ciebie tylko zależy, czy będziesz jej częścią i z moskiewskiej wyprawy wyniesiesz zaszczyty, czy tylko guzy i ludzki śmiech. A więc, panie stolnikowicu? Co uczynisz?

Gdyby mógł, zazgrzytałby zębami z bezsilnej złości.

– Wyśledzę Waarłama na mieście – odparł beznamiętnie. – A potem wycisnę, wydoję i wystraszę tak, że pogubi pludry, uchodząc tam, gdzie rośnie pieprz.

– Wyśmienicie. A kiedy już doprowadzisz swój plan do skutku, odeślij czeladź na noc i nie zamykaj drzwi do swej komnaty.

– Jak to?

– Tak to. Po prostu zostań sam w nocy, kiedy... Panie stolnikowicu, spraw się dobrze, a wtedy dam ci znak.

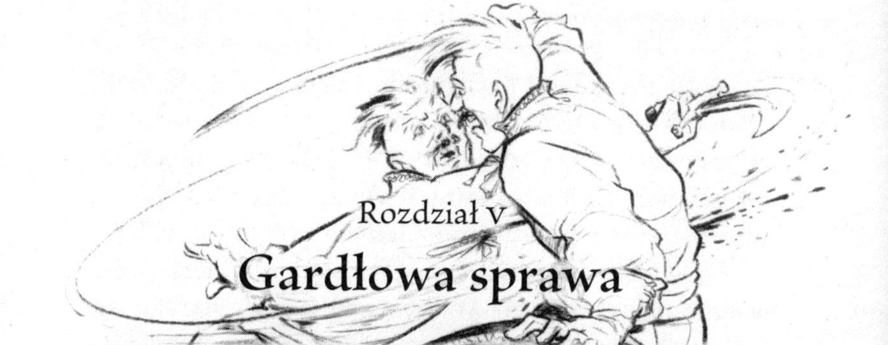

Rozdział V

Gardłowa sprawa

Waarłam w karczmie • Plugawe obyczaje mnicha • Rzyć w węglach, czyli rozmowa z Dydyńskim • Pościg po Samborze • Stolnikowic w opałach • Przed obliczem Dymitra • Sądny dzień • Carska łaska • Zobaczysz Moskwę • Nagroda • Ars amandi o północy • Niedźwiedzi Chrest • Bies na łańcuchu • Co przyniesie Fortuna?

Die 3 augusti, Anno Domini 1604
Sambor, karczma spiska
Godzina druga w południe

Dydyński podważył zasuwkę ostrzem kindżału wsuniętym w szczelinę drzwi. Zatrzask podniósł się w górę, a stolnikowic na duchu. Okazało się, że kulawy, kosooki karczmarz połechtany złotym talarem nie łgał, wskazując najlepszy sposób otwarcia drogi do alkierza. W dodatku oślepiony blaskiem dwóch następnych talarów obiecał przymknąć jedno oko, a drugim patrzeć przez palce, kiedy pan Jacek będzie gawędził z Jaickim. Szlachcic i mnich mieli sobie do powiedzenia równie wiele, co starzy kochankowie, a ich pogawędka mogła okazać się głośna i pełna namiętności.

Stolnikowic otworzył drzwi kopniakiem i wkroczył do alkierza dumnie niby paw. Waarłam siedział na ławie jak stary indor stroszący wyleniały ogon do zacnej perliczki. Perliczka zaś była młoda i przycupnęła na kolanach mnicha. Dydyński nie sądził, aby miała więcej niż jakieś osiem, dziewięć wiosen. Siedziała w koszuli opuszczonej do pasa, a Waarłam sapał i dyszał niby kowalski miech, gniotąc w uścisku jej ledwie zarysowane piersi.

Na widok szlachcica wpadającego do alkierza dzieweczka pisnęła cienko. Wyrwała się z objęć starego jak łania, załomotała bosymi piętami po klepisku, schroniła się za piec, podciągając wystrzępioną koszulinę.

– Czego!? – warknął Waarłam. – O co wam idzie?! Szukacie guza?!

Dydyński przymknął drzwi z trzaskiem. Zasunął skobel, który tym razem zazgrzytał nieprzyjemnie.

– Szukam prawdy o czerńcu Waarłamie, który wysługiwał się ludziom dybiącym na zdrowie carewicza Dymitra. A potem pojawił się za jego plecami, aby wydać wrogom swego pana i łaskawcę!

– Coś powiedział? – wybełkotał osłupiały Waarłam. – Ja zdradnyk? Ja na życie Dymitra miałbym nastawać? Carewicza? Sołnca prawiednowo, swietiła russkowo*? Takie to wielkie kłamstwo jak wieża przemyska. Kto ci tego naopowiadał, pane Lach?!

– Nie wykpisz się gadaniną. Są na to wszystko bumagi i gramoty. A nade wszystko spisane słowa Moskala Borysa, który na pytkach wyznał, że miał przypomnieć tobie o dawnej służbie i powinnościach wobec wrogów Jego Carskiej Mości.

---

* rus. – słońca prawdziwego, światła ruskiego

Waarłam zaczerpnął powietrza, a potem zarechotał, zacharczał z nagłej wesołości tak mocno, że nitki śliny pociekły na jego posiwiałą brodę.

– Komu służysz, Waarłamie?! Gadaj wszystko, co wiesz, zanim mistrz Friedrich pociągnie cię za język włoską liną! Kto jeszcze jest w spisku? Dlaczego chcecie porwać Dymitra?

Mnich charczał i krztusił się od śmiechu, zbijając tym samym Dydyńskiego z pantałyku, a w podgolonym łbie stolnikowica zaczęło kiełkować podejrzenie, że nie wszystko pójdzie tak, jak to sobie zaplanował, i być może trafił na gracza, co nie wypadł sroce spod ogona.

– Chcesz mnie szantażować? – wystękał Waarłam, krztusząc się i chwytając z jękiem powietrze, jakby się dusił albo miał czkawkę. – Czym i kim, panie szlachcic? Zeznaniami jakiegoś Borysa wymuszonymi na katowskiej ławie? Listem, którego nie widziałem? Phe, he, he... Mówisz, że służyłem wrogom Dymitra, a, dalibóg, oddałbym wszystkie młode szczeniątka, które obłapiałem przez ostatni rok, że nawet nie wiesz, kim są wrogowie cara! Dalejże, panie łycar. Okuj mnie w kajdany! Oskarż przed Dymitrem. Zobaczymy, czy uwierzy ci na piękne oczy. No, na co czekasz?

– Dowód jest w moim ręku. – Dydyński zaświecił Waarłamowi w oczy wyciągniętym z zanadrza listem. – Tu czytaj. – Wskazał palcem brudny skrawek papieru. – Oto dowody twej winy, parszywy moskiewski fajfusie!

– Do... Do.... Dowody – Waarłam nie mógł złapać tchu, a Dydyński przestraszył się, że czerńca chwycą nagła apopleksja i paralusz razem wzięte. – Jakie? Czego? Może tego, że przedkładam dziewczątka nad dojrzałe baby? I w tej karczmie widziałeś mnie na kolanach z młodą dziewką? Też mi zbrodnia! Zojka! Chodź tu, dziecko!

Dydyński przygryzł wąsa. Mnich gadał prawdę; trudno było znaleźć kogoś, nie tylko w Samborze, ale i w całym województwie, kto by się wzburzył na wieść, że Waarłam raduje się niedorosłymi ciałeczkami. Ot, jeszcze jedna fanaberia starego.

– Myślisz, że takie wieści wzbudziłyby coś więcej – wysapał Moskal, jakby odgadując jego myśli – niż śmiech i drwiny na dworze pana wojewody?!

– Śmiech usłyszysz niebawem – mruknął Dydyński. – Nie będzie to wesoły głosik dzieciątka, ale radość jaśnie panny wojewodzianki, której pokażę list. Stawiam husarskie ostrogi przeciwko moskiewskim postołom, że Maryna uraduje się, mogąc zaszczepić w umyśle Dymitra nieufność co do twej osoby. A znając ją, należy się spodziewać, że prędzej Bieszczad zwali się z posad, niż zaniecha podszeptywania do ucha carowi, iż jesteś zdrajca, łotr, szelma i śmierdzące bydlę!

Waarłam umilkł.

– Ale nie musi się tak stać. Bo jeśli powiesz mi, komu naprawdę służyłeś i co to za ludzie, którzy mieli przypomnieć tobie o dawnych powinnościach, zwrócę ci list i zapomnę, że kiedykolwiek go widziałem!

Mnich zatrząsł się jak wór sadła.

– To raczej ty, Jacku Aleksandrowiczu, zapłać mi basarunek! Dwadzieścia dukatów! Za to, że nawet nie pisnę przy Dymitrze, żeś mnie tu napastował. Bo jeszcze pomyśli kto – lubi Waarłam młode dziewczątka, lecz pan

Dydyński nad niewinne ciałka dziatek przedkłada wątpliwe rozkosze starej żopy biednego mnicha!

Dydyński uniósł dłoń ku rękojeści szabli.

– Chcesz uniknąć kary i niesławy?! – zagrzmiał Waarłam. – Dalej, Lasze, bij czołem, proś o przebaczenie. Bo tylko na kolanach możesz wysłużyć sobie moją łaskę! – Opuścił dłoń, pokazując, jak nisko chce oglądać głowę szlachcica.

Cierpliwość Jacka eksplodowała jak granat. Dosłownie i całkiem w przenośni. Stolnikowic wpadł na Waarłama niczym kula wystrzelona z arkebuza, chwycił go za brodę i kłaki na łbie, poderwał z ławy, rzucił na ścianę, aż zadudniło, a z półki stoczyły się i stłukły z brzękiem dwa gliniane dzbany.

Podetknął pod brodę Jaickiemu ostrze kindżału, wbił pod pulchny, podwójny podbródek, przycisnął mocno, może nawet nazbyt brutalnie, bo nagle zobaczył na ostrzu krew. Cały świat: nalane, brodate oblicze mnicha, grubo ciosany stół, ławy i kobierce na ścianach, zatańczył Dydyńskiemu przed oczyma.

Jaickij wybałuszył oczy, otworzył gębę, zadygotał. Pulchne jak serdele paluchy zagmerały w okolicy serca.

– Puskaj... Do dytka... Du...uszę.. Powietrza... Wooody...

– Zaraz cię podleczę! – warknął Dydyński i lewą pięścią uderzył go w wydęty brzuch. Szybko i z zamachu.

Waarłam zacharczał, rzucił się tak mocno, że prawie nabił się na ostrze kindżału, poczerwieniał, ale pozbył się trudności z oddychaniem. Szlachecki kułak wykurował go lepiej niż wszyscy samborscy doktorzy, cyrulicy i worożycha Majbutnia razem wzięci.

– Posłuchaj mnie, psi moskiewski synu, ośli kpie, suczy chwoście! Albo będziesz odpowiadał składnie i rozumnie, albo dziś jeszcze polecisz do raju i pocałujesz w rzyć swojego ruskiego Boga! Rozumiesz, co do ciebie mówię, parchu?!

Waarłam skinął głową. Zabawa się skończyła, a role odwróciły. Naprężył żelazną wolę szlachcica niczym szablę ustawioną na płask i teraz odbiła, wystrzeliła z ręki, waląc go w pysk jak dworską sobakę.

– Kto chce porwać Dymitra? Czy to słudzy cara Godunowa?!

– Jacy słudzy? – Waarłam strzyknął śliną jak jadowity wąż. – Ja tylko chciałem dobra... carewicza Dymitra.

– Kto jeszcze jest w spisku? Kto zdradził?!

– Nie wiem – wycharczał Waarłam. – Ja nie przedawczyk. Chcieli mnie szantażować. Przysłali człowieka...

– Jakiego człowieka?! – Dydyński wbił mocniej ostrze kindżału. – Moskala Borysa?!

– Innego... Miał znak. Ich znak!

– Jaki znak? Łżesz nie jak pies, ale całe stado kundli!

– Na Swiatuju Przeczystuju Trojcu... Na cara Boha, nie łgam, pomiłujcie, panie. To był Niedźwiedzi Chrest... Znak posłuszeństwa.

– Jaki chrest? Co ty wygadujesz?

– Krzyż... Z niedźwiedziem... Ja...

– Czekaj. – Dydyński zamarł, bo wydało mu się, że starzec jednak nie łże. Nagle, zupełnie niespodziewanie, coś go olśniło. Przypomniał sobie o krzyżyku znalezionym na szyi martwego herszta bandy, która porwała Dymitra. Odsunął rękę z kindżałem, sięgnął do kalety, odnalazł krzyżyk z łbem niedźwiedzia.

– Czy to jest Niedźwiedzi Chrest? O takim krzyżu mówisz?

Oczy Waarłama uczyniły się okrągłe niby dwa dukaty. A potem stało się coś dziwnego. Mnich padł na kolana jak wór sadła. Złożył rozdygotane ręce, jakby Dydyński nagle zmienił się w archanioła Michała.

– Chrest – wycharczał. – Ty masz Chrest, Jacku Aleksandrowiczu, panie mój i władco.

Stolnikowic zamarł, spojrzał z niedowierzaniem na Jaickiego, a potem na kołyszący się na rzemieniu krzyżyk.

– Słowo – wybełkotał mnich. – Powiedz tylko słowo, a będę bił ci pokłony!

– Jakie słowo?!

– Nie znasz go... Skąd to masz? Skąd wziąłeś Niedźwiedzi Chrest?!

– Ja tu zadaję pytania! Czy to jest ten chrest? To ci pokazali?

Waarłam milczał.

– Co oznacza ten znak?

– To nie twój – wybełkotał mnich. – Ty go zabrałeś... od Makarego...

Dydyński nie miał czasu bawić się w podchody i zgadywanki. Chwycił starego za szyję, strzelił pięścią w brzuch, aż mnich stęknął. A potem pchnął go w stronę paleniska, w którym dogorywały czerwone węgle pozostałe po grubych smolnych szczapach ciśniętych wcześniej przez karczmarza w okopconą czeluść pieca. Mnich wrzasnął, ale szlachcic wdusił go podkutym butem w żar, wcisnął w palenisko tak, iż Waarłam siadł wydętym zadem na dogasających głowniach.

Jaickij najpierw krzyknął, a potem, kiedy w izbie rozszedł się swąd przypalanego sukna, zawył jak pies, rzucił się w rękach Dydyńskiego, poderwał w górę. Na próżno, dłonie stolnikowica trzymały go krzepko niczym obręcz gąsiora leniwego chłopa.

– Powieeeeem! – rozdarł się Waarłam. – Wasze wieliczestwo, będę gadał!

– Co to jest? – Dydyński poderwał go w górę, popchnął na okap nad paleniskiem, aż zadudniło, po czym znowu podetknął pod gardło ostrze kindżału. – Mów!

– Boooli! – zaszlochał mnich, dygocząc jak osika na wietrze. – Coś ty zrooobił...

– Jeszcze chwila, a wyprażę ci nie tylko siedzenie, ale i podeszwy! – warknął szlachcic.

– Niedźwiedzi Krzyż... Miał go Makary, co chciał mnie straszyć. Nie uległem.

– Jak wyglądał ten Makary?! Czy to był szlachcic? Lach?

– Udawał Lacha... zarośnięty pod oczy... sine i nieruchome, chudy... Z rapiereeeem! – wycharczał mnich.

Dydyński rozluźnił uchwyt, bo opis pasował jak ulał do starego znajomego, ponurego draba, którego zabił na trakcie pod Kosztową.

– Do czego potrzebny jest ten krzyż?!

Waarłam ujął Chrest w dygoczące ręce, przyglądał mu się z nabożną czcią.

– Kto go okaże, przy tym władza. Takiemu czołem trzeba bić jak rab. Bo Chrest mają tylko ich posłańcy.

– A jak ktoś odbierze wysłannikowi ten... Chrest? To co się dzieje? Jak poznają, czy jest prawdziwy? I, do kroćset, co to znowu za oni? Kto chce porwać Dymitra?!

– Nie, nie, czekaj – wydyszał Waarłam, pląsając pomimo swej tuszy na ostrzu zwinniej niż młoda kotka na gorącym piecu. – Chrest to nie wszystko. Pokazanie go znaczy tyle, co byś choja postawił. Bo ten, co pokazuje krzyż, całuje potem trzy ramiona ku czci Trojcu Swiatej. A jedno – ku czci Marii Przeczystej Dziewicy. Potem mówi słowo dla okazania, że ono było na początku i słowo było u Boga. I że należy do właściwego bractwa.

– Jakie słowo?

– Powiem wam... Puskajcie.

– Mów. – Dydyński przestał pieścić gardziel Waarłama ostrzem kindżału, ale wciąż trzymał go w pobliżu grdyki Moskala. Jaickij dotknął palcem wskazującym grubych, opuchniętych warg. Jacek skłonił głowę, nadstawił ucha.

– Az jesm' s wami, i niktoże na wy* – wycharczał Waarłam.

Dydyński poznał te słowa. To był troparion Krzyża Świętego, zwykła prawosławna modlitwa. Chciał się wyprostować, lecz zanim to uczynił, mnich wepchnął mu do ręki Chrest, a kiedy dłoń szlachcica odruchowo zacisnęła się na drewnie, prawe ramię Waarłama wystrzeliło z rękawa mantii z błyskiem stali. Jaickij pchnął Jacka prosto w pierś! Wbił sztylet w samo serce, mocno, głęboko, ze zgrzytem!

I zaraz wywinął się zwinnie jak frant spod pręgierza, rzucił do drzwi. Dydyński skoczył za nim, lecz w tejże samej chwili Waarłam skulił się, zwalił na kolana obok paleniska. Szlachcic myślał, że padł rażony apopleksją

* patrz przypisy końcowe

albo że po tych wszystkich awanturach zatchnął się na śmierć własnym tłuszczem...

I mylił się jak ślepiec prowadzony przez kulawego. Jednym ruchem Jaickij porwał z gruby garść gorejących głowni, a potem cisnął je w oblicze szlachcica. Dydyński zasłonił oczy zgiętym ramieniem, obrócił głowę, potrząsnął łbem, strząsając gorący popiół z kołpaka, nie widząc nic.

Po chwili poprzez szary pył, mrugając oczyma, dostrzegł tylko otwarte drzwi.

To wszystko stało się tak nagle, tak niespodziewanie, że nawet nie zdążył krzyknąć. Wciąż nie dowierzając, że moskiewski mnich okazał się szybszy od pierwszego rębajły Ziemi Sanockiej, klepnął się lewą ręką – w której wciąż trzymał Niedźwiedzi Chrest – w pierś. W rozcięty żupan, spod którego wyzierały łuski juszmana – kolczugi wzmacnianej płytkami, jaką w swojej mądrości włożył pod suknię, idąc na spotkanie ze starym diabłem Jaickim. Kawałek żelaza z warsztatu imć pana Leżańskiego uratował mu życie! Teraz zrozumiał, że Waarłam opowiadał mu to wszystko, aby odwrócić uwagę i tym pewniej przeszyć ostrym żelazem.

Jednym ruchem wcisnął Niedźwiedzi Chrest w zanadrze, porwał za szablę i niczym chart skoczył śladem uciekającego. Wpadł do sieni jak burza, przewrócił beczkę, potrącił dzieżę, która zleciała na glinianą polepę, wypłoszył tłustego rudego kocura dożywającego ostatnich dni na łaskawym chlebie karczmarza.

I wypadł na ulicę Przemyską, wprost w tłum zawodzący żałobne pieśni. Tuż obok karczmy przechodził kondukt; długimi sznurami ciągnęły bractwa żałobne w kapturach narzuconych na oblicza, z gromnicami w rękach. Dalej szli ministranci i kościelni słudzy z chorągwiami, z których szczerzyły zęby trupie czaszki, szkielety goniły po grobach za panem, wójtem i plebanem.

Dydyński wpadł między żałobników, bo pośród nich mignęły plecy Waarłama. Nie bacząc na powagę procesji, roztrącił mieszczan ramieniem, przepchnął się do przodu.

Czerniec pojawił się i zniknął; wypłynął wśród korowodu poszarpanych dziadów, aby zaraz utonąć między czarnymi opończami bractw cerkiewnych. Dydyński obalał ludzi, płazował szablą, aż wokół rozległy się wrzaski i przekleństwa.

Gdzie był Waarłam?! Do kroćset, stolnikowic nie mógł dopuścić, aby tamten poszedł pierwszy do Dymitra, czy może nawet do samego pana wojewody sandomierskiego! Gdzie był ten przeklęty pop? Gdzie się schował?

Potrącił mieszczkę w czerni. Ktoś zdzielił go pięścią w łeb, a stolnikowic odpowiedział płazem szabli. Wyrwał się z kręgu żałobników, przemknął obok trumny i dostrzegł z lewej, między ministrantami, rąbek czarnej mantii Waarłama.

Nie było tam jak dotrzeć; procesja niosła go coraz dalej i dalej, pomiędzy stosami beczek i kupieckimi ławami, drewnianymi ścianami domów i parkanami z desek. Roztrącając łokciami zawodzących tropariony, depcząc po nogach sędziwe matrony, czeladników i księży, dotarł wreszcie do skraju pochodu. Zwolnił, bo drogę przegrodziła mu wysoka, porowata ściana kościoła Dominikanów przy rogu Dominikańskiej.

Nie widział nigdzie Jaickiego. Dlatego jego wzrok powędrował ku smukłej wieży świątyni. A wówczas uśmiech wykrzywił usta pana Jacka. Schronić się w katolickim kościele? To pasowało do duszy mnicha pokręconej jak zawoje Dniestru. Nikt nie szukałby wszak prawosławnego u... ojców dominikanów!

Pchnął drzwi i wkroczył do wnętrza. Ogromna, wysklepiona nawa była pusta, ale zarazem pełna słonecznego blasku. Jak czarny robak na tle obrazów, alabastrów i białych ścian zamajaczyła przed nim mantia Jaickiego.

Dopadł go ze wzniesioną szablą po kilku krokach. Mnich dyszał, rzęził, klęcząc na stopniach chóru.

– Rzuć broń! – zakrzyknął Dydyński. – Oddaj sztylet, zdrajco!

Waarłam spojrzał na niego tak nienawistnym wzrokiem, że zawartej w nim żółci starczyłoby na sowite obdzielenie dziesięciu chorych na zgniłą febrę, fryzle i petocie albo na pożywkę dla stu wesołych choleryków. Dydyński nie zbliżał się; szrama na jego juszmanie świadczyła aż nadto dobrze o tym, że osaczony Waarłam stawał się równie układny co jadowita żmija.

Jacek uniósł szablę. Chlasnąłby Moskala przez rozkudłany łeb, jednak Jaickij wyciągnął sztylet, odrzucił, a Dydyński odtrącił go nogą. I zaraz porwał zakonnika za brodę, poderwał w górę. A potem popchnął – jęczącego i biadającego – w stronę wyjścia.

Chciał wrócić do gospody, zawlec tam czerńca i zakończyć przerwane przesłuchanie. Waarłam nie stawiał oporu; jednak nawet największy rezun i swawolnik zmiękłby niczym woskowa świeca, gdyby nad karkiem błyszczało mu ostrze krzywej węgierki.

Dydyński pchnął drzwi, wywlókł mnicha na ulicę. A kiedy chciał ruszyć dalej Przemyską, zatrzymał się, bo pani Fortuna właśnie odwróciła się doń tyłem niczym starą małpa, ukazując pryszczaty zadek.

Zadek miał frasobliwe oblicze Dworyckiego i sześciu semenów dworskich, którzy jechali stępa środkiem Przemyskiej. Waarłam wyszarpnął się zwinnie, skoczył do przodu.

– Gdzie wy się podziewacie! – zakrzyknął. – Mieliście przed karczmą czekać! Hore wam będzie, kiedy się Dymitr dowie, że tak strzeżecie mojej osoby. Gwałt się dzieje! Szlachcic mnie porwał, męczył, obił, Hospodi pomiłuj. Spasi mene, Boże wielikij i mnohomiłostiwyj!

Dworyckiemu nie trzeba było powtarzać wszystkiego dwa razy. Semeni skoczyli do przodu, otoczyli ich kręgiem zgoła mało anielskich wąsatych gęb, okręgiem parskających, bijących kopytami o ziemię koni.

– Co waść tu robisz?! – zakrzyknął Adam. – Co to wszystko ma znaczyć?

Dydyński zerknął na Waarłama, a potem na swoją szablę.

– Nic.

– Jak to nic?! Jakie nic? Co za nic?

– Chciałem pogwarzyć z ojcem Waarłamem.

– Napadł mnie! Porwał! Obił! I jeszcze łże jak sobaka!

– Panie Dydyński, zdaj broń i chodź z nami!

– Pójdę, ale z szabelką. Nie będziesz mnie włóczyć jak psa na powrozie!

– Nie będę. Ale broń musisz oddać.

– Sam ją weź!

Kary jak noc koń ruszył z miejsca, obrócił się bokiem do szlachcica, ustępując od łydki Dworyckiego. Dydyński cofnął się o krok, oparł plecami o drewnianą ścianę domostwa. Przeciwnik przyparł go do bali, zbił ostrze, ciął z góry, aż szlachcic bezradnie opuścił broń, zasłonił się lewą ręką.

– Na zamek! – zakomenderował Dworycki.

Die 3 augusti, Zamek w Samborze, trzecia w południe

Nie wiadomo, czy było to przesłuchanie, czy też posłuchanie. Kiedy stolnikowic oddał szablę, pozwolono mu zabrać konia sprzed karczmy, a potem zaprowadzono razem z Waarłamem do Dymitra, aby wyjaśnić, jak doszło do zwady, kto zaczął, i w ogóle rozplątać jakoś bełkot mnicha, a zarazem rzucić światełko prawdy na jeszcze mniej zrozumiałe odpowiedzi pana Dydyńskiego.

Spotkali się z Dymitrem w świetlicy w domu Jego Królewskiej Mości, który pod niebytność Zygmunta Wazy służył jako mieszkanie dla gościa Mniszchów. Carewicz zasiadał na ozdobnym, obitym kurdybanem krześle pośrodku izby. Za jego plecami czuwali hajducy. Przyszła też Maryna, a jej smukła twarzyczka nawet nie drgnęła na widok Dydyńskiego i Waarłama. A na koniec do sali wszedł człowiek, którego obecności Jacek się spodziewał: sam jaśnie oświecony wojewoda sandomierski Jerzy Mniszech, ojciec Maryny i przyszły teść Dymitra.

Gdyby nie waga tytułów pana starosty i wojewody, a więc Illustris, Magnificus, Nobilis, palatinus sendomiriensis, comes de magna et parva Kończyce, capitaneus samborensis, a w przyszłości zapewne Magni Moscoviae Ducis et cetera*... a także ciężar delii z pętlicami i pozłocistymi guzami, w których tkwiły diamenty, można by rzec, że chłopek był z niego nieduży. Wszakże niedostatki wzrostu nadrabiał pan wojewoda marsową miną i wyniosłą postawą, godną senatora zasiadającego na krześle w wysokiej izbie na królewskim zamku, a nie słomianego palatinusa stojącego przy drewnianym drążku za plecami możnych. Spoglądając na pana wojewodę, widziało się przede wszystkim wspaniałości ubioru, a zwłaszcza delii z rysiowym kołnierzem, szczerozłotego łańcucha na szyi i baczmagów, to jest ozdobnych butów z najlepszego safianu, później zaś szabli oprawionej w pochwę nabijaną klejnotami i sztukami z pereł. Dopiero zaś na końcu dostrzegało się kędzierzawą głowę, bródkę i wąsiki, jak u dobrotliwego dziadka. Fakt jednak niezaprzeczalny, że na ruskim pograniczu Rzeczypospolitej, gdzie choćbyś posiał franciszkanów, to przecież narodzili się z nich najtwardsi zawadiacy i warchoły, pan wojewoda nie był ciężkim sąsiadem dla innych. Nie zajeżdżał postronnych jak Stadnicki, nie wszczynał burd jak Fredrowie, nie knuł spisków przeciwko królowi i Rzeczypospolitej jak Herburt, ani też nie prowadził wojen domowych niby Jan Tomasz Drohojowski. Jednak poza tym wszystkim miał nałożone na oczy dwa czerwone złote, przez które częściej dostrzegał u innych bogactwo i przepych niż cnotę, męstwo i fantazję.

---

* patrz przypisy końcowe

Wojewoda ledwie odkłonił się Dydyńskiemu, co Jacek wziął za afront i niełaskę. I wielce zasmucił się, bo źle to wróżyło spotkaniu, które go czekało.

– Co się stało? O co wam poszło? – zapytał Dymitr raczej zdumiony niż zagniewany.

Jaickij bez słowa runął mu do stóp z takim impetem, że Dydyńskiemu zdało się, iż zakołysały się wieże samborskiego zamku. I zaraz zrozumiał, jak wielką przewagę dawała Moskalom wrodzona giętkość nóg tudzież byczych karków, które skłaniali przed każdym, kto miał siłę i władzę.

– Hosudaru, Caru, Wieliki Kniaziu Wsieja Rusi – zajęczał Waarłam, tuląc do brodatej gęby rękę Dymitra i zraszając ją swymi fałszywymi łzami jak bóbr. – Bijut czołem Waszemu Carskiemu Wieliczestwu, ja, rab twój, chołopiszka marny, i proszę: zmiłuj się nad sługą twoim, który jak Mojżesz wiernych z Egiptu, tak on wyprowadził ciebie z ziemi tyrana Borysa Godunowa. Nie odtrącaj, wysłuchaj i wyrok sprawiedliwy wydaj, bo krzywda wielka się dzieje!

– Wstań i otrzyj łzy, ojcze Waarłamie – rzekł Dymitr. – Mów śmiało, co cię spotkało.

– Błahosłowien Boh nasz wsiegda, nynie i prisno i wo wieki wiekow – zaczął Jaickij – i niechaj mnie ukarze, jeśli nieprawdu powiem. Ten oto szlachcic – ukazał Dydyńskiego – napadł mnie w Samborze, szablą groził, męki katowskie zadał i nawet gorzej ukrzywdził, bo o zdradę Waszego Carskowo Wieliczestwa posądził!

Dymitr poklepał go po ramieniu, pomógł wstać. Jaickij dźwignął się na nogi, jęcząc, bo srodze dokuczał mu zad przypieczony przez Jacka. Lecz kiedy zamarł wypro-

stowany, jego brodate oblicze nie wyrażało zupełnie nic, jakby cała sprawa w zupełności już go nie obchodziła. A może był już pewien, że dworska kariera Jacka skończyła się z kretesem?!

– Co macie do powiedzenia w swej obronie, mości panie Dydyński? Z jakiego powodu napadliście na mego wiernego sługę?

– Waarłam to zdrajca... Szpieg twoich wrogów – rzekł głucho Jacek, przekonując się, że w takiej sytuacji trudniej złożyć dwa zdania niż szablę do cięcia. – Niegdyś służył tym, którzy chcieli cię porwać i nie ma pewności, że nawet wówczas, gdy bije czołem Waszej Carskiej Mości, nie knuje kolejnego podstępu!

– To potwarz i kłamstwo, Hosudaru! – zakrzyknął Waarłam. – Usłyszał o tym od służalców Borysa Godunowa! Od Postnika Ogarewa i Semena Wołkowskiego! Oni napełnili jadem jego duszę! Nasi wrogowie chcą skazać mnie w niełaskę, wtrącić do lochu, abym tobie, Hosudaru, nie mógł służyć dłużej radą i pomocą!

Dymitr milczał.

– Jeśli ten Lach rzuca na mnie kalumnie, tedy ja proszę ciebie, Hosudaru nasz ruski, abyś kazał mu wziąć na świadki Caria Niebiesnego, Swiatowo Boha i Preswiatają Trojce. I przedstawić dowody na prawdziwość słów.

– Słusznie – skwitował Dymitr. – Mości panie Dydyński, oskarżasz mego wiernego sługę o zdradę. Ale czy masz jakieś dowody na prawdziwość swoich słów?

– Masz, panie szlachcic, jakieś pisma? – zagadnął podstępnie Jaickij. – A może na ten przykład wszedłeś w posiadanie listu, który mnie obciąża?

Dydyński z kamiennym spokojem zniósł jego wzrok.

– Mam pismo, z którego wynika, że nie zawsze byliście tak bogobojni, jak udajecie, ojcze Waarłamie. Inaczej nie rzucałbym słów na wiatr!

– Pokaż go, waszmość, proszę. – Dymitr wyciągnął rękę.

A wtedy pan stolnikowic poczuł się tak, jakby oblano go wrzątkiem. Wsunął dłoń w zanadrze i... opuścił ją. Sięgnął do kalety, ale nawet jej nie rozwiązał. List, do stu fur czarcich pyt! On gdzieś zniknął. Przypomniał sobie, że ostatni raz miał go w karczmie, kiedy brał Waarłama na spytki. Zostawił go tam, wypuścił, położył na stole... Boże święty, sam już nie wiedział, co z nim zrobił!

– Pokaż ten list, mospanie – zażądał Dymitr po raz wtóry.

Dydyński wyprostował się godnie i wsparł ręce pod boki. Wszystko po to, aby zamaskować fakt, iż tak naprawdę spocił się ze strachu.

– Pismo zostało w gospodzie – rzekł. – Wypadło mi, kiedy chciałem rozmówić się z Waarłamem. Pozwólcie, mości carewiczu, pójść i poszukać, a niechybnie dostarczę dowody zdrady twego sługi.

– Czyż nie mówiłem – wyszeptał zgięty wpół Jaickij – że w jego słowach więcej jest jadu i kłamstwa niż w pocałunku Judasza, jaki ten złożył na ustach naszego Pana po ostatniej wieczerzy? Carze prawosławny, jakże ja, wierny sługa i niewolnik, mógłbym knuć twą zgubę? To on, ten szlachcic, wypełnia wolę naszych wrogów! Dymitrze Iwanowiczu, namiestniku Boży wsieja Rusi, prawy nasledniku na kremlowskim tronie! Kiedy ten człek napadł na mnie w gospodzie, sam chciał nakłonić mnie do zdrady i pomocy w zamordowaniu cię! A jeśli nie wierzysz w słowa biednego sługi, zapytaj go, czy ma przy sobie chrest z łbem niedźwiedzia! Bo to jest znak wysłanników Godunowa – po nim rozpoznają się wzajemnie. Zapytaj – głos Waarłama zabrzmiał nienawistnie – czy ma chrest przy sobie, a wszystko stanie się jasne.

– Zabiję przeklętego psa! – warknął Dydyński i choć bez szabli, postąpił w stronę Waarłama, a ten z zadziwiającą jak na jego posturę szybkością schronił się za carskim prestołem, którego rolę – z braku prawdziwego tronu Iwana – musiało pełnić chwilowo krzesło z samborskiego zamku.

– Stój, mospanie! – Dziesiętnik hajduków pilnujących porządku w izbie złapał go za ramię. – W grodzie jesteś! Przed panem starostą!

– Mości panie Dydyński – przemówił Dymitr Samozwaniec głosem, w którym szlachcic wyczuł zbierającą się burzę – czy masz przy sobie krzyż, o którym wspominał mój sługa? Wzywamy cię naszą carską mocą do ukazania go nam!

Jacek nawet nie musiał zaglądać w zanadrze, aby przekonać się, że z każdym słowem Waarłama pogrążał się coraz głębiej w topielisko. Przeklęty Niedźwiedzi Chrest zakłuł go pod żupanem, przypominając chwilę, gdy w karczmie pokazywał go Jaickiemu.

– Chrest! Chcę go zobaczyć! – zagrzmiał groźnie Dymitr i podniósł się z krzesła. Dydyński poczuł się tak, jak gdyby stanął u wylotu lufy armaty, do której zapału przystawiono tlący się lont. Ciekawe, czy takie samo uczucie mieli bojarzy i dworianie cara Iwana Groźnego, kiedy kazał łamać ich kołem, nabijać na pale albo też okładał żelaznym posochem. A oni wówczas łkali tylko rozpaczliwie, wołając: *Caru, Hospodaru, Wieliki Kniaziu, żałuj ruczek twoich, które zmordujesz, bijąc mnie, chłopa swego, miej wzgląd sam na się.*

Dydyński nigdy nie pozwoliłby się uderzyć; nikomu – a zwłaszcza moskiewskiemu carzykowi z Sambora.

– Pokaż, waszmość, chrest – rzekł pojednawczo dziesiętnik. – Inaczej hore tobi.

Dydyński wsunął rękę w zanadrze, uchwycił drewniany krzyżyk z łbem niedźwiedzia, wyciągnął w stronę cara, podał na otwartej dłoni. Cóż miał uczynić? Czekać, aż Dymitr, a prędzej wojewoda jako starosta, każe hajdukom, aby przetrzepali mu hajdawery?

Zapadła martwa, dzwoniąca w uszach cisza.

– Skąd to masz? – zapytał wreszcie Dymitr.

– Od Waarłama – rzekł Dydyński, dziwiąc się sam sobie, że przemawia tak spokojnie. Nie łudził się, że ktokolwiek jeszcze zdoła przekonać do swych słów. Przegrał z kretesem i teraz mógł tylko zwijać tyłek w troki i wyjechać z Sambora z mieczem carskiej niełaski wiszącym mu nad głową. Nawet milczący do tej pory Jerzy Mniszech pokręcił z dezaprobatą głową.

– Cariu preswietnyj, poteszytielu nasz – jęknął znowu Waarłam, pochylając się do ręki Dymitra – jakże mogłeś podejrzewać mnie, wiernego sługę, skoro masz dowód złych zamysłów tego oto szlachcica? Do tiurmy z nim, wyda sprzymierzeńców! Bo inni zdrajcy są tu, między nami!

– Największy z nich klęczy przed Waszą Carską Wysokością! – rzekł głos zimny jak górski strumień.

Maryna stanęła przed Dymitrem, dygnęła jak młoda łania. A potem wyciągnęła rękę z papierem, który otwierał przed Jackiem wrota do niebios.

– Waarłam łże. Jegomość Dydyński jest niewinny. A list mam tutaj!

Jaickij drgnął. Przekrwione oczka, ukryte w gęstwinach brody, powędrowały za dłonią wojewodzianki. Już się nie śmiały, już nie tryumfowały. Jacek dałby głowę, że wiarołomny czerniec gotów był odgryźć kształtną rączkę, która jednym ruchem wydała nań wyrok skazujący na męczarnie i śmierć.

Za późno!

Dymitr odłożył Chrest, przeczytał kartę, zmarszczył brwi, przeniósł wzrok na Waarłama.

I siedział w ciszy, która była groźniejsza niż niejedna górska burza.

– Ojcze Waarłamie, czy wiecie, co tu jest napisane? – spytała Maryna z zimnym uśmiechem, który wyglądał dziwnie złowieszczo na jej dziecinnym obliczu. – Znacie słowa, jakie chciał wam przekazać Borys Oboleński, Moskal, który targnął się na życie i zdrowie carewicza Dymitra, waszego prawowitego pana?

Waarłam skulił się jeszcze bardziej.

– To wszystko podłe kłamstwa! – wydyszał. – Nie słuchaj jej, mości Hospodarze, carewiczu nasz! Hospody pomiłuj! Nigdym nie zgodził się na to, co rzekł Oboleński! Nie gadałem z nim! Ani nie wziąłem nawet dukata! U Hospodara prosim!

– Skąd macie ten list? – zapytał Dymitr.

– Od Borysa, tego samego, który zamierzał porwać Waszą Carską Mość z Sambora. Chciał zniszczyć pismo, jeno że papier jest drogi, więc zamiast do ognia wrzucić, porwał na strzępy i uczynił z niego ładunki do pistoletu. Znaleźliśmy je w tulejach, przy bandolierze, razem z panem stolnikowicem. – Maryna potrząsnęła kształtną główką. – Były w strzępach, dlatego kazałam nakleić je na kartusz.

Dymitr Iwanowicz zerknął na Marynę i stolnikowica, popatrzył na dygoczącego Waarłama, który giął się w ukłonach. A potem wymienił spojrzenia z panem wojewodą sandomierskim.

– Komu mam wierzyć? – zapytał ze smutkiem. – Dawnemu słudze czy polskiemu panu?

– Ten szlachcic nigdy nie skłamał. I nie skłamie – odezwał się wojewoda Mniszech. – To pan stolnikowic sanocki, syn Aleksandra, mego druha, a nade wszystko pan na włościach wartych cztery moskiewskie kurniki, szumnie zwane zamkami. Z jego ojcem pod Psków chadzaliśmy na cara Iwa... – umilkł, jakby uświadamiając sobie nagle, że w sumie wychodziło na to, że bił się z ojcem swego zięcia. – Ręczę słowem za pana Jacka. A, propter Deum*, dlaczego miałbyś uważać za zdrajcę człowieka, który uratował ci życie?! Po cóż wówczas uwalniałby cię z więzów i hańbiącej maski?

Dymitr pokiwał głową.

– Masz rację, mości panie wojewodo. – Dał znać hajdukom. – Zabierzcie ojca Waarłama do... loszku. Tak będzie najwygodniej. A potem wyjaśnimy sobie wszystkie listy i chresty. Ruszajcie się!

---

* łac. – dla Boga

– Swiatyj Hospodarie, swiatyj kriepkij, swiatyj bezśmiertnyj*, pomiłuj nas! – zawył Waarłam, rzucając się do stóp Dymitra, tarzając po posadzce i flamandzkich kobiercach, z których każdy sprowadził pan wojewoda z Gdańska po trzydzieści złotych sztuka. – Ja nie winowaty! Ja nie zdradziłem! Spasi mene**, przez Chrystusa, Pana naszego, daruj, daruj! Nieeeee...

Dymitr nawet nie spojrzał na niego. W ten sposób nastąpił dalszy, nad wyraz przykry akt ceremonii, w którym hajducy zamkowi musieli odrywać siłą Jaickiego od nóg Samozwańca, wlec do drzwi, wyrywając garściami kłaki ze łba i brody, szarpiąc na strzępy czarną mantię, a potem, kiedy ich zniecierpliwienie doszło do zenitu – prać starego trzonkami obuszków i czekanów. Carewicz patrzył na to z niesmakiem – zapewne na dworze jego ojca załatwiono by taką rzecz w mgnieniu oka i bardziej fachowo, jednak polscy hajducy nie mieli tak wielkiego doświadczenia jak carscy kaci albo oprycznicy.

– Czekajcie jeszcze! – zawołał za nimi Dydyński, kiedy z wyraźnym trudem wyciągali wrzeszczącego i szlochającego Waarłama za drzwi. – Osadźcie go w takiej celi, by nie mógł gadać z Borysem.

– Tak, panie! – odparł dziesiętnik i począł starannie obtłukiwać czekanem palce ojca Jaickiego wczepione w gładką framugę drzwi.

– Mości panie stolnikowicu sanocki!

Pan wojewoda Mniszech wyszedł Jackowi naprzeciw z rozłożonymi rękoma. Objął go niczym ojciec marno-

* scs. – Święty Panie, święty i mocny, święty nieśmiertelny
** scs. – zbaw mnie

trawnego syna, ścisnął za głowę, gdy Dydyński skłonił się przed nim – wytwornie, ale bynajmniej nie uniżenie.

– Samo niebo nam waszmości zsyła, co jest dostatecznym i wymownym dowodem, iż wyprawa nasza zakończy się nie inaczej jak tylko przywróceniem prawowitego dziedzica na carski tron! Pozwól, nich ja cię z bliska obejrzę, mój panie. – Pociągnął Dydyńskiego pod okno, obrócił z lewa w prawo, a potem z prawa w lewo.

– A żupan na waszmości przedni jak na wojewodzicu. Aksamit, cajg, bombasyn czy falendysz toruński? – zapytał.

– Gdzieżby tam, to jeno jedwab kitajski – odparł zmieszany stolnikowic.

– Jedwab? Na Boga żywego, toż to z pięć złotych za łokieć biorą ani chybi Żydy i Ormianie ze Lwowa?

– Dziesięć – uzupełnił Dydyński. – Za jeden postaw.

– Pogratulować pannie Marynie takiego obrońcy. – Pan wojewoda poruszył czarnymi wąsikami jak żuk przewrócony na plecy. – A wy, mospanie, przyjmijcie mój nieutulony żal po śmierci rodzica. Jedni przychodzą, drudzy odchodzą. Jeno czemuż odchodzić muszą najmilsi memu sercu obrońcy Rzeczypospolitej, z którymi razem krew przelewałem.

– Stało się, mości panie wojewodo. Siła lat przeżył.

– A to ja i wiem od mego sługi, że pogrzeb był zacny i castrum doloris w kościele suknem czarnym obite – takim, co to przynajmniej pięć złotych za łokieć idzie. A i koniczki przy trumnie cudne – cug maścisty i sprzęgły jak Kastor i Polluks, gdyby w jednym zaprzęgu chodzili – ozwał się wojewoda. – Gdybyś chciał je sprzedać, znajdziesz tu w Samborze chętnego na woźniki gniadosze. I rzeknę więcej – chętny ten przed tobą osobiście stoi.

– Nie w mojej to mocy, mości panie wojewodo. Bo skoro słyszałeś o pogrzebie mego rodzica, to pewnie i o testamencie, a także o kondycjach, wedle których opiekunem naszego majątku jest pan starosta trembowelski Piotr z Ossy Ożga. Jego pytajcie.

– Słyszałem, coś gadają w powiecie – mruknął wojewoda. – Wszelako rad jestem, widząc cię u boku mego przyszłego zięcia. Nie stracisz na tej służbie, mospanie, to pewna. A ja już teraz ofiarowuję ci moją łaskę. Będę także szukał zacnych i wiernych ludzi, kiedy zasiądę już w Siewierskiej Ziemi. Którą, musisz wiedzieć, obiecał mi carewicz moskiewski. Rzecz jasna, po zdobyciu Moskwy.

– Sługa uniżony.

– Mości panie wojewodo – rzekł Dymitr – proszę pana Jacka na osobną rozmowę do mej komnaty.

– Oczywiście, oczywiście. – Mniszech poklepał czule Dydyńskiego po policzku. – Gadajcie, ile chcecie, byle co z tego dobrego wynikło. Bywaj, panie Jacku, i na wieczerzy nas nie opuszczaj.

– Zaszczyt to wielki – skłonił głowę Dydyński.

– Chodź ze mną – rozkazał Dymitr. – Sam i teraz.

Dydyński poszedł za carewiczem. Ale nim znikł za drzwiami do sąsiedniej komnaty, zabrał Chrest i zerknął po raz ostatni na posklejany list, który Dymitr pozostawił na stole. Niby był tym samym pismem, które Jacek zgubił w karczmie. Ostatni wiersz brzmiał:

Tak ty się tego człeka strzeż, a pomnij, że zowie się Waarłam Jaickij. Jeślibyś w opałach się znalazł od ludzi

Dymitrowych, to mu przypomnij, że Nam kiedyś wiernie służył i jak pies był posłuszny...

Jednak nieznana rączka dodała tekst, którego nie było w liście znalezionym przy Borysie:

...naszemu Hosudarowi, Borysowi Godunowowi, którego był sekretnym wysłannikiem. Często do obozu nieprzyjaciół wkradał się, udając zmiennika, i wielkie oddał usługi.

Jak ona to dopisała? – pomyślał zaskoczony. Kiedy? Gdzie?

Maryna uśmiechała się. Tajemnicza, uwodzicielska i bezradna... jak zwykle.

Die 3 augusti, Zamek w Samborze, piąta po południu

– Nie ukarzę Waarłama – powiedział Dymitr ściszonym głosem, kiedy zostali sami. – Nie poślę go na męki, nie skrócę o głowę.

– Wasza wola, mości carewiczu. – Dydyński skłonił głowę. – Choć jestem pewien, że rozłożony na ławie śpiewałby składniej niż Borys Oboleński, który okazał się zdumiewająco oporny na nauki mistrza Friedricha.

Carewicz nie odpowiedział. Siedział na rzeźbionym karle skurczony, mały i słaby; prezentując Dydyńskiemu zupełnie innego Dymitra niż ten, który ciskał na szlachcica gromy z wysokości carskiego majestatu. Wyglądał na chorego, jakby fantazja i majestat uszły zeń niczym powietrze z rybiego pęcherza przekłutego szpikulcem kucharki. Jacek zrozumiał, że Dymitr pierwszy raz pokazał mu prawdziwe oblicze, na którym dumy i moskiewskiej pychy było tyle co kot napłakał, za to o wiele więcej lęku i zwątpienia. O ile oczywiście był to prawdziwy lęk, bo nastroje cara zmieniały się tak szybko, jak gdyby Dymitrem Iwanowiczem targały fluksje i melancholie. Być może po to, by wzbudzić litość i zaufanie stolnikowica. Była to jeszcze jedna umiejętność, którą Dydyński zaczynał dostrzegać u Moskali.

– Nie mogę zabić ani męczyć człowieka, dzięki któremu dowiedziałem się, kim jestem. To właśnie Jaickij wyjawił mi moje pochodzenie cztery lata temu... w Galiczu.

Dymitr wychylił do dna srebrny puchar z winem.

– To, co ci powiem, winno zostać między nami, mości panie Dydyński.

– Rzecz oczywista. Kładę na to nobile verbum – rzekł Jacek z ręką na sercu.

– Wychowywała mnie rodzina Smirnowów-Otriepiewów – ciągnął Dymitr, spoglądając na Dydyńskiego bystro. – Byli jak przybrany ojciec i matka, choć batiuszkę urezali w Słobodzie Niemieckiej w Moskwie, dokąd jeździł na wino i miody. Niespodziewanie, gdy byłem zaledwie młodzieńcem, pojawił się on – czarny mnich, Waarłam Jaickij. Zabrał mnie od przybranej matki i rzekł, że przeznaczone mi są wielkie czyny. Jaickij zawiózł mnie do Moskwy, do Siemiejki Jefiemowa, który nauczył mnie czytać i pisać. A potem umieścił na służbie u Michała Romanowa i Borysa Czerkaskiego – możnych bojarów, abym nabrał ogłady i dworskich manier.

– Czy wtedy Wasza Carska Mość dowiedział się prawdy?

– Jeszcze nie. Choć dziwiłem się, że jakiś obcy człowiek ma o mnie staranie. Wszystko wydało się u schyłku roku sto ósmego, to jest waszego tysiąc sześćsetnego, kiedy czeladź Romanowów i strzelcy zwadzili się z ludźmi Godunowa, nieprawego cara moskiewskiego. I wtedy przyszła na nas bieda, bo carscy kaci poczęli łowić czeladź i rękodajnych. Kto tylko się nawinął, szedł na męki. Lecz zanim mnie wzięli, Waarłam wyskoczył jak bies spod ziemi. Zabrał mnie z dworu Romanowych sekretnym wyjściem i zawiózł do monasteru Uspieńskiego w Chłynowie, niedaleko Wiatki. I tam wyjawił mi prawdę – że jestem prawym dziedzicem czapki Monomacha, carewiczem Dymitrem Iwanowiczem, krwią z krwi Rurykowiczów i kością z ich kości. Ja sam pamiętałem niewiele – że mnie chcieli zabić, a lekarz Niemiec wyprowadził z Uglicza od płaczącej matki. A potem była tamta druga rodzina, co mnie przyjęła w miejsce zmarłego syna. Nie było tam mi do śmiechu; czasem niedojadałem, cięgi brałem od Otriepiewów i obcych ludzi. Ale przetrwałem...

– I kiedy Waarłam wyjawił wam prawdę, zapewne sprawy skomplikowały się nieco? – wymamrotał Dydyński, którego to wszystko obchodziło, prawdę rzekłszy, tyle co zeszłoroczny śnieg.

– Skomplikowały?! – Dymitr aż zerwał się z karła, a jego oczy zabłysły. – Czy ty, waszmość, myślisz, że to była sielanka albo awantura żaków w Krakowie nakrytych przez straż miejską przy wybieraniu żydowskiego kozubalca? Ludzie i kaci Godunowa polowali na mnie jak rozjuszone psy, niczym opricznicy mego ojczulka

Iwana, tyle że tamci byli wierni carowi, a ci podnieśli rękę na jego prawowitego syna. Nie pozostało mi nic innego, jak tylko postrzyc się na mnicha pod imieniem Grigorij, ale bez składania ślubów zakonnych.

Umilkł i przez chwilę dyszał głośno.

– Za wstawiennictwem ihumena Trifona przeniesiono mnie do Galicza, do monasteru świątłego Jana Zbawiciela. Potem tułałem się jeszcze po klasztorach i samotniach, byłem w Spaso-Jefimiewskim w Suzdalu i u Michała Archanioła w Moskwie. Skąd za protekcją archimandryty Pafnucego i parocha cerkwi Świętej Bohorodzicy, Eufemiusza, przenieśli mnie do monasteru Czudowskiego na Kremlu. Nie zagrzałem tam długo miejsca, ale zakonna suknia chroniła mnie przed gniewem cara jak najgrubsza zbroja. Kiedy wszakże poczęły krążyć plotki, że u patriarchy Hioba jest człek, o którym mówią, że wygląda całkiem jak carewicz Dymitr, Godunow wpadł w gniew. I kazał zesłać mnie do monasteru Sołowieckiego, gdzie ziemia i woda łączy się w jedno, a wiatr wyje wśród skał. Diak Wasiliew Smirnow miał mnie schwytać i wywieźć na północ. Ale nim to się stało, Waarłam pojawił się znowu. I wyprowadził poza granice Moskwy. W tych wszystkich razach, kiedy dotykała mnie opała, stał przy moim boku jak batiuszka. Bo ja mego prawdziwego ojczulka Iwana nie pamiętam prawie wcale, Otriepiewa zaś zajmowało głównie picie i bicie. To Waarłam wspierał mnie jak prawdziwy chrześcijanin. Dlatego właśnie, choćby był samym biesem i Lachem w jednym, nie mogę skazać go na śmierć.

– A jednak służył twoim wrogom, niezależnie od tego, kim byli... – wtrącił Dydyński. – Jaickij może być kluczem do tajemnicy – on pewnie wie, komu zależy na porwaniu następcy tronu. O ile to, oczywiście, nie jest Godunow.

– Strąciłem w otchłań człowieka, który był moim najwierniejszym sługą. A wszystko z powodu słowa mej lubej Maryny, poparcia dobrodzieja wojewody i strzępów listu znalezionych przez szlachcica, którego widzę trzeci raz na oczy. To wystarczy.

– Ten szlachcic uratował życie Waszej Wysokości...

– Dwa razy. Waarłam uczynił to przynajmniej pięciokrotnie.

– Jaickij wydałby uczestników spisku.

– I wyręczył ciebie w niewdzięcznym zadaniu. Ja tylko przypominam, że zawarliśmy pacta conventa, jakie wasz król podpisuje z całą polską nacją. Ja swoich dotrzymam, więc bacz, abyś i ty wykazał się poczciwą służbą. Cóż takiego dowiedziałeś się od Borysa?

– Znalazłem list, który leży przed tobą. A nade wszystko dowiedziałem się o Niedźwiedzim Chreście. – Dydyński wyciągnął znak znaleziony przy porywaczu na trakcie pod Bachorzkiem. – Krzyż, który dla ludzi takich jak Borys jest oznaką władzy. Ten, kto go ma, to jakoby ruski święty – należy bić mu czołem i modlić jak pohańce do sprośnego Mahometa. Przynajmniej tak zareagował Waarłam. Dzięki niemu dojdę po nitce do kłębka. Daj Bóg, aby stał się on konopnym powrozem na szyje wrogów Waszej Carskiej Mości.

Dymitr spoglądał przez chwilę na krzyż.

– Można by pomyśleć – rzekł – że to znak pogan albo bałwochwalców, jakich, niestety, siła przetrwała w naszej świętej Rusi. Ale nie przypominam sobie żadnych odstępców i odszczepieńców od świętej i jedynowładnej cerkwi, którzy pieczętowaliby się takim znakiem. Ani to krzyż strigolników, ani żydowinów. Nie jest to chrest Karpa ani Nikity, heretyków, których mieszczanie Nowogrodu potopili w Wołchowie.

– A jednak jest symbolem władzy.

– Skorzystaj z niej, jeśli pragniesz szukać odpowiedzi na jedno proste pytanie – wymamrotał car gdzieś w dal, kładąc rękę na ramieniu Dydyńskiego. – Ktom jest? Dlaczego mój los okazał się równie powikłany co wilcze tropy? Znajdź przyczynę mego nieszczęścia, a nie pożałuję nagrody. Rzeknij mi, kim jestem, a zrobię cię udzielnym księciem, dam Suzdal albo Orzeł, uczynię carskim wojewodą, a przy okazji – niech tam, nawet i hetmanem!

– Za pozwoleniem Waszej Carskiej Mości, wolałbym coś bardziej trwałego i... – zaczął cicho i ostrożnie Dydyński.

– Nie mam złota! – warknął Dymitr. – Jeszcze nie zasiadłem na moskiewskim tronie! Pokażcie swoją przydatność, Lachy! Rozbijcie moskiewskie hufce, otwórzcie mi drogę do Moskwy, wtedy doczekacie lafy i pożałowania!

– Nie chcę złota, ale życia jednego człowieka – odparł Dydyński. – I to darowanego teraz, na poczet wiernej służby. Pragnę, aby Wasza Carska Mość wypuścił z lochu Borysa Oboleńskiego, Moskala, który...

Kielich z resztką wina poleciał na posadzkę ciśnięty ręką Dymitra. Brzęknął na kamiennej podłodze, a rubinowy płyn obryzgał dywańskie kobierce i gobeliny. W piekielnej furii Dymitr kopnął stół, wywrócił go, strącając obrusy, misy, złote i srebrne flasze, przyskoczył do stolnikowica, zmieniając się z litościwego baranka w moskiewskiego diabła albo mityczną Babę-Jagę zamieszkującą północne strony wielkiego księstwa carów.

– Dlaczego jego?! – wrzasnął. – Bladin syn! Dam ci każdego! Każdego – krzyczał, potrząsając kolejnymi palcami przed bladym obliczem Dydyńskiego. – Cara Borysa, to raz! Psiego patriarchę Hioba – dwa! Bojarów dumnych – trzy! Ród Godunowych – cztery! To czego ty chcesz jeszcze?! Czego – pytam po dobroci?!

– Ocalenia głowy Borysa – powtórzył Dydyński, na którym nagły wybuch carskiej furii zrobił o wiele mniejsze wrażenie niż przelatujący za oknem klucz żurawi.

Carewicz zamilkł. Ujął go poufale pod ramię, a potem powiódł, jak prowadzi się najmilszego kompana od kielicha w stronę pełnej beczki.

– Przecież mówiłem, Jacku Aleksandrowiczu – wyszeptał cicho i pokornie; zdawać by się mogło, że to on prosi o coś uniżenie dobrego przyjaciela. – Zapisałem mu śmierć w duszy, bo chciał mnie porwać z Sambora, założyć błazeńską maskę. On nawet na mękach szydził z mego dziedzictwa. Zwał rostrygą, worem, carzykiem i Dymitriaszką! Za mniejsze czyny na dworze ojca głowy bojarów toczyły się jak dynie! – zakrzyknął, bryzgając śliną. – Proś mnie o gwiazdkę z nieba, a zaraz wystrzelę z działa któregoś z moich rabów, aby ci ją zdjął z firmamentu! Ale Borys Oboleński musi dać gardło. I da, jakem Dymitr Iwanowicz, tu w Samborze, na rynku, na słomianym kobiercu!

– Za wszystkie moje obecne i późniejsze zasługi chcę tylko jego życia. Ten człowiek jest mi niezbędny, abym mógł dalej chronić Waszą Carską Mość. Nie frasuj się, mości panie, nie chcę go uwolnić.

– Idź do cyrulika, Jacku Aleksandrowiczu – rzucił Dymitr spokojnie. – Niechaj ci driakiew przyłoży do rozpalonego łba, to oprzytomniejesz. Borys zadusi cię na pierwszym noclegu, urwie łeb i wrzuci do pieca! To bies, wcielony diabeł! Szejtan! Nie kuś Fortuny, bo to zwodnica!

– Jeśli Pan będzie mi sprzyjał, zdepczę ją jako małpę! – uśmiechnął się Dydyński. – A Boga przeprosiwszy, ucapię za łeb biesa i zmuszę, by mi służył.

Dymitr puścił ramię szlachcica. Podszedł do kąta, w którym wisiały ikony, padł plackiem przed tą największą, na której święty Jerzy zabijał smoka, wbijając mu prosto w oko husarską kopię. A potem zerwał się, zastygł na kolanach, z dwoma złączonymi palcami uniesionymi do czoła.

– A Jezus zgromił demona, mówiąc: *Zamilknij i wyjdź z niego* – wycharczał jak opętany. – A demon rzucił go na środek i wyszedł, nie uczyniwszy żadnej szkody... Po co ci Oboleński, na Boga? Co z nim uczynisz?

– Będzie moim przewodnikiem po Moskwie. Psem na łańcuchu.

– Myślisz, że znajdziesz w sobie dość siły, aby poskromić tego diabła?

– Jeśli Oboleński jest wcielonym biesem – ozwał się Dydyński – tedy ja stanę się jego egzorcystą. A tutaj – pomacał się po szabli – mam najlepsze kropidło na niewiernych Moskali. Niechaj zatem przyszły car moskiewski pokaże pogodne oblicze i ułaskawi więźnia. Wówczas głosy poniosą wieść o jego miłosierdziu, łasce i dobroci do krwawych kolan tyrana Godunowa. I po zimie nastanie w Wielkim Księstwie Moskiewskim odwilż i wiosna.

– Proś mnie o wszystko. Tylko nie o litość nad tym człowiekiem! Nie mów mi więcej o nim!

– Jeśli taka carska wola... Mam też drugą suplikę – rzekł zrezygnowany Dydyński, który w skrytości ducha przemyśliwał już, czy po prostu nie odbić jeńca z lochów i nie wywieźć z Sambora. – Chcę wstąpić do nadwornej chorągwi husarskiej Waszej Carskiej Mość. Przywiodłem tutaj cały poczet z Inflant.

– Już w niej jesteś. Pan Buczyński da ci list do rotmistrza. Rota stoi pod Glinianami. Dołączysz do niej, kiedy wyruszymy. A to już wkrótce. Za jedną albo dwie niedziele.

– Dziękuję. – Dydyński skłonił się, aby odejść.

– Jacku Aleksandrowiczu...

– Tak?

– Pójdziesz ze mną? Poprzesz z dobrej woli moją sprawę?

– Przysięgałem.

– Pójdziemy na stolicę. O, panie stolnikowicu, czy ty widziałeś Moskwę? Czy wiesz, co to jest Kreml? Powinieneś ją kiedyś zobaczyć z Pokłonnej Góry, tam gdzie sto tysięcy pielgrzymów bije czołem świętemu miastu cerkwi i obrazów. Gdzie nad drewnianymi dachami domów wznoszą się wieże, a kiedy dzwony biją, ich dźwięk rozchodzi się na całe mile dokoła, płosząc stada ptactwa, co krążą nad kopułami soborów. Gdzie w dymie kadzideł, w świetle świec i kaganków wznosi się oblicze Chrystusa Pantokratora, sędziego surowego, lecz sprawiedliwego, zasiadającego na etimansji – tronie świata. Gdzie sto, dwieście, trzysta tysięcy poddanych bije pokłony przed jego majestatem. Co to jest Moskwa... Kolisko wodami rzeki przecięte, Rzym i Carogród dla prawosławia i świętej Rusi. Rusi Monomachów, Włodzimierzów i Aleksandrów Newskich. O, Jacku Aleksandrowiczu, czy ty wiesz, co to władztwo prawosławne?

– Nie, Wasza Carska Mość.

– To trzecie cesarstwo... Dawno temu, za panowania mego dziada Wasyla Iwanowicza, pskowski mnich Filoteusz ułożył prognostyk, świętą przepowiednię, w której jak w lustrze odbija się przyszły los Rusi. Pamiętaj, monarcho prawosławny, dwa Rzymy upadły, trzeci stoi. Czwartego nie będzie. Wiesz ty, Lachu niewierny, co to takiego trzeci Rzym? Oto właśnie Moskwa.

– To piekło!

– Bluźnisz! – wrzasnął Samozwaniec, jakby opętał go legion moskiewskich biesów. – Co ty możesz wiedzieć o świętym mieście... O prawdziwej, błahoczestwej wierze... Moskwa... To święta rzecz. Czy ty ją chcesz zobaczyć, mości panie Dydyński? – Dymitr szeptał, modlił się, ale jego słowa dzwoniły w uszach Jacka jak cerkiewne dzwony. – Drewniany Skorodom, klasztory Androniewski, Nowospasski i Siemionowski, z drugiej strony rzeki Zamoskworieczije, gdzie monastery Doński i Daniłowski. Dalej, w środku, Biełgorod kamiennym murem ogrodzony, tam zaś cerkiew Wszystkich Świętych na Kuliszkach, blisko Konnej Płoszczadzi, wreszcie Łubiańskaja Płoszczadz, strzelecka Słoboda i cerkiew Teodozjusza. Puszecznyj Dwor, Łabędzi Dwor, sady i monastery. A w środku, w samym sercu miasta, warowny gród, Kitajgorod, Bolszym Posadem zwany. W nim Mytnij, Jamskij i Panskij Dwory, Krasnaja Płoszczadz, a na niej dwór Wasyła Błażennowo, niebo nad miastem od krzyży, złotych kopuł cerkwi rozgwieżdżone. Jak tylko zaświeci jasne słońce, to daje świątyniom pańskim tak wielki złoty blask, że z daleka Moskwa jawi się niczym Jeruzalem, a w środku podobna jest do Betlejem. Aż wreszcie Krymgorod, to jest Kreml... W nim cerkiew Zwiastowania Maryi Panny, cerkiew Przeczystej Boharodzicy, to jest Uspieński Sobor, cerkiew Michała Archanioła, gdzie są carowie grzebani... I wreszcie Iwan Wielki z dzwonami, z których największy – Car Kołokoł, a nade wszystko Zołotyj Pałat, gdzie na tronie mego ojca zasiada tyran, Borys Godunow w czapce Monomacha. W ręku ma posoch wysadzany kryształowymi kulami, jakby węzłami. Na palcach pełno pierścieni; obraz Zbawiciela jest po jego prawicy, a ikona Najświętszej Panny po lewicy. Po bokach stoi dwóch pachołków zbrojnych w topory, w bieli...

Dymitr umilkł na chwilę, wpatrzył się w niezmierzoną, białą od śniegu i lodu dal, w otchłań moskiewskich stepów, skąd nawet teraz, w środku polskiego lata, ciągnął mróz.

– To jest moje dziedzictwo. Moje miasto. Mój tron – wyszeptał Dymitr. – Jacku Aleksandrowiczu, daję ci moje własne słowo, że jeśli mnie nie odstąpisz, zobaczysz święte miasto cerkiewnych świątyń, przepastne dwory, skarbce i złote kopuły. I wtedy zapomnisz na zawsze o twej wioszczynie i spadku wiarołomnego ojca. I będziesz mi sługą i przyjacielem! Będziesz władał ziemiami, o których myślałeś, że są białymi plamami na mapach.

– A teraz – Dymitr przeżegnał się dwoma złączonymi palcami – idź, zanieś dobrą nowinę Borysowi. Od teraz twemu słudze i niewolnikowi. Pilnuj go dobrze, a on niechaj bije ci czołem, że wymodliłeś u mnie jego głowę.

Die 3 augusti, Zamek w Samborze, około północy

Tej nocy długo nie mógł zasnąć. Był sam na kwaterze, w bocznym skrzydle domu królowej, gdzie stary, zrzędliwy pokojowy, pamiętający zapewne jeszcze czasy Zygmunta Augusta, z trudem znalazł wolny pokój na poddaszu, z oknem wychodzącym na zamkową fosę. Świrski i Nieborski wyfrunęli na wychodne, tam, dokąd wiodło ich przeznaczenie – będące dla pierwszego z nich świetlaną jutrzenką nadziei zamkniętą w cynowej konwi pełnej piwa; dla drugiego zaś oznaczające pełne miłosnego żaru uściski w ramionach dziewki służebnej albo ladacznicy. Dydyński zaś postanowił jasno i nieodwołalnie, że jeśli na skutek młodzieńczej głupoty jego czeladnik wróci z miłosnych podbojów bez szabli i czapki, przestanie łożyć krocie na jego moderunek. I zamiast w husarskim żupanie będzie się musiał Nieborski popisywać w koszulinie i magierce!

Zacny pan Jacek zapomniał tylko, drogi Czytelniku, że przyrzeczenia takie składał średnio raz i dwa razy w miesiącu. A gdyby spełnił choć jedno, byłby pan Damian golcem bez szeląga w kalecie, kołatającym do pańskich drzwi jak proszalny dziad.

Miał jednak zacne i wybaczające serce pan stolnikowic sanocki...

Dydyński rozmyślał. Zbierał do kupy wszystko, czego dowiedział się o tajemnych wrogach carewicza. A więc byli przebiegli. Chcieli Dymitra porwać i wywieźć w niewiadomym kierunku, nałożywszy mu na głowę niedźwiedzią maskę. A ich wysłannicy pokazywali sługom

Niedźwiedzi Chrest, całowali jego ramiona i wymawiali słowo, które dawało nieograniczoną władzę.

Ciekawe, co by było, gdyby pokazał ten Chrest Borysowi Oboleńskiemu? Czy Moskal rozdarłby szlachcica na strzępy? Padł na kolana? Boże mój, to byłby plan godny Samuela Zborowskiego i jego wyprawy na Turków...

Ktoś delikatnie zastukał do drzwi, budząc zdumienie Jacka. Czyżby wrócili słudzy? Rzecz prawie nie do uwierzenia, zważywszy na przepaściste gardło pana Herakliusza i niebywałą skłonność do popadania w tarapaty Damiana.

Niezamknięte drzwi otwarły się z wolna. Dydyński, leżący na łóżku w żupanie i hajdawerach, myślał już, że to pijany jak suseł Świrski szuka po omacku drogi do komnaty; wiadomo, że dla niejednego pijanicy podróż z karczmy do domu może okazać się równie długa i pełna przygód co wyprawa legendarnego Odyseusza.

Nagle ktoś zdmuchnął kaganek, pozostawiając Dydyńskiego oraz jego myśli w niemal absolutnej ciemności. Stolnikowic drgnął; sądził, że to pijany pocztowy pomylił łoża, i już chciał wyzwać jego matki i babki od ostatnich, nie oszczędzając nawet pra- i nadbabek, które wszak mogli mieć wspólne. Wreszcie przez podgolony łeb przemknęła mu myśl, że może to diabeł – i to spostrzeżenie okazało się najbliższe prawdy. Kiedy bowiem szlachcic poczuł dotyk dłoni, zorientował się od razu, że to nie czart, ale... diablica. I wcale ta myśl nie była mu niemiła.

Niewiasta legła obok i od razu przystąpiła do rzeczy. Dydyński zaś przypomniał sobie słowa Maryny i jej prośbę, by nie zamykał w nocy drzwi do komnaty. Oczywiście, pierwsze jego podejrzenie było takie, iż to sama wojewodzianka nawiedziła go w łożu. I na to wspomnienie od razu zesztywniał ze strachu. Zesztywniał – ma się rozumieć – we wszystkich częściach swego ciała poza tą jedną, niezwykle ważną dla jego fantazji, splendoru i podtrzymania szlacheckiego rodu. A potem, kiedy zaskoczony objął rękoma nieznajomą, przekonał się z ulgą, że nie była to wojewodzianka, bo te prowincje pięknego ciałka, które u Maryny były płaskie jak Mazowsze albo stepy zadnieprzańskie, nieznajoma dziewoja miała okrągłe niczym góry Beskidu.

Pomyślał, że jednak zasłużył na nagrodę, i nie było dlań niczym niemiłym, kiedy od razu zajęła się jego ubiorem. Ukoiła mu usta pocałunkiem, a jednocześnie zabrała się do guzów żupana. A z tymi w takich okolicznościach zawsze jest kłopot, są bowiem przewleczone przez grube pętlice. Wiadomo, chciałoby się zerwać je jednym ruchem, ale przecież każdy kosztuje przynajmniej parę groszy. A taki ekspens nie zawsze równa się chwili przyjemności, która po nim następuje.

Zwodnica wiedziała jednak dobrze, jak uporać się z zapięciem w ciemności, odczepić z haka pozłocisty pas rycerski, a potem jednym szarpnięciem rozplątać troczki koszuli i sznurek od hajdawerów – co było już wyższą sztuką, bo naprawdę trudno zmacać ten supeł w ciemności. Poczuł jej wargi wędrujące od jego ust aż na dół i sam porwał za obfite krągłości jabłek Wenery, a potem – za nadobny gaiczek skrywany pod suknią i spódnicą, otaczający źródełko gotowe napoić spragnionego konika.

Szybko pomogła mu pozbyć się własnego stroju, który krępował jej ruchy i niejeden raz bywał przyczyną męskiej złości i irytacji. W owych czasach bowiem nie wystarczyło pozyskać przychylności niewiasty, lecz trzeba ją było jeszcze zdobyć jak twierdzę, obłuskując z sukni, spódnicy, stanika i fortugałów, jak ziemny zamek z beluard i kawalierów; pozostawiając na miłośnicy jedynie kanaki i obręcze, to jest naszyjniki i pasy zdobione srebrem i perłami, niczym na nagim ciele perskiej nałożnicy.

Dlatego niecierpliwy pan Nieborski na ten przykład nie bawił się nigdy w żadne oblężenia, ale zdobywał niewiasty szturmem, podchodząc do forteczki Amora tajnym podkopem. Czyli po prostu obracając nadobne amoraty tyłem do przodu i zadzierając suknię na obręczach do góry, a potem szturmując niewieście wdzięki z pochyloną kopią. Wszelako poniechał tego, gdy kiedyś trafił mu się złamany fortugał, który przebiwszy płótno spódnicy, pozostawił na jego rzyci ślady jak od pchnięcia pohańskiego koncerza.

Ale to wszystko było już nieważne. Teraz liczyło się tylko ciało, dłonie i usta metresy, która rozpalała w panu stolnikowicu żar namiętności. Wkrótce pieściła ustami jego rumaka do chwili, gdy dumnie stanął dęba, a pan Dydyński przesuwał dłońmi po jej plecach i karku, a nade wszystko po pieszczonej i uciesznej łączce, z której ciekł słodki niczym miód, pocieszny nektar miłości. Dając tym samym niewymowny znak, iż karczemne lekcje u pań tak nieciężkiego autoramentu, że mogłyby służyć za piórka przy husarskiej zbroi, odrabiał stolnikowic równie pilnie co łacińskie deklinacje wpajane w kolegium ojców jezuitów.

Potem zaś, ku zadziwieniu szlachcica, to ona pierwsza wślizgnęła się na górę, dosiadła go jak amazonka wierzchowca. A nie była to bynajmniej pozycja, którą zalecali w kazaniach pobożni i prawowierni proboszczowie, lecz jedna z owych dwunastu diabelskich postaw, które zademonstrował na wojskowych murwach Kałmuk Astrakań wzięty do niewoli pod Bukowem przez wojska pana hetmana Jana Zamoyskiego.

Meretryca ujeżdżała stolnikowica tak mocno, aż trzeszczało stare łoże. Koszula, której nie zdjęła, zsunęła się w dół, więc Dydyński zadarł ją siłą w górę, pieścił i ściskał parę uroczych piersi, galopujących nad nim jak arabskie klacze. Ciągle nie widział oblicza bachantki, nie znał jej imienia. Cóż jednak byłoby jej po najpiękniejszej twarzy (zwłaszcza że i tak było ciemno choć oko wykol), co po pięknym oku – przesłoniętym powiekami i rzęsami długimi niczym najcieńsza muślinowa zapona – gdyby stolnikowic nie czuł wyraźnie uścisków owej rzeczy w kroku. I na tymże właśnie miejscu skupiły się w tej chwili wszystkie myśli pana Dydyńskiego. Jednak nawet zapamiętawszy się w miłosnym obłędzie, nie mógł pominąć milczeniem innych powabów dziewczęcia. Jakoż swawolnica miała inne cudności, i to bynajmniej nie takie płaskie jakoby wymalowane na kościelnych obrazach; przeciwnie – ciepłe, gorące i warte przynajmniej dobrego biczowania się za sam dotyk. Ramiona jak rozfiglowane koźlęta, a cycki niczym... bębny – które to określenie wydawało się panu Jackowi dziwnie prostackie, wręcz hajduckie. Jednak w takiej chwili i w takim położeniu nie bardzo miał czas ani ochotę, aby wymyślać jakieś inne, o wiele gładsze porównania. Albowiem myśli zajęte miał tylko tym, aby posyłać do celu coraz celniejsze strzały Kupidyna. To było bowiem niczym gonitwa konno do pierścienia, a jak podawały stare przepisy: komu by w galopie kopia z rąk wypadła albo się o ziemię ułamała, ten tracił razy wszystkie i nic zgoła do gonitwy nie miał.

Na szczęście, pan stolnikowic trafiał zawsze w sam środek. I dlatego po pierwszym gonieniu pokazał od razu pannie, że jest nie tylko generosus*, ale i nobilis**, a nade wszystko chłop mężny i poczciwy. Dlatego poderwawszy się i chwyciwszy niewiastę wpół, złożył ją teraz z kolei pod sobą, a potem począł karesować długo, namiętnie i do ostatka w pozycji, którą szelmy i karczemni figlarze zwykli zwać na raka.

Nie skończyło się wszelako na drugim razie. Mokry, rozgorączkowany pan stolnikowic dojeździł swoją miłośnicę do samego końca, z czym nie było kłopotów, bowiem wianeczek miała skradziony – rzecz oczywista, to nie Dydyński był pierwszym złodziejem. Wychylił z nią zatem czarę nektaru bogów po raz trzeci i czwarty – ten ostatni w pozycji, którą bezbożni poeci zwykli zwać na kapucyna.

Wreszcie legł wyczerpany obok meretrycy. Wzrok jego przyzwyczaił się do ciemności, zresztą na zewnątrz wzeszedł księżyc, wybielił drewnianą posadzkę komnaty, przydając konturów oraz ostrości meblom i przedmiotom.

Dydyński uniósł się na łokciu.

– Kimże jesteś, moja nadobna panno? – zapytał. – Rad bym wiedzieć, co za anioł mnie nawiedził. Pamiętaj jednak, że jeśli zmyliłaś drogę, tedy choćby przyszło teraz do twego płaczu i lamentów, ja niczego żałować nie będę.

– Nie pomyliłam się, mospanie – miała chropawy głos, który dziwnie nie pasował do jej wybujałego ciała

---

* łac. – urodzony

** łac. – szlachetny

i niewinnego lica – zwę się Dorota i jestem podarunkiem. Darem wdzięczności...

– Od Maryny?

– A jakże.

– Wielce mnie cieszy afekt panny wojewodzianki. Chociaż...

– Żałujesz, że to nie ona?!

– Nie, skądże. Anibym śmiał pomyśleć o córce pana wojewody.

– A przecie ją obłapiałeś. Na balu u Herburtów, w stajni zamkowej, pięć lat temu, kiedy na konia wsiadała.

Dydyński zmartwiał. Ho, ho, wybranka Kupidyna musiała być zaiste w wielkich łaskach u Maryny, skoro dowiedziała się takich rzeczy.

– Pewnie nie wiesz, co odpowiedzieć?

– Nie wiem – przyznał bezradnie, bo... naprawdę nie wiedział.

– Nie musisz – wyszeptała mu do ucha. – Ja powiem wszystko, co trzeba. I nie tylko powiem. Pokażę!

A potem poczęła całować go po całym ciele – najwięcej uwagi poświęcając żywotowi szlachcica oraz tej jego części, którą pobożne katolickie pióro niżej podpisanego nie powinno zwać inaczej niż tylko podbrzuszem, a protestanckie ucieka od jego opisu, jakoby szczerzył tam zęby sam papieski inkwizytor.

– Od zawsze chciałam cię poznać, panie – wyszeptała.

– Zawsze, to znaczy od kiedy?

– Od tego czasu, gdy dwakroć uchroniłeś carewicza Dymitra od śmierci. Cały dwór wojewody rozprawiał o waszej mości.

– To miło... Aj! Uważaj! Ząbki masz jak stado owiec, ale zanadto swawolne.

– A teraz wszyscy się dziwują, żeś pomiłował Borysa.

– Nawet kat byłby równie miłosierny, gdyby otrzymał taką nagrodę jak twoja przychylność, mościa panno.

– Lecz mnie się zdaje, że jest jakowaś tajemnica między wami...

– Gdzie tam! Potrzebowałem sługi, a Borys nadał mi się z postawy, bo wygląda jak człek, co z dzikimi niedźwiedziami bez szwanku bierze się za bary.

– Ten Moskal uczyni krzywdę waszej mości.

– Nie lękaj się, mała metreso – roześmiał się Dydyński. – Moja węgierska pani zawsze będzie na podorędziu. Silna, zwarta i gotowa... do każdej roboty.

– Węgierska pani? Ach tak! Twoja szabla.

– Dokładnie. A swoją drogą, to mój miecz rdzewieje. Czy zechciałabyś? O, właśnie taaaak...

– A nie wolałbyś, panie – wydyszała po długiej chwili, oderwawszy usta od jego rodowego klejnotu – aby twój miecz odpoczął znużony w pochwie?

– Nie – rzekł rozbawiony.

– Na pewno?

– Mniej będziesz gadać – walnął prosto z mostu, mając wargi zajęte berłem Wenus, które potrafi skutecznie okiełznać najswawolniejsze niewieście temperamenty.

Ugryzła go, ale bez złości.

– Jeśli będziesz tak niepohamowany w języku w obecności Dymitra, to wkrótce możesz zdobyć więcej wrogów niż włosów na łbie – wydyszała.

– Nie dbam o to.

– Niektórzy starali się o posłuchanie u carewicza przez całe miesiące, a ty – szast-prast, a już z nim gadasz na osobności i pewnie dostajesz jakieś tajemne rozkazy.

– Dworycki ci tyle o mnie naopowiadał? To mój wróg.

– Nie jest ci aż tak nieżyczliwy, jak myślisz, mości panie.

– Dał mi wystarczające dowody swej łaski, kiedy parę dni temu nocowałem w polu pod zamkiem. Dopiero dzięki wstawiennictwu Waarłama mogłem stanąć przed obliczem Dymitra.

– To nie Jaickij przebłagał carewicza. – Przeciągnęła się jak kocica. – Jegomość Dworycki wstawił się za tobą, aby nie pozbawiać cara usług tak zacnego kawalera.

– Prędzej uwierzę, że Borys Godunow ustąpi bez walki moskiewską stolicę naszemu Dymitrowi.

– Ustąpi, jeśli misję, którą powierzył ci Dymitr, wypełnisz do końca.

– Jaką misję? – Dydyński rżnął głupca, choć wolałby zgodnie ze słowami mistrza Kochanowskiego uciąć harde i nieposkromione drzewo, w jakie zmienił się temperament tej pani.

– Dwórki i służki na zamku mawiają, że jesteś sekretnym powiernikiem Dymitra; ale to pewnie zwykła gadanina głupców i małych trzpiotek. Nie musisz odpowiadać, ja znam prawdę: carewicz dopuszcza do sekretów jedynie pana wojewodę, Dworyckiego i Buczyńskich, a poza nimi swoich Moskali.

– Z ust mi to wyjęłaś, mościa panno – rzekł, choć wiedział dobrze, że nie była to odpowiedź, którą spodziewała się usłyszeć. – Ci ludzie zagradzają mi drogę do carewicza skuteczniej niż pas cnoty do gaiku księżniczki. Bo na pas cnoty zawsze znajdzie się solidny wytrych, a na czarne sumienie pana Dworyckiego pozostaje tylko szabla – której przy boku carewicza nie poważę się użyć.

– Nie sądź bliźnich po słowach, jeno po uczynkach.

– A co mi tam Dworycki! Trzem takim jak on dałbym radę!

– Wiem – wyszeptała, tuląc się doń namiętnie – dlatego opowiedz mi, jak dasz sobie radę z Borysem?

– Za dużo już gadasz, moja duszko. Pokaż, proszę, że gębusia służy ci nie tylko do obracania językiem na podobieństwo kijanki.

– Mmm... Taaak – mruknęła, a potem przez kilka chwil uczyniła z języczka taki użytek, że poczuł się jak w niebie.

– Wiesz – wyszeptała po chwili – mogłabym, mój panie, jechać z tobą na kraj świata. Choćby na Moskwę z Dymitrem, jako... metresa. Pilnowałabym ci ochędóstwa, gotowałabym strawę i doglądała czeladzi, a w nocy miałbyś gdzie się utulić do snu...

O tak, jeszcze czego, pomyślał niechętnie. Już widział, jak będzie czekać na niego, kiedy wróci z pola, z krwawego moskiewskiego żniwa. A wieści o wszystkim, co mówi, z kim śpi i co robi, trafiać będą wprost do ślicznego uszka panny wojewodzianki Maryny. Uchowaj Panie Boże od takiej Penelopy!

– Jedziemy na wojnę, z której nie ma powrotu. W obozie nie ma miejsca dla niewiast! Tak samo jak w tej komnacie!

W pierwszej chwili chyba nie zrozumiała.

– Zostaw mnie samego. – Łagodnie, ale stanowczo odsunął jej ramiona. – Muszę iść spać, bo jutro czeka mnie służba!

– Nie wyrzucaj mnie, panie – zaszlochała cicho. – Jestem taka... sama w tym zamku.

Z niesmakiem wstał z łoża, bo coś podobnego słyszał od Maryny; doprawdy niewiasty mogłyby zmienić już śpiewkę o samotności na coś mądrzejszego, bo tę starą gadkę powtarzały już chyba nawet papugi starosty Ożgi. Chwycił hajdawery, narzucił koszulę, wbił stopy w wysokie do kolan husarskie buty na podkówkach grubych na dwa palce.

– Idź stąd i powiedz swej pani – rzucił wściekle – że wolę rozmawiać z nią osobiście, a nie przez służkę, a jeśli ma do mnie jakąś sprawę, tedy niechaj wezwie do siebie albo tu przyjdzie... Niekoniecznie w roli metresy!

Dorota zapłakała, zaszlochała, niezwykle – trzeba jej przyznać – przekonywająco. Wprost serce się krajało, a lody stopniałyby nawet w dalekiej Moskwie, gdyby słuchały jej rozdygotanego płaczu. Niestety, serce Dydyńskiego było z najtwardszego kamienia. Szlachcic przygryzł wąsa, nie pozwolił, by ogarnęła go nagła litość – największa i najwierniejsza przyjaciółka niewieściej perfidii i podstępu.

– Możesz stąd wyjść ubrana albo naga, jak cię Pan Bóg stworzył! – skwitował jej żale. – Wybieraj, dziewko, bo mi się śpieszy!

– Mój panie – wyszeptała ledwie słyszalnie, zanosząc się szlochem – nie wyrzucaj mnie... Nie oddalaj od siebie... Błagam i proszę!

Zanim zdołała paść mu do stóp, pochwycił jej suknię, koszulę, stanik i gorset, a potem podszedł do otwartego okna i cisnął niewieście fatałaszki na zewnątrz, wprost do fosy, w której żaby odprawiały nocne koncerty.

– Idź precz!

Podszedł do łoża, chwycił ją za ramię, wywlókł brutalnie, postawił na nogach. A potem popchnął w stronę wyjścia i szeroko rozwarł stare drzwi.

– Śpiesz się, żebyś zdążyła przed zmianą roty – wysyczał. – Inaczej hajducy pana wojewody będą mieli o czym opowiadać jutrzejszego rana przy piwnej polewce!

Jednym ruchem ręki stwardniałej od szabli przyłożył w jej wypięty tyłek z taką siłą, że dziewka poleciała naprzód jak wystrzelona z armaty. Płacząca i przerażona zrobiła krok, potem drugi... Wreszcie pobiegła, płaszcząc bosymi stopami po kamiennych podłogach zamkowych krużganków, nie wiedząc, czy zasłaniać piersi rękoma, czy też raczej zakryć nimi splątaną kępkę włosów na złączeniu ud.

A Jacek Dydyński, rad z siebie i nieczuły na niewieście łzy, zatrzasnął drzwi z rozmachem. Odszukał w skrzyni bukłak z winem i napił się szczerze i mocno, jak po odniesionym zwycięstwie.

I właśnie przyszła mu do głowy rzecz prawie niesłychana.

Die 5 augusti
Więzienie starościńskie w Samborze
Godzina 11 przed południem

Do lochów pod tarasem Jacek zszedł dwa dni później, ściskając w ręku rozkaz na piśmie, w którym Dymitr, a nade wszystko pan starosta samborski Mniszech, uwalniał od kary miecza Moskala Borysa Oboleńskiego.

W zanadrzu ukryty miał dodatkowy atut, gdyby rozmowa z więźniem miała pójść na opak – Niedźwiedzi Chrest. Dydyński chciał go użyć, choćby miało zapaść się niebo.

Ktoś ważny był u Moskala, bo przy drzwiach celi ujrzał zamkowych hajduków; zbyt wielu, by pilnowali więźnia – raczej strzegli kogoś, kto przyszedł złożyć mu wizytę. A kiedy wszedł do celi, zrozumiał, że właśnie przegrał kolejną bitwę w batalii o carskie fawory i znalezienie tajemnych wrogów Samozwańca.

Maryna stała przy Borysie bladym jak chusta zerwana z czoła śmierci, leżącym na łożu jak ranny dzik, z ramionami i rękoma spowitymi grubymi zwojami szarpi. Nadworny medyk Mniszchów odwijał płótna, smarował opuchnięte członki więźnia maścią śmierdzącą jak trzydniowy umrzyk. Dydyński wolał się nie domyślać, co wchodziło w jej skład.

I wtedy stało się coś, o co Jacek nigdy nie podejrzewałby Borysa. Moskiewski niedźwiedź, który, zda się, potrafiłby pokruszyć w mocarnych rękach każdego Lacha, jaki stanąłby na jego drodze, podniósł głowę, pochylił się ku rączce wojewodzianki, a potem powoli i ostrożnie złożył pocałunek na dłoni Maryny.

– I błahosławiena ty carica – powiedział cicho, żałośnie. – Preswiatuju, preczustuju, prebłahosłowiennuju Marynu, so wsiemi swiatymi pomianuwsze sami siebie i druh druha i wieś żywot twój Christu Bohu predadim. Proszczenija i ostawlenija grechow i pregresznij twoich u Hospoda proszu...

I wówczas zdało się panu Dydyńskiemu, że dwie łzy stoczyły się po policzkach Moskala. Borys płakał? Doprawdy to było równie zdumiewające jak nagłe nawrócenie sułtana tureckiego na wiarę chrześcijańską.

Musiał przerwać tę sielankę. Jego cień padł między nich, przerywając ceremonię, a może i amory. Czyżby Maryna wdzięczyła się do Borysa? Cóż, jeśli nawet, to przecież nie ze zwykłej litości, lecz z wyrachowania.

Jeśli wojewodzianka była w tym lochu wcieleniem Dziewicy Maryi i dobrym aniołem, tak pan stolnikowic musiał jawić się Borysowi jak bies w stroju Lacha. I bardzo dobrze!

– Daj ci Panie Boże spokój i uzdrowienie – rzekła Maryna cicho i powabnie, kładąc rękę na mokrym czole Borysa. Moskal przymknął oczy, a pan Dydyński zacisnął dłonie w pięści. Do stu fur czarcich ogonów, to było jasne, że przyszła wywiedzieć się, z jakich powodów Dydyński nalegał na darowanie życia Borysowi. Zapewne wypytywała też Moskala szczegółowo o sprawy związane z Dymitrem. I kto wie czy jej sposób nie okazał się skuteczniejszy od katowskich obcęgów.

– Mościa panno wojewodzianko! – rzekł szlachcic, zdejmując kołpak i kłaniając się dwornie. Nie wiedział, co Maryna wie o nocnej potrzebie z jej dwórką Dorotą oraz jakie będą tego reperkusje. Gniew? Niełaska przyszłej carowej? A może – pochlebiał sobie – fascynacja mężczyzną, który pokazał nadobnej pannie, że nie tak łatwo okręcić go sobie wokół palca? – Dobrodziejko moja najmilsza. Czołem do nóżek ślicznych biję, usługi pokornie ofiarowuję. Dziwno mi ujrzeć cię tutaj. Czy pan ojciec... Czy Dymitr wie, że przyszłaś do lochów?

– Jestem panią własnego losu, mospanie, i nie muszę spowiadać się nikomu, gdzie chodzę i co myślę. Dobrze byłoby, abyś waszmość pamiętał o tym, kiedy przebywasz u boku Dymitra. Mam wolną wolę i będę miała ją nawet wówczas, gdy zakujecie mnie w carskie, kremlowskie łańcuchy i sarafany.

Wie o wszystkim, co się stało w nocy, pomyślał ponuro Dydyński. Będzie wesoło...

Podała mu rękę, wychodząc z brudnej i zatęchłej celi, a pan stolnikowic ujął ją, składając na wysmukłej dłoni szczery jak złoto pocałunek. Maryna dygnęła, zerknęła na niego zagadkowo, a potem znikła, pozostawiając Dydyńskiego z domysłami gryzącymi go niczym robactwo.

– Zostawcie nas samych! – rozkazał stolnikowic hajdukom.

Wyszli niechętnie, w ich wzroku wyczytał niedowierzanie i lęk. Widać nawet z wyłamanymi członkami Borys budził w nich zabobonny strach. Dydyński jednak nie bał się go bardziej niż wołu powalonego celnym strzałem z hakownicy.

Na razie...

– Poznajesz mnie, z kurwy synu, Moskalu? Potomku diabła i babilońskiej ladacznicy?

Borys zmrużył oczy.

– Wiesz, co się z tobą stanie?

– Jeszcze nie potańcujesz z moją głową – mruknął Oboleński. – Za wstawiennictwem preczystej jaśnie wojewodzianki Maryny na razie pozostanie na swoim miejscu.

– To nie Maryna, ale ja wybroniłem cię od miecza. Rozumiesz polskie litery? Czytaj. – Zamachał przed nosem Borysa listem od Dymitra.

– I pewnie myślisz, Lasze, że powinienem być wdzięczny? – Moskal nawet nie spojrzał na pismo. – Połuczaj chuj za swoju rabotu! Bo jeśli dumałeś, że po tym wszystkim stanę się twoim sługą, tedy żyjesz w równym błędzie jak rzymski papa. Nie będę niczyim rabem. Prędzej przegryzę ci gardło. Albo poszarpię sobie żyły!

– Będziesz mi służył wiernie jak pies – wycedził przez zęby Dydyński – co nie będzie dla ciebie niczym nowym, bo każdy z was, Moskali, rodzi się w łańcuchach. Będziesz rękodajnym, a kiedy każę – zatańcujesz jak ci zagrają. I schylisz kark, nosząc okowy z moim klejnotem rodowym. Klejnot to zwierzę, które zasiada na tronie w kremlowskiej pałacie! Bij mu czołem, psi synu, Moskalu!

Jednym ruchem wyrwał z zanadrza Niedźwiedzi Chrest i cisnął go Borysowi na pierś.

Oboleński spojrzał na krzyż, a potem podniósł złe, czerwone oczy na Dydyńskiego. I bynajmniej nie było w nich psiej, moskiewskiej wierności; prędzej złość i może zaciekawienie, cóż takiego wymyślił prześladowca, aby zadać mu więcej cierpienia.

– Będziesz mi czołem bił jakoby carowi niebiesnemu, poteszytielowi naszemu – ciągnął Dydyński. – A kiedy bym chciał, abyś ze mną milę szedł, pójdziesz i dwie. Kiedy zechcę po grzbiecie twym na koń siadać, nadstawisz mi karku. Gdy w opasnosti będę... własną piersią przed kulą mnie osłonisz!

Borys zmrużył oczy. Czyżby przypomniał sobie słowa listu? A może po prostu brał go gniew. Jeśli tak, to Jacek doprawdy był rad, iż kazał wyłamać mu ramiona ze stawów. Nie wiedział, co się stanie, i nie mógł domyślać się nawet, co zrobi Oboleński na widok tego heretyckiego krzyża.

Dydyński chwycił Chrest, podniósł go do ust, ucałował trzy jego ramiona ku czci Trójcy Świętej, a ostatnie – ku pamięci Marii Przeczystej Dziewicy.

– Słowo! – wycharczał Borys. – Powiedz słowo, co było na początku u Boha...

– Az jesm' s wami, i niktoże na wy – powtórzył Dydyński kawałek modlitwy, który usłyszał w karczmie od Waarłama.

Ręka Moskala wystrzeliła w stronę szlachcica. Borys jęknął, bo świeżo nastawione ramiona musiały sprawić mu równie okrutny ból co rozpalone widły wbite w bark. Lecz widać Moskwa była piekłem, zatem wytrzymał cierpienie, które zwykłego człowieka zmieniłoby w pokręcony korzeń mandragory.

Zacisnął palce jak cęgi na lewym przedramieniu zaskoczonego Jacka. Dydyński chciał złapać za szablę, ale nie mógł wyciągnąć jej w ciasnocie. Zimna jak grobowy kamień, pokrwawiona ręka powlokła go do barłogu skazańca. Do kroćset, jeśli Borys zrobił to wszystko ręką ledwie nastawioną po strappado, to co potrafił, będąc w pełni sił?!

– Usłyszałem słowo, które wydaje się być prawdziwe – wycharczał Oboleński. – Ty wiesz, Lachu, jaka jest kara, jeśli zełgałeś? Nasze wilki wyrwą ci żywcem duszę z piersi i zeżrą na surowo.

– Puść! – ryknął szlachcic, szarpiąc się z rękojeścią węgierki. Jelec szabli zaczepił o skraj lewego rękawa żupana; nim szlachcic zdołał go wyswobodzić, Borys spojrzał mu prosto w twarz.

– Znasz słowo... – wycharczał. – Masz Chrest! Wiesz, jak złożyć pocałunek. Ty... Ja...

Ręka, którą uciskał niemiłosiernie lewe ramię Jacka, zadygotała. Dydyński poczuł, jak palce Moskala trzymające go niczym szpony jastrzębia kuropatwę, a raczej – zważywszy na strój pana stolnikowica – dorodnego dzięcioła, poczynają tracić siłę. Rozwierają się, wypuszczają go na wolność. Odskoczył, dobył szabli, zaświecił nagą głownią w oczy Oboleńskiego.

– Będziesz posłuszny?

– Odpustitie winy mnie, grzesznemu – rzekł Borys spokojnie. – Jestem posłuszny. Nynie i prisno, i wo wieki wiekow. Amin.

Moskal wyciągnął rękę, ujął krzyż z takim trudem, jakby była to grobowa płyta, ucałował w sam środek niedźwiedziej głowy.

– Jesteś mój, Borysie. Mój sługa! Mój rab! Mój pies!

– Tak, ojczulku Jacku Aleksandrowiczu.

– Znaj, grubianinie, politykę! – warknął Dydyński, a potem jednym ruchem zdzielił Borysa rękojeścią szabli w policzek, pozostawiając tam ciemnoczerwoną krechę. Doprawił z góry, w podbródek, wziął zamach i rąbnął w sam środek wygolonego łba pokrytego odrastającą czarną szczeciną włosów.

Moskal zajęczał, zadygotał, i tak ledwie żywy; aż trudno było uwierzyć, że jeszcze znosi to wszystko.

– To była pierwsza lekcja pokory – wycedził przez zęby Dydyński. – Myślę, że od tej pory będziesz świadomy, jaką władzę nad tobą daje mi Chrest i słowo.

Borys pokiwał zakrwawioną głową, wyciągnął dygoczącą rękę ku lewicy Dydyńskiego, ostrożnie ujął ją, przekręcił się na bok, a potem ucałował dłoń poranionymi wargami. Zdawał się pokorny jak pies, ale jego oczy pozostawały czujne i bystre.

To pokonało gniew szlachcica. Dydyński opuścił szablę.

A w chwilę później podniósł ją do obrony, bo Borys chwycił Niedźwiedzi Chrest, a potem... To było wprost jak sen – zmiażdżył go w zębach, jakby chciał odgryźć górne ramię krzyża. Nie uczynił tego, nie miał dość siły albo drewno okazało się zbyt twarde; pozostawił na nim tylko wyraźny ślad. Chwycił krzyż drugą ręką, próbując nieudolnie złamać go albo zgnieść.

– Wospomożytie, ojczulku – jęknął bezradnie. – Rzućcie w ogień, bo mnie sił nie chwatajet!

Dydyński zaskoczony ścisnął Chrest w ręku. Żal mu było rozstawać się z krzyżem, czuł jednak, że stał się świadkiem jakiejś ceremonii, której nie do końca był świadom, a każdy błąd mógł okazać się równie doniosły co upuszczenie gorejącej głowni do otwartej beczki prochu.

Odwrócił się w stronę gruby, w której płonął ogień rozpalony zapewne na polecenie sług Maryny, i niewiele myśląc, cisnął drewniany Chrest w płomienie. Niedźwiedzi łeb zamigotał, rozjarzył się ogniem. Spłonął w poszeptach i trzaskach płomieni. Rozpadł się po długiej chwili na popiół i gorejące węgle. Znikł i sczezł, jak gdyby nigdy go nie było. Tak znikł ostatni świadek przymierza między Jackiem i Borysem. Lisem i niedźwiedziem. Lachem i Moskalem.

A kiedy Dydyński odwrócił się do Borysa, opadły mu ręce. Moskal leżał nieruchomo, z krwią sączącą się ze świeżych ran, oklapnięty na słomianym barłogu, niczym martwy tur. Gdy stolnikowic przyskoczył bliżej, przerażony, że właśnie zyskał tyle wiernego, co martwego sługę, usłyszał cichy, równy oddech. Wycieńczony więzień spał snem sprawiedliwego, ani troszcząc się o jutrzejszy dzień.

A Jacek Dydyński wpakował sam siebie w taką kabałę, że sam już nie wiedział, co czynić.

Otarł pot z czoła i przeżegnał się.

– Ratujcie mnie, święci pańscy – jęknął cicho.

Niestety, święci milczeli.

Rozdział VI

Pochód za Dniepr

Dymitr wyrusza do Lwowa • Ciągnie pod Gliniany • O powadze towarzystwa husarskiego, kozackiego i petyhorskiego • Zwada w obozie • Tajemnica Dworyckiego • Chorągiew husarska • O konnych obrotach • Piękne jest koło rycerskie • Duma ukrainna • Babie lato • Komu dał Bóg serce męskie • Bockiem pod panem Ostrogskiem • O Kijowie prawosławnym • Żałobna spowiedź i niewesoły los Borysa

Die 23 augusti, Anno Domini 1604
Zamek w Samborze, o świcie

Wyszli z Sambora prosto w białe smugi oparów wiszących nad naddniestrzańskimi łąkami w ten czas, kiedy pierwsze ptasie głosy odzywają się w gęstwinie drzew. Długim korowodem przesuwali się ludzie, konie, kolasy, rydwany, brożki i skarbne wozy. Szli na Moskwę; na wielką wojnę, a może i śmierć na lodowych bezmiarach. Na szczęście kostucha była jeszcze daleko. Na razie odgradzał ją od nich Dniepr, zielone pola Ukrainy, bagna i niezgłębione lasy Zadnieprza tworzące niedostępną granicę Korony Polskiej. Wiele mil było do przejścia, wiele dni do przebycia od wschodu do zachodu słońca, więc przyszłość rysowała się na razie złotymi zgłoskami na jedwabnym pergaminie.

Zabrzmiały trąby, zagrzmiały działa, gdy Dymitr w husarskiej zbroi, na dzielnym siwym wierzchowcu i z buławą w ręku wyjechał przed bramy niższego zamku. Za nim na koniu wieziono obraz Matki Boskiej, który na tę wyprawę podarował mu jaśnie oświecony wojewoda sandomierski. A jako eskorta ikony, zbrojna w puklerze wiary i anielską cierpliwość, postępowali na gniadych biegunach dwaj kapelani zbrojnej wyprawy: Kasper Sawicki i Fryderych Bartsch.

Dalej szła chorągiew nadworna Mniszchów, na czele której jechał sam wojewoda sandomierski mający u boku Adama Dworyckiego. Przyszły carski teść i książę siewierski rozpierał się na ulubionym tarancie w terlicy okrytej czołdarem, czaprakiem z najprzedniejszego złotogłowiu, zdobionym złocistymi frędzlami i wyszywanym w barwy rodowe – srebro i karmazyn. Wojewoda pomimo swego nikczemnego wzrostu trzymał głowę równie wysoko co strusie pióra w klejnocie rodowym, a jego myśli nie odgadłby najbieglejszy kabalista. Oto był początek krętej drogi do moskiewskiego carstwa i nikt, bodaj nawet sam Mniszech, nie wiedział, czy rzeka ludzi, którą wprawił w ruch tego sierpniowego poranka w Samborze, uniesie go do chwały, sławy i wydarzeń, o których pisać mieli wielcy dziejopisarze. Czy też poniesie, niczym rozhukany koń, prosto w objęcia wrogów, do moskiewskiej tiurmy, a potem – w ręce carskiego kata.

Dalej szła husaria; chorągiew Jana Fredry, kasztelana przemyskiego, porządnie okryta, licząca ponad sto koni. Towarzysze jechali w szyszakach przybranych piórami, w kirysach i naramiennikach osłoniętych skórami tygrysów, lampartów i wilków, rozparci w kulbakach niczym na biesiadzie, równym, ładnym krokiem, dziesiątkami. Błyszczeli blachami naramienników i wypolerowanymi nakarczkami hełmów, uzdami zdobionymi srebrem, złotem, jaspisami i koralami, a także pozłocistymi blachami na łbach końskich, nabijanymi karneolami i rubinami wielkimi niczym kurze jaja. Za nimi szła muzyka, dalej pocztowi, jeszcze bez drzewek, jak nazywano kopie, które zamówione przez wojewodę czekały we Lwowie i w Glinianach.

Dalej podążał dwór Dymitra – Polacy i Moskale, ci wszyscy, którzy czepiali się carskiego słowa jak tonący tratwy, gromadzili za jego plecami, deklarując się wiernymi obrońcami Jego Carskiej Miłości, a tak naprawdę nikt nie był pewien, czy będą stać dzielnie niczym lwy, czy też w obliczu wroga rozpierzchną się na cztery strony świata jak kuropatwy na widok jastrzębia. Między wojskowymi, którzy w Sokolnikach i Glinianach mieli dołączyć do oczekujących chorągwi, jechał Jacek Dydyński z pocztem. Za nim bracia Jan i Stanisław Buczyńscy z czeladzią, pachołkowie i dworzanie Mniszchów. Z tyłu, za rycerstwem, postępowały wozy i kolasy misji mnichów i księży, którzy szerzyć mieli wśród pogańskiej Moskwy Słowo Boże, ucinając mieczem wiary wszystkie łby schizmatyckiej hydry. Jechał więc ksiądz Franciszek Pomaski, kapelan zamkowy, który – jak powiadano – spraktykował Dymitra Iwanowicza do powrotu na łono Kościoła rzymskiego, jego brat Stanisław, a także siedmiu bernardynów, wśród nich zaś prowincjał zakonu Benedykt Anserinus, niegdyś wychowawca Maryny; człek zwany Gąsiorkiem nie tylko przez wzgląd na zacny kałdun, ale i przepaściste gardło, które u bernardynów często bywało najlepszą rękojmią do klasztornej kariery. Teraz piastował świeżo nadaną godność komisarza spraw moskiewskich, zważywszy zaś na wielką miłość Moskali do horyłki i trunków wszelakich, wydawał się właściwym człowiekiem na właściwym miejscu. Bo jeśli nawet nie przekonałby ich, iż nieomylność papieża jaśnieje niczym gwiazda na niebieskim firmamencie, to jednak na pewno podzielaliby jego uwielbienie dla pomroczności jasnej.

Z tyłu ciągnęły tłumy pospólstwa i szarej zbieraniny, która od tygodni obozowała pod zamkiem. Szli tam ludzie silni i słabi, naiwni i ulegli, żądni zaszczytów i pieniędzy, przegrani, intryganci i uczciwi. Polacy, Moskale, Włosi, Niemcy, Holendrzy, Kozacy i sam jeden Bóg wie kto jeszcze.

Za nimi z łoskotem, skrzypieniem osi, rżeniem koni i ciężkim brzękiem wyładowanych wozów szła cała zamkowa artyleria wiedziona przez Jana Ostromęckiego, czyniąc tak wielki huk, że zdawać by się mogło, iż drżały w posadach mury Sambora. Dział wieziono na wozach aż dwadzieścia cztery, niestety, większość zdałaby się na przepiórki, była bowiem wagomiaru, czyli kalibru równie małego co wzrost Maryny. Na przedzie wprawdzie przysadziste konie ciągnęły – po dwanaście w jednym szorze – Pannę strzelającą dwudziestofuntowymi kulami, za nią jednak szło sporo drobiazgu, a więc wężownice Bellona, Pallada, Minerva, za nimi zaś kołysały się na kamieniach i wybojach Słowiki, Jaszczurki, Sokoły oraz najmniejsze, zaledwie dwu-, trzyfuntowe Czechliki, które wtórować miały swoim kwileniem starszym braciom w chórze, co ponieść miał głos carskiego imienia aż po sam Kitaj i lody Północy.

Przy działach szedł równym, mocnym krokiem lud ognisty: Niemcy, Polacy, Szkoci w kaftanach i kapeluszach, w płytkich trzewikach, z których większość mieli pozostawić na moskiewskich bezdrożach. Maszerowali puszkarze – mistrzowie i czeladnicy, a obok cieśle, ślusarze, kopacze i kowale. Za nimi zaś posuwały się wśród trzasku biczy i łoskotu kopyt wozy taborowe załadowane kulami, wielkimi kręgami ołowiu, pakułami, smołą i beczkami z prochem.

Z tyłu zdążały karawany kupców i zbrojnych sług. Jechał na wozach z rzeczami Dymitra lwowski Ormianin Szymon Boguszowicz, który uwiecznić miał na obrazach panowanie cara. A za nim szły karawany pełne towarów należących do żydowskich kupców z Sambora i Przemyśla, a także skarbniki i kolasy Antonia Riatiego Bolognesa, kupca i dworzanina Mniszchów.

Z tyłu posuwało się całe mrowie pieszego i obszarpanego ludu gościńca. A także chłopi, którzy na widok zbrojnych wybiegali z chałup, potem zaś ciągnęli za nimi przez jakiś czas zagonami, na których brązowiały jeszcze niezabronowane ścierniska po sprzątniętym zbożu.

Jadący po prawej ręce Dydyńskiego Świrski obejrzał się na ciągnący za nimi korowód, kupieckie wozy i nieliczne działa, a potem pokręcił głową i dla dodania sobie animuszu – podkręcił wąsa.

– Powiadają – rzekł wesoło – że tylko na zamku w Smoleńsku car Borys Godunow ma sto puszek burzących, samych Jaszczurek i Bazyliszków! A ludu zbrojnego na jego wezwanie stanie ponad pół miliona.

– Powiadali Krzyżacy wieki temu, że Królestwo Polskie rozkroją jak postaw sukna – odparł Dydyński. – A gdzież oni są teraz? Pokaż mi, waszmość, choćby jednego komtura! Pisał kiedyś moskiewski tyran Groźny w listach do króla Stefana, aby mu odstąpił nie tylko Inflant, ale Litwy i połowy Rzeczypospolitej, to zrobi go w swoich dobrach podstarościm. A nie tylko Połock i Wielkie Łuki wzięliśmy, ale i Psków osaczyliśmy jak niedźwiedzia w ostępie, a Janusz Zbaraski osmalił brodę cara Iwana pod Toropcem.

– A widzisz tu acan w naszych szeregach drugiego króla Stefana? Albo chociaż Zamoyskiego?

– Pewnie, że widzę – zakonkludował jadący z drugiej strony Nieborski. – Bo powiadają, że Dymitriaszka jest bękartem króla Stefana. A więc przewodzi nam krew z krwi Batorych, którym szczęście wojenne zawsze dopisywało.

Pochód Dymitra szedł. Przez wzgórza i lasy Ziemi Lwowskiej na Sokoliki, w stronę Jaworowa. I potem na Lwów.

I dziw nad dziwy, lecz jego wojska i stronnicy rośli w siłę. Z miasteczka do wioski, z zaścianka do dworu, z dworu do chaty, z bazaru na targowicę, wszędzie szła wieść o tym, że przyszły car moskiewski idzie z Sambora, prowadzony przez skrzydlate rycerstwo, aby odzyskać Moskwę i koronę. Wszędzie tam, gdzie jego pochód przewinął się obok glinianych chałup i słomianych strzech, kmiecie padali na kolana przed ikoną Matki Boskiej Samborskiej, błogosławieni przez popów i księży. Lecz jeśli pochód mijał dwór albo szlachecki zaścianek znaczony krzyżem ze skrzyżowanymi szablami i chałupami z gankiem, tam otwierały się dębowe i sosnowe wrota, a potem wyjeżdżała spoza nich szlachecka młódź konno i zbrojno, z wozami i czeladzią, albo tylko samotnie, komunikiem, pomnażając siły Dymitra.

Przyjmował ich wszystkich, błogosławiąc prawosławnym chrestem. I serce rosło, widząc, jak z dolin i gór, z lasów i pól ciągnął uzbrojony lud szlachecki, na podobieństwo strumieni, które gdy zejdą się w jedną rzekę, popłyną wielką falą rozbijającą na strzępy szyki nieprzyjaciół.

Po trzech dniach dotarli do Sokolników, o milę i stajanie od Lwowa, nad potokiem Zimna Woda płynącym do Skniłowa. Minęli chaty i dwór leżący w głębokiej dolinie, przebyli potok Szczerkę. A potem, przeszedłszy obok folwarku Hołdy i posady Na Stryjskiem, ruszyli na sam Lwów, gdzie już czekano na nich z ucztą.

Był dwudziesty dziewiąty dzień sierpnia, gdy miasto powitało ich biciem w dzwony i armatnimi wystrzałami. Królewski gród przewinął się wokół nich jak sen i po dwóch dniach Dydyński niewiele zapamiętał z przejazdu. Może tylko, iż tego samego dnia Dymitra Iwanowicza witał oracją jezuita Adrian Radzymiński imieniem całego kolegium jezuickiego. A potem carewicz asystował w katedrze lwowskiej przy Przenajświętrzej Ofierze, słuchając kazania.

Już następnego dnia wyszli z miasta na wschód, na Moskwę, a kierując się zrazu na Gaje i Gliniany, zabrali do orszaku cara dwóch jezuitów – Jędrzeja Ławickiego i Mikołaja Cyrowskiego z kolegium w Jarosławiu, znanych z ciętych odpowiedzi i sztuki prostowania sprytnymi słowami pokręconych ścieżek wiary kalwinistów i zwolenników luterskiej nauki. Teraz zasłynąć mieli w nawracaniu grubych Moskali na jedyną ścieżkę wiodącą do raju.

– Ciekaw jestem, co się stanie – zapytał sam siebie półgłosem Dydyński drugiego dnia marszu – jeśli carscy hetmani wyślą przeciw nam liczniejszy podjazd? Na miły Bóg, zacna jest kompania Dymitriaszki do picia, ale kiedy pojawi się sroga kupa Moskali, nakryją nas czapkami i kołpakami!

– Nie ogniem i mieczem – odparł jadący na czele pochodu Dymitr Iwanowicz, jakby słysząc słowa dumnego sługi – ale imieniem samym strasznym i świętym gosudara Iwana, batiuszki mojego, będziemy wojować. A jeśli Wszechmocny łaskę nam okaże, w Jego imię sprawiedliwie zwyciężymy!

– Wojsko za nami idzie Jego Królewskiej Mości! – perorował Mniszech z konia do szlachciców, którzy wahali się, czy poprzeć wątpliwą w ich oczach sprawę moskiewskiego carzyka. – Pan nasz najjaśniejszy wnet na Moskwę wyruszy upomnieć się o dziedzictwo Dymitra zbroją i orężem! Jesteśmy tylko forpocztem, podjazdem, pierwszą rotą! Na Moskwę, waszmościowie! Chodźcie z nami bić psich synów, wrogów naszych śmiertelnych!

A dalej były już tylko trakty, brunatne i rude pola, na których zaczynała się orka, pociemniałe lasy, dąbrowy i brzeziny przetykane pierwszymi żółtymi liśćmi. Spalone przez słońce, przykurzone gaje i bory. I droga, która wiodła w przód i w przód, na Gaje, nad rzeczułką Kabanówką, a potem nad potok Rogowiecki, który przy ujściu do Przegnojówki formował duży staw. Okolica była tu niska, płaska i nieco bagnista, ale grunty słynęły urodzajami, bo jeśli wiosna i lato bywały danego roku łaskawe, zdarzało się, że z jednej chełmińskiej morgi żyta zbierano czasem i cały tuzin korców krakowskich ziarna. Dlatego jeszcze zanim zabłysły przed nimi sine wody stawu, Dydyński domyślił się, że dotarli do Glinian, okolonych rowem i wałem, otoczonych ciągiem pól i zagonów z konopiami, z których zimą tkano mocne i twarde płótna wałowe sprzedawane przez miejscowych Żydów aż w Gdańsku.

Miasteczko było położone na handlowych traktach wiodących na Wiśniowiec, Zbaraż, Ostropol i Kijów, blisko Lwowa i Halicza. I dlatego zwykle odbywały się tutaj okazywania pospolitego ruszenia tudzież popisy wojska kwarcianego. A wiadomo, że gdzie pospolite ruszenie, tam zawsze tumulty, zwady i bunty, bowiem wyjątkowo przewrażliwiona na punkcie złotych wolności szlachta, wezwana do walki z koronnym nieprzyjacielem, gotowa była podgolić skrzydła samemu królowi. Historia Glinian była pod tym względem równie barwna i bogata co żywot starej markietanki. Tu bowiem roku Pańskiego 1381 rycerstwo polskie podniosło bunt przeciwko królowi Ludwikowi, zaś w 1537, kiedy na polach pod miastem stanął król Zygmunt Stary, uczyniła się najpierw pijatyka. Z pijatyki zwada, ze zwady huczek, a z huczku sejm konny, z sejmu zaś nader blisko już było do rokoszu, bowiem szlachta zarządziła, aby król odebrał Mazowsze Bonie, herod-babie i włoskiej trucicielce, co też Zygmunt Stary, chcąc nie chcąc i kręcąc nosem, musiał uczynić na najbliższym sejmie. Bunt, który tu wybuchł, zwany był zresztą wojną kokoszą, bowiem gdyby panowie bracia równie dzielnie walczyli z Wołochami co z kurami z okolicznych kurników, byłaby Polska aż po Dunaj, a kto wie – może i po Konstantynopol.

Die 5 septembris
Gliniany, obóz wojsk Dymitra, popołudnie

Pod miastem czekały na nich pierwsze zaciągi, prawdziwe wojsko mające dopomóc Dymitrowi w odzyskaniu moskiewskiego tronu. Można było bowiem wywodzić ród carewicza od rzymskiego cesarza Augusta, Ruryka, Igora i Włodzimierza Wielkiego; można wzywać na świadków sługi jego, archanioły złociste na pomstę, a Pana Wszechmocnego na wykonawcę jego woli. Wszelako zarówno Ojciec Niebieski, jak i serafiny bujali sobie w niebiesiech, zaś car Borys Godunow, tyran i krwiopijca, siedział na carskim prestole równie mocno i niewzruszenie co granitowy głaz w korycie górskiej rzeki. Trzeba by chyba trzęsienia ziemi, aby go poruszyć, a owo poruszenie łatwo mogło zdarzyć się za przyczyną dzielnych chorągwi polskich, zwłaszcza husarii, która – o ile była opłacona i trzeźwa – niczym skrzydlata lawina kruszyła szyki wielokrotnie liczniejszych Moskali.

Wojsko Dymitra stało obozem w polu, pod miastem, nieopodal stawu Krutniów na rzecze Połtwi. Wedle słów Mniszcha zgromadziło się tu pięć chorągwi husarii, kilka rot kozackich i petyhorskich, ściągniętych z całej Korony i Litwy, a także piechota wojewody, nieco Zaporożców, a nade wszystko cała masa wolentarzy i zbrojnego hultajstwa, przy którym nawet najbardziej wiekowa chorągiew pospolitego ruszenia wyglądała niczym pułk marsowych dzieci.

Porządku nie było żadnego. Widać nie naznaczono jeszcze hetmanów i pułkowników, choć de nomine Dymitr był wodzem całej wyprawy. Namioty i kotary, a także taborowe wozy – które powinny stać w długich szeregach wzdłuż ulic wiodących na majdan, tworząc stancje, czyli zagrody, szerokie i długie na dwadzieścia albo trzydzieści stóp – rozstawiono bez ładu i składu. Dlatego obóz przywodził na myśl cygańskie obozowisko po powodzi, a nie kwatery zawodowego żołnierza.

Nawet przy namiotach husarskich, które Jacek odnalazł wkrótce dzięki krasnym chorągwiom z krzyżami, nie czuło się wcale siły polskich rot konnych, druzgocących szyki Szwedów, Niemców i Moskali. W obozowisku panowało pokojowe rozprężenie, laba i próżnowanie. Place i ulice zapchane były husarskimi końmi, uwiązanymi do wozów, żującymi leniwie obrok lub przepędzanymi przez czeladników wśród świstu batów i tatarskich nawoływań. Towarzysze i pocztowi chadzali bez żupanów i czamar, w samych hajdawerach i koszulach, bez pasów i czapek, ledwie przy szablach i czekanach, za to z nieodłącznymi cynowymi kuflami i dzbanami w rękach. Jedni gwarzyli, inni oglądali konie, a znakomita większość piła, tak iż w tłumie niemal nie sposób było odróżnić towarzysza od czeladnika, a pacholika od szlachcica.

Tu i ówdzie spod pałub i płócien na wozach wystawały husarskie skrzydła i kulbaki z wysokim przednim, a szerokim i niskim tylnym łękiem. Tutaj pachołek czyścił popiołem i sadłem napierśnik i naramienniki, tam polerował szyszak, gdzie indziej znowu ostrzono przy wielkim kręgu szable, nadziaki i czekany. A nad tym wszystkim łopotały w górze, pod błękitnym niebem, proporce kopii i rohatyn.

Dydyński rozpytywał o carską chorągiew husarską, w której rotmistrzem był sam Dymitr Iwanowicz, a porucznikował pan Stanisław Gogoliński. Wkrótce wskazano mu drogę do nieporządnie rozstawionych namiotów, kotar i szałasów. Nie wytyczono tu żadnych stancji – ot, kto był pierwszy na łące, ten brał tyle miejsca, ile mu się zmieściło w garści, a pozostali, którzy nadciągali później, musieli zadowolić się placami równie wielkimi jak spłachetki zagonowej szlachty.

– Gdzie my mamy stawać, panie wielmożny! – zafrasował się Borek. – Chyba z żabami za pan brat, w stawie!

– Tam wciśnijcie namioty, a z boku kotarę do spania. – Dydyński wskazał małą łączkę, na której pasł się tabunik koników.

– Kiedy konie stoją!

– Poczekajcie! Zaraz zobaczymy czyje.

Przyskoczył na Hetmance do stadka. Ani wokół namiotu, ani w okolicy nie widział żadnego szlachcica. Koni pilnował tylko mały pacholik w baraniej czapie i koszulinie. Dydyński natarł nań ze srogą miną.

– Czyje te konie, chłopie?!

Pastuch podniósł nań błękitne, załzawione oczy, jakby nie rozumiejąc powagi sytuacji. Przerwał jednak żucie trawki.

– Czyje konie, pytam się?!

– Jegomości pana Mikołaja Przybyłowskiego – wymamrotał, przesuwając przy tym źdźbło z jednego krańca warg na drugi.

– Gdzie twój pan?

– A tamój. W karczmie. – Machnął ręką w stronę majdanu.

– Wyganiaj konie! Z namiotami tu stajem!

– Kiedy pan zakazał!

– Konie możecie za obozem paść, bo tu miejsca braknie! Nie bój nic, załatwię co trzeba! Z twoim panem.

– Hrydeeeek! – rozdarł się pacholik. Za namiotem zamajaczyła rozkudłana głowa starszego sługi, a nieco wyżej długie i błyszczące ostrze rohatyny.

A zza pana Jacka wyjechali na podjezdkach Nieborski i Świrski. Z tyłu łypali złowieszczo Mykoła i Borek, obaj przy bandoletach i szablach.

– Poganiaj! – warknął Świrski, trzeźwy, więc zły, jak prawie każdy Polak w tym stanie. – Bo weźmiesz basarunek, że twoje postoły do samej Moskwy dolecą!

Ludzie nieobecnego pana Przybyłowskiego nie zaryzykowali zwady. Zaświstały baty, konie wyrwały do przodu, za nimi popędził pacholik.

– Stawiajcie obozowisko! – zagrzmiał Dydyński do czeladzi. – A ty, panie Nieborski, pozwól za mną!

Zawrócili wierzchowce na majdan i poczęli przepychać się wśród koni, ludzi i czeladzi tam, gdzie stały wzorzyste namioty Mniszchów i gdzie Dydyński spodziewał się znaleźć starszyznę chorągwi.

Nie zawiódł się, bo całe towarzystwo, jak zwykle na popasie, ciągnęło niczym pszczoły do miodu pod rozłożone na kijach, rozpięte na linach płócienne kotary przy szatrach i budach, w których Żydzi ze Złoczowa i Glinian szynkowali miody, piwo i gorzałkę, wytaczając coraz to nowe antałki, odbijając siekierami dna i odszpuntowując półbeczki. Tuż obok na majdanie zrytym końskimi kopytami rozstawiono żerdzie i paliki, przy których gonione na ostre, kopią do pierścienia. Albowiem towarzystwo spod husarskich i kozackich znaków bardziej rade było osobistym gonitwom i popisom jeździeckim niż egzercerunkom, czyli ćwiczeniom całej chorągwi w obrotach po koniu i frontem, w następowaniu na wroga, odwrocie i rozluzowywaniu szeregów.

Dydyński zeskoczył z Hetmanki, zbliżył się do stołów, przy których zasiadali pospołu husarze i kozacy, to jest towarzysze szlacheccy z jazdy kozackiej, którzy poza nazwą nie mieli nic wspólnego z Zaporożcami z Ukrainy. Wszyscy zaś pochłonięci byli tym, czym jak świat światem zajmowała się każda armia: polska, rzymska, Chrystusowa czy anielska, kiedy nie miała nic do roboty. Z rąk do rąk krążyły dzbany, brzęczały kufle, błyskały kubki. Tu grano w kości, tam w karty, gdzie indziej wynoszono pana brata, co przekroczył miarę. Tam znowu obściskiwano ladacznice, które krążyły wokół stołów natrętne niby gzy spragnione gorącej krwi szlacheckich ogierów.

– Waszmościowie wybaczcie, pana porucznika Golińskiego szukam.

– Dalej, przy trzecim stole, panie bracie.

Przepchnął się wreszcie do wskazanego stołu, przy którym zasiadali ludzie z chorągwi husarskiej Dymitra; od razu dostrzegł pana porucznika w rozpiętym karmazynowym husarskim żupanie z pętlicami, czapce zawieszonej na jednym uchu, z szablą odstawioną razem z rapciami przy rogu stołu, gawędzącego swobodnie z resztą towarzystwa.

– Chyba do śniegów będziemy tu stali! – biadał chudy szlachcic z wąsami niby dwa wiechcie słomy i gębą poznaczoną czarnymi cętkami po prochowym wystrzale. – Już się Ostrogscy na nas gotują! Ogniem i mieczem wojska carowe znosić...

– Na Boga żywego! Na nas? Żołnierzy Chrystusowych? Samarytan zacnych, co się ujęli za carewiczowską krzywdą?!

– Powiadam ci, Józku – gadał barczysty szlachcic o wesołej gębie ozdobionej szramą nad lewym okiem, a ruski zaśpiew w jego głosie nieomylnie zdradzał obywatela ukrainnych województw, albo też wcale nie tak znowu odległego Podlasia. – Kiedyśmy już jako te nieboskie stworzenia popili, przychodzą one cudaki do karczmy, do Tykocina, do nas, a każdy z babą, taka jego bladź. No to co żem miał zrobić – jebłem pierwszego w łypę, farfocla, siabelką, aż poszoł kurz z pawimentu!

– A co potem?

– Ano łapię ja jego babę i za cycki chwytam... To dała, a jakże. Sięgam tedy, panie bracje, niżej, do onych, jak to ksiądz w kościele powiadają: odiosam materiam Venerae*, aż tu mnie dzierlatka – bach w gębę! i rzecze: *Niżej pasa niech nie tyka! Zakazane!*

– U, ha, ha! Tedy ją trzeba było do góry nogami odwrócić – rzucił wesoły brodacz siedzący obok owych, wnioskując ze wspomnianego Tykocina, obywateli podlaskich.

– Wchodzę ja, waszmościowie, na schody – perorował po drugiej stronie stołu brodaty, posiwiały szlachcic o szarych oczach i gębie pociętej niczym pieniek do rąbania drwa – a tam Mazurów dwóch Italczyka niesie. Mały ten pludrak, ledwie cztery i pół stopy – i to razem z kapeluszem – ale ponoć zajadły na płeć niewieścią niby stary satyr. Patrzę ja, mości panowie, a oni go wnieść na

* łac. – rzeczy przynależne do Wenery

górę nie mogą, bo – imaginujcie sobie – miast wzdłuż w poprzek schodów się ustawili. Myślę ja sobie – ślepy każdy Mazur do dziewiątego dnia po porodzie, ale jak przejrzy, to wszystkich oszuka. Wszelako dlaczegóż ci takiej prostej rzeczy nie obaczą? Podchodzę zatem i mówię: *Czekajcie, waszmościowie, pokażę wam, jak w ordynku stawać.* Złapałem ich, przekręciłem i mówię: *Mości panowie, na schody jak na baby, trzeba wzdłuż, a nie na poprzek wchodzić!*

– Czołem, waszmościowie – rzekł swobodnie stolnikowic, kiedy dotarł już przed oblicze pana porucznika. – Jestem Jacek z Dydni Dydyński, syn Aleksandra, a wcześniej towarzysz roty jegomości Szczęsnego Niewiarowskiego. Chcę do chorągwi wstąpić z pocztem towarzyskim.

Porucznik podniósł zmęczone, przekrwione oczy.

– Witamy, witamy, panie bracie – rzekł i wskazał miejsce na ławie. – Pisał mi o waszmości pan Buczyński. I same Jego Carskie Wieliczestwo... Witaj na kwaterach. – Dydyński uścisnął miękką i wcale nie stwardniałą od szabli prawicę porucznika. – Poczet jaki masz?

– Staję na trzy konie. Dwa podjezdki husarskie i wierzchowiec towarzyski. Służbę zaczynałem cztery lata temu, podczas wyprawy multańskiej Jana Zamoyskiego, w chorągwi, jeno z pocztem czterokonnym, pod chorągwią ichmość panów Chodkiewiczów, Jana Karola i Aleksandra. Potem przeszedłem do roty imć pana Szczęsnego Niewiarowskiego, do Inflant. Mam na to świadków i listy. Jeno potem pocztowy mi poległ pod Białym Kamieniem. Stąd tylko na trzy konie popisywać się mogę.

– To żeś inflantczyk? Żołnierz lisowski?

– Tak jest. Przez dwa lata. Z przerwą na studia. Od roku Pańskiego tysiąc sześćset drugiego do czwartego. Abdankowany w lipcu...

– Dlaczego?

– Ojciec umarł – mruknął niechętnie Dydyński. – Wiesz waszmość, jak to jest: są ludzie, dla których krewni tylko w ziemi pewni. Musiałem odejść z wojska, aby przypilnować ojcowizny.

– Witaj w kompanii. Mości panowie, poznajcie młodego Dydyńskiego, o którym siła mogliście słyszeć.

– Słyszeliśmy, słyszeliśmy – zamruczał szlachcic z blizną. – Siadaj acan z nami. I wkupne dawaj. Nie uwierzę, żeś przybył bez żadnej widendy, albo przynajmniej zacnego antałeczka.

– Policzę waszmości... trzy lata służby – mruknął porucznik. – Tak i wpiszę na miejsce... dwunaste.

– Dlaczego nie od razu trzydzieści! – zahuczał brodaty, porąbany towarzysz o sinych oczach. – Dwa, albo i półtorej, nie więcej, bo inflantczycy więcej w kole gardłowali, niż Szweda bili!

– Waszmość pan odmawiasz mi zasług wojennych? – zapytał lodowatym głosem Dydyński. – Zarzucasz kłamstwo prosto w oczy, a nawet nie wiem, z kim mam do czynienia!

– Jestem Mikołaj Przybyłowski. – Stolnikowic poczuł na sobie ciężki wzrok nieznajomego. – Służyłem już, kiedy waszmość koszulinę w zębach nosił. Za króla Stefana!

– Z jakiej racji odmawiasz mi półtora roku służby? Bom młodszy? A może dlatego, że nie krewny waszej mości?

– Boś służył w prywatnej chorągwi – warknął Przybyłowski, a Dydyński poczuł od razu, że żywot towarzysza husarskiego Jego Carskiej Wysokości nie będzie należał do najłatwiejszych. – Pod Chodkiewiczami. W rocie panięcej, co nie była w żadnych komputach ani na popisach! Tak tedy szukaj zasług w magnackim wychodku, a nie w wojsku! Jeszcze chwila, a was młokosów będą w pieluchach wpisywać do regestru!

– Chorągiew przeszła w grudniu Anno 1602 do suplementów koronnych i wszystkie jej zasługi zostały zaliczone. Są też zresztą papiery hetmańskie. – Dydyński położył dłoń na szabli. – Ale jeśli waść nie chcesz oczu nad skryptami tracić albo czytanie nie idzie, tedy możemy całą rzecz załatwić od ręki. Ot, wyjdziemy w krzaki, pogawędzą nasze panie węgierskie, a ten, którego wybranka drugą pannę przegada, ustali, czy jestem godny dobrego miejsca w regestrze, czy też nie!

– Bójcie się Boga! – zaoponował porucznik. – Carewicz jest przy wojsku!

– Carzyk Dymitriaszka przymknie oczy – sapnął Przybyłowski, pokazując dobitnie, gdzie on, towarzysz husarski, ma powagę carskiego imienia. – Gardeł nam nie odejmą za dobycie szabli pod bokiem moskiewskiego parcha. A choćby próbowali, będzie rwetes na całą Koronę, bo cóż ma za powagę Dymitr, aby szlachcie grozić mieczem?!

– Gdzie staniemy? – zapytał Dydyński, chcąc zakończyć przedstawienie. – Chyba lepiej poszczerbić waści gdzieś na uboczu.

– Tak, zaraz stawać! – zasapał Przybyłowski, a Jacek od razu zmrużył oczy, bo podejrzewał już, że może pan

Mikołaj najlepszym żołnierzem był za stołem, przy kielichu dobrego węgrzyna. – Pokaż, waść, że obroty znasz na koniu i na czele chorągwi.

– Prawdziwy husarz polski szabli i kutasa nigdy nie zapomina! – zarechotał porucznik.

– A ja o zakład idę – zawtórował pan Przybyłowski – że ci dzisiejsi nie to, że drzewko i kuśkę zapomną, ale nawet zdrowy rozum u murew w zamtuzie zostawią!

– Jak tam, panie bracie, podejmiesz waść wyzwanie?

– Panie Nieborski, konia! – zakomenderował Dydyński.

– Co za ludzie, co za czasy, co za obyczaje nastały! – biadał tymczasem Przybyłowski. – Byle gołota do chorągwi przyjedzie, to zaraz z niego pan rotmistrz. Lada pacholik z folwarku do wojska zbiegnie, zaraz: pan towarzysz, choć mu rumaka kupić muszą, bo tylko na własnym kusiu jeździć potrafi. Nie umie teraz syn szlachecki na koniu jeździć, musi się we Włoszech u kawalkatora uczyć. Za to kufla – tu pociągnął spory łyk piwa, jakby przecząc swym słowom – kart, kości, tańców i wszetecznego murestwa bardzo dobrze jest świadomy. Lepiej wie, jak dziewkę za cycki pociągnąć, niż szabelką machać. Zginęła zgoła cnota żołnierska; nie słyszysz, kto by kopią pierścień wziął. Ani wsiądzie taki na konia, nie dotykając siodła albo łęku!

Dydyński zagryzł wąsa, bo właśnie siadał na Hetmankę, niestety, korzystając ze strzemienia i łapiąc lewą ręką za kulę przedniego łęku kulbaki. Usłyszał nawet, jak z tyłu ozwały się śmiechy, i krew w nim się zagotowała.

Obrócił konia w stronę towarzystwa, zmarszczył brwi.

– Dajcie się napić! Na sławę i szczęście!

– Może srogi miód z waszmości rycerza uczyni! Pij! Do dna!

Szybko podano mu w czapce gliniany kubek pełen lipca. Dydyński przerzucił wodze przez przedni łęk i podjął naczynie.

– Zdrowie panów towarzyszy! – zakrzyknął, a potem wychylił miód jednym haustem. Strącił ostatnie krople na ziemię, cisnął kubek pod kopyta konia z takim zamachem, że Hetmanka, choć niezbyt bojaźliwa, podskoczyła w miejscu.

– Dajcie drzewko!

Czeladnik podał mu długą na prawie osiem łokci kopię husarską, bez proporca. Dydyński zważył ją w ręku, złożył się na próbę, sprawdzając ciężar. Była dobrze wydrążona, od samego przodu aż do kuli w tylnej części, bo nie ciążyła zbytnio ku dołowi. Czterograniasty grot miał dobry łokieć długości, wzmocniony był żelaznymi piórami, to jest prętami zapobiegającymi odcięciu przedniej części kopii w czasie bitewnego zamętu lub kiedy chorągiew husarska zostałaby zaskoczona przez nieprzyjaciół z boku czy w trakcie odwrotu.

Dydyński złożył kopię w pół końskiego ucha, nie wkładając jej nawet w tok, czyli pas z tuleją umocowany do husarskiej kulbaki, który pomagał trzymać drzewko w ręku. Od razu ponaglił łydkami Hetmankę, wszedł w galop, najeżdżając na pozorniki – drewniane paliki, do których umocowano szerokie drewniane pierścienie na sznurach.

Uderzenie kopią czy rohatyną w galopie albo cwale nie wymaga zbyt wielkiej wiedzy i umiejętności. Wszak każdy głupi umie przytrzymać drzewce pod prawym ramieniem i naprowadzić je na cel, który zbliża się nieubłaganie. Trudniej oczywiście dokonać najazdu husarską kopią niż spisą czy rohatyną, bo jest od nich o wiele dłuższa. Jednak cała sztuka polega na tym, aby tak poprowadzić konia, by przegalopował dokładnie obok miejsca, gdzie rozwieszone są pierścienie; w takiej odległości, aby łatwo nadziać kółko na grot kopii, zrywając je zarazem z pozornika. A to już nie jest prosta ani błaha kwestia. W tym bowiem jest ambaras, aby dwoje – koń i jeździec – chciało naraz. Wierzchowiec może zagalopować za późno i choć zgarnie się wtedy pierścienie, jadąc rysią, to przecież człowiek narazi się na śmiech towarzystwa. Czasem też pójdzie skokiem zbyt wcześnie – i nie jest to jeszcze bieda, o ile jeździec zdoła zawczasu pochylić drzewce. Jednak niekiedy koń może spłoszyć się i odskoczyć od pozorników, czy też przegalopować zbyt daleko, aby jeździec sięgnął do pierścienia. Czasem też może wprost wpaść na paliki, potrącić je, obalić, a nawet zdeptać, z czego najwięcej uciechy ma pospólstwo, które zwykle samo jeździ słabo, ale skore jest za to do śmiechów i wrzasków.

Dydyński pochylił się w kulbace, bo gdy najeżdża się na pierścienie, wysiadując galop, będąc wyprostowanym w kulbace, kopia unosi się razem z jeźdźcem i łatwo można wybić Panu Niebieskiemu oko, sobie samemu zęby, albo też, nie daj Boże – złamać kopię o ziemię, co kończy gonitwę. A nawet wbić sobie złamane drzewce w przyrodzenie, co może oznaczać definitywny koniec własnej gałęzi rodowej. Dlatego stolnikowic przytrzymał lewą ręką Hetmankę na munsztuku, ustawił ją nogami i ciężarem ciała, zbaczając nieco na prawo, docisnął lekko siedzeniem, aby nie wyszła do zbyt szybkiego galopu, zniżył grot i... wziął pierwszy pierścień.

Chwila jeszcze! Trzymając konia na prostej drodze i prosząc w duchu, aby jego kobyle nie przyszło czasem do łba coś głupiego, pochylił kopię...

I wziął drugi!

Z trzecim poszło gorzej. Nie wiedział, czy miał zbyt zmęczoną rękę (każdy tak zwykle mawia, kiedy gonitwa nie idzie, więc równie dobrze można stwierdzić, że trawa była za śliska), czy też planety nie tak ustawiły się tego dnia w prognostyku; dość, że Hetmanka skoczyła w bok. Dokładnie w chwili, gdy miał zebrać kopią trzeci pierścień. I zamiast uderzyć w dziurę na jego środku, grot kopii rąbnął w lewą krawędź.

Dydyński zawrócił do towarzystwa, przekręcił kopię pionowo, niosąc na niej dwa grube pierścienie.

– Zacnie i sprawnie pan Dydyński kopią robi! – zakrzyknął Gogoliński. – Żeby to było w gonitwie, zapisaliby waszej mości razów dwanaście i jeden.

– Ale ostatniego nie zaliczył! – zawarczał wściekle Przybyłowski. – Pewnie zaraz powie, że koń mu się potknął, kopia pokrzywiła albo że dziura była w ziemi większa jak w kurewskiej piczy!

Odpowiedź Dydyńskiego była zgoła niespodziewana. Nic nie powiedział, tylko uderzył Hetmankę ostrogami, aż poszła skokiem wprost na panów towarzyszy. Szlachcice krzyknęli, porwali do szabel, odskoczyli na boki, kiedy zniżył kopię, celując wprost w Przybyłowskiego!

– Stój! – ryknął Gogoliński.

– Zdurniał ty!

– Na Boga!

Stolnikowic nie uderzył grotem pana Mikołaja. Nie miał nawet takiego zamiaru. Podbił drzewko w górę, nadział na grot wilczą czapę na łbie adwersarza, porwał ją na ostrze i poniósł na kopii. A potem wstrzymał konia, odchylając się w tył, ściągając uzdę, obrócił się w miejscu, dzierżąc drzewce dumnie jak sztandar.

– Mości panowie! – zakrzyknął. – Pod takim oto buńczukiem będę bił Moskali. Daj Panie Boże, żebym tak łatwo jak kołpak waszmości zdjął czapkę Monomacha ze łba cara Borysa Godunowa!

Przybyłowski nic nie powiedział. Nawet nie odwrócił się do stolnikowica, nie pomacał posiwiałego łba, sprawdzając, czy uszy i czupryna są na swoim miejscu. Nie sięgnął nawet po szablę.

– Parol, panie Dydyński! – rzekł spokojnie.

Jacek oddał drzewko w ręce czeladnika, a kiedy ten je pochylił, zerwał z grotu nakrycie głowy Przybyłowskiego.

– Bierz, waszmość, czapkę! – zawołał, rzucając ją pod nogi Mikołaja. – Przyda ci się na jajca, kiedy pewien dobry człowiek zrobi z ciebie kapłona!

Pan Mikołaj odwrócił się ponury, jak niedźwiedź osaczony w sieci.

– Do pierwszej krwi czy do obezwładnienia?

Die 5 septembris
Gliniany, gdzieś na uboczu obozu
Godzina czwarta

Na pojedynku spotkali się za kępą rokity poza obozem, nieopodal Zamościa, przy Przegnojówce. Towarzystwo spod chorągwi carskiej stanęło półkolem nad wodą, przepychając się i poklepując po ramionach, dzierżąc kubki i kufle zabrane z karczmy, jak gdyby była to równie nieodłączna ozdoba szlacheckiego stanu co szabla czy sajdak.

– Mości panowie, nie brykajcie – mruknął Gogoliński. – Bijecie się nie dalej jak do pierwszej krwi, inaczej będzie awantura. Artykułów wojskowych jeszcze nie wydano, ale zawsze to zwada pod bokiem carewicza i wojewody. U boku króla dalibyście za to gardła, a na sejmie poszlibyście pod trybunał!

– Po tym, co mi ichmość pan uczynił, będę się bił do ostatniej posoki!! – mruknął Przybyłowski. – Nie bój nic, rycerzyku! Szlachcic bez blizny to jak pozew bez podpisu. Jeszcze się będziesz szramą pannom chwalił.

– Gdzie staniemy?

– Tu, na trawie. Tchórz oblatuje?

– Chyba waszmości. Ten, którym jesteś podszyty.

– Stawaj! Szkoda gadaniny!

Ścisnęli w garści szable, stanęli na ugiętych nogach, mierząc się chłodnymi, obojętnymi spojrzeniami. Dla Przybyłowskiego była to jeszcze jedna zwada, dla Dydyńskiego zwykłe sprawdzanie umiejętności przez towarzystwo chorągiewne. Nie było bowiem dla nikogo tajemnicą, że na leżach i popasach rycerze polscy odwoływali się do żelaza częściej niż do bożej sprawiedliwości, a łapali za szable z byle powodu. Zdarzało się nawet, że całe chorągwie stawały przeciwko sobie, bijąc się o ćwierci, czyli żołd wypłacany co kwartał, albo stancje. A czasem stawały w szranki tylko po to, aby przekonać się, kto komu przytnie czuba i uszu, a wraz z nimi zbyt wybujałą fantazję.

Dydyński wyskoczył pierwszy, ciął leciuteńko, zadając cięcie samym nadgarstkiem, na odlew, to znaczy z lewej, od góry i na skos, a potem wbrew, czyli pionowo. Przybyłowski wyłapał cios piątą zasłoną, od niechcenia rąbnął z nadgarstka, leciutko. Dydyński przyjął atak na zastawę węgierskiej szabli. Od razu, przechodząc do odpowiedzi – czyli błyskawicznego ciosu zadanego natychmiast po cięciu przeciwnika – chlasnął węg; płasko, od lewej w pierś, dodając do siły nadgarstka moc łokcia i ramienia.

Mikołaj nie złożył zastawy; przyjął cios na przeciwtempo; odchylając się do tyłu, rąbnął stolnikowica w głowę – wrąb, czyli z prawej na ukos w dół. Krótko, szybko niczym błyskawica!

Za wolno! Pióro stolnikowica chlasnęło go w pierś, ścięło złocony guz z rubinem, rozcięło aksamit husarskiego żupana niczym dobrze naostrzona brzytwa. Przybyłowski zakołysał się na nogach, odbił kolejne cięcie desperacką, niezbyt udaną zasłoną.

– Nie ma krwi! – zakonkludował porucznik. – Poczynajcie dalej, waszmościowie.

Dydyński skoczył na wroga jak wygłodniały żbik. Czuł, że prawie ma w ręku tego starego grzyba, który mógłby być jego ojcem – gdyby oczywiście miał jaja i tyle fantazji, aby zdobyć względy przyszłej pani Dydyńskiej, matki Jacka! Już niemal czuł, jak tamten dostaje zadyszki, jak chwieje się na nogach, osłaniając mdlejącą ręką od ciosów.

Dlatego zamarkował prostą sztuczkę. Ciął kilka razy z nadgarstka na przemian: na odlew i węg – czyli raz skośnie, a raz płasko z lewej, czekając, aż ręka wrogą przyzwyczai się do składania zasłon na tych kierunkach, aby potem niespodziewanie uderzyć z zupełnie innej strony. Nie myślał, rzecz jasna, aby Przybyłowskiego dało się pokonać fortelem obrosłym w brodę godną senatora, ale jedna zmyłka zawierała w sobie drugą. Nagle bowiem, zamiast ciąć węg, niespodziewanie Dydyński uderzył skośnie, od dołu, z lewej. To znaczy tylko zamarkował taki ruch, spodziewając się, że nie ujdzie on uwagi Przybyłowskiego. I zaraz, w tej samej chwili, wyskoczył wypadem w przód, zadając płaskie pchnięcie.

Prawie trafił... Prawie, bo nagle żmija przemknęła po jego lewym łokciu. Pióro szabli minęło bok Przybyłowskiego prawie o włos. Dydyński poczuł zimny chłód w lewej ręce, ale zapamiętale rąbał dalej przeciwnika.

– Krwawi!

– Dostał!

– Rozdzielcie ich!

I nagle zaroiło się wokół nich od szlachty i czeladzi. Ktoś odbił cios szabli stolnikowica, inny chwycił go za ramię, zatrzymał. Rozerwano ich, roztrącono. Na próżno szarpał się, bo zdawał sobie sprawę z tego, że dostał, a walka jest skończona. Czuł rwący, przenikliwy ból w lewym ramieniu i sam dziwił się, jak to się stało, że przegrał starcie z takim starym capem!

– Mości Dydyński, dość już! – zagrzmiał Gogoliński. – Spokój! Starczy tego! Nie przyszliście tu po śmierć, ale by poznać wolę bożą!

– Która okazała się łaskawa dla pana Przybyłowskiego!

– Opatrzcie go!

– Wicek, szarpie dawaj!

– Zagniećcie chleba z pajęczyną.

Krew kapała z przeciętego ramienia nieco poniżej lewego łokcia. Stolnikowic spojrzał obojętnie na ranę, otarł pot z czoła prawym nadgarstkiem. Zerknął na roześmianego adwersarza.

– Wygrałeś waść... Jesteś oblubieńcem Fortuny. Korzystaj z niej... póki ci wiek pozwala!

– Opatrzcie sanockiego rycerzyka! – wydyszał Przybyłowski. – I idźcie sobie wreszcie. Do wszystkich... diabłów!

– To jak będzie ze sporem? – zapytał Gogoliński. – Rozstrzygnięty?

– Wpisujcie mnie do regestru, jak chcecie – warknął Dydyński. – Nie będę ujmował czci imć Przybyłowskiemu. Dzisiaj jest górą. Ale nie zawsze tak będzie!

Szybko podwinięto mu rozcięty rękaw żupana (będzie nowy wydatek, skaranie boskie!). Wezwany z obozu Żyd zszył brzegi rany dratwą, co Dydyński zniósł cierpliwie; potem przyłożył chleba zagniecionego z pajęczynami, przyklepał, owinął szarpiami. Ręka zesztywniała od razu, na szczęście nie w niej trzymał szablę.

– Był spór, nie ma sporu! – obwieścił gromko porucznik. – A teraz, waszmościowie, padnijcie sobie w ramiona i darujcie winy.

Dydyński win nie darował, co najwyżej przesunął na późniejszy termin wyrównanie tego porachunku. Tymczasem padł jednak w ramiona Przybyłowskiego. Poklepali się jak dwa niedźwiadki, pociągnęli gorzałki z bukłaka i było po sprawie.

Ot, zwykły dzień w polskim obozie.

A po sprawiedliwości trzeba dodać, że takich pojedynków bywało każdego wieczoru po kilka, kilkanaście. I nie wszystkie kończyły się tak gładko i przyjemnie. Czasem wołano balwierza, zdarzało się wszelako, że i księdza.

Die 5 septembris
Gliniany, obóz wojsk Dymitra
Dzwonią na kompletę

Po opatrzeniu Dydyńskiemu nie pozostało nic innego, jak tylko wrócić na majdan, aby w większym towarzystwie zapić ból rannej ręki, zmyć plamę na honorze cynowymi kuflami piwa jezuickiego tudzież glinianymi szklanicami lipcowego miodu. Najpierw nastąpiły jednak przedstawienia, uściski i objęcia. Tak więc Jacek dowiedział się, że chudy jak chmielowa tyka szlachcic z wąsami niby dwa wiechcie słomy i gębą poznaczoną czarnymi cętkami po prochowym wystrzale zwał się Walenty Rodzieński, dwaj towarzysze Podlasiacy zaciągający z ruska to Michał Rudomina i Józef Aniołowicz. Wesoły brodacz zaś, który na każdą krotochwilę miał w zanadrzu gotowy koncept, zwał się Marcin Odrzywolski, rodem z Prus Królewskich. W sumie, jak to zwykle bywało w chorągwiach prywatnych, panowie towarzysze tworzyli prawdziwą wieżę Babel, bo jedni pochodzili z Małej, inni z Wielkiej Polski, było też kilku przybyszów z Litwy, ktoś z Rusi, z Ziemi Chełmińskiej, inny znowu z Ukrainy. Kilku zaś z wojsk inflanckich, którzy podziękowali za służbę, kiedy nie nadchodziły kolejne ćwierci. Nie wszyscy służyli jeszcze za króla Stefana, jak Przybyłowski, jednak większość miała za sobą przynajmniej jeden rok służby, wiedziała więc nie tylko, gdzie łeb, a gdzie ogon konia, ale także co z owym zwierzęciem zrobić, jak czynić obroty oraz – rzecz oczywista – jak zastawiać się kopią i bić szablą. Poczty mieli przeważnie dwu- lub trzykonne, co pokazywało dobitnie, że mało było wśród nich zamożnej i służałej szlachty.

Dydyński dałby sobie obić gębę, że inflantczycy nie odeszli z wojska przez to, iż nie doszły do nich skarbowe pieniądze, ale zbiegli spod chorągwi przed wyrokami godzącymi na ich szlacheckie gardła ostrzem katowskiego miecza. Nie bardzo też chciało mu się wierzyć, że pan Odrzywolski wywodził się, jak powiadał, z rodziny z dawna osiadłej w Prusach Królewskich, podejrzewał prędzej, że zamiast szlachetny ojciec jego pisał się sławetny i był zwykłym miejskim łyczkiem, ot, na ten przykład łupikotem – kuśnierzem. Pan Aniołowicz, gdyby mu skrzydła opalić dębowymi kijami, zapewne okazałby się Aniołkiem zrodzonym nie we dworze, ale w chłopskiej chałupie. A imć Golian zdawał się człekiem, któremu dla parchów często golono głowę, stąd Goły Jan się przezwał. Podobne podejrzenia miał Jacek co do pana Świdzińskiego, bo ostatnimi czasy nagle zrobiło się w Rzeczypospolitej podejrzanie dużo Świdzińskich. Od kiedy głód zajrzał w oczy zaściankowej szlachcie ze Świdna pod Chodlem, kupić od nich można było nazwisko za beczkę piwa czy parę dobrych butów.

Chcąc nie chcąc i będąc w mniejszości, wpadłszy między wrony, musiał pan Dydyński krakać tak jak one. Zwłaszcza że z rozwalonym ramieniem nijak mu było udawać szlacheckiego orła w gromadzie strojącej się w cudze piórka. Siedział zatem, klął w myślach Przybyłowskiego i przysłuchiwał się gadaninie reszty towarzystwa.

A było czego słuchać, bo nikt nie wiedział, kiedy nastąpi wymarsz i ile wojska jeszcze ściągnie do obozu. Przede wszystkim zaś – co zamierzają Dymitr i wojewoda sandomierski. Przy trzech tysiącach zaciężnych chorągwi, tysiącu hultajstwa i zbieraniny, marsz na Moskwę i zajęcie Kremla wydawało się bowiem przedsięwzięciem równie pewnym co spacer w pełnej zbroi po marcowym lodzie.

Rozmowa zeszła zatem na sprawy moskiewskie, dotyczyła zwłaszcza wojska, które car mógł wyprowadzić w pole. Mikołaj Przybyłowski, jako dawny żołnierz króla Stefana, mógł wreszcie zabłysnąć wiedzą równie jasno co szablą w niedawnym pojedynku.

– Potęga Moskali – perorował nad szklenicą z miodem, którego niedobory uzupełniano mu tak szybko i gładko, że nawet tego nie zauważał – zasadza się na wielkiej liczbie zbrojnej i lada jak uzbrojonej hołoty, którą oni zwą dworiaństwem – to takie nasze pospolite ruszenie ichniejszej szlachty. A także na wytrzymałości do znoszenia trudów, zimna i głodu, który od dziecka jest nieodstępnym towarzyszem każdego Moskala.

– W szyku dobrze się biją? – zapytał Rudomina.

– Najpierw – mruknął Przybyłowski – musisz waszmość wiedzieć, że u nich żadnych szyków nie ma. Nie dotrzyma ci Moskwicin pola, kiedy uderzysz na niego z kopią, bo cała ich jazda zwykła bić się jak swawolna kupa. Po wtóre zaś pamiętać należy, że oni bitwy staczają po tatarsku – podchodząc pod nieprzyjaciela, wypuszczając strzały, czasem ścierając się wstępnym bojem, a potem odskakując, aby za chwilę wrócić i znowu uderzyć – jak wilk. Z ich jazdą będzie tylko jeden kłopot: siła ich wielka, ale lada jak uzbrojona.

– Chwała Bogu! Położymy ich mostem jak pod Orszą.

– Ja bym nie chwalił dnia przed zachodem. Moskal szczeryj żołnir, charoszyj, rycerz luty, chociaż mu słoma z butów wystaje. Mości panowie, cóż oni mają do stracenia? Potrawy moskiewskie proste: czosnek, cebula, kapusta, suchar, a trunek – gorzała smrodliwa, którą oni nazywają hosudarskim winem. Mając takie delicje za wytworne dania, Moskal nie żałuje żywota, śmierć mu niestraszna, bo w niedoli żyje. Nie żałuje delicji, bo ich nie kosztował. Nie zapłacze nad swoją Fiedką, Marfą czy Paraską, bo szpetna grubianka. Nie zaboli go serce nad synami, bo ci z nim wojują i zginą. Nie żałuje pięknego dworu i dostatku, bo jego prosta chata niebogata. Toteż ochoczo ginie na wojnie, obiecując sobie raz zginąć heroicznie, niż zawsze żyć nędznie.

– A poza tym – wtrącił Gogoliński – u nich wielki książę to Bóg i samowładca i nikt nie śmie sprzeciwić się jego woli. A jeśli nawet ona niezrozumiała, tedy pokornie chylą głowy, mawiając: to wie tylko Hospodi i wielikij car.

– Tfu! – splunął Przybyłowski. – Jaki on wielki i co za car! Zwyczajny książę moskiewski, uzurpator, co przybrał sobie tytuł cesarza Wschodu. Równie dobrze ja mógłbym się zwać królem Swebów, Gotów i Wandalów!

– Powiedz to Dymitrowi, panie kochanku! – prychnął porucznik. – Nazwij go publicznie wielkim księciem przy ludziach. Dalibóg, chciałbym widzieć twoją głowę trzymającą się karku.

– Powiem, nie bój się, panie bracie! Powiem mu wszystko między oczy... Jak już zapłaci za służbę, he, he!

– To chyba po wzięciu Moskwy!

– Kiedy na Kremlu pić będziemy!

– W Granitowej Pałacie!

– Trzeba jednak przyznać – mruknął Przybyłowski – że znacznie lepsza od jazdy jest ich piechota – strzelcy, a przede wszystkim artyleria. Ponadto car Borys zaciągnął na służbę kilka tysięcy niemieckiej i inflanckiej piechoty, którą komenderuje Jakub Margaret i niejaki Woundmann, który służył kiedyś u króla Stefana. Ci na pewno staną w szyku, ale reszta Moskali pójdzie na rzeź jak bydło. Oby nam sił starczyło do ich wycinania.

– Jak oni mają dobrze wojować, kiedy w Moskwie nie ma żadnych nauk – zastanawiał się Aniołowicz. – Moskale ich nie używają, bo zakazane są dlatego, aby się który z bojarów nie okazał mądrzejszym od cara! Za tyrana Groźnego jeden kupiec przywiózł cały wóz kalendarzy Jerzego Grzegorza Kostowickiego. A kiedy dowiedział się o tym gosudar, nakazał kilka przywieźć do siebie i przeczytał. A że okazały się tak zawiłe, iż sam car z nich nic nie rozumiał, obawiając się, aby jakiegoś rokoszu w głowach poddanych nie podniosły, nakazał wszystkie zarekwirować i zapłaciwszy kupcowi, wrzucił je do ognia.

– To i tak dobrze – wtrącił Dydyński – że przekupnia nie posadził na paliku albo nie przypalił pięt i brody. Takie obyczaje zwyczajna rzecz w Moskwie.

– Za Iwana jeden bojarzyn – wtrącił pan Golian – który był posłem w Polsce, przypatrywał się naszym dworom i karczmom. A kiedy wrócił do Moskwy, kazał sobie postawić dom z ciosanego drewna. Gdy zaś dowiedział się o tym wieliki kniaź, gosudar i ich moskiewski Bóg, kazał pospólstwu dwór obrzucić łajnem, a potem rozwalić, powiadając, że bojar zdrajca, bo chce się równać Jego Carskiemu Wieliczestwu!

– No to, mości panowie, za wzięcie Moskwy!

– Oby nam się szczęściło!

– Wiwat!

– Na zdrowie!

Dydyński spełnił toast, ale w pogawędce już nie uczestniczył. Nagle bowiem zobaczył, jak na majdan wjeżdża kary koń z Adamem Dworyckim, a za nim tłoczy się zbrojna czeladź.

Nemezis przybyła. Jacek pomyślał od razu o niedawnym pojedynku, schował owiniętą szarpiami rękę, bo jego zaprzysięgły wróg miał sokoli wzrok. Czekał dalej zaciekawiony, czy Dworycki przyjechał robić mu awanturę, a może zabrać do wieży za wyciągnięcie szabli w obecności carewicza. Jednak Adam wstrzymał konia, pochylił się, sięgnął ręką kolejno do prawego i lewego puśliska, wyszarpnął strzemiona spod stóp, a potem poklepał wierzchowca po szyi. Na ten znak dobrze ułożony koń położył się na ziemi. Dwaj pachołkowie ujęli Dworyckiego pod ramiona, dźwignęli w górę na bezwładnych, pokrzywionych nogach, a potem posadzili na najbliższej ławie. Kiedy szlachcic świsnął, koń poderwał się na nogi.

Adam, wleczony nad ziemią przez służbę, nie wzbudzał złości ani gniewu; wyglądał żałośnie, skłaniając do zastanowienia się, jak okrutne bywają czasem wyroki Opatrzności. Od dwóch lat, od kiedy w Inflantach kula ze szwedzkiego falkonetu uderzyła go w plecy chronione naplecznikiem od husarskiej zbroi, Dworycki nie władał nogami i ledwie mógł utrzymać się wsparty na kulach. Koń zastępował mu zdruzgotane nogi, kopyta – stopy, pęciny – łydki, jak u legendarnego centaura. Bez wierzchowca dawny kompan Dydyńskiego nie byłby mężczyzną i szlachcicem, ale luźnym tobołem nieszczęścia odliczającym z ulgą każdy dzień, który przybliżał go do śmierci. Być może ktoś inny, mniej zaradny, bardziej strachliwy i nie tak uparty, wsadziłby sobie w usta lufę krócicy, jednak Dworycki nie chciał skończyć jak tchórz skazany na wieczne potępienie.

Zasiadłszy na ławie i chwyciwszy kubek wina, nie krzyczał, nie rzucał się ani nie awanturował. Po prostu spoglądał smutnym wzrokiem na stolnikowica, któremu pomimo żupana i grubej ferezji na grzbiecie nagle uczyniło się po prostu zimno.

A potem jeden z pachołków Adama podszedł bliżej i skłonił się, gniotąc w ręku czapkę.

– Jegomość pan Dworycki prosi waszmości na wino.

– Nie jestem mile widzianym gościem w kompanii twego pana.

– Mój pan sam przyszedłby do waści, gdyby mógł. Spełnijże, waszmość, prośbę dawnego druha – Bóg ci policzy w niebie dobry uczynek.

Dydyński podniósł się, jakby u kolan miał stukilowe ciężary, zabrał garniec z miodem, a potem podszedł do stołu Dworyckiego. Skłonił się i siadł sztywny, jakby połknął nie jeden, ale pięć kijów i na dodatek jeszcze ze dwa pogrzebacze.

– Czołem waszmości! – rzekł Dworycki. – Piję twoje zdrowie – uniósł kubek – i do zabawy zapraszam. Chyba że nie chcesz pić z kaleką.

Dydyński ujął podaną przez sługę czarkę wina, przepił zacnym reńskim, osuszył naczynie do dna. Nic nie powiedział. Czekał.

– Jutro wyruszamy – rzekł beznamiętnie Dworycki. – Idziemy na Moskwę, bić się z carem Borysem o czapkę Monomacha dla Dymitra Iwanowicza. Stawiamy los na jedną kartę. Wóz albo przewóz. Śmierć albo zniszczenie. Jak myślisz, panie bracie – wygramy?

– Myślenie nie należy do moich obowiązków – mruknął Dydyński. – Ja jestem, aby rąbać szablą i kłuć kopią Moskali. To wy – możni panowie – pokazujecie kiedy i kogo.

– Co znowu za my i wy?! Do mnie pijesz? Albo to ja karmazyn?

– Piję... twoje zdrowie. I cieszę się szczerze, że doczekałeś się godności. Wprawdzie w prywatnej rocie, ale zawsze... Służ wiernie Dymitrowi, a zrobi cię kiedyś hetmanem.

– Dokąd miałem iść, skoro wytrąbiliście mnie z chorągwi Niewiarowskiego?! Ty sam byłeś przeciwko mnie. Pewnie nie pamiętasz, jak gadałeś w kole, że kopii nie utrzymam i sam na konia nie wsiądę!

Mylił się, bo Dydyński pamiętał wszystko, dzień po dniu, tak jakby wydarzyło się to wczoraj.

– Nie chcieliście mieć w rocie kaleki. Odesłaliście precz jak kulawego psa, żałując nawet pożegnalnej kuli.

– Towarzystwo było przeciwko tobie...

– Pies jebał towarzyszy husarskich. Ale dlaczego ty, Brutusie? Liczyłem na jedno dobre słowo... Nie byłem nigdy człowiekiem, który wszystkie chęci i czyny odmieniałby na talary, ale myślałem, że po tym jak pomogłem ci wydobyć pannę Zawiszankę z opałów, stać cię, panie bracie, na piękny gest.

– Milcz, waszmość!

– Zadra w sercu, co, mości Dydyński?! Cóż chcesz, historia jak z powieści jarmarcznej albo z romansu królewskiego Zygmunta Augusta i Barbary Giżanki. Ty tutaj ze złamanym sercem, a ona w klasztorze.

Dydyński wstał.

– Gdybyś nie był kaleką – warknął nieprzyjaźnie – pogawędzilibyśmy w ustronnym miejscu. Gdzie chętnie poskromiłbym twój jęzor szabelką! Cóż to, zaprosiłeś mnie tylko po to, panie bracie, aby ze mnie drwić i szydzić? Myślisz, że przestraszę się twojej pułkownikowskiej buławy?

– Zaprosiłem cię, abyśmy wybaczyli sobie winy, mości Jacku. Moje, twoje, wspólne, ech, nieważne! – Machnął ręką. – Co było, a nie jest, nie pisze się w rejestr.

– Akurat! I wypominasz mi Zawiszankę?!

– Akurat ja uczyniłem wszystko, aby uczynić was szczęśliwymi. Sam ryzykowałem gardłem, by przejąć jej włości. Nie moja wina, że kasztelan trocki miał siłę i prawo. Nie z mojej sprawy ślęczy teraz w klasztorze. A wiesz przecież, co się stanie, gdyby próbowała z niego wyjść?

– Nie musisz mi przypominać, że kat jej utnie głowę! Naprawdę powtarzam to sobie każdego ranka i wieczora. Zawiodłem... Tak, nie obroniłem ukochanej od stryja! Powtarzaj mi to! Szarp moją duszę, znęcaj się jeszcze! Ja wszystko zniosę!

– Panie Jacku. Ja nie... Pogódźmy się.

– Nie, to... Nie tak. To ja – Dydyński uczuł się tak, jak gdyby zrzucał z piersi stufuntowy ciężar – pokornie proszę o wybaczenie... Wtedy, na kole chorągiewnym w Inflantach, nie powinienem... A niech to wszyscy diabli!

Uścisnął prawicę dawnego kompana. Padli sobie w objęcia, a potem wypili. Niby się pogodzili. Niby odpuścili grzechy, ale Dydyński wiedział, że nic już nie będzie takie jak dawniej. Prawdę chyba gadał ojciec Miechowita w kościele, że krzywdy nigdy nie da się naprawić; zawsze zostanie po niej krew, potem i łzy. I diabelskie nasiona zemsty.

– Jutro wymarsz. Po popisie wojska. I egzercerunkach przed carewiczem.

– W trzy tysiące ludzi przeciwko potędze moskiewskiej? Wierzysz w cuda?

– Zacząłem. Kiedy po postrzale dosiadłem znowu konia. I pokazałem, że jeszcze jestem szlachcicem, a nie kaleką.

– To dobrze. Może wymodlisz zwycięstwo.

– Są dwa sposoby sprawowania władzy i jej zdobywania: siłą, na sposób zwierzęcy. I tak właśnie rządzi car Borys Godunow, tyran, uzurpator, samodzierżca na tronie z krwi i czerepów poddanych. Ale my zdobędziemy ją prawem, sprytem i podstępem, który obali każdą, największą nawet potęgę.

– To Machiavelli, Italczyk. *Il Principe,* zdaje się, albo *Discorsi*, już nie pamiętam.

– To Jan Buczyński, szlachcic polski. Sekretarz i zaufany cara Dymitra Iwanowicza.

– I jak wnioskuję, pewnie wierny partyzant Machiavellego?

– Po prostu człowiek, który ma oczy i uszy szeroko otwarte.

– A cóż ten polski Machiavelli uczyni, kiedy car wyśle przeciwko nam sto tysięcy wojska? Zamacha włoską księgą i jak Mojżesz otworzy nam drogę przez morze ponckie?

– Sto tysięcy Moskali to tłum. Jak tabun dzikich koni albo stado buhajów. Póki pędzą przed siebie gnane przez nadzorców, są groźne, ale zranione lub wystraszone mogą obrócić się przeciwko swoim. Wtedy zmieniają kierunek i uderzają na oślep, tratując wszystko, co napotkają. I wówczas trzeba jedynie użyć rozumu w taki sposób, aby nie znaleźć się na ich drodze. I oby droga ta wypadała przez szyki nieprzyjaciół.

– Ty ciągle myślisz, że wygramy? Paradnie! Zabierz tę troskę z mego karku, a prościej będzie mi zdejmować wrogie dusze razem z moskiewskimi łbami.

– Zdobędziemy Kreml, panie Jacku. Sam jeszcze wspomnisz moje słowa. Kpiłeś sobie ze mnie, że zostałem porucznikiem w nadwornej chorągwi, a nawet nie domyślasz się, dlaczego tak postąpiłem. Wstąpiłem na służbę do cara Dymitra, bo właśnie tu, w tym obozie, wśród nas wszystkich narodzi się nowa potęga, nowa myśl, która zmieni oblicze nie tylko Moskwy, ale i Rzeczypospolitej.

– Rzeczypospolitej? Idzie ci o to, że Dymitr zwróci nam Smoleńsk i Siewierszczyznę?

– Idzie mi o to, że jeśli carewicz zasiądzie w Moskwie, może łatwo dojść do połączenia obu tronów.

– Jakich tronów?

– Rzeczypospolitej i Moskwy... Kiedy zwiąże je w jedną całość osoba króla i pana.

– A to w jaki sposób?

– Tak samo jak przed laty przodkowie powołali na krakowski tron Litwina Jagiełłę, tak my po wiktorii powołać możemy do Warszawy Dymitra...

– Oszalałeś waszmość?! – Dydyński porwał się z ławy. – Przecież mamy własnego króla, Zygmunta Wazę, wybranego na elekcji w tejże samej Warszawie! Mości panie bracie, przyszedłem tutaj, czując woń zacnego wina, a tymczasem od ciebie, Adamie, wonieje rokoszem na pół mili. Wsadź łeb w ceber wody albo wylej na siebie beczkę, jeśli ci gorąco. Co ty mówisz?! Pana naszego przyrodzonego chcesz z tronu zrzucić? Nie jestem regalistą ani dworzaninem królewskim, ale nie będę słuchał takich słów.

Odstawił z pasją kubek na deski stołu, aż huknęło.

– A cóż godnego chwały uczynił Jego Królewska Mość przez te szesnaście lat? Co królewskiego? Po pierwsze: piece wymyślał! Po drugie: grał w piłkę! Tfu! Obraza boska! Po trzecie: bawił się alchemią! Po czwarte: mieszkał w seraju i tam syna ćwiczył. A po piąte: przywlókł sodomię do Rzeczypospolitej! Co tak oczy wytrzeszczasz, panie Jacku, prawdę mówię! Toż już senatowi przedłożył, że chce za żonę pojąć siostrę nieboszczki Anny – Konstancję! Szykuje nam nową Niemrę na królową Polski i Litwy! Sprośną, kurewską Rakuszczankę, złą jak jaszczurka! A tymczasem wszystko się wali w Rzeczypospolitej! Pieniędzy na wojsko nie ma, za to jezuici jak skopy porastają! Dekrety trybunalskie łamie, pokoju w wierze nie przestrzega! Wojnę mamy ze Szwecją, skąd go wypędzili, druga szykuje się z Moskwą, trzecia z Portą Otomańską!

– Wojnę z Moskwą to my właśnie wywołujemy – przywołał Dworyckiego do porządku Dydyński. – I niechaj ten twój Machiavelli z zaścianka Ogończyków, znaczy pan Buczyński, myśli raczej, co czynić, abyśmy w razie klęski zachowali nasze szyje dla pocałunków dziewek, a gardła dla łykania zacnego węgrzyna. Jeśli gniew cara obróci się na Rzeczpospolitą, a my wrócimy pobici, panowie bracia podgolą nas katowską brzytwą jak amen w pacierzu, a Dymitriaszkę posadzą na paliku, aby mu przypomnieć, że na tronie wcale nie tak lekko się zasiada!

– Lecz jeśli wrócimy w wieńcu zwycięzcy, przejrzą na oczy. A wtedy każde moje słowo o jedności z Moskwą nagle może brzęczeć jak złoto.

– Oby tylko ten wieniec nie był z konopi – mruknął powątpiewająco Jacek. – A brzęk nie był dzwonieniem łańcuchów w dolnej wieży. To, co mówisz, to jeszcze większe szaleństwo niż porwanie się paroma tysiącami ludzi na całe Wielkie Księstwo Moskiewskie, którego nie zdołał podbić nawet król Stefan z Siedmiogrodu. Dymitr na polskim tronie? Toż car moskiewski jest u siebie absolutus dominus*! Nie będzie mu się chciało panować tam, gdzie ręce związane będzie miał prawami i paktami. Wszak Polska to nie Moskwa, gdzie może wedle swej woli ozdabiać panami braćmi szubienice niczym patery kiściami winogron.

– Nie będzie ozdabiał! Bo po pierwsze: naród nasz niewymownie umiłował, mowę polską poznał, powrócił też do wiary katolickiej, co zjedna mu serca biskupów i kardynałów. Wielka to jest sława zostać królem Polski, panować narodowi tak zacnemu, szlachetnemu, wolnemu, sławnemu, rycerskiemu, walecznemu i każdemu nie-

* łac. – władca absolutny

przyjacielowi strasznemu. Wreszcie: w czym on ci gorszy, panie bracie, od poganina Jagiełły?

– W tym, że Moskal. A ja jeszcze w kołysce z mlekiem od matki wyssałem prawdę, że każdy z nich to grubianin, szelma, łotr i z kurwy syn!

– Aby popierać naszą sprawę, nie musisz kochać Moskali. Przyłącz się do mojej partii, pomóż usunąć Zygmunta Wazę, a zajdziesz wysoko.

– Wysoko czy głęboko?

– Wyżej niż pagórki sanockie. Na senatorskie krzesło. Na kasztelanię albo województwo.

– To trochę przymało – mruknął Dydyński. – Dymitr daje mi księstwo suzdalskie, a na dokładkę Orzeł i... koniuchem mnie nawet na swoim dworze uczyni! A niby jakie województwa możecie mi dać? Ruskie? Pruskie? A może inflanckie?

– Jeśli będziesz mężnie nas wspierał, kto wie, może i buławę hetmańską...

– Mówisz: nas. A więc takich partyzantów jak ty jest więcej?

– Cała Rzeczpospolita i jej naród szlachecki!

– Bracia Buczyńscy to raz. Pan wojewoda Zebrzydowski, książę Janusz Radziwiłł. Kto jeszcze? Szczęsny Herburt? Prokop Pękosławski? Jegomość kanclerz? On jeden chyba nie – nad grobem przecież stoi.

– Sam widzisz – morze ludzi.

– Obyś się w nim nie utopił razem z koniem. Wiesz, co ci powiem, panie bracie?

– Słucham, Jacku.

– Zastanowię się nad twoimi słowami, kiedy już zasiądziemy na Kremlu, będziemy kniaziami i udzielnymi książętami. I przeliczymy nasze soroki soboli, złote ruble, dukaty i perłowe łańcuchy. Wtedy będę wiedział, czy mi się bardziej opłaca być moskiewskim wielmożą, czy polskim wojewodą. Bo na razie najbliżej nam do topora albo szubienicy. Co łatwo zdarzy się, jeśli ruszy na nas kniaź Ostrogski albo pan hetman Żółkiewski z wojskami kwarcianymi. A teraz dolej mi wina!

Die 6 septembris
Obóz pod Glinianami, słońce wschodzi

O poranku pierwsze trąbienie zerwało na nogi żołnierzy Dymitra. To był znak, aby pachołkowie i czeladź gotowali konie, a towarzysze wstawali z kotar. Przy czym nie można powiedzieć, aby czynili to chętnie. Poprzedniego dnia wszyscy byli w wesołych nastrojach i jak w niebie mówili różnymi językami, a to za przyczyną przedniego wina i miodów. Za to rano chodzili milczący jak ryby, albowiem mocny trunek nie wszystkim wyparował z głów.

Od pierwszego trąbienia do drugiego upływa zwykle godzina, przynajmniej tak radził w swoich pismach wojskowych hetman Jan Tarnowski, pogromca hospodara Raresza, a przede wszystkim zdobywca Homla. Zwany przez wrogów – ciemnych Moskali – czarownikiem na pamiątkę tego, że wysadził wały prochem złożonym w podziemnym chodniku. Drugie trąbienie oznacza wymarsz albo początek popisu i koła generalnego, na którym Dymitr mianować miał pułkowników.

Godzina na siodłanie husarskich koni to wcale nie tak wiele czasu. Wszak konia trzeba wyprowadzić, zdjąć kantar, założyć mu na łeb ciężką husarską uździenicę zdobioną złotem i srebrem. Zapiąć pasek nachrapnika zwieńczonego pozłacaną blachą (podczas gdy druga, podobna, przylega do naczolnika), a potem dopiąć podgardle. Spiąć czanki munsztuka łańcuszkiem, przerzucić wodze przez łeb konia.

Ale to jeszcze nie wszystko. Teraz na grzbiet narzuca się czaprak i w zależności od tego, czy długi, czy krótki, spina się z przodu. Na to kładzie się czapraczek, a na niego turecką kulbakę. Podpina się popręgi – dwa pasy pod brzuchem konia, jeden z jednej, drugi z drugiej strony – zaciskając, na ile się da, bo potem, kiedy wierzchowiec pochodzi dłuższą chwilę stępem, popręgi się poluzują, a wówczas trzeba będzie je podciągnąć jeszcze raz.

Ale to jeszcze nie wszystko. Do przednich troków na ławkach siodła przypina się napiersień koński. A do tylnych – podogonie, pas, który krzyżuje się na grzbiecie wierzchowca i przechodzi pętlą – jak sama nazwa mówi – pod ogonem konia.

Ale to jeszcze nie koniec. Teraz trzeba nałożyć na kłąb olstra z pistoletami – połączone pasami i przypinane do pierścieni kulbaki. Końce ich zaś należy wsunąć w skórzane obręcze przy napiersieniu, aby nie trzęsły się w kłusie. No i gotowe. Wreszcie!

Wcale nie wreszcie, bo przed tym wszystkim trzeba konia sprowadzić z pastwiska, a koń, jak to zwykle koń, wróci pewnie cały poklejony i zabłocony od tarzania się w trawie i błocku. A i dobrze, jeśli nie pokopany i pogryziony, jako że zwierzaki owe wiecznie mają między sobą jakieś niesnaski. Łąka jest bowiem dla koni tym, czym karczma dla szlacheckiej młodzi. Tak jak panowie bracia muszą pokazać wszem wobec bojowe przewagi, tak wierzchowce starają się ustalić zębami i kopytami swoją końską hierarchię ważności.

O ile więc nad głową nie świszczą kule, trzeba takiego konia wyczyścić zgrzebłem, wybrać ziemię i gnój z kopyt zakrzywioną kopyścią. Jeśli czas pozwala, można go jeszcze występować, zanim wsiądzie nań towarzysz albo pocztowy. Ale powiedzmy sobie wprost – życie w obozie wojskowym to nie bajka. I gdy Szwed albo Moskal naciera, wsiada się od razu na konia, podpina popręg na całą moc, rusza z miejsca skokiem. Kiedy bije srogo artyleria, nie ma czasu na zabawę w kawalkatorów.

Zabawa bowiem wiąże się z ubieraniem husarskiej zbroi. Wkłada się zatem najpierw żupan przeszywany albo zwykły, aksamitny czy wełniany, a na niego kaftan z mocnego płótna. Na to wszystko napierśnik, naplecznik, łączy się je pasami z boków i na górze. Na szyję zakłada się obojczyk, potem jeszcze naramienniki, szyszak husarski i oczywiście nabiodrki osłaniające nogi. Na koniec karwasze z naręczakami chroniące przedramiona i dłonie.

Wbrew temu, co można by sądzić, zbroję husarską nakłada się bardzo szybko, o ile jest na podorędziu przynajmniej jeden sługa do pomocy. Bez niego cała ceremonia przedłuża się w nieskończoność, choć bynajmniej nie przy zakładaniu kirysu. Najwięcej siły i krwi napsuć można sobie, dociągając paski karwaszy, bo trudno jest sięgnąć ręką do sprzączki.

A potem pozostaje tylko zarzucić na ramię skórę tygrysa, lamparta albo wilka, dosiąść konia i ruszać razem z pocztem za całą chorągwią, nie zapominając oczywiście wetknąć w tylny łęk husarskiego skrzydła uczynionego z orlich lub sępich piór oprawionych w srebro dla większego splendoru.

Dlatego właśnie pierwszy popis jazdy Dymitra opóźniony był o przeszło dwie godziny.

Jako pierwsza szła nadworna chorągiew husarska wojewody: strojno, szumno i paradno, ryśno i bławatno. Najpierw chorąży ze sztandarem, potem poczet rotmistrzowski, który otwierał Adam Dworycki na swym karoszu, dalej muzyka – trzech trębaczy. I wreszcie całe towarzystwo – skrzydlata husaria idąca w szesnastu szeregach, z których każdy liczył dziesięciu husarzy. Jazda jako nadworne wojsko była w barwach Mniszchów, a więc w srebrze z przydatkiem czerwieni, i taką też miała chorągiew – siedem piór w karmazynowym polu, herb rodu Maryny.

Za nimi szła rota Dymitra – w której służył Dydyński. Ta była z kolei po polsku krasna i karmazynowa, skrzydlata, licząca prawie dwieście koni. Wieziono przed nią czerwoną chorągiew carską z czarnym dwugłowym bizantyjskim orłem, który prężył się i rozwijał skrzydła w podmuchach wiatru, jak gdyby miał zaraz zerwać się do lotu.

Poranny podmuch szeleścił morzem proporców na husarskich kopiach – długich i rozdwojonych na końcu niczym język węża.

Potem szły kolejne roty: Stanisława Bonifacego Mniszcha, syna wojewody, Jana Fredry, kasztelana przemyskiego, i Mikołaja Szczuki; potężne i groźne, z grzmotem kopyt, łopotem sztandarów, szumem piór. Dymitr spoglądał na nie ze starego kurhanu. Nie wiadomo, co myślał, lecz jeśli nawet wcześniej wątpił, czy z nędznym wojskiem, które zebrał naprędce wojewoda Mniszech, otworzy sobie drogę do Moskwy, tak teraz pełen był dumy i uniesienia. I nic dziwnego, bo żaden monarcha na świecie nie miał nic okazalszego niż chorągiew husarska.

Sześćset koni... Sześćset kopii. Sam widok tych skrzydlatych jeźdźców budził grozę wśród Szwedów, Moskali, Wołochów i Turków; tak wielką, że najemnicy, zaciągając się na służbę króla Szwecji, zawierali osobne kontrakty, iż nie będą walczyć przeciwko tej formacji. Husarze szli naprzód jak skrzydlata burza. Atakowali i zawracali, aby ponowić uderzenie. Łamali czworoboki pikinierów, których od stu lat nie skruszył żaden kopijnik, tratowali zbrojnych rajtarów i arkebuzerów. Rozbijali i dziesięciokroć liczniejsze zastępy, a nawet pobici i rozproszeni potrafili szybko jak ptaki zebrać się do nowego uderzenia.

Za husarzami szły polskie chorągwie kozackie; jedne słabiej, inne lepiej zbrojne. W tych cięższych towarzysze i pocztowi paradowali w misiurkach i pancerzach kolczych, z rohatynami i włóczniami w rękach. W lżejszych jeźdźcy jechali w żupanach i kaftanach, z kałkanami, łukami i pistoletami w olstrach.

Potem szła piechota niemiecka wojewody. Równym krokiem, w rytm uderzeń bębna wybijanych przez doboszy, z muszkietami i forkietami, czyli widełkami do oparcia lufy w trakcie strzelania. W pochodzie ciągnął lud ognisty – muszkieterowie, Niemcy z Rzeszy albo Prus, Szkoci i nieliczni Polacy, w kapeluszach z opuszczonym prawym rondem, z szablami i rapierami u boków, w płytkich trzewikach, pludrach i kaftanach. Pikinierów nie było, gdyż przydawali się tylko do odpierania ataków wrogiej jazdy, a to zadanie spełniały własne roty – w razie potrzeby jazda polska mogła osłonić ich murem potężniejszym niż norymberska zbroja.

Dalej szli Węgrzy pana wojewody. Dwie setki hajduków zwalistych, rosłych, dobranych spośród własnych poddanych, z królewszczyzn, z plebsu miejskiego z Sambora, Sanoka i Przemyśla. Ich krok był cichy, ale sprężysty, barwy żupanów obłoczyste, czyli jasnobłękitne. Nie mieli długich, lontowych muszkietów, ale lżejsze i cieńsze arkebuzy z zamkami kołowymi i ściętymi skośnie kolbami. Szli szybko, weseli, zawadiaccy, prowadzeni przez dziesiętników i poruczników, poprzedzani przez rotmistrzów, proporników, doboszy i szyposzy zwanych piszczkami, czyli muzykantów, dyszkancistów, szałamaistów i dudków. Podążali lekko i sprawnie, podkręcając wąsa, jakby spieszyli się na spotkanie z dziewką, a nie czekały ich tany z moskiewskimi niedźwiedziami.

Za nimi tłoczył się pstrokaty tłum szlacheckich wolontariuszy siedzących na byle jakich chmyzach, czyli kiepskich koniach, z których część wyglądała tak, jak gdyby przyprowadzono je prosto od pługa.

Chorągwie husarskie przejechały pod kurhanem, na którym przyjmował ich paradę Dymitr z całym dworem wojewody, zrobiły zwrot na lewo, wyszły na rozległą łąkę, na której krańcach widniały zdeptane końskimi kopytami i tysiącami stóp ścierniska. Nadchodził czas na egzercerunki, tak nielubiane przez towarzyszy husarskich i kozackich.

– Uciszyć się! – zakomenderował Gogoliński. – Pierwszy, drugi, trzeci szeeereeeg! Rozluzować!

Husarze rozjechali się na boki, zwiększając odstępy.

– Hufem marsz!

Dydyński trącił Hetmankę ostrogami, wjechał rysią pomiędzy towarzyszy pierwszego szeregu, stanął między Rodzieńskim i Rudominą, równo, ramię w ramię, strzemię obok strzemienia. Z tyłu zakotłowało się, gdy pocztowi śpiesznie zajmowali swoje miejsca za plecami towarzyszy. Chorągiew przeformowała się z szyku pochodowego do czteroszeregowego. Tam, gdzie poczty były mniejsze, nadkładano czwartą linię z czeladników tych towarzyszy, którzy służyli na cztery albo pięć koni.

– Panowie towarzystwoooo! Równaaaj!

Husarze ścieśnili szeregi, rozwinęli się w pełni w stępie.

– Chorągiew! Rysią marsz!

Pan stolnikowic popędził łydkami Hetmankę. Niedużo, z lekka, nie musieli przecież szarżować. Rota ruszyła kłusem, ziemia zadrżała pod kopytami koni.

– Galopem! Maaarsz!

Zabrzmiała trąbka. Konie poszły w skok, na razie nieduży, zebrany, zakołysały łbami, wybijając trójtakt.

– Rota! – zabrzmiało jak uderzenie pioruna. – Po koniu! W tył! Maaaaarsz!

Dydyński wykręcił Hetmankę w lewo samym skrętem ciała, ustawieniem nóg, bez ruszania wodzami. Zatoczył woltę, zawracając razem z innymi towarzyszami.

Front roty stał się tyłem, tył przodem, a towarzysze zamiast w pierwszym znaleźli się w ostatnim szeregu. Oto był sławny zwrot po koniu, niespodziewany i zaskakujący, zwłaszcza wówczas, gdy chorągiew polskiej jazdy przyskakiwała do nieprzyjaciela, wywabiając go z szyku lub spoza umocnień, a potem niespodziewanie odwracała się zadem. Teraz, po zwrocie, wiedli huf Przybyłowski i Aniołowicz, umyślnie pozostawieni przez porucznika w czwartym szeregu.

– Chorągiew... W leeewooo! Marsz!

Tym razem skręcili całą linią bojową, a nie każdy osobno. Dla utrzymania szyku poczty na lewym skrzydle zwolniły do kłusa, przeciwnie na prawym – husarze odpuścili konie z ręki.

Wykonywanie obrotów i prowadzenie konia w szyku nie jest niczym trudnym. O ile oczywiście siedzi się w kulbace równie zdecydowanie co na babie i dosiada wierzchowca, który dobrze znosi bliskość innych koni. Wbrew temu, co można by sądzić, koń ściśnięty w masie innych rumaków czuje się o wiele bezpieczniejszy i jest równie spokojny jak jego właściciel. A jeśli nawet nie chodził nigdy w ordynku, przyzwyczajenie go, by kłusował i galopował łeb w łeb z resztą innych koni, nie nastręcza większych problemów niż wydojenie krowy; o ile oczywiście nie trafi się na złośliwego i znarowionego wierzchowca. Ale czarna owca znajdzie się nawet w królewskim stadzie.

– W lewooo! Marsz! Dalej! Równać!

Zabrzmiała trąbka, a cała chorągiew zawróciła raz jeszcze łagodnym półkolem, w tym samym kierunku, w którym jechała wcześniej.

Dowodzenie konnicą to prawdziwy majstersztyk. Ten, kto myśli, że można wywrzaskiwać się na panów towarzyszy niczym byle gefrajter albo nawiedzony kaznodzieja do plebsu, jest w błędzie, który kosztować może krechę na łbie od polskiej szabli. Daną oczywiście prywatnemu, a nie porucznikowi czy rotmistrzowi. Po pierwsze bowiem – towarzysze husarscy czy kozaccy to nie byle zafajdane gemajny, których zadaniem jest stać w błocie i bić z muszkietów, względnie trząść pludrami, stojąc z piką na wprost szarżującej jazdy, ale szlachcice z honorem i fantazją. A po wtóre – kiedy wydaje się rozkazy ogromnej masie koni i ludzi, każdy najdrobniejszy błąd urasta do nieprawdopodobnych rozmiarów. Wystarczy zła komenda, rozkaz dany zbyt późno czy za szybko, a chorągiew zbija się w splątaną masę, w której kwiczą i wierzgają konie, a klnący na czym świat stoi towarzysze i pocztowi wpadają na siebie w zamęcie. I w ten sposób szyk idzie w diabły razem z całą reputacją pana rotmistrza. W dodatku długie komendy trzeba przeciągać – aby jeźdźcy mieli czas do przygotowania koni. Lecz decydować trzeba żwawo, bo wszystko w konnicy dzieje się kilkakrotnie szybciej niż przy obrotach pieszego luda. Dlatego przy rozkazach najpierw zapowiada się znacznie wcześniej, niż trzeba, co i jak ma być wykonane, a dopiero na sakramentalny okrzyk: *Marsz, Dalej* lub *Ruszaj* – rota wykonuje rozkaz jednocześnie, jakoby kto orzech zgryzł.

– Chorągiew! – zakrzyknął Gogoliński. – Znaczkami, prawooo – lewooo! Marsz!

Trąbka zagrała podwójnie. To było ryzykowne, bo nie wszyscy husarze mogli znać tę komendę. A jednak! Chorągiew rozłamała się w galopie na pół, rozeszła na dwie przeciwne strony, zataczając półkola...

– Dalej! Dalej!

– Znaczki, lewo – prawo... Marsz!

Teraz szli w dwóch partiach albo połciach, wracając w stronę, z której przybyli.

– Znaczki... Prawo – lewo... Marsz! W huf łącz!

Skręcili znowu na wprost, a potem na spotkanie, łącząc się na samym środku stratowanego pola na powrót w jedną czteroszeregową formację, huf najeżony – gdyby je opuścili – długimi husarskimi kopiami z furkoczącymi proporcami.

A potem odjechali z pola, dając miejsce kolejnej rocie. A kiedy już szli rysią w stronę obozu, dopiero rozpoczęły się zwykłe wojskowe gadki między panami towarzyszami – tak pieprzne i szafranne, że nawet niecnotliwa panna zemdlałaby, słysząc tylko jedno słowo.

– Waszmość rwiesz do przodu, jakby ci kusia prochem opalali! – gderał Rodzieński pod adresem Jacka. – Ledwie huf cały za waścią nadążał!

– Skoro waszmości kobyła wlecze się, jakoby ją cały regiment Niemców przez ruski miesiąc chędożył!

– Marny ogier z waści, że nogami nie chce się jej przebierać! – rzucił z tyłu Świrski.

– Za to wam, panie Jędrzeju, kuś do samego nieba sterczy...

– Nie ten chłop dobry, co się drugiego nie boi, lecz ten, co z kutasem, a kutas mu stoi!

– Jeno puknąć w bok kusia, a waszmości przywali. I będą pisać ci na epitafium, żeś pod fajfusem skończył!

– A najgorzej to ze wszystkich – zaśpiewał z ruska pan Rudomina – ta bambaryła pana Moczarskiego chodzi. Można by rzec: nie koń to, a kolubryna stara.

– Waść się kolebałeś, jakbyś Żydy woził w kulbace!

– A idźże ty na hier farfoclu! Bo jak ja ciebie jak Żyda za brodę złapię, to jajca uszami wyjdą!

– Obroty szły nam jak krew z nosa! – zasępił się pan Gogoliński. – Ni ikry w was, ni fantazji nie ma, waszmościowie. Trzęśliście się w kulbakach jako te cycki babilońskiej nierządnicy. A dumaliście chyba o niebieskiej piczy. Co to ma być, do kurwy starej narożnicy!? Zamtuz czy chorągiew husarska?!

– A paszoł ty w siczku sraty! – warknął Rudomina. – Tak żeś komendami strzelał, mosterdzieju panie bracie, jakby się dupą stara wycierucha zebździła. Toż ni czerta nie poniał ja. Bo jak dumał – prosto, to było w lewo. A jak dumał – w lewo, było prosto iść hufem, prosto w samą rzyć!

– Dlatego sygnały na trąbce dawałem. Waszmość łój masz w uszach, żeś nie usłyszał!

– Ja też nie słyszałem – oburzył się Przybyłowski. – Koń chyba trębaczowi do tej rury nasrał, bo grał, jakby sodomię francuską poczynał, a nie jak hejnalista wojskowy! Wałach mój głośniej pierdzi niż waszmości trębacz!

– A bo to w ogóle nie tak trzeba było szyk łamać – mruczał z tyłu zbawienne rady pan Świrski. – Na trzy znaczki chorągiew się dzieli, a nie na dwie połcie, jakoby u świni. Z których jedna, środkowa, ściąga na siebie wroga, a pozostałe na skrzydła uchodzą, aby potem uderzyć od rogów... Tak jazda tatarska robi i często husarzy zaskakuje, że mało im rąk z kopiami nie poucina...

Przed nimi, w obozie, ozwał się wystrzał z działa.

– Ot i koło się zaczyna! – rzekł wesoło porucznik. – Mości panowie! Do obozu!

Die 6 septembris
Obóz pod Glinianami, południe

Dymitr sypał carskimi nominacjami jak z rękawa. Hetmanem został jego przyszły teść – Jerzy Mniszech, pułkownikami zaś Adam Żulicki, Stanisław Gogoliński, Adam Dworycki, Stefan Nieborski i Makary Demęzki. Było też rzeczą jasną jak słońce, że wojewoda sandomierski, którego wojskowa eksperiencja ograniczała się do wiedzy, za który koniec trzymać szablę, będzie hetmanił jedynie de nomine, a rzeczywista władza pozostanie przy Dymitrze i pułkownikach, zwłaszcza przy Dworyckim i Żulickim. A jednak panu wojewodzie nie brakowało fantazji, kiedy przemawiał na koniec koła rycerskiego, zagrzewając polskich panów do dalszych wysiłków.

– Idziecie na bój i trud krwawy, którego wynik tylko samemu Panu Bogu jest znajomy – perorował, jeżdżąc od chorągwi do chorągwi, od roty do roty. – Walczyć z odwiecznym wrogiem Moskalem, carem Borysem Godunowem, tyranem i samozwańcem, który zagarnął tron nie dla niego przeznaczony! Wiem, co teraz myślicie, mości panowie bracia: że jaśnie oświecony pan wojewoda wysyła was do nierównej walki przeciw barbarzyńskim wrogom, samemu zemknąwszy w domowe pielesze. Otóż rzeknę wam, że nie tylko z pola walki nie ucieknę, ale i z wami pójdę do boju w pierwszym szeregu, odkładając na bok godność senatorską, nie zważając na brodę siwą i wiek sędziwy! Sprawa, za którą bić się będziecie, słuszna jest i zwycięska. Nie przeczę – będzie ciężko, będzie groźnie, będzie mróz i krew, wojna i śmierć. Jeśli jednak wytrwacie, przedkładając męstwo nad infamię, a szablę nad pierzynę, zyskacie nieśmiertelną sławę i chwałę! Jak Cortes, co zdobył pogańskie państwo w Nowym Świecie! Jak Kolumb, co wytyczył szlaki do nowych mórz i lądów. Niczym hiszpański Pizarro, co poszedł drogą, którą żaden śmiertelnik iść się nie poważył. Póki kopii i husarza staje, będzie Polak pan w polu. Skoro kopia zginie, zginie i polska cnota. Pokażcie więc, bracia moi, że jeszcze nie nadszedł ten dzień! Naprzód, po sławę i szczęście! Za mną! Na Moskwę!

Sam pierwszy uderzył konia ostrogami i ruszył traktem na wschód. A za nim, kiedy gwar rozległ się wśród rycerstwa, poszły chorągwie husarskie i kozackie. Wnet Dymitr kazał trąbić na zwijanie obozu, uderzyć z działa, oznajmiając, że postawił wszystko na jedną kartę.

Wyprawa była rozpoczęta.

Spod Glinian ruszyli dwoma kolumnami – jedna drogą kijowską, druga krymską; a wszystko po to, by uśpić czujność kasztelana krakowskiego Janusza Ostrogskiego i jego ojca – Konstantego, wojewody kijowskiego. Nie pierwszy raz zaleźli oni carewiczowi za skórę, zwąc moskiewskiego pretendenta Dymitriaszką i carzykiem, a jego armię – zbrojną hałastrą i żądając na sejmie banicji dla wszystkich jej żołnierzy. Jeszcze gorzej usposobiony był wojewoda wołyński Janusz Zbaraski, zapowiadający wszem wobec, iż uderzy ze swoimi prywatnymi rotami na wojska Samozwańca. Największą grozą zaś i mieczem wiszącym nad karkami Dydyńskiego i jego ludzi stał się hetman polny koronny Stanisław Żółkiewski, faworyt i prawa ręka kanclerza Zamoyskiego. Gdyby zagrodził, z wojskiem kwarcianym, armii Dymitra drogę do Moskwy, niechybnie cała epopeja skończyłaby się równie szybko co żywot świecy nakrytej gasidłem; żaden bowiem towarzysz z poważnych znaków, czyli z chorągwi husarskich lub kozackich, nie stanąłby do walki ze swoimi braćmi Polakami i Rusinami z armii koronnej. Wolontariusze zaś rozpierzchliby się jak zające na samą myśl o spotkaniu z regularnym wojskiem.

Mała liczbą, ale wielka duchem armia przemykała zatem boczkiem, boczkiem przed panem Ostrogskim, a Dydyński zachodził w głowę, jaki będzie kres tej wyprawy. Skoro bowiem wojska popierającego Dymitra było tak mało, że uległoby prywatnym oddziałom magnatów, tedy jakie szanse miały one w walce z o wiele potężniejszą armią cara Godunowa? Doprawdy pan stolnikowic nie brał jeszcze udziału w wyprawie, w której ryzyko skręcenia sobie karku było tak pewne jak to, że na koniec pacierza następuje amen.

Dymitr szedł w pierwszej kolumnie, kijowską drogą, prowadząc roty husarskie: swoją, wojewody i starosty sanockiego, a także chorągiew pana Fredry i czterystu piechoty niemieckiej. Nie tyle nawet szedł, co przemykał się; chorągwie ciągnęły bez zbroi, kopie leżały ukryte na wozach, a skrzydła zapakowane pod pałuby i płócienne płachty. Towarzysze ubierali się tak licho i pstrokato, iż z daleka można wziąć ich nie za regularne wojsko, ale kupy szlachty ukrainnej podążającej na okazowanie albo sejmik do pobliskiego miasteczka.

Moskwa – groźna, skuta lodem i śniegiem, spętana wyjącymi dziko wichrami – była coraz bliżej. Pod kopytami zaś ścieliła się jesienna Ukraina, cała w żółci i czerwieni, ze swoją rozłożystością, polami, stepami i borami od widnokręgu po widnokrąg, co jakiś czas przecinanymi jarami rzek.

Było babie lato Rzeczypospolitej; czarno-białe czajki wzbijały się znad jezior i rzek, kołując nad głowami panów braci, łącząc się w gromady, które odchodziły ze stepów na południe, z moczarów i mokradeł zrywały się do lotu wielkie stada żurawi, płosząc konie nagłym trzepotem skrzydeł; leciały kluczami na pobłękitniałym niebie. Nocami ciągnęły dzikie gęsi, błyszczały gwiazdy na pogodnym niebie, a zza borów i lasów wstawał wielki, majestatyczny księżyc sunący po nieboskłonie niczym galeon wyładowany polskim zbożem.

Minęli Złoczów leżący w głębokiej dolinie Złoczówki, okolony wzgórzami, odnogami Woroniaków. Przejechali przez drewniane przedmieścia: Gliniańskie, Szlaki, Podwójcie, Lwowskie i Brodzkie, omijając maleńki zameczek ufundowany przez Jakuba Sobieskiego, a potem wjechali do Zbaraża. Odpadli od kuczmańskiego szlaku zdążającego na południe – wododziałami Dniestru i Bohu, przekraczając Dniepr w Tawaniu, a Boh – już w Dzikich Polach, pod Owczym Brodem.

Wkroczyli do starych dębowych lasów, pamiętających czasy Włodzimierza, który całe wieki temu chrzcił dawną Ruś, a teraz Ukrainę znakiem greckiego krzyża. A kiedy roztoczyły się przed nimi żółknące sady, drzewa wiśni i śliw, wiedzieli już, że są na dobrej drodze do Wiśniowca.

Wjechali do miasta szumnie i strojno, nie bojąc się nikogo, bo była to dziedziczna włość książąt Wiśniowieckich, gorliwych stronników Dymitra, dokładnie zaś, Aleksandry Wiśniowieckiej wydanej jakiś czas temu za kniazia Jerzego Iwanowicza Czartoryskiego, starostę łuckiego. Stanęli na popas w mieście nad Horyniem, przegrodzonym tamą dzielącą osadę na dwie części – Nowy Wiśniowiec na wyniosłym lewym brzegu rzeki i Stary – na obniżeniu po prawej jej stronie.

A potem ruszyli dalej – na Monaczyn, gdzie z pocztem pełnym zbrojnych sług i piechotą dworską dołączył do nich książę Konstanty Wiśniowiecki.

Szli bez wytchnienia i spoczynku, nie sypiając po nocach, trzymając gotowe i osiodłane konie na wypadek alarmu. Minęli Połonne przy ujściu Chomorca do Chomora, nad wielkim stawem uformowanym z rozlewisk rzeki, w którym w pogodne noce kąpały się gwiazdy. Obeszli miasto jak najciszej, nie pozostawiając po sobie innych śladów niż trakty zryte końskimi kopytami, nie oglądając dziewięciu cerkwi i kościoła Świętej Anny, czując tylko z daleka woń dymu ze smolarni i słysząc skrzypienie młynów.

Ruszyli do Cudnowa, przeszli przez Teterew, w tym miejscu dość wąski, urwisty, z brzegami z olbrzymich głazów. Na polach pojawiały się ogromne skały z granitu, między którymi rozłożyło się Stare i Nowe Miasto – połączone groblą, na której postawiono dwa młyny – leżące w cieniu zamku na granitowej górze, otoczonego czworobocznym wałem z kamiennymi fosami. Pomimo położenia twierdza nie wyglądała na zdatną do obrony. A mówiąc prosto z mostu, była to stara jak świat rudera.

Poszli na północny wschód, mijając bory złożone z buków, dębów i jesionów, szli skrajem lasów, pól i stepów, ostrożni jak wilki, bo Cudnów należał do Ordynacji Ostrogskiej księcia Janusza – zawziętego wroga Dymitra.

Szli dalej, swobodni, mając w nozdrzach woń jesiennej Ukrainy. Wszędzie na polach i niwach trwały orki. Od wschodu do zachodu słońca niskie, krępe woły, sprzęgnięte w jarzmach po dwie, cztery, albo i sześć sztuk, ciągnęły ciężkie, koleśne pługi, pozostawiając chmurki pyłu i grube bruzdy w czarnej ziemi. O tej porze nie było już wiatru i słońca, ani światła, ani cienia, ani ruchu, ani szmeru. Niebo lśniło błękitem, a drzewa przybrały się w żółknące listowie. Kopyta koni stąpały po wilgotnej ziemi, wysokie, suche źdźbła traw – ostnicy i kostrzewy – nie kołysały się od wiatru, długie nici babiego lata błyszczały na murawie, a daleko nad mokradłami i stepami rysowały się pierwsze przędze srebrnej mgły.

Szli dalej, na Kijów, do granicy. Przecięli Czarny Szlak tatarski, zwany również Szpakowym – oddalający się na wschód i południe – wprost ku Dzikim Polom. Idący wododziałami między Bohem i Dnieprem, pomiędzy Ingułem, Ingulesem, Olszanką, Rosią, hen w stepy i pustynie, na Tawań i Ingulec.

Im droga wypadała inaczej. Wiodła tam, gdzie na niebie pokazała się kometa – bowiem jak Rzeczpospolita długa i szeroka, żadna wojenna wyprawa nie mogła obejść się bez dobrej albo złej gwiazdy. Ta wskazywała raczej na pohybel Moskwie, bo kierowała się z zachodu na wschód, jak grot husarskiej kopii.

Przemknęli przez Oleszyn, Ichnatowice i Kierdanowice, podniesieni na duchu, bo nie było dnia, aby do tej zadziwiającej wyprawy nie dołączały kolejne posiłki. Najpierw dziesiątego października przyjechał pijany kniaź Roman Narymuntowicz-Różyński, syn carskiego wojewody, który za czasów Stefana Batorego przyjął służbę u polskiego króla, a Dymitr obiecał mu oddać włości w Ziemi Smoleńskiej. A potem, kiedy ruszyli na Stawiska i Chwastów, co rusz powiększały się ich szeregi. Coraz to ktoś nowy dołączał z pocztem do chorągwi husarskich, kozackich i wolontarskich. Z niespokojnej Ukrainy ciągnął do nich lud zbrojny i konny, szlachta i Kozacy, mieszczanie i chłopi.

Wzmogli się dobrze na siłach, kiedy przez dwa dni odpoczywali w Wasilkowie. Aż wreszcie szesnastego octobra doszli do Białgorodka. Tu czekał na nich kosz zaporoski atamana Gierasima Ewangelika i dobre dwadzieścia sotni Dońców Piotra Korely. Kozacy powitali Dymitra jak swego – palbą z hakownic, podrzucaniem czapek w górę, atamanowie bili mu czołem, płakali, witając carewicza, i na ostatek – rzecz jasna, popili się horyłką jak nieboskie stworzenia. Co było największą oznaką kozackiego uwielbienia i wierności.

A potem był Kijów, ostatnia, bezpieczna i znana przystań przed moskiewską Tartarią. Święty gród prawosławnej Rusi, miasto cerkwi i monasterów, drewnianych domów i zamków na wysokich górach.

– Jakie tam monastery, cerkwie i świątynie – rzekł Jan Buczyński, kiedy jesiennym wieczorem spoglądali na miasto. – Kijów to drukarnie. A drukarnie to ruskie gramoty, które odbijemy w setkach, tysiącach sztuk. I rozrzucimy po Moskwie, krzycząc, że oto prawy car wraca, krzywoprzysięzcę i krwawego łotra Godunowa z tronu zdejmie! Spokój, wiarę i dostatek w całej świętej Rusi przywróci. Tak, waszmościowie husarze, obaczycie jeszcze, czy mój papier nie zwojuje więcej niż waszmościów kopie!

Die 17 octobris
Kijów, przed południem

Kijów był drewniany, skąpany w błocie, z którego wyrastały w górę niczym grzyby pozłociste bulwy cerkwi – Świętej Zofii i Świętego Michała, zwieńczone lasem prawosławnych krzyży. Miasto, stłoczone między górami – gdzie na najbardziej stromej, zwanej Florowską, wznosił się Litewski Zamek – a ogromnym Dnieprem, błyszczącym niczym obnażona głownia szabli, wrzało od okrzyków. Na ulice i przed bramy wyległy tłumy, tak pstrokate i zmienne jak dusza Kozaka zaporoskiego.

Dymitr zatrzymał się w domu wójta Mitkowica i zaraz ogłosił, że jako naslednik moskiewskiego prestoła uwalnia jak leci wszystkich kijowian od ciężarów ponoszonych w Wielkim Księstwie Moskiewskim – szosowego, kopytkowego i myta. W ruskim grodzie bito w dzwony, a żacy z akademii, popi i czerńcy składali dzięki Panu Bogu i modlili się za powodzenie wyprawy. Kijów bowiem, choć drewniany i obwarowany gorzej niż kurnik, był bogaty i ludny, żył zaś z handlu zbożem, futrami, woskiem, miodem, łojem i soloną rybą, głównie z Moskwą. Któremu to handlowi każdy kolejny car starał się nałożyć wędzidło i kaganiec.

Buczyński ruszył do tłoczni ruskich, aby zamówić całe funty gramot i uniwersałów, które zamierzał rozrzucać po siołach i dierewniach moskiewskich i wzburzyć nimi umysły wrogów cara Borysa. Dworycki pił ze starszyzną u Mitkowica. A Dydyński, który razem z chorągwią stał na kwaterach na jakiejś kijowskiej ulicy – pokręconej jak labirynt i bez nazwy – poszedł odwiedzić wracającego do zdrowia Oboleńskiego.

Nie można rzec, aby szedł z lekkim sercem. Po pierwsze, ciągle maskował gniewem i pogardą lęk przed Moskalem. Po drugie, zdawał sobie sprawę, iż intryga, którą rozpoczął, podając się za człowieka związanego z porywaczami Dymitra, była jak przysłowiowe igranie z ogniem na beczce prochu, a każde kłamstwo miało krótkie nogi. A przecież w taki sam sposób poigrał sobie Iwan Groźny z niejakim Gołochwastowem, który uszedł przed jego gniewem do klasztoru. Kazał umieścić go na baryłce z ognistym zielem i wysadzić w powietrze, dowodząc, że zakonnicy są aniołami, które winny wzlatywać do nieba. Oby teraz sam Dydyński nie poleciał pod niebiosa na husarskich skrzydłach.

Borys półleżał na słomianym wyrku, w bocznym alkierzu, gdzie umieścił go Nieborski. Wracał do zdrowia szybko jak młody tur; Dydyński całą drogę zastanawiał się, co zrobi na jego widok. Czy będzie cedził słowa przez zaciśnięte zęby, czy też udawał pokornego sługę?

Chyba jednak to drugie, bo kiedy ujrzał stolnikowica, wolno podniósł się z posłania, a potem opadł na kolana i oddał zamaszysty, niewolniczy, czyli moskiewski pokłon. Dydyński za wszystkie skarby świata nie był w stanie dociec, czy Moskal uważał go za pana, czy też wrodzony spryt kazał mu oddawać pokłony możniejszemu od siebie. Prawdziwe zamysły Borysa pozostawały dlań równie niezrozumiałe co dusza diabła albo natura niewiasty.

– Ojczulku Jacku Aleksandrowiczu – rzekł Oboleński z podłogi – jakie masz rozkazy dla wiernego sługi?

– Najpierw wstań! Na razie jesteś wśród Polaków, wolnych ludzi i nie musisz się poniżać. Chyba że jednak nie mylą się ci, co twierdzą, że każdy Moskal ma duszę w kajdanach. Jeśli tak, to zaszczekaj i zawyj jak kundel!

– Wasze wieliczestwo rozkazuje, a ja słucham – zapewnił Oboleński, bijąc czołem w ziemię. – Wedle rozkazu mogę być sobaką, koniem, jak i osłem. Ale prawdu powiadacie, bo wolę być... człowiekiem. Bożym rabem.

Borys podniósł się powoli, a Dydyński od razu pożałował swej dobroduszności. Wyprostowany Moskal był od niego dużo wyższy. Niewygodnie było szlachcicowi mówić do klęczącego, ale teraz musiał podnosić głowę w górę, jak gdyby gadał do spiżowej statuy.

– Teraz siadaj. O tam, na ławie – rzekł nieco zmieszany. – Nie bolą was, Moskali, karki od bicia pokłonów? Jak na was spoglądam, to myślę, że całe życie spędzacie, bijąc czołem a to przed carem, a to przed popem, a to przed byle wojewodą albo przed gorzałką, która zegnie człeka równie skutecznie co ciężar świata grzbiet greckiego Atlasa.

– Wszelaka władza pochodzi od Pana – odrzekł niezmieszany Borys, który jednak nie skorzystał z zaproszenia i stał jak słup soli. – Dlatego godzi się oddać jej cześć. Przed gosudarem biję czołem, bo to namiestnik, pomazaniec i Syn Boży. Jak mógłbym nie paść przed tym, który jest wcieleniem Jezusa Chrystusa?! Toż to grzech. A przed wami klękam, bo skoro macie Chrest i cząstkę owej potencji, tedy macie w sobie moc Najwyższego.

– A zatem dlaczego nie oddajesz czci Dymitrowi?

– Bo to rostryga, wor i fałszywy prorok. Jemu pal pisany, a nie czapka Monomacha. Gosudar – ooooo! – on jest wielki, a jego oblicze jak ikona świętej Rusi.

– Bez przerwy to od was słyszę – mruknął Dydyński. – Święta Ruś, święta Moskwa... Wszystko u was święte: ziemia, lud, cerkiew, car, a pewnie i tiurma, do której wtrąca niepokornych. I horyłka, którą jak wino trąbicie. Żadna chrześcijańska nacja nie poważyła się na nazwanie siebie błogosławioną. Ani Francuzi, ani Italczycy, Niemce ani Hiszpanie. A wy nazywacie świętością Moskwę, gdzie car wedle woli wiesza i ścina, pali i morduje, nie dając nawet niewiastom i dzieciom litości. Nazywanie świętością takiej strony świata to wielkie zuchwalstwo. Bałwochwalstwo. I bluźnierstwo!

Borys drgnął. Dydyński od razu położył dłoń na szabli.

Teraz! Zabije mnie! – przemknęło mu przez głowę.

Ale moskiewski niedźwiedź nie rzucił mu się do gardła. Przeciwnie – pozostał w miejscu jak tresowany miś ze smorgońskiej akademii, kołysząc się na tylnych łapach, a jego oblicze miało wyraz nieprzenikniony.

– Lud ruski nadał sobie taki tytuł nie przez zarozumiałość, ale w pokorze, wiedząc, że sam został wyświęcony przez swą służbę. Jest to jakoby imię otrzymywane na chrzcie lub podczas zakonnych ślubów. Przyjdzie czas, a zrozumiecie, że carstwo nasze, ojczulku Jacku Aleksandrowiczu, to jakoby jeden wielki monaster, w którym ihumenem jest car – batiuszka.

– Uchowaj nas Panie od takiego ojczulka! Ale, ale! Coś mi tu łżesz w żywe oczy, Moskalu. Mówisz, że car jest święty, a ty sam przeklinałeś Borysa Godunowa na spytkach w Samborze. Nie popełniłeś śmiertelnego grzechu?! Jakże to tak?

– Godunow, carski rab, Tatarzyn, zięć Maluty Skuratowa, nie jest moim carem.

To było coś nowego. Dydyński zaciekawiony przeszedł się po izbie, trzymając rękę na szabli.

– Jak się zatem nazywa twój car?

– Boh jeno znajet. Dobrym carem był batiuszka Iwan. A jeszcze lepszym jurodiwy Fiodor, święty mąż, dziedzic krwi Rurykowiczów. A Godunow... Godunow to taki sam samozwaniec, łotr i rostryga jak Dymitr.

– Gdzie zatem znajdziesz swego prawdziwego cara?

– Najwyższy go wskaże. Będzie to widać, bo oblicze gosudara jest jak twarz świętego, a jego imię wymawiane wargami – jak ikona. Nie mnie, niewolnikowi bożemu, wnikać w jego wyroki. Bóg ześle cara dla świętej Rusi, kiedy zlituje się nad nami. I gdy nadejdzie na to czas.

– Dlaczego niby miałby się nad wami litować?

– Albowiem my wszyscy, którzy zostaliśmy ochrzczeni w Chrystusie, przyoblekliśmy się w Chrystusa. My zaś, którzy przyjęliśmy światło wiary ze Wschodu, jesteśmy wybranym plemieniem, królewskim kapłaństwem, narodem i świętym ludem, jak powiedział Pan.

– Narodem wybranym? Jak Żydzi? Przyznam, że oni bywają nieco mniej... kłopotliwi.

– Wasze wieliczestwo powiedział.

– Mniejsza z tym. Chciałbym objaśnić ci, co się w ogóle dzieje, bo pewnie nie wiesz, że rozkazy... zostały zmienione. Dobrze wiadomi ci ludzie przysłali mnie do ciebie z Chrestem, aby ratować twoją moskiewską skórę.

Dydyński poczuł suchość w gardle. Nie wiedział, czy Oboleński uwierzy jego słowom na piękne oczy.

– Ja zawsze byłem wiernym rabem i chołopiszką Dworu. – Moskal oddał kolejny pokłon.

Dworu?! To było coś nowego. Jakiego dworu? Co to za dwór? Carski? Ale przecież Oboleński nie poważał Godunowa. Do diaska, czy tak właśnie nazywało się sprzysiężenie ludzi, którzy chcieli porwać Dymitra?

– Dwór nie chce już porywać Dymitra, skoro carewicz sam wraca do Wielkiego Księstwa Moskiewskiego – rzekł cicho Dydyński. – Mamy pozostać przy nim i czuwać. Dlatego wkradłem się w jego łaski. Nie nam, maluczkim i słabym, wnikać w to, co zostało postanowione. My mamy tylko słuchać i wypełniać rozkazy.

Zerknął na Borysa, ale ów zdawał się jednym wielkim znakiem zapytania. Dydyński miał nadzieję, że ten dębowy pniak był tylko zwykłym pachołkiem Dworu, używanym do niewdzięcznej służby i skąpo opłacanym przez tajemniczych wrogów Dymitra. To, że w Samborze działał tylko z drugim kompanem, a nie z drużyną gotowych na wszystko pocztowych, tylko utwierdzało w wierze szlachcica.

– Pójdziemy trop w trop za Samozwańcem – ciągnął dalej stolnikowic. – Będziemy czaić się przy jego boku jak wilki i czekać na sygnał, który wreszcie nadejdzie. W naszej misji okażesz mi wszelaką pomoc, będziesz moim kałauzem, to jest przewodnikiem po Moskwie. Rozumiesz, chłopie?!

– Słusznie i sprytnie jest wejść w łaski rostrygi. Pojmuję wszystko, ojczulku. Skoro Dymitr wraca tam, gdzie mieliśmy go zawieźć, nie należy odwlekać jego powrotu. Mądrze to i chytrze; sam Najwyższy natchnął Dwór swoim blaskiem, że tak właśnie chce postąpić.

Dydyński miał już na końcu języka pytanie, dokąd mieli zawieźć związanego Dymitra, gdyby udało się porwać go z Rzeczypospolitej, ale wstrzymał się od tego. Taka niewiedza mogłaby go zdemaskować. Pomału, a jeszcze raz: niechaj ten gruby Moskal nabierze ufności do stolnikowica. A wtedy prawda o Dworze wyjdzie na wierzch niby szydło z worka.

– Będziesz mi służył radą i odwagą – mruknął Dydyński. – Ale zanim zaczniemy wykonywać rozkazy Dworu, chodź tu bliżej. Na kolana! – ryknął zupełnie niepotrzebnie, obawiając się, że Moskal może nie posłuchać rozkazu wydanego cichym głosem. – Bij mi pokłony, psie! Tutaj! Zaraz!

Borys drgnął, ale posłusznie ukląkł i uderzył czołem przed Dydyńskim. Jacek wstał, bo władza, którą dał mu nad Oboleńskim Niedźwiedzi Chrest, napełniała go dziwną słodyczą. Zdaje się, że mógł wymagać od Borysa więcej niż od własnego wieczystego poddanego chłopa z Dydni!

– Zanim wstaniesz, Moskalu – mruknął cicho – chcę wiedzieć, z kim mam do czynienia. Mów, skąd jesteś i coś robił do tej pory, bo chcę czytać w twej przeszłości niby w otwartej księdze. Opowiedz wszystko, co tylko nosisz pod swoim parchatym czerepem! To rozkaz!

Borys poderwał głowę jak rozwścieczony byk. Spojrzał na Dydyńskiego, a oblicze miał tak złe i zacięte, że szlachcic odruchowo złapał za szablę. Zapadła cisza.

Dalejże! – pomyślał Dydyński. Porwij się na mnie, psi synu! Czekam.

Oboleński nie podniósł się z kolan. Gniew minął, pokornie opuścił głowę, niczym zbity pies.

– Nie znam mego wywodu ani dziedzictwa – rzekł ponuro. – Jako dziecko żyłem u przybranej rodziny.

W Staricy, nad Wołgą, gdzie biały kamień dobywają na powierzchnię, gdzie stoi Uspieński monaster z Uspieńskim soborem i inne boże chramy. Tam byłem na łaskawym chlebie u Osypa i innych Oboleńskich, poddiaczych u wojewody. Mieli dwór przy cerkwi Wwiedzieńskiej, z dwojgiem sieni, na podklecie.

– Często cię bili?! – zapytał zaskoczony Dydyński, bo coś mu się przypomniało.

– Nie mieli dzieci, więc żywili dobrze, miłowali, posłali do szkoły cerkiewnej... Wielce płakali, kiedy mnie od nich zabrano.

Borys umilkł, gapił się na ścianę nieprzeniknionym wzrokiem.

– Kto cię zabrał? I za co?

– Nie wiecie kto, ojczulku Jacku Aleksandrowiczu? Anton Uspieński... Nie znacie go? Dziw bierze...

Jasna krew piczę murwy zalała! – zaklął Dydyński. Wpadłem jak śliwa w kompot!

– Nie znam – odparł głośno, chcąc ukryć fakt, że właśnie czuje się jak robak na szpilce. – Nie zapominaj, że jestem Lachem. Nie bywałem w Moskwie, a Dworowi służę od niedawna...

– I wam Anton Uspieński nieznakomyj? Taki stary, z sinymi worami pod oczyma... Dziwne!

– Nie twoja rzecz, błaźnie!

– Toż to ojczulek mój umiłowany, Anton Makarewicz, pomagaj Boże jego grzesznej duszy!

– Cóż dobrego dla ciebie uczynił?

– Ubił Osypa Oboleńskiego... Moich przybranych rodziców.

– Zabił? – Stolnikowic drgnął. – Za co?

– Nie chcieli mnie oddać. Ja to jak przez mgłę pamiętam. Matka płakała, batiuszka do szabli chwycił. Bili się we dworze. A ja stałem. Mały, sam, na śniegu. I widziałem krwawe ciała. Wszystko spłynęło posoką.

– I to według ciebie dobrze? Kochasz Uspieńskiego za to, że zabił twych przybranych rodziców, którzy byli ci życzliwi?

– Wypłakałem oczy, kiedym był zwykłym otrokiem. Nie chciałem jeść ani spać. Ani pić. Wtedy wmuszał we mnie suchary, poił winem. I nie żałował rózgi ani nahaja.

– Zaiste zacny człek. Sam chciałbym mieć takiego nauczyciela.

– Mogłem się tylko modlić – mruknął Moskal. – Było, minęło. Ojczulek Anton Makarewicz zabrał mnie do monasteru, nauczył szablą robić i strzelać z rusznicy, jeździć konno jak bojar.

– Nie znasz zatem swoich prawdziwych rodziców?

– Miejsce mego urodzenia to z woli bożej tajemnica – rzekł Moskal żałośnie. – Nie jestem bękartem, rzecz pewna, inaczej nie usynowiłby mnie Oboleński. Tak sobie tłumaczę, że mój ród mogli wygubić Tatarzy. To zwyczajne u nas, na Rusi. Kiedyś zamiarowałem dowiedzieć się, kim jestem, ale Bóg widać nie chce, by zostało to ujawnione.

Każdy ma swoją tajemnicę i złamane serce, pomyślał Dydyński. Tyś stracił rodziców, a ja ukochaną, zamkniętą w klasztorze wbrew woli.

Borys przeżegnał się wolno.

– Nie mam nikogo poza Antonem Makarewiczem. Wejrzyjcie, ojczulku, w swoją duszę i sami osądźcie, cóż mi pozostaje, jak go umiłować? Choć zabił Oboleńskich, był dla mnie surowy... ale sprawiedliwy! Poza tym Uspieński pokazał mi Dwór. Dzięki niemu Starzec całował mnie w czoło i zabrał moją duszę.

Zabrał moją duszę... Tak właśnie powiedział! Dydyński poczuł się jakoś nieswojo, ale zachował kamienne oblicze, jak kostera, który dostawszy do ręki kilka blotek, udaje, iż trzyma w garści same tłuste tuzy.

– Wiem, wiem. Znam Starca.

– Znacie Starca?! – jęknął Moskal. – O Jacku Aleksandrowiczu, znacie świętego człowieka?! Ja głupi dla Chrystusa, ubogi duchem, nie poznałem się na was. Dotyk Starca jest jak natchnienie Pana. Jam widział go tylko raz, ale pamiętać będę do końca życia. On z łaski swojej wysłał mnie na Litwę.

– Znaczy do Wielkiego Księstwa Litewskiego? – wypalił jak z bandoletu Dydyński, chcąc za wszelką cenę zejść ze śliskiego tematu.

– Na Litwę... Znaczy tu, do was. Aby Dymitra przywieźć w skrzyni.

– Tu Korona, a nie Litwa.

– Ja znaju... Lud prawosławny swoje strony zowie Rusią najprzedniejszą, a to, co na zapadzie, to Litwa, pod którym mianem rozumiemy Rzeczpospolitą. A wszystkie inne narody to Niemczyzna, bowiem tam ludzie w pludrach chodzą.

– Jakże to? Francja, Szwecja, Rzesza Niemiecka? Do jednego worka wszystko wrzucacie?

– Bo to jedni zaprzańce. Zwą ich u nas często: niemczyzna francuska, niemczyzna duńska, szwedzka, brabancka. A o innych narodach rzadko kto u nas słyszał. Bo i po co? Wszak na świętej Rusi żyjemy, za co Panu

Bogu cześć co dzień oddajemy, iż nam dał możność narodzenia się między ludem prawosławnym.

– Ach, cóż to za łaska urodzić się Moskalem – mruknął Dydyński, śmiejąc się w duszy z niedostatków wiedzy Borysa. Jakże ubogi jestem duchem, że nie nazywam się Fiodor, Aleksy albo Mykoła i nie śmierdzę dziegciem na milę! – dodał w myślach. Cóż, nie spodziewał się chyba, że w cerkiewnej lub klasztornej szkole uczono Oboleńskiego kartografii z atlasu Mercatora albo z *Civitates Orbis Terrarium* Brauna i Hogenberga, który ukazał się w Kolonii jakieś trzydzieści lat temu. Swoją drogą, chyba nawet była tam mapa Moskwy ukazująca gródek pełen pokrzywionych drewnianych kleci gdzieś na krańcach znanego świata, po którego ulicach przechadzały się tury, żubry i białe niedźwiedzie. – To wszystko, co chciałem wiedzieć. A teraz milcz, trzymaj gębę zamkniętą nie na jedną, ale na trzy kłódki. I czekaj, aż wezwę cię do siebie.

Borys skłonił się, a Dydyński wstał i ruszył do wyjścia.

Omal nie rozbił sobie głowy, przechodząc przez niskie drzwi. Wszystko dlatego, że historia opowiedziana przez Borysa dziwnym trafem przypominała dawne dzieje... Dymitra Iwanowicza, które ten przedstawił Dydyńskiemu w opowieści, jaką roztoczył przed nim w Samborze.

Dwór i Starzec. Kim byli? Jedno wydawało się pewne – nie mieli chyba związków z carem Borysem Godunowem. Podstępna gra Dydyńskiego zaczynała przynosić pierwsze owoce.

Rozdział VII

Powrót cara

Przeprawa przez Dniepr • Na Zadnieprzu • Pochód do Łubniów • Nad Don czy na Moskwę? • Przed bitwą • Na krańcu świata • Pożegnanie z Rzeczpospolitą • Morawsk • Jak Moskwa wita Lachów i Litwę • Pierwsza krew • Zdrada mieszczan • Pochód na Czernihów • Kozacka swawola • Łup popa jak skopa! • Pogrom w grodzie • Na Moskwę • Nowogród płonie!

Die 23 octobris, Anno Domini 1604
Roku 7113 od stworzenia świata
Wyszogród, przeprawa przed Dniepr, poranek

To Moskwa? Tam, na drugim brzegu?

Płynęli na bajdakach, stłoczeni, ściśnięci, trzymając za wodze niespokojne, parskające wierzchowce, samotni na ogromnej rzece jak rozbitkowie na wyspie. Mgły i opary schodziły w dół z prawego brzegu, urwistego niby górska grań, staczały się ku srebrzystym nurtom Dniepru. Przesłaniały widok na lewe wybrzeże – jak pamiętał z dawnych lat Dydyński – niskie, płaskie i trawiaste. Rozłożone jak otwarta księga, w której literami alfabetu były miasteczka, folwarki, futory i kurhany pozostałe po bitwach z Tatarami, Moskalami i Kozakami.

Mgła była przekleństwem, ale i wybawieniem. Osłaniała ich przed tysiącem wrogich oczu, a zwłaszcza przed bystrym spojrzeniem Janusza Ostrogskiego, kasztelana krakowskiego, który pościągał z rzeki promy, czajki i czółna, aby przeszkodzić im w przeprawie. Dlatego Dymitr i Dworycki poprowadzili małą armię takimi bezdrożami, że polujące nad stepami jastrzębie zdawały się muskać skrzydłami trzęsienia i czapki ludzi Dymitra.

– Jeszcze nie teraz, jeszcze nie tutaj – mruknął Jacek do Nieborskiego. – Najpierw przejdziemy Zadnieprze. Potem zacznie się nasza dawna Siewierszczyzna. Dopiero nad Desną pożegnamy Rzeczpospolitą.

– I pobratamy się z deputacją cara Borysa. To będzie gorące przywitanie – wycharczał Świrski. – Poznamy carską familię, bo Godunow obsadził wszystkie grody, włości i urzędy wojskowe swoimi krewnymi. Stryj jego daleki Siemion Godunow zarządza prikazem śledczym, inny znowu, Iwan, jest carskim wojewodą. Samych dzieci Borys ma troje – Iwana, który Anno 1588 umarł, będąc otrokiem, Ksenię, podobno cudnej urody, i Fiodora – następcę na tronie, lat będzie miał jakieś piętnaście. Dobrze wrodzili się oprycznicy w carską rodzinę. Siostrę swoją Irenę dał niegdyś za samego cara Fiodora Joannowicza, jurodiwego syna Groźnego. A Borys pojął za żonę Marię, córkę Maluty Skuratowa, co jak pies kąsał wrogów Groźnego...

Za nimi na bajdaku wszczął się ruch wśród koni, ucinając dalsze wywody genealogiczne pana Herakliusza. Jeden zarżał, inny zakwiczał, a pozostałe odpowiedziały biciem kopytami o drewniane dno promu.

– Spokój! Zdrów! – ozwały się głosy. – Nastąp się.

– Daleko stąd do stolicy? – wychrypiał Nieborski.

– Do Moskwy? Będzie z miesiąc drogi kolasą.

– A do domu?

– Nie myśl, waszmość, o domu.

– To jak podróż do grobu – Świrski głos miał chropawy, a oczy przekrwione po wczorajszej pijatyce. – Wóz albo przewóz. Nie ma już odwrotu.

– Zimno. – Dydyński poprawił delię podszytą wilczurem. Zabijał rękoma o boki, chuchał w przemarznięte dłonie.

– Będzie gorzej – krakał Świrski. – W Moskwie najlepszym hetmanem jest jegomość pan mróz. Car Borys to władca zimy. Gdziekolwiek postąpi, idzie za nim krok w krok śnieg i wicher. Już mi się zimno robi. Całkiem jak wtedy, gdy pan Wapowski dla uciechy wypuścił byka na ulice Denowa, kiedy urodziła mu się córka. Zacna krotochwila była, kiedyśmy po pijanemu z rusznicami za nim ganiali. Pamiętasz?

– Mikołaj Pawłowski zginął natenczas. Tak, pamiętam.

– Mówiłem, żeby byka nie w uliczki, ale na rynek puszczać. Bo nie tak go szczwali jak trzeba, nie od przodu, jeno z tyłu zachodzić i nie w łeb, ale w zad z rusznic palić...

– A waszmość się wypuszczał do Hiszpanii na byki, że wiesz najlepiej, jak buhaja powalić?

– Ciiiiicho!

Znów wszczął się niepokój wśród koni. Dulki wioseł, na które napierali krępi, żylaści Kozacy i siromachy, skrzypiały cicho, ich dźwięk niknął we mgle jak w przepastnej szopie pełnej siana.

– Boisz się waszmość?! – wycharczał Świrski i chwycił Dydyńskiego za pozłocisty guz od delii. Potrzymał chwilę, nim Jacek odepchnął upartego moczygębę.

– Tylko głupcy nie znają strachu.

A potem wszystko potoczyło się tak szybko, że nawet nie zdążyli krzyknąć. Za ich plecami rozległ się kwik konia, łoskot kopyt, zwierzęta rzuciły się w bok, potrącając ludzi. Dydyński wrzasnął; spłoszona Hetmanka przyparła go do boku podjezdka Nieborskiego, zarżała, przysiadła na tylnych nogach, bijąc przednimi o drewniane dno bajdaka. Jacek odskoczył, szarpiąc za uzdę, chcąc wstrzymać na munsztuku szalejącego konia. Nieborski zatoczył się pchnięty końską piersią.

I nagle, jak grom z jasnego nieba, pojawił się nad nim pysk koński. Spomiędzy spłoszonych wierzchowców wypadł jabłkowity rumak, popędzany ostrogami przez jeźdźca. Zarżał, zachrapał, kwiknął, próbując zatrzymać się na krawędzi promu...

Na próżno! Ukłuty ostrogami skoczył w przód, wzbijając w górę kopyta, wpadł w spienione, wartkie dnieprowe nurty, zniknął w falach, aby wynurzyć się – już bez jeźdźca.

– Krzeszowiiiiiiicz! – zawył Przybyłowski, rzucając się do krawędzi. – Trzymajcie go, Jezu Chryste! Od febry na łeb zapadł! Szelma! Idyjota!

Przewoźnicy porzucili pojazdy, czyli wiosła. Porwali się do koni, które zmieniły się w kłąb szalejących furii, bijąc kopytami, stając dęba i obracając z kwikiem przerażenia, aby znaleźć się jak najdalej od wody.

– Staaać! Trzymaj! Staaać!

Dydyński przytrzymał rozszalałą Hetmankę, przyciągnął do siebie łeb konia, rozejrzał się po bajdaku, sprawdzając, co z jego ludźmi. Świrski gramolił się na nogi, jego konia pochwycił czeladnik Przybyłowskiego, podjezdek Nieborskiego stał z opuszczonym łbem, ze zwieszającymi się żałośnie wodzami.

– Damian! – ryknął Dydyński. – Damiaaaan! Gdzie jesteś?

Cisnął uzdę Świrskiemu, skoczył do burty, wbił przerażony wzrok w okrutną rzekę. Bajdak obracał się wokół własnej osi, niesiony prądem. Wzrok pana Dydyńskiego przemknął wzdłuż szarego nurtu do bocznej burty; spostrzegł wśród fal podgoloną, kędzierzawą głowę szlachcica, która na chwilę wynurzyła się z rzeki.

– Mości Nieborski! – ryknął stolnikowic i rzucił się wzdłuż burty w stronę, gdzie jego pocztowy szamotał się w skotłowanej rzece. Prom, obracając się wokół własnej osi, oddalał się od niego.

– Damian! Lude, spasajtie! – ryknął do Kozaków, którzy szarpali się z końmi, zamiast napierać na wiosła. – Wyciągnijcie go! Czerwonego dam!

Skoczył na róg promu, chcąc chwycić pocztowego za ramię, zanim okrutna rzeka poniesie go na południe, odepchnie od bajdaku. Za późno! Wszystko na próżno!

W ostatniej chwili ktoś uprzedził Dydyńskiego – wielkie jak tur chłopisko w moskiewskim szłyku, to jest wysokim futrzanym kołpaku, z czarną brodą. Jednym ruchem ucapił za ramię czeladnika; stękając od bólu ledwie wygojonych stawów, przyciągnął go do burty, gdzie już czekały stwardniałe ramiona kozackich przewoźników.

Jacek poczuł się tak, jak gdyby spadł mu z ramion ciężar wszystkich grzechów jego ojca. Tym, który wyciągnął Damiana z topieli, był Borys Oboleński. Moskal oddał mu pokłon; kłaniał się spokojny i nieobecny.

Przybyłowski przypadł do nich bez tchu, pochylił się nad Damianem, sprawdził, czy żyje. Czeladnik charczał, krztusił się, wypluwał dnieprową wodę jak Tryton.

– Co się stało? – zapytał Świrski.

– Krzeszowicz – wykrztusił blady jak sama śmierć pan Mikołaj. – Od febry i gorączki na łeb mu padło. Nie chciał zejść z konia, nagle ostrogami go spiął. Konno w Dniepr skoczył, świeć Panie nad jego grzeszną duszą... Mało nas nie pozabijał.

– Dlaczego na wozie go nie położyli?! – warknął Dydyński.

– Nie chciał, krzyczał, wierzchowce płoszył! Ostawiliśmy go w kulbace...

– O mało nas nie przewiózł... na tamten świat – skomentował Świrski. – Hej, mołojcy! Do pojazd! Do drygawek! Brzeg blisko!

– Boże zmiłuj! – wycharczał zziębnięty, przerażony Nieborski. – Boże chroń... Moskala Borysa!

Die 23 octobris
Trakt na Łubnie, południe

Przeprawę zakończyli jeszcze przed południem, a słońce i babie lato osłodziły im niemiłą przygodę na rzece. Szli wąskim traktem, czasem wyjeżdżonym niczym ścieżka do wychodka, innym zaś razem ledwie widocznym wśród wysokich, suchych traw. Złota jesień pomykała przed nimi drogami i traktami, kryła się w dąbrowach malowanych brązowym listowiem, na stepach, polach i polanach, na których rosły całe zagony wdzięcznych, dojrzewających jagód i borówek. Moskwa była tuż-tuż. Za miedzą, za płotem rozpościerała się kraina skuta lodem, smagana wichrem i carskim knutem, a przecież wcale nie czuli na swych karkach mroźnego powiewu. Podążali samym środkiem szarych i żółtych pól, mijali bory klonowe i lipowe, wyschnięte stepy ciągnące się hen aż po horyzont, nad którymi tkwiło niskie słońce, już nie grzejące, ale błyszczące olśniewająco. Przenikające na skroś bezlistne gaje i ciemne dąbrowy, które dopiero teraz, kiedy brakowało ponad połowy listowia, wypełnione były złotawym blaskiem.

Szli na wschód. Po bezdrożach, stepach i moczarach, czasem znajdując drogę po starych kurhanach i mogiłach, innym razem idąc wzdłuż rzek, potoków i ruczajów. Maszerowali do Łubniów, własności Michała Wiśniowieckiego, starosty owruckiego, który choć nie popierał swych stryjecznych braci – Konstantego i Adama, pozwolił jednak, aby w jego dobrach zbierali się ludzie i stronnicy Dymitra Iwanowicza.

Tutaj, pod zamkiem, który niedawno ufundował kniaź, rozłożyli się obozem. Dymitr popłacił żołd, nędzne szesnaście złotych na koń chorągwiom husarskim, dwanaście pancernym, a potem przyjął popis zmordowanych marszem, stojąc konno na wysokim brzegu rzeki.

Po południu zwołano wielką radę, by wreszcie spojrzeć w twarz prawdzie, kolącej w oczy hetmana i pułkowników. W jaki sposób z wojskiem liczącym sześciuset husarzy, półtora tysiąca kozackiej jazdy, pół tysiąca piechoty i kilka tysięcy wolontarzy oraz dońskich i zaporoskich mołojców zrzucić z kremlowskiego stolca tyrana Borysa Godunowa? Marsowe miny Dymitra i Dworyckiego zapowiadały, że nie okaże się to trudniejsze niż przepędzenie wrzaskliwego kundla. Wszak Polak wszystko potrafi.

Die 25 octobris
Świetlica na zamku w Łubniach, późna noc

Na naradę zawołano pułkowników, rotmistrzów i poruczników, wszystkich tych, którzy w dalszej wojennej części wyprawy mogli mieć coś do powiedzenia lub zagrać pierwsze wojenne skrzypce. Przybyli Polacy i Moskale, Kozacy i Dońcy, Tatarzy i Wołosi, maluczczy i wielcy, tak iż można by rzec zgoła, że na zamku Michała Wiśniowieckiego dokonała się prawdziwa utopia, w której wszyscy ludzie, nie bacząc na stan, urodzenie i zasługi, zasiedli u jednego stołu. Wojewodowie i starostowie gwarzyli z kozackimi watażkami, posesjonaci i husarze bratali się z zaściankowymi szaraczkami, co przyciągnęli za Dymitrem w chorągwiach wolontarskich. Kilku Tatarów – uciekinierów z Krymu – gadało ze swymi zaprzysięgłymi wrogami Kozakami tak swobodnie, jakby co dzień pili horyłkę w jednym siczowym kureniu. Moskale kłaniali się Polakom, zapominając, że to wcielone diabły, a ci z kolei gawędzili z Mołdawianami wbrew licznym przestrogom kalendarzy, gdzie czarno na białym stało, iż z Wołochami poczciwej rozmowy nie ma, bo plemię złodziejskie, więc wszelką gadaninę zaczynać należy, dawszy pierwej w pysk.

Sprawa Moskwy i cara Dymitra połączyła zebranych tak dalece, że nikt nie wypominał dawnych uraz. Panowie stykali się kielichami z Zaporożcami, nie bacząc na ostatnie bunty Nalewajki i Łobody, swawoleństwa Kosińskiego i grabieże Kiszki. Z kolei Zaporożcy zapomnieli Lachom krwawej rozprawy z ich pobratymcami pod Łubniami i Piątkiem, bo wszak co było, a nie jest – nie pisze się w rejestr. A rejestrów na Zaporożu nie miałby kto pisać, bo czytatych i pisatych Kozaków było tam tylu co uczciwych posłów na koronnym sejmie.

Wolontarze nie burzyli się, że nie dostają żołdu, z kolei rotmistrzowie zaciężnych rot nie krzyczeli, że zasługi są psie i dziadowskie. Dońcy nie wspominali Kozakom waśni z Zaporożcami, prawosławni katolikom doprowadzenia do zawarcia unii brzeskiej z papieżem, a unitom odszczepieństwa od błahoczestwej wiary. Wołosi Lachom zwycięstwa pod Bukowem, gdzie rozbito armię Michała Walecznego, przyszłego króla Walachii. Jezuici zasiadali w zgodzie obok popów, Dymitr na wprost wojewody, a wojewoda obok atamana Dońców Koreły.

To było jak dobra wróżba na przyszłość, że tyle nacji siedziało w zgodzie w jednej izbie, przy winie wydzielanym hojnie z łubnieńskich piwnic. Tym, co ich łączyło, były złote cerkwie, przepastne skarbce monasterów i soborów, carskie kaźnie, miasta o błyszczących kopułach i cerkiewne ikonostasy kapiące od złota, pereł i kamieni.

Za nimi były waśnie, krwawe bunty, nienawiści. Przed nimi – przebogata Moskwa, miasto złotych świątyń, warte grzechów całego życia, a nade wszystko – zgody, braterstwa i przyjaźni wszystkich nacji zamieszkujących Rzeczpospolitą i jej pogranicza.

I jeszcze było coś, co snuło się nad głowami wszystkich, prawie rzucało mroczny cień na ścianę: widmo cara moskiewskiego. Jego dział, pułków, wojewodów, warownych miast, strzelców i hulajgrodów. Bo teraz, o kilkanaście mil od granicy z Moskwą, skończyły się przechwałki, picie, wymachiwanie szabelką z okrzykami: *Na pohybel* i *Górą nasi*! Nadeszła chwila prawdy: wkrótce mieli bić się i zwyciężać. Klęska i powrót nie wchodziły w rachubę, bo rozmiar awantury, którą zamierzali rozpętać na granicy wojewoda i carewicz, przekraczał pograniczne wojenki i kozackie chadzki. To wiedział nawet ciura, że jako zwycięzcy zapisaliby się złotymi zgłoskami na dziejowym rulonie prawdy. Na pokonanych czekałby w Rzeczypospolitej topór i szubienica.

– Jakie są wieści z Moskwy, mości panowie? – zapytał Dymitr mocnym głosem. On jeden nie garbił się na ławie, wprost tryskał zdrowiem i animuszem. Oczy miał błyszczące, a policzki zarumienione. – Co dzieje się w przygranicznych grodach i jakie środki przedsięwziął car Borys na obronę?

Jan Buczyński podniósł głowę.

– Wrócili szpiedzy i zdali mi relację. Mam też dobre awizy od kupców kijowskich i Dońców.

– Mów śmiało.

– Borys nie wie, z której strony Wasza Carska Mość wkroczy do Moskwy. Umocnił i obsadził pogranicze, wysłał do grodów wojewodów, puszki i konnicę. Zgromadził siłę, jakiej dawno nie widziano w tych stronach. Całego wojska liczyć można na ponad sto tysięcy pieszego i konnego luda.

W sali rozległ się szmer, potężniał, brzmiał coraz głośniej.

– Cisza! – zagrzmiał Dymitr i uderzył buławą w stół. – Nie rwijcie się tak wcześnie do boju. Niechaj jegomość skończy!

– Fałszywy car zwołał tych, co służą po otczestwu, jazdę dworiańską i poczty bojarów. Powołał strzelców i puszkarzy z Krymgorodu. Są przy nich Tatarzy i Kozacy jaiccy, część Dońców, choć niechętna, także musi służyć. Zwołał wyprawy pososzne. Ale to jeszcze nie wszystko...

Szmer ucichł jak ucięty nożem.

– Z carskimi wojewodami idą zaciężne wojska cudzoziemskie: Jakub Margaret, dawny nasz kompan z czasów króla Stefana, wiedzie piechotę niemiecką, inflancką i francuską, Walter von Rosen – Niemców inflanckich, Woundmann – Szotów i Angielczyków. Będzie ich do kilku tysięcy.

– To wielka... To ogromna siła! – zawołał wojewoda Mniszech. – Nie myślałem, że Godunow ma piechotę cudzoziemską!

– Radźcie, co czynić, na Boga! – zakrzyknął Gogoliński. – Tego nie było w planach! Zaczekajmy na armię królewską!

– Ilu? Ilu ich jest? – zakrzyknął Dworycki. – Chyba się przesłyszałem?

– Tak, carskiego wojska jest bardzo dużo – rzekł twardym głosem Buczyński. – Może i łżę tutaj waszmościom w żywe oczy. Może nie jest ich sto, ale w sumie, z czeladzią, jakieś dwieście albo trzysta tysięcy. Ba, choćby ich było nawet pół miliona, to i tak, wierzcie mi – znaczna część tej armii znaczy tyle co plewy na wietrze.

Uniósł dłoń i dmuchnął na nią, jak gdyby liczył, iż Godunowe zastępy nie są cięższe od piórka.

– Zaprawdę gubi sam siebie ten, kto drugiego czyni potężnym, gdyż tworzy potęgę zręcznością lub siłą, a jedno i drugie budzi nieufność u tego, który stał się potężny. Mości panowie, armia Borysa składa się w znacznej części z chłopów powołanych do wojska siłą, którzy równie mocno kochają swego cara co głodne wilki tłustego barana. Dopóki stoi nad nimi nadzorca z knutem, będą posłuszni, ale kiedy zobaczą groty husarskich kopii, rozproszą się szybciej niż poranna mgła.

– Dońscy mołojcy – mruknął półgębkiem Koreła – nie budut byty za gosudara. Prędzej mi kiep uschnie i jak gałąź odleci!

– Godunow ma wiele tysięcy jazdy bojarskiej i dworzańskiej – ciągnął Buczyński – ale przecież donoszą mi szpiedzy, że nie ma w niej żadnego animuszu wojennego. Car pokłócony jest z kniaziami i bojarami, których podejrzewa o zdradę i sprzyjanie Waszemu Wieliczestwu. Wielu z nich chętnie widziałoby upadek Borysa. Dlatego pułki dworian i bojarskich dzieci nie pójdą bić się szczerze. Nie będą następować z wiarą i ufnością na nasze husarskie chorągwie.

– Pomijając fakt, że jeden husarz za dziesięciu Moskali stoi! – zawołał wesoło Dworycki.

– Któż zatem zostanie przy carze? Kto będzie mu wierny do końca? Strzelcy? Być może, ale i ci dowodzeni są przez tysiączników, którymi są dworscy i bojarscy ludzie. Część z nich wolałaby biesa i czarta na kremlowskim tronie niż gosudara Borysa. Pozostają najemnicy: Niemcy, Węgrzy, Angielczykowie i Walończycy... Żołnierz srogi i szczery, póki mu płacić będą, bić się będzie dobrze. Ale tych nie jest więcej niż naszego wojska.

– Jak umocniona jest Siewierszczyzna? Zali wojewodowie carscy spodziewają się naszego ataku?

– Car nie wie, jakie są nasze zamierzenia. Dlatego wzmocnił i obsadził wojskiem całe pogranicze od Smoleńska do Donu. W Putywlu siedzi Michaił Sołtykow i wojewoda Wasyl Rubec-Massalski. W Briańsku Dymitr Szujski, Michał Koszin, Iwan Godunow, carski krewny. W Nowogrodzie Siewierskim osadził ze strzelcami Nikitę Romanowa, Nikitę Trubeckiego, komendę oddał zaś okolniczemu Piotrowi Fiodorowiczowi Basmanowowi, swemu kochankowi i faworytowi.

– Wysłał poselstwa – uzupełnił Miechowicki, sekretarz Dymitra – do Tatarów siewierskich Michaiła Sołtykowa i Piotra Szeremietiewa, aby wsparli jego zamysły.

– A swego poplecznika Michaiła Tatiszczewa nawet do króla Persji, aby go zjednać przeciwko naszej sprawie.

– Persja daleko, a ja blisko – skwitował te słowa Dymitr. – Choćby pozyskał cesarza kitajskiego i chana ze wszystkimi ordami, nie odstąpię od mego dziedzictwa. Radźcie, mości panowie, co dalej czynić. Ja was wysłucham i na ostatku podejmę decyzję.

– Idźmy nad Don – rzekł śmiało i bez ogródek Dworycki. – Poderwijmy Kozaków do powstania, pozyskajmy Tatarów kazańskich i astrachańskich, a potem razem z nimi uderzymy na Moskwę.

– Spasi Chryste! – jęknął Koreła, nie wiedzieć: zachwycony czy też przerażony planem pułkownika. – Dawajtie, braty, nad Don!

– Zanim dojdziemy do Kozaków, spadną pierwsze śniegi – zaoponował Buczyński. – Stracimy dobre pół roku, a nie możemy być tak naiwni, by sądzić, że car Borys będzie zasypiać gruszki w popiele. Jeśli mamy uderzać, tedy uczyńmy to teraz! Kłopotem jest tylko ustalenie miejsca, w które winniśmy wrazić ostrze. A ugodzić musimy celnie, gdyż jak powiada Machiavelli, rozwiązania pośrednie są najgorsze ze wszystkich, albowiem ludzie nie potrafią być ani całkiem źli, ani całkiem dobrzy.

– Idźmy na Siewierszczyznę – zaproponował wojewoda. – Przejdziemy granicę za kilka dni, a skoro Borys nie jest pewien, gdzie zaatakujemy, spadnijmy mu na głowy jak śnieżna burza. Ziemie siewierskie są bogate, sam Nowogród płaci do carskiej kaźni co roku dwadzieścia pięć tysięcy rubli. Dzięki zdobyciu jego i innych miast zyskamy środki na podtrzymanie naszej sprawy. A pieniądze, jak chyba waszmościom nie muszę tłumaczyć, to rzecz niezwykle konkretna...

– Tylko że właśnie grody siewierskie są umocnione i przygotowane na nasze powitanie – rzekł Koreła. – Nu, pany Lachy, braty rodnyje, idźmy nad Don. Tam pohulamy, tam wolność i swawola, a i do cara daleko!

– W tym właśnie rzecz, że za daleko – mruknął Buczyński.

– Więc pozostaje nam tylko dostatnia i stateczna Siewierszczyzna – powiedział wojewoda. – Miasta tam dobrze wzbogacone na handlu z Kijowem. Soroki soboli, aksamity i jedwabie tureckie, perły i rubiny, skóry i drewno...

– Myślałby kto, że waszmość wybierasz Ziemię Siewierską, bo śpieszy ci się do owych czternastu zamków, które masz obiecane od Jego Carskiej Wysokości – rzekł Żuliński.

– Nie! Jakże to tak! – zakrzyknął wojewoda. – To jeno dobra rada! A jeśli waszmość nie masz własnej, to mnie nie zbijaj z pantałyku!

– Siewierskie zamki to nie byle kurniki, mospanie! Nie starczy nam lisiego sprytu, aby z nich tłuste kapłony wydobyć! Tam ostrokoły, palisady, wały, puszki carskie!

– Będziemy je oblegać, do kroćset!

– A oblegałeś coś innego niż dziewki w stodole albo na stogu, mości panie wojewodo?!

– Ciszej! Uciszcie się, waszmościowie! – Dymitr uderzył buławą w stół, przywołując do porządku towarzystwo. – Nie jesteśmy tu, aby się kłócić. Zresztą ja już podjąłem decyzję.

– Słuchamy!

Dymitr wstał, przejechał bystrym spojrzeniem po wszystkich obecnych, począwszy od pułkowników i rotmistrzów husarskich, a skończywszy na Świrskim i Ratomskim, dowódcach Kozaków i wolontariuszy.

– Uderzymy w miejscu, gdzie granice Litwy stykają się z Siewierszczyzną – rzekł w ciszy, która zapadła. – Nad Desną, na siewierskie grody.

Cisza była tak głucha, że aż dzwoniło w uszach.

– Pójdziemy tam nie dlatego, żeby wyzwalać ziemie przyobiecane panu wojewodzie, ale z tej przyczyny, że Siewierszczyzna po buncie Chołopki i hołomorze stała się jedną wielką beczką prochu. Chłopi i posadzcy czekają tylko, by dać im sygnał, bo nienawidzą Godunowa jak wściekłego psa. W miastach są carscy wojewodowie i strzelcy, ale wielu z nich zesłano z Moskwy do przygranicznych grodów dlatego, że nieprawy car podejrzewał ich o spiski. Michaił Sołtykow i Wasyl Rubec-Massalski, Nikita Romanow i wielu innych znaleźli się w srogiej carskiej opale. Prędzej niebo zwali się nam na głowy, niż będą bić się choćby w połowie tak dzielnie, jak stawali Wasyl i Iwan Szujscy pod Pskowem, w imię mego drogiego batiuszki. Mówiłem, że Siewierszczyzna jest jak baryłka ziela i starczy iskra, aby wysadzić tron pod rabem Godunowem. Ja lont ukręcę z gramot i listów pana Buczyńskiego i sam pierwszy podpalę, a wtedy wrócę na moją stolicę. Odbiorę Godunowowi dziedzictwo, które należy się mnie, synowi Iwana Groźnego, krwi Augustów – imperatorów Romy świętej, Ruryka z Waregami, który na Ruś przypłynął. Potomkowi Włodzimierza Wielkiego, co Ruś od Pieczyngów obronił i Jarosława Mądrego spłodził, prawego naslednika Aleksandra Newskiego, co pobił na Jeziorze Czudskim Kawalerów Mieczowych, a dzisiaj w chórze świętych w cerkwi prawosławnej stoi. Ja jestem ten, który potomkiem stał się Iwana Kality, co jak dziengi do trzosa, tak on zebrał wielką Ruś prawosławną w jedną dziedzinę, a siłę jej i wolę przekuł w miecz w prawej ręce dzierżony. Jestem z rodu Iwana Srogiego, co żonę miał z Cesarstwa Wschodu – Zofię. Z nią dwugłowego orła przejął i następcą basileusa konstantynopolitańskiego mienił się. Jam wnuk Wasyla, trzeciego tego imienia, co podbił Psków, Riazań, Smoleńsk, Nowogród Siewierski; za jego czasów mnich Filoteusz Moskwę trzecim Rzymem obwołał. Syn Iwana zwanego przez wrogów Groźnym, od spiskowców Tyranem, a od sług swych godnych Ojczulkiem, bo wielki to był car, świątobliwy mąż, sprawiedliwy. A choćby co nagrzeszył, wszystko odpokutował, umierając w sukni zakonnej. Dieła jego wsiemu swietu izwiestne.

Nikt jakoś nie dodał, że krwawy łotr i despota, ojciec Dymitra carewicza, zwany był w Rzeczypospolitej także Iwanem Tchórzliwym, bo nigdy nie ośmielił się stanąć do walki z armią koronną i litewską Jego Królewskiej Mości Stefana Batorego. No cóż, polityka, drogi Czytelniku...

– Każcie, mości panowie, trąbić wsiadanego skoro świt – zagrzmiał Dymitr, tocząc roziskrzonym wzrokiem po obliczach Lachów i Kozaków. – Niechaj podkowy waszych koni rozniosą po wsiej Rusi wieść, że wrócił Dymitr Iwanowicz, który ogrzeje swym światłem serca swego ludu i stopi okowy nałożone przez Godunowa! Wiem, że jestem dla was przeklętym Moskalem! – zagrzmiał prosto w wąsate, ogorzałe oblicza husarskich, kozackich i wolontarskich rotmistrzów i poruczników. – A może nawet kniazikiem z Hiperborei, odwiecznym wrogiem, synem tego, którego nazywacie okrutnikiem i tyranem. Nie, nie zaprzeczajcie! Jednak w tej ostatniej godzinie proszę: wysłuchajcie mnie uważnie. Jesteście dzielnymi ludźmi, wy, Polacy. Jesteście najlepszą jazdą, jaką Bóg stworzył na tym świecie. Walczyliście dla Rzeczypospolitej. Walczyliście dla króla Stefana. Biliście się dla hetmana Zamoyskiego, gdy bronił słusznych praw Zygmunta Wazy, i dla waszego króla w Inflantach. Dziś walczcie dla mnie i zwyciężajcie, a dokonacie tego, co ponad siły wszelkie nie było oczekiwane! Oto pierwszy raz rozkwitną owoce przyjaźni między naszymi narodami. Mieliście Moskwę wrogą, co wam zabrała pół Litwy, Smoleńsk, Czernichów, Homel. Przejmowała was chłodem i jako odwieczny wróg wisiała nad wami. Pod moim łaskawym panowaniem stanie się przyjacielem, jakim były dla was Węgry, zanim nie pochłonęła ich turecka zawierucha. Jutro, kiedy ruszymy, będziecie mieli jedną jedyną szansę, by zadziwić świat. Przynieść Moskwie wolność, o jakiej nigdy nie śniła i jakiej sama by sobie nie wywalczyła. Oświecić ją, zmienić tak, jak nigdy nie zmieni żaden car ani wielki książę. Dzięki czemu kiedyś, w przyszłości, Pan Bóg pozwoli zjednoczyć nasze ziemie słowiańskie nie siłą cesarskiego knuta, ale wolną wolą ich obywateli!

Dworycki drgnął, słysząc te słowa.

– Wiwat Dymitr Iwanowicz, wielki carz moskiewski! – zakrzyknął. – Wiwat rycerska sława i nasza wyprawa!

– Na sławu! Na szczastie! – zakrzyknęli Kozacy.

Dymitr wychylił jednym haustem zawartość pucharu, a potem – polskim obyczajem – roztrzaskał naczynie o własną głowę.

Carewicz pochylił się do Dworyckiego.

– Jakie jest pierwsze miasto w pobliżu Desny, najbliższe granicy?

– Morawsk, Wasza Carska Mość.

– A zatem ruszamy do Morawska. Od niego wszystko się zacznie.

Die 28 octobris nowego stylu, 18 starego stylu Żukino, granica polsko-moskiewska, południe

Wszystko było już postanowione i obmyślone, rozkazy wydane, a pułki i chorągwie rozciągnięte w marszu na północ, ku granicy. Teraz nie sposób się było cofnąć, nie utraciwszy czci i szlacheckiej fantazji, która dla pana Dydyńskiego była droższa więcej niż cnota własnej matki.

Dymitr prowadził szczupłą wyprawę przeciwko carskim armiom czającym się w lodowatym mroku północy, porozkładanym na leżach w Wielkim Księstwie Moskiewskim, koło Orła, Kurska, Krom i Moskwy. Na co liczył? Zapewne na husarię i cud, choć cudem był już sam fakt, że w Ugliczu i po ucieczce do Polski carewicz kilka razy uchodził z rąk siepaczy Godunowa. Dlatego carscy popi pospołu z jezuitami i bernardynami wypatrywali nowych znaków świadczących o pomyślności wyprawy. Niestety, kometa widziana na Ukrainie już znikła, niebo było szare jak ołów, mgły – ciężkie niczym popiół rozsypany w powietrzu – zapowiadały schyłek jesieni.

Był dwudziesty siódmy października, kiedy dotarli do Żukina. Skoro świt ruszyli dalej – najpierw Dońcy, potem konne czaty Zaporożców, które mknęły po polach i lasach jak ptaki. Za nimi szły chorągwie husarskie i kozackie, dalej reszta wojska. I nagle, zupełnie niespodziewanie, wyrósł przed nimi pagórek za lasem, a na wzniesieniu sterczał samotny kamienny krzyż z wyrytym godłem Rzeczypospolitej – Orłem i Pogonią. Graniczny znak wyznaczający niewidoczną linię między tą dziedziną, którą na kartach map zwano Europą, a wielkim białym obszarem określanym jako Terra Incognita, Hyperborea, a tylko na niektórych mapach: Terra Moscovia lub Moscovia.

Dymitr przejechał obok bez słowa, bez gestu, ale idące za nim, rozciągnięte w długim pochodzie roty zatrzymywały się na chwilę. Szeregi carskiej chorągwi także zafalowały. Ktoś modlił się cicho i żegnał, u innego zalśniły na policzkach łzy ocierane ukradkiem.

Dydyński widział, jak Przybyłowski zeskoczył z konia, by ucałować po raz ostatni rodzinną ziemię. Jak pan Rudomina podniósł jej garstkę i schował do kalety. Inni towarzysze cisnęli się konno i pieszo do pomnika, który stał samotnie smagany wichrami, mrozem i deszczami, zapewne od czasów ostatnich komisji delineujących, to jest wyznaczających granicę państwa carów i Polski. Husarze i pocztowi żegnali się, błogosławili krzyżami, a miny mieli całkiem nieszczególne.

– To już Moskwa – wyszeptał Świrski.

– Tam, przed nami?

Dydyński poczuł, że drżą mu dłonie. Postawił swój los na jedną kartę, tak samo jak tysiące podobnych mu straceńców. Zeskoczył z kulbaki, zbliżył się do pozostałych, trzymając Hetmankę za uzdę. To było zadziwiające; aż do tej pory nie czuł Boga w sercu, niechętnie klękał przed nim w kościele, lecz tutaj, na krańcu świata, gdy widział, jak towarzysze biją się w piersi, skrapiają łzami ostatnie piędzi ojczystej ziemi albo zabierają jej okruch na pamiątkę, niczym skazańcy pędzeni knutem do Moskwy, poczuł, jak nogi uginają się pod nim. Ukląkł, złożył ręce do modlitwy, przeżegnał się... Cóż mógł uczynić więcej?

Zabrzmiała trąbka.

– Wracać do szeregów, mości panowie bracia! – zagrzmiał Gogoliński. – Cóż to, strach was obleciał?! Ruszać się, do diabła!

Dydyński wstał godnie jak szlachcic polski, wspierając dłoń na szabli. Tuż obok zamajaczył pociemniały od odrostów łeb Borysa, który zgiął się wpół na widok krzyża.

– Nie niepokójcie się, ojczulku! – wyszeptał. – Nie taka straszna święta Ruś, bo ja tu o was będę miał staranie...

Oboleński upadł na kolana i zaczął bić pokłony, wznosząc przy tym oczy ku niebu, jak gdyby nagle zobaczył tam wszystkich moskiewskich proroków i świętych.

– Dostojno jest jako woistinu błażiti Tia Bohorodicu, Prisnobłażennuju i Prenieporocznuju i Matieri Boha naszeho – zaintonował. – Czestniejszuju chieruwim i sławniejszuju biez srawnienija sierafim, biez istlenija Boha Słowa rożdszuju, suszczuju Bohorodicu Tia wieliczajem...*

Borys miał rację. Tu, na granicy, zaczynała się najzdradliwsza część moskiewskiej peregrynacji, w której Jacek zdany będzie na spryt i wierność dawnego sługi Dworu. Oboleński szczerze mówił o opiece czy też szykował okrutną zemstę? Co zrobi na ogromnych, pokrytych lodem przestrzeniach? Pozostanie wierny czy zdradzi szlachcica? A może nagle odkryje prawdę o fałszywym przemienieniu Dydyńskiego w sługę Dworu i zadławi go jak tłustą gęś, nim Lach zdoła dobyć szabli? Tak czy owak, stolnikowic pomyślał od razu, że nie zawadziłoby dać mu już tutaj, na granicy, lekcji pokory.

Jednym ruchem dobył szabli, przyłożył nagie ostrze do szyi Moskala. Borys zamarł z wytrzeszczonymi oczyma, skulony na kolanach przed Dydyńskim, jak smolny pniak przed wyniosłą brzozą.

---

* patrz przypisy końcowe

– Jeśli spróbujesz mnie zdradzić – wysyczał szlachcic do ucha Oboleńskiego – tedy klnę się na wszystkich ruskich diabłów i proroków, że rozwalę ci łeb na dwie połowy tak szybko, że jedna poleci na Krym, a druga do Smoleńska! Rozumiesz, moskiewski psie? Jeśli tak, tedy zapamiętaj sobie moje słowa!

– Słuszajus', ojczulku. Gdzieżbym zdradził – zajęczał Borys. – Ja wierny jak sobaka...

– Schyl głowę! Nadstaw karku!

Oboleński posłusznie się skulił. A wtedy szlachcic wstąpił na pochyły grzbiet i wsiadł po słudze na koń, jak tatarski chan po karku wielkiego kniazia Moskwy w czasach, gdy księstwo płaciło daninę Tatarom.

Dydyński poszedł skokiem, dogonił chorągiew, zanim Gogoliński dostrzegł jego nieobecność w szeregach.

Jakiś koń podjechał do wymęczonego, utytłanego w błocie Borysa. Pocztowy husarz wyciągnął rękę.

– Wstań, przyjacielu.

Oboleński podniósł się z wolna, unosząc głowę. Nie patrzył na Damiana Nieborskiego, który podjechał doń na podjezdku.

– Raz jeszcze przyjmij podziękowania, mospanie. Gdyby nie twoja wola i ręka, pohasałbym z rybami na dnie Dniepru.

– Nie trzeba. Nie lzia.

– Przyjmij też przeprosiny... Za mego pana.

– Wola boża i gosudarska jednego nad szeregi wynosi, innemu hardy kark schyla – rzekł twardo Borys. – Lecz myli się ten, kto sądzi, że ma jakiś wpływ na los. Tylko Najwyższy włada naszym życiem jako car, on zaś nagradza tylko tych, co umieją czekać i patrzeć. Czekać na upadek hardych i wypatrywać sposobności, by wzbić się do anielskiego blasku. A wtedy... Biada tym, co z wyżyn pychy upadają w otchłań. Śmierć jest taka, jakie było życie człowieka.

Borys uniósł do góry zaciśnięte w pięści dłonie, w których ściskał grube grudy moskiewskiej ziemi. Ściskał tak mocno, że aż bielały mu knykcie.

Die 28 octobris n. st., 18 st. st.
Trakt do Morawska, kilka chwil później

– Okrutnie poniewierasz Borysa – mruknął Świrski. – Dziwne, bo nigdy nie widziałem, abyś znajdował rozkosz w batożeniu chłopów i czeladzi. Jak głęboko zalazł waści za skórę, że przy każdej okazji wyzywasz go od psów?

– A co ci do tego, panie Herakliuszu?!

– To, że w bój idziemy. I wypadałoby darować sobie grzechy. Nie chciałbym mieć przed sobą Moskali, a za plecami sługi, co gotów mnie połechtać kindżałem, jeśli Fortuna nie dopisze. Zwłaszcza takiego pachołka, co wyrwał życie towarzysza broni ze śmiertelnej pułapki i nie doczekał się za to ciepłego słowa.

– Borys to Moskal, a nie nasz brat. Bez czci, bez fantazji, bez honoru. Starczyłoby słowo zwierzchności, a żywcem by ciebie ze skóry obłupił. Musi znać, że jego miejsce w psiarni, nie za stołem. Czuć, że uwiera go obroża i kaganiec.

– Panowie towarzysze gadają o tym, żeś niewdzięczny – rzekł cicho pocztowy. – Konfundujesz Moskala, co ci pocztowego z Dniepru wyciągnął.

Dydyński nic nie odrzekł.

– Ale może powinienem rzec prawdę. I wtedy rzec, że wasza mość poniża Oboleńskiego, aby ukryć... strach.

– Będę Borysa trzymał krótko, jak psa! Głupiś, Świrski.

– Za to wasza miłość zapewne pozamieniał się na rozumy z samym Cezarem. Słyszałem o jednym Włochu albo Szocie, co się zwał Julius, wołali go Cezar, a trzymał w arendzie miasteczko Wodzisław pana Hieronima Lanckorońskiego. Frant był i przechera wielki, póki mu chłop nie wlazł na gruszę w sadzie dworskim. Ujrzawszy go, Julius zaczął mu grozić, że na śmierć jak psa zatłucze, poniżał go, krzyczał, obrażał, całkiem jak wasza mość Borysa. A wtedy winowajca, bojąc się kaźni, zlazł i tak odwinął w łeb Cezarowi kijem, że zaraz na miejscu go zabił. Zła korona, gdzie chłopi cesarzy kijem biją... Rozważ to sobie, waszmość...

– Zamilcz już!

Pocztowy urwał. Dawno nie widział swego pana tak rozwścieczonego.

A Jacek spojrzał przed siebie i wówczas spostrzegł w powietrzu drobne białe płatki, jak gdyby ktoś w niebiosach rozpruł wielką pierzynę.

– Śnieg.

– Będzie go więcej.

Szli dalej wzdłuż Desny, stepami bez kresu i końca. Jechali przez dąbrowy, klonowe i lipowe bory, gdzie na drzewach dogorywały ostatki złotych liści. Mijali bagna i trzęsawiska, czasem pokryte pierwszym, zdradliwym lodem, innym razem znów błyszczące od wody i parujące. Śnieg padał coraz większy i gęstszy, pokrywał okolice białym całunem, wciskał się pod opończe i delie, zasypywał czapraki i czołdary.

Byli już całe mile od granicy i nigdzie nie napotkali nawet żywego ducha, gdy nagle gdzieś z północy doszedł do nich niski, brzękliwy głos przebijający się przez zawieję śnieżną jak poprzez puchową pierzynę. To były dzwony Morawska. Trudno dociec, czy biły na trwogę, czy na powitanie carewicza.

I nagle dziw nad dziwy! Przed czołem pochodu przez śnieg i wiatr przedzierała się kozacka czata, otaczając grupę Moskali w futrzanych czapach wysokich jak kominy gorzelni, opatulonych w szuby i pikowane kaftany aż po same szyje. Na widok Dymitra nieznajomi posypali się z koni jak dojrzałe gruchy. I oczywiście uczynili to tylko po to, aby zaraz, moskiewskim obyczajem, zaryć się brodatymi gębami w błocie i śniegu przed kopytami konia carewicza.

– Gosudarze, cariu! Wasze Prześwietne Wieliczestwo! Prawy nasledniku na kremlowskiej stolicy! Z Bożej Miłości kniaziu, Wielki Księciu Wsieja Rusi i mnogich państw obładitielu! Ratuj nas, słonce prawosławne, samowładco nasz umiłowany, od gniewu Godunowych! – zawołał najgrubszy z nieznajomych, przyodziany w szubę, to jest długi i gruby moskiewski kaftan, z którego rękawów i kołnierza wystawała sobola sierść. Wojewoda Mniszech ocenił ją od razu na dobre pięćdziesiąt złotych, o ile sobole nie były przypadkiem królikiem albo tchórzem.

– Wstańcie z kolan i mówcie, co się dzieje! – odparł Dymitr. – Czasu szkoda.

– Wszyscy jesteśmy posadzcy ludzie z Morawska – załkał opasły jak skop Moskal. – Przyszliśmy tobie carewiczowi do nóg upaść i prosić, byś raczył wojsko do miasta wprowadzić. My wszyscy chrześcijanie bramy chcemy otworzyć. Cóż, kiedy wojewodowie nasi, bliaduny, wrota zawarli, wieże strzelcami obsadzili. Ale kiedy Wasza Carska Mość ukaże nam się z oddali, zaraz podniosą się serca i niechybnie bunt w mieście wybuchnie! Tak my błagamy, raby i chołopiszki wasze, aby wy szli nam na pomoc!

Dymitr rozejrzał się piorunującym spojrzeniem po swoich doradcach, zwłaszcza tych, którzy razem z Dworyckim odradzali mu marsz na Siewierszczynę.

– Mości panowie! Natychmiast ruszamy pod Morawsk!

Die 29 octobris n. st., 19 st. st.
Morawsk, południe

Miasto nie było duże. Ot, gródek, jaki potężna armia rozgniotłaby w marszu niczym mrowisko, które miało nieszczęście znaleźć się na drodze giganta. A jednak dla tak nielicznego wojska, jakie stało przy Dymitrze, mógł stać się cierniem w oku. Morawsk oblany był wodami Desny, otoczony trzęsawiskami i moczarami, które nie zdołały jeszcze zamarznąć. Majaczył przed nimi wśród padającego śniegu niczym gród z ruskiej baśni: szarawe wały, których jeszcze śnieg nie pobielił, na ich szczycie parkany pokryte poprzecznymi pręgami drewnianych bali, ślepiące na przybyszy pustymi źrenicami strzelnic. Wyżej wznosiły się szczyty drewnianych kleci i domów, wyniosłe, kryte gontem kopuły cerkwi zwieńczone złocistymi prawosławnymi krzyżami, nad którymi górowały kopuły i wieże niewielkiego kremla, czyli obronnego zameczku włączonego w skład fortyfikacji.

Dymitr nakazał wysłać posłańca z pismem, skreślonym naprędce przez skrybę i wzywającym mieszczan do buntu. Kozak podjechał z białą flagą pod bramę, ostrożnie, rysią. Nie strzelano do niego. Podpuszczono bliżej. Podał na górę papier nabity na ostrze szabli, a potem wrócił skokiem poprzez błoto i łąki zarośnięte wyschniętymi trawami.

Odpowiedź nadeszła szybko. Nim zdołał pokonać połowę drogi, błysk ognia rozjarzył strażnicę nad główną bramą. Armatnia kula przemknęła z gwizdem nad głową posłańca, uderzyła ziemię, wzbijając fontannę błota; pokazując dobitnie, że Morawsk, choć lichy i ubogi, ma jednak pod drewnianą skorupą serce mężne, waleczne i będzie bronił się przed armią Samozwańca.

– Rozłożyć obóz na błoniach! – Dymitr nie dał poznać po sobie, jak bardzo jest rozgoryczony. – Obrócić armaty na miasto. Gotować się do szturmu.

Chorągwie zrobiły zwrot. Posłano po tabory i działa, które szły na końcu kolumny. Lecz niepotrzebnie, bo oto nagle zimny wiatr rozwiał tuman śniegu, a wszystkim zdało się, że nagle nad wieżycami grodu zabłysło słońce, złote jak wieże Soboru Uspieńskiego na Kremlu.

A potem w cerkwi uderzył dzwon, najpierw cicho, żałośnie, potem głośniej i pewnie. Wszyscy usłyszeli dochodzącą z miasta palbę: grzmot wystrzałów, krzyki, wrzaski i kwik koni. Zamęt trwał krótko. Wnet bramy Morawska rozwarły się na oścież; wypadł z nich kozak, pędzący co koń wyskoczy w stronę wojsk Dymitra, z powiewającym osełedcem i wymachujący czapką zdjętą z wygolonej głowy.

Zeskoczył z konia, padł na kolana, zdyszany, czarny od prochu.

– Batko, carewiczu, prawy kniaziu uglicki! – zakrzyknął. – Miasto wzięte! Strzelcy pobici. Wojewodowie w więzieniu. A my, raby carskie, chcemy chrest na twe imię całować. I błagamy, abyś nas biednych nie odrzucał i do miasta wkroczył. Tu wszystko – wyrwał z zanadrza zwój papieru – w gramocie stoi. Upraszamy uniżenie i za łaskę carską weźmiemy, jeśli Wasza Carska Mość będzie nad nami panował. Przybądź do grodu, umiłowany nasz batiuszko, a powitamy cię chlebem, solą, biciem we dzwony i procesją.

Dymitr wyprostował się w kulbace i ujął pod boki całkiem polskim, a nie moskiewskim obyczajem.

– Gotowość waszą do uznania prawdziwego pana pochwalam. Usługi przyjmuję wdzięcznym sercem. Jednak do miasta wjadę dopiero wówczas, kiedy przekonam się, że to nie zasadzka. Mości panie wojewodo! Trzeba skoczyć do Morawska zanieść mieszczanom odpowiedź i przekonać się, jak stoją tam sprawy.

– Sprawy? Jakie sprawy? – Wojewoda rozejrzał się, jakby to nie o niego chodziło. – Niby dlaczego, to tamto, ja mam jechać?

– Bo Morawsk to pierwszy z grodów, które waszmości we władanie oddaję! Co, nie chcesz sprawdzić, mospanie, czy zasobny i bogaty? Decyduj się, bo mogę go komu innemu odstąpić.

– Dajcie mi kilku ludzi, a zaraz ruszam – rzekł zapędzony w kozi róg wojewoda.

– Weź, waszmość, Przybyłowskiego i Dydyńskiego z pocztami!

Mniszech pokiwał bródką, skoczył pod chorągiew, okrzyknął Jacka i Mikołaja.

– Mości panowie! – zakrzyknął. – Jedźcie ze mną do miasta!

Dydyński nie dał się dwa razy prosić.

Die 29 octobris n. st., 19 st. st.
Morawsk, godzina pierwsza w południe

Słońce błyszczało w niebiosach jak latarnia, dając światło, ale nie grzejąc, kiedy wjechali do miasta przez niską, wkopaną w ziemię i otoczoną ostrokołem bramę. Dydyński zastanawiał się, jakie będzie powitanie w pierwszym moskiewskim grodzie po drugiej stronie granicy. I kiedy przejeżdżał pod bramą, nagle w jego husarski szyszak uderzyło coś miękkiego. Gdy zerknął w górę, napotkał najpierw brudne, pokrwawione pięty związane konopnym powrozem, a potem martwe, wytrzeszczone spojrzenie wisielca. Sześciu brodatych umrzyków w strzeleckich żupanach, odartych już z butów i kaftanów, kołysało się zgodnie na stryczkach niczym pijusy po wyjściu z szynku. Powieszono ich niedawno, bo jeden drgał jeszcze, a po dygoczących łydkach spływał świeży gnój. Dydyński pomacał bok szyszaka i stwierdził ze zgrozą, że uparty stronnik cara Borysa Godunowa nawet po śmierci poczynił uszczerbek w husarskim ekwipunku – złamał strusie pióro barwione na karmazynowo, którego pewnie nie sposób było dostać w Moskwie!

Uliczki tonące w błocie, tylko z wierzchu przysypane śniegiem, były równie pogmatwane co szlacheckie procesy sądowe, w dodatku zastawione ławami, kramami i beczkami, przy których kuliły się tłumy ludzi. Przepychali się z trudem pod bramy niewielkiego kremla, gdzie mieścił się główny plac, którego wszakże nijak nie można było porównać z rynkiem, jaki znali z miast Korony Polskiej, choćby Sanoka czy Sandomierza. Kiedy jechali, w oko stolnikowica wpadały scenki i żywe obrazy, które rozgrywały się pod ścianami i w bocznych uliczkach.

– Hospody pomiłuj! Spasitieeeee! – darła się z płaczem niewiasta, z której rąk dwóch rosłych strzelców z berdyszami wydzierało wystraszonego młodzieńca w utytłanym w błocie sarafańcu, czyli męskim, otwartym z przodu kaftanie.

Dalej trzech posadzkich tłukło kijami i czekanami leżącego w błocie starca; nie widać było po nim żadnych oznak życia. Tuż obok rąbano toporami drzwi i okiennice domu, z którego dochodziły ostre, przeraźliwe krzyki przeplatane plugawymi przekleństwami. A także prośbami o ratunek kierowanymi do moskiewskiego Boga, który dziwnym trafem okazał się wielce niełaskawy dla stronników Godunowa w Morawsku.

Jakiś oberwany, bosy i szczerbaty chłopak pędził jak strzała; omal nie wpakował się pod kopyta konia szlachcica, trzymając pod pachą parę czerwonych juchtowych butów z cholewami – być może zdartych z nieboszczyka.

Z bocznej uliczki wypadli dwaj konni w kolczugach i spiczastych szłomach, jak z czasów Ruryka. Na sznurze wlekli przez błoto i kamienie wyjącego, zakrwawionego brodacza.

– Błahaho Caria! Błahaja Mati! Preczystaja... Błahosłowiennaja Bohorodice Marije, miłost Syna Twojeho i Boha! – wydzierał się półnagi oberwaniec z kawałkiem łańcucha przy szyi.

Na placu powitały ich krzyki i wiwaty, a jeden dzwon niewielkiej strzelistej cerkiewki rozdzwonił się żałośnie. Z uliczek, krzywych zaułków, zza wiat i bud wyłaniał się tłum, ciemnobrązowy jak niedźwiedzia sierść, z rzadka zdobiony malinowymi lub błękitnymi plamami szub, terlików i ferezji. Tłum tak odmienny od pstrokatych ludzi zaludniających miasta i jarmarki Rusi Czerwonej, jak lato różni się od zimy, a jesień od wiosny. Ten tutaj zakutany był w futra i grube chusty, o głowach nakrytych futrzanymi szłykami, kołpakami i kapuzami, spod których wyzierały brodate i w jakiś sposób dobroduszne oblicza mężczyzn, blade twarzyczki niewiast. Dydyński wprawnym okiem dostrzegł, że wszystkie bogatsze Moskiewki, które chadzały w strojnych szubkach i sarafanach, czyli niewieścich kaftanach bez rękawów, bieliły sobie oblicza i różowiły barwiczkami zbyt mocno i zupełnie inaczej niż niewiasty w Polsce. Zatem de facto najpiękniejsze w mieście były wcale nie wielkie bojarynie, ale... ich służki i dziewki służebne, których nie stać było na kosztowne pachnidła. Te bowiem prezentowały rumiane i nadobne oblicza, a nie maski z grubej warstwy bielidła.

Tłum gęstniał, ciągnął do gromady; pod jego nogami szarzał brudny śnieg, zdeptany setkami stóp, rozjeżdżony kołami wozów i płozami sań. Nad zakrytymi przed zimnem głowami wznosiły się poszarpane, strome dachy domów zbitych z okrągłych, nieociosanych bali, okryte białym puchem padającym jeszcze przed kilkoma chwilami. Całość wieńczyło zamglone, szare niebo i ledwie widoczna tarcza słońca.

Dydyński czuł się obco, jakby był na tym placu zupełnie sam, niczym ostatni kołek w płocie wiejskiej karczmy, którego parobkowie nie zdołali wyrwać i złamać na łbie adwersarza w trakcie coniedzielnych burd. On – w polskim, ściśniętym w talii żupanie, w delii z wilczym kołnierzem do połowy ramienia, i oni – obcy tłum czerni i pospólstwa, posadzcy ludzie opatuleni w futra, skóry i grube materie, jak gdyby w tych stronach nigdy nie bywało wiosny. Na szczęście to nie Dydyński musiał do nich przemawiać.

Jerzy Mniszech spojrzał na otaczającą ich Moskwę przerażonym wzrokiem, przemógł się jednak, przeżegnał. Zaczął po katolicku, ale skończył po prawosławnemu – to znaczy dotykając najpierw prawego ramienia, a nie lewego.

– Zacni, uczciwi, pracowici i sławetni mieszczanie Morawska – zaintonował po rusku. – Wierni prawemu następcy tronu carskiego w Moskwie, a w przyszłości moi zacni poddani. Dymitr Iwanowicz, kniaź ulicki, a po ojcu dziedzic kremlowskiej korony, przystaje na supliki przedstawione w pokorze. Jego Carska Mość przychyla się do waszej prośby i wkroczy osobą własną do Morawska, biorąc was pod ochronę i opiekę, a miasto przejmie jako dziedziczną włość swoją przynależną mu od śmierci wielkiego cara, ojczulka Iwana!

Wrzask; jeden wielki okrzyk zwycięstwa podniósł się na placu. Dzwon w cerkwi bił Sławsia dla carewicza z takim grzmotem, że wrony zerwały się z dachów kleci i domostw przy placu.

– Dymitr Iwanowicz – krzyczał wojewoda, a głos jego ginął wśród dźwięku dzwonów, porywał go wiatr, głuszyły pieśni i wiwaty tłumu – uwolni was spod władzy tyrana Godunowa! Prawy carewicz i wielki książę moskiewski niesie wam wolność na ostrzach polskich szabel. Nigdy już nie postanie tutaj stopa nieprawego władcy! Chyba że zdejmie ze swych skroni czapkę Monomacha, a sam ukorzy się, postrzygając w mnichy! Niech żyje wolność! Niech żyją swobody!

Dydyński dałby sobie rękę uciąć, że żaden człowiek, ani tym bardziej niewiasta, z Morawska nie zrozumiał ostatnich słów wojewody. Ale to już był szczegół, a stolnikowic, jako prawy Polak, nad wyraz gardził szczegółami.

Tłum ruszył, zafalował. Jacek zobaczył, jak Moskale padają na kolana, szlochają, żegnają się krzyżami, a popi w długich szatach błogosławią wiernych. Jak posadzcy ludzie biją czołem przed koniem Mniszcha i jego ludzi, tłoczą się wokół cerkwi.

– Idźcie! – krzyczał Mniszech. – Za miasto, prosić Boga o odpuszczenie grzechów. Powitać Dymitra. Może ulituje się nad wami nieszczęsnymi i niby słońce ogrzeje dusze i serca!

Szybko rozwarły się drzwi cerkwi, wypuszczając procesję. Diakon w sticharze i popi w długich szatach szli na przedzie, dźwigając krzyże i ikony, żegnając się oraz błogosławiąc lud, który padał na kolana, a czasem wył i szlochał na widok obrazów świętych. Za nimi cisnęli się bojarzy i kupcy, chcąc witać chlebem i solą Dymitra – oswobodziciela. A potem postępowali brodaci strzelcy w żupanach i kaftanach. Nie żałując kułaków i kopnięć, popychali przed sobą związanych, zakrwawionych, obdartych do koszul carskich wojewodów tudzież ich służalców, na których wyładowywał się teraz gniew tłumu. Wrzaskliwa dzieciarnia goniła ich z krzykiem i wymysłami, podczas gdy starsi i stateczniejsi mieszkańcy grodu chwytali kamienie oraz bryły zmarzniętego błota, zgarniali śnieg z dachów i ugniótłszy w kule, ciskali w znienawidzonych oprawców Borysa Godunowa.

– Dobrze im powiedziałem, co? Waszmościowie?! – zagrzmiał wojewoda, wypinając dumnie chudą pierś. – Zobaczycie, że tak będzie aż do samej Moskwy! Dosyć tu mają rządów cara Borysa.

– Oby to trwało – mruknął z powątpiewaniem Przybyłowski. – Umysły pospólstwa są płoche, a pamięć płytka. Póki idziemy naprzód, będą z nami, a jeśli Dymitrowi powinie się noga, będą w nas kamieniami rzucać i wieszać na suchej gałęzi.

– Prawda, prawda – zgodził się niespodziewanie wojewoda. – Macie waszmościowie świętą rację. Ale patrzcie, jakie to miasteczko bogate. Widać, że na kijowskim szlaku. Pewnie wożą tędy skóry i sobole na sprzedaż, miód, wosk i potaż, nie wspominając o drewnie. Kurnik to niby, ale daje intraty rocznej ze cztery tysiące złotych!

Tłum porwał ich w główną uliczkę wiodącą do bramy. Rozganiając pospólstwo krzykiem i nahajkami, dotarli do wałów, przecisnęli się pod niewesołą deputacją moskiewskich umrzyków, którzy, niestety, nie ze swej winy spóźnili się zarówno na krótką, ale treściwą przemowę jaśnie oświeconego wojewody sandomierskiego, jak i na powitalny pokłon Dymitra.

Na błonia przed Morawskiem wyległo całe miasto, a niebo rozjaśniło się od złotych krzyży, srebrnych okuć ikon i pozłocistych chorągwi z wizerunkami świętego Jerzego i Michała Archanioła. Moskale cisnęli się do Dymitra, rzucili pod kopyta jego konia skrępowanych jeńców. A kiedy carewicz podniósł rękę, nakazując ciszę, las głów zniżył się w dół – na kolana padło przed nim całe miasto: mężowie, starcy, niewiasty, małe dzieci. Wszystkie czoła zniżyły się do ziemi.

Dymitr zsiadł z konia powoli i dostojnie. Oddał w ręce Miechowickiego ferezję. A potem ukląkł w śniegu i błocie, nie zważając na adamaszkowy żupan ani zdobne szarawary, zdjął kołpak i ucałował moskiewską ziemię.

– Boże mój, bądź pozdrowiony za to, żeś mi przywrócił dziedzictwo; że za Twoją sprawą przetrwałem głód, chłód i poniewierkę; żeś mnie ocalił z rąk siepaczy wroga. A jeśli sprawa moja niesłuszna, niech mnie jednego dosięźnie Twój słuszny gniew! Bądź błogosławiona i ty, ruska, święta ziemio, matko i pocieszycielko nynie, prisno i wo wiekow, amin.

Zdawać by się mogło, że słońce wyszło zza chmur i ozłociło drobną postać Dymitra, jak blask anioła rzucony na oblicze umierającego.

Dydyński dostrzegł, że tylko on i Polacy pozostali w siodłach. Ani jedna głowa nie oderwała się od ziemi, ani jeden Moskal nie witał carewicza inaczej niż na kolanach. A szlachcic, kiedy tak patrzył na rozmodlony tłum, wreszcie wolny od strachu i jarzma cara, poczuł i zrozumiał cel wszystkich tych dni, w których przeprawiali się przez bezdroża Ukrainy. Pojął wolę i zamysł, który wiódł Dymitra Samozwańca i ich wszystkich do Moskwy.

– Jaka tam ruska ziemia! – warknął Przybyłowski. – Jaka tam mać rodzona! Toż to Siewierszczyzna. Kawał naszej Ukrainy, którą gwałtem wydarł Litwie ten stary czort Wasyl, dziad Dymitra. Przyjdzie za nami tu król jegomość, a wszystko to, aż po Siewsk i Rosławl, do Rzeczypospolitej wróci!

– A mnie się zdaje – mruknął Świrski – żeśmy chcąc nie chcąc zostali ruskimi bohaterami, mości panowie.

Die 4 novembris n. st., 25 octobris st. st.
Trakt do Czernihowa

Siewierszczyzna należała do Dymitra. Gdziekolwiek ruszył on sam albo carscy pułkownicy, do jakiejkolwiek dierewni, sioła czy grodu dotarła choćby czata z jego wojska, tam zaraz bito w dzwony, otwierano bramy, a razem z kluczami do nich rzucano przed oblicze carewicza spętanych carskich wojewodów, okolniczych, a czasem bojarów, dworian i kupców. Ci zaś mogli mówić o szczęściu, jeśli ocalili życie i skórę, a od powroza i pala wykpili się sińcami, gwałtem i rabunkiem. Bo tam, gdzie namiestnicy Godunowa srożyli się ponad miarę, uzbrojony lud moskiewski szukał na nich pomsty, a jego gniew był prosty jak plebejskie sumienia. Sucha gałąź, topory, hołoble, sierpy i spisy były jedynym podziękowaniem za kilkuletnie rządy cara, jego roztropne ukazy, próby reform, rozejmów, odbudowy miast i grodów spalonych przez Tatarów. Tak odwdzięczała się moskiewska czerń za budowy składów, stoczni, umów z Kompanią Angielską, wysyłanie bojarskich synów na zagraniczne uniwersytety, z których zresztą nie wracał nikt, bo jaki światły człowiek zniesie carski knut? Podboju oraz przyłączenia Sybiru ani zwycięskich bitew z Tatarami i Szwedami nikt nie pamiętał, gramot plebs nie czytał, więc zrywał się do buntu zbrojny w berdysze i spisy, a czasem tylko w kije i kopyście, ciągnął jak rwąca rzeka do obozu Dymitra, ukochanego, wypatrywanego jak wiosenne słońce carewicza. Tego, który umiłował lud, ukrócić miał samowolę wojewodów, przywrócić chłopom juriewyj dzień – w którym mogli raz do roku opuszczać swego pana – obalić starego, chytrego i złowrogiego Godunowa, cara-oprycznika.

Dymitr pędził ile sił w koniach i ludziach, forsownym marszem wzdłuż Desny, zajmując coraz to nowe sioła i grody. Trzeciego listopada poddał mu się oddział dworian Borysa Godunowa, przynosząc wieści, że carscy wojewodowie pozamykali się na kremlach, siedzą cicho jak myszy pod miotłą, a często w obawie buntu poobracali armaty i hakownice na podległe im miasta. Dzień później przyłączyła się doń kolejna sotnia Zaporożców i kilka watah chłopskich, przynosząc wieści o dalszych niepokojach i nieporządkach, już nie tylko na Siewierszczyźnie, ale i w Orle, w Siewsku, Kursku, a nawet samej Moskwie. Carewicz nie dawał odpoczynku. Wytrwale gnał wojsko na północ, wzdłuż rzeki, na Czernihów – stary, sławny i bogaty gród pamiętający jeszcze czasy Włodzimierza Wielkiego i Świętopełka kijowskiego.

Było popołudnie, piąty listopada, śnieg przestawał padać, kiedy na tle czerwonej łuny zachodu dostrzegli miasto położone na prawym brzegu Desny, wzmocnione Detyńcem, to jest starym kremlowskim zamkiem, opasanym ziemnym wałem, fosą i palisadą. Podzielone na kilka dzielnic, z których każda – a nade wszystko kupiecki

Tretiak i Targowy Podół, leżący w dole, nad samym brzegiem Desny – miała własne obwarowania, palisady i parkany. Rzeka wiła się wśród niewysokich pagórków i ciągnących się aż po skraj widnokręgu borów jak lśniąca wstęga albo jadowity wąż w runie leśnym. Nad strażnicami, basztami i stromymi dachami domów błyszczały złote krzyże i kopuły cerkwi – Jeleckiego i Troicko-Illińskiego monasterów. A także pojedyncza, okrągła wieżyca cerkwi Świętej Paraskewy Piatnyci na Targu, jakby żywcem wyjęta z dawnej panoramy Konstantynopola.

Kozacy dotarli tu pierwsi. W przedwieczornej szarówce widać było zaporoską konnicę pod miastem – przypadającą do wałów i odpływającą niczym morskie fale, gdy strzelnice i parapety zaczynały jarzyć się błyskami luf, zasnuwać kurzawą prochowych dymów. Buczyński zadbał o to, by posłać wcześniej gońców z listem do mieszczan, w którym obiecywał im złote góry oraz wielkie zwolnienia z danin i podatków, gdyby otwarli bramy przed Dymitrem. Były to zresztą – jak sam przyznawał w rozmowach z Miechowickim i Dworyckim – przysłowiowe gruszki na wierzbie, bo carska kaźnia świeciła dnem jak stary żebrak gołą rzycią i nie było pewności, czy starczy na wypłatę najbliższej ćwierci dla polskich chorągwi. Warto jednak było zaryzykować, bo dostatnie i zamożne miasto mogło stać się podstawą do wszelakich późniejszych działań przeciwko carowi Borysowi, a zwłaszcza do zimowego marszu na Moskwę.

– Poddadzą się? – zapytał niecierpliwie Dymitr, przytrzymując na munsztuku nerwowego, niecierpliwego, wyrywającego się do przodu wierzchowca. – Dali jakiś znak?

– Nie mają chyba ochoty – mruknął Buczyński, który spoglądał przez perspektywę na mury Czernihowa.

– Pokaż.

Carewicz przytknął lunetę do oka i skierował ją na główną bramę grodu. Od razu dojrzał wystające spoza niej zakrwawione pale, na których dygotali brodaty Moskal i wygolony Kozak. Było ich dwóch; kolejnego podnoszono właśnie ponad parapety i palisady, a obok jeden z moskiewskich strzelców opuścił portki, zadarł kaftan i wypiął wprost do lunety Dymitra siny od mrozu nagi tyłek, a potem demonstracyjnie podtarł sobie golusieńką panewkę rulonem papieru, pokazując dobitnie, do jakiego celu służyć może w Czernihowie gramota Samozwańca.

– Obawiam się, proszę Waszej Carskiej Mości – rzekł ściszonym głosem Buczyński – że ten na paliku, po lewej, to Stiopka, a po jego prawicy zasiada Konstanty Masymowicz Tielepniew z Morawska, co nam się polecał z usługami. I zamiast otworzyć bramy, otwarł sobie wrota do raju.

– Odpowiedź brzmi: nie – chrząknął wojewoda. – Co teraz?

– Teraz posłanie zaniosą nasze działa! – warknął Dymitr. – O psy niewierne, zdrajcy, sprzedawczykowie! Poznacie smak carskiej opały razem z całym grodem! Panie Ostromęcki!

– Słucham, Wasza Carska Mość!

– Zatoczyć działa pod bramy! Otworzyć ogień! Szykować się do szturmu!

– Tak jest! – odparł starszy nad armatą, unosząc rękę do kapelusza i nie dodając przezornie, że salwa z samborskich śmigownic może bardziej rozśmieszyć niż przestraszyć czernihowian.

A jednak los sprzyjał wyprawie Dymitra. Ledwie zaprzęgi z działami i jaszczami poczęły zataczać koła na skamieniałym gruncie, przy głównej bramie wszczął się rejwach. Potem już poszło prosto – i tym samym torem, co w Morawsku. Gniew mieszczan posadzkich, kupców i pospólstwa skierował się znowu przeciwko carskim wojskom. Od strony grodu przypadł skąpany w błocie, ogniu i prochowym dymie Moskal, zrzucił czapkę, pochylił się nisko w kulbace spienionego konia.

– Wasze Carskie Wieliczestwo! – wycharczał. – Bunt w mieście. Bramy otwierają... Ze strzelcami... Biją się!

– Lećcie do Dońców Koreły i Kozaków Świrskiego! – zakrzyknął Dymitr do swoich posłańców. – Niechaj atakują! Ruszać się!

Gońcy pomknęli do sotni i pułków. Mniszech zaś złapał się za głowę całkiem jak Piotr Skarga na widok warchoła Stadnickiego w katolickim kościele.

– Wasza Carska Mość! Tylko nie Kozacy! Złupią miasto!

– Za późno – rzucił Buczyński. – Patrz, waść.

Wszystkie pozostałe sotnie zaporoskie, które do tej pory bezczynnie przyglądały się harcom, uderzyły konie ostrogami. Ława kozackiej jazdy runęła ku bramom Czernihowa, zbiegła się u drewnianych, rozwartych wrót, ścisnęła, wpadła do grodu jak górski potok, porywając ostatnich carskich strzelców, tratując i roztrącając zwarty z nimi w boju tłum. A z tyłu wpadła za nimi nierówna, falująca linia kozackiej piechoty.

Walka przeniosła się na ulice miasta. W ciemnościach rąbano się szablami, bito i tratowano, kłuto spisami, walczono na pięści i zaciśnięte kułaki. Wszystkie dzwony Czernihowa zabiły na trwogę, gdzieś blisko zamku zabłysły płomienie. Zamieszanie trwało jednak tak krótko jak wystrzał z działa. Zaporoska nawałnica przetoczyła się uliczkami i placami w pobliże kremla. Część strzelców i dworian wiernych wojewodom zatłuczono na śmierć, zarąbano pod ścianami i na progach domów; większość jednak, widząc, co się święci, natychmiast przeszła na stronę Dymitra, wydając Kozakom dwadzieścia siedem dział rozstawionych na wałach.

Pozostali, w tym trzej wojewodowie, cofnęli się na kreml, w ostatniej chwili zatrzasnęli bramy, a kiedy jazda i piechota Zaporożców pojawiły się na placu targowym, nagle kule świsnęły im koło uszu, zagrzmiały hakownice i strzelby.

To zabolało bardziej niż słowna zniewaga. Konne zaporoskie sotnie zrobiły w tył zwrot i zamiast szturmować umocniony kreml, pomknęły na powrót ulicami miasta, znalazły bowiem lepszy i łatwiejszy cel. Mołojcy i czerń, starszyzna i sotnicy – cała zaporoska tłuszcza runęła w dzikim porywie do wnętrza dworów, domów, kramów i składów, dysząc po niedawnym boju, wymachując szablami, kiścieniami i nahajkami.

Ale bynajmniej nie po to, by zanieść mieszkańcom dobrą nowinę!

Zaporoska czerń wpadła w odwiedziny, by łupić, gwałcić i mordować.

Dymitr i jego dwór usłyszeli krzyk, jaki wzbił się nad zdobytym miastem, wrzask setek gardeł, szczęk szabel i pałaszy, łoskot toporów rąbiących wrota kupieckich bram, krzyk niewolonych Moskiewek i łoskot rozwalanych skrzyń.

– Dworycki! Gogoliński! – zakrzyknął Dymitr. – Bierzcie swoje chorągwie i jeszcze po jednej petyhorskiej. Odgońcie Kozaków od mieszczan i wróćcie im, co złupili!

Pułkownicy rozjechali się do swoich rot, zebrali je odgłosami trąbek. A potem zwarte kolumny polskiej jazdy pomknęły wprost do Czernihowa.

Dydyński i inni towarzysze, pocztowi i luźna czeladź z carskiej chorągwi wpadli w kręte, błotniste uliczki miasta jak burza. W grodzie trwał dziki rabunek, zdawać by się mogło, że Tatarzy zdobyli miasto i teraz walczą o jasyr i łupy. Kozacy wdzierali się do domów – fakt, nie zabijali, chyba że ktoś się napraszał, to znaczy stawał w obronie swego mienia i czci. Zwykle jednak rozwalali skrzynie i drzwi do komór, wyrzucali na ulice bele aksamitu i adamaszku, soroki sobolich skór, futra i kosztowne szuby. Szable i zbroje ozdabiane złotem, kitajki i rzędy końskie, kilimy, kobierce. A po nich opony, zegary, czary, półmiski, flasze i nalewaki. Srebrne i złote roztruchany, parciane mieszki ze złotymi rublami i dukatami, skóry niedźwiedzi, łosi, bobrów, kunie i jelenie. Łańcuchy i krzyże nabijane rubinami i szmaragdami, ikony w złotych i srebrnych fartuchach.

Wszystko to miało zniknąć jak w otchłani w przepastnych taborach Zaporożców, którzy na razie wyrywali sobie z rąk sztuki brokatu, cajgu i bombasynu, futra jenotów, marmurkowe kożuchy, chresty i ikony, kiedy nadciągnęła husaria i petyhorcy. Dworycki rzucił chorągwie do ataku – wzdłuż najważniejszych ulic Tretiaka i Podoła.

Kozacy znaleźli się między młotem a kowadłem. W położeniu okonia, który ledwie przyuważył smaczną rybkę, a sam został połknięty żywcem przez dorodnego szczupaka. Husarze wpadli na nich jak orkan, stratowali, odpędzili od jeszcze ciepłej zdobyczy, choć trzeba przyznać po sprawiedliwości, że Dydyński i inni towarzysze nie cięli ich szablami, płazowali tylko po durnych łbach i karkach, smagali nahajami, obalali końmi. Po pierwsze bowiem – jakoś tak głupio było im bić swoich, po drugie zaś – Kozaków w obozie Dymitra było summa summarum dwa razy więcej niż Polaków, a nikt nie wiedział, czy któregoś pięknego dnia w Moskwie los całej armii carewicza nie będzie zależał od dobrego humoru Zaporożców.

Jedynie pan Sobolewski z Ukrainy rąbał nieszczęsnych mołojców jak koronnych wrogów, nie żałując szabli. A zagadnięty przez Dydyńskiego, podniósł nań zdziwione oczy.

– Bij psich synów, rezunów! – zakrzyknął, gotując się ze złości jak bulgocący sagan na ogniu. – Wszyscy oni jednej ruskiej kurwy syny! Dziś Moskali łupią, a jutro nam do dworów z kosami przyjdą! Tfu! Znam ja ich, plemię sobacze, poznałem dobrze za buntów Nalewajki i Łobody, co znaczy kozacka fantazja. A ojciec mój za Kosińskiego!

Pacyfikacja nie trwała dłużej niż dwa pacierze. Wnet wielkie gromady Kozaków, wyjąc i krzycząc, rzuciły się do ucieczki w stronę bramy, inni pokryli się w bocznych uliczkach albo rozpierzchli na cztery strony grodu, klnąc na proklatych Lachów, łkając na kozaczą biedę i przeklinając carską niewdzięczność, która za krew przelewaną w obronie prawosławnej wiary nagradzała ich razami nahajów, sińcami i guzami zadawanymi przez polskie szable. Czerń i Niżowcy rozproszyli się, pozostawiając stosy łupów wywleczonych z domów i chat. Bezpańskie dobra, skrzynie, worki, kufry i kosztowności leżały w błocie i śniegu, kusząc oko. Husarze i petyhorcy nie dali się długo prosić.

– Brać dobro, póki Dymitr nie patrzy! – zakrzyknął Mikołaj Przybyłowski, nic sobie nie robiąc z obecności samego rotmistrza. – Zabierać sobole, skóry, sztuki złociste, aksamity! Wszystko to teraz pójdzie na rachunek Kozaków. Brać chresty, ikony, ruble i dukaty! Ruszać się, psiekrwie, sam wszystkiego nie uniosę!

Towarzyszom i pocztowym nie trzeba było tego dwa razy powtarzać. Gogoliński i Dworycki próbowali zaoponować, ale zakrzyczano ich. Pancerne i zbrojne roty rozdzieliły się na watahy i poczty, skoczyły do domów, rzuciły się na łup jak wilcy.

– Tutaj, mości panowie! – ryknął Przybyłowski, wskazując obszerne domostwo z podkletem, czyli piętrem, z wrotami wjazdowymi nadkruszonymi toporami, którego jeszcze nie zdołali ogołocić Kozacy.

Dydyński ruszył za nim, bo podejrzewał, że stary Mikołaj, zaprawiony w bojach jeszcze za króla Stefana, miał prawdziwego żołnierskiego nosa; wiedział zarówno, gdzie spodziewać się wroga, jak też gdzie szukać złota, jadła i dukatów.

Zeskoczyli z koni, pozostawiając je Borysowi, chwycili ławę poniewierającą się na ulicy, porwali za czekany i nadziaki. Starczyło kilka uderzeń, by rozchwierutane, potrzaskane wrota, osadzone w bramie zwieńczonej

ikoną Chrystusa sędziego świata, ustąpiły. Dydyński i pocztowi wpadli do wrotnej izby, a potem na zasłane śniegiem podwórze, załomotali do drugich drzwi – wiodących do sieni, z której wspinały się na podklet zadaszone schody.

– Otwierać w imię Boga! – zakrzyknął Przybyłowski. – Otwórzcie, my dobrzy chrześcijanie!

Mieszkańcy nie byli tak głupi, za jakich uważał ich pan Mikołaj, a może w tym domu nie mieszkali chrześcijanie, ale pohańcy, dość, że nikt nie odezwał się po drugiej stronie.

– Do toporów, panowie bracia!

Drzwi zatrzęsły się od uderzeń obuszków i czekanów, ale wytrzymały pierwszy szturm.

– Waszmościowie – zagrzmiał Herakliusz Świrski, który przezornie nie przyłożył ręki do wysiłku towarzyszy – to nie tak trzeba. Żelazo przynieście, trzeba podważyć od dołu, sposobem!

Nikt go nie słuchał. Sapiąc z utrudzenia, pocztowi przywlekli z podwórca dębową ławę. Wzięli rozbieg, uderzyli raz i drugi.

Drzwi padły, choć nie zastosowali się do dobrych rad Świrskiego. Dydyński i Przybyłowski wbiegli do wysklepionej sieni, dopadli schodów wiodących na piętro, załomotali podkutymi butami na wyślizganych stopniach, doszli do drugich drzwi, wiodących zapewne do górnicy, czyli głównej izby domostwa.

Spoceni, zdyszani Świrski i Nieborski razem z pocztowymi Przybyłowskiego wtaszczyli na schody poobijaną dębową ławę.

– Dawajcie! Razem! Juuuuż!

Drzwi zakołysały się od uderzeń, kopniaków, ciosów nadziakiem. Pękły z trzaskiem w połowie, rozleciały się w końcu.

– Strzelą! Dalibóg, strzelą! – zakrzyczał Przybyłowski, zasłaniając oblicze rękawem.

– Na boki!

Zza obalonych, rozrąbanych drzwi błysnął ogień, huk poraził ich zmysły, uderzył w nich razem z prochowym dymem gorącem i drobinami prochu. Wystrzał chybił; Dydyński i Przybyłowski wpadli z szablami do niskiej izby, obitej brytami aksamitu.

Trzech ludzi – pewnie pachołków z czeladnej – stawiło im czoło. Dwaj młodzi, prawie dzieciuchy, jeden stary, z rozwidloną brodą, jak proszalny dziad. Towarzysze husarscy nie dali im szans. Dydyński odbił cios szabli, przytrzymał ją z dala, następujący za nim Nieborski rozłożył sługę ciosem nadziaka; Przybyłowski chlasnął swojego przeciwnika szablą w łeb, kolejnym zajął się Świrski.

Wpadli do izby rozgorączkowani, rozżarci jak wilki. W kącie, przy ławach okrytych skórami, skupiła się cała rodzina – brodaty Moskal w malinowej ferezji, kołpaku i czobotach, dwie szlochające córki w sarafanach, o obliczach wybielonych tak, jak gdyby miały zaraz położyć się do trumny albo dla odstraszenia polskich czy kozackich zalotników. Żona, tuląca w ramionach najmłodsze dziecko, z włosami podtrzymywanymi przez rogaty wołosnik, nakryty chustą, kuliła się w kącie izby, rozdygotana, płacząca.

Pan domu wystąpił z szablą w garści, ale chyba nie bardzo wiedział, za który koniec ją trzymać. Ujrzawszy, że ma sprawę nie z Kozakami, ale Lachami w husarskich zbrojach, zgiął się aż do ziemi, pokłonił najniżej, jak pozwalał mu wydęty kałdun.

– Błagodietieljom moim czełom biju, kłaniajus stopam waszym! – zajęczał. – Witajcie, pany, nie poznał ja głupi, że Lachy.

– Nie poznałeś, a z półhaka witasz?! – zagrzmiał Przybyłowski. – Ty kpie, zdrajco, moskiewskiej murwy synu!

– Za, za... zawsze byłem stronnikiem jeho wieliczestwa, carewicza Dymitra, słoneczka naszego ruskowo...

– A to i dobrze! – zarechotał Dydyński. – Skoro jesteś poplecznikiem Dymitra, tedy godzi się, abyś zapłacił nam zaległy żołd. Dawaj diengi, ruble i dukaty! Albo jak skopa wybebeszymy!

– Pocze...kajcie – zakwilił Moskal. – Wy szlachetni panowie, Polacy!

– Brać dobro! – zakrzyczał go Przybyłowski. – Ruszać się, psie krwie!

Pocztowi rzucili się do komór i izb, Nieborski capnął za kark najstarszą córkę gospodarza – nie po to, by pofolgować chuciom, lecz zerwać z jej szyi sznur pereł wart parę ładnych czerwonych złotych. Dziewczyna uciekła z wrzaskiem, dogonił ją koło stołu, porwał za kokosznik, przytrzymał, rzucił na stół, by się nie szarpała. Jej ojciec skoczył za nim, wywijając szablą, z lękiem, który Dydyński wyczuwał przez najgrubsze kaftany i skóry od czasu inflanckich rabunków. Ten podły, niski strach towarzyszył zawsze zwadom zawodowych żołnierzy z chłopami i mieszczanami, którzy sprawniej niż szablą szermowali kosą, łokciem i piórem. Moskal stanął w obronie córki zbyt zdecydowanie, by go zlekceważyć, za słabo zaś, aby zrobić komuś krzywdę. Dydyński walnął go płazem przez plecy, Nieborski porwał za nadziak, rąbnął starego drzewcem w łeb, poprawił na płask, a zakrwawiony kupiec wypuścił broń, padł na kolana.

To był stary inflancki sposób na zapewnienie sobie kilku chwil spokoju – wypatrzyć najstarszego i najczcigodniejszego domownika, a potem rozwalić mu łeb, względnie chlasnąć szablą przez gębę. O ile czeladź była już pobita, reszta niewiast, dzieciaków i sług rzucała się, by opatrywać i przytrzymywać włodarza, dając tym samym sporo czasu na przeszukanie domostwa.

Nieborski zerwał z szyi dziewczyny upragniony sznur pereł, białe kule trysnęły na wszystkie strony. Te, które złapał w ręce, od razu przesypał do mieszka.

Na gwałt nie było czasu, nie sposób zresztą swawolić, mając na sobie husarską zbroję ważącą prawie pół kamienia. Aby ujeździć dzierlatkę, trzeba bowiem nie tylko podciągnąć z przodu folgi, ale także podtrzymywać je jedną ręką, by nie opadły ze skutkiem groźnym dla trwałości rodu towarzysza. A to już ogranicza znacznie pole manewru, tak samo jak nie można walczyć, mając obie ręce zajęte i siedząc na nieujeżdżonym, narowistym koniu, który nie chce skręcać od samego dosiadu jeźdźca.

Świrski i pocztowi Przybyłowskiego rzucili się w tym samym czasie na skrzynie i skarbczyk, szybko i sprawnie jak wilki. Nie wydzierali sobie bowiem z rąk zdobyczy jak Kozacy – wiadomo było przecież, że wszystko zostanie równo i sprawiedliwie podzielone w ramach pocztu – więc oszczędzali czas, kierując siłę nie przeciwko kompanom, lecz na łupanie coraz to nowych skrzyń i kufrów podsuwanych przez Świrskiego.

Odbili kłódki, rozwalili zamki, a potem dobrali się wreszcie do roztruchanów, ampułek i srebrnych talerzy, mis i złoconych półmisków. Do soroków sobolich, futer z jenota, wilka i niedźwiedzia, zapon i zawieszeń, sznurów pereł, rubinowych i diamentowych pierścieni, chrestów i czar. Do kożuchów, sarafanów, szub i terlików haftowanych złotymi nićmi, włośników wyszywanych perłami, diamentowych kik i kokoszników.

A potem porwali ścienne opony z kitajki; rozsierdzeni, że w skrzyniach było mało złota, tłukli ławy i stolce toporami, rozwalali piece, grzebali w kominach. Dydyński i Przybyłowski skoczyli do bocznego sennika, nieogrzewanej letniej izby, gdzie w rogu komnaty wisiał rząd ikon błyszczących srebrnymi i złotymi okuciami koszulek. Mikołaj przeżegnał się, a Jacek tylko skłonił głowę. A potem chwycił srebrną ryzę i zerwał ją z oblicza Maryi, zdjął najcenniejszą jego zdaniem ikonę – z Michałem Archaniołem, zdobioną złotymi koronkami, odrywał, odginał błyszczące okucia, zawinął wszystko w aksamitną płachtę.

Moskiewska rodzina skupiła się przy jęczącym, ledwie żywym brodatym kupcu. Córki krzyczały, żona szlochała, dziecko wyło jak pies. Moskiewka raz czy dwa rzucała się z pazurami na czeladników wywlekających jej skarby z powałuszy, czyli bocznej izby, ale zamilkła odpędzona kilkoma kułakami i kopniakiem. Szlochająca, rozdygotana, w porwanej szubie, wodziła za Polakami nienawistnym wzrokiem, jak wilczyca tuląc do siebie dzieci.

– Każcie Borysowi wyprowadzić konie ze stajni! – zawołał przytomnie Dydyński. Wszak rumaki i wierzchowce były na wojnie o wiele cenniejszą rzeczą niż złote dukaty.

Wychodzili z dworu obciążeni łupem, pozostawiając po sobie rannych i ledwie dychających, szloch, łzy, zrujnowane izby i ślady krwi na kobiercach. A nade wszystko pamięć o krwawym rabunku, która jednak zbladła zapewne w kolejnych dniach wojny moskiewskiej, wraz z każdą nową bitwą czy zdobytym miastem. To był przecież dopiero początek ich marszu na Moskwę.

Trąbki wzywały ich do powrotu. Wyprowadzili trzy konie gospodarzy, wrzucili futra i srebra do juków, byle jak, gubiąc naczynia i roztruchany. Wysłali Herakliusza i jednego z pocztowych Przybyłowskiego z tym wszystkim do obozu, a potem pognali do porucznika. Gogoliński stał w bocznej uliczce jedynie ze swoimi pocztowymi.

– Mości panowie – zagrzmiał – trzeba iść pod kreml z panem Buczyńskim, wezwać wojewodów do poddania! Pojedziecie za jego ludźmi, z pocztami jako zbrojna eskorta. Pod białą flagą.

Poszli ku kremlowi raźną rysią, bryzgając lepkim błotem, grzęznąc w śniegu. W Czernihowie panował totalny galimatias, jak w zamtuzie w czasie pożaru. Tu jeszcze Zaporożcy dobierali się do domów i kleci lub uchodzili przed petyhorcami, tam zaś uliczkami waliły wielkie kupy mieszczan i strzelców, podrzucające do góry czapki i kołpaki i wiwatujące na cześć Dymitra. Ponieważ niektórzy Moskale krok mieli dość szeroki i chybotliwy, Dydyński odgadł, że musieli świętować wyzwolenie Czernihowa gorzałką, której spore zapasy rabowano na targowisku, po powieszeniu dzierżawcy kabaka i zatłuczeniu kijami na śmierć jego żony i dzieci. Fortuna jednak toczyła się kołem, a sam stolnikowic dumał nad tym, co się stanie, kiedy ogromna większość świeżo nawróconych stronników Dymitra przekona się, że kiedy iskali w grodzie zauszników cara Borysa, w nagrodę za wierność Samozwańcowi, Kozacy zrabowali ich dwory i chaty. To znaczy tak naprawę zrabowali je Polacy, zrzucając całą winę na Zaporożców... Mocno się to wszystko pokomplikowało. Jak zwykle na wojnie.

Zanim zajechali przed bramę kremla, Buczyński zamachał z daleka białą flagą, kazał trębaczowi zatrąbić. Podjechali pod wrota, łypiąc spode łba na zamkowe strzelnice, czy aby bracia Moskale nie dadzą im za chwilę powąchać prochu.

Nad parapetem na wartowni zamajaczyły dwa futrzane szłyki, a potem pojawiły się pod nimi dwie brodate, rozkudłane moskiewskie gęby. Jedna stara, poryta bruzdami, skrzywiona w złowróżbnym grymasie, druga młodsza, gładsza, ale po równi złośliwa.

– Wy tam, pizdiuki! – zawołał starszy. – Czego chcecie?!

– Przynosimy słowa od carewicza Dymitra. Z bożej łaski prawego naslednika, carskiego dziedzica, wielkiego księcia moskiewskiego, twerskiego i nowogródzkiego...

– Ty bliadun! Tak i przestań szczełkat' jebalnikom! To my już sami wiemy, kto to Dymitr. Czego od nas chce?!

– Dymitr Iwanowicz, z bożej łaski carewicz moskiewski, żąda, abyście poddali kreml i wyszli w pole ze strzelcami, pozostawiwszy działa, prochy, lonty i kule. W zamian za to najjaśniejszy carewicz obiecuje, iż zachowacie życie i mienie oraz będziecie mogli pójść, dokąd zechcecie – choćby wrócić do cara Borysa.

– Wot pizda bisurmanskaja! – jęknął starszy. Dydyński zgadywał, czy był to Szeremietiew, czy też Tatiew, a może Izmaiłow. – Wrócić do cara! Też mi łaska. I co, mamy powiedzieć Godunowowi, że oddaliśmy rostrydze najbogatsze miasto na Siewierszczyźnie?! To co, ty myślisz, gosudar nam zrobi? Ot, połuczajem chuj za rabotu!

– Miasto i tak straciliście! – zaoponował Buczyński. – Ile jeszcze będziecie się tu bronić? Mamy działa, mamy prochy! Posadzcy są z nami!

– Niech tu przyjedzie Dymitr! – zawołał młodszy. – Z nim chcemy gadać, nie z wami!

– Jeśli Jego Carska Mość przybędzie, to tylko z armatami i z piechotą. I nie łudźcie się, że rozmówi się ze zdrajcami i służalcami fałszywego gosudara inaczej niż tylko za pośrednictwem kul! Nikt z was tu nie zostanie żywy, kiedy Kozacy i piechota wezmą kreml.

Powiedział to w samą porę. Z tyłu, z uliczek wychodzących na plac, rozległ się chrzęst setek stóp, brzęk metalu. Wyszły z nich długie i uporządkowane kolumny piechoty niemieckiej Mniszcha, hajduków i zebrani wreszcie do ordynku Kozacy z pochodniami w dłoniach. Podążali, niosąc drabiny i osęki, prosto w stronę wrót. Starszy z Moskali – Dydyński domyślał się już, że to Szeremietiew – spojrzał na wojska z obawą, skurczył się, jakby przemógł go ciężar marmurkowego szłyka. Drugi z nich nie patrzył na wyłaniającą się z półmroku piechotę, wpatrywał się bowiem w... Dydyńskiego. Nie! Chyba w Borysa, którego koń stał, dotykając chrapami zadu Hetmanki.

– Macie dwie kwatery na podjęcie decyzji – pogroził im pięścią Buczyński. – Albo sami zejdziecie tutaj w pokorze, albo dobędę was z kremla jak susły! Ze wszystkimi tego konsekwencjami!

Moskale znikli jak duchy. Buczyński odjechał od bramy. Stanęli przy piechocie gotowej do szturmu. Konie rzucały łbami, Hetmanka boczyła się, zakwiczała, spłoszyła się czegoś, może ducha, a może po prostu była zła, że nic się nie dzieje.

Jan Buczyński był równie spięty i zdawać by się mogło, że starczy tknąć go palcem, a eksploduje jak kartacz. Widać pochopnie przyobiecał Dymitrowi, że skłoni do poddania Szeremietiewa i Tatiewa. Słówko wyleciało wróblem, a wróciło wołem...

Czekali. I doczekali się. Nagle wrota kremla rozwarły się, stanęli w nich strzelcy z piszczelami. Lufy samopałów mieli opuszczone w dół, kroczyli, spuściwszy głowy, jakby chcieli schować swój wzrok pod ziemię.

Wiódł ich młodszy z Moskali, ten, z którym negocjowali przed bramą. Za nim ciągnięto w łańcuchach starego Szeremietiewa, który szedł skulony, rozdygotany, wściekły.

Młody bojar skłonił się uniżenie.

– Poddajemy się. I zdajemy na łaskę nowego gosudara. Prowadźcie do Dymitra!

Die 4 novembris n. st., 25 octobris st. st.
Pole pod Czernihowem, o zmierzchu

Carskich wojewodów postawiono przed obliczem Dymitra tego samego wieczoru, we czterech, bowiem dodano im jeszcze jedną okazałą personę – Piotra Chruszczewa, wyciągniętego przez Kozaków za brodę z chlewika w niedalekim Wielgorodzie, gdzie zamyślał przeczekać w spokoju polsko-zaporoską nawałnicę. Zapewne zamierzał później drapnąć w chrusta i nie zatrzymać się aż przy murach Moskwy. Chruszczew miał prawdziwe powody, aby obawiać się gniewu Samozwańca, bowiem Borys Godunow posłał go z misją pobuntowania Kozaków stojących wiernie przy Dymitrze. Więc teraz szedł niemrawo, dźwigając ciężar wielkiego, tłustego brzucha i własnej nadszarpniętej dumy, sponiewierany i utytłany w błocie i łajnie przez Kozaków. Wyglądał zgoła jak mąż Baby-Jagi, której istnienia nie zdołał do tej pory potwierdzić ani cesarski poseł Siegmund von Herbertstein, ani uczeni Angielczycy: Richard Chancelor i Giles Fletcher starszy.

Dymitr czekał na nich za bramami Czernihowa, przy namiocie, który rozpostarli słudzy w oczekiwaniu na zdobycie miasta i wynik pertraktacji z Moskalami. Gdy postawiono przed nim carskiego wysłannika i wojewodów Tatiewa, Szeremietiewa i Izmajłowa, Moskale runęli na kolana. Wszelako wyprzedził ich Chruszczew, który zamiast klęknąć, po prostu padł plackiem na widok Dymitra.

– Cariu, gosudariu! – załkał. – Wasze Carskie Wieliczestwo! Łaski, zmiłowania ja was proszu! Ja wasz rab, wasz chołopiszka czarny. Ja nie winowaty! Spasite mene, carewiczu jasny, otpustitie winy, skarajcie, ale i pożałujcie sługę wiernego twego brata i ojczulka Iwana!

– Dobrze gada – mruknął Przybyłowski do Dydyńskiego. – Carowie, jak nasi świeżo wzbogaceni magnaci, mają uszy poniżej kolan.

– Bierz go bladiuna! – zakrzyknął niski, pokryty bliznami, zwinny jak lis ataman Piotr Koreła. – Na pohybelże z nim, Wasza Carska Mość, albo w żopu palik zastrugany wrazić! To on u nas, Kozaków, przeciw waszej miłości brechał, żeś nie jest carewiczem najjaśniejszym, ale impostorem, rostrygą i carzykiem! Samozwańcem!

– Przyszliśmy tu z deputacją – zagadał Petr Nalewajko, sotnik Zaporożców z Ukrainy – Waszej Carskiej Mości do nóg upaść i prosić, aby tego moskiewskiego wieprzka – tu wskazał na Chruszczewa, który mimo mrozu pocił się jak w łaźni – wiernym mołojcom wydać. A my już z nim poigraty i potańcowaty!

– Hu, hu! – zakrzyknęli pozostali dzicy, kosoocy Dońcy i Zaporożcy.

– Wasze Carskie Zmiłowanie! – zajęczał cienko Chruszczew i przezornie zaczął pełznąć po śniegu w stronę safianowych baczmagów Dymitra. – Pożałuj! Zlituj się, carewiczu najjaśniejszy, słońce ziemi ruskiej...

– My też – rzekł Dydyński, kłaniając się dwornie przed carewiczem, bo cała scena zaczęła mu się nagle podobać – jako towarzystwo znaków husarskich i kozackich prosimy uniżenie, aby Wasza Carska Mość pozwolił nam wziąć tego tu knura w obroty. Ot, popędzimy go batożkami po śniegu, poszczwamy jak zająca, a potem po kawalersku zetniemy! Zimno panom braciom na śniegu, a tak będzie rozrywka i rozgrzewka.

– Dawaj z nami, Chruszczew! – zarechotał Przybyłowski i chwycił carskiego wysłannika za kołnierz u ferezji z takim skutkiem, że wszyscy usłyszeli trzask sobolego futra oddzieranego razem z kawałkiem materiału.

– Puśćcie go! – rzekł groźnie Dymitr.

Podszedł do jęczącego słabo Chruszczewa, a potem niespodziewanie pochylił się nad nim.

– Wstań.

Oczy bojara zrobiły się okrągłe niczym dwa księżyce w pełni. Posłusznie poderwał się z ziemi, przy czym ze względu na znaczną objętość żywota i to, że ręce miał związane z przodu, najpierw prześmiesznie przewalił się na bok, a dopiero potem dźwignął ze śniegu i błota.

I natychmiast omiótł długą brodą carską dłoń.

– Nie będzie ani szczwania, ani pala, ani knutowania – powiedział carewicz. – Jestem prawym naslednikiem, Dymitrem Iwanowiczem, umiłowanym batiuszką mego nieszczęsnego ludu, któremu zdejmę okowy Godunowa z rąk i włożę na serca! Jakże ja mam karać sługę za to, co kazał mu czynić jego pan? Piotrze Iwanowiczu, darowuję was zdrowiem i życiem, a że jesteś z szat obdarty, tedy ci ofiarowuję nowe z carskiego skarbca! Mnie, chrześcijaninowi, nie przystoi odpłacać złem za zło, a jedynie dobrem. Dalejże, rozwiązać go!

Koreła splunął zamaszyście, a potem dał znać Kozakom, by przecięli więzy. Chruszczew zrazu nie wiedział, co robić. Podniósł oswobodzone ręce do brodatej gęby, obejrzał się na Polaków i Kozaków, przeniósł wzrok na Dymitra i... padł na kolana.

– Z Bożej Miłości Wielkiego Gosudara Cara i Wielkiego Kniazia Iwana Wasylewicza, batiuszki naszego, wszystkiej Wielkiej i Małej, i Białej Rusi dzierżawcy i wielu hospodarstw, i ziem wschodnich i zachodnich, siewierskiego dziedzica i naslednika, i Gosudara Władcę, Jego Carskiego Prześwietnego Wieliczestwa, tyś prawy syn jest! Dymitr Iwanowicz, carewicz, kniaź uglicki! Podobnyś ty do batiuszki naszego kochanego jak kropla wody!

Tu obcałował dłoń Dymitra, jakby to był paznokieć Mikołaja Cudotwórcy albo kuś Mojżesza zwanego Węgrzynem, który znalazłszy się w polskiej niewoli za Bolesława Chrobrego, nie chciał go wrazić w łono pięknej Laszki kuszącej wdziękami. Co okazało się zgoła nierozsądne, bo rozzłoszczona Lachinia kazała go wybatożyć, a potem, jak pisał ruski kronikarz: *otriezat tajnyje czleny*, przysparzając tym samym cerkwi kolejnego męczennika.

– Święty batiuszko prawosławnej Rusi! – łkał tymczasem Chruszczew. – O przebaczenie, zmiłowanie ciebie, carewiczu najjaśniejszy, upraszam. Nie odtrącaj mnie jak sobaki, bo z wdzięczności za litość chcę się mienić sługą twoim wiernym... Jam zełgał, szarpałem imię twe, bom nie wiedział, że żyw jesteś, gosudarze nasz prawy... O ja głupi, o ja małej wiary!

– Wstań, sługo i przyjacielu – odparł Dymitr. – A jeśli chcesz nas zapewnić o swojej wierności, tedy ucałuj chrest! – Podsunął mu diamentowy krzyż, a Chruszczew wycałował go tak gorliwie jak świeżo poślubioną dzierlatkę.

Dymitr odwrócił się do carskich wojewodów, stanął nad nimi chmurny i zamyślony.

– Chcę być waszym ojcem, a nie tyranem – rzekł. – Dlatego darowuję wam życie i mienie. Wracajcie do swego cara i powiedzcie mu, że Dymitr Iwanowicz, którego kazał urezać w Ugliczu przed laty, wrócił po swoje dziedzictwo. Niechaj Godunow wygląda mnie w Moskwie. Niechaj nie zna dnia ani godziny, gdy stanę w drzwiach Granitowej Pałaty.

– Carewiczu najjaśniejszy – jęknął najmłodszy z wojewodów, ten sam, który rozmawiał z Buczyńskim przy bramie kremla. – Nie wiem, jak moi bracia wojewodowie, ale ja, Andriej Jakowlewicz Izmajłow, nie wrócę do Godunowa! Przejrzałem na oczy jak niedowiarek, niby poganin, co ujrzał światłość Pana. Nie będę służył tyranowi! Przyjmij mnie, gosudarze, na swoje usługi, przebacz winy, a będę ci służył wiernie aż po kres twych dni!

– Daruj i nam! – zaintonował Szeremietiew, pobrzękując łańcuchami, w które gwoli prawdy sam kazał się okuć, aby nie doszło czasem do cara, że z własnej i nieprzymuszonej woli poddał największe miasto na Siewierszczyźnie. – I nie wyganiaj sprzed oblicza.

– Będziemy ci służyć, najjaśniejszy carewiczu – do chóru dołączył trzeci z wojewodów. – Jeśli wybaczysz nam odstępstwo i raczysz dać chrest do ucałowania.

– Dam chrest do ucałowania – westchnął Dymitr. – Niechaj rozniesie się po wsiej Rusi, że umiem wrogów zjednywać i wzorem Jezusa Chrystusa wybaczać winy i błędy! Wstań, Iwanie Andrejewiczu, i ty, Fiodorze Iwanowiczu. Podejdźcie do mnie w pokorze.

– Naczytał się chłopaczyna pism Cezara u Mniszchów – mruknął Przybyłowski. – Ale zapomniał, że w Moskwie można Pompejuszów i Katonów ze świecą szukać! I to szukać szybko, zanim ich czerń i bojarzy nie zaduszą!

– Przecież Moskwa – trzeci Rzym. To źle, że jak Cezar postępuje?

– Nie kracz, waść, bo jeszcze się nam Rzeczpospolita okaże Kartaginą.

Wieść o nadzwyczajnej dobroci Dymitra poszła już w Ruś; na razie tę przebywającą w obozie carewicza. Jęk zawodu podniósł się między moskiewskimi stronnikami carewicza, kiedy z ust do ust szła wieść, że nie będzie spodziewanej krwawej kaźni wojewodów. Nie stanie dla nich świeżo zastrugany palik ani nie ucieszy oczu grzeczna szubieniczka. *Słyszano to?* – gadali między sobą Moskiewscy. *Można by ich choć dla zdrowia i przyzwoitości wyknutować! Albo w jamie potrzymać. Dobry car, słabyj car* – szeptano.

Dymitr nie przejmował się tym prawie wcale.

Die 15 novembris n. st., 5 st. st.
Trakt do Nowogrodu

W Czernihowie nie zabawili dłużej, niż było konieczne dla wypoczynku ludzi i koni. Gdy tylko nadciągnęły nowe sotnie Kozaków zaporoskich i Dońców, carewicz poderwał armię do marszu na Nowogród, silny, dostatni, drugi co do wielkości gród Siewierszczyzny. I już drugiego dnia przypomniał, że walkę prowadzi nie tylko lewem, ale i prawem – ogłoszono bowiem gramotę sporządzoną przez Buczyńskiego, podpisaną przez Dymitra, a rozrzucaną po miastach i jarmarkach przez szpiegów i wichrzycieli chcących podburzyć do buntu Moskali. Ponieważ pismo miało poruszać umysły proste i niezmącone nauką jak woda w bajorze, treść była krótka i surowa. W sam raz dla umysłów Moskali:

Ja, car i wielki kniaź, z bożą pomocą idę na tron przodków naszych w Moskwie i na wszystkie państwa ruskiego cesarstwa. Dlatego od zdrajcy Borysa Godunowa oderwijcie się i przychodźcie do nas, swego pana rodzonego.

Dymitr Iwanowicz. Carewicz i Wielki Kniaź Wszystkiej Rusi. Wszystkich carstw tatarskich i mnogich państw wielu.

Tymczasem wzrastały siły carewicza. Dworycki rozgłaszał wszem wobec, że było ich już nie mniej niż jakieś sześćdziesiąt tysięcy ludzi. Przed carewiczem zniżał tę liczbę do czterdziestu, wszelako nad kuflem piwa i czarką gorzałki przyznawał Dydyńskiemu, że trudno w boju będzie liczyć na coś więcej niż Polaków, Kozaków i garść wolontarzy.

Traktami i bezdrożami ciągnęło zatem na Nowogród jakieś trzy tysiące polskiej jazdy husarskiej i kozackiej oraz szlacheckich wolontarzy, sześć tysięcy Kozaków dońskich i zaporoskich, którym przewodził Litwin Szczęsny Świrski, pół tysiąca piechoty oraz dwadzieścia cztery działa. Reszta – były to zwykłe watahy chłopskiej czerni, zbrojni mieszczanie i posadzcy ludzie, których liczebność oszacować było trudniej, niż zliczyć ziarna zboża na przetaku. Jednego dnia bowiem przychodzili, innego wiatr wywiewał w stepy całe ich gromady. Do rabunku okazywali się pierwsi, było też prawie pewne, że kiedy dojdzie do spotkania z wojskiem cara, pokażą prędzej plecy i siedzenia niż bojowe oblicza. Jednak ich obecność sprawiała, że armia Samozwańca wydawała się wielka i potężna, a kiedy Buczyński poradził prowadzić chorągwie i pułki w dużych odstępach, zastępy Dymitrowe zdawały się kroczyć naprzód niekończącym się szeregiem.

Wszędzie witano ich chlebem, solą, błogosławiono ikonami, tak iż Dydyński i inni towarzysze husarscy myśleli, że może będzie tak aż do samej Moskwy, a tyran Godunow zostanie starty z powierzchni ziemi przez własnych poddanych, tak iż Polacy nie będą musieli nawet wyjmować szabli.

Na razie zaś stan majątkowy pana stolnikowica dzięki rabunkowi Czernihowa prezentował się zgoła zadowalająco. Na wozach taborowych jechało bowiem za nim, poza moderunkiem zabranym z Dydni:

– kożuchów sobolowych 3
– szłyków marmurkowych 2
– rubli 40, dukatów 100, dienieg w różnej monecie 264
– zapona diamentowa sztuk 1
– zawieszeń z kamieniami cudnych sztuk 3
– kielich srebrny, misterną sztuką ozdabiany i wytworny
– patera złota rubinami i perłami wysadzana
– pacierze perłowe na kształt wielogrochu
– złota skrzyneczka z perłami
– pierścieni wielkich z diamentami, rubinami i szmaragdami sztuk 4
– noże dwa, jeden diamentami sadzony, drugi handżar z różnymi kamieniami
tudzież 8 postawów złotogłowiu tureckiego.

Rachunki prowadził stolnikowic sumiennie i skrupulatnie jak Żyd, a wszystkie łupy warte były summa summarum jakieś pięćset złotych polskich. Ponadto zdobył pan Dydyński dwa dropiaste woźniki do kolasy, był więc zdecydowanie bardziej do przodu niż do tyłu.

Jechali w gromadzie towarzyszy husarskich, przechwalając się łupami, pociągając z bukłaków i baryłek, znudzeni i rozleniwieni. Czterdzieści gardeł śpiewało starą polską wojskową pieśń o żołnierzu tułaczu:

Idzie żołnierz borem, lasem
Przymierając z głodu czasem

Suknia na nim nie blakuje
Dziurami wiatr przelatuje

Chociaż żołnierz obszarpany
Przecie ujdzie między pany

– wyśpiewywali Rudomina i Dydyński, którzy ledwie przestali kłócić się o to, czy złociste guzy na karmazynowej ferezji zrabowanej w Czernihowie są nabijane prawdziwymi rubinami, czy fałszowane z czerwonego szkła.

Trzeba by go obdarować
Soli, chleba nie żałować...

– ryczał pan Mikołaj Przybyłowski, ogryzając w siodle wieprzową nogę i zapijając tłustość zdobycznym węgrzynem z bukłaka.

A potem już wszyscy włączyli się do chóru:

Lepiej w domu iść za pługiem
Niż na wojnie szlakiem długiem

Bo na wojnie pięknie chodzą
Po kolana we krwi brodzą.

Akurat mijali obozowisko, w którym zatrzymała się rota hajduków pana wojewody Mniszcha. Pieśń zmieniła się na odpowiedniejszą do tej sytuacji; doskonale wyrażającą fantazję i nastroje skrzydlatych jeźdźców spoglądających z góry na piesze wojska:

Pistolet – bandolet
Muszkiet – widły
Pika – tyka
Sak – obrzydły
Kabacik – rabacik
Kuczma, pas
Przez błoto piechoto
Dymaj w las!

W ogóle wszyscy byli tak znużeni drogą, śniegiem i moskiewskimi wertepami, a nade wszystko nudą, obżarstwem i pijaństwem, że na popasach, kiedy towarzystwo rżnęło w karty, Dydyński nie odróżniał już dzwonkowego tuza od żołędnej kralki. I pewnie dlatego nie obronił się królem, gdy Przybyłowski pierwej założył kinalem, w następstwie czego kielich srebrny, misterną sztuką ozdabiany i wytworny, który stolnikowic postawił do puli na grę, nagle ulotnił się z jego łupów. O co zły pan Jacek do samego wieczora.

Było południe dnia szesnastego listopada nowego stylu, kiedy z pokrytych śniegiem zarośli wypadła nagle kozacka czata wysłana na zwiady. Zaporożcy pędzili na spienionych koniach, wymachując z daleka czapkami, krzycząc i hałłakując po tatarsku.

Dymitr zatrzymał konia, czekał z buławą w ręku na ich powrót. Zdyszani, spoceni, woniejący prochem i gorzałką Kozacy runęli do kopyt jego konia.

– Cariu, gosudariu! – krzyczeli jeden przez drugiego. – Nowogród! Basmanow!

– Co się dzieje?! – zakrzyknął Buczyński. – Uciszcie się!

– Cariu prawosławny, Wasze Wieliczestwo! – jęknął zaporoski setnik. – Basmanow, carski ulubieniec! Posad w Nowogrodzie spalił. Zamknął się ze strzelcami na kremlu! Ściany opatrzył, działa narychtował. Bić się będzie!

– A zatem Nowogrodu dobędziemy!

– Carewiczu najświętszy! Nic to jeszcze! Hore nam się stało!

– Mów składnie i jasno!

– Borys Godunow wysyła na Siewierszczyznę kniazia Mścisławskiego... A z nim sześćdziesiąt tysięcy wojska!

Dymitr zmarszczył brwi, a potem przeżegnał się.

– Mości panowie, trąbić na alarm. Wojna! Da Bóg, aby była zwycięska.

Husarze, kozacy rzucili karty i kości.

Zabawa była skończona.

Koniec tomu I

Przypisy

Rozdział I

Die 3 julii, Anno Domini 1604 (...) godzina piąta po południu – staropolskie określenia daty były bardzo zbliżone do naszych, współczesnych, tyle że nie obowiązywały wówczas żadne europejskie normy. Już w XVI wieku przestano zapisywać je w oparciu o święta kościelne, a zaczęto podawać po prostu kolejny dzień miesiąca. Zwrot Anno Domini (skrót A.D.) oznacza po prostu po łacinie: roku Pańskiego. Die 3 julii to oczywiście 3 lipca, jako że nazwy miesięcy pisano w języku Juliusza Cezara. Dla przypomnienia brzmiały one tak:

Ianuarius – styczeń
Februarius – luty
Martius – marzec
Aprilis – kwiecień
Maius – maj
Iunius – czerwiec
Iulius – lipiec
Augustus – sierpień
September – wrzesień

October – październik
November – listopad
December – grudzień

W XVII wieku znane już były zegary pokazujące godziny, zarówno umieszczane na wieżach, jak i stojące, a nawet małe – noszone przy sobie, aczkolwiek zegarki noszone do żupana i kontusza rozpowszechniły się dopiero za czasów saskich. Maszyn do odmierzania czasu znano w roku 1604 dwa rodzaje: zegar cały, liczący czas w cyklu dwudziestoczterogodzinnym, poczynając od zachodu słońca, i półzegarze – mające na tarczy godzin dwanaście i zaczynające odliczanie ich od południa lub północy, co zachowało się do dziś. W XVII wieku pomiar godzin był oczywiście nieprecyzyjny, głównie dlatego, iż cały zegar dostosowywano do cyklu dnia i nocy – na przykład czwarta w nocy na całym zegarze nie oznaczała dzisiejszej czwartej nad ranem, ale czwartą godzinę od zachodu słońca. Ciekawostką był fakt, iż na dawnych czasomierzach wskazówka była nieruchoma, obracała się zaś sama tarcza. Zmieniło się to dopiero po wprowadzeniu wskazówki minutowej.

Cygański Potok – wszystkie nazwy geograficzne prezentowane na kartach *Samozwańca* są prawdziwe, o ile tylko autorowi udało się je odnaleźć na kartach źródeł historycznych. Ze względu na to, iż z XVII wieku mało mamy poświadczonych nazw rzek, gór i strumieni, często wymieniono określenia z XIX stulecia, które prawdopodobnie przechowały się w niezmienionej formie przez dwieście lat.

...zastawiał chłopski wasąg zaprzężony w dwójkę kasztanowych woźników – wasąg to oczywiście zwykły chłopski wóz drabiniasty używany od Średniowiecza aż niemal po czasy dzisiejsze. Woźnikami nazywano z kolei dobre konie robocze, sprzężajne, które każdy szlachcic starał się mieć własnego chowu.

...wracający z pocztem z wojny inflanckiej – mowa o wojnie w Inflantach ze Szwecją, która rozpoczęła się w roku 1600 atakiem na Estonię, przyłączoną do Rzeczypospolitej przez Zygmunta III Wazę. Do roku 1599 był on królem Polski i Szwecji, potem został zdetronizowany przez Riksdag, czyli parlament.

Wojna o Inflanty toczyła się ze zmiennym szczęściem do roku 1611. Wojska Rzeczypospolitej miały druzgocącą przewagę w polu – dzięki husarii odniosły szereg błyskotliwych zwycięstw: pod Kiesią, Kokenhausen i najsławniejsze – pod Kircholmem, gdzie niespełna 3,5-tysięczna armia polsko-litewska pod dowództwem hetmana polnego Jana Karola Chodkiewicza zmiotła około 11 tysięcy Szwedów. Niestety, jak to zwykle bywało w naszych dziejach, niedowład skarbowy sprawiał, że oddziały polskie nie otrzymywały żołdu i kilkakrotnie opuszczały Inflanty, a potem zawiązywały konfederacje dochodzące swoich praw, przy okazji pustosząc kraj, łupiąc szlachtę, mieszczan i chłopów.

...czarny jak żuk i chudy niczym smolna szczapa pocztowy – chorągwie dawnej jazdy polskiej – a w takiej właśnie służył Dydyński – złożone były z pocztów. Każdy składał się z towarzysza – dowódcy, a także kilku pocztowych – zbrojnych pachołków wyekwipowanych, nazywanych także czeladnikami. Towarzyszami byli zwykle bogaci szlachcice, na tyle zamożni, by mogli pozwolić sobie na zakup koni, pancerzy, zbroi i broni dla siebie i czeladników. Pocztowi rekrutowali się z biednej szlachty, ale zdarzali się wśród nich i chłopi. Służbę w jeździe uważano za bardziej zaszczytną niż w piechocie i artylerii, dlatego ubodzy panowie bracia woleli zostać zwykłymi sługami i pachołkami w chorągwiach husarskich i kozackich, niż zaciągnąć się jako pikinierzy i muszkieterowie do cudzoziemskich regimentów.

Siedział w kulbace na podsobnym (...) koniu – w XVII wieku powoziło się wozami i kolasami, siedząc na grzbiecie jednego z koni, który wchodził w skład zaprzęgu. Nazywano go podsobnym i zwykle był nim lewy dyszlowy woźnik. Koń idący obok nazywał się naręcznym, a konie przeddyszlowe zwano lejcowymi. Do różnych typów powozów zaprzęgano w XVII w. zwykle po kilka zwierzaków. Zaprzęg jednokonny nazywał się es, dwukonny – tuz, trzykonny – dryja, czterokonny – kwart lub kwarta. Okazały sześciokonny zaprzęg zwano cugiem i często powoziło nim nawet dwóch forszpanów na podsobnych koniach. Świadczył on o znaczeniu i bogactwie właściciela, więc szlachta polska zastawiała rodowe srebra, zapożyczała się u Żydów, aby tylko pojechać na sejmik lub do kościoła sześcioma końmi. *O czym Rzeczpospolita myśli we dnie i w nocy – aby sześć koni można było zaprząc do karocy* – pisał pod koniec XVII wieku Wacław Potocki.

W sprawie końskich zaprzęgów Europa była sto lat za Polską. Podczas gdy w szlacheckich i magnackich stajniach XVI i XVII wieku konie woźniki liczono już nie na sztuki, ale na cugi, w Anglii dopiero w 1610 roku faworyt królewski George Viliers, książę Buckingham, zaprzągł szóstkę koni do karety. Tymczasem u nas taki na przykład książę Zasławski posiadał w 1645 roku 10 cugów poszóstnych, a Stanisław Lubomirski, który też nie chciał być gorszy, miał 20 cugów, z czego 60 woźników stało w jednej tylko stajni w Wiśniczu.

Cug miał być wedle staropolskiego powiedzenia: maścisty i sprzęgły, czyli taki, w którym wszystkie sześć koni było tej samej maści, a dodatkowo tej samej wielkości, takich samych chodów i temperamentu. A ponieważ trudno było dobrać 6 takich samych koni, często farbowano je i upiększano, aby wydawały się podobne.

...pozbawiony pałuby – pałubą nazywano po prostu płócienny dach nad wozem.

Może starego rzymski krzyż oświecił? I rewokował? – rewokowaniem zwano powrót na łono wiary katolickiej, którego wielu polskich protestantów dokonywało na łożu śmierci. Bywali oczywiście i tacy spryciarze, jak wojewoda poznański Andrzej Karol Grudziński, który twierdził: *Ja żadnej wiary nie trzymam, ale jak pójdę do nieba, tam dopiero dowiedziawszy się o najlepszą wiarę, wierzyć zacznę*. Jednak nawet on przed śmiercią nawrócił się i jak zapisał pobożny Albrycht Stanisław Radziwiłł – *catholicus obiit*.

...zwieszającymi się żałośnie z czanek munsztuka u pyska – munsztuk był powszechnie stosowanym rodzajem kiełzna, które wkładano koniowi do pyska w XVII wieku, znacznie mocniejszym w działaniu niż stosowane dzisiaj wędzidło. Składał się z prostego wędzidła i odchodzących od niego czanek – metalowych drążków – prostych lub powykrzywianych, od których odchodziły wodze. Do munsztuka przyczepiony był także łańcuszek, który spinano pod końskim pyskiem.

Dawny munsztuk różnił się od dzisiejszego tym, iż współczesny zaopatrzony jest w dodatkowe wędzidełko, a jeździec trzyma w ręku podwójne wodze, podczas gdy w XVII wieku były one pojedyncze. Kiełzna tego typu używa się obecnie rzadko, gdyż oddziałuje ono z ogromną siłą na końską szczękę i wymusza na wierzchowcu wygięcie szyi. Zbyt silne pociągnięcie za wodze doprowadzić może do znarowienia konia, dlatego w dzisiejszych czasach, gdy mało osób jeździ wierzchem, a dla większości jeździectwo ogranicza się zwykle do weekendowego kłusowania po wybiegu, munsztuk jest rzadko stosowany lub wręcz odradzany.

To, co napisano powyżej, nie oznacza oczywiście, że wszystkie konie w XVII wieku były znarowione. Przede wszystkim większość ludzi jeździła wówczas znacznie lepiej od nas, nie szarpała zatem konia niepotrzebnie za pysk. Po drugie zaś – w dawnych czasach zwykle prowadziło się konia jedną ręką, co znacznie zmniejszało siłę przykładaną do czanek. Dobrze ujeżdżony koń husarski reagował na polecenia jeźdźca od samego dosiadu, munsztuk zaś spełniał rolę hamulca bezpieczeństwa, gdyby koń spłoszył się na przykład w czasie bitwy. W warunkach bojowych, gdy grzmiały działa, ważniejsze wszak stawało się życie jeźdźca lub utrzymanie szyku chorągwi niż to, czy munsztuk sprawi ból koniowi.

Po małej, kształtnej główce i jeleniej szyi Dydyński poznał polskiego wierzchowca – do dziś nie wiadomo, jakiej rasy były konie, na których w XVII wieku polska husaria zwyciężała pod Kircholmem, Kłuszynem i Wiedniem. Teorii na temat tego, czy istniała wówczas odrębna rasa koni polskich, powstałych prawdopodobnie ze skrzyżowania wierzchowców sprowadzanych z Turcji z końmi zachodnioeuropejskimi lub z ich miejscowymi odmianami, jest dokładnie tyle, ilu hodowców tych zwierząt mieszka w naszym kraju. A ponieważ każdy z nich w sprawach końskich jest nie tylko historykiem, ale także wieszczem, inaksze ma też argumenty, wypadałoby wspomnieć, że Jerzy Cichowski i Andrzej Szulczyński, autorzy pracy *Husaria* uznawanej do niedawna za fundamentalną w dziedzinie dawnej jazdy polskiej, uważali, że jednej rasy konia polskiego nie było, a towarzysze i pocztowi ze skrzydlatych chorągwi dosiadali po prostu różnego rodzaju mieszańców. Kłopot jednak w tym, że autorzy tej pracy nigdy na koniu nie siedzieli, nie wspominając już o gonitwach z kopią do pierścienia, stąd wiele postawionych przez nich tez zostało obalonych potem przez Radosława Sikorę w książce *Fenomen husarii*.

A jaki pogląd na tę sprawę mieli nasi przodkowie? Ano nijaki, chociaż w żadnym z dzieł dotyczących hippiki, wliczywszy w to *Hippicę* Dorohostajskiego, nie ma wymienionych żadnych ras końskich, a zwłaszcza koni określanych mianem polskich. Testamenty i inwentarze wymieniają wałachy, dryganty, czyli ogiery, klacze i kobyły. Osobno opisane są woźniki, a także konie natolijskie, siedmiogrodzkie sekiele, konie wołoskie, fryzy itd. Poza nimi istnieje spora grupa zwierząt określanych po prostu mianem koni, bez przydatku polski, szwedzki, anielski lub niebieski. Wierzchowca z rzędem temu, kto ustali, czy te niewymienione z określenia zwierzęta były osobną rasą koni polskich, czy też nie.

Koń jaki jest, każdy widzi – można by podsumować te rozważania. Nadmienię tylko, że dla większości badaczy i hodowców konie staropolskie zbliżone były wyglądem i osiągami do dzisiejszej rasy małopolskiej. Wierzchowce owe, z którymi miałem okazję się zetknąć, są średniego wzrostu, niższe na przykład od koni wielkopolskich, ale trochę większe od arabów, które przewyższają w wytrzymałości i wytrwałości. Niżej podpisany na takich koniach jeździł i bardzo je lubi; jest zwolennikiem tezy, że przypominają one wierzchowce staropolskie. Koniec i kropka.

...potomka tureckich natolijczyków i perskich argamaków zdobywanych na polach bitew... – natolijczykami określano w dawnej Polsce konie pochodzące z Turcji, a więc przodków dzisiejszych arabów. Z kolei argamaki były to konie perskie, warte fortunę, bo trudno je było w Rzeczypospolitej kupić.

bogata tranzelka – to po prostu nazwa ogłowia, czyli zestawu pasków, które zakłada się koniowi na łeb, aby powodować nim w czasie jazdy, zwana również uzdą lub uździenicą. Składa się ona z nagłówka, naczółka i nachrapnika - pasków, z których pierwszy przechodzi przez potylicę konia, drugi przez jego czoło, a trzeci opasuje łeb przy pysku. Tranzelki polskiej szlachty były bogato zdobione: na nachrapniku i górnej części paska podgardla znajdowały się blachy - często złocone i ozdabiane drogimi kamieniami, a pozostałe paski nabijane były złoconymi płytkami.

...dwie młode skortezanki - tak nazywano w XVII wieku niewiasty zajmujące się dorywczo lub zawodowo najstarszym zawodem świata.

Zerknął na skałkowy pistolet pocztowego... - broń z zamkiem skałkowym nie była w owym czasie upowszechniona w Europie z tego względu, że okazywała się zawodna na polu bitwy. Przez cały wiek XVII w piechocie królowały muszkiety i arkebuzy z zamkami lontowymi lub kołowymi, podczas gdy jazda używała przede wszystkim pistoletów i bandoletów kołowych. Zamek skałkowy był prostszy w obsłudze niż kołowy, jednak z powodu niskiej jakości stopów i materiałów często okazywał się on zawodny, co eliminowało go z zastosowań wojskowych. Na początku XVII stulecia był wykorzystywany w broni myśliwskiej i paradnej, a upowszechnił się dopiero pod koniec wieku.

broń uczepioną do bandoliera... - bandolierami nazywano pasy przymocowane do ciężkiej broni palnej - arkebuzów lub bandoletów - umożliwiające zarzucenie broni na plecy, na przykład w czasie jazdy konno.

...porwał lewą ręką za rękojeść kołowego puffera – pufferami nazywano ciężkie niemieckie pistolety z zamkiem kołowym, zwykle używane przez jazdę.

Przypomina mi się też przygoda, lecz wcale nie wojenna – mego druha, pana Samuela Maskiewicza, której doświadczył w Brahimiu, na dworze Aleksandry Wiśniowieckiej – przygoda ta jest autentyczna, bowiem mrukliwy Litwin Samuel Maskiewicz znany jest nie tylko jako autor jednego z najciekawszych pamiętników opisujących wojny polsko-moskiewskie, ale także jako sprawca wielu skandali obyczajowych. W roku 1606 był on bowiem przez pewien czas kochankiem księżny Aleksandry Wiśniowieckiej, żony Adama Wiśniowieckiego. Traf jednak chciał, że dowiedział się o tym jej brat – Aleksander Chodkiewicz, wojewoda trocki, który w brutalny sposób przegnał Maskiewicza, przy okazji obijając gęby jego czeladnikom i pachołkom. O czym, rzecz jasna, pan Maskiewicz w swoim pamiętniku nie napisał, czyniąc jedynie niejasne i zawoalowane jak westalka wzmianki o tej miłosnej aferze.

Cariu Niebiesnyj, Utieszytielu, Dusze istiny, iże wiezdie syj i wsia ispołniajaj – to oczywiście prawosławna modlitwa do Ducha Świętego, która w tłumaczeniu ze staro-cerkiewnosłowiańskiego brzmi tak: Królu Niebieski, Pocieszycielu, Duchu prawdy, który wszędzie obecny jesteś i wszystko napełniasz, wszelkiego dobra Skarbie i żywota Dawco, przyjdź i zamieszkaj w nas, i oczyść nas od wszelkiej zmazy, i zbaw, o Dobry, dusze nasze.

półhaki – ciężkie i długie pistolety używane przez jazdę, zwykle z zamkami kołowymi. Jedna z pierwszych broni palnych stworzona na potrzeby jazdy, chociaż w XVII-wiecznej Polsce nazwą tą określano po prostu wszystkie ciężkie pistolety.

Rozdział II

Wjechali między zagrody Dydni – długie, wąskie, zwrócone bokiem do traktu, pogrodzone chruścianymi płotami... – zarówno Dydnia, Niewistka, jak i pozostałe wioski opisane w *Samozwańcu* istnieją do dzisiaj i położone są około 20 kilometrów na północ od Sanoka. W XVII stuleciu naprawdę należały do rodziny Dydyńskich, która wszakże w ciągu wieków rozrodziła się tak bardzo, że trudno jest dzisiaj odtworzyć, kto dokładnie władał nimi w danym okresie. Dydnia, położona w dolinie Sanu, pod względem etnograficznym znajdowała się dokładnie na granicy dwóch grup etnicznych – Pogórzan i Dolinian. Pogórzanie zamieszkiwali tereny Pogórzy Karpackich, od rzeki Białej na zachodzie po środkowy San, i byli w przeważającej większości grupą powstałą z polskich osadników, wśród których zdarzali się Niemcy i Rusini. Dolinianie z kolei byli grupą mieszaną – polsko-ruską, i zamieszkiwali obszar wokół Sanoka, na południe od niego aż po pasmo Bukowicy, a także w okolicy Leska.

Oczywiście, mówienie w XVII wieku o jakiejkolwiek narodowości ludności chłopskiej zamieszkującej Ziemię Przemyską i Sanocką jest grubą przesadą. Tak naprawdę bowiem Polacy i Rusini mieszali się ze sobą, mówili podobnym dialektem, a po zaprowadzeniu unii brzeskiej w 1596 roku chodzili wspólnie zarówno do unickich cerkwi, jak i kościołów katolickich. Szlachta, rzecz jasna, była mocno spolonizowana, jednak świadomość przynależności do określonego narodu zaczęła pojawiać się dopiero w XIX wieku i często była rzeczą zupełnie przypadkową. W zależności od tego, czy jako pierwszy dotarł do danej wioski wysłannik polskiego towarzystwa oświatowego z Przemyśla lub Lwowa, czy też delegat ukraińskiej hromady, miejscowa ludność uznawała się za Polaków lub Ukraińców. Wytyczanie jakichkolwiek granic narodowościowych na obszarze dawnego województwa ruskiego Pierwszej Rzeczypospolitej jest zadaniem równie beznadziejnym, co ręczne rozdzielanie ziarna od plew, bo ludność była tam przemieszana niczym w wielkim kotle.

...przystrojony w czemery, hunie i siermięgi... – cechą charakterystyczną ubioru Dolinian były płócienne stroje: długie płaszcze zwane czemerami lub u bogatych gospodarzy – huniami, sięgające kolan, z długimi rękawami, zapinane na haftki lub kołeczki. Jako siermięgi należy zaś rozumieć długie i pospolite płaszcze zwane płótniankami.

Nie słychać było chrząkania i kwiku szczeciniastych świń... – mało kto dzisiaj zdaje sobie sprawę, że w XVII-wiecznej Polsce hodowano zupełnie inne rodzaje zwierząt niż dzisiejsze. Dlatego jednymi z najśmieszniejszych i najbardziej żenujących błędów popełnianych przez pisarzy, których wiedza o dawnej Rzeczypospolitej ogranicza się do przeczytania Sienkiewicza, są lapsusy związane z wyglądem dawnej wsi polskiej. Pierwszym z nich jest błąd fundamentalny, można by rzec – kartoflany. Zaiste pociesznie czuje się pisarz i historyk, kiedy przeczyta o husarii galopującej czterysta lat temu po kartofliskach. Choć wydaje się to wprost dziwne i nie do pojęcia, ale kartofli w dawnej Polsce nie było, bo zostały sprowadzone do nas dopiero w połowie XVIII wieku.

Kolejny błąd jest, można by rzec, bydlęcy. Wesoło się bowiem robi – i wcale nie potrzeba do tego beczki przedniego węgrzyna – kiedy czyta się na przykład o łaciatych krowach skubiących trawę koło chłopskich zagród. A jeszcze milej, kiedy szlachta żąda w karczmie butelkowego piwa (szkoda, że nie od razu sześciopaków żywca, przynajmniej byłoby postmodernistycznie), spogląda na zegarek, sprawdzając, która godzina, wymachuje szablą z blachy czy chadza w surdutach.

Tymczasem w XVII stuleciu odmienne było wszystko – począwszy od ludzi, a skończywszy na wyglądzie pól i lasów. Wspomniane zwierzęta gospodarskie w niczym nie przypominały dzisiejszych. Bydło było umaszczenia czerwonawego, dużo mniejsze od współczesnych krów, a dodatkowo miało długą sierść i wielkie, zakrzywione rogi, co sprawiało, że bardziej przypominało tura niż dzisiejszą poczciwą krówkę. Świnie nie były gładkimi i różowymi zwierzakami, ale wyglądem przywodziły na myśl dziki pokryte szczeciną. Dopiero w XVIII wieku, za panowania Augusta III Sasa, pojawiły się pierwsze piwa w butelkach – wcześniej przechowywano je tylko i wyłącznie w beczkach.

Lektura staropolskich pamiętników jest wręcz zaskakująca. Na przykład Stanisław Niemojewski pisze, że Moskale nie mają zupełnie lasów, a tylko chrusta (czyli zarośla), gdzie rosną... sosny i świerki! A zatem szlachcic ów nie uznawał lasu sosnowego za las. W XVII wieku nie było nim bowiem – tak jak dziś – skupisko sosen nadających się najwyżej na opał, ale bór dębowy, bukowy, modrzewiowy czy jodłowy, których niewiele zachowało się do naszych czasów.

...zrobionych ciesielską robotą z jodłowych bali – ciesielską robotą określano w dawnej Polsce po prostu zwykłe drewno obrobione piłą lub toporem. Bardziej misterne zdobienia, a więc rzeźbione drzwi, bejcowane i lakierowane, nazywano stolarską robotą. Ciesielską była podłoga z prostych desek, przybitych byle jak, a tą drugą – misternie ułożony parkiet.

Ze świetlicy było przejście do bocznego, gościnnego alkierza... – rozplanowanie dworu w Dydni podobne jest do większości ówczesnych siedzib szlachty, na przykład dworu w Kowalewszczyźnie, gdzie przez środek budowli na przestrzał szła wielka sień. Z obu stron otaczały ją izby (z lewej jadalna, z prawej sala bawialna). Na narożnikach dwór zaopatrzony był w alkierze – przybudówki, które służą jako komnatki gościnne, sypialnie, a także do obrony. Jedna z tych komnat to czeladna – służąca jako pomieszczenie dla czeladzi. Na końcu sieni jest drugi ganek – wysunięty na ogród. Wystrój i wyposażenie opisanego dworu w Dydni pochodzi zaś z autentycznych inwentarzy, a przede wszystkim z protestacji, czyli skarg szlachty wypłakującej do ksiąg grodzkich, co też nikczemni konfederaci, rozbójnicy albo sąsiedzi zrabowali im ze zdobytego domostwa.

Niestety, nie przyda się tu ani protestacja, ani szabelka, ani apelacja, ani tym bardziej mocja – chodzi tu oczywiście o pospolite terminy staropolskiego procesu sądowego. Protestacja oznaczała skargę wpisaną do ksiąg grodzkich i dotyczącą naruszenia prawa – na przykład zajazdu, ale także wyzwania na pojedynek czy przetrzepania rzyci. Apelacja oznaczała to samo co dzisiaj – odwołanie się od wyroku sądu ziemskiego, podkomorskiego albo grodzkiego do wyższej instancji – trybunału; w tym przypadku, jako że Ziemia Sanocka przynależała do prowincji małopolskiej – trybunału ruskiego w Lublinie. Mocja z kolei oznaczała naganę wobec sędziego, jeśli któraś ze stron twierdziła, iż popełnił błędy w czasie procedury lub wydał nieuczciwy wyrok.

Panie Damazy – zwrócił oczy w stronę ekonoma – jak rozumiecie, umrę? – scena owa jest najzupełniej autentyczna. W taki właśnie sposób, pogodzony z ludźmi i Panem Bogiem, umierał podkomorzy halicki Prokop Raszko, skracając sobie czas pozostały do nadejścia śmierci pogawędką ze swym przyjacielem Łychowskim. Na pociechę pozostawił on swoim potomkom majątek obliczany na 100 000 złotych polskich, za co można było kupić jakieś siedem albo i dziesięć wsi.

...chciał się wykpić, że on nie Dydyński, ale Dynowski – ta historia również jest prawdziwa, tyle że dotyczy pewnego poczciwego karczmarskiego chłopka spod Tarnowa, który podawał się za Ligęzę – członka potężnego i znacznego rodu szlacheckiego. A kiedy pewnego razu spotkał w Krakowie panów Ligęzów, wykpił im się, twierdząc, iż tak naprawdę zwano go Łazęgą, które to miano różni ludzie odmienili na Ligęza.

Aby zaś Czytelnik nie pomyślał, że historia ta pochodzi z arcycnotliwej pisaniny niejakiego Sienkiewicza albo innej Marii Konopnickiej, dodać należy, że Ligęza ów pojął niejaką Śrobowaną, skortezankę, której, jak powiadał Walerian Nekanda Trepka: *co żywo pospólstwo zażywali w Krakowie.* Wyjaśnienie zaś etymologii słowa *zażywali* pozostawię dociekliwości wytrawnego Czytelnika.

Co ciekawe, rzekomy Ligęza skończył marnie, bo kiedy wziął w dzierżawę Przybysławice u Żarnowca, chłopi, wiedząc, że nie jest szlachcicem, bardzo go lekceważyli. Pewnego razu niejaki Kaleta zajął Ligęzie gęsi, a kiedy ów przyszedł do niego z awanturą, chłopek zdzielił go w łeb kłonicą, zabijając na miejscu, a sam uszedł. Hic transit gloria mundi.

A zajazdy na Zaderewiec i zbrojna intromisja, czyli wwiedzenie do Temeszowa... – intromisją nazywano w dawnej Polsce prawne wwiązanie (wwiedzenie) zwycięzcy w procesie sądowym do spornego majątku, którą przeprowadzał woźny w asyście świadków. Jeśli strona przegrywająca proces nie chciała jednak oddać spornej majętności i na przykład szczuła woźnego psami albo kazała zjeść mu urzędowy dokument zamiast kolacji, sąd zarządzał rumację, a gdy i ta nie odniosła skutku – banicję, czyli zezwalał zwycięzcy albo staroście grodowemu na zajęcie przedmiotu sporu siłą.

castrum doloris – łac. zamek boleści – tak nazywał się w dawnej Polsce ozdobny katafalk, na którym stawiano podczas pogrzebu trumnę ze zmarłym.

wicesregent – urzędnik przejmujący częściowo obowiązki podstarościego, zajmujący się przede wszystkim egzekwowaniem wyroków sądowych – rumacji i banicji.

Ujmie sprzężaju i pieszej pańszczyzny... – dwa rodzaje pańszczyzny, które odrabiać musiał na polu należącym do szlachcica każdy chłop, poddany ze wsi. Sprzężajna oznaczała, że pracował razem z własnym koniem lub wołem przy orce, bronowaniu i innych pracach polowych. Piesza – iż wykonywał prace polowe osobiście. Pańszczyzna często demonizowana była w starych podręcznikach do historii, zwłaszcza tych, które pisane były za czasów komunizmu. Tymczasem w XVII wieku większość zamożnych kmieci, czyli najbogatszych chłopów posiadających gospodarstwa, odrabiała ją nie samemu, ale wysyłając na pole pańskie wynajętych parobków. Położenie chłopów pogorszyło się dopiero w połowie stulecia, po potopie szwedzkim, a zwłaszcza w XVIII wieku. Jednak i tak było lepsze niż sytuacja ludności wiejskiej w carskiej Rosji. Chłop polski nie miał wolności osobistej, ale przypisany był na stałe do swego gospodarstwa. Jeśli pan mu je zabrał, mógł odejść ze wsi do innego dziedzica. Niemożliwy był handel poddanymi – jeśli pan chciał darować swego poddanego innemu szlachcicowi, mógł przenieść go tylko z całą rodziną, a nowy właściciel powinien zapewnić mu odpowiedni dział ziemi. Tymczasem w Moskwie po carskich ukazach z XVIII wieku właściciele ziemscy dowolnie sprzedawali chłopów i chłopki, zupełnie tak jak niewolników.

Rozdział III

półszóstaset złotych – dokładnie 650; półtora sta znaczyło po prostu 150.

Niech płaci niestanne! – niestanne było grzywną, którą orzekał sędzia w procesie sądowym tej stronie, która nie pojawiła się na rozprawie. Jeśli sprawa była gardłowa, to jest kryminalna – na przykład o zabójstwo, szlachcic, który odmawiał stawienia się w sądzie, mógł otrzymać zaoczny wyrok infamii albo banicji – zostawał wyjęty spod prawa albo nakazywano mu opuszczenie kraju pod karą śmierci. Taki los spotkał Samuela Zborowskiego skazanego na banicję za zabójstwo kasztelana Wapowskiego, a pojmanego i ściętego w Krakowie przez Jana Zamoyskiego.

Z jego wojskami, puszkami i twierdzami... – puszkami nazywali Moskale po prostu armaty. Z kolei na proch powiadali, że to ziele.

...trzy kulbaki tureckie, z wysokim przednim łękiem i szeroką ławką – dawni Polacy nie jeździli w dzisiejszych siodłach sportowych (które czasem zobaczyć można na rekonstrukcjach historycznych nawet pod husarzami), ale we wschodnich kulbakach. Ciężar jeźdźca nie spoczywał w nich na kręgosłupie konia, ale na dwóch deseczkach leżących równolegle do niego i połączonych dwoma obręczami – łękami – przednim i tylnym.

Wyróżniano kilka typów takich siodeł. Łęk był kulbaką, gdzie z przodu i z tyłu zamocowane były dwie kule równej wysokości, pomiędzy którymi umieszczano poduszkę z bydlęcą sierścią. Przykładem tego typu kulbaki jest siodło z 1633 roku należące do Oskierki, które przechowywane jest w Muzeum Wojska Polskiego w Warszawie. Kolejnym typem była terlica, która posiadała przednią kulę wyższą, a tylną nieco niższą. Jarczak z kolei był lekką, ale twardą kulbaką bez poduszki. Wśród husarzy jednak najpopularniejsza była turecka kulbaka – z przodu miała kulę, natomiast z tyłu – szeroką ławkę.

...wykańczanych karneolami... – karneole były to kamienie półszlachetne, którymi zdobiono elementy ogłowia końskiego i kulbak.

...mniejszym zaś niż ociężałe szwedzkie hestry i niemieckie fryzy... – hestrami nazywano kiedyś ciężkie i zwaliste konie szwedzkie, używane na Żmudzi i Litwie, często zdobywane w czasie wojen z naszym północnym sąsiadem. Natomiast mianem koni fryzyjskich, czyli fryzów, określano ciężkie i zwaliste wierzchowce sprowadzane z Zachodu, o wysoko osadzonej szyi, obfitej głowie i ogonie, karej maści. Zostały one wyhodowane w okresie baroku jako konie reprezentacyjne, a także pociągowe. W Polsce używały ich między innymi oddziały rajtarii królewskiej, co oznaczało, że niejeden warchoł albo pijanica umknął im na rączym polskim wierzchowcu.

...wymyślić jakiś sposób dosiadania wierzchowca, aby na koniu i w kulbace zęby nie dzwoniły w kłusie niczym kastaniety – to oczywiście żart i anachronizm, aluzja do tego, że w XVII wieku nie znano jeszcze anglezowania, czyli unoszenia się i siadania w takt końskiego kłusa, które znacznie ułatwia jazdę. Musiał zatem każdy herbowy pan brat odgniatać siedzenie w kulbace, co było szczególnie męczące dla konia i jeźdźca.

Rozdział IV

...otulających kolistą chomełkę noszoną przez mężatki – okrągła ozdoba z leszczyny lub drutu, na którą zamężne niewiasty wywodzące się z Dolinian upinały włosy.

Tyle że tylko ja bykowe zapłaciłem dla honoru – bykowe było w XVII wieku opłatą na rzecz dworu za uwiedzenie cudzej poddanki. Kiedy winowajcy nie można było znaleźć, a stwierdzono ponad wszelką wątpliwość, że panna straciła wianek, wówczas musiał zapłacić je opiekun lub gospodarz, u którego służyła – nawet jeśli to nie on skorzystał ze źródełka miłości.

Chociaż uważać trzeba przy siadaniu w nich na terlicę z wysokim tylnym łękiem jak na klejnoty rodowe – aby potem nie świecić gołym zadkiem przed panami braćmi... – autor tych słów jeździł już w terlicy należącej nomen omen do JMMP Krzysztofa Brojka, towarzysza pancernego i autora ilustracji do niniejszej książki. I właśnie podczas zsiadania zdarzył mu się taki przypadek. Dlatego po tym doświadczeniu głosić będzie do końca świata, że terlice nadawały się przede wszystkim dla lekkiej jazdy i w ogóle do zwykłych wypraw konnych, a nie do wojska, kiedy siada się na koń w zbroi lub pancerzu, z ładownicą, szablą i moderunkiem bojowym przy boku. W świetle powyższego przypadku zrozumiałe się staje, dlaczego husarze obciążeni zbroją i ciężkim ekwipunkiem woleli wojować w kulbakach tureckich mających zamiast tylnego łęku szeroką ławkę. Takie siodło minimalizowało możliwość, że jeździec zaczepi o łęk pasem lub inną częścią uzbrojenia.

Wyszliśmy z Moskwy, kiedy srożył się hołomor... – był to straszny głód, który rozpoczął się w roku 1601, kiedy w lipcu i sierpniu padały śniegi, a zboża zmarniały na polach.

...jak pijanego żaka, co pierwszy raz do Smoczej Jamy zawitał... – Smocza Jama, dziś odwiedzana licznie przez rodziny z dziećmi, była w XVII wieku najsłynniejszym krakowskim zamtuzem, w którym zabawiano się ze skortezankami, a poza tęgim piciem można tam było jeszcze nabawić się francy. Jak pisał Jan Andrzej Morsztyn:

Kto nowicjat odprawił w Lublinie
Na Czwartku, kto wie jakie gospodynie
W Warszawskiej Baszcie, na Mostkach we Lwowie
Co za szynk w Smoczej Jamie w Krakowie

...było wyraźnikom, szelmom tudzież hultajstwu... – wyraźnikami nazywano w XVII wieku rabusiów i kieszonkowców.

subtortor – pomocnik kata, czyli oprawcy.

...moskiewską szablę z rękojeścią przypominającą drapieżną głowę ptaka... – takie szable były dość rozpowszechnione w Moskwie w pierwszej połowie XVII wieku. Kto nie wierzy, niechaj odwiedzi carską zbrojownię na Kremlu w Moskwie, gdzie znajdują się takie szable – np. pod numerem katalogowym 6211.

Rozdział V

Az jesm' s wami, i niktoże na wy – jest to fragment kondakionu Wniebowstąpienia Pańskiego, który brzmi tak: *Jam jest z wami, nikt przeciwko wam.*

...Illustris, Magnificus, Nobilis, palatinus sendomiriensis, comes de magna et parva Kończyce, capitaneus samborensis, a w przyszłości zapewne Magni Moscoviae Ducis et cetera... – Oświecony, wielmożny, szlachetny wojewoda sandomierski, pan na wielkich i małych Kończycach, starosta samborski, a w przyszłości zapewne wielki książę moskiewski i tak dalej.

...bijąc mnie, chołopa swego... – chołopi byli w XVII wieku warstwą ludności chłopskiej nieposiadającej żadnych praw. Dlatego Iwan Groźny, który znajdował niezwykłą radość w poniżaniu swych bojarów, nakazał, aby w oficjalnych pismach i prośbach adresowanych do niego szlachta i książęta przedstawiali się tylko z imienia i porównywali do chołopów.

Ani to krzyż strigolników, ani żydowinów. Nie jest to chrest Karpa ani Nikity, heretyków, których mieszczanie Nowogrodu potopili w Wołchowie – mowa o moskiewskich herezjach ze Średniowiecza. Strigolnicy byli jednymi z pierwszych heretyków w tym kraju. Sekta założona została w roku 1371 przez pskowskiego diakona Karpa, który krytykował obyczaje duchowieństwa, stworzył też podstawy własnego wyznania. Odrzucał chrzest, komunię i spowiedź, zaprzeczał wierze w zmartwychwstanie i życie wieczne; zanegował również sens modlitwy – jedynymi jej formami było u strigolników wznoszenie oczu do nieba w milczeniu. Dlatego Karp i jego zwolennicy nie cieszyli się sympatią duchowieństwa i musieli uchodzić przed prześladowaniami do Nowogrodu, gdzie przyszło im zaznajomić się z wodą, zostali bowiem utopieni w Wołchowie.

Żydowini byli sektą założoną około 1470 roku w Nowogrodzie przez kabalistę Karaima Zachariasza. Jej wyznawcy opanowali od środka hierarchię prawosławną i w roku 1490 osadzili na stanowisku metropolity w Moskwie swego stronnika Zosimę. Kiedy jednak jego powiązania z żydowinami zostały odkryte, doszło do zdemaskowania sekty i prześladowań, zakończonych klątwą i spaleniem na stosie jej członków – oczywiście poprzedzonym wyrwaniem im języków. Dogmatyka żydowinów opierała się na prawie Mojżeszowym, odrzucała zaś całą naukę Jezusa Chrystusa.

Rozdział VI

...kilka rot kozackich i petyhorskich... – chorągwie kozackie, zwane od połowy XVII wieku pancernymi, były drugim podstawowym rodzajem jazdy polskiej i swoją liczebnością przewyższały sławną husarię. Nazwa tej formacji jest myląca – sugeruje, że służyli w niej Kozacy zaporoscy. Tymczasem oddziały owe formowane były ze szlachty polskiej, na polu bitwy zaś pełniły role lekkiej i średniozbrojnej konnicy.

Kozacy, nazywani później pancernymi, uzbrojeni byli w szable, rohatyny, czyli włócznie długie na 4 stopy, kałkany, czyli okrągłe, wypukłe tarcze, pistolety i bandolety, a także łuki. Mogli oni nie tylko atakować białą bronią, ale także prowadzić walkę ogniową z oddziałami rajtarów przeciwnika.

Przed ciosami chroniła ich kolczuga, karwasze, misiurka i czasem kałkan. Wszystko wskazuje jednak na to, iż w pierwszej połowie stulecia część chorągwi kozackich nie stosowała uzbrojenia ochronnego. Szymon Starowolski pisze na przykład, że jazda lekka bywała dwojaka – jedni towarzysze używali pancerzy i misiurek, a drudzy siedzieli na koniach w samych żupanach.

Prawdopodobnie około połowy XVII wieku uzbrojenie uległo ujednoliceniu i odtąd, a zwłaszcza od czasu wojen kozackich, mamy do czynienia z jednolitą formacją pancernych, używających kolczug. Wbrew temu, co można by sądzić, była to jazda, której liczebność o wiele przewyższała husarię. W czasie potopu szwedzkiego w wojsku koronnym służyło zaledwie kilkuset husarzy i ponad dziesięć tysięcy pancernych! Nawet w bitwie pod Wiedniem było ich znacznie więcej.

Chorągwie petyhorskie istniały tylko na Litwie i były odpowiednikiem używających pancerza rot kozackich, tyle tylko, iż w przeciwieństwie do nich szarżowały z kopiami, a nie z krótszymi rohatynami. W połowie stulecia zmieniły się w chorągwie pancerne.

...czapce zawieszonej na jednym uchu... – oczywiście, nie chodziło o to, że czapka była dosłownie zawieszona na uchu, ale przesunięta na bok w ten sposób, iż odsłaniała kawałek głowy.

To żeś inflantczyk? Żołnierz lisowski? – uprzedzając historyków amatorów, którzy zaraz podniosą huk, że przecież towarzysz husarski nie miał nic wspólnego ze sławnymi lisowczykami, informuję, że w wielu listach staropolskich spotkałem się z określeniem Inflant jako *prowincje lisowskie*. Stąd właśnie nazwa późniejszych lisowczyków, żołnierzy lekkiej jazdy sformowanej przez Aleksandra Lisowskiego, w czasie wojen moskiewskich wziąć się mogła nie tylko od nazwiska ich twórcy, lecz także od nazwy prowincji, w której walczyło wielu sławnych wojaków. Żołnierz lisowski oznaczał zapewne najpierw po prostu żołnierza z Inflant, a dopiero w późniejszym okresie członka formacji lekkiej jazdy zwanej lisowczykami.

...abdankowany w lipcu... – abdankowaniem nazywano po prostu zwolnienie ze służby, przy czym mogło ono oznaczać zarówno wydalenie z niej, jak i odejście towarzysza czy rajtara na własną prośbę spod chorągwi.

Tak tedy szukaj zasług w magnackim wychodku, a nie w wojsku! – zasługami nazywano w XVII wieku liczbę lat, którą dany towarzysz służył w jednej lub kilku chorągwiach. Było to ważne, bo w wiecznie nieopłacanym wojsku polskim istniał cały system nagród określany w konstytucjach sejmowych. I tak na przykład za 6 lat służby towarzysz powinien dostać pierwsze wolne wójtostwo – urząd, który zapewniał mu stały dochód. Lata służby w chorągwiach prywatnych nie były liczone jako zasługi wojskowe (chyba że przez magnata – właściciela); chyba że dana rota przeszła na żołd państwowy – jak stało się na przykład z oddziałami Jeremiego Wiśniowieckiego w czasie powstania Chmielnickiego.

...suplementów koronnych... – w pierwszej połowie XVII wieku siły zbrojne Korony Polskiej składały się ze stałych wojsk kwarcianych – przebywających na Ukrainie i pograniczu, broniących Rzeczypospolitej przed Tatarami i trzymających w karbach Kozaków. W czasie wojny powiększano je o tak zwane wojska suplementowe – dodatkowe chorągwie zaciągane tylko na okres prowadzenia działań wojennych. Począwszy od sejmu lipcowego w 1652 roku, armię polską zmieniono w wojska komputowe, których liczebność ustalał sejm w zależności od potrzeb.

...zawsze to zwada pod bokiem carewicza i wojewody. U boku króla dalibyście za to gardła, a na sejmie po-

szlibyście pod trybunał! – wydobycie broni w obecności króla, na zamku, lub nawet wywołanie zwady albo odprawienie pojedynku w mieście, w którym przebywał monarcha, karane było na gardle, czyli śmiercią. Z tego właśnie względu na sławnej Rolce Sztokholmskiej ukazującej wjazd do Krakowa żony Zygmunta III Wazy, księżniczki Konstancji, hajducy, którzy zaciekle walczą o złote monety rozsypywane przez dworskie sługi, biją się na pięści, nie tykając szabel.

A po sprawiedliwości trzeba dodać, że takich pojedynków bywało każdego wieczoru po kilka... – awantury i krwawe rozprawy, nawet między całymi chorągwiami, w czasie gdy wojsko przebywało na leżach zimowych lub pod nieobecność hetmanów, to zwykła i niebudząca żadnych sensacji sprawa w XVII wieku. *Był to w ten dzień kryzys tak zły, że z piętnaście pojedynków odprawowało się między różnymi chorągwiami* – pisze Jan Chryzostom Pasek w pamiętniku, wspominając, jak wojsko koronne i litewskie obozowało przed bitwą pod Basią w roku 1660.

Nie dotrzyma ci Moskwicin pola, kiedy uderzysz na niego z kopią, bo cała ich jazda zwykła bić się jak swawolna kupa – armia moskiewska w XVII wieku nie była w stanie przeciwstawić się wojsku Rzeczypospolitej, o ile nie miała przynajmniej kilkakrotnej przewagi liczebnej. Począwszy od bitwy pod Orszą w 1514 roku, aż do 1612 r. wojska carskie nie wygrały z Polakami ani jednej bitwy, wyjąwszy drobne starcia i potyczki. Dowódcy moskiewscy nauczyli się jednak doskonale wykorzystywać słabości finansowo-skarbowe Rzeczypospolitej. Atakowali wtedy, gdy armia koronna i litewska zawiązywały konfederację, kierowali też swoje siły na zdobycie twierdz, które później umacniali i przygotowywali do długotrwałej obrony. Dlatego nasze wojska bez trudu rozbijały nawet kilkakrotnie silniejsze armie moskiewskie, traciły jednak twierdze, na których obleganie nie było sił ani środków. Osławione zdobycie Moskwy obsadzonej przez polski garnizon 4 listopada 1612 roku było możliwe tylko dlatego, iż Jan Karol Chodkiewicz, który dowodził odsieczą, tak naprawdę... nie miał przy sobie prawie żadnych wojsk Rzeczypospolitej. Kiedy próbował kontynuować walkę z Moskalami, jego oddziały zawiązały konfederację w Rohaczewie i odeszły do Korony i Litwy, aby łupić szlachtę i nakładać kontrybucje na miasta. Prawdopodobnie, gdyby znajdowały się przy boku Chodkiewicza, dzisiejsi bohaterowie Rosji – dowódcy pospolitego ruszenia Wielkiego Księstwa Moskiewskiego – doczekaliby się tablicy pamiątkowej w loszku w Malborku, a nie pomnika na Placu Czerwonym w Moskwie.

Przewaga, którą osiągały chorągwie jazdy polskiej nad armią moskiewską, wynikała z faktu, iż Moskale nie stosowali w XVII wieku żadnych szyków – nacierali jak Tatarzy luźnymi grupami podzielonymi na sotnie i pułki. Aż do początku XVII wieku carowie nie dysponowali też piechotą mogącą równać się z niemieckimi regimentami zaciąganymi przez władców Rzeczypospolitej. Rolę tę spełniali strzelcy, którzy jednak mieli znacznie mniejszą siłę ognia. Natomiast jazda moskiewska zorganizowana według starych, feudalnych zasad nie była żadnym przeciwnikiem dla zaciężnych chorągwi polskich, gdyż przypominała pospolite ruszenie szlachty polskiej.

Sytuacja zaczęła się zmieniać na początku XVII wieku, kiedy Borys Godunow przyjął pierwszy raz do służby zaciężne roty cudzoziemskiej piechoty składające się z Niemców, Inflantczyków, Duńczyków, a nawet Szwedów. Pod koniec lat dwudziestych sformowano na wojnę z Rzeczpospolitą pułki nowowo stroja, składające się z Moskali szkolonych na wzór niemieckich i szwedzkich regimentów piechoty. Zostały one jednak zniszczone w czasie walk pod Smoleńskiem w latach 1632–34, bo nie dostawały pola polskim muszkieterom.

Moskale próbowali często i bez powodzenia kopiować zachodnie wzorce; tworzyli regimenty rajtarskie, dragońskie, a nawet w połowie stulecia podjęli próbę stworzenia własnej husarii. Dopiero jednak Piotrowi I udało się stworzyć nowoczesną armię rosyjską i przemysł wojskowy, który stał się podstawą potęgi Rosji w XVIII wieku. W stuleciu tym tendencje w rozwoju sił zbrojnych Rzeczypospolitej i Moskwy odwróciły się, a przestarzałe, zaniedbane wojsko polsko-litewskie przestało być godnym przeciwnikiem dla armii władców Rosji.

Jaki on wielki i co za car! Zwyczajny książę moskiewski, uzurpator, co przybrał sobie tytuł cesarza Wschodu – uczynił to Iwan Groźny w roku 1547, nie mając żadnych podstaw do tego, aby ogłosić się następcą cesarzy Bizancjum nieistniejącego już od prawie stu lat. Równie dobrze każdy z nas mógłby dziś ogłosić się chanem wszystkich ord albo imperatorem Hiperborei i Kitaju. Wieść o tym nie wzbudziła sensacji w Europie, informację, iż jakiś tam książę z Moskwy, leżącej w zasadzie nie wiadomo gdzie, uważa się za cesarza, potraktowano raczej jako osobliwą ciekawostkę i wesoły żart. Rzeczpospolita aż do XVIII wieku nie uznawała tego tytułu, z czego wynikały dyplomatyczne wojny, awantury i zwady.

Oto był sławny zwrot po koniu, niespodziewany i zaskakujący, zwłaszcza wówczas, gdy chorągiew polskiej jazdy przyskakiwała do nieprzyjaciela, wywabiając go z szyku lub spoza umocnień, a potem niespodziewanie odwracała się zadem – do dziś nie wiadomo dokładnie, jak wyglądały manewry chorągwi husarskich, bowiem z XVII wieku nie pozostały żadne regulaminy ani schematy musztry, którą zresztą odprawiano bardzo rzadko. Z nielicznych wzmianek można wywnioskować, iż rota husarska potrafiła – poza atakiem w cwale – dokonywać zwrotów zarówno całym frontem chorągwi, zataczając szeroki łuk, jak i w miejscu. Wyglądały one w taki sposób, iż każdy jeździec zataczał osobno pół wolty w lewo lub w prawo – czyli po prostu zawracał na ciasnym półkolu. W jednej chwili tylny szereg stawał się pierwszym, a dawny pierwszy – ostatnim w szyku roty. O innych manewrach wiadomo zgoła niewiele. Zapewne towarzysze husarscy umieli również samodzielnie wycofać się po nieudanym ataku i zebrać ponownie pod sztandarem chorągwi. Nic nie wskazuje jednak na to, aby znali manewry jazdy XIX-wiecznej czy międzywojennej kawalerii polskiej, a więc na przykład jazdę dwójkami, czwórkami, zwroty w lewo i prawo pojedynczo, czy też płynne przechodzenie z dwójek w trójki, czwórki i na odwrót. Skąpe wzmianki napotykane w źródłach historycznych mówią nam coś przeciwnego – np. towarzysz husarski miał dokładnie zapamiętywać, kto stoi w szyku po jego prawej i lewej stronie, aby móc łatwo odtworzyć ugrupowanie bojowe. Oznaczało to, że husaria nie była w stanie wykonywać większości manewrów, które obowiązywały w regulaminie jazdy międzywojennej, bo w czasie zwrotów pojedynczo w prawo i w lewo następuje często przetasowanie kawalerzystów. Jeździec pozostający w ostatnim szeregu może nagle znaleźć się w pierwszym, i to w dodatku obok zupełnie innych towarzyszy niż na początku.

Rozdział VII

Anno Domini 1604, a 7113 od stworzenia świata... – w XVII wieku w Moskwie stosowano zupełnie inny kalendarz niż w Rzeczypospolitej. Lata liczono nie od narodzin Jezusa Chrystusa, lecz od początku świata. Sytuację komplikował fakt, iż Nowy Rok przypadał w ruskim kalendarzu nie 1 stycznia, lecz 1 września.

Płynęli na bajdakach... – bajdakami nazywano na Ukrainie szerokie i bezpokładowe łodzie, zaopatrzone w dwie kotwice, maszt i wiosła, które służyły do przewożenia towarów, a często jako promy.

Spomiędzy spłoszonych wierzchowców wypadł jabłkowity rumak, popędzany ostrogami przez jeźdźca. Zarżał, zachrapał, kwiknął, próbując zatrzymać się na krawędzi promu... – może wydawać się, że to licentia poetica, ale zdarzenie to jest prawdziwe – wspomina o nim Stanisław Borsza w swoim diariuszu: *Cara moskiewskiego wyprawa naonczas do Moskwy z panem* *wojewodą sendomirskim i z inszym rycerstwem Anno Domini 1604.*

Dymitr popłacił żołd, nędzne szesnaście złotych na koń chorągwiom husarskim, dwanaście pancernym... – w XVII wieku każdy towarzysz służący w jeździe narodowego autoramentu, w zaciężnej chorągwi, otrzymywał żołd wypłacany teoretycznie co kwartał, a w praktyce od przypadku do przypadku. Najczęściej zaś po zakończeniu działań wojennych, a i to dopiero wówczas, gdy upomniał się o niego, pustosząc dobra królewskie, terroryzując sejmiki i sejm i wysyłając na nie deputacje, które poczynały sobie w Warszawie jak w nieprzyjacielskim kraju. W roku 1601 husarz otrzymywał co kwartał 21 złotych, a towarzysz kozacki 16, z czego potrącano po 1 zł dla rotmistrza. W roku 1609 żołd podniósł się do 31 zł dla husarii i 25 zł dla kozaków, pozostał w takiej wysokości aż do 1649 roku. Potem płacono im odpowiednio – 41 i 31 zł, a od roku 1657 – 51 i 41 złotych.

Teoretycznie, porównując te dochody z cenami na przykład koni husarskich, z których najtańsze kosztowały około 200 zł, nie było to dużo. Należy pamiętać jednak, że towarzysz husarski dostawał taki żołd za każdego pocztowego, którego przyprowadził do chorągwi. A ponieważ rzadko który husarz służył na mniej niż 3 konie, dostawał co kwartał w latach 1601–1609 co najmniej 60 zł, co daje 240 rocznie. Oprócz tego otrzymywał tak zwaną hibernę, czyli stancję na zimę – a więc nie tylko kwatery w dobrach królewskich, ale także jadło i paszę dla koni. Począwszy mniej więcej od roku 1649, ustalono płacenie hiberny w gotówce, np. w 1687 roku wynosiła ona 147 złotych na konia. A zatem husarz z trzykonnym pocztem, który wedle konstytucji otrzymywał wówczas rocznie 600 zł, dostawał w sumie co roku 747 złotych.

Nie było to mało, ale nie oznaczało fortuny. Pamiętajmy, że towarzysz musiał z własnej kieszeni zapłacić za jadło dla siebie i dla całego pocztu, opłacić pocztowych, a dodatkowo utrzymać także czeladź i pachołków, którzy zajmowali się końmi, pomagali rozkładać obóz, czyścili i naprawiali broń itd. A więc dobrze było, jeśli w jego kieszeni pozostała połowa tej kwoty, czyli jakieś 350 złotych.

Tymczasem roczny dochód kmiecia, czyli bogatego gospodarza siedzącego na jednołanowym gospodarstwie (ok. 16–17 hektarów), wynosił w połowie XVII wieku, przed potopem szwedzkim, około 70–120 złotych. Dochód husarza był więc kilkakrotnie większy. Z kolei cena całego pocztu husarskiego oscylowała wokół 1000–2000 zł, o ile kupowało się go od innego towarzysza. Za 1000 złotych kupił na przykład trzykonny poczet husarski Jan Władysław Poczobut Odlanicki od swojego brata. Była to cena prawie dwuletniego dochodu towarzysza husarskiego (zarabiał około 600 zł).

Dodatkowymi dochodami husarzy i kozaków były łupy brane na nieprzyjacielu bądź przyjacielu, czyli spokojnym mieszkańcu Rzeczypospolitej, za pomocą szabli, czekana i pistoletu. Niechaj nie zmyli nas Sienkiewicz ani ogromna rzesza jego naśladowców piszących peany na cześć Rycerzy Chrystusowych spod znaku krzyża i kresowych stanic. Wojsko polskie w XVII wieku różniło się od najemnych armii zaciąganych przez inne europejskie kraje tym, iż służyło nie tylko dla pieniędzy, ale także dla spełnienia patriotycznego obowiązku. Broniło dzielnie Rzeczypospolitej, jednak gdy nie dostawało żołdu, przychodziło do poczciwych chłopów, zacnych księży i bogobojnych panów braci, a potem łupało komory, rabowało dwory, zabierało bydło i chudobę, a na dodatek krzywdziło dziewki.

Wśród łupów wojennych niebagatelną rolę odgrywał okup płacony przez wziętego do niewoli nieprzyjaciela. Jeniec schwytany przez polskich husarzy czy kozaków nie tylko bywał obłupiany do gołej rzyci, ale wręcz jego życie warte było dokładnie tyle, co zawartość sakiewki. Przebywający w Polsce w czasach potopu Hieronim Chrystian Holsten nie czyni nam żadnych słodkich złudzeń ku pokrzepieniu serc. Kiedy Polacy wzięli go do niewoli, towarzysz husarski, albo pancerny (pamiętnikarz nie precyzuje, z jakiej był formacji), który go schwytał, zapytał od razu i bez ogródek, czy ma pieniądze, w przeciwnym razie zastrzeli go jak psa. Na szczęście Holsten zachował sakiewkę z dukatami, więc Polak wziął go pod opiekę, zamiast spełnić swoją groźbę. Na dobro naszego rodaka należy dodać fakt, iż kiedy w obozie ograbiono szwedzkich najemników z ubrań i kosztowności, a Holsten poprosił swego pogromcę o zwrot kaftana (była jesień), Polak oddał mu go bez wahania, aczkolwiek już bez srebrnych guzików.

Fałszywy car zwołał tych, co służą po otczestwu... – jako służących po otczestwu rozumiano w Moskwie tych, których do stawania z bronią w ręku na wezwanie cara zobowiązywały posiadane majątki – a więc kniaziów, dworian, bojarów i dzieci bojarskie.

Die 28 octobris nowego stylu, 18 starego stylu... – i tak, niestety, dochodzimy do kolejnego kłopotu związanego z kalendarzami, jakim była różnica pomiędzy datami starego (skrót st. st.) a nowego (skrót n. st.) stylu. Brały się one stąd, iż w roku 1582 państwa europejskie, takie jak Hiszpania, Portugalia, Francja, Włochy i Polska, przeprowadziły u siebie reformę, wprowadzając tzw. kalendarz gregoriański. Był on doskonalszy od obowiązującego wcześniej juliańskiego, albowiem uwzględniał w swojej rachubie opóźnienia powstałe pomiędzy latami obliczanymi według starej metody a rzeczywistym rokiem zwrotnikowym. Kalendarz juliański spóźniał się bowiem 1 dzień na 128 lat.

Moskwa kalendarz gregoriański wprowadziła dopiero po rewolucji październikowej. W XVII wieku daty podane wedle niego wyprzedzały juliański o 10 dni. Na przykład 10 grudnia kalendarza gregoriańskiego, stosowanego w Rzeczypospolitej, zapisywany był w Moskwie jako 1 dzień tego miesiąca.

Opóźnienie między kalendarzem juliańskim a gregoriańskim zwiększało się w miarę upływu czasu. W XX wieku było to już 13 dni.

Dostojno jest jako woistinu błażiti Tia Bohorodicu, Prisnobłażennuju i Prenieporocznuju i Matieri Boha naszeho. Cestniejszuju chieruwim i sławniejszuju biez srawnienija sierafim, biez istlenija Boha Słowa rożdszuju, suszczuju Bohorodicu Tia wieliczajem... – Borys deklamuje modlitwę Chwała Przenajświętszej Bogurodzicy, której tłumaczenie brzmi tak: Zaprawdę godnym jest wielbić Cię, Bogurodzico, zawsze Błogosławioną i Najczystszą i Matkę Boga naszego. Czcigodniejszą od cherubinów i bez porównania chwalebniejszą od serafinów, którać bez zmiany zrodziła Boga Słowo, Ciebie, prawdziwą Bogurodzicę, wysławiamy.

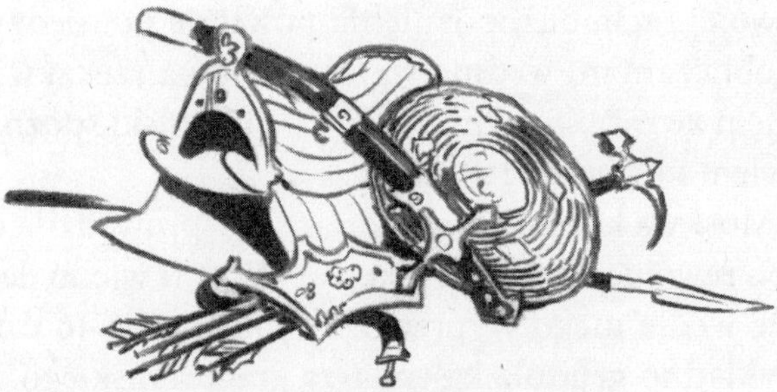

Spis rzeczy

WYDANIE II

ISBN 978-83-7574-513-9

PROJEKT I ADIUSTACJA AUTORSKA WYDANIA Eryk Górski, Robert Łakuta

PROJEKT OKŁADKI Dark Crayon

GRAFIKA NA OKŁADCE Dark Crayon & Mariusz Kozik

WYKREŚLENIE MAPY Jolanta Dybowska

ILUSTRACJE Krzysztof Brojek

REDAKCJA Dorota Pacyńska

KOREKTA Renata Supryn, Magdalena Byrska

SKŁAD Monika Nowakowska

SPRZEDAŻ INTERNETOWA

fabryka.pl ponad normę

ZAMÓWIENIA HURTOWE

Firma Księgarska Olesiejuk sp. z o.o. S.K.A.
05-850 Ożarów Mazowiecki, ul. Poznańska 91
tel./faks: 22 721 30 00
www.olesiejuk.pl, e-mail: hurt@olesiejuk.pl

WYDAWCA

Fabryka Słów sp. z o.o.
20-834 Lublin, ul. Irysowa 25a
tel.: 81 524 08 88, faks: 81 524 08 91
www.fabrykaslow.com.pl
e-mail: biuro@fabrykaslow.com.pl

DRUK I OPRAWA OPOLGRAF S.A. www.opolgraf.com.pl